T0204086

La carta olvidada

Lucinda Riley nació en Irlanda, y tras una temprana carrera como actriz de teatro, cine y televisión, escribió su primera novela a los veinticuatro años. Sus libros han sido traducidos a treinta y siete lenguas y han vendido treinta millones de ejemplares en todo el mundo. Es una habitual en las listas de best seller de *Sunday Times* y *The New York Times*. Actualmente, Lucinda está dedicada por completo a la escritura de la serie Las Siete Hermanas, que narra la historia de unas hermanas adoptadas y está basada alegóricamente en el mito de la famosa constelación, y que ha sobrepasado los quince millones de ejemplares vendidos. Se ha convertido en un fenómeno global con cada uno de sus libros llegando a ser nº1 en ventas en todo el mundo. Asimismo, una importante productora de Hollywood ha empezado a desarrollar su adaptación audiovisual. Lucinda y su familia viven entre el Reino Unido y su granja de Cork Oeste en Irlanda, donde ella escribe sus libros.

Para más información, visita la página web de la autora:
esp.lucindariley.co.uk

También puedes seguir a Lucinda Riley en Facebook y Twitter:
 Lucinda Riley
 @lucindariley

Biblioteca
LUCINDA RILEY

La carta olvidada

Traducción de
Matuca Fernández de Villavicencio

DEBOLS!LLO

Papel certificado por el Forest Stewardship Council®

Penguin
Random House
Grupo Editorial

Título original: *The Love Letter*

Primera edición en esta colección: julio de 2021

© 2016, Lucinda Riley
© 2019, 2021, Penguin Random House Grupo Editorial, S. A. U.
Travessera de Gràcia, 47-49. 08021 Barcelona
© 2019, Matuca Fernández de Villavicencio, por la traducción
Diseño de la cubierta: Penguin Random House Grupo Editorial / Begoña Berruezo
Imágenes de la cubierta: © Lee Avison / Arcangel Imágenes; Rekha Garton / Trevillion Images

Penguin Random House Grupo Editorial apoya la protección del *copyright*.
El *copyright* estimula la creatividad, defiende la diversidad en el ámbito de las ideas
y el conocimiento, promueve la libre expresión y favorece una cultura viva.
Gracias por comprar una edición autorizada de este libro y por respetar las leyes del *copyright*
al no reproducir, escanear ni distribuir ninguna parte de esta obra por ningún medio sin permiso.
Al hacerlo está respaldando a los autores y permitiendo que PRHGE continúe publicando libros
para todos los lectores. Diríjase a CEDRO (Centro Español de Derechos Reprográficos,
http://www.cedro.org) si necesita fotocopiar o escanear algún fragmento de esta obra.

Printed in Spain – Impreso en España

ISBN: 978-84-663-5579-7
Depósito legal: B-6.748-2021

Compuesto en M. I. Maquetación, S. L.
Impreso en Black Print CPI Ibérica
Sant Andreu de la Barca (Barcelona)

P 3 5 5 7 9 7

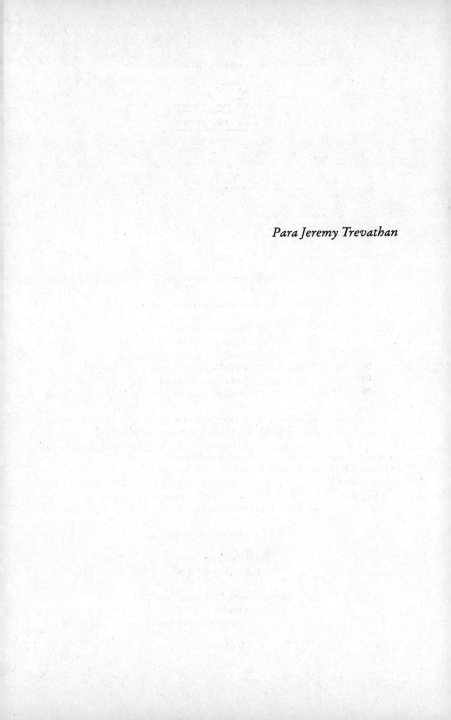

Para Jeremy Trevathan

Nota de la autora

Empecé a trabajar en *La carta olvidada* en 1998, hace exactamente veinte años. Después de publicar varias obras de éxito, había decidido que quería escribir una novela de misterio basada en una familia real británica ficticia. Por entonces, la popularidad de la monarquía inglesa estaba pasando por su peor momento después de la muerte de Diana, la princesa de Gales. Por otra parte, el año 2000 coincidía con el centenario de la Reina Madre, y las celebraciones oficiales a nivel nacional tendrían lugar justo después de la publicación del libro.

Mirando atrás, seguramente tendría que haber prestado más atención a una reseña sobre un avance que sugería que al palacio de Saint James no iba a gustarle el tema. Durante la fase previa a la publicación de la novela se cancelaron, de manera inexplicable, las campañas de promoción en las librerías, los pedidos y los eventos publicitarios, y, más tarde, *Seeing Double* —como se titulaba entonces el libro— apenas vio la luz.

A continuación, mi editor rescindió el contrato de mi siguiente obra y, pese a llamar a numerosas puertas en busca de otro, las encontré todas cerradas. Fue devastador ver cómo mi carrera se desvanecía como el humo de un día para otro. Por suerte, estaba recién casada y tenía hijos pequeños, de modo que me concentré en criarlos y escribí tres libros por mero placer.

Visto en retrospectiva, ese parón fue en el fondo una bendición, pero cuando el menor de mis hijos comenzó el colegio, supe que tenía que armarme de valor y enviar mi último manuscrito a un agente. Me cambié el apellido para no correr riesgos y, después de esos años baldíos, me sentí eufórica cuando una editorial lo compró.

Varias novelas más tarde, mi editor y yo decidimos que había llegado el momento de darle a *Seeing Double* una segunda oportunidad. No hay que olvidar que *La carta olvidada* es, hasta cierto punto, una novela ambientada en otra época. Si la situara en la actualidad, la trama resultaría del todo inverosímil debido a la aparición de las nuevas tecnologías, sobre todo por los aparatos tan avanzados que emplean ahora nuestros cuerpos de seguridad.

Por último, deseo reiterar que *La carta olvidada* es una obra de ficción que no guarda parecido alguno con nuestra amada reina y la vida de su familia. Espero que disfrutéis de la versión «alternativa», si esta vez consigue llegar a vuestras manos…

LUCINDA RILEY,
febrero de 2018

Gambito de rey

*Jugada de apertura donde las blancas
sacrifican un peón para desviar un peón negro*

Prólogo

—James, querido, ¿qué haces?

El anciano miró desorientado a su alrededor y se tambaleó hacia delante.

Ella lo agarró antes de que se cayera al suelo.

—Has vuelto a caminar sonámbulo, ¿verdad? Ven, te llevaré a la cama.

La voz dulce de su nieta le aseguró que seguía en este mundo. Sabía que estaba ahí por una razón, que tenía algo urgente que hacer, algo que había ido dejando para el último momento.

Pero se le había ido de la cabeza. Desolado, se dejó guiar hasta la cama, maldiciendo sus piernas frágiles y exangües, que le convertían en un ser tan inútil como un bebé, y su dispersa cabeza, que había vuelto a traicionarle.

—Ya está —susurró ella, acomodándolo en la cama—. ¿Qué tal el dolor? ¿Quieres un poco más de morfina?

—No, por favor...

Era la morfina la que le atontaba el cerebro. Mañana no la tomaría, y entonces recordaría qué era eso que tenía que hacer antes de morir.

—Está bien. Ahora tranquilízate y procura dormir —le ordenó su nieta mientras le acariciaba la frente—. El médico no tardará en llegar.

Sabía que no debía dormirse. Cerró los ojos, buscando desesperadamente, buscando... retazos de recuerdos, rostros...

Y entonces la vio, con la misma nitidez que el día que se conocieron. Tan bella, tan dulce...

«¿Te acuerdas de la carta, cariño?», le susurró ella. «Prometiste devolverla.»

«¡Claro!»

Abrió los ojos e intentó incorporarse. Vio el semblante preocupado de su nieta sobre él. A continuación, notó un fuerte pinchazo en la parte interna del codo.

—El médico te ha dado algo para calmarte, James —le explicó.

«¡No! ¡No!»

Las palabras se negaban a formarse en sus labios, y cuando la aguja se hundió en su brazo, supo que ya era demasiado tarde.

—Lo siento, lo siento mucho —susurró con la voz entrecortada.

Su nieta observó cómo se le cerraban los párpados y la tensión abandonaba su cuerpo. Apretó su suave mejilla contra la de su abuelo y la descubrió húmeda de lágrimas.

Besanzón, Francia, 24 de noviembre de 1995

Entró despacio en el salón y se acercó a la chimenea. Hacía frío hoy, y estaba peor de la tos. Acomodó su frágil cuerpo en la butaca y cogió el ejemplar de *The Times* de la mesa para leer la sección de necrológicas con el té que solía tomar. La taza golpeó con estrépito el plato cuando vio el titular que ocupaba un tercio de la portada.

FALLECE UNA LEYENDA VIVIENTE

> Sir James Harrison, considerado por muchos el actor más brillante de su generación, murió ayer en su casa de Londres rodeado de su familia. Tenía noventa y cinco años. La próxima semana se celebrará un funeral íntimo seguido, en enero, de un servicio en su memoria en Londres.

El corazón se le encogió y el periódico empezó a temblar con tanta violencia entre sus dedos que a duras penas logró leer el resto. El artículo iba acompañado de una foto de James recibiendo de la reina su título de la Orden del Imperio Británico. Desdibujada la imagen por las lágrimas, deslizó los dedos por el contorno de su poderoso perfil, su mata de pelo encanecido…

¿Sería capaz de volver? Solo una última vez, para despedirse.

Mientras su té de la mañana se enfriaba, intacto junto a ella, pasó la primera página para continuar la lectura, saboreando cada detalle de su vida y su carrera. Entonces, otro titular más pequeño atrajo su atención.

LOS CUERVOS DESAPARECEN DE LA TORRE

Anoche se conoció la noticia de que los célebres cuervos de la Torre de Londres han desaparecido. Dice la leyenda que estas aves llevan más de quinientos años allí, velando por la Torre y por la familia real por decreto de Carlos II. El cuidador de los cuervos reparó en su desaparición ayer por la tarde, y en estos momentos se está llevando a cabo una búsqueda a nivel nacional.

—Qué el cielo nos asista —susurró.

Sintió que el miedo recorría sus ancianas venas. Tal vez se tratara de una mera coincidencia, pero conocía perfectamente el significado de esa leyenda.

1

Londres, 5 de enero de 1996

Joanna Haslam cruzó Covent Garden como una flecha, resoplando y con los pulmones a punto de estallarle. Mientras sorteaba turistas y grupos de colegiales, su mochila salió volando hacia un lado y estuvo en un tris de derribar a un músico callejero. Desembocó en Bedford Street justo en el momento en que una limusina se detenía frente a las verjas de la iglesia de Saint Paul. Cuando el chófer se apeó para abrir la portezuela de atrás, los fotógrafos rodearon el vehículo.

«¡Mierda! ¡Mierda!»

Haciendo acopio de las pocas fuerzas que le quedaban, corrió los últimos metros hasta la verja y entró en el patio pavimentado, donde el reloj de la fachada de ladrillo rojo de la iglesia le confirmó que llegaba tarde. Al acercarse a la entrada paseó la mirada por el corrillo de paparazzi y vio que Steve, su fotógrafo, estaba en primera fila, sobre los escalones. Lo saludó con la mano y él levantó el pulgar mientras Joanna se abría paso entre los fotógrafos apiñados alrededor de la celebridad que había bajado de la limusina. Cuando entró en la iglesia encontró los bancos abarrotados y alumbrados por la suave luz de las arañas que pendían de los altos techos. De fondo se oía una música fúnebre interpretada por el órgano.

Después de mostrar apresuradamente su pase de prensa al acomodador, se deslizó jadeando en el último banco. Suspiró aliviada cuando se sentó. Sus hombros subían y bajaban con cada bocanada de aire al tiempo que buscaba una libreta y un bolígrafo en la mochila.

Pese al frío gélido que hacía en la iglesia, Joanna notaba las gotas de sudor en su frente; el cuello cisne del jersey negro de lana que se había puesto a toda prisa se le pegaba a la piel. Era una sensación muy desagradable. Sacó un pañuelo de papel y se sonó la nariz moqueante. Luego se pasó una mano por la enredada melena, se reclinó en el respaldo del banco y cerró los ojos para intentar recobrar el aliento.

Pocos días después de un año que había comenzado de manera tan prometedora, Joanna se sentía como si la hubieran no empujado, sino arrojado desde lo alto del Empire State Building. A gran velocidad. Sin avisar.

Matthew, el amor de su vida —o mejor dicho, desde ayer el examor de su vida—, era la causa.

Se mordió el labio inferior con fuerza, instándose a no empezar a llorar otra vez. Estiró el cuello en dirección a los bancos de las primeras filas y comprobó aliviada que los familiares que todo el mundo estaba esperando no habían llegado aún. Se volvió hacia la puerta y vio a los paparazzi fuera, fumando y jugueteando con sus objetivos. La gente empezaba a revolverse inquieta en los incómodos bancos de madera y a intercambiar susurros con sus vecinos. Echó un vistazo raudo a los asistentes en busca de celebridades notables para mencionarlas en su artículo, tratando de distinguirlas por la nuca, que en su mayoría era blanca o cana. Mientras anotaba los nombres en la libreta volvieron a asaltarla imágenes de la tarde anterior.

Matthew había aparecido sin avisar en la puerta de su piso de Crouch End. Habían compartido las fiestas de Navidad y Nochevieja, tras lo cual ambos acordaron retirarse a sus respectivas casas y disfrutar de unos días tranquilos antes de volver al trabajo. Por desgracia, Joanna había pasado ese tiempo recuperándose del resfriado más fuerte que había tenido en años. Abrió la puerta abrazada a su bolsa de agua caliente de Winnie the Pooh y embutida en un viejo pijama térmico y unos calcetines de rayas.

Cuando Matthew se detuvo en el recibidor, negándose a desprenderse del abrigo y mirando a todas partes menos a ella, enseguida supo que pasaba algo.

Le dijo que había estado «pensando». Que no veía que su relación fuera a ninguna parte. Y que quizá había llegado el momento de dejarlo.

—Llevamos juntos seis años, desde que terminamos la universidad —añadió mientras jugueteaba con los guantes que ella le había regalado por Navidad—. No sé, pensaba que con el tiempo sentiría el deseo de casarme contigo, de unir oficialmente nuestras vidas, pero ese momento no ha llegado. —Se encogió de hombros—. Y si no siento ese deseo ahora, dudo mucho que vaya a sentirlo algún día.

Joanna se había aferrado a su bolsa de agua caliente y observaba la expresión culpable y cauta de Matthew. Introdujo la mano en el bolsillo de su pijama, donde encontró un pañuelo empapado, y se sonó la nariz con fuerza. Después lo miró directamente a los ojos.

—¿Quién es ella?

El rubor trepó por el rostro de Matthew.

—No era mi intención que pasara —farfulló—, pero ha ocurrido y no puedo seguir fingiendo.

Joanna rememoró la Nochevieja que habían compartido hacía solo cuatro días. Y se dijo que era un experto mentiroso.

Al parecer se llamaba Samantha y trabajaba en la misma agencia de publicidad que él. Una ejecutiva de cuentas, nada menos. Se habían liado por primera vez la noche que Joanna estuvo vigilando la casa de un parlamentario conservador por un caso de corrupción y no había llegado a tiempo a la fiesta de Navidad de la agencia de Matthew. La palabra «cliché» todavía daba vueltas en su cabeza. Se detuvo en seco: ¿acaso los clichés no tenían su origen en los denominadores comunes de la conducta humana?

—Te prometo que he hecho lo posible por dejar de pensar en Sam —prosiguió Matthew—. Lo intenté con todas mis fuerzas durante las Navidades. Me encantó pasarlas con tu familia en Yorkshire. Pero la semana pasada volví a verla, solo para una copa rápida, y…

Joanna estaba fuera. Samantha estaba dentro. Así de sencillo.

Solo acertó a mirarlo con los ojos ardiendo de pasmo, rabia y miedo mientras él seguía hablando.

—Al principio pensé que era mera atracción, pero está claro que si siento esto por otra mujer ahora, no puedo comprometerme contigo. Por tanto, solo estoy haciendo lo correcto. —La miró, casi suplicándole que le diera las gracias por ser tan noble.

—Lo correcto… —repitió ella con la voz hueca.

Y estalló en un torrente de lágrimas inducidas por el resfriado y la fiebre. Podía oír la voz de Matthew a lo lejos, mascullando más excusas. Se obligó a abrir los ojos, hinchados e inundados de lágrimas, y lo observó mientras él se derrumbaba, pequeño y avergonzado, en su gastado sillón de cuero.

—Vete —consiguió decir al fin—. ¡Maldito traidor rastrero y embustero! ¡Fuera! ¡Fuera!

Ahora, visto en retrospectiva, lo que más le apenaba era que no había tenido que insistirle. Matthew se había levantado, farfullando algo acerca de varios objetos que había dejado en casa de ella y de quedar para charlar cuando las cosas se hubiesen calmado, y casi había salido corriendo por la puerta.

Joanna se había pasado el resto de la noche llorando al teléfono con su madre, dejando mensajes en el buzón de voz de Simon, su mejor amigo, y con la cada vez más empapada bolsa de agua caliente de Winnie the Pooh.

Finalmente, gracias a cantidades ingentes de comprimidos antigripales y brandy, había perdido el conocimiento, agradecida de disponer todavía de dos días libres por las horas extras trabajadas en la redacción antes de Navidad.

Hasta que su móvil sonó a las nueve de la mañana. Joanna emergió de su narcotizado sopor y agarró el teléfono rezando para que fuera un Matthew devastado, arrepentido y consciente de la gravedad de lo que había hecho.

—Soy yo —ladró una voz áspera con acento de Glasgow.

Joanna lanzó un taco silencioso al techo.

—Hola, Alec —resopló—. ¿Qué quieres? Tengo el día libre.

—Lo siento, pero no. Alice, Richie y Bill están enfermos. Tendrás que tomarte tus días en otro momento.

—Mira, ya somos cuatro. —Joanna tosió exageradamente en el teléfono—. Lo siento, pero yo también me estoy muriendo.

—Míralo de este modo: trabajas hoy y cuando te cures podrás disfrutar de los días libres que se te deben.

—No puedo, en serio. Tengo fiebre. Apenas soy capaz de mantenerme de pie.

—No importa, puedes hacer el trabajo sentada. Hoy a las diez se celebra el funeral en honor de sir James Harrison en la iglesia de los actores de Covent Garden.

—No puedes hacerme esto, Alec, por favor. Lo último que necesito es sentarme en una iglesia llena de corrientes de aire. Tengo un resfriado de muerte. Acabarás acudiendo a mi propio funeral.

—Lo siento, Jo, es lo que hay, pero te pagaré el taxi de ida y vuelta. Después puedes irte directa a casa y enviarme el artículo por correo electrónico. Intenta hablar con Zoe Harrison, ¿quieres? He enviado a Steve para que haga las fotos. Si Zoe va tan elegante como siempre, será portada. Bien, hablamos luego.

—¡Mierda! —Joanna hundió su dolorida cabeza en la almohada. Seguidamente telefoneó a una compañía de taxis y se arrastró hasta el armario para buscar ropa negra adecuada.

La mayor parte del tiempo adoraba su trabajo, vivía para él, como Matthew le hacía ver a menudo, pero esta mañana le costaba entender por qué. Tras pasar por un par de periódicos regionales, un año atrás el *Morning Mail*, ubicado en Londres y uno de los diarios nacionales más vendidos del país, la había contratado como periodista junior. Sin embargo, su puesto en el último eslabón de la cadena, ganado a pulso pero modesto, significaba que no estaba en condiciones de rebelarse. Como Alec, el redactor jefe, no cesaba de recordarle, había un millar de periodistas jóvenes y hambrientos haciendo cola.

Sus seis semanas en la sección de noticias habían sido las más duras hasta la fecha. Hacía un montón de horas y Alec —un negrero, a la vez que un profesional entregado— no esperaba menos de lo que él mismo estaba dispuesto a dar.

—Que me manden a la sección de moda, por favor —había resoplado Joanna mientras se ponía un jersey negro no demasiado limpio, unos leotardos gruesos y una falda negra por deferencia a la triste ocasión.

El taxi había llegado a su casa diez minutos tarde y después se había visto atrapado en un atasco monumental en Charing Cross Road.

—Lo siento, cielo, no puedo hacer nada —le había dicho el conductor.

Tras consultar la hora, Joanna le había entregado un billete de diez libras y había bajado del coche. Mientras recorría las calles a la carrera en dirección a Covent Garden, resoplando y moqueando, se preguntaba si la vida podía irle peor.

Fue arrancada de sus reflexiones cuando la congregación detuvo bruscamente su parloteo. Joanna abrió los ojos y se dio la vuelta justo en el instante en que los familiares de sir James Harrison hacían su entrada en la iglesia.

Encabezaba la marcha Charles Harrison, el único hijo de sir James, que ahora contaba con sesenta años largos. Vivía en Los Ángeles y era un aclamado director de películas de acción de alto presupuesto, repletas de efectos especiales. Joanna creía recordar que había ganado un Oscar años atrás, pero sus películas no eran del tipo que ella solía ir a ver.

Junto a él caminaba Zoe Harrison, su hija. Tal como Alec esperaba, Zoe estaba deslumbrante con un ajustado traje negro de falda corta que realzaba sus largas piernas y el pelo recogido en un elegante moño que resaltaba su clásica belleza anglosajona. Era una actriz con una próspera carrera cinematográfica, y Matthew estaba loco por ella. Siempre decía que Zoe le recordaba a Grace Kelly —la mujer de sus sueños, al parecer—, lo que llevaba a Joanna a preguntarse qué hacía saliendo con una morena desgarbada de ojos oscuros como ella. Se le formó un nudo en la garganta y se apostó su bolsa de agua caliente de Winnie the Pooh a que esa «Samantha» era una muñequita rubia.

De la mano de Zoe Harrison iba un muchacho de nueve o diez años que parecía incómodo dentro de su traje negro con corbata: su hijo, Jamie Harrison, llamado así por su bisabuelo. Zoe tuvo a Jamie con apenas diecinueve años y todavía hoy se negaba a desvelar la identidad del padre. Sir James había defendido a su nieta con fiereza, así como su decisión de tener el bebé y mantener oculta la paternidad de Jamie.

Joanna pensó en lo mucho que ambos se parecían: las mismas facciones delicadas, la misma piel clara y rosada, los mismos ojos grandes y azules. Zoe Harrison se esforzaba por mantenerlo alejado de las cámaras. Si Steve había conseguido una instantánea de la madre y el hijo juntos, seguramente saldría en la portada de mañana.

Detrás de ellos avanzaba Marcus Harrison, el hermano de Zoe. Joanna lo observó con atención cuando pasaba junto a su banco. Pese a que sus pensamientos seguían centrados en Matthew, debía admitir que Marcus Harrison era un auténtico «bombonazo», como diría Alice, su colega en la redacción. Joanna lo reconocía por las crónicas de sociedad; últimamente se lo veía escoltando a una rubia de la alta sociedad británica con apellidos requetecompuestos. Tan moreno como rubia era su hermana, pero con los mismos ojos azules, Marcus actuaba con una seguridad canallesca. El pelo casi le rozaba los hombros, y con la americana negra arrugada y el botón superior de su camisa blanca desabrochado, destilaba carisma.

«La próxima vez —pensó Joanna con determinación—, me buscaré un hombre maduro aficionado a mirar pájaros y coleccionar sellos.» Trató de recordar cómo se ganaba la vida Marcus Harrison. Era un productor cinematográfico en ciernes. Desde luego, tenía pinta de eso.

—Buenos días, damas y caballeros —saludó el pastor desde el púlpito, con una amplia fotografía del fallecido enfrente, rodeada de coronas de rosas blancas—. La familia de sir James les da la bienvenida y les agradece que hayan acudido para rendir homenaje a un amigo, colega, padre, abuelo, bisabuelo y puede que el mejor actor de este siglo. Para quienes tuvimos la fortuna de conocerlo bien no debería sorprendernos que sir James insistiera en que este no debía ser un acontecimiento triste, sino una celebración. Tanto su familia como yo hemos respetado sus deseos. Así pues, comenzaremos con su himno favorito, «I Vow to Thee My Country». En pie, por favor.

Instó a sus doloridas piernas a levantarse y agradeció que el órgano comenzara a tocar justo en el momento en que notaba un ahogo en el pecho y empezaba a toser estruendosamente. Cuando se disponía a coger la hoja del programa que descansaba en la repisa que tenía delante, una mano menuda y delgada, de una piel translúcida que dibujaba las venas azules, se le adelantó.

Por primera vez, Joanna se volvió hacia su izquierda y estudió a la dueña de la mano. Encorvada por la edad, la mujer apenas le llegaba a las costillas. Se apoyaba en la repisa, y la mano con la que sostenía el programa temblaba con tanta violencia que le impedía leerlo. Era la única parte visible de su persona. El resto estaba cubierto por un abrigo negro hasta los tobillos y un velo del mismo color sobre la cara.

Joanna se inclinó para dirigirse a ella.

—¿Le importa que lo compartamos?

La mano le ofreció la hoja. Joanna la aceptó y la colocó a baja altura para que su vecina alcanzara a verla también. Entonó el himno con voz ronca, y cuando terminó, la anciana se sentó con dificultad. Joanna le ofreció el brazo, pero ella la ignoró.

—Nuestra primera lectura de hoy es el soneto favorito de sir James, «Dulce rosa de virtud», de Dunbar, recitado por sir Laurence Sullivan, un buen amigo.

La congregación aguardó paciente a que el anciano actor llegara al frente de la iglesia. Acto seguido, la voz célebre y profunda que embelesara en otros tiempos a miles de espectadores en teatros de todo el mundo, inundó la iglesia.

—«Dulce rosa de virtud y gentileza, lirio delicioso...»

Un chirrido a su espalda la distrajo; al volverse, vio que las puertas de la iglesia se abrían, dejando entrar una ráfaga de aire gélido y a un acomodador que empujaba una silla de ruedas que colocó junto al extremo del banco de Joanna. Cuando el acomodador se alejaba, escuchó un estertor que hacía que sus problemas respiratorios parecieran intrascendentes. La anciana sentada a su lado estaba sufriendo algo parecido a un ataque de asma. Tenía la cabeza girada hacia el extremo del banco, la mirada a través del velo aparentemente clavada en la figura de la silla de ruedas.

—¿Se encuentra bien? —le susurró Joanna cuando la mujer se llevó la mano al pecho sin apartar los ojos de la silla de ruedas, justo cuando el pastor anunciaba el siguiente himno y la congregación se ponía de nuevo en pie.

De pronto, la anciana se agarró al brazo de Joanna y señaló la puerta. Ella la ayudó a levantarse y, sosteniéndola por la cintura, la llevó prácticamente en volandas hasta el final del banco. Como una niña en busca de protección, la anciana se aferró a su abrigo al pasar junto al hombre de la silla de ruedas. Unos ojos fríos, de un gris acerado, se alzaron y las miraron a ambas de arriba abajo. Joanna sufrió un escalofrío involuntario, desvió la vista y ayudó a la anciana a salvar los pocos metros que las separaban de la salida, donde había un acomodador apostado a un lado.

—Esta mujer necesita…

—¡Aire! —gritó la anciana entre resuellos.

El hombre ayudó a Joanna a sacar a la mujer al encapotado día de enero y bajarla por los escalones hasta uno de los bancos que flanqueaban el patio. Antes de que pudiera pedirle otro favor, el acomodador ya había desaparecido dentro de la iglesia y cerrado de nuevo las puertas. La anciana se desplomó sobre ella con la respiración entrecortada.

—¿Pido una ambulancia? Yo diría que la necesita.

—¡No! —espetó la mujer, cuya potencia de voz contrastaba con la fragilidad de su cuerpo—. Pare un taxi y lléveme a casa, por favor.

—En serio, creo que debería…

Los escuálidos dedos se clavaron en la muñeca de Joanna.

—¡Un taxi, por favor!

—Está bien, espere aquí.

Cruzó rauda la verja y salió a Bedford Street, donde detuvo un taxi negro. El amable taxista se apeó y regresó al patio con Joanna para ayudarla a trasladar a la anciana a su vehículo.

—¿Está bien? Parece que a la vieja le cuesta respirar —comentó mientras instalaban a la mujer en el asiento de atrás—. ¿Hay que llevarla al hospital?

—Dice que quiere ir a casa. —Joanna metió la cabeza en el vehículo—. Por cierto, ¿dónde vive?

—En… —Jadeaba por el evidente esfuerzo que le había supuesto entrar en el taxi. Parecía agotada.

El hombre meneó la cabeza.

—Lo siento, cielo, me temo que en este estado no puedo llevarla sola a ningún lado. No quiero una muerte en mi taxi, me daría demasiados problemas. Solo la llevaré si usted viene con nosotros. En ese caso sería responsabilidad suya, no mía.

—No la conozco, y ahora mismo estoy trabajando. Debería estar dentro de esa iglesia…

—Lo lamento, cielo —le dijo el taxista a la anciana—, tiene que bajarse.

La anciana se levantó el velo y Joanna vio pánico en sus ojos azul lechoso.

—Por favor —pronunció en silencio.

—De acuerdo. —Joanna suspiró con resignación y se montó en el taxi—. ¿A dónde vamos? —le preguntó con suavidad.

—… Mary… Mary…

—No. ¿A dónde? —insistió.

—Mary… le…

—¿Se refiere a Marylebone, cielo? —preguntó el taxista desde el asiento de delante.

La mujer asintió con patente alivio.

—En marcha, entonces.

La anciana miró nerviosa por la ventanilla mientras el taxi arrancaba a toda velocidad. Su respiración se fue calmando poco a poco. Cerró los ojos y descansó la cabeza en el respaldo de cuero negro.

Joanna suspiró. El día estaba mejorando por momentos. Alec la crucificaría si pensaba que se había largado antes de tiempo. No se tragaría la historia de que había tenido que socorrer a una ancianita indispuesta. Las ancianitas solo tenían interés para Alec si habían sido apaleadas por skinheads que iban tras el dinero de su pensión.

—Estamos llegando a Marylebone. ¿Puede preguntarle por la dirección exacta?

—Marylebone High Street, diecinueve. —La voz sonó clara y fresca. Joanna se volvió sorprendida hacia la anciana.

—¿Se encuentra mejor?

—Sí, gracias. Lamento las molestias causadas. Puede bajarse aquí, estaré bien. —Le indicó, aprovechando que se habían detenido en un semáforo.

—No, ya que he llegado hasta aquí, la acompañaré hasta su casa.

La anciana meneó la cabeza con toda la firmeza de que fue capaz.

—Por favor, es mejor para usted…

—Ya casi estamos. La ayudaré a entrar y me iré.

Con un suspiro, la anciana se arrebujó en su abrigo y no dijo nada más hasta que el taxi se detuvo.

—Hemos llegado, cielo. —El taxista abrió la portezuela, visiblemente aliviado de que la mujer siguiera viva.

—Tome. —La mujer le tendió un billete de cincuenta libras.

—Me temo que no tengo cambio para un billete tan grande —repuso el hombre mientras la ayudaba a bajar y la sostenía hasta que Joanna llegó a su lado.

—Tome. —Joanna le entregó un billete de veinte libras—. Espéreme aquí, por favor, vuelvo enseguida.

La anciana ya se había soltado y se encaminaba con andar vacilante hacia una puerta situada junto a un puesto de prensa.

Joanna la siguió.

—¿Me deja a mí? —preguntó cuando los dedos artríticos intentaron introducir la llave en la cerradura sin éxito.

—Gracias.

Joanna giró la llave, abrió y la anciana prácticamente se arrojó por el hueco de la puerta.

—¡Pase, pase, deprisa!

—No, yo... —Ahora que había dejado a la mujer sana y salva en casa, necesitaba regresar a la iglesia—. Está bien.

Accedió a regañadientes. La anciana cerró enseguida con un fuerte portazo.

—Sígame —ordenó, dirigiéndose a una puerta situada a la izquierda de un pasillo estrecho. Buscó con torpeza otra llave y por fin logró meterla en la cerradura. Joanna entró detrás de ella en la oscuridad.

—La luz está detrás de usted, a la derecha.

Buscó el interruptor, lo pulsó y se descubrió en un recibidor pequeño que olía a humedad. Delante de ella había tres puertas y, a su derecha, una escalera.

La anciana abrió una de las puertas y encendió otra luz. Al detenerse detrás de ella, Joanna pudo ver que la habitación estaba repleta de cajas de madera dispuestas unas encima de otras. En medio de la estancia había una cama individual con un marco de hierro oxidado. Contra una pared, empotrada entre las cajas, descansaba una butaca vieja. El olor a orina era insoportable y Joanna sintió que se le revolvía el estómago.

La anciana caminó hasta la butaca y se derrumbó en ella con un suspiro de alivio. Señaló una caja vuelta del revés junto a la cama.

—Mis pastillas, mis pastillas. ¿Puede pasármelas, por favor?

—Claro. —Joanna se abrió paso entre los bultos con cuidado y cogió el medicamento de la superficie polvorienta, reparando en que las instrucciones estaban escritas en francés.

—Gracias. Dos, por favor, y el agua.

Le tendió el vaso que había junto a las pastillas, giró el tapón del frasco, vertió dos comprimidos sobre una mano temblorosa y observó a la anciana llevárselos a la boca. Se preguntó entonces si ya podría marcharse. Agobiada por el hedor y la deprimente atmósfera, tuvo un escalofrío.

—¿Está segura de que no necesita un médico?

—Segurísima, gracias. Sé lo que me pasa, querida. —Una sonrisa torcida apareció en los labios de la mujer.

—En ese caso, será mejor que vuelva al funeral. He de escribir un artículo para mi periódico.

—¿Es usted periodista? —El acento de la anciana, ahora que había recuperado la voz, era refinado y decididamente inglés.

—Sí, del *Morning Hall*. Llevo poco tiempo.

—¿Cómo se llama, querida?

—Joanna Haslam. —Señaló las cajas—. ¿Se muda?

—Supongo que podría decirse así, sí. —La mujer miró al vacío con sus ojos azules y vidriosos—. No estaré aquí mucho tiempo más. Quizá esté bien que termine de esta manera.

—¿De qué está hablando? Por favor, si está enferma, deje que la lleve a un hospital.

—No, no, ya es tarde para eso. Ahora regrese a su vida, querida. Adiós.

La anciana cerró los ojos. Joanna siguió observándola hasta que, transcurridos unos segundos, oyó unos ronquidos suaves emanando de la boca de la mujer.

Se sentía culpable, pero era incapaz de soportar el ambiente de la habitación un minuto más, así que se marchó con sigilo y regresó corriendo al taxi.

El funeral ya había terminado para cuando llegó a Covent Garden. La limusina de la familia Harrison ya se había ido y solo quedaba un puñado de miembros de la congregación deambulando en el exterior. Se encontraba fatal. Solo alcanzó a sacarles un par de comentarios antes de detener otro taxi, dando la mañana entera por perdida.

2

El timbre sonaba una y otra vez, aporreando la cabeza dolorida de Joanna.

—Dios… —gimió cuando comprendió que quienquiera que fuera estaba decidido a no pillar la indirecta y marcharse.

«¿Matthew?»

Su estado de ánimo se elevó una décima de segundo antes de volver a caer en picado. Probablemente Matthew todavía estaba brindando por su libertad con una copa de champán en alguna cama con Samantha.

—Lárgate —gimoteó mientras se sonaba la nariz con una vieja camiseta de Matthew. Por la razón fuera, eso la hacía sentirse mejor.

El timbre sonó de nuevo.

—¡Menudo plasta!

Se dio por vencida; salió a rastras de la cama y caminó hasta la puerta haciendo eses.

—Hola, tigresa. —Simon tuvo el morro de sonreírle—. Tienes un aspecto horrible.

—Gracias —murmuró ella agarrándose a la puerta.

—Ven aquí.

Un par de brazos reconfortantes la rodearon por los hombros. Alta como era, Simon, con su metro noventa y dos, era de los pocos hombres que conocía que podían hacerle sentir pequeña y frágil.

—Escuché tus mensajes de voz cuando llegué a casa ayer por la noche. Siento mucho que tu paño de lágrimas particular no estuviera disponible.

—No te preocupes —sollozó ella en su hombro.

—Entremos antes de que nos salgan carámbanos en la ropa. —Simon cerró la puerta de la calle con un brazo todavía alrededor de los hombros de Joanna y la llevó a la sala de estar—. Caray, qué frio hace aquí.

—Lo siento, llevo toda la tarde en la cama. Tengo un catarro horrible.

—¿De veras? —bromeó él—. Vamos, ven a sentarte.

Simon trasladó al suelo periódicos viejos, libros y envases de Pot Noodle solidificados y Joanna se hundió en el incómodo sofá verde lima. Lo había comprado solo porque a Matthew le había gustado el color y lo lamentaba desde entonces. Después de todo, Matthew siempre se sentaba en el viejo sillón de cuero de su abuela cuando venía a verla. Cabrón desagradecido, pensó.

—No estás para echar cohetes, ¿verdad, Jo?

—No. Además de que Matthew me ha dejado, Alec me envió esta mañana a cubrir un funeral, a pesar de que era mi día libre. Acabé en Marylebone High Street con una vieja muy rara que vive en una habitación llena de cajas de madera.

—¡Vaya! Y yo en el Whitehall, donde lo más emocionante que me ha pasado hoy ha sido conseguir que la mujer de los sándwiches me cambiara el relleno.

Los esfuerzos de Simon por animarla a duras penas lograron arrancarle una sonrisa. Se sentó a su lado y le cogió las manos.

—Lo siento mucho, Jo, en serio.

—Gracias.

—¿La ruptura con Matthew es definitiva o se trata de una piedrecilla en el camino hacia la felicidad marital?

—Es definitiva, Simon. Ha conocido a otra.

—¿Quieres que vaya y le dé una paliza para que te sientas mejor?

—En parte sí y en parte no. —Joanna se llevó las manos a la cara y se restregó las mejillas—. Lo peor de todo es que en momentos como este se supone que has de reaccionar con dignidad. Si la gente te pregunta cómo estás, deberías quitarle importancia al tema y contestar, «De maravilla, gracias. En realidad no significaba nada para mí y su marcha es lo mejor que me ha pasado en la vida. Ahora tengo mucho más tiempo para mí y mis amigos y hasta me he apuntado a clases de macramé». ¡Pero es todo mentira! Estaría dispuesta a arrastrarme por un lecho de brasas con tal de recuperar a Matthew y volver a mi vida de antes. Le… le… quiero. Le necesito. Es mío, me… me pertenece.

Simon siguió abrazándola mientras ella sollozaba. Le acarició el pelo y la escuchó volcar su conmoción, dolor y desconcierto. Cuando se desahogó, la soltó con suavidad y se levantó.

—Enciende el fuego mientras hiervo agua para el té.

Joanna encendió las llamas de gas de la chimenea y siguió a Simon hasta la reducida cocina. Se derrumbó frente a la mesa de formica para dos en la que Matthew y ella habían compartido tantos *brunches* ociosos de domingo y cenas íntimas a la luz de las velas. Mientras Simon preparaba el té, Joanna contempló los tarros de cristal dispuestos en fila sobre la encimera.

—Siempre he odiado los tomates secos —musitó—. A Matthew le volvían loco.

—Bueno. —Simon agarró el tarro con los ofensivos tomates y derramó el contenido en el cubo de basura—. He ahí una cosa positiva que has sacado de todo esto. Ya no tendrás que comerlos.

—Ahora que lo pienso, había muchas cosas que a Matthew le gustaban y que yo fingía que también me gustaban. —Joanna apoyó el mentón en las manos.

—¿Como qué?

—Como ir los domingos al Lumière a ver películas de arte y ensayo extranjeras rarísimas cuando yo habría preferido quedarme en casa viendo series. Y lo mismo con la música. La música clásica me gusta en pequeñas dosis, pero tenía totalmente prohibido poner mis CD de *ABBA Gold* y Take That.

—Detesto reconocerlo, pero me temo que en eso coincido con Matthew —rio Simon mientras vertía agua hirviendo sobre las bolsitas de té—. Si te soy sincero, siempre tuve la impresión de que Matthew aspiraba a ser lo que él pensaba que debía ser.

—Tienes razón —suspiró Joanna—. Y yo era demasiado corriente para él. Pero así soy yo, una chica anodina de clase media de Yorkshire.

—Te prometo que eres todo menos corriente. O anodina. Honesta, tal vez. Sensata, desde luego. Pero ambas son cualidades admirables. Toma. —Simon le ofreció una taza—. Vamos a descongelarnos frente al fuego.

Joanna se sentó en el suelo, delante de la chimenea, entre las rodillas de Simon, y sorbió su té.

—Simon, la idea de volver a pasar por la etapa de las citas me horroriza —confesó—. Tengo veintisiete años, soy demasiado mayor para empezar de nuevo.

—Sí, estás hecha un vejestorio y casi puedo oler la muerte sobre ti.

Joanna le propinó un manotazo en la pantorrilla.

—¡No tiene gracia! Voy a tardar siglos en acostumbrarme a estar sola otra vez.

—El problema de los humanos es que nos asustan los cambios. Estoy convencido de que esa es la razón de que tantas parejas infelices sigan juntas cuando estarían mucho mejor separadas.

—Probablemente tengas razón. Mírame a mí, que me he tirado años comiendo tomates secos. Hablando de parejas, ¿sabes algo de Sarah?

—Me envió una postal desde Wellington la semana pasada. Por lo visto, está aprendiendo a navegar. Caray, ya llevamos un año separados. Pero volverá de Nueva Zelanda en febrero, así que solo quedan unas semanas.

—Ha sido genial por tu parte que la esperaras.

Joanna le sonrió.

—Ya lo dice el proverbio, «Si le quieres, déjale libre». En mi opinión, si todavía quiere estar conmigo cuando vuelva, entonces tendremos claro que lo nuestro es auténtico y real.

—No estés tan seguro. Yo también pensaba que lo mío con Matthew era «auténtico y real».

—Gracias por los ánimos. —Simon enarcó las cejas—. Vamos, Jo, tienes una profesión y un piso, y me tienes a mí. Eres una superviviente. Lo superarás, ya lo verás.

—Si todavía tengo un trabajo al que volver. El artículo que entregué sobre el funeral en honor de sir James Harrison era una mierda. Entre lo de Matthew, el resfriado y esa extraña anciana…

—¿Dices que vive en una habitación llena de cajas de madera? ¿Seguro que no estabas delirando?

—Seguro. Mencionó que no estaría aquí el tiempo suficiente para desembalarlas. —Joanna se mordió el labio—. Puaj, había un olor fortísimo a pis. ¿Seremos así nosotros cuando nos hagamos viejos? Qué situación tan deprimente. Cuando estaba en esa habitación pensé que, si eso era lo que nos deparaba el futuro, no tenía sentido luchar por él.

—Es posible que sea una de esas locas excéntricas que viven en un cuchitril y tienen millones guardados en el banco. O en cajas de madera, en este caso. Tendrías que haber mirado.

—La mujer estuvo bien hasta que vio a un viejo en una silla de ruedas que se detuvo al lado de nuestro banco durante el funeral. Se asustó mucho al verlo.

—Su exmarido, lo más seguro. Tal vez sean sus millones los que están escondidos en esas cajas —rio Simon—. Tengo que irme, encanto. He de terminar un trabajo para mañana.

Lo siguió hasta la puerta y Simon la estrechó con fuerza.

—Gracias por todo. —Joanna le dio un beso en la mejilla.

—No hay de qué. Puedes contar conmigo siempre que me necesites. Te llamaré mañana desde el trabajo. Adiós, Butch.

—Buenas noches, Sundance.

Joanna cerró y regresó a la sala sintiéndose más alegre. Simon siempre sabía cómo animarla. Eran amigos de toda la vida. De niño, él había vivido con su familia en la granja contigua a la suya en Yorkshire, y aunque era un par de años mayor que Joanna, el hecho de vivir en un entorno tan aislado significaba que habían pasado juntos buena parte de su infancia. Hija única y un poco chicazo por naturaleza, a Joanna le encantaba la compañía de Simon. Él le había enseñado a trepar a los árboles y a jugar a fútbol y críquet. Durante las largas vacaciones estivales subían con sus ponis a los páramos, donde jugaban durante horas a indios y vaqueros. Eran las únicas veces que discutían, pues Simon insistía siempre, injustamente, en que él viviese y ella muriese.

—Es mi juego y yo pongo las reglas —decía mandón, con un enorme sombrero de vaquero encasquetado hasta las orejas.

Y después de perseguirse el uno al otro por la áspera hierba del páramo, él le daba inevitablemente alcance y la abordaba por detrás.

—¡Bang, bang, estás muerta! —gritaba, apuntándola con su pistola de juguete, y Joanna se tambaleaba y caía al suelo, donde rodaba con fingida agonía hasta que se rendía y moría.

A los trece años Simon fue enviado a un internado y ya no se veían tanto. La vieja unión seguía allí en vacaciones, pero a medida que crecían, los dos iban haciendo nuevos amigos. Era inevitable. Celebraron con una botella de champán en los páramos que Simon había sido aceptado en el Trinity College de Cambridge, mientras que Joanna se matriculó dos años más tarde en la Durham para estudiar filología inglesa.

A partir de ahí sus vidas tomaron caminos separados. Simon conoció a Sarah en Cambridge, y durante su último año en Durham Joanna se enamoró de Matthew. Recuperaron su amistad cuando retomaron el contacto en Londres. Daba la casualidad de que vivían a solo diez minutos el uno del otro.

Joanna sabía que Simon nunca le había caído bien a Matthew. Aparte de pasarle una cabeza, Simon había obtenido un puesto de prestigio en la administración pública nada más salir de Cambridge. Siempre decía con modestia que era un mero funcionario del Whitehall, pero así era Simon. Muy pronto pudo comprarse un coche pequeño y un piso encantador de una habitación en Highgate Hill. Matthew, entretanto, había entrado de recadero en una agencia de publicidad antes de conseguir un puesto junior dos años atrás con el que solo podía permitirse, aún hoy día, un húmedo cuarto de alquiler en Stratford.

«A lo mejor —pensó de repente Joanna—, Matthew espera que el alto cargo de Samantha en la agencia le favorezca en su carrera.»

Meneó la cabeza. Se negaba a seguir pensando en él esta noche. Apretó la mandíbula, puso un CD de Alanis Morissette y subió el volumen. «A la mierda los vecinos», pensó al entrar en el lavabo para prepararse un baño caliente. Cantó «You Learn» a voz en grito mientras el agua salía a chorro de los grifos, por lo que no oyó los pasos en el caminito que conducía al portal ni vio la cara que miraba por las ventanas de su sala de estar, situada en una planta baja. Salió del cuarto de baño en el momento en que los pasos retrocedían.

Se sentía más limpia y tranquila; se preparó un sándwich de queso, corrió las cortinas de la sala y se sentó delante de la chimenea, tostándose los dedos de los pies. De repente experimentó un leve atisbo de optimismo con respecto al futuro. Algunas de las cosas que le había dicho a Simon en la cocina quizá sonaran frívolas, pero eran ciertas. Bien mirado, Matthew y ella tenían muy pocas cosas en común. Ahora era un pájaro libre que no tenía que complacer a nadie salvo a sí misma, y nunca más pondría sus sentimientos en segundo lugar. Era su vida, y no iba a permitir que Matthew le arruinara el futuro.

Antes de que la actitud positiva la abandonara y la depresión se apoderara nuevamente de ella, se tomó dos paracetamoles y se fue a la cama.

3

—Adiós, cariño. —Lo abrazó contra su pecho, aspirando su olor familiar.

—Adiós, mamá. —Se acurrucó en su abrigo unos segundos más antes de apartarse y buscar en el semblante de su madre indicios de alguna emoción incómoda.

Zoe Harrison se aclaró la garganta y parpadeó para ahuyentar las lágrimas. Por muchas veces que pasara por este momento, nunca resultaba fácil. Pero no debía llorar delante de Jamie o de sus amigos, de modo que se obligó a sonreír.

—Dentro de tres semanas, el domingo, vendré y comeremos fuera. Si a Hugo le apetece venir, puedes invitarlo.

—Vale.

Jamie estaba junto al coche, incómodo, y Zoe comprendió que había llegado el momento de marcharse. No pudo evitar apartarle del rostro un mechón de su bonito pelo rubio. El muchacho puso los ojos en blanco y por un segundo pareció el chiquillo que Zoe recordaba y no el serio hombrecito en que se estaba convirtiendo. Viéndolo con su uniforme azul marino y la corbata de nudo perfecto, tal como le había enseñado James, se sintió muy orgullosa de él.

—Está bien, cariño, ya me voy. Llámame si necesitas algo o si simplemente te apetece charlar.

—Lo haré, mamá.

Zoe se sentó detrás del volante de su coche, cerró la portezuela y puso en marcha el motor. Bajó la ventanilla.

—Te quiero, mi cielo. Cuídate mucho. Acuérdate de ponerte la camiseta interior, y no te dejes puestos los calcetines de rugby mojados más de lo necesario.

Jamie se puso colorado.

—Sí, mamá. Adiós.

—Adiós.

Zoe se alejó por el camino mientras por el retrovisor veía a Jamie despedirse alegremente con la mano. Dobló en una curva y su hijo desapareció de su vista. Al cruzar la verja para salir a la carretera, se apartó con brusquedad las lágrimas y buscó un pañuelo de papel en el bolsillo de su abrigo. Se recordó por enésima vez que ella lo pasaba peor en esas ocasiones que Jamie. Sobre todo hoy, que James ya no estaba.

Siguió las indicaciones para llegar a la autopista que la llevaría a Londres en una hora. Por el camino, se preguntó una vez más si no se había equivocado al confinar a un niño de diez años en un internado, especialmente después de haber sufrido la pérdida de su bisabuelo hacía solo unas semanas. Pero Jamie estaba encantado con el colegio, sus amigos, su rutina, cosas que Zoe no podía darle en casa. En el colegio estaba floreciendo, madurando, haciéndose más independiente.

Incluso Charles, el padre de Zoe, lo había mencionado cuando lo dejó en Heathrow la tarde anterior. Su rostro moreno y atractivo había comenzado a mostrar, por fin, los signos de la edad, como consecuencia del profundo pesar que sentía por la muerte de su padre.

—Has hecho un gran trabajo, cariño, deberías estar orgullosa de ti misma. Y de tu hijo —le había dicho al oído cuando se despidieron con un abrazo—. Me gustaría que Jamie y tú vinierais a mi casa de Los Ángeles en vacaciones. Pasamos muy poco tiempo juntos y te echo de menos.

—Yo también te echo de menos, papá —respondió Zoe. Se quedó donde estaba, un poco sorprendida, mientras lo veía cruzar el control de seguridad. Su padre raras veces tenía elogios para ella. O para su nieto.

Recordó el día que, con dieciocho años, descubrió que estaba embarazada; casi se muere del disgusto y la conmoción. Recién salida del internado y con una plaza en la universidad, al principio le había parecido ridículo barajar siquiera la posibilidad de tener el bebé. Sin embargo, a lo largo del bombardeo de indignación y juicios por parte de su padre y sus amigos, sumado a la presión procedente de una fuente muy distinta, Zoe supo, en algún lugar de su corazón, que el bebé que llevaba en el vientre tenía que nacer. Jamie era fruto del amor, un regalo mágico, especial. Un amor del que, después de más de diez años, no se había recuperado del todo.

Se sumó al resto de coches que se dirigían veloces a Londres por la autopista mientras las palabras que su padre le había dicho diez años atrás resonaban en sus oídos.

—¿Tiene intención de casarse contigo el hombre que te ha dejado preñada? Que sepas que estás sola en esto, Zoe. El error es tuyo y a ti te toca ponerle remedio.

«Ni siquiera existía la posibilidad de casarme con él», pensó ahora con tristeza.

Solo James, su querido abuelo, había mantenido la calma; una presencia serena que le ofreció sentido común y respaldo cuando las demás personas que la rodeaban no hacían más que despotricar.

Zoe siempre había sido el ojito derecho de James. De niña ignoraba que ese bondadoso hombre de voz fuerte y profunda, que se negaba a que lo llamaran «abuelo» porque decía que le hacía sentirse viejo, era uno de los actores clásicos más alabados del país. Zoe había crecido en una casa confortable de Blackheath con su madre y su hermano Marcus, cuatro años mayor que ella. Sus padres ya se habían divorciado para cuando Zoe cumplió los tres, y desde entonces rara vez veía a su padre, que se había mudado a Los Ángeles. Así pues, James se convirtió en la figura paterna de Zoe. Su laberíntico caserón de Dorset, llamado Haycroft House, con su huerto y sus acogedores dormitorios en el desván, constituían el escenario de sus recuerdos de infancia más felices.

Semiretirado, con alguna que otra escapada a Estados Unidos para una aparición breve en una película a fin de «ganarse los garbanzos», como decía él, su abuelo siempre había estado a su lado, sobre todo después de que la madre de Zoe muriera repentinamente en un accidente de tráfico a solo unos metros de su casa. Ella tenía entonces diez años y su hermano Marcus, catorce. Del funeral solo recordaba que había permanecido aferrada a su abuelo, observando su rostro grave y su mandíbula apretada, las lágrimas silenciosas rodando por sus mejillas mientras el pastor entonaba las plegarias. Fue un sepelio tenso y lúgubre. La obligaron a llevar un tieso vestido negro con puntillas que le irritaban el cuello.

Charles, que había regresado de Los Ángeles para el funeral, intentaba consolar a un hijo y una hija que apenas conocía, pero era James quien enjugaba las lágrimas de Zoe y la abraza cuando lloraba hasta altas horas de la noche. James también había intentado consolar a su nieto, pero Marcus se había encerrado en sí mismo y se negaba a hablar. Recluyó el dolor por la pérdida de su madre en lo más hondo de su ser.

Charles se llevó a Zoe a vivir a Los Ángeles, pero a Marcus lo enviaron a un internado en Inglaterra. Era como si Zoe no solo hubiese perdido a su madre, sino también a su hermano. Toda su vida de un plumazo.

Cuando llegó al calor seco e irritante de la casa estilo hacienda que su padre tenía en Bel Air, Zoe descubrió que tenía una «tía Debbie», una mujer que, al parecer, vivía con papá e incluso dormía en la misma cama que él. Tía Debbie era muy rubia y voluptuosa y no le hizo ninguna gracia la llegada de una niña de diez años a su vida.

La matricularon en un colegio de Beverly Hills que Zoe odió desde el primer momento. Apenas veía a su padre, demasiado ocupado haciéndose un hueco como director de cine. En lugar de eso, tuvo que soportar la idea que Debbie tenía de cómo criar a un niño: cenas precocinadas y dibujos animados a todas horas. Añoraba muchísimo el cambio de estaciones de Inglaterra y detestaba el calor áspero de Los Ángeles y sus acentos escandalosos. Escribía largas cartas a su abuelo en las que le suplicaba que fuera a buscarla y se la llevara a vivir con él a su querida Haycroft House e intentaba convencerle de que podía cuidar de sí misma. Y de que si le dejaba volver a casa, no sería ninguna carga para él.

Seis meses después de su llegada a Los Ángeles, un taxi apareció frente a la casa. James se apeó del mismo luciendo un distinguido panamá y una sonrisa de oreja a oreja. Zoe todavía recordaba su inmensa dicha cuando echó a correr por el camino de entrada y se arrojó a sus brazos. Su protector había respondido a sus ruegos y había venido a rescatarla. Mientras Debbie se retiraba enfurruñada a la piscina, Zoe volcó todas sus penas en los oídos de su abuelo. Acto seguido, James telefoneó a su hijo y le habló de la infelicidad de Zoe. Charles, que estaba rodando en México, estuvo de acuerdo en permitir que James se la llevara de vuelta a Inglaterra.

Zoe pasó el largo vuelo sentada feliz junto a su abuelo, aferrada a su mano y con la cabeza recostada en su hombro firme y competente, sabedora de que quería estar allí donde él estuviese.

El acogedor internado de Dorset, donde residía de lunes a viernes, fue para ella una experiencia dichosa. James siempre recibía de buen grado a las amigas de Zoe, tanto en Londres como en Haycroft House. No fue hasta que empezó a reparar en la expresión de admiración de los padres cuando venían a recoger a sus hijas y estrechaban la mano del gran sir James Harrison que fue consciente de hasta qué punto era famoso su abuelo.

Con los años, James le transmitió su amor por Shakespeare, Ibsen y Wilde. Juntos asistían con regularidad a las representaciones del Barbican, el National Theatre o el Old Vic. Entonces se quedaban a dormir en Londres, en la imponente casa que James tenía en Welbeck Street, y pasaban el domingo delante del fuego, analizando el texto de la obra.

A los diecisiete años, Zoe ya sabía que quería ser actriz. James solicitó los folletos de todas las escuelas de arte dramático y los examinaron detenidamente, sopesando los pros y los contras, hasta que decidieron que Zoe debía estudiar primero literatura inglesa en una buena universidad y a los veintiuno entrar en alguna de aquellas escuelas.

—En la universidad no solo estudiarás los textos clásicos, lo que dará profundidad a tus interpretaciones, sino que al terminar serás más madura y estarás preparada para absorber toda la información que te ofrezcan en la escuela de arte dramático. Además, un título te dará algo en lo que respaldarte.

—¿Crees que fracasaré como actriz? —le preguntó Zoe, horrorizada.

—No, cariño, desde luego que no. Para empezar, eres mi nieta —rio James—, pero eres tan endiabladamente guapa que a menos que tengas un condenado título, no te tomarán en serio.

Ambos estuvieron de acuerdo en que Zoe, si los resultados de los exámenes de bachillerato eran tan buenos como esperaban, solicitara una plaza en Oxford para estudiar literatura inglesa.

Y entonces se enamoró. Justo en plenos exámenes finales.

Cuatro meses más tarde estaba embarazada y hundida. Su futuro, planeado con tanto esmero, se había hecho añicos.

Temerosa de la reacción de su abuelo, Zoe se lo soltó una noche mientras cenaban. James palideció, pero asintió con calma y le preguntó qué quería hacer. Zoe se echó a llorar. La situación era tan horrible, tan compleja, que no fue capaz de contarle a su querido abuelo toda la verdad.

A lo largo de aquella espantosa semana en la que Charles llegó a Londres, acompañado de Debbie, despotricando contra Zoe, llamándola idiota y exigiendo conocer la identidad del padre, James permaneció en todo momento al lado de su nieta, infundiéndole fuerza y valor para tomar la decisión de tener el niño. Ni una sola vez le preguntó quién era el padre. Ni la interrogó sobre el viaje a Londres que había dejado a Zoe exhausta y blanca como un espectro cuando la recogió en la estación de Salisbury y ella se arrojó llorando a sus brazos.

Si no hubiera sido por el amor de James, por su apoyo y su fe ciega en la capacidad de su nieta de tomar la decisión correcta, Zoe sabía que no lo habría conseguido.

Cuando Jamie nació, Zoe observó que los ojos azul claro de James se llenaban de lágrimas al conocer a su bisnieto. El parto había sido prematuro y tan rápido que Zoe no había tenido tiempo de hacer el trayecto de media hora entre Haycroft House y el hospital más cercano. Así pues, Jamie había nacido en la vieja cama con dosel de su bisabuelo, con la comadrona del pueblo al mando. Mientras Zoe resoplaba agotada y dichosa, James tomó en sus brazos a su diminuto y chillón bisnieto.

—Bienvenido al mundo, hombrecito —susurró antes de besarle suavemente en la frente.

En ese momento, Zoe decidió que llamaría a su hijo como su abuelo.

Ignoraba si el vínculo se formó entonces o en las semanas posteriores, cuando abuelo y nieta se turnaban para levantarse por la noche y acunar a un bebé llorón por culpa de los cólicos. James había sido un padre y un amigo para su hijo. Niño y anciano pasaban muchas horas juntos, aunque James tuviera que sacar energía de debajo de las piedras para jugar con Jamie. Cuando Zoe llegaba a casa, encontraba a su abuelo en el huerto, lanzándole la pelota a Jamie para que la golpeara con el pie. James se llevaba a su bisnieto de excursión por los serpenteantes caminos de Dorset y le instruía sobre las flores que crecían en los arbustos y en su precioso jardín. Peonias, lavanda y salvia competían por un hueco en los amplios parterres. Y a mediados de julio, el olor de las rosas favoritas de James se colaba por la ventana de su cuarto.

Había sido una época hermosa y tranquila en la que a Zoe le había bastado con estar con su pequeño y su abuelo. Su padre, que acababa de ganar un Oscar, se hallaba en el punto álgido de su carrera y Zoe apenas tenía noticias suyas. Intentaba que no le afectara, pero anoche, cuando su padre la abrazó en el aeropuerto y le dijo que la echaba de menos, el invisible hilo paterno había tirado de su corazón.

«Él también se está haciendo mayor», pensó mientras rodeaba la rotonda al final de la autopista y ponía rumbo al centro de Londres.

Cuando Jamie cumplió tres años, James la persuadió con dulzura de que solicitara una plaza en una escuela de arte dramático.

—Si consigues entrar, podemos vivir los tres en Welbeck Street —le dijo—. Jamie debería empezar a ir a la guardería dos mañanas por semana. Es bueno que se relacione con otros niños.

—Estoy segura de que no entraré —farfulló Zoe cuando por fin accedió a pedir plaza en la RADA, la Real Academia de Arte Dramático, a pocos minutos en bici de Welbeck Street.

Pero la aceptaron, y con la ayuda de una joven niñera francesa que recogía a Jamie de la guardería a las doce y cocinaba para él y para su abuelo, Zoe terminó sus tres años de estudios.

James acorraló entonces a su agente y a un montón de amigos directores de casting para que asistieran a la representación de fin de carrera de su nieta.

—¡Cariño, el mundo está basado en el nepotismo, seas actor o carnicero!

Al salir de la academia, Zoe ya contaba con un agente y con su primer papel pequeño en una serie de televisión. Para entonces, Jamie iba al colegio y poco después la carrera de Zoe como actriz empezó a despegar. No obstante, para su decepción, era la pantalla y no los escenarios, su primer amor, lo que le daba trabajo.

—Deja de quejarte, niña —le regañó James un día que Zoe llegó a casa después de una infructuosa jornada de rodaje en East London. Había llovido a cántaros y no habían podido filmar una sola escena—. Tienes trabajo, que es lo máximo a lo que puede aspirar un actor joven. Con el tiempo llegará la Royal Shakespeare Company, te lo prometo.

Si Zoe había reparado en el lento deterioro de su abuelo a lo largo de los tres años siguientes, comprendió que había elegido ignorarlo. Solo cuando James empezó a retorcerse de dolor insistió en que fuera al médico.

Le diagnosticaron cáncer intestinal en fase avanzada; se había extendido hasta el hígado y el colon. Dada la edad y la fragilidad de James, el extenuante tratamiento de quimioterapia quedó descartado. El médico había propuesto cuidados paliativos que le permitieran pasar el tiempo que le quedaba con buena disposición de ánimo, sin tubos ni goteros. A medida que James empeorara, si precisaba algún tipo de cuidado extra para su bienestar, se lo proporcionarían en casa.

A Zoe se le saltaron de nuevo las lágrimas al pensar en entrar en la casa vacía de Welbeck Street, una casa donde hacía tan solo dos meses se respiraba el agradable aroma a Old Holborn, el tabaco que James había fumado a escondidas hasta el día de su muerte. Los últimos meses había estado muy mal. Le fallaban el oído y la vista y sus huesos de noventa y cinco años suplicaban descanso. Pero el carisma de James, su sentido del humor y su fuerza vital habían seguido llenando la casa.

El verano pasado Zoe había tomado la dolorosa decisión de enviar a Jamie a un internado por su propio bien. No deseaba que su hijo tuviera que presenciar el deterioro de su adorado bisabuelo. Estaban muy unidos, por lo que Zoe comprendió que debía acostumbrar a su hijo a una vida sin «Bisa-James», como él lo llamaba, con suavidad, con el menor dolor posible. Jamie no veía que las arrugas de Bisa-James eran cada vez más profundas, que las manos le temblaban cuando jugaban a cartas, que se quedaba dormido en su sillón después de comer y no se despertaba hasta bien avanzada la tarde.

De modo que Jamie se marchó al internado en septiembre y, por fortuna, se había adaptado de maravilla mientras Zoe hacía una pausa en su floreciente carrera cinematográfica para cuidar de un anciano que estaba cada vez más frágil.

Una gélida noche de noviembre, cuando Zoe se disponía a retirar una taza vacía, James le había agarrado la mano.

—¿Dónde está Jamie?

—En el colegio.

—¿Puede venir a casa este fin de semana? Necesito verle.

—James, no sé si es buena idea.

—Es un muchacho listo, más que la mayoría de los chicos de su edad. Desde que nació he sabido que no soy inmortal y que solo alcanzaría a disfrutar de sus primeros años de vida. He preparado a Jamie para mi inminente partida.

—Entiendo. —La mano que sostenía la taza temblaba tanto como la de su abuelo.

—¿Le pedirás que venga a casa? Es preciso que lo vea. Pronto.

—De acuerdo.

Con renuencia, ese fin de semana Zoe fue a recoger a Jamie al internado. Durante el trayecto a casa le contó que Bisa-James estaba muy mal. Jamie asintió con el flequillo sobre los ojos, ocultando su expresión.

—Lo sé, me lo dijo durante las vacaciones. También me dijo que me haría llamar cuando llegara el… momento.

Mientras Jamie corría escaleras arriba, Zoe se paseó por la cocina, preocupada por la reacción de su adorado hijo cuando viera el estado de Bisa-James.

Esa noche, mientras los tres cenaban en la habitación de James, Zoe advirtió que el anciano estaba bastante más animado. Jamie pasó el resto del fin de semana instalado en el dormitorio de su bisabuelo. Cuando, el domingo, Zoe subió y le dijo a su hijo que tenían que irse o les cerrarían las puertas del colegio, James abrió los brazos de par en par.

—Adiós, muchacho. Cuídate mucho, y cuida de tu madre.

—Lo haré. ¡Te quiero! —Jamie abrazó a su bisabuelo con la entrega propia de un niño.

Apenas hablaron durante el trayecto hasta el colegio de Berkshire, pero al entrar en el aparcamiento Jamie dijo al fin:

—Nunca más volveré a ver a Bisa-James. Me dijo que iba a irse pronto.

Zoe se volvió y observó la expresión grave de su hijo.

—Lo siento mucho, cariño.

—No te preocupes, mamá, lo entiendo.

Le dijo adiós con la mano, subió la escalinata y entró en el edificio.

Sir James Harrison, condecorado con la Orden del Imperio Británico, falleció apenas una semana después.

Zoe se detuvo junto al bordillo de Welbeck Street, bajó del coche y contempló la casa cuyo mantenimiento recaería ahora sobre sus hombros. El edificio de ladrillo rojo, pese a su moderna fachada victoriana, llevaba allí más de doscientos años, y Zoe vio que los altos marcos de las ventanas necesitaban una mano urgente de pintura. A diferencia de sus vecinos, tenía la fachada un poco curva, como una barriga agradablemente llena, y una altura de cinco plantas, con las ventanas del desván haciéndole un guiño como dos ojos brillantes.

Subió los escalones, abrió la pesada puerta y la cerró tras de sí antes de recoger la correspondencia del felpudo. Su aliento era visible en el aire frío de la casa y, presa de un escalofrío, se dijo que ojalá pudiera regresar a la reconfortante y semiaislada Haycroft House. Pero tenía trabajo que hacer. Justo antes de morir, James había insistido encarecidamente en que aceptara el papel protagonista de una nueva versión cinematográfica de *Tess* dirigida por Mike Winter, un joven británico con una carrera prometedora. Zoe le había entregado el guion a su abuelo solo para evitar que se aburriera durante su enfermedad —era uno de los muchos que le enviaban cada semana— y no esperaba que se lo leyera.

—Un papel como el de Tess no caerá en tus manos todos los días, y este guion es excepcional —le dijo cuando lo leyó, sujetándole la mano—. Te ruego que lo aceptes, niña. Te convertirá en la estrella que mereces ser.

No había necesitado decir que era su «última petición». Zoe lo había visto en sus ojos.

Sin quitarse el abrigo, cruzó el pasillo y subió el termostato. Escuchó el traqueteo metálico de la vieja caldera volviendo a la vida y rezó para que las tuberías no se congelaran con las gélidas temperaturas invernales. Cuando entró en la cocina, vio copas de vino y ceniceros sucios todavía apilados en el fregadero, los restos de la fiesta-velatorio que se había visto obligada a ofrecer después del funeral en honor de James. Había perfeccionado una expresión de gentil gratitud mientras docenas de personas se le acercaban para darle el pésame y contarle divertidas anécdotas de su abuelo.

Vació los ceniceros con desgana en el rebosante cubo de basura. Era consciente de que la mayor parte del dinero de *Tess* tendría que destinarlo a renovar la vieja casa. La cocina, sin ir más lejos, pedía a gritos una reforma.

La lucecita del contestador automático parpadeaba sobre la encimera. Zoe le dio al play.

«¿Zoe? ¡Zoeeeeee…! Vale, veo que no estás. Llámame a casa enseguida. ¡Es urgente!»

Se encogió al oír la voz pastosa de su hermano. El día previo se había horrorizado al ver el atuendo que Marcus había elegido para acudir a la iglesia, sin ni siquiera una pobre corbata, y para colmo se había largado del velatorio en cuanto pudo, sin despedirse. Zoe sabía que era porque estaba enfadado.

Tras la muerte de su abuelo, Charles, Marcus y ella habían asistido a la lectura del testamento. Sir James Harrison había decidido dejar prácticamente todo su dinero y Haycroft House a Jamie en un fondo del que podría disponer cuando cumpliera veintiún años. También había una póliza de seguros para pagarle el colegio y la universidad. A Zoe le había dejado Welbeck Street, además de todos los recuerdos de su carrera teatral, los cuales ocupaban buena parte del desván de Haycroft House. Sin embargo, no le había dejado dinero líquido; Zoe sabía que su abuelo quería que pasara hambre y continuara luchando por su carrera de actriz. También había una generosa suma de dinero en fideicomiso para crear la Beca Sir James Harrison, destinada a pagar los estudios de dos jóvenes con talento que carecieran de recursos para asistir a una escuela de arte dramático acreditada. En el testamento pedía que Charles y Zoe dirigieran el proyecto.

James le había dejado a su nieto cien mil libras, una suma «irrisoria» según Marcus. Después de la lectura del testamento, Zoe pudo sentir la decepción de su hermano emanando de todos sus poros.

Encendió la tetera mientras se debatía entre devolverle la llamada o no. Sabía que si no lo hacía, Marcus sería capaz de telefonearla a altas horas de la madrugada, borracho e ininteligible. Pese a lo terriblemente egocéntrico que podía ser a veces, Zoe quería a su hermano y recordaba su infancia juntos y lo dulce y amable que había sido siempre con ella cuando eran más jóvenes. Dejando a un lado su comportamiento actual, sabía que Marcus tenía buen corazón, pero también era cierto que su tendencia a enamorarse de la mujer equivocada y su desastrosa cabeza para los negocios lo habían llevado a la ruina y la depresión.

Después de terminar la universidad, Marcus se había ido a Los Ángeles para instalarse en casa de su padre e intentar abrirse camino como productor de cine. Zoe había sabido por boca de Charles y de James que las cosas no estaban saliendo como su hermano había planeado. Durante los diez años que había pasado en Los Ángeles, todos sus proyectos habían fracasado, dejándolo a él y a su benefactor, su propio padre, desencantados. Y a Marcus casi sin blanca.

—El problema con ese muchacho es que sus intenciones son buenas, pero es un soñador —comentó James cuando Marcus regresó de Los Ángeles tres años atrás con el rabo entre las piernas—. Este nuevo proyecto —James agitó la propuesta cinematográfica que Marcus le había enviado con la esperanza de que se la financiara— está lleno de firmes valores políticos y éticos, pero ¿dónde está la historia?

Por consiguiente, James se había negado a respaldarlo.

Aunque su hermano no supiera ayudarse a sí mismo, Zoe se sentía culpable por el hecho de que ella y su hijo hubieran recibido un trato de favor por parte de James, tanto durante su vida como en su testamento.

Envolvió la taza de té con las manos, entró en la sala y paseó la mirada por los arañados muebles de caoba, el gastado sofá y las vetustas sillas con el asiento hundido. Las pesadas cortinas de damasco estaban descoloridas y tenían pequeñas rendijas verticales abiertas en el frágil tejido, como si un cuchillo invisible las hubiera cortado igual que a la mantequilla. Mientras subía a su dormitorio pensó que intentaría retirar las deshilachadas alfombras para ver si se podía rescatar el suelo de madera.

Se detuvo en el rellano, frente a la habitación de James. Ahora que la lúgubre parafernalia para mantenerlo con vida había desaparecido, la estancia daba la impresión de estar vacía. Abrió la puerta y entró, imaginándose a James sentado en la cama con una simpática sonrisa en el rostro.

Sintió que se quedaba sin fuerzas; resbaló hasta el suelo y se acurrucó contra la pared mientras toda su pena y su dolor salían en forma de violentos sollozos. No se había permitido llorar así hasta entonces, conteniéndose por Jamie. Pero ahora, sola por primera vez en la casa, lloró por ella y por la pérdida de su verdadero padre y su mejor amigo.

El timbre de la puerta la sobresaltó. Se quedó muy quieta, confiando en que la inoportuna visita desistiera y le dejara lamerse las heridas en paz.

El timbre sonó de nuevo.

—¡Zoe! —gritó una voz familiar a través del buzón—. Sé que estás en casa, tu coche está fuera. ¡Déjame entrar!

—¡Maldito seas, Marcus! —blasfemó entre dientes, enjugándose con rabia las últimas lágrimas.

Bajó a la carrera, abrió la puerta de la calle y vio a su hermano apoyado en el marco de piedra.

—¡Caray, hermanita! —exclamó al verle la cara—. Pareces tan hecha polvo como yo.

—Gracias.

—¿Puedo entrar?

—Ya estás aquí, así que adelante —espetó Zoe, y se apartó para dejarle pasar.

Marcus fue directo al minibar de la sala de estar, donde cogió el decantador para servirse un generoso whisky antes de que ella hubiera cerrado siquiera la puerta.

—Iba a preguntarte cómo lo llevas, pero tu cara lo dice todo —señaló Marcus, recostándose en el orejero de piel.

—Marcus, dime qué quieres, sin rodeos. Tengo muchas cosas que hacer…

—No finjas que estás tan triste cuando el bueno de Jim te ha dejado esta casa. —Marcus barrió la estancia con los brazos al tiempo que el whisky chapoteaba peligrosamente contra las paredes del vaso.

—James te ha dejado mucho dinero —respondió Zoe apretando los dientes—. Sé que estás enfadado…

—¡Por supuesto que lo estoy! Estoy a esto… a esto de conseguir que Ben McIntyre acepte dirigir mi nuevo proyecto cinematográfico, pero quiere estar seguro de que tengo el capital para comenzar la preproducción. Solo necesito cien mil libras en la cuenta de la empresa para que acepte.

—Ten paciencia, lo recibirás cuando se valide el testamento. —Zoe se sentó en el sofá frotándose las doloridas sienes—. ¿No puedes pedir un préstamo?

—Ya conoces mis antecedentes. Y Marc One Films tampoco tiene el mejor historial financiero. Ben se buscará otro proyecto si no le doy una respuesta ya. En serio, Zoe, si conocieras a esos tipos también querrías participar. Será la película más importante de esta década, por no decir del milenio…

Zoe suspiró. Había oído hablar mucho del proyecto de Marcus durante las últimas semanas.

—Y tenemos que empezar a solicitar los permisos para rodar en Brasil cuanto antes. Ojalá papá me dejara el dinero hasta que se valide el testamento, pero no quiere. —Marcus la miró con fuego en los ojos.

—No puedes echarle en cara que se haya negado. Papá te ha ayudado muchas veces.

—Pero esto es diferente, esto lo cambiará todo, Zoe, te lo juro.

Ella calló y le sostuvo la mirada. Marcus había descuidado su aspecto las últimas semanas, y cada vez le preocupaba más lo mucho que bebía.

—Ya sabes que no tengo dinero en efectivo, Marcus.

—¡Vamos, Zoe! Seguro que podrías rehipotecar esta casa, o incluso conseguir un crédito para mí de unas pocas semanas, hasta la validación del testamento.

—¡Basta! —Zoe dio una palmada en el brazo del sofá—. ¡Ya es suficiente! Pero ¿tú te oyes? ¿De verdad te sorprende que James no te dejara la casa, cuando sabía que lo más probable era que la vendieras al día siguiente? Y apenas viniste a verle cuando estaba enfermo. Era yo la que cuidaba de él, la que le quería…

A Zoe se le quebró la voz. Tragó saliva para contener el llanto que amenazaba con salir.

—Sí, bueno… —Marcus tuvo la decencia de mostrarse compungido. Bajó la mirada y bebió un sorbo de whisky—. Siempre fuiste su ojito derecho, ¿no? A mí apenas me veía.

—Marcus, ¿qué pasa contigo? —dijo Zoe con calma—. Te quiero y me gustaría ayudarte, pero…

—No confías en mí, al igual que papá y sir Jim. Esa es la verdadera razón, ¿no?

—¿Y te sorprende, dada la manera en que has estado comportándote últimamente? Hace siglos que no te veo sobrio…

—¡No me vengas con esas! Cuando mamá murió, la máxima preocupación de todos era quién iba a cuidar de la preciosa Zoe. ¿Y quién pensó en mí, eh?

—Si vas a empezar a sacar cosas del pasado, puedes hacerlo en tu casa, yo estoy demasiado cansada para escucharte. —Se levantó y señaló la puerta—. Llámame cuando estés sobrio. No pienso hablar contigo estando así.

—Zoe…

—Hablo en serio. Marcus, te quiero, pero tienes que tranquilizarte.

Él se levantó trabajosamente, dejó el vaso de whisky en el suelo y abandonó la sala.

—Recuerda que has de llevarme al estreno de la semana que viene —llamó Zoe.

Marcus no respondió y se marchó dando un portazo.

Zoe entró en la cocina para prepararse una taza de calmante manzanilla y se quedó mirando los armarios vacíos. Tendría que conformarse con una bolsa de patatas fritas para cenar. Buscó en la pila de cartas que descansaba junto al teléfono la invitación al estreno de la película que había terminado justo antes de que la enfermedad de James se agravara. Estaba leyendo los detalles para poder enviárselos a Marcus por mensaje de texto cuando reparó en el nombre que aparecía en la parte superior de la tarjeta.

—Dios mío —susurró.

Se derrumbó en una silla mientras el estómago le daba un vuelco de trescientos sesenta grados.

4

Marcus Harrison recorrió el húmedo callejón que había detrás de la casa de apuestas de North End Road y entró en la portería del edificio donde vivía. Recogió del buzón un puñado de cartas —sin duda todas ellas amenazándole con arrancarle uno a uno el vello púbico con unas pinzas si no pagaba de inmediato la cantidad especificada— y subió las escaleras. Con una mueca de asco por el pestilente olor a desagüe, abrió la puerta de su piso, la cerró tras de sí y se apoyó en ella.

Tenía una fuerte resaca que se resistía a desaparecer a pesar de que eran casi las seis de la tarde del día siguiente. Dejó las facturas en la mesa para que acumularan polvo con las demás y se encaminó hacia la sala de estar en busca de la botella de whisky medio vacía. Se sirvió una buena cantidad en un vaso usado, se sentó y se bebió el licor de un trago, notando cómo su calor reconfortante le recorría por dentro. Y se preguntó, apesadumbrado, en qué momento se había torcido todo.

Ahí estaba él, el primogénito de un padre rico y famoso y el nieto del actor más aclamado del país. En otras palabras, el heredero de un reino.

Además, era relativamente guapo, honrado y amable —bueno, todo lo amable que podía ser con el raro de su sobrino— y la clase de persona con la que el éxito debería caminar de la mano. Sin embargo, no era el caso. Y nunca lo había sido.

¿Qué era lo que le había dicho su padre después del funeral, cuando Marcus le suplicó que le dejara los cien mil pavos hasta que se validara el testamento? Que era un «borracho holgazán» que esperaba que los demás le solucionaran los problemas. Dios, cuánto le había dolido eso.

Dejando a un lado lo que su padre pensara de él, Marcus sabía que siempre había hecho las cosas lo mejor que había podido. Había añorado tanto a su madre después de su muerte que durante los dos años siguientes había sentido su pérdida como un intenso dolor físico. Había sido incapaz de expresar su sufrimiento —hasta la palabra «mamá» le provocaba un nudo en la garganta—, y el cruel ambiente de un internado masculino británico no era lugar para comportarse como una nenaza. Así pues, se había encerrado en sí mismo y había trabajado duro, por ella. Pero ¿había reparado alguien en ello? No, estaban demasiado ocupados atendiendo a su hermana pequeña. Y cuando decidió probar suerte como productor en Los Ángeles, eligiendo proyectos que sabía que a su madre le habrían gustado porque «contaban cosas sobre el mundo», sus películas fracasaron estrepitosamente una detrás de otra.

En aquel entonces Charles, su padre, se había mostrado comprensivo.

—Vuelve a Londres, Marcus. Los Ángeles no es para ti. Reino Unido está mucho más abierto a las películas de arte y ensayo de bajo presupuesto que tú quieres hacer.

Para ser justos, Charles le había entregado una suma de dinero nada despreciable para que se alquilara un piso en Londres y viviera con holgura. Marcus se había mudado a un piso espacioso de Notting Hill y había creado Marc One Films.

Entonces… se enamoró de Harriet, una pija rubia de piernas largas —siempre le habían atraído las rubias guapas— a la que conoció en uno de los estrenos de Zoe. Actriz en ciernes, Harriet se había mostrado encantada de que la relacionaran con «Marcus Harrison, productor de cine y nieto de Jim Harrison», como le había descrito la prensa amarilla debajo de sus fotos en las páginas de sociedad. Marcus se gastó todo el dinero de su padre en el caro estilo de vida de Harriet, pero cuando ella se dio cuenta de que era un «perdedor que explotaba el apellido de su familia», lo dejó por un príncipe italiano. Marcus tuvo que recurrir de nuevo a su padre, quien lo rescató de la enorme deuda que Harriet había dejado tras de sí.

—Es la última vez que te salvo el culo —le ladró Charles por teléfono desde Los Ángeles—. Sienta la cabeza de una vez, Marcus. Búscate un trabajo como es debido.

Después de eso se topó con un viejo compañero de colegio que le habló de un proyecto cinematográfico ambiental que él y unos colegas de la City estaban respaldando, y le ofreció la oportunidad de producirlo. Todavía dolido por los hirientes comentarios de Harriet sobre su persona y su carrera, generó una enorme deuda con el banco para aportar el capital necesario. A continuación, pasó seis meses rodando en Bolivia, donde se enamoró del aislamiento y la enormidad de la selva amazónica y de la determinación de las gentes que llevaban miles de años habitándola.

La película fue un fiasco y Marcus perdió hasta el último céntimo de su inversión. Visto en retrospectiva, tenía que reconocer que el guion dejaba mucho que desear, que además del valor moral de la película y lo que «contaba», también necesitaba una buena historia, como había señalado su abuelo en una ocasión. Así pues, cuando meses atrás recibió un guion de un joven escritor brasileño y lloró literalmente cuando llegó al final, supo que era la película con la que iba a dejar su marca.

El problema era que ningún banco quería saber nada de él debido a su historial financiero, y su padre se había negado en redondo a seguir «tirando» dinero. La gente había dejado de creer en él justo ahora que había empezado a comprender lo que se precisaba para hacer una película ética pero bella, una película que estaba seguro de que llenaría los cines del mundo entero e incluso podría recibir más de un premio. Los espectadores se emocionarían con la historia de amor y aprenderían algo en el proceso.

No sabía qué hacer para cambiar la actitud de la gente, y no le avergonzaba reconocer que se había llevado una gran alegría cuando su abuelo estiró la pata. Aunque tenía claro que todo el cariño de sir Jim había sido para Zoe, Marcus era, después de todo, el otro de sus dos únicos nietos.

Pero la lectura del testamento no había ido como él esperaba. Y por primera vez en su vida, estaba profundamente resentido. El optimismo y la confianza en sí mismo se habían esfumado como el humo. Se sentía un fracasado.

«¿Estoy teniendo una crisis emocional?», se preguntó.

El sonido del teléfono interrumpió sus pensamientos. Descolgó a regañadientes al ver el nombre.

—Hola, Zo. Oye, siento mucho lo de la otra noche. Me pasé de la raya. Últimamente... no me reconozco.

—No te preocupes. —La oyó suspirar hondo al otro lado del teléfono—. Estamos todos igual. ¿Leíste el mensaje que te envié hace unos días? ¿Recuerdas que has de acompañarme al estreno de esta noche?

—Eh... no.

—¡Oh, Marcus! ¡No me digas que no puedes ir! Te necesito.

—Me alegro de que alguien me necesite.

—Déjate de victimismos y date una ducha. Te espero en el American Bar del Savoy dentro de una hora. Invito yo.

—Caray, qué espléndida —bromeó él antes de añadir—: Lo siento, estoy un poco bajo, eso es todo.

—Te veo allí a las siete. Hablaremos entonces. Que sepas que la otra noche te estuve escuchando.

—Gracias, hermanita. Hasta luego —murmuró Marcus.

Más tarde, con un segundo whisky delante, Marcus se sentó frente a la barra tenuemente iluminada del salón de estilo art déco. Cuando Zoe llegó al fin, luciendo un vestido de noche sin tirantes de color negro y unos pendientes largos de brillantes, todas las cabezas —masculinas y femeninas— se volvieron para admirarla.

—Uau, Zo, estás espectacular —le dijo Marcus, pasándose una mano por los pantalones arrugados que había rescatado de entre la ropa sucia.

—¿De veras? —preguntó Zoe nerviosa mientras le daba un beso y tomaba asiento. Se tocó el pelo—. ¿Qué opinas? ¿Lo ves muy anticuado?

Marcus examinó el cabello rubio y brillante de su hermana, recogido en un elaborado moño.

—Me recuerdas a Grace Kelly, elegante y con clase. ¿Tienes suficiente?

—Sí —dijo ella con una sonrisa—. Gracias.

—No es propio de ti estar tan obsesionada por tu aspecto. ¿Qué ocurre?

—Nada. ¿Me pides una copa de champán?

Marcus obedeció. Zoe se llevó la copa a los labios, vació la mitad y la devolvió a la barra.

—Dios, qué falta me hacía.

—Hablas como yo, Zo —rio Marcus.

—Confiemos en que mi media copa de champán no tenga el mismo efecto en mi aspecto que el que parece haber tenido ese whisky en el tuyo. Tienes una pinta horrible.

—Si te soy sincero, es el reflejo de cómo me siento. ¿Has cambiado de opinión sobre los cien mil?

—No tendré dinero líquido hasta que se valide el testamento.

—Podrías pedir un préstamo ofreciendo como aval lo que vas a recibir. Por favor, Zo —insistió Marcus—, si no suelto la pasta pronto, el proyecto desaparecerá delante de mis narices.

—Lo sé, te creo.

—Gracias. Imagino que tú también estás algo mosca con nuestro abuelo, ¿no? Lo siento, Zo, pero ¿qué hace un niño de diez años con dos millones de libras? ¿Imaginas cuánto será eso dentro de once años, cuando Jamie tenga veintiuno?

—Entiendo que estés dolido por lo del testamento, pero no es justo que culpes de ello a Jamie.

—No. —Marcus apuró su copa y pidió otra—. Supongo que lo que me pasa es que estoy hasta las narices. Todo me va mal. Este año cumplo treinta y cuatro. A lo mejor es que de repente siento que me estoy haciendo viejo. Hasta paso del sexo.

—Vaya, eso sí es una novedad. —Zoe puso los ojos en blanco.

—¿Sabes una cosa? —Marcus agitó el Marlboro Light delante de la cara de su hermana—. Esa clase de reacción es justo lo que espero de mi familia. Estoy harto de vuestra actitud paternalista. Me tratáis como si fuera un niño.

—¿Y de quién es la culpa? Reconócelo, te has metido en varios líos a lo largo de los años.

—Sí, pero ahora que estoy totalmente comprometido con una causa, nadie cree en mí ni me apoya.

Zoe bebió un sorbo de champán y consultó la hora. Faltaban veinticinco minutos para el comienzo de la película, veinticinco minutos para verlo, en persona… El corazón se le aceleró y tuvo una terrible sensación de náuseas.

—Marcus, tenemos que irnos. Pide la cuenta, ¿quieres?

Marcus hizo señas al camarero y Zoe le robó un cigarrillo del paquete.

—No sabía que fumaras.

—Solo a veces. Oye. —Zoe aspiró el humo y la sensación de náuseas aumentó. Aplastó el cigarrillo en el cenicero—. Se me ha ocurrido una posible solución a tu problema, pero primero he de hablar con papá.

—Ahórrate la molestia, papá me tiene crucificado.

—Tú déjame a mí.

—¿De qué se trata? Cuéntamelo, Zoe, por favor. Ayúdame a dormir esta noche —le suplicó Marcus.

—No te contaré nada hasta que haya hablado con papá. Gracias. —El camarero le entregó la cuenta y Zoe introdujo su tarjeta de crédito en la carpetita de cuero—. ¿Cómo estás en estos momentos? ¿Necesitas dinero para ir tirando?

—Para serte franco, sí —reconoció Marcus sin poder mirarla a los ojos—. Estoy en las últimas y están a punto de echarme de mi covacha por no pagar el alquiler del mes pasado.

Zoe metió la mano en su bolso, sacó un talón y se lo tendió.

—Toma. Que conste que es un préstamo. Lo saqué de mi cuenta corriente y lo quiero de vuelta cuando se valide el testamento.

—Claro. Gracias, Zoe, en serio. —Marcus dobló el talón y se lo guardó en el bolsillo interior de la americana.

—Y por favor, no te lo gastes en whisky. Vamos.

Tomaron un taxi a Leicester Square y se sumaron al lento tráfico de Picadilly Circus.

—¿Qué clase de papel tienes en esta peli? —le preguntó Marcus.

—Es un personaje secundario. Puede que te guste incluso a ti. Es una buena película, de bajo presupuesto, con mensaje —añadió Zoe.

El exterior del Odeon de Leicester Square estaba acordonado. Zoe se recogió un mechón de pelo detrás de la oreja con gesto nervioso.

—Bien, vamos allá.

Bajó del taxi, tiritando bajo la fría llovizna, y contempló la entusiasta multitud de mirones. Era una producción sin estrellas de Hollywood ni efectos especiales, pero Zoe sabía a quién habían venido a ver. En el enorme cartel de la fachada, iluminado por numerosos focos, el perfil de Zoe aparecía parcialmente oculto por el rostro de la actriz principal, la escultural Jane Donohue.

—Caray, tendría que haberme interesado más por el rodaje —bromeó Marcus al ver el cartel y a la protagonista.

—Sé amable con ella cuando te la presente. —Zoe agarró la mano de Marcus cuando echaron a andar por la alfombra roja.

—¿Cuándo no he sido yo amable con una mujer guapa?

—Ya sabes a qué me refiero. Esta noche no te separes de mí, por favor. ¿Prometido? —Zoe le estrujó la mano.

Marcus se encogió de hombros.

—Si es lo que quieres.

—Es lo que quiero.

Los flashes estallaron cuando entraron en el vestíbulo, que hervía de actores de series, comediantes y famosos de pacotilla, la mezcla habitual de los estrenos. Zoe aceptó una copa de vino de una bandeja y miró inquieta a su alrededor.

Sam, el director, se abalanzó sobre ella y la besó con efusividad.

—Querida, siento mucho lo de sir James. Habría ido al funeral, pero estaba súper pillado con todo esto.

—No te preocupes, Sam. Fue lo mejor. Ya estaba muy mal.

—La pena te sienta bien. —Sam la examinó con admiración—. Estás impresionante. La película ha despertado un gran interés, y hacer este estreno benéfico ha sido un golpe maestro por parte de los de marketing. Mañana saldremos en todos los periódicos, sobre todo tú, con este vestido que llevas. —Le besó la mano y sonrió—. Pásalo bien, querida. Luego nos vemos.

Zoe se dio la vuelta. Marcus, pese a sus súplicas, había desaparecido.

—¡Mierda!

Notó que la adrenalina empezaba a correr por sus venas, haciendo que la cabeza le diera vueltas. Y decidió que tenía todo el derecho a comportarse de manera cobarde e inmadura. Así pues, se escondió en el servicio de señoras para intentar calmar su agitado corazón. Cuando las luces del cine se apagaron, se escurrió hasta su asiento junto a Marcus.

—¿Dónde estabas? —susurró él.

—En el baño. Me entró cagalera.

—Qué fina —resopló Marcus cuando arrancaban los créditos iniciales.

Zoe se pasó la película aturdida. La idea de que él estuviera en el auditorio, puede que a solo unos metros, respirando el mismo aire que ella por primera vez en más de diez años, la llenaba de emociones tan desconcertantes e intensas que temió que fuera a desmayarse antes de que acabara la película. Después de años diciéndose a sí misma que se trataba de una obsesión adolescente, tuvo que reconocer que esos sentimientos profundos seguían ahí. Había utilizado a Jamie como pretexto para mantener a los hombres fuera de su vida, ya que no quería perturbarlo con una sucesión de novios diferentes. Pero esta noche, Zoe comprendió que había estado engañándose.

«¿Cómo exorcizas un fantasma del pasado? —se preguntó—. Te plantas delante de él y lo miras directamente a los ojos.» Si quería liberarse de ese yugo invisible, tenía que destruir la fantasía que había estado alimentando en su mente a lo largo de los años. Verlo de nuevo en persona, buscar signos de imperfección, era la única esperanza de cura. Además, era muy probable que se hubiese olvidado de ella. Había pasado mucho tiempo y él conocía a mucha gente, sobre todo mujeres.

Las luces se encendieron con un estallido de aplausos. Zoe se agarró al asiento para no salir corriendo. Marcus la besó en la mejilla y le apretó el brazo.

—Estás genial, hermanita, en serio. ¿Quieres un papel en mi nueva película?

—Gracias. —Zoe permaneció inmóvil mientras la gente salía del auditorio y su anterior determinación la abandonaba.

—¿Nos vamos a casa? Me duele la barriga —dijo cuando por fin se levantaron y salieron al vestíbulo con los demás.

—¿No tendrías que estrechar algunas manos y aguantar algunos cumplidos? Estuve charlando con Jane Donohue mientras esperaba a que salieras del baño y quedamos en vernos en la fiesta.

—¡Marcus, me lo prometiste! Llévame a casa, por favor. En serio, no me encuentro bien.

—De acuerdo —suspiró él—. Un momento, voy a decirle a Jane que nos vamos.

Permaneció en medio del gentío contando los segundos hasta que Marcus regresara y pudieran marcharse. Entonces notó un golpecito en el hombro.

—¿Zoe?

Giró sobre sus talones y notó que un rubor intenso le trepaba por el rostro. Ahí estaba él, algo más mayor, con algunas arrugas debajo de sus cálidos ojos verdes y líneas grabadas en las comisuras de los labios de sonreír. Su cuerpo, no obstante, parecía tan esbelto y cuidado bajo el esmoquin como hacía diez años. Zoe lo miró detenidamente, absorbiendo cada detalle con avidez.

—¿Cómo estás?

Se aclaró la garganta.

—Bien, gracias.

—Estás… impresionante. Eres todavía más bella que antes. —Hablaba en un tono susurrante, un poco inclinado hacia su oreja. Zoe aspiró su olor, tan familiar y perturbadoramente embriagador—. La película me ha encantado, por cierto. Tu interpretación es magnífica.

—Gracias —acertó a responder.

—Señor… —Un hombre con traje gris apareció junto a él y señaló su reloj.

—Deme unos minutos.

El traje gris se perdió entre la multitud.

—Ha pasado mucho tiempo —dijo él con nostalgia.

—Sí.

—¿Cómo te van las cosas?

—Bien, muy bien.

—Me enteré de lo de tu abuelo por los periódicos. Estuve a punto de escribirte, pero desconocía tus… circunstancias. —La miró con recelo y Zoe negó con la cabeza.

—No tengo pareja —confesó. Se arrepintió en el acto.

—Oye, me temo que he de irme. ¿Puedo llamarte algún día?

—Eh…

El traje gris se estaba acercando otra vez.

Él alargó el brazo para acariciarle la mejilla, pero detuvo la mano a un centímetro de su piel.

—Zoe… yo… —Ella podía ver el dolor en sus ojos—. Adiós. —Se despidió con un gesto resignado de la mano y se marchó.

Zoe permaneció en el concurrido vestíbulo ajena a todo menos al hombre que se alejaba de ella, abandonándola para atender asuntos más importantes, como siempre había hecho y como siempre haría. Su traicionero corazón, sin embargo, estaba exultante.

Regresó al servicio de señoras para tratar de serenarse. Al mirarse en el espejo pudo ver que la luz de sus ojos, que se había apagado de forma tan repentina hacía más de diez años, había empezado a brillar otra vez.

Marcus la esperaba en el vestíbulo.

—Caray, sí que tienes un problema. ¿Podrás llegar a casa?

Zoe sonrió y entrelazó su brazo al de Marcus.

—Pues claro.

El caballo blanco

*El caballo, con sus movimientos en «L»,
es la pieza más impredecible*

5

Joanna llegaba tarde otra vez. Sacó los codos y se abrió paso entre el enjambre de cuerpos. Bajó del autobús en Kensington High Street un segundo antes de que se cerraran las puertas. Dejó atrás la marea de ejecutivos, idénticos con sus trajes negros y grises y sus maletines de diseño, y echó a correr con el aire gélido de la mañana abofeteándole la piel. Miró el reloj y aumentó el ritmo. Hacía tiempo que no salía a correr. Prefería apoltronarse en el sofá, comer helado y ver *EastEnders* en la tele. En Yorkshire acostumbraba a correr ocho kilómetros diarios —colina arriba, además— y aunque había intentado mantener ese hábito en Londres, no era lo mismo. Echaba de menos el aire puro de los páramos, la aparición inesperada de liebres y halcones peregrinos. La fauna más fascinante que podía verse en Londres era una paloma que todavía conservaba las dos patas.

Llegó al edificio del *Morning Mail* resollando. Cruzó las puertas de cristal a trompicones y enseñó su pase a Barry, el guardia de seguridad sentado detrás del mostrador.

—¿Qué tal, Jo? Siempre apurando, ¿eh?

Joanna hizo una mueca y se metió en el ascensor. Confiaba en no estar sudando demasiado. Por fin, pasados diez minutos de la hora, se derrumbó frente a su abarrotada mesa y buscó el teclado entre los papeles. Levantó la vista: nadie parecía haber reparado en su tardía aparición. Encendió el ordenador y apiló en su bandeja los periódicos, revistas, textos viejos, fotos y cartas sin responder. Se juró que una tarde de esa semana se quedaría después del trabajo para ordenar su mesa. Después sacó una manzana del bolso y procedió a abrir la correspondencia.

Estimada señorita Haslem…

—Mal escrito —farfulló.

Le escribo para darle las gracias por el bonito artículo que hizo sobre mi hijo, al que se le quedó pegada la maqueta de Airfix en la mejilla. Me preguntaba si podría facilitarme una copia de la fotografía que acompañaba el artículo…

Joanna dejó la carta en la bandeja, le dio un bocado a la manzana y abrió otra, una invitación al lanzamiento de una compresa «revolucionaria».

—Paso —murmuró, arrojándola también a la bandeja.

La siguiente misiva era un sobre marrón grande y arrugado. La dirección estaba escrita con una caligrafía tan retorcida que se sorprendió de que le hubiese llegado. Lo abrió y dentro encontró otros dos sobres acompañados de una nota sujeta con un clip.

Querida señorita Haslam:

Soy la mujer de la iglesia a la que acompañó a casa hace unos días desde la iglesia. Me gustaría que viniera a mi piso lo antes posible, pues no me queda mucho tiempo. Entretanto, por si las moscas, le adjunto dos sobres. No se separe de ellos hasta que volvamos a vernos. Tendré más para usted cuando venga.

Le prevengo, esto es peligroso, pero me parece usted una joven con integridad y la historia debe contarse. Si para entonces ya me he ido, hable con la Dama del Caballero Blanco. Es cuanto puedo decirle por el momento. Rezo para que llegue a tiempo.

La estaré esperando.

Confío en usted,

JOANNA

La firma era ilegible.

Joanna leyó la carta una segunda vez, y una tercera, mordisqueando pensativamente la manzana. Después de tirar el corazón a la papelera, abrió el sobre marrón más pequeño y sacó una hoja de papel vitela de color crema que crujió de vieja al desplegarla. Era una carta escrita con pluma y letra inclinada. No llevaba fecha ni dirección.

Sam, mi amor:

Aquí estoy, pluma en mano, preguntándome cómo puedo empezar a describir lo que siento. Hace unos meses no sabía nada de ti, no sabía lo mucho que iba a cambiar mi vida después de conocerte. Pese a aceptar que tú y yo no tenemos futuro —de hecho, tampoco un pasado que otros puedan descubrir— ansío tus caricias. Te necesito a mi lado, protegiéndome, amándome como solo tú puedes.

Vivo una mentira, y esa mentira durará eternamente.

No sé cuánto tiempo más podré escribirte sin que resulte peligroso, pero confío en las manos leales que te harán llegar mis palabras de amor.

Responde de la manera habitual.

Con todo mi amor.

La carta estaba firmada con una inicial. Podía tratarse de una «B», una «E», una «R» o una «F», Joanna no podía decidirse. Suspiró hondo al percibir la intensidad de las palabras. ¿A quién iban dirigidas? ¿Quién las enviaba? No parecía haber pista alguna, salvo que se trataba sin ninguna duda de una historia de amor secreta. Joanna abrió el otro sobre y sacó un programa antiguo.

Es un honor para el Hackney Empire presentar
LA ÉPOCA DORADA DEL MUSIC HALL

Estaba fechado el 4 de octubre de 1923. Abrió el programa y echó un vistazo a las actuaciones, buscando nombres reconocibles. Quizá el de sir James Harrison, dado que Joanna había conocido a la anciana en su funeral, o puede que ella misma estuviera entre las actrices. Observó detenidamente las gastadas fotografías en blanco y negro de los intérpretes, pero no había ninguna cara ni ningún nombre que llamara su atención.

Cogió la carta de amor y volvió a leerla. Solo podía deducir que había sido escrita por alguien que en aquel entonces fue lo bastante célebre como para que la aventura causara un escándalo.

Como bien había supuesto la anciana, la misiva había despertado su apetito de periodista. Se levantó de su puesto, hizo varias fotocopias de ambas cartas y las guardó, junto con los originales y el programa, en el inocuo sobre marrón, que metió en su mochila antes de poner rumbo al ascensor.

—¡Jo, ven aquí!

Alec la pilló justo cuando estaba cruzando la puerta. Titubeó un instante antes de acercarse a su mesa.

—¿A dónde vas? Tengo un trabajo para ti, quiero que vigiles a la Pelirroja y a su amante. Y no creas que no he visto que has llegado tarde.

—Lo siento, Alec, he de ir a comprobar una historia.

—¿Ah, sí? ¿De qué se trata?

—Es un soplo. Podría estar bien.

Su jefe le clavó una mirada empañada todavía por la resaca de la noche anterior.

—¿Tienes ya algún contacto?

—En realidad no, pero mi intuición me dice que debo ir.

—Tu intuición, ¿eh? —Alec se dio unas palmaditas en la abultada panza—. Algún día, si tienes suerte, puede llegues a tener una intuición como la mía.

—Vamos. Te cubrí aquel funeral cuando me estaba muriendo.

—De acuerdo, largo. Pero te quiero de vuelta a las dos. Enviaré a Alice a vigilar a la Pelirroja hasta entonces.

—Gracias.

Una vez en la calle, Joanna cogió un taxi y pidió al chófer que la llevara a Marylebone High Street. Cuarenta minutos después el taxi se detuvo delante de la casa de la anciana. «Habría llegado antes corriendo», pensó mientras pagaba, asegurándose de que le daba el recibo. Se apeó y examinó los timbres que había junto a la puerta. Tenía que elegir entre dos, ambos anónimos. Pulsó el timbre inferior y esperó. No escuchó pasos, de modo que volvió a llamar.

Nada.

Joanna apretó el timbre superior y su llamada fue ignorada de idéntica forma.

Una última vez, por si acaso…

Finalmente la puerta se abrió unos centímetros.

—¿Quién es? —No era la voz de la anciana.

—Vengo a ver a la señora mayor que vive en el dúplex.

—Me temo que ya no está aquí.

—¿En serio? ¿Se ha mudado?

—Podría decirse así.

—Vaya. —Joanna dejó caer los hombros—. ¿Sabe a dónde ha ido? Recibí una carta suya esta mañana donde me pedía que viniera a verla.

La puerta se abrió un poco más y unos ojos femeninos la escrutaron.

—¿Quién es usted? —Unos cálidos ojos marrones recorrieron los tejanos y el abrigo de lana azul marino de Joanna.

—Soy… su sobrina nieta —improvisó Joanna—. He estado varios meses en Australia.

Los ojos cambiaron de expresión en el acto y miraron a Joanna con lo que parecía ser compasión.

—En ese caso, será mejor que pase.

Joanna se adentró en el oscuro pasillo y, siguiendo a la mujer, cruzó una puerta situada a la derecha hasta un dúplex similar al de la anciana, pero mucho más acogedor.

—Adelante. —La mujer la hizo pasar a una sala de estar abarrotada de chismes y caldeada en exceso, y señaló un sofá rosa de dralón—. Póngase cómoda.

—Gracias.

Joanna observó a la mujer mientras esta tomaba asiento en una butaca junto a la chimenea de gas. De rostro simpático y agradable, calculó que tendría unos sesenta y cinco años.

—Por cierto, me llamo Joanna Haslam —se presentó con una sonrisa—. ¿Y usted?

—Muriel, Muriel Bateman. —La mujer la miró de hito en hito—. No se parece nada a su tía.

—No, ya, eso es porque… era la mujer de mi tío abuelo. Esto, ¿sabe dónde está… mi tía?

—Me temo que sí, querida. —Muriel alargó el brazo y le dio unas palmaditas en la mano—. Fui yo quien la encontró.

—¿Encontró?

Muriel asintió.

—Su tía ha muerto, Joanna. Lo siento mucho.

—Oh. ¡Oh, no! —A Joanna no le hizo falta fingir su conmoción—. ¿Cuándo?

—El miércoles pasado. Hoy hace una semana.

—Pero… ¡pero yo recibí una carta suya esta mañana! ¿Cómo podía estar muerta y enviarme esto? —Joanna rebuscó en la mochila y examinó el matasellos que aparecía en la carta de la anciana—. Mire, me la envió el pasado lunes, cinco días después del día que usted dice que murió.

—Ay, Señor. —Muriel se puso colorada—. Me temo que es culpa mía. Verá, Rose me dio esta carta el martes por la noche para que la echara al buzón. Luego, con el susto de encontrármela al día siguiente y la llegada de la policía, me olvidé. No la envié hasta hace dos días. Lo siento mucho, cielo. ¿Le preparo una taza de té? Acaba de recibir un fuerte golpe.

Muriel regresó con una bandeja que contenía una tetera cubierta por una funda naranja, tazas, leche, azúcar y un plato de galletas de chocolate. Sirvió el oscuro líquido en dos tazas.

—Gracias. —Joanna bebió un sorbo mientras Muriel regresaba a su butaca—. ¿Dónde la encontró? ¿En la cama?

—No, al pie de la escalera de su recibidor. Toda retorcida, como una muñeca de trapo… —Muriel se estremeció—. Nunca olvidaré el terror en sus ojos. Pobrecilla… Lo siento mucho, querida. Desde entonces casi no pego ojo por las noches.

—No me extraña. Pobre, pobre tía. ¿Cree que se cayó por las escaleras?

—Puede. —Muriel se encogió de hombros.

—Si no es mucho pedir, cuénteme cómo estaba las últimas semanas. Al encontrarme de viaje, me temo que perdí el contacto con ella.

—Bueno… —Muriel cogió una galleta y le dio un bocado—. Como seguramente ya sabe, su pobre tía vivía aquí desde hace solo unas semanas. El dúplex de al lado llevaba mucho tiempo vacío, hasta que de repente, a finales de noviembre, vi llegar a una frágil anciana y, días más tarde, un montón de cajas de madera que nunca llegó a desembalar. Personalmente, creo que su tía ya sabía que estaba en las últimas mucho antes de que falleciera. Lo siento mucho, querida.

Joanna se mordió el labio, sinceramente apenada por la anciana, y esperó a que Muriel continuara.

—Los primeros días no la molesté. Pensé en dejar que se instalara antes de presentarme como su vecina, pero como nunca la veía salir, un día llamé a su puerta. Verá, me preocupaba que estuviera tan delicada y que nadie entrara ni saliera de ese horrible y húmedo agujero, pero no me abrió. Debía de ser mediados de diciembre cuando oí un grito en el pasillo de fuera. Tan débil y fino como el de un gatito. Me la encontré en el suelo con el abrigo puesto. Había tropezado con el escalón de la puerta de la calle y no podía levantarse. Como es lógico, la ayudé a ponerse en pie, me la traje aquí, la senté y le preparé una taza de té bien cargado, como la que le he hecho hoy a usted.

—Ojalá hubiera sabido que estaba tan enferma —musitó Joanna, incómoda por las mentiras que estaban saliendo de sus labios—. En las cartas que me enviaba siempre sonaba muy animada.

—Si le sirve de consuelo, todos decimos eso después de los hechos, querida. Yo tuve una bronca de mil demonios con mi Stanley y al día siguiente la palmó de un ataque al corazón. El caso es que le pregunté a su tía dónde había vivido antes. Me contó que había pasado muchos, muchos años en el extranjero y que acababa de volver. Le pregunté si tenía parientes aquí y negó con la cabeza, dijo que la mayoría seguía en el extranjero. Debía de referirse a usted, querida. Entonces le dije que si necesitaba que le comprara alguna cosa o le recogiera algún medicamento, solo tenía que pedírmelo. Recuerdo que me dio las gracias con mucha educación y me preguntó si podía comprarle algunas latas de sopa. Eso es lo que iba a hacer cuando se cayó. —Muriel sacudió la cabeza—. Le pregunté si quería que llamara al médico para que la viera por lo de la caída, pero me dijo que no. Cuando llegó el momento de que volviera a su casa, la pobrecilla casi no podía tenerse de pie y tuve que acompañarla. Y cuando vi la espantosa habitación en la que vivía, con todas esas cajas de madera y esa peste, me quedé horrorizada, en serio se lo digo.

—Mi tía siempre fue una excéntrica —soltó débilmente Joanna.

—Sí, y perdóneme por decir esto, pero creo que tampoco era muy limpia, la pobrecilla. Le propuse llamar a servicios sociales para conseguir comidas a domicilio y una enfermera que la bañara, pero se enfadó tanto que pensé que iba a darle un soponcio, así que lo dejé ahí. Eso sí, le insistí en que debía darme una llave de su casa. Le dije, ¿y si vuelve a caerse y la puerta está cerrada con llave y no puedo entrar para ayudarla? Finalmente aceptó. Le prometí que me limitaría a asomar la cabeza de vez en cuando para ver si estaba bien. Me insistió mucho en que guardara la llave en un lugar seguro y no le dijera a nadie que la tenía. —Muriel suspiró y meneó la cabeza—. Era una viejecita muy rara. ¿Más té?

—Sí, por favor. Mi tía siempre valoró mucho su independencia. —Joanna sucumbió a la tentación y cogió una galleta de chocolate.

—En efecto, y mire el resultado. —Muriel resopló mientras le llenaba la taza hasta arriba—. A partir de entonces asomaba la cabeza una vez al día. Normalmente la encontraba en la cama, recostada sobre unos almohadones, unas veces escribiendo cartas que yo le echaba luego al buzón y otras dormitando. Adquirí la costumbre de llevarle una taza de té o una sopa instantánea con una tostada. No me quedaba allí mucho rato, lo reconozco. El olor me revolvía el estómago. Entonces llegó Navidad. Fui a ver a mi hija a Southend pero regresé el 26. Encontré una tarjeta sobre la mesa del pasillo. Me la traje dentro y la abrí.

Joanna se inclinó hacia delante.

—¿Era de mi tía?

—Sí. Una preciosa felicitación de Navidad, de las caras, esas que se compran sueltas y no en paquetes. Dentro, había escrito con pluma y esa preciosa letra antigua que tenía, «Muriel, gracias por su amistad. Siempre la guardaré como un tesoro. Rose. —La mujer se enjugó una lágrima—. Esa tarjeta me hizo llorar. Su tía debió de ser una dama muy fina en otros tiempos. Y ver cómo terminó… —Meneó la cabeza—. Llamé a su puerta para darle las gracias por la tarjeta y la convencí para que viniera a mi casa a calentarse junto al fuego con una tarta de carne.

—Se lo agradezco. Fue usted muy buena con ella.

—Era lo mínimo que podía hacer. Su tía no fue ninguna molestia. De hecho, tuvimos una charla agradable. Le pregunté otra vez por su familia, si tenía hijos. Se puso blanca, negó con la cabeza y cambió de tema. No insistí. Advertí que durante las fiestas navideñas se había debilitado, estaba en los huesos y la terrible tos había empeorado. Entonces, justo después de Navidad, mi hermana de Epping enfermó y me preguntó si podía ir y quedarme con ella una semana para cuidarla. Como es lógico, fui, y regresé aquí tan solo dos días antes de que su pobre tía muriera.

—¿Fue entonces cuando mi tía le dio la carta para que la echara al buzón?

—Así es. Fui a verla la misma tarde que llegué. Estaba en un estado espantoso, temblando y nerviosa como un gato en un tejado de zinc caliente. Y los ojos… tenía una mirada… no sé. —Muriel se estremeció—. El caso es que me dio la carta y me pidió que la enviara de inmediato. Le dije que así lo haría. Luego me cogió la mano, la apretó con fuerza y me entregó un estuche. Me pidió que lo abriera; dentro había un precioso relicario de oro. No era de mi estilo, claro, demasiado delicado para mí, pero se notaba que era un trabajo de calidad y que el oro era auténtico. Por supuesto, enseguida le dije que no podía aceptar un regalo tan caro, pero se enfadó mucho cuando intenté devolvérselo e insistió en que me lo quedara. Me afectó bastante su reacción. Regresé a mi casa y decidí que al día siguiente llamaría a un médico para que la visitara, se pusiera como se pusiera. Pero al día siguiente ya fue demasiado tarde.

—Oh, Muriel, si lo hubiese sabido…

—Ahora no se culpe usted. Debí echar la carta al correo de inmediato, tal como ella me había pedido. Si le sirve de consuelo, murió antes de que la carta hubiera llegado. Como le dije, me la encontré a las diez de la mañana del día siguiente, tendida en el suelo frente a la escalera de su casa. ¿Le apetece un brandy? A mí no me iría nada mal una copa.

—No, gracias, pero sírvase usted.

Mientras Muriel iba a la cocina para ponerse un brandy, Joanna meditó sobre lo que había descubierto hasta el momento.

—Me pregunto qué hacía mi tía al pie de la escalera —murmuró Joanna cuando Muriel regresó—. Si estaba tan débil, es imposible que hubiese podido subir la escalera ella sola, ¿no cree?

—Eso mismo le dije al hombre de la ambulancia cuando llegó —reconoció Muriel—. Él creía que se había desnucado y que los enormes moratones que tenía en la cabeza, los brazos y las piernas hacían pensar que se había caído desde lo alto de la escalera. Entonces le dije que era imposible que Rose hubiese subido sola. Además —Muriel se encogió de hombros—, ¿para qué iba a querer subir? Allí arriba no había nada. —Se sonrojó un poco—. Subí a echar un vistazo una vez, solo por curiosidad.

Joanna frunció el entrecejo.

—Es muy raro.

—¡A que sí! Como es lógico, tuvieron que avisar a la policía. Los agentes entraron en tropel y empezaron a hacerme muchas preguntas, que quién era la mujer, que cuánto tiempo hacía que vivía aquí. Muy desagradable todo. Una vez que se la llevaron, hice la maleta, llamé a mi hija y me fui a pasar un par de días con ella. —Muriel cogió la copa de brandy—. Lo hice lo mejor que supe.

—Por supuesto. ¿Sabe a dónde se la llevaron?

—A la morgue, supongo, para esperar que alguien la reclame, la pobrecilla.

Las dos mujeres se quedaron calladas, mirando el fuego. Joanna deseaba hacerle más preguntas, pero podía ver que Muriel estaba muy afectada.

—Será mejor que vaya a ver el piso para decidir qué hacer con las cosas de mi tía —dijo al fin.

—Se las han llevado —respondió Muriel con brusquedad.

—¿Qué? ¿A dónde?

—No lo sé. Como le he dicho, me fui a pasar dos días a casa de mi hija. Cuando volví, entré en el piso, más que nada para despedirme de ella, y vi que lo habían vaciado. No queda nada de nada.

—Pero... ¿quién pudo llevarse todo eso? ¡Todas esas cajas de madera!

—Pensé que a lo mejor la familia había sido informada y había venido para vaciarlo. ¿Tiene algún familiar aquí que pudiera haberlo hecho?

—Eh... no, están todos en el extranjero, como dijo Rose. En Inglaterra solo estoy yo. —La voz de Joanna se fue apagando—. ¿Por qué se lo han llevado todo?

—A saber. Todavía tengo la llave. ¿Quiere entrar y echar un vistazo? Ya no huele mal. Quienquiera que se llevara las cajas también le dio un buen repaso al piso con desinfectante.

Salieron al pasillo y Muriel abrió la puerta de enfrente.

—Qué ganas tengo de que lleguen nuevos inquilinos. Me gustaría que fuese una familia joven que devolviera la alegría a este edificio. ¿Le importa que la deje sola? Este lugar me da escalofríos.

—Claro que no. Además, ya la he molestado suficiente. ¿Podría darme su número de teléfono por si necesito más información?

—Lo anotaré en un papel y se lo daré cuando venga a devolverme la llave.

Joanna entró en el piso de Rose y cerró la puerta tras de sí. Encendió la luz y se detuvo en el diminuto recibidor, contemplando la escalera empinada e irregular a su derecha. Y supo que la mujer a la que dos semanas atrás había ayudado a salir de la iglesia no era más capaz de subir esos escalones que un recién nacido. Subió por ellos muy despacio, atenta al fuerte crujido de cada peldaño bajo su peso. En lo alto de la escalera había un rellano pequeño flanqueado por dos cuartos húmedos y vacíos. Se paseó por ellos, pero no encontró nada salvo cuatro paredes y un suelo de madera desnudo. También las ventanas, que daban a un patio trasero inundado de hierbajos, habían sido lavadas no hacía mucho. Salió del segundo cuarto y se detuvo en el rellano. Colocó los dedos de los pies justo en el borde del escalón superior. La caída era de cinco metros, no más, pero desde ahí arriba parecía mucho, mucho más larga.

Bajó y entró en la sala donde Rose había pasado los últimos días de su vida entre cajas de madera. Olfateó el aire. Todavía se apreciaba un olor vagamente desagradable, pero nada más. Como Muriel había dicho, la estancia había sido vaciada por completo. Joanna se puso a cuatro patas y se deslizó por los tablones buscando algo que otros ojos pudieran haber pasado por alto. Nada.

Inspeccionó el cuarto de baño y la cocina, regresó al recibidor y se detuvo al pie de la escalera, donde Muriel había encontrado a la pobre Rose.

«… No me queda mucho tiempo… Le prevengo, esto es peligroso… si para entonces ya me he ido…»

Un escalofrío trepó por la espalda de Joanna cuando cayó en la cuenta de que existía una gran posibilidad de que Rose hubiese sido asesinada.

La pregunta era ¿por qué?

El coche estacionado al otro lado de la calle se puso en marcha cuando Joanna salió del edificio. El tráfico era denso en Marylebone High Street. El conductor vio que la joven vacilaba unos segundos sobre la acera antes de girar a la izquierda y alejarse caminando.

6

Joanna pasó una tarde larga y húmeda bajo la lluvia torrencial, apelotonada con otros periodistas y fotógrafos en Chelsea, frente a la casa de la «Pelirroja», como la llamaban los colegas de Joanna.

La supermodelo de cabellos de fuego, que supuestamente estaba retozando con otra modelo, por fin salió del edificio. Los flashes estallaron mientras la Pelirroja se abría paso entre el gentío y corría hacia el taxi que la esperaba.

—Voy tras ella —dijo Steve, el fotógrafo de Joanna—. Te llamaré cuando sepa a dónde se dirige. Apuesto a que al aeropuerto, así que paciencia.

—Vale.

Joanna observó a los demás fotógrafos subirse a sus motos mientras la marabunta de reporteros se perdía en la noche lluviosa. Gruñó, frustrada, y puso rumbo a la estación de metro de Sloane Square. Las tiendas de King's Road estaban llenas de letreros anunciando descuentos por fin de temporada y parecían tan afectadas por el agotamiento postnavideño como ella. Una vez dentro del metro, dedicó una mirada distraída a los anuncios que había sobre ella.

El *doorstepping* era una tarea ingrata. Todas esas horas de espera, incluso días, sabiendo que lo máximo que ibas a sacarle a la persona era un «Sin comentarios». Además, era una afrenta a su sentido de la decencia humana. Si la Pelirroja quería tener una aventura apasionada con una oveja, era asunto suyo y solo suyo. Sin embargo, como Alec no se cansaba de repetirle, en la sección de noticias de un periódico de ámbito nacional no había lugar para la ética. El público tenía un apetito insaciable por todo lo que fuera lujurioso y sexy. La fotografía de la Pelirroja en la portada de mañana vendería diez mil ejemplares más.

Joanna se bajó en la estación de Finsbury Park y tomó la escalera mecánica. Una vez arriba, miró el móvil. Tenía un mensaje de voz de Steve.

«No me equivocaba. Coge un vuelo a Estados Unidos dentro de una hora. Buenas noches.»

Joanna se guardó el móvil y salió de la estación para sumarse a la cola del autobús.

Había estado demasiado atareada en el trabajo desde su conversación con Muriel para reflexionar sobre todo lo que había averiguado, pero quería conocer la opinión de Simon. Durante el camino de vuelta a la redacción había anotado en su libreta todo lo que podía recordar, y confiaba en no haberse dejado nada.

Finalmente, el autobús se detuvo cerca del edificio de apartamentos de Simon. Joanna se apeó y echó a andar por la acera con paso rápido, tan absorta en sus pensamientos que no reparó en el hombre que la seguía oculto entre las sombras.

El piso de Simon estaba en la última planta de un caserón reconvertido en lo alto de Highgate Hill, con maravillosas vistas a los espacios verdes y las azoteas del norte de Londres. Lo había comprado dos años atrás, diciéndose que la sensación de espacio del exterior compensaba la falta de metros del interior.

Vivir en Londres constituía un sacrificio enorme para ambos. Todavía llevaban Yorkshire en el corazón y añoraban la paz, la tranquilidad y la vacuidad de los páramos donde habían crecido. Probablemente esa fuera la razón por la que habían terminado a solo diez minutos en autobús el uno del otro en un barrio apartado y frondoso de Londres. Joanna envidiaba las vistas de Simon, pero estaba contenta en su peculiar pisito al pie de la colina, en el algo más modesto Crouch End. Cierto que unas ventanas de doble cristal y un cuarto de baño decente constituían lujos que el cascarrabias de su casero nunca había considerado importantes, pero los vecinos eran tranquilos y amables, lo que tenía un gran valor en Londres.

Joanna llamó al telefonillo y la cerradura de seguridad se abrió. Subió a pie los setenta y seis escalones y llegó al pequeño rellano del piso de Simon jadeando. La puerta estaba abierta, y por ella se colaba un delicioso olor a comida mientras Fats Waller sonaba en el equipo de música.

—Hola.

—Pasa, Jo —la saludó Simon desde la pequeña cocina situada en un recodo del diáfano espacio.

Joanna plantó una botella de vino en la barra que separaba la cocina de la sala. Colorado por el vaho que emergía de la cacerola que estaba removiendo, su amigo soltó la cuchara de madera y fue a darle un abrazo.

—¿Cómo estás?

—Eh… bien, bien.

—¿Todavía llorando por ese imbécil? —le preguntó, mirándola a los ojos.

—Un poco, pero estoy mucho, mucho mejor, en serio.

—Bien. ¿Has sabido algo de él?

—Ni una palabra. He metido todas sus cosas en cuatro bolsas de basura y las he dejado en el recibidor. Si no viene a por ellas en un mes, irán al contenedor. He traído vino.

—Dos ideas excelentes —asintió Simon, que sacó dos copas del armario y le tendió el sacacorchos.

Joanna abrió la botella y llenó generosamente las copas.

—Salud —brindó antes de dar un sorbo—. ¿Cómo estás tú?

—Bien. Siéntate y serviré la sopa.

Joanna se instaló junto a la ventana y contempló el espectacular horizonte de edificios que componían la City de Londres por el sur y sus elevadas azoteas iluminadas con luces rojas.

—Lo que daría por volver a ver las estrellas sin toda esta contaminación lumínica —suspiró Simon mientras le ponía un cuenco lleno delante.

—Lo sé. Tengo planeado ir a Yorkshire en Semana Santa. ¿Te vienes?

—Depende del trabajo que tenga.

—Caray, está buenísima —exclamó Joanna tras probar la espesa sopa de judías negras—. Creo que deberías olvidarte de la Administración y abrir un restaurante.

—Ni lo sueñes. Cocinar es un placer, un pasatiempo y una manera de conservar la cordura después de un largo día en el manicomio. Hablando de trabajo, ¿cómo te va a ti?

—Bien.

—¿No te has topado con ningún escándalo jugoso? ¿No has descubierto que una célebre actriz de culebrones ha cambiado de perfume?

—No. —Joanna se encogió de hombros con una sonrisa. Sabía que Simon detestaba la prensa amarilla—. Pero hay algo de lo que quiero hablarte.

—¿Ah, sí?

Simon entró en la cocina, dejó los cuencos de la sopa en el fregadero y sacó del horno un costillar de cordero con verduritas que tenía una pinta exquisita.

—Sí, un pequeño misterio con el que tropecé sin querer. Puede que valga la pena o puede que no.

Joanna lo observó servir dos platos y trasladar la humeante comida a la mesa acompañada de una jarrita de jugo aromático.

—*Voilà, mademoiselle.* —Simon se sentó frente a ella.

Joanna inundó su cordero de jugo y se llevó un pedazo a la boca.

—¡Uau, está riquísimo!

—Gracias. ¿De qué se trata?

—Primero disfrutemos de la comida, ¿te parece? Es una historia tan extraña y complicada que necesito toda mi atención para saber siquiera por dónde empezar.

—Suena interesante. —Simon enarcó una ceja.

Terminada la cena, Joanna lavó los platos y él preparó café. Después se sentó en un sillón con las piernas recogidas bajo los muslos.

—Dispara, soy todo oídos —la animó su amigo tendiéndole una taza y tomando asiento.

—¿Recuerdas el día que viniste a mi casa y me encontraste hecha polvo porque Matthew me había dejado? ¿Recuerdas que te dije que había estado en el funeral en honor de sir James Harrison y que me había sentado al lado de una anciana a la que casi le da un síncope y a la que tuve que acompañar a casa?

—Sí, la que vivía en una habitación llena de cajas de madera.

—Exacto. Pues esta mañana, en el trabajo, recibí un sobre suyo y...

Joanna le relató los acontecimientos de ese día todo lo cronológica y detalladamente que pudo. Simon escuchaba con atención mientras daba pequeños sorbos a su café.

—Lo mires como lo mires, su muerte solo apunta a una cosa —concluyó Joanna.

—¿A qué?

—Asesinato.

—Es una suposición un poco bestia, Jo.

—A mí no me lo parece. Me coloqué en lo alto de la escalera por la que cayó. Es imposible que Rose hubiera podido subirla sola. ¿Y para qué iba a querer hacerlo? La planta de arriba estaba completamente vacía.

—En tales situaciones hay que ir más allá de lo evidente. Por ejemplo, ¿has considerado la posibilidad de que la calidad de vida de la anciana fuera tal que no pudiera soportarla más? La explicación lógica sería que se las arregló para subir las escaleras y suicidarse.

—Pero ¿qué me dices de la carta que me envió? ¿Y del programa de teatro?

—¿Lo has traído?

—Sí. —Hurgó en su mochila y sacó el sobre. Lo abrió y le entregó la carta de Rose.

Simon la leyó por encima.

—¿Y la otra?

—Toma. —Le tendió la carta de amor—. Ten cuidado, el papel está muy deteriorado.

—Descuida. —Simon la sacó del sobre y la leyó—. Vaya, vaya —murmuró—. Fascinante, absolutamente fascinante. —Se acercó la carta a los ojos y la estudió—. ¿Te has fijado en esto?

—¿En qué?

Simon le pasó la carta y señaló a qué se refería.

—Mira, hay unos agujeritos diminutos por todo el borde.

Joanna miró y comprobó que tenía razón.

—Qué extraño. Parecen hechos con un alfiler.

—Sí. Pásame el programa.

Joanna obedeció y él lo examinó unos instantes antes de dejarlo sobre la mesa de centro.

—¿Qué has deducido, Sherlock? —le preguntó ella.

Simon se frotó la nariz, como hacía siempre que le daba vueltas a algo.

—Bueno, existe una posibilidad de que la vieja estuviera chiflada. Esta carta podría habérsela escrito un admirador, alguien sin importancia. Salvo para ella, claro. Puede que su amante actuara en la revista musical.

—Pero ¿por qué me las envió? —Joanna no parecía convencida—. ¿Por qué dice que es peligroso? La carta de Rose está demasiado bien redactada como para tratarse de alguien a quien le falta un tornillo.

—Solo intento aportar alternativas.

—¿Y si no hay alternativas creíbles?

Simon se inclinó hacia delante y sonrió.

—En ese caso, mi querida Watson, parece que tenemos un misterio entre manos.

—Estoy convencida de que Rose no estaba loca. También estoy segura de que tenía mucho miedo a alguien o algo. ¿Qué demonios debería hacer a partir de aquí? —Joanna suspiró—. Estaba pensando que podría enseñárselo a Alec y pedirle su opinión.

—No —repuso Simon con firmeza—. Aún no dispones de material suficiente. Creo que lo primero que debes hacer es averiguar quién era Rose.

—¿Y cómo diantre lo hago?

—Podrías empezar por ir a la policía del barrio y soltarle la misma historia que le soltaste a Muriel de que eres su sobrina nieta recién llegada del país de los koalas. Probablemente te manden a la morgue, eso si sus familiares de verdad no la han enterrado ya.

—Rose le dijo a Muriel que toda su familia estaba en el extranjero.

—Alguien tuvo que llevarse esas cajas de madera. Puede que la policía los localizara —señaló Simon.

—Aunque así fuera, es muy raro que vaciaran esas habitaciones en menos de cuarenta y ocho horas. Además, no puedo ir a la policía en busca de una tía cuyo apellido desconozco.

—Ya lo creo que sí. Puedes decir que perdió el contacto con la familia hace muchos años, que a lo mejor volvió a casarse y no estás segura de qué apellido utilizaba ahora.

—Muy buena. Vale, lo haré lo antes que pueda.

—¿Te apetece un brandy?

Joanna miró su reloj.

—No, será mejor que me vaya a casa.

—¿Te llevo en coche?

—No hace falta, gracias. No llueve y el paseo me ayudará a bajar la cena. —Metió la carta y el programa en los sobres y lo guardó todo en la mochila. A renglón seguido, se levantó y se encaminó a la puerta—. Otro éxito culinario, Simon. Y gracias por el consejo.

—De nada. Pero ten cuidado, Jo, puede que hayas tropezado con algo importante sin querer.

—Dudo mucho que las cajas de mi anciana contengan el prototipo de una bomba nuclear que podría desencadenar la Tercera Guerra Mundial, pero iré con cuidado —río ella mientras besaba a Simon en la mejilla—. Buenas noches.

Veinte minutos después, sintiéndose mejor tras el enérgico paseo hasta Crouch End, Joanna introdujo la llave en la cerradura de su casa. Cerró la puerta tras de sí, buscó a tientas el interruptor y lo encendió. Entró en la sala de estar y gritó horrorizada.

La estancia había sido saqueada, no había otra palabra para describirlo. La estantería había sido inclinada hacia delante y había cientos de libros esparcidos por el suelo. Le habían rajado el sofá verde lima, y la tela que cubría la estructura y los cojines estaba hecha jirones. Había tiestos volcados y tierra desparramada por el suelo. Y su antigua colección de platos Wedgwood estaba hecha añicos en la chimenea.

Ahogó un sollozo y corrió hasta el dormitorio, donde tropezó con una escena similar. El colchón había sido destripado y arrojado a un lado, el canapé estaba destrozado y la ropa había sido arrancada de los armarios y cajones. En el cuarto de baño, sus pastillas, cremas y pinturas estaban abiertas y tiradas por la bañera, formando una masa colorida y espesa de la que cualquier artista moderno habría estado orgulloso. El suelo de la cocina era un mar de leche, zumo de naranja y fragmentos de loza.

Joanna regresó a la sala entre enormes y guturales sollozos que emanaban de algún lugar dentro de ella. Cogió el teléfono y vio que el cable había sido arrancado de la pared. Temblaba como una hoja mientras buscaba su mochila en medio del caos; la encontró en el recibidor, junto a la puerta. Hurgó dentro hasta dar con el móvil. Sus dedos tiritaban tanto que marcó mal el número tres veces antes de lograr hablar con Simon.

Este la encontró diez minutos más tarde en el recibidor, temblando y llorando descontroladamente.

—Lo siento mucho, Jo. —La atrajo hacia sí, pero Joanna estaba demasiado histérica para dejarse consolar.

—¡Entra! —gritó—. ¡Mira lo que han hecho esos cabrones! ¡Se lo han cargado todo, todo! ¡No queda nada!

Simon entró en la sala y contempló los destrozos antes de pasar al dormitorio, el cuarto de baño y la cocina.

—Señor —murmuró para sí, sorteando el caos para regresar junto a Joanna—. ¿Has llamado a la policía como te dije?

Joanna asintió y se derrumbó en la pila de ropa de Matthew que asomaba por una de las bolsas de basura rajadas que descansaban en un recodo del recibidor.

—¿Has visto si se han llevado algo? ¿La tele, por ejemplo? —preguntó Simon con dulzura.

—No lo sé.

—Voy a comprobarlo.

Regresó al cabo de unos minutos.

—Se han llevado la tele, el vídeo, el ordenador, la impresora… el lote entero.

Desesperada, Joanna meneó la cabeza mientras ambos vislumbraban las luces azules de un coche de policía a través del vidrio de la puerta.

El joven pasó por su lado y salió al zaguán.

—Hola, agente, soy Simon Warburton. —Introdujo la mano en el bolsillo y sacó un documento de identidad.

—¿Es esa clase de trabajo, señor? —preguntó el agente.

—No, soy amigo de la víctima. Ella… esto… no sabe el puesto que ocupo —susurró.

—Entiendo, señor.

—Solo quería hablar un momento con usted antes de que entre. Ha sido un ataque frenético y violento. La señorita, por fortuna, no estaba en casa cuando ocurrió, pero le sugiero que se tome este asunto muy en serio y haga cuanto esté en su mano por encontrar al culpable, o los culpables.

—Por supuesto, señor. Entremos.

Una hora más tarde, una vez que Joanna se hubo calmado con el brandy que Simon había traído y hubo hecho una declaración lo más clara que le permitía su aturdido cerebro, su amigo le propuso que pasara la noche en su casa.

—Mejor que deje la limpieza para mañana —le aconsejó el agente.

—Tiene razón, Jo. Venga, vayámonos de aquí.

Simon le pasó un brazo por el hombro y la condujo hasta el coche. Joanna se desplomó en el asiento del copiloto. Él se colocó detrás del volante y puso en marcha el motor. Cuando se alejaba del bordillo, los faros alumbraron la matrícula de un automóvil estacionado en el otro lado de la calle. «Qué extraño», pensó Simon al tiempo que giraba hacia la izquierda y miraba en el interior oscuro del vehículo. Probablemente solo era una coincidencia, se dijo mientras subía por la cuesta en dirección a su casa.

De todos modos, mañana lo comprobaría.

7

El teléfono sonó justo cuando Zoe estaba terminando de fregar el suelo.

—¡Mierda!

Cruzó la cocina a la carrera, dejando sus huellas en las losetas húmedas, y alcanzó el teléfono un segundo antes de que saltara el contestador.

—¿Diga? —resopló esperanzada.

—Soy yo.

—Ah, hola, Marcus.

—No pareces muy contenta de oír mi voz.

—Lo siento.

—Solo te estoy devolviendo la llamada —señaló él.

—Sí. ¿Quieres pasarte esta tarde por casa?

—Claro. ¿Has hablado con papá?

—Sí.

—¿Y?

—Luego te lo cuento —respondió distraída.

—Vale. Iré sobre las siete.

Zoe estampó el auricular y soltó un aullido de frustración. El tiempo se estaba agotando. La semana próxima debía viajar a Norfolk para comenzar el rodaje de *Tess*. Él solo tenía el número fijo de Welbeck Street; ninguno de los dos contaba con un móvil en aquellos tiempos, y las veces que había contestado su abuelo él se había hecho pasar por «Sid». Zoe no recordaba exactamente por qué, pero a los dos les había hecho gracia el nombre

El hecho de que Zoe no pudiera estar en Londres para responder al teléfono, sumado a que estaría en un pueblecito de Norfolk donde él llamaría demasiado la atención, significaba que en cualquier caso no iría a verla. Y el momento pasaría. Zoe no creía que pudiera soportarlo.

—Suena, por favor, suena —suplicó al teléfono.

Contempló su reflejo en la esquina de un espejo y suspiró. Estaba pálida y exhausta. Había hecho lo que siempre hacía en momentos de mucha tensión: limpiar, frotar, pulir y desempolvar como una posesa en un esfuerzo por agotarse para evitar darle vueltas a la situación.

Además, se había dado cuenta de que no estaba acostumbrada a estar sola, y eso tampoco ayudaba. Hasta hacía dos meses siempre había tenido a James para charlar. Dios, cuánto extrañaba a su abuelo. Y a Jamie. Se alegraba de haber seguido el consejo de James de aceptar el papel de Tess, sobre todo porque la llamada que tanto ansiaba recibir parecía más improbable con cada día que pasaba.

Marcus llamó al timbre a las siete y media y Zoe fue a abrir.

—Hola, Zo.

Lo miró detenidamente.

—¿Has bebido?

—Solo un par de copas, en serio.

—Un par de botellas, a juzgar por la pinta. —Zoe condujo a su hermano a la sala—. ¿Café para despejarte?

—Whisky, si tienes.

—Como quieras.

Demasiado cansada para discutir, Zoe fue hasta el minibar, un espantoso mueble antiguo de madera de nogal y gruesas patas cabriolé con las que siempre se tropezaba y que probablemente valía una fortuna. Ahora que James ya no estaba, debería llamar a un tasador para actualizar el inventario del contenido de la casa. Tal vez pudiera vender algunas piezas para costear las reformas. Encontró el whisky, sirvió un dedo en un vaso y se lo tendió a su hermano.

—No seas agarrada, hermanita.

—Sírvete tú, entonces. —Zoe le pasó la botella y se preparó un gin-tonic—. Voy a por hielo. ¿Tú quieres?

—No, gracias.

Marcus se llenó el vaso hasta arriba y esperó a que regresara su hermana.

—¿Haciéndote con la casa? —Señaló los lienzos de la pared.

—Solo he bajado un par de cuadros de mi habitación para alegrar la sala.

—Cómo mola tener un legado como este —farfulló Marcus.

—¡No empieces otra vez, Marcus! Detesto recordártelo, pero hace unos años papá te dio dinero suficiente para alquilar un piso estupendo en Notting Hill, además de financiarte tus muchos proyectos cinematográficos.

—Es cierto —reconoció—. Ahora, cuéntame de qué hablasteis los dos la otra noche.

—Bueno —Zoe se acurrucó en el sofá—, aunque te has comportado como un capullo con el tema del testamento, puedo entender cómo te has sentido.

—Qué perspicaz, querida hermana.

—No te pongas condescendiente. Solo estoy intentando ayudar.

—Yo diría que la condescendiente aquí eres tú, cielo.

—¡Dios, eres imposible! Ahora cierra el pico cinco minutos mientras te explico de qué manera podría ayudarte.

—Vale, vale, adelante.

—Para ser justos, pienso que siempre ha existido el acuerdo tácito de que papá cuidaba económicamente de ti y James cuidaba de Jamie y de mí. Y como estoy criando a Jamie sola, creo que James quería asegurarse de que estuviéramos cubiertos pasara lo que pasara.

—Puede —gruñó Marcus.

—Por tanto —Zoe bebió un sorbo de gin-tonic—, dado que todo el dinero es para Jamie, solo hay una parte del testamento de la que podría extraer algo de pasta para ti de manera honesta y legal.

—¿Qué parte?

Zoe suspiró.

—No creo que te guste, pero es todo lo que puedo hacer.

—Vamos, dispara.

—¿Recuerdas la parte final de la lectura del testamento, sobre el fondo conmemorativo de James?

—Vagamente, aunque para entonces estaba que me subía por las paredes.

—En resumen, es una cantidad que se reserva cada año para pagar los estudios de arte dramático a un actor y una actriz con talento.

—Ah. ¿Me estás proponiendo que utilice eso para volver a la universidad? —bromeó Marcus.

Zoe lo ignoró.

—Lo que papá y yo te proponemos es ponerte a cargo del fondo y pagarte un buen sueldo por organizarlo y administrarlo.

Marcus la miró de hito en hito.

—¿Eso es todo?

—Sí. ¡Oh, Marcus! —Zoe meneó la cabeza con frustración—. ¡Sabía que ibas a reaccionar así! Te estamos ofreciendo algo que solo te ocuparía dos meses al año como mucho, pero que al menos te proporcionaría unos ingresos regulares mientras pones en marcha tu película. Es cierto que tendrás que encargarte de la promoción inicial y despertar el interés de los medios para ayudar a incentivar las solicitudes. Luego habrá una semana de audiciones con un jurado de tu elección, del que me encantaría formar parte, y tareas de administración, pero en serio, es dinero fácil. Podrías hacerlo con los ojos cerrados.

Marcus guardó silencio, de modo que Zoe decidió jugar su mejor carta.

—También hará que las personas del negocio del cine que han dudado de ti te presten atención y contribuyan a tu reputación y al futuro del teatro británico. No hay razón para que no puedas utilizar la cobertura mediática para promocionar tu productora.

Marcus levantó la cabeza.

—¿Cuánto?

—Papá y yo hemos pensado en treinta mil al año. Sé que no es la cantidad que necesitas —se apresuró a añadir Zoe—, pero no está mal por unas semanas de trabajo. Y podemos adelantarte el sueldo del primer año, si quieres. —Señaló la carpeta que descansaba en la mesa—. Toda la información sobre el fondo conmemorativo y la cantidad que debemos invertir en él aparece ahí. Llévatela a casa y échale un vistazo. No tienes que decidirlo ahora.

Marcus se inclinó hacia delante y puso una mano sobre la carpeta del proyecto.

—Eres muy amable, Zoe. Gracias por tu generosidad.

—De nada. —Zoe no sabía si su hermano estaba siendo sincero o sarcástico—. Me he esforzado mucho por buscar una solución.

Sé que no son las cien mil libras que querías, pero ya sabes que tarde o temprano ese dinero te llegará.

Presa de una cólera repentina, Marcus se levantó y fulminó con la mirada el rostro fino y petulante de su hermana.

—Pero ¿tú de qué vas, Zoe?

—¿Qué?

—Me miras como a un pobre pecador que se ha descarriado pero al que podrías rescatar con tiempo y paciencia, cuando en realidad —Marcus levantó las manos, incrédulo— eres tú la que la ha cagado, ¡tú la que se quedó preñada a los dieciocho años! Por tanto, a menos que fuera por inmaculada concepción, creo que tú sabes más del pecado que yo.

Zoe empalideció. Temblando de ira, se puso en pie.

—¿Cómo te atreves a insultarnos a Jamie y a mí de ese modo? Sé que estás enfadado y desesperado, y yo diría que también deprimido. Creo que he hecho todo lo que he podido por ayudarte, pero se acabó, estoy hasta el gorro de tu patético victimismo. ¡Largo de aquí!

—No te preocupes, ya me voy. —Marcus se dirigió a la puerta—. ¡Y puedes meterte tu mierda de fondo donde te quepa!

Zoe escuchó un portazo y estalló en lágrimas. Estaba llorando con tanto desconsuelo que no oyó el timbre del teléfono. El contestador recibió la llamada.

—Eh, hola, Zoe, soy yo...

Zoe se levantó de un salto y entró como una bala en la cocina para agarrar el auricular.

—Soy yo, Art. —El apodo salió de sus labios antes de que pudiera detenerse.

—¿Cómo estás?

Zoe contempló su reflejo manchado de lágrimas en el vidrio de los armarios de la cocina y dijo:

—Bien, muy bien.

—Me alegro. Eh, me preguntaba si sería una grosería autoinvitarme a tu casa para tomar una copa. Ya sabes cómo funcionan las cosas conmigo, y me encantaría verte, Zoe.

—Claro. ¿Cuándo te gustaría venir?

—¿Qué tal el viernes por la noche?

—Perfecto.

—¿Sobre las ocho?

—Me parece bien.

—Estupendo, aguardaré impaciente. Buenas noches, Zoe, que duermas bien.

—Buenas noches.

Zoe colgó despacio. No sabía si seguir llorando o dar saltos de alegría.

Optó por lo segundo. Bailando una giga irlandesa por la cocina, decidió que dedicaría el día siguiente a embellecerse, incluida una sesión de peluquería y una visita a las tiendas de ropa.

Lo que no entraba en sus planes era pensar en el pedazo de capullo de su hermano.

8

Marcus se había largado de casa de Zoe echando humo y había acabado en una discoteca cutre de Oxford Street, donde conoció a una chica que en aquel momento le había parecido igualita a Claudia Schiffer. Al despertarse por la mañana y echar un vistazo a la cara que tenía a su lado, se dio cuenta de lo ciego que había estado. La chica tenía el vistoso maquillaje corrido por toda la cara y las raíces oscuras de su pelo oxigenado resaltaban contra la funda blanca de la almohada. Con un fuerte ceceo, la joven había murmurado algo sobre faltar al trabajo y pasar el día con él.

Marcus se metió en el cuarto de baño y al momento le asaltaron las náuseas. Se duchó para deshacer las telarañas de su cabeza y gimió al recordar lo que le había dicho a su hermana la noche previa. Era un cabrón repugnante y rastrero.

Le aseguró a la mujer tendida en su cama que no estaba bien hacer novillos y la sacó rápidamente de casa. Después, se bebió varios cafés solos que le abrasaron el descompuesto estómago. Su siguiente decisión fue dar un paseo por Holland Park.

Hacía un día frío y seco y los del tiempo habían anunciado nevadas. Marcus echó a andar con paso ligero por los senderos flanqueados de setos. Los estanques aparecían turbios e inmóviles bajo la fría luz del sol. Se ciñó el chaquetón mientras fulminaba a todo el que se atrevía a mirarlo a los ojos. Ni siquiera las ardillas osaban acercarse a él.

Dejó que el nudo en la garganta se transformara en llanto. No le gustaba nada la persona en la que se había convertido. Zoe solo había intentado ayudarlo y él la había tratado fatal. Una vez más, había hablado el alcohol. Y puede que su hermana tuviera razón, quizá estuviera deprimido.

Bien mirado, ¿de verdad era tan horrible lo que Zoe le había ofrecido? Como ella había dicho, se trataba de dinero fácil. Ignoraba cuánto dinero había en el fondo conmemorativo, pero seguro que mucho. De pronto se imaginó en el papel de generoso benefactor, no solo de estudiantes, sino también de salas de teatro en apuros y de directores de cine jóvenes. Sería conocido en el negocio como un hombre con sensibilidad, intuición y dinero para gastar. Y seguro que su madre habría aprobado el proyecto.

Sin duda alguna, no le vendría mal contar con unos ingresos regulares. Tal vez así podría empezar a controlar mejor su economía, vivir de acuerdo con un presupuesto e invertir su legado de cien mil libras en su productora.

Todo lo que tenía que hacer era arrodillarse ante Zoe. Y lo haría de corazón.

Dejó que su hermana se calmara durante un par de días y, el viernes por la noche, se presentó sin avisar en Welbeck Street. Ramo de rosas en mano —las últimas que quedaban en la tienda de la esquina—, llamó al timbre.

Zoe abrió casi al instante. Torció el gesto al verlo.

—¿Qué haces aquí?

Marcus contempló el rostro ligeramente maquillado de su hermana, su melena rubia recién lavada brillando como un halo. Lucía un vestido de terciopelo azul regio que hacía juego con sus ojos y dejaba ver mucha pierna.

—Caramba, Zo, ¿esperas a alguien?

—Sí... no... esto, he de salir dentro de diez minutos.

—No te entretendré mucho, te lo prometo. ¿Puedo entrar?

Zoe parecía nerviosa.

—Lo siento, pero no es un buen momento.

—Lo entiendo. Diré lo que necesito decirte aquí mismo. El otro día me comporté contigo como un completo cabrón y lo siento muchísimo. No es una excusa, pero estaba muy borracho. Estos últimos dos días he estado pensando mucho y me he dado cuenta de que volqué en ti toda la rabia y frustración que siento contra mí mismo. Te prometo que no volverá a ocurrir. Voy a enmendarme y a dejar de beber. He de hacerlo, ¿verdad?

—Has de hacerlo, sí —respondió Zoe distraída.

—Sé que me he equivocado, y me encantaría ponerme al frente del fondo conmemorativo, si todavía me dejas. Es una gran oportunidad, y ahora que me he serenado me doy cuenta de lo generosos que estáis siendo papá y tú al confiar en mí. Toma. —Le puso el ramo en la mano—. Son para ti.

—Gracias.

Marcus advirtió que su hermana miraba sin parar a un lado y otro de la calle.

—Entonces, ¿me perdonas?

—Sí, sí, claro que te perdono.

Marcus la miró atónito. Había previsto una noche de intenso *mea culpa* mientras Zoe le echaba la bronca del siglo.

—Gracias, Zoe. Te juro que no te decepcionaré.

—Bien. —Miró con disimulo su reloj—. Oye, ¿podemos hablar de esto en otro momento?

—Solo si crees de verdad que voy a cambiar. ¿Te parece que venga la semana que viene?

—Sí.

—Bien. ¿Tienes la carpeta a mano? He pensado que podría llevármela a casa, estudiarla durante el fin de semana y pensar algunas ideas.

—Vale. —Zoe entró como una bala, cogió la carpeta de la mesa de James y regresó corriendo—. Toma.

—Gracias, Zo. No lo olvidaré. Te llamaré mañana para buscar un día.

—Bien. Buenas noches.

Zoe le cerró la puerta casi en las narices. Sorprendido por lo fácil que había sido, Marcus soltó un silbido de alivio. Se alejó canturreando por la acera mientras los primeros copos de nieve comenzaban a caer sobre las calles de Londres.

—Buenas tardes, Warburton. Tome asiento.

Lawrence Jenkins, el jefe de Simon, señaló una silla dispuesta frente a su mesa. Delgado y elegante, vestía un traje impecable de Savile Row y cada día de la semana lucía una pajarita con estampado de cachemira de un color diferente. Hoy era roja. Poseía un aire de autoridad que indicaba que llevaba mucho tiempo en el puesto, y no era alguien que se enojara con facilidad. Su acostumbrado café humeaba suavemente delante de él.

—Verá, es posible que pueda ayudarnos con un pequeño problema que ha surgido.

—Haré cuanto esté en mi mano, señor, como siempre —respondió Simon.

—Buen muchacho. He oído que su novia tuvo un contratiempo en su casa la otra noche. Por lo visto la saquearon.

—No es mi novia, señor, solo una muy buena amiga.

—Ah. ¿Entonces no son…?

—No.

—Bien, eso facilita las cosas.

Simon frunció el entrecejo.

—¿Qué quiere decir con eso?

—Creemos que su amiga podría haber recibido… ¿cómo lo diría?, una información sumamente delicada que, si cayera en las manos equivocadas, podría causarnos problemas. —Jenkins escrutó a Simon con sus ojos de halcón—. ¿Tiene idea de qué le estoy hablando?

—Eh… no, señor. No tengo ni idea. ¿Podría explicarse?

—Estamos casi seguros de que su amiga ha recibido una carta que le envió una persona de nuestro interés. Nuestro departamento ha recibido instrucciones de recuperar dicha carta lo antes posible.

—Entiendo.

—Es muy probable que su amiga no sea consciente de la importancia de esa carta.

—¿Qué es? Si me permite la pregunta.

—Información clasificada, me temo. Solo puedo decirle que si su amiga tiene la carta, es de vital importancia que la devuelva de inmediato.

—¿A quién, señor?

—A nosotros.

—¿Me está diciendo que quiere que le pregunte si la tiene?

—Yo me inclinaría por una táctica algo más sutil. Actualmente se aloja en su casa, ¿no es cierto?

—Sí. —Simon lo miró sorprendido.

—Hace un par de días registramos el piso de su amiga y no encontramos la carta.

—Dirá más bien que lo destrozaron —repuso, enojado.

—Me temo que la situación lo requería. Como es lógico, nos encargaremos de que la compañía de seguros se muestre generosa. Bien, dado que la carta no estaba en el piso, sospecho que, en el caso de que la tenga ella, es muy probable que la lleve encima. En lugar de causarle más molestias a su amiga, he pensado que podría dejar que usted recupere la carta por nosotros. Es realmente providencial que sea su… amigo. Imagino que ella confía en usted.

—Sí, en eso se basan la mayoría de las amistades, señor. —Simon no pudo evitar el sarcasmo que escapó de sus labios.

—Entonces, por el momento dejaré que lo resuelva usted. Por desgracia, si no lo consigue tendrán que hacerlo otros. Aconseje a su amiga que se olvide por completo del tema, Warburton. Le conviene no seguir investigando. Bien, eso es todo.

—Gracias, señor.

Simon salió del despacho desconcertado y enfadado con Jenkins por haberle puesto ante semejante dilema. Regresó por el laberinto de pasillos a su sección y tomó asiento frente a su mesa.

—¿Has estado con Jenkins? —Ian, uno de sus colegas, se acercó y se sentó en una esquina.

—¿Cómo lo sabes?

—Por la mirada vidriosa, la mandíbula caída. —Ian esbozó una sonrisita—. Creo que necesitas un buen trago de ginebra para recuperarte. Los chicos están dándole en el Lord George.

—Ahora entiendo por qué no hay nadie.

—Es viernes noche. —Ian se puso el abrigo.

—Puede que vaya más tarde. Todavía tengo que ordenar unos papeles.

—Vale, hasta luego.

—Hasta luego.

Ian se marchó y Simon soltó un suspiro, frotándose la cara con las manos. Tenía que reconocer que la conversación no le había sorprendido demasiado. Ya se había dado cuenta de que había algo extraño en el robo perpetrado en el piso de Joanna. Ayer, a la hora del almuerzo, se había personado en la flota de coches y había sonreído con dulzura a la recepcionista antes de entregarle las letras de la matrícula que había visto delante de la casa de Joanna la noche del robo.

—Me temo que le he dado un golpe. Es pequeño, pero será necesario repararlo, aunque no urge.

—De acuerdo. —La recepcionista buscó el número de la matrícula en el ordenador—. Aquí está. Un Rover gris, ¿verdad?

—Sí.

—Le daré un formulario. Rellénelo y cuando me lo traiga, haremos los trámites.

—Bien. Muchas gracias.

El hecho de que hubiera sabido que la matrícula pertenecía a uno de los coches de la flota era pura casualidad. La matrícula de su coche de trabajo era N041 JMR. El número que había visto el miércoles por la noche era el N042 JMR. Lo más probable era que hubiesen comprado varios coches al mismo tiempo y que las matrículas siguieran un orden numérico.

Simon contempló inexpresivo la pantalla de su ordenador hasta que decidió irse a casa. Se puso el abrigo, se despidió de los compañeros que no habían ido al Lord George, tomó el ascensor y salió de Thames House por una puerta lateral. Se decantó por un paseo junto al río antes de regresar a casa. Alzó la vista hacia el austero edificio gris. Todavía se veía luz en muchas de las ventanas tras las que los agentes terminaban su papeleo. Hacía tiempo que había dejado de sentir remordimiento por mentir a su familia y amigos acerca de su trabajo. Solo Joanna mostraba interés por lo que hacía, y Simon se aseguraba de que sus historias sobre su trabajo en el Whitehall fueran tremendamente aburridas para que dejara de hacerle preguntas.

Teniendo en cuenta lo que Jenkins había dicho, ya no iba a ser tan fácil despistarla. Si el asunto estaba ahora en manos de su departamento, significaba que Joanna había tropezado con algo gordo.

Y que estaría en peligro mientras tuviera esa carta.

Joanna contempló por el ventanal la nieve que caía en forma de gruesos copos mientras removía la salsa boloñesa en la cocina de Simon. Recordó que, cuando era niña, los granjeros de los páramos temían la nieve, conscientes de que eso significaría largas noches reuniendo los rebaños de ovejas y trasladándolos a la seguridad de los graneros, seguidas, dos días más tarde, de la triste labor de desenterrar a los rezagados. Para Joanna, la nieve significaba diversión y la imposibilidad de ir al colegio, a veces durante días, hasta que las quitanieves despejaban las estrechas carreteras. Esta noche le habría gustado estar acurrucada una vez más en su acogedora habitación del desván, a salvo y ajena a las presiones de los adultos.

La mañana posterior al robo, Simon se había empeñado en telefonear a Alec a la redacción antes de irse a trabajar. Le había explicado lo sucedido mientras Joanna, sentada en el sofá cama con el edredón echado sobre los hombros, aguardaba a que Alec insistiera en que fuera a trabajar a la hora de siempre. En lugar de eso, Simon colgó y le dijo que Alec se había mostrado sumamente comprensivo. Incluso había sugerido que Joanna se tomara los dos días que se le debían desde antes de Navidad y los utilizara para recuperarse del susto. Y para ocuparse de aspectos prácticos como el seguro y la enorme operación de limpieza para hacer el piso habitable de nuevo. Aliviada, Joanna se había pasado el resto del día recuperándose en la cama.

Esta mañana, Simon se sentó en el sofá cama y le levantó edredón.

—¿Seguro que no quieres ir unos días a casa de tus padres? —le preguntó.

Joanna gimió y rodó sobre un costado.

—Seguro. Estoy bien aquí. Siento mucho haber lloriqueado tanto.

—Tienes todo el derecho a compadecerte de ti misma, Jo. Solo quiero ayudarte. Puede que te siente bien salir de la ciudad.

—No. Si no vuelvo al piso hoy, me perseguirá como un fantasma —suspiró—. Es lo mismo que cuando te caes del caballo. Si no vuelves a montarte enseguida, nunca más lo harás.

El aspecto del piso no había mejorado a la luz del día, cuando Joanna por fin se había obligado a bajar la cuesta después de que Simon se marchara a trabajar. La policía le había dado vía libre para entrar y Joanna había aprobado el informe para la compañía de seguros. Hecho esto, se había armado de valor y, empezando por la cocina, procedió a recoger la apestosa mugre que cubría el suelo. A mediodía, la cocina volvía a ser la de antes, salvo por la vajilla. El cuarto de baño relucía y la sala de estar tenía todos los objetos apilados con cierto orden sobre el rajado sofá, a la espera del perito. Para sorpresa de Joanna, el técnico del teléfono apareció sin que ella hubiese llamado a la compañía y había reparado los cables que habían sido brutalmente arrancados de la pared.

Demasiado agotada y deprimida para hacer frente al dormitorio, metió algunas prendas en una bolsa de viaje. Simon le había dicho que podía quedarse en su casa el tiempo que quisiera, y eso pensaba hacer. Al agacharse para devolver la ropa interior a los cajones, había reparado en algo que titilaba sobre la moqueta, semioculto bajo un tejano que había sido arrancado del armario. Lo cogió y vio que se trataba de una pluma de oro delgada. Tenía grabadas las iniciales *I. C. S.*

—Un ladrón con clase —murmuró.

Lamentó haberla tocado y alterado seguramente las huellas dactilares. Aun así, la envolvió con un pañuelo de papel y la guardó en su mochila para entregársela a la policía.

Al oír la llave en la cerradura, Joanna sirvió vino en una copa.

—¡Hola! —Simon entró y Joanna pensó que estaba guapísimo con la corbata y el impecable traje gris.

—Hola, ¿una copa de vino?

—Gracias —dijo él cuando ella se la tendió —. Caray, ¿estás segura de que estás bien? ¿Tú cocinando? —rio.

—Unos humildes espaguetis a la boloñesa, me temo. No tengo intención de competir contigo.

—¿Cómo estás? —le preguntó Simon, quitándose el abrigo.

—Bien. Fui al piso…

—¡No, Joanna, sola no!

—Lo sé, pero tenía que organizarlo todo para reclamar a la compañía de seguros. Y después de haberlo limpiado, la verdad es que ahora me siento mucho mejor. La mayoría de los destrozos son poco importantes. Y por lo menos —Joanna sonrió y chupó la cuchara de madera— voy a sacar un sofá nuevo de todo esto.

—Esa es la actitud. Voy a ducharme.

—Vale.

Veinte minutos después se sentaban a comer los espaguetis a la boloñesa con una gruesa capa de parmesano.

—No están mal para una aficionada —bromeó Simon.

—Para que veas. Uau, menuda está cayendo —exclamó Joanna volviéndose hacia la ventana—. Nunca había visto Londres nevado.

—Eso significa parón de autobuses, metro y trenes —suspiró Simon—. Menos mal que mañana es sábado.

—Sí.

—Jo, ¿dónde está la carta de Rose?

—En mi mochila. ¿Por qué?

—¿Puedo verla?

—¿Se te ha ocurrido algo?

—No, pero tengo un amigo que trabaja en el departamento forense de Scotland Yard. Podría analizarla y darnos alguna información sobre el tipo de papel, la tinta y el año aproximado en que fue escrita.

—¿En serio? —Joanna lo miró sorprendida—. Vaya amigos que tienes.

—Lo conocí en Cambridge.

—Ajá. —Joanna le sirvió más vino y suspiró—. No sé, Simon. Rose decía específicamente que no me separara de la carta y que tampoco perdiera de vista el programa.

—¿Estás diciendo que no confías en mí?

—Claro que no, solo que no sé qué hacer, eso es todo. Sería fantástico conseguir información, pero ¿y si cayera en las manos equivocadas?

—¿Te refieres a las mías? —Simon hizo un mohín exagerado.

—No digas tonterías. Oye, Simon, estoy convencida de que Rose fue asesinada.

—No tienes pruebas. Una vieja se cae por una escalera y ya te crees que esto es *El Topo*.

—¡En absoluto! Tú mismo dijiste que parecía sospechoso. ¿Qué ha cambiado?

—Nada… nada. Vale, te propongo algo. Me das la carta, se la llevo a mi amigo y, si descubre algo, nos planteamos qué hacer. Y si no descubre nada, te olvidas del tema.

Joanna bebió un sorbo de vino, sopesando la situación.

—El problema es que no creo que pueda olvidarlo. Esa mujer confió en mí. Sería una traición.

—Jamás habías visto a esa mujer antes de ese día en la iglesia. No tienes ni idea de quién era, de dónde venía o en qué andaba metida.

—¿Crees que podría haber sido una supernarco de la cocaína en Europa? —rio Joanna—. A lo mejor era eso lo que había en las cajas de madera.

—Lo más seguro —sonrió Simon—. Entonces, ¿trato hecho? El lunes me llevaré la carta al trabajo y se la daré a mi colega. Estaré el resto de la semana en un seminario aburridísimo, pero cuando vuelva recogeré la carta y veremos qué nos cuenta.

—Está bien —aceptó Joanna a regañadientes—. Espero que ese «colega» tuyo sea de fiar.

—¡Pues claro que es de fiar! Me inventaré que una amiga mía está estudiando el pasado de su familia o algo por el estilo. ¿Por qué no vas a buscar la carta? Así no correremos el riesgo de olvidárnosla el lunes.

—Vale. —Joanna se levantó—. De postre hay helado. ¿Lo sirves tú?

Dedicaron buena parte del sábado a terminar de ordenar el piso de Joanna. Sus padres le habían enviado un talón para ayudarla a comprar un ordenador y una cama mientras llegaba el dinero de la aseguradora. El detalle la había conmovido.

Dado que Simon iba a pasar toda la semana fuera, en un seminario de «chupatintas», como lo llamaba él, habían quedado en que Joanna se quedara unos días más en el piso de Highgate.

—Al menos hasta que tengas una cama nueva donde dormir —añadió.

El domingo por la noche, Simon se encerró en su cuarto después de decirle a Joanna que tenía que revisar unos papeles antes del seminario. Marcó un número y descolgaron al segundo tono.

—La tengo, señor.

—Bien.

—Mañana estaré a las ocho en Brize Norton. ¿Puede ir alguien a recogerla?

—Por supuesto.

—En el lugar de siempre. Buenas noches, señor.

—Buen trabajo, Warburton. No lo olvidaré.

«Tampoco Joanna», pensó Simon con un suspiro. Tendría que inventarse alguna excusa, como que la carta estaba tan deteriorada que se había desintegrado durante el análisis químico. Se sentía terriblemente mal por traicionar su confianza.

Joanna estaba en el sofá viendo *Antiques Roadshow* cuando Simon salió de su habitación.

—Ya lo tengo hecho y arreglado. Te daré un número de teléfono, que solo has de usar en caso de emergencia, por si te metes en líos durante mi ausencia. Últimamente parece que los atraigas. —Simon le entregó una tarjeta.

—Ian Simpson —leyó Joanna.

—Un compañero de trabajo. Buen tipo. Aquí tienes su número del curro y del móvil, por si acaso.

—Gracias. ¿Puedes dejarla junto al teléfono para que no la pierda?

Simon obedeció y a continuación se sentó con ella en el sofá. Joanna se abrazó a su cuello.

—Gracias por todo, Simon.

—No hay nada que agradecer. Eres mi mejor amiga. Siempre podrás contar conmigo.

Joanna frotó su nariz contra la de Simon, disfrutando de la familiaridad, cuando notó una excitación inesperada en la zona baja del cuerpo. Acercó sus labios a los de Simon y cerró los ojos mientras se besaban, de forma superficial al principio, más profundamente después, cuando sus bocas se abrieron. Fue Simon quien lo paró. Se apartó y se levantó de un salto.

—¡Por Dios, Jo! ¿Qué estamos haciendo? ¡Yo… Sarah…!

Joanna agachó la cabeza.

—Lo siento, es culpa mía, no tuya.

—No, la culpa también es mía. —Simon empezó a pasearse por la sala—. ¡Somos íntimos amigos! Estas cosas no deberían ocurrir. Nunca.

—Lo sé. No volverá a suceder, te lo prometo.

—Bien… No porque no me haya gustado… —Simon se sonrojó— pero no me gustaría que nuestra amistad se fuera al garete por un flirteo.

—A mí tampoco.

—Bien. Me… me voy a hacer la maleta.

Ella asintió y Simon se marchó a su cuarto. Joanna clavó la mirada en el televisor, borrosa la pantalla a causa de las lágrimas.

Lo más probable era que todavía estuviera conmocionada y vulnerable, y echaba de menos a Matthew. Conocía a Simon desde la niñez, y aunque siempre le había parecido guapo, nunca se había planteado ir más lejos con él.

Y se prometió a sí misma que nunca lo haría.

9

El sábado por la mañana, Zoe yacía en la cama soñando despierta. Miró el despertador y vio que eran las diez y media. Era inaudito en ella levantarse más tarde de las ocho y media, pero hoy era diferente. Normalmente, el título de perezoso lo ostentaba Jamie, a quien en vacaciones había que sacarlo de la cama con una grúa.

Cayó en la cuenta de que estaba entrando en una fase nueva de su vida. Hasta ese momento había sido primero una niña, con las restricciones a su libertad propias de la edad. Luego había sido madre, estado que exigía una abnegación completa. Y en los últimos tiempos se había convertido en cuidadora, ayudando y reconfortando a James durante sus últimas semanas de vida. Pero esa mañana fue consciente de que, aparte de su interminable papel de madre, era más libre de lo que lo había sido en sus veintinueve años de vida. Libre para vivir como quisiera, tomar sus propias decisiones y asumir las consecuencias.

Aunque Art se había marchado la víspera antes de las once y sus labios se habían unido solo en un beso casto de buenas noches, Zoe se había despertado sintiéndose arropada por el amor, de esa manera tranquila y satisfecha que suele asociarse a una velada de gratificante sexo. Apenas se habían tocado, pero el mero roce de la americana de Art contra sus costillas la había hecho estremecerse de deseo.

Tras su llegada, Art y ella se sentaron en la sala de estar y charlaron, al principio tímidos e inseguros, pero no tardaron en recuperar la intimidad relajada de dos personas que en otros tiempos se habían conocido bien. Siempre había sido así con Art, desde el primer momento. Mientras los demás lo trataban con cohibida deferencia, Zoe podía ver su vulnerabilidad, su humanidad.

Rememoró el día que se conocieron en una discoteca de moda llena de humo de Kensington. Marcus había insistido en que Zoe celebrara su dieciocho cumpleaños con su primera copa legal y le había prometido a su abuelo que cuidaría de ella y la devolvería a casa sana y salva. Marcus, sin embargo, se había limitado a invitarla a un gin-tonic y a plantarle un billete en la mano —«Para el taxi. ¡Y no hagas nada que yo no haría!»—, antes de perderse entre la gente con un guiño y una sonrisa.

Desconcertada, Zoe se sentó en un taburete de la barra y paseó la mirada por la pista de baile, donde la gente reía y unía sus cuerpos con abrazos ebrios. James siempre la había sobreprotegido, de modo que a diferencia de sus amigas del internado, Zoe no había vivido noches de marcha loca ni experimentado con drogas en baños semioscuros. Apretaba con fuerza el sudado billete de veinte libras que Marcus le había dado y se sentía tan incómoda que había decidido que quería irse a casa. Se estaba levantando del taburete cuando una voz la detuvo.

—¿Ya te vas? Iba a preguntarte si podía invitarte a una copa.

Zoe se dio la vuelta y tropezó con unos ojos de color verde oscuro bajo un flequillo rubio y liso que desentonaba con las greñas modernas que llevaban los demás jóvenes de la discoteca. La cara le sonaba vagamente, pero no sabía de qué.

—No, gracias —respondió—. No bebo mucho, en realidad.

—Yo tampoco —confesó él con una sonrisa de alivio—. Acabo de sacarme de encima a mis… amigos. Se empeñaron en venir a este local. Por cierto, me llamo Art.

—Yo Zoe. —Le tendió una mano torpe. Art la estrechó brevemente, enviando una oleada de calor por todo su cuerpo.

Ahora, mirando atrás, se preguntó si se habría ido de la discoteca de haberlo reconocido. ¿Habría dicho que no a los numerosos bailes que él le pidió? En cada uno de ellos, el contacto de sus cuerpos le provocaba un montón de sensaciones extrañas y maravillosas. Finalmente, cuando la discoteca estaba cerrando, ¿se habría negado a que la besara, a intercambiar teléfonos, a quedar en verse al día siguiente?

«No», pensó Zoe. Habría actuado exactamente igual.

La noche anterior habían mantenido a raya el pasado y habían charlado de todo y nada, limitándose a saborear la compañía del otro.

Luego Art había mirado el reloj con pesar.

—He de irme, Zoe. Mañana tengo una recepción en Northumberland y el helicóptero sale a las seis y media. ¿Has dicho que estarás rodando en Norfolk las próximas semanas?

—Sí.

—Podríamos pasar un par de noches en la casa que tengo allí. De hecho, ¿qué tal el fin de semana que viene? ¿Sabes ya dónde te alojarás? Puedo enviarte un coche el viernes por la noche para que te recoja.

Zoe se había acercado al escritorio y había sacado la información del pequeño hotel donde iba a hospedarse las siguientes seis semanas. La anotó en un trozo de papel y se lo entregó.

—Perfecto —dijo él con una sonrisa—. Te daré mi número de móvil. —Sacó una tarjeta del bolsillo superior de su americana—. Toma. Llámame, por favor.

—Adiós, Art, me ha encantado verte. —Zoe, incómoda, no sabía cómo poner fin a la velada.

—Lo mismo digo. —Art se había inclinado para darle un beso fugaz—. Nos veremos el fin de semana que viene. Tendremos más tiempo entonces. Buenas noches.

Zoe saltó por fin de la cama, se dio una ducha y se vistió. Fue al supermercado y regresó a casa sin la mitad de las cosas que había salido a comprar. Puso un disco de vinilo que no había escuchado en diez años. Cerró los ojos cuando los acordes de «The Power of Love» de Jennifer Rush inundaron la estancia; la letra tan fresca en su mente como hacía una década.

El domingo por la tarde dio un largo paseo por Hyde Park, disfrutando de los árboles nevados y caminando sobre la hierba blanca para evitar los peligrosos senderos helados. De regreso en casa, llamó a Jamie al colegio. Estaba muy contento porque acababa de ser aceptado en el equipo de rugby alevín. Le dio el número del hotel de Norfolk para que se lo pasara al director en caso de emergencia, y hablaron de dónde les gustaría comer a él y a su amigo Hugo cuando fuera a verlo dentro de dos semanas. Por la noche hizo la maleta con mucho más esmero del que solía poner para un rodaje, pensando en lo que podría necesitar para el fin de semana.

—Ropa interior cara —rio para sí, doblando el conjunto de La Perla que le había regalado una amiga por Navidad y que aún seguía sin estrenar.

Esa noche, ya en la cama, se permitió sopesar las consecuencias de lo que estaba iniciando por segunda vez. Y la verdad era que, como en el pasado, no existía esperanza de futuro.

«Pero le quiero —pensó soñolienta mientras giraba sobre un costado—. Le quiero».

Y el amor lo podía todo, ¿no?

El lunes por la mañana, Simon se fue a trabajar y Joanna le dijo adiós con la mano, contenta de verlo partir. Después del beso no habían vuelto a charlar con su soltura habitual y la tensión flotaba en el aire. Tal vez una semana separados ayudara, y Joanna rezó para que pudieran recuperar su vieja y cómoda amistad muy pronto.

Prefería no pensar en lo que había sentido con el beso de la noche anterior. Las últimas semanas habían sido difíciles para ella y estaba sensible y estresada. Además, había otros asuntos que requerían su atención y tenía ante sí la oportunidad perfecta: disponía de dos días libres enteros.

En cuanto Simon se hubo marchado, cogió la mochila y sacó la fotocopia de la carta, el programa y la nota de Rose. Al hacerlo, su mano chocó con algo alargado y extrajo la pluma de oro. Con todo lo ocurrido se había olvidado por completo de ella.

La giró sobre la palma de la mano, estudiándola. *I. C. S.*

Las iniciales le sonaban de algo, pero no sabía de qué. Se sentó en el sofá cama con las piernas cruzadas y procedió a examinar las cartas y el programa. Si Simon creía que iba a dejar de interesarse por este asunto, estaba muy equivocado. Además, el viernes por la noche se había mostrado nervioso y agitado, algo inusual en él. ¿Por qué estaba tan empeñado en que Joanna abandonara el tema?

Examinó de nuevo la carta. ¿Quién era «Sam» y el Caballero Blanco? ¿Y quién demonios era Rose?

Se preparó un café y repasó la poca información que tenía a su disposición. ¿Había alguien más que conociera el apellido de Rose?

¿Muriel? Puede que hubiera visto alguna carta dirigida a Rose. Por fuerza, la anciana tuvo que firmar un contrato de alquiler cuando se instaló en el piso de Marylebone, ¿no? Joanna sacó su libreta y pasó las hojas, buscando el número de teléfono de Muriel. Conocer el apellido de Rose le facilitaría mucho su visita a la comisaría.

Descolgó el auricular y marcó el número.

Por desgracia, Muriel fue incapaz de ayudarla. Dijo que nunca había visto a Rose recibir una sola carta, ni siquiera una factura de electricidad. Joanna le preguntó entonces por la dirección de las cartas que Rose le había dado para que las echara al buzón.

—Dos de ellas eran sobres de correo aéreo. Para algún lugar de Francia, creo —explicó Muriel.

«Por lo menos eso encaja», pensó Joanna al recordar las instrucciones del frasco de pastillas.

Muriel sí le pasó el teléfono del casero. Joanna llamó a George Cyrapopolis y le dejó un mensaje en el contestador. Por el momento, no le quedaba otra que marcarse un farol en la comisaría. Cogió la mochila y salió del piso.

Abrió la puerta batiente que conducía al mostrador central de la comisaría de Marylebone. La sala de espera estaba desierta y apestaba a café rancio, y las bombillas fluorescentes resaltaban los desconchados de la pintura y el rayado suelo de linóleo. En la recepción no había nadie, de modo que pulsó el timbre.

—¿Sí, señorita? —Un agente entrado en años salió del despacho situado detrás del mostrador.

—Hola. Quería saber si alguien de esta comisaría puede ayudarme a averiguar qué le ha pasado a mi tía abuela.

—¿Ha desaparecido?

—No, no exactamente. Ha muerto.

—Entiendo.

—La encontraron hace un par de semanas en su piso de Marylebone. Se había caído por las escaleras. La vecina llamó a la policía y…

—¿Cree que la llamada pudo atenderla uno de nuestros agentes?

—Sí. Acabo de llegar de Australia. Mi padre me había dado la dirección de mi tía abuela y decidí hacerle una visita, pero llegué demasiado tarde. —Joanna permitió que se le quebrara la voz—. Si hubiese ido a su casa antes no…

—Lo sé, señorita, ocurre a menudo —asintió el agente con amabilidad—. Supongo que quiere saber adónde se la han llevado.

—Sí, pero hay un problema. No tengo ni idea de cuál podría ser apellido. Es probable que hubiera vuelto a casarse.

—En ese caso, intentaremos encontrarla por el apellido por el que usted la conocía. ¿Cuál es?

—Taylor. —Joanna soltó el primero que le vino a la cabeza.

—¿La fecha en la que fue encontrada muerta?

—El 10 de enero.

—¿Y la dirección donde fue encontrada?

—Marylebone High Street, diecinueve.

—Bien. —El agente introdujo los datos en el ordenador del mostrador—. Taylor, Taylor… —Examinó la pantalla y negó con la cabeza—. No aparece. Nadie con ese apellido falleció ese día, al menos nadie de quien tenga constancia nuestra comisaría

—¿Podría buscarla por Rose?

—Vale… Tenemos una Rachel y una Ruth, pero ninguna Rose.

—¿Esas dos mujeres también murieron ese día?

—En efecto. Y tenemos registradas otras cuatro muertes en el barrio. Es una época del año terrible para la gente mayor. Termina la Navidad, hace frío… En fin, voy a comprobar la dirección. Si ese día nos llamaron por un incidente, constará aquí.

Joanna aguardó pacientemente mientras el agente escudriñaba la pantalla.

—Mmm. —Se frotó el mentón—. Nada. ¿Seguro que la fecha es correcta?

—Seguro.

El agente meneó la cabeza.

—Puede que otra comisaría atendiera la llamada. Pruebe en Paddington Green, o mejor aún, en la morgue pública. Aunque nosotros no nos ocupáramos del incidente, el cuerpo de su tía tuvo que ser trasladado allí. Le anotaré la dirección. Vaya a verlos.

—Gracias por su ayuda.

—De nada. Espero que la encuentre. ¿Era rica? —preguntó el agente con una sonrisa.

—Ni idea —repuso Joanna en tono seco—. Adiós.

Cruzó la puerta batiente, detuvo un taxi y dio la dirección de la morgue.

La morgue pública de Westminster era un modesto edificio de ladrillo situado junto a la oficina forense, en una calle tranquila y arbolada. Joanna entró sin saber muy bien qué esperar y se estremeció al recordar que Alec la llamaba «la fábrica de carne de la ciudad».

—¿En qué puedo ayudarla? —Una joven afable le sonrió desde el mostrador.

«Qué trabajo tan deprimente», pensó Joanna mientras repetía su historia.

—Por eso el agente pensó que mi tía abuela habría sido trasladada aquí.

—Es probable. Vamos a comprobarlo.

La joven le pidió la misma información que el agente. Buscó a Rose por el nombre, la fecha y la dirección.

—Me temo que no llegó ninguna Rose ese día.

—Puede que estuviera utilizando otro nombre —dijo Joanna, sintiendo que se le agotaban las opciones.

—He introducido la dirección que me ha dado y tampoco aparece. Puede que la trajeran un día más tarde, aunque no es probable.

—¿Podría comprobarlo?

La joven así lo hizo.

—Nada.

Joanna suspiró.

—Entonces, si no trajeron su cuerpo aquí, ¿a dónde lo llevaron?

La joven se encogió de hombros.

—Podría preguntar en las funerarias de la zona. Si su tía tenía otros parientes cuya existencia usted desconoce, puede que se la llevaran. Por otra parte, normalmente, cuando se produce una muerte y nadie reclama el cuerpo, acaba aquí.

—De acuerdo, muchas gracias.

—De nada. Espero que encuentre a su tía.

—Gracias.

Joanna regresó en autobús a Crouch End y se dirigió a su casa para recoger la correspondencia. La mano le tembló al introducir la llave en la cerradura, y mientras cerraba la puerta tras de sí pensó que era muy triste que lo que había sentido como su refugio y santuario ahora le inspirara tanto miedo.

Se marchó a toda prisa y, mientras subía la cuesta en dirección al piso de Simon, se preguntó si debería mudarse de casa. Ahora que ya no estaba con Matthew, no creía que pudiera volver a sentirse cómoda allí.

Cuando llegó, vio que en el contestador había un mensaje de George Cyrapopolis, el casero de Rose. Descolgó el auricular y marcó su número.

—¿Hola? —Al otro lado del teléfono se oía un estruendo de platos—. ¿Hola, señor Cyrapopolis? Soy Joanna Haslam, la sobrina nieta de su inquilina fallecida.

—Ah, sí, hola. —George Cyrapopolis poseía una voz potente y profunda y un fuerte acento griego—. ¿Qué desea saber?

—Me preguntaba si Rose firmó un contrato de alquiler con usted cuando entró en el piso.

—Eh… —El hombre hizo una pausa—. ¿No será usted de Hacienda?

—No, se lo prometo.

—Mmm, en ese caso, venga a mi restaurante para que pueda verle la cara. Hablaremos entonces, ¿de acuerdo?

—De acuerdo. ¿Dónde está?

—En el número cuarenta y seis de High Road, Wood Green. Restaurante Aphrodite, justo enfrente de un centro comercial.

—Bien.

—Venga a las cinco, antes de que abra, ¿vale?

—Vale. Hasta luego, señor Cyrapopolis, y gracias.

Joanna colgó. Se preparó un café y un sándwich de mantequilla de cacahuete y se pasó la siguiente hora llamando a todas las funerarias del centro y norte de Londres. No tenían registrada a ninguna Rose, ni ese día ni los dos siguientes.

«Entonces, ¿a dónde se la llevaron?», farfulló para sí antes de llamar a Muriel.

—Hola, Muriel, soy Joanna. Lamento molestarla otra vez.

—No se preocupe, querida. ¿Ha encontrado a su tía?

—No. Solo quería comprobar una vez más quién se llevó exactamente a Rose.

—Ya se lo dije, una ambulancia. Dijeron que iban a trasladarla a la morgue.

—Pues no lo hicieron. He preguntado en la morgue, en la comisaría y en todas las funerarias del barrio.

—Caramba. ¿Un cadáver extraviado?

—Eso parece. ¿No le preguntaron si Rose tenía familia?

—No, pero recuerdo que les dije que la anciana había mencionado que su familia vivía en el extranjero.

—Hum.

—Tengo una idea —dijo de repente Muriel—. ¿Por qué no prueba en el registro civil? Yo tuve que ir allí cuando mi Stanley murió. Alguien tuvo que registrar la muerte de Rose.

—Buena idea, lo haré. Gracias.

—De nada, querida.

Joanna colgó y tras buscar la dirección del registro civil, cogió el abrigo y se marchó.

Dos horas más tarde salía del ayuntamiento de Old Marylebone absolutamente perpleja. Se derrumbó en la escalinata y apoyó la espalda en una de las gruesas columnas. En el registro civil había probado todas las permutaciones que le permitían los datos de que disponía. En las dos semanas posteriores al 10 de enero se había registrado el fallecimiento de tres Roses, pero en ninguno de los casos coincidía la dirección, y tampoco la edad. Una recién nacida de solo cuatro días —a Joanna se le había formado un nudo en la garganta al leer sobre su muerte—, una mujer de veinte años y otra de cuarenta y nueve, ninguna de las cuales podía ser, ni de lejos, la Rose que ella estaba buscando.

La mujer que le había ayudado dijo que el plazo para registrar una muerte era de cinco días laborables, a menos que el forense hubiera retenido el cuerpo, lo cual era improbable en el caso de Rose porque su cuerpo tampoco constaba en la morgue.

Joanna puso rumbo al metro meneando la cabeza. Era como si Rose nunca hubiese existido, pero su cuerpo tenía que estar en alguna parte. ¿Le quedaba alguna vía por explorar?

Salió del metro y echó a andar por Wood Green High Street, un batiburrillo de casas de apuestas, restaurantes y tiendas de segunda mano, buscando el restaurante Aphrodite. Había oscurecido y se ciñó el abrigo para mantener a raya el penetrante frío. Vislumbró el letrero de neón del local y abrió la puerta.

—¿Hola? —llamó al ver que el pequeño interior, decorado alegremente, estaba desierto.

—Hola. —Un hombre maduro y medio calvo apareció de detrás de una cortina de cuentas que había al fondo del restaurante.

—¿Señor Cyrapopolis?

—Sí.

—Soy Joanna Haslam, la sobrina nieta de Rose.

—Ajá. ¿Nos sentamos? —El hombre retiró dos sillas de una mesa.

—Gracias. —Joanna tomó asiento—. Lamento molestarle, pero como ya le dije por teléfono, estoy tratando de encontrar a mi tía abuela.

—¿Qué pasa? ¿Ha perdido el cuerpo? —George no pudo evitar una sonrisa.

—Es una situación complicada. Solo quiero saber si mi tía Rose firmó un contrato de alquiler con usted. Verá, estoy intentando averiguar su apellido de casada y he pensado que podría constar en el contrato.

—No firmamos ningún contrato. —George negó con la cabeza.

—¿Por qué, si no le importa que se lo pregunte? Pensaba que a los caseros les convenía hacerlo.

—Y normalmente lo hago. —George sacó una cajetilla del bolsillo superior de su camisa. Ofreció un cigarrillo a Joanna, que rechazó la invitación, y encendió uno para él.

—Entonces, ¿por qué no le hizo un contrato a mi tía abuela?

El hombre se encogió de hombros y se reclinó en la silla.

—Pongo un anuncio en el *Standard*, como siempre, y la primera que responde es una anciana que quiere ver el piso. Quedo con ella por la tarde y me da mil quinientas libras en mano. —Dio una calada profunda a su pitillo—. Tres meses de alquiler por adelantado. Sabía que no me daría problemas, que no montaría fiestas ni rompería muebles.

Joanna dejó ir un suspiro de decepción.

—Entonces, ¿no conoce su apellido?

—No. Me dijo que no necesitaba recibo.

—¿Ni de dónde venía?

—¡Un momento! —George se dio unos golpecitos en la nariz—. Es posible que sí. A los pocos días de mudarse la mujer, me pasé por el edificio y vi llegar una furgoneta con unas cajas de madera. La señora (¿Rose, dice que se llamaba?) dijo a los hombres de la furgoneta que metieran las cajas en el piso. Yo me quedé en la entrada para ayudar y vi que las cajas llevaban unas etiquetas extranjeras. Francesas, creo.

—Sí. —Eso, junto con el frasco de pastillas y los sobres de correo aéreo, confirmaban la procedencia de Rose—. ¿Recuerda cuándo se mudó exactamente?

George se rascó la cabeza.

—Creo que en noviembre.

—Muchas gracias por su ayuda, señor Cyrapopolis.

—De nada, señorita. ¿Le apetece un *gyros*? Cordero muy rico, jugoso —le propuso el hombre en medio de una nube de humo, dándole unas palmaditas en la mano con sus dedos manchados de nicotina.

—No, gracias. —Joanna se levantó con rapidez y se encaminó a la puerta—. Ah, una última cosa. —Se volvió hacia él—. ¿Se ocupó usted de vaciar el piso tras la muerte de Rose para los siguientes inquilinos?

—No. —George parecía sinceramente perplejo—. Fui allí un par de días más tarde para ver cómo iba todo y, bum, no quedaba nada. —Observó a Joanna—. Pensé que era la familia la que se había llevado las cosas y limpiado el piso, pero veo que no.

—No. Gracias por su tiempo, de todos modos.

—No hay de qué.

—¿Ha alquilado ya el piso?

El hombre asintió contrito.

—Alguien llamó. No tenía sentido tenerlo vacío, ¿no?

—No, claro que no. Gracias de nuevo. —Joanna sonrió débilmente y se marchó.

10

El miércoles por la mañana, Joanna regresó desmoralizada al trabajo. Después de dos días de pesquisas, no había avanzado nada. No había reunido más información sobre Rose de la que ya tenía, salvo que había llegado casi con certeza de Francia. «No es suficiente para presentarme ante Alec y decirle que he destapado un escándalo mayúsculo», pensó. Incluso había visitado la biblioteca de Highgate, donde, por suerte, las biografías de James Harrison estaban expuestas en los estantes de la entrada. Había hojeado los cuatro tochos sobre la vida de sir James, pero seguía sin saber cuál era su conexión con la anciana.

—Buenos días, Jo. —Alec le dio una palmada paternal en el hombro cuando Joanna pasó junto a su mesa—. ¿Cómo estás?

—Mejor, gracias.

—¿Has arreglado ya el caos de tu casa? Ese amigo tuyo que me llamó dijo que parecía que hubiese pasado un tornado.

—Sí. Hicieron un trabajo excelente, no dejaron nada en pie.

—Bueno, por lo menos no estabas allí cuando ocurrió ni te los encontraste.

—Ya. —Joanna sonrió—. Gracias por haber sido tan comprensivo.

—No hay de qué. Imagino que fue una experiencia terrible.

«Caray —pensó Joanna—, Alec tiene su corazoncito, después de todo.»

—¿Qué tienes para mí?

—He pensado en algo suave para comenzar. Puedes elegir entre «Mi rottweiler es un gatito inofensivo», a pesar de que ayer le arrancó un trozo de pierna a un jubilado en el parque, o una agradable comida con Marcus Harrison. Está creando un fondo en memoria de su abuelo, el viejo sir James.

—Me quedo con Marcus —respondió Joanna.

—Me lo imaginaba. —Alec anotó la información y se la entregó con una sonrisa maliciosa.

—¿Qué? —preguntó ella, consciente de que se estaba sonrojando.

—Digamos que, por lo que he oído por ahí, tienes más probabilidades de que sea Marcus Harrison quien se te coma y luego te escupa que el rottweiler. Ve con cuidado.

Alec se despidió con un gesto de la mano mientras se alejaba con paso decidido.

Satisfecha por la coincidencia, fue a su mesa y marcó el número de Marcus Harrison para concretar una cita. Dado que todo había comenzado en el funeral de James Harrison, tal vez lograra averiguar si su venerado abuelo había conocido a una pequeña anciana llamada Rose.

Sorprendida por su voz grave y afable al teléfono, quedó con él en un restaurante elegante de Notting Hill. Se recostó en la silla y pensó que este podría ser el trabajo más agradable que había hecho desde su llegada a la sección de noticias. Luego contempló su tejano y el jersey y lamentó no haberse puesto algo más glamuroso.

Marcus pidió al maître una botella de buen vino. Zoe ya le había dicho que podía cargar los gastos relacionados con el fondo conmemorativo a la cuenta creada con ese fin y le había entregado un adelanto de quinientas libras. Con una agradable sensación de sosiego, bebió el vigorizante borgoña. Parecía que las cosas empezaban a ir mejor.

Cada vez que había llamado a Zoe a Norfolk para contarle sus planes para el fondo, ella se había mostrado dulce y desenfadada, y en ningún momento había mencionado su conducta atroz de hacía una semana. Sabía que algo estaba sucediendo en la vida de su hermana, fuera lo que fuese, que le había devuelto el brillo a los ojos, Marcus se alegraba. Le había hecho su propia vida mucho más fácil.

Encendió un pitillo y se volvió hacia la puerta para ver si llegaba Joanna Haslam, la periodista.

A la una y tres minutos una joven entró en el restaurante. Vestía un tejano negro y un jersey blanco que se le adhería al pecho. Era alta, con un estilo natural. Apenas llevaba maquillaje sobre su piel clara, era muy diferente de la clase de mujer por la que Marcus solía decantarse. Una brillante melena morena de puntas onduladas le caía pesadamente a ambos lados del rostro, más allá de los hombros. Siguió al maître hasta la mesa y Marcus se levantó para recibirla.

—¿Joanna Haslam?

—Sí.

Joanna sonrió y Marcus se descubrió cautivado por unos expresivos ojos castaños y los hoyuelos en sus mejillas. Tardó unos instantes en reponerse.

—Soy Marcus Harrison. Gracias por venir.

—De nada. —Joanna tomó asiento frente a él.

Marcus se quedó un momento sin habla. Joanna Haslam era un auténtico bombón.

—¿Una copa de borgoña? —dijo al fin.

—Gracias.

—Por usted. —Marcus alzó la copa.

—Gracias. Eh… por el fondo conmemorativo —replicó ella.

—Claro. —Marcus rio nervioso—. Antes de entrar en materia, ¿qué le parece si pedimos? Así podremos charlar con tranquilidad.

—Me parece bien.

Mirando con disimulo por encima de la carta, Joanna examinó a Marcus. La imagen almacenada en su cabeza se acercaba bastante a la realidad. Si acaso, había subestimado su atractivo. Hoy, en lugar del traje arrugado que llevaba en el funeral, Marcus lucía una americana de lana de color azul regio y un jersey negro de cuello alto.

—Pediré la sopa y el cordero —dijo—. ¿Y usted?

—Lo mismo.

—¿No prefiere cuatro hojas de lechuga elegantemente dispuestas sobre un plato con el sofisticado nombre de ensalada *radicchio*? Pensaba que era lo único que comían las chicas de hoy día.

—Lamento desilusionarle, pero no todas las chicas somos iguales. Me crie en Yorkshire, y donde esté una buena carne con sus dos verduras que se quite lo demás.

—¿En serio? —Marcus enarcó una ceja por encima de la copa, saboreando el ligero acento de Yorkshire en la voz suave y melódica de Joanna.

—Vaya… —Joanna se sonrojó al caer en la cuenta de lo que acababa de decir— que me encanta comer.

—Me gusta eso en una mujer.

A Joanna le dio un vuelco el estómago cuando comprendió que Marcus estaba coqueteando con ella. Tuvo que esforzarse por concentrarse en el tema en cuestión. Sacó de la mochila una grabadora, una libreta y un bolígrafo.

—¿Le importa que grabe la conversación?

—En absoluto. ¿Qué tal si nos tuteamos?

—Vale. La apagaré cuando empecemos a comer, o de lo contrario solo se oirá ruido de cubiertos. —Joanna colocó la grabadora cerca de Marcus y la encendió—. De modo que vas a lanzar un fondo en memoria de tu abuelo, sir James Harrison.

—Sí. —Marcus se inclinó hacia delante y la miró fijamente a los ojos—. Sabes, Joanna, tienes unos ojos de lo más extraordinarios. Son del color de la miel, como los de un búho.

—Gracias. Bien, háblame del fondo conmemorativo.

—Lo siento, tu belleza me distrae.

—¿Me tapo la cabeza con la servilleta el tiempo que dure la entrevista? —Aunque los cumplidos de Marcus constituían un chute para su ego, Joanna estaba empezando a impacientarse.

—Está bien, intentaré contenerme, pero ten la servilleta preparada. —Marcus sonrió y bebió un sorbo de vino—. Bien, ¿por dónde empiezo? El caso es que mi abuelo, el querido sir Jim, o «Siam», como lo conocían sus amigos del teatro, dispuso una elevada suma de dinero para financiar dos becas al año para jóvenes actores y actrices con talento y sin recursos económicos. Ya sabes las pocas becas que concede el gobierno hoy día para estudiar arte dramático, y quienes las reciben a menudo han de trabajar para pagarse su manutención.

Mientras se esforzaba por concentrarse, Joanna notaba que su cuerpo reaccionaba instintivamente a Marcus. Tenía que reconocer que era un hombre muy atractivo. Se alegró de estar grabando la entrevista y poder escucharla más tarde, porque apenas había oído una palabra de lo que había dicho. Se aclaró la garganta.

—Entonces, ¿aceptarás solicitudes de todos aquellos jóvenes actores y actrices que hayan conseguido entrar en una escuela de arte dramático?

—Por supuesto.

—Te llegarán a miles.

—Eso espero. Las audiciones serán en mayo, y cuantos más aspirantes, mejor.

—Entiendo.

La sopa de guisantes y panceta llegó, así que Joanna apagó la grabadora.

—Huele bien —comentó Marcus antes de llevarse una cucharada a la boca—. Y ahora, Joanna Haslam, háblame de ti.

—Soy yo la que hace la entrevista.

—Seguro que eres mucho más interesante que yo —la animó Marcus.

—Lo dudo. Soy una simple muchacha de Yorkshire. Siempre he soñado con ser una periodista respetada.

—Entonces, ¿qué haces en el *Morning Mail*? Por lo que cuentas, la prensa seria es más tu estilo.

—Estoy haciéndome un lugar y aprendiendo todo lo que puedo. Un día me gustaría trabajar en un periódico de nivel. —Joanna bebió un sorbo de vino—. Lo que necesito es una gran exclusiva que me haga destacar.

—Vaya por Dios. —Marcus dejó ir un suspiro burlón—. Dudo mucho que lo consigas con el artículo sobre mi fondo conmemorativo.

—Lo sé, pero me gusta el hecho de estar ayudando, por una vez, a difundir algo que merece la pena, algo que podría cambiarle la vida a alguien.

—Una gacetillera con principios. —Los ojos de Marcus chispearon—. No abundan.

—En realidad, he vigilado y acosado a famosos como el resto del personal, pero no me gusta el cariz que está tomando últimamente el periodismo británico. Es intrusivo, cínico y a veces destructivo. Me encantaría que se aprobaran las nuevas leyes sobre privacidad, aunque sé que no ocurrirá. Hay demasiados editores conchabados con la gente que dirige este país. ¿Cómo pueden los lectores esperar recibir información imparcial y formarse su propia opinión si los medios tienen un claro sesgo político y económico?

—¿Somos algo más que una cara bonita, señorita Haslam?

—Lo siento, me ha salido la vena arrogante —se disculpó ella con una sonrisa—. En realidad, la mayor parte del tiempo me encanta mi trabajo.

Marcus alzó la copa.

—Brindo por la nueva generación de periodistas con principios.

Cuando les retiraron el plato de sopa y llegó el cordero, Joanna se dio cuenta de que su excelente apetito la había abandonado. Picoteó la carne mientras Marcus devoraba su plato.

—¿Te importa que continuemos? —le preguntó una vez que el camarero se hubo llevado los platos.

—En absoluto.

—Bien. —Joanna presionó de nuevo el botón de grabar—. ¿Pedía sir James en su testamento que dirigieras tú el fondo conmemorativo?

—Dejaba su organización en manos de la familia, esto es, mi padre, mi hermana y yo. Siendo el único nieto varón de sir James, es un honor para mí que me haya sido asignada dicha labor.

—Además, tu hermana Zoe está muy ocupada con su carrera de actriz. El otro día leí que interpretará a Tess en una nueva versión de la película. ¿Estáis muy unidos?

—Sí. Tuvimos una infancia... cómo decirlo... con muchos cambios, así que siempre nos hemos ayudado y protegido el uno al otro.

—Imagino que también estabas muy unido a sir James.

—Ah, sí —Marcus asintió con total naturalidad—, mucho.

—¿Crees que formar parte de tan ilustre familia te ha ayudado o perjudicado? ¿Te has sentido presionado para estar a la altura?

Marcus hizo una pausa.

—¿Quieres la respuesta oficial o la extraoficial?

—La extraoficial, si prefieres. —Después de dos copas de vino, la determinación de Joanna de mantener el tono profesional de la entrevista se había desmoronado. Detuvo la grabadora.

—Ha sido una carga tremenda, para serte franco. Sé que hay gente que me mira y piensa, «Vaya tío con suerte», pero en realidad, tener parientes famosos no es fácil. Me resulta imposible superar lo que ha hecho mi padre, y no digamos mi abuelo.

Joanna vio de repente a un Marcus vulnerable, inseguro de sí mismo.

—Me lo imagino —comentó en voz baja.

—¿De veras? —Marcus le sostuvo la mirada—. Pues eres la primera persona.

—Estoy segura de que eso no es cierto.

—Pues lo es. Digamos que a primera vista soy un buen partido. Como vengo de una familia de famosos y estoy bien relacionado, las mujeres dan por hecho que soy rico… Es muy posible que no le haya gustado a una sola mujer por mí mismo —añadió—. No destaco precisamente por mis éxitos profesionales.

—¿Qué cosas has hecho en el pasado?

—La producción siempre ha sido mi parte favorita del negocio del cine. Las maquinaciones entre bastidores, estudiar cómo encajar todas las piezas, es lo que más me gusta hacer. También es un campo que nadie de la familia ha tocado antes, que puedo llamar mío, aunque he de reconocer que ninguna de mis películas ha funcionado. —Marcus no podía creer que estuviera contándole esas cosas, pero la empatía de Joanna lo impelía a sincerarse.

—Me pregunto si he visto alguna de ellas —reflexionó Joanna.

—Eh… —Marcus se ruborizó un poco—. ¿Recuerdas *No Way Out*? Lo dudo, saltó directamente a VHS.

—Lo siento, no me suena. ¿De qué va?

—Fuimos a filmar a Bolivia, a la selva amazónica. Fue la época de mi vida más aterradora y fascinante. —La mirada de Marcus se iluminó. Los gestos de sus manos se intensificaban conforme hablaba del tema—. Es un lugar indómito y espectacular. La película va de dos estadounidenses que se pierden en las profundidades de la selva cuando van detrás de una supuesta veta de oro. Poco a poco la naturaleza los va engullendo mientras buscan la manera de salir, y acaban muriendo. Un poco deprimente, ahora que lo pienso, pero tenía un fuerte mensaje moral. La codicia de Occidente.

—Ya. ¿Y estás trabajando en algo ahora mismo?

—Sí, mi productora, Marc One Films, está intentando reunir fondos para un guion fantástico. —Marcus sonrió y Joanna sintió el entusiasmo que emanaba de él—. Es una historia increíble.

Cuando estaba viajando por el Amazonas tuve la suerte de conocer a los yanomami, una tribu que no entró en contacto con el gobierno brasileño hasta los años cuarenta. ¿Te imaginas permanecer aislado de la civilización moderna y descubrir de repente que el mundo es mucho más grande de lo que pensabas?

—¿Más impactante que salir de Yorkshire y aterrizar en Londres? —bromeó Joanna. Se sintió estúpidamente orgullosa de que Marcus se riera de su penoso chiste y se reprendió por ser tan infantil.

—Bastante más —continuó él—. Los yanomami son gente muy pacífica. Su cultura era el no va más de la democracia: no tenían un jefe, tomaban todas las decisiones por consenso y todos tenían derecho a opinar. El argumento habla de cuando el gobierno brasileño irrumpió sin previo aviso en el pueblo con excavadoras para construir una carretera.

—¡Qué horror! ¿Realmente hicieron eso?

—¡Sí! —Marcus lanzó las manos al aire—. Es repugnante. La película también trata de cómo en las últimas décadas la población de los yanomami se ha visto seriamente mermada por enfermedades, y de las consecuencias de la deforestación, de los buscadores de oro asesinos… También tiene una historia de amor preciosa con un final trágico pero emotivo, claro, y… —Su voz se fue apagando y miró avergonzado a Joanna—. Lo siento, cuando empiezo no hay quien me pare. Zoe siempre acaba bostezando cuando le hablo del tema.

—Qué va. —Joanna había estado tan absorta escuchándole que casi se había olvidado de la entrevista—. Me parece un proyecto fascinante y te deseo toda la suerte del mundo. Ahora será mejor que me facilites la información sobre las becas o mi jefe me cortará la cabeza. ¿Puedes darme la fecha en que se han de presentar las solicitudes, la dirección donde hay que enviarlas y todo lo demás?

Marcus estuvo diez minutos contándole todo lo que necesitaba saber. Joanna habría preferido entrevistarlo sobre su proyecto cinematográfico, pues el material sobre las becas se le antojaba un rollo en comparación.

—Genial, Marcus, gracias por todo —dijo, recogiendo sus apuntes—. Ah, una última cosa: necesitaremos una fotografía de Zoe y tú juntos.

—Zoe está rodando en Norfolk y tardará en volver. —Los ojos de Marcus titilaron—. Sé que no soy tan famoso ni tan guapo como mi hermana, pero tendrás que conformarte conmigo.

—No importa —respondió enseguida ella—. Si el periódico quiere a Zoe, siempre puede poner una foto de archivo.

Joanna hizo ademán de apagar la grabadora, pero Marcus le puso una mano en el brazo. Una descarga eléctrica recorrió la piel de Joanna. Marcus acercó los labios al diminuto micrófono y susurró algo. Luego levantó la cabeza y sonrió.

—Ya puedes apagarla. ¿Un brandy?

Ella miró su reloj y negó con la cabeza.

—Me encantaría, pero he de volver a la oficina.

—De acuerdo. —Marcus parecía desilusionado cuando hizo señas para que le trajeran la cuenta.

—El departamento de fotografía te llamará. Y muchas gracias por la comida.

Joanna se levantó y le tendió la mano, esperando que se la estrechara. En lugar de eso, Marcus se la llevó a los labios y le besó los nudillos.

—Adiós, señorita Haslam, ha sido un placer.

—Adiós.

Joanna salió del restaurante con las piernas como gelatina y regresó a la oficina envuelta en una nube de vino y lujuria. Se sentó a su mesa, rebobinó la cinta unos segundos y le dio al play.

«Joanna Haslam, eres preciosa. Quiero invitarte a cenar. Por favor, llámame sin más dilación al 0171 932 4841 para quedar.»

Se le escapó una risita. Alice, la periodista que ocupaba la mesa contigua, levantó la vista.

—¿Qué pasa?

—Nada.

—Fuiste a comer con «Harrison el Manitas», ¿no es cierto?

—Sí, ¿y qué? —Joanna sabía que se estaba poniendo roja.

—Pasa de Marcus Harrison, Jo. Tengo una amiga que salió un tiempo con él. Es un sinvergüenza con cero sentido de la ética.

—Pero es…

—Guapo, carismático… todo lo que quieras. —Alice le pegó un bocado a su sándwich de huevo—. Mi amiga tardó un año en superarlo.

—No tengo intención de enrollarme con Marcus. Lo más probable es que no vuelva verlo.

—¿Ah, no? ¿O sea que no te propuso quedar para cenar? ¿Ni te dio su número de teléfono?

Muy a su pesar, Joanna enrojeció todavía más.

—¡Ya lo creo que sí! —Alice sonrió con suficiencia—. Ve con cuidado, Jo; aún te estás recuperando de tu último desamor.

—Gracias por recordármelo. Perdona, he de pasar toda esta información.

Irritada por la actitud condescendiente de Alice y su probablemente acertada definición de Marcus —pese a su vena ética—, se puso los cascos, los conectó a la grabadora y procedió a transcribir la entrevista.

Cinco minutos después el color había desaparecido del rostro de Joanna. Estaba mirando fijamente la pantalla, pulsando una y otra vez el botón de rebobinar de la grabadora y escuchando las palabras de Marcus.

Había estado tan ocupada babeando que había pasado por alto el momento en que lo había dicho. «Siam.» Al parecer, era el apodo de sir James Harrison. Joanna se quitó los auriculares y sacó de su mochila la para entonces arrugada fotocopia de la carta de amor. Examinó el nombre que aparecía en ella. ¿Podría ser…?

Necesitaba una lupa. Se levantó y recorrió la oficina a la caza de alguna. Por fin, tras robársela a Archie, el reportero deportivo, regresó a su silla y colocó la lupa encima de la primera línea.

«Sam, mi amor….»

Buscó el espacio entre el ángulo superior derecho de la «S» y el ángulo superior izquierdo de la «a». ¡Sí! Joanna examinó de nuevo el punto, consciente de que podía tratarse de una mancha de tinta o de alguna marca hecha por la fotocopiadora. No. Decididamente, había un punto pequeño entre la «S» y la «a». Agarró un bolígrafo y copió, con la máxima exactitud posible, la fluida caligrafía de la palabra. Y ya no le cupo duda: había un trazo ascendente innecesario después de la «S» y antes de la «a». Si ponía un punto justo encima del trazo, la palabra cambiaba al instante: «Siam».

Tragó saliva mientras un escalofrío de emoción le recorría el cuerpo. Ahora ya sabía a quién iba dirigida la carta de amor.

11

Joanna había decidido utilizar la solidaridad de Alec y su actual buen humor en su provecho. Esa misma tarde se acercó a su mesa, donde tenía apilados todos los diarios rivales además de no uno, sino tres ceniceros hasta los topes sobre montañas de papeles. Su jefe tenía la camisa arremangada, el perenne Rothman's suspendido de la comisura del labio y gotas de sudor en la frente mientras echaba pestes del ordenador.

—Alec. —Joanna se inclinó sobre la mesa y esbozó una sonrisa victoriosa.

—Ahora no, cielo. Vamos retrasados y Sebastian no ha llamado todavía desde Nueva York con su artículo sobre la Pelirroja. No podré retener la portada mucho más tiempo. El montador está que arde.

—Vaya. ¿Cuándo terminas? Quiero hablar de un asunto contigo.

—¿Qué te parece a las doce de la noche? —respondió él sin apartar los ojos de la pantalla.

—Ya veo.

Alec levantó la vista.

—¿Es importante? ¿Está el mundo amenazado? ¿Vamos a vender cien mil ejemplares más?

—Podría tratarse de un escándalo sexual que nadie ha destapado hasta ahora. —Joanna sabía que eran las palabras mágicas.

La expresión de Alec cambió.

—Está bien. Si se trata de sexo, tienes diez minutos. A las seis en el pub.

—Gracias.

Joanna regresó a su mesa y pasó las dos horas siguientes atendiendo la correspondencia que tenía en su bandeja. A las seis menos cinco se dirigió al pub de la esquina, el favorito de los periodistas solo por su proximidad. No tenía nada más digno de mención. Se sentó en un taburete mugriento y pidió un gin-tonic, cuidando de no apoyarse en la superficie pegajosa de la barra.

Alec llegó a las siete y cuarto, todavía arremangado a pesar del intenso frío que hacía fuera.

—¿Qué tal, Phil? Lo de siempre —dijo al barman—. Adelante, Jo, dispara.

Joanna empezó por el principio, el día del funeral. Alec se bebió su Famous Grouse de un trago y la escuchó atentamente hasta el final.

—Estaba a punto de tirar la toalla porque no estaba llegando a ningún lado cuando de repente hoy, por pura chiripa, descubrí a quién iba dirigida la carta.

Alec pidió otro whisky y escrutó a Joanna con sus ojos enrojecidos por el cansancio.

—Puede que haya algo ahí. Lo que me interesa es que alguien se haya esforzado tanto por hacer desaparecer a tu vieja y sus cajas. Esto apesta a encubrimiento. Los cadáveres no desaparecen solos. —Encendió otro cigarrillo—. Joanna, solo por curiosidad, ¿llevabas encima la carta la noche que te pusieron el piso patas arriba?

—Sí, en la mochila.

—¿No se te ha pasado por la cabeza que no fuera un robo casual? Según tu colega, hicieron muchos destrozos innecesarios. Te rajaron el sofá y la cama, ¿no es cierto?

—Sí, pero…

—Puede que estuvieran buscando algo que creían que habías escondido.

—La propia policía estaba sorprendida por la escabechina —murmuró Joanna, pensativa. De pronto, miró a Alec—. Ostras, puede que tengas razón.

—Joder, Jo, te falta mucho aún para convertirte en un cínico suspicaz como yo. En otras palabras, en un gran cazanoticias. —Esbozó una sonrisa, dejando al descubierto sus dientes manchados de nicotina, y le dio unas palmaditas en la mano—. Ya aprenderás. ¿Dónde está la carta ahora?

—Simon se la llevó al trabajo para que la examine su laboratorio forense.

—¿Quién es Simon? ¿Un madero?

—No, trabaja en la administración pública.

—¡Maldita sea, Jo! ¡Madura de una vez! —Alec estampó el vaso contra la barra—. Te apuesto lo que quieras a que no volverás a ver esa carta.

—Te equivocas. —Joanna lo fulminó con la mirada—. Confío ciegamente en Simon. Es mi mejor amigo. Solo quería ayudarme, y sé que nunca me engañaría.

Alec meneó la cabeza con condescendencia.

—¿Qué te digo siempre? Que no confíes en nadie, especialmente en este negocio. —Se frotó los ojos y suspiró—. Bien, la carta de amor ya no está, pero dijiste que tenías una fotocopia.

—Sí, e hice otra para que la tuvieras tú. —Joanna se la tendió.

—Gracias. Echémosle un vistazo. —La desplegó, la leyó y estudió el nombre con detenimiento—. No hay duda de que podría poner «Siam». La inicial de abajo es ilegible, pero no me parece una «R».

—Puede que Rose se cambiara el nombre, o puede que la carta no sea suya. Es evidente que existe alguna conexión con el teatro, pero ni Rose ni sir James salen en el programa.

Alec consultó la hora y pidió otro whisky.

—Cinco minutos y tendré que pirarme. Mira, Jo, no puedo decirte si tienes o no algo que merece la pena. Siempre que me encuentro en tales situaciones, sabes que hago caso a mi intuición. ¿Qué te dice tu intuición?

—Que esto es gordo.

—¿Y qué tienes pensado hacer a partir de aquí?

—Necesito hablar con la familia Harrison, averiguar todo lo que pueda sobre la vida de sir James. Puede que simplemente tuviera una aventura amorosa con Rose. Pero ¿por qué me envió Rose esa carta? No sé. —Joanna suspiró—. Si pusieron mi piso patas arriba porque creían que la tenía yo, significa que es un tema importante para alguien.

—Sí. Oye, no puedo permitir que investigues en horas de trabajo...

—Podría hacer un retrato sobre una dinastía teatral británica —le interrumpió Joanna—. Empezaría con sir James y su hijo Charles y terminaría con Zoe y Marcus. Eso me proporcionaría una excusa perfecta para sacarles toda la información posible.

—Poca cosa para la sección de noticias.

—No si descubriera un gran escándalo. Dame solo unos días, Alec, por favor —le suplicó—. El resto de la investigación la haré fuera del horario de trabajo, te lo juro.

—Adelante, entonces —se rindió Alec—. Con una condición.

—¿Cuál?

—Quiero que me mantengas informado de cada uno de tus pasos. No porque no pueda mantener mi roja narizota fuera de esto, sino por tu propia seguridad. —La miró con dureza—. Eres joven e inexperta. No quiero que te metas tan hondo que no puedas salir. Nada de heroicidades, ¿entendido?

—Te lo prometo. Gracias. Y ahora me voy. Hasta mañana. —Se dejó llevar por un impulso y le dio un beso en la mejilla.

Alec la vio abandonar el bar. Cuando un reportero novato le venía con una «gran» pista, nueve veces de cada diez lo hacía trizas en cuestión de segundos y lo despedía con el rabo entre las piernas. Pero esta vez su famosa intuición se había encendido como una bombilla. Joanna estaba detrás de algo gordo. Ignoraba qué, pero era gordo.

El propio Marcus se había sorprendido de la rapidez con la que Joanna lo había llamado después de su almuerzo juntos. Le había dicho que su jefe quería un artículo sobre la familia Harrison al completo para respaldar el reportaje sobre el fondo conmemorativo, pero Marcus confiaba en que su encanto también hubiese tenido algo que ver. Cuando Joanna le propuso ir a verlo a su casa al día siguiente, aceptó al instante, como es lógico.

En honor a su visita, se había pasado el día limpiando los desechos de su desorganizada existencia de soltero. Metió en una bolsa de basura cuanto merodeaba debajo de la cama e incluso cambió las sábanas. Seguidamente, sacó los libros más gruesos de la pila que sostenía una silla a la que le faltaba una pata y los puso sobre la mesa de centro, bien a la vista. Era la primera vez en mucho tiempo que la llegada inminente de una mujer despertaba en él algo más que mera excitación. Joanna era de las pocas personas que le habían escuchado de verdad cuando habló de su proyecto cinematográfico y estaba decidido a demostrarle que valía más de lo que la gente creía.

El timbre sonó a las siete y media. Abrió la puerta y se fijó en que Joanna no se había esforzado por arreglarse y todavía iba vestida con su ropa de trabajo, consistente en un tejano y un jersey. Sintió una punzada de decepción.

La besó en las mejillas con una parsimonia deliberada.

—Me alegro de volver a verte. Pasa.

Joanna lo siguió por un estrecho pasillo hasta una pequeña sala de estar decorada con parquedad. Esperaba algo mucho más suntuoso.

—¿Vino?

—Si no te importa, prefiero café —contestó Joanna. Estaba agotada. Se había pasado casi toda la noche extrayendo apuntes de las biografías y elaborando una lista de preguntas sobre sir James.

—Aguafiestas —sonrió Marcus—. Pues yo sí voy a servirme algo.

—Está bien, una copa pequeña.

Marcus regresó a la sala con un whisky para él y una copa de vino hasta arriba para Joanna y se sentó en el sofá, muy cerca de ella. Cuando ella desvió la cara, él le recogió suavemente un rizo detrás de la oreja.

—¿Ha sido un día largo?

Joanna notó el calor del muslo de Marcus junto al suyo y se apartó unos centímetros. Tenía que concentrarse.

—Sí.

—Entonces, relájate. ¿Tienes hambre? Puedo cocinar una pasta rápida.

—No, por favor, no te molestes.

Joanna preparó la grabadora y la dejó sobre la mesa de centro, frente a ellos.

—No es ninguna molestia, en serio.

—¿Te importa que empecemos y luego vemos?

—Claro, lo que tú digas.

Joanna reparó en el olor almizclado de su loción para después del afeitado, en la forma encantadora en que se le arremolinaba el pelo sobre el cuello de la camisa… «¡No, no, no, Joanna!»

—Bien, como te dije por teléfono, voy a escribir una extensa retrospectiva sobre sir James y tu familia para acompañar el lanzamiento del fondo conmemorativo.

—Uau, muchas gracias, Jo. Cuanta más publicidad, mejor.

—Estoy de acuerdo, pero voy a necesitar tu ayuda. Quiero descubrir cómo era de verdad tu abuelo, cuáles eran sus orígenes y de qué manera la fama lo afectó y cambió.

—Caray, seguro que podrías conseguir una de las biografías que hay sobre él.

—Oh, ya las tengo todas, las saqué de la biblioteca. Reconozco que hasta el momento solo me las he mirado por encima, pero para serte franca, cualquiera podría hacer eso. —Joanna lo miró muy seria—. Yo quiero ver a sir James desde la perspectiva de la familia, conocer los pequeños detalles. Por ejemplo, «Siam», el apodo que dijiste que utilizaban sus amigos del teatro, ¿de dónde viene?

Marcus se encogió de hombros.

—Ni idea.

—¿Tenía tu abuelo alguna conexión con el sudeste asiático, por ejemplo?

—Creo que no. —Marcus apuró el whisky y se sirvió otro—. Vamos, Jo, apenas has tocado el vino. —Le puso una mano en el muslo—. Estás muy tensa.

—Sí, un poco. —Joanna le apartó la mano con rapidez y cogió la copa para darle un sorbo—. Han sido unas semanas complicadas.

—Cuéntamelo.

La mano regresó a su muslo. Joanna la apartó de nuevo y se volvió hacia Marcus con la ceja levantada.

—He de terminar este artículo para mediados de la semana que viene y no me estás ayudando mucho, Marcus. Y te interesa tanto como a mí.

—Lo sé. —Agachó la cabeza como un colegial contrito—. Lo siento, es que te encuentro muy atractiva, Jo.

—Oye, solo te pido media hora, ¿vale?

—Me concentraré, te lo prometo.

—Bien. Dime, ¿qué sabes de sir James? Empieza desde el principio, por su infancia.

—Bueno… —Lo cierto era que Marcus jamás se había interesado por la vida de su abuelo, pero se esforzó por intentar recordar algo—. En realidad es con Zoe con quien deberías hablar. Ella lo conocía mucho mejor que yo porque vivía con él.

—Me encantaría, pero siempre es interesante obtener puntos de vista diferentes sobre la misma persona. ¿Alguna vez oíste hablar a tu abuelo de una tal Rose?

Marcus negó con la cabeza.

—No. ¿Por qué?

—Oh, porque su nombre sale en una de las biografías que leí, eso es todo —repuso Joanna con desenfado.

—Estoy seguro de que James tuvo muchas amantes en su juventud.

—¿Conociste a tu abuela? Se llamaba Grace, ¿verdad?

—No la conocí. Murió en el extranjero antes de que Zoe y yo naciéramos. Mi padre era muy pequeño, si no recuerdo mal.

—¿Era un matrimonio feliz?

—Por lo que cuentan, mucho.

—¿Sabes si tu abuelo guardaba recuerdos de su carrera? Me refiero a programas, artículos de periódico, esa clase de cosas.

—¡Ya lo creo! —Marcus rio—. Hay un desván entero lleno de recuerdos en su casa de Dorset. Se los dejó todos a Zoe.

Joanna aguzó las orejas.

—¿En serio? Uau, me encantaría verlos.

—Zo lleva siglos diciendo que quiere ir un fin de semana para poner orden. Lo más seguro es que la mayoría sea basura, pero puede que haya unos cuantos programas y fotos que tengan un gran valor hoy día. Sir James los guardaba todos. Le encantaba acumular. —Marcus tuvo una idea—. ¿Qué te parece si llamo a Zoe y organizamos una visita a Dorset este fin de semana? Así podríamos mirar lo que hay en el desván. Estoy seguro de que mi hermana agradecerá cualquier ayuda que podamos prestarle.

—Eh... vale. —Joanna sabía perfectamente por qué Marcus parecía tan entusiasmado con la idea y rezó para que las habitaciones tuvieran pestillo. Pero la oportunidad de hurgar en cajas repletas del pasado de sir James resultaba tan tentadora que tendría que correr el riesgo.

—Podríamos ir el sábado por la mañana y pasar la noche allí. —Marcus parecía un niño con zapatos nuevos—. Necesitaremos un par de días como mínimo.

—Si tú lo crees —aceptó Joanna sin demasiada convicción—. Entonces, ¿hablarás con Zoe?

—Claro. Ahora mismo no tiene dinero contante y sonante para reformar la casa que le dejó sir Jim. Puede que la venta de las cosas del desván le proporcione algo de efectivo —improvisó Marcus, sabedor de que Zoe jamás vendería nada de su adorado abuelo para lucrarse.

—Genial. Te lo agradezco mucho. —Joanna se guardó la grabadora en la mochila y se puso en pie.

—¿No estarás pensando en irte ya? ¿Qué hay de la cena?

—Tu invitación es todo un detalle —respondió de camino a la puerta—, pero si esta noche no duermo como es debido, mañana estaré para el arrastre.

—Vale —suspiró Marcus—, tú te lo pierdes.

Joanna le entregó una tarjeta.

—Este es mi número del trabajo. Llámame mañana para contarme lo que te ha dicho Zoe. —Le besó fugazmente en la mejilla—. Gracias, Marcus. Adiós.

Él la observó mientras salía del apartamento. Joanna tenía algo que le aceleraba el corazón. Y no era solo un tema de deseo. Le encantaba su naturalidad, su franqueza y honestidad, rasgos todos ellos refrescantes después de la sucesión de actrices egocéntricas con las que había salido.

Cuando fue a la cocina a preparar pasta para uno, se sirvió otro whisky, se llevó el vaso a los labios y frenó en seco. Con gran esfuerzo, tiró el líquido por el desagüe del fregadero.

—Se acabó —dijo.

Quería ser un hombre mejor para Joanna.

Camino del metro de Holland Park en la fría noche, Joanna por fin reconoció que, fuera cual fuese su merecida reputación, Marcus le atraía muchísimo. Sus halagos eran un chute para su maltrecha autoestima, y su evidente deseo por ella la hacía sentirse sexy otra vez. Hacía años que no miraba a otro hombre, y las sensaciones que Marcus despertaba en ella eran excitantes, aunque también inquietantes. Estaba decidida a no ser otro de sus trofeos. Tal vez una aventura breve fuera físicamente gratificante, pero no llenaría el vacío que Matthew le había dejado.

A pesar de eso, se estremeció de placer cuando subió al metro y pensó en el fin de semana: disfrutar de la compañía de Marcus y, al mismo tiempo, quizá —solo quizá— descubrir más pistas sobre el misterio. Además, el hecho de que Alec, siendo el cínico que era, pensara que podía estar detrás de algo interesante le había infundido la confianza necesaria para tomarse este asunto en serio.

Tras pasar el torno de la estación de Archway, se ciñó la bufanda al cuello para protegerlo de la corriente que entraba de la calle. Cuando salió a la oscuridad de Highgate Hill, casi desierta a esa hora de la noche, sus botas resonaron débilmente en la gélida acera y soñó con acurrucarse en el sofá cama de la casa de Simon.

Tal vez solo fuera el aire frío que se le iba metiendo en el cuello, pero aminoró el paso cuando empezó a tener la sensación de que alguien la seguía. Se volvió un poco e intentó ver si era la sombra de una persona o solo de las ramas oscilantes de un árbol jugando sobre el suelo. Al final se detuvo y aguzó el oído.

Escuchó unas risas flotando en el aire de la noche, procedentes del pub del extremo de la calle, y el murmullo ininterrumpido de coches y autobuses que levantaban remolinos de hojas y basura. Decidida, cruzó deprisa la carretera y se metió en una tienda, donde compró un paquete de chicles. Se quedó en la puerta mirando a izquierda y derecha, pero la única figura que podía ver era la de un hombre con un abrigo en la parada de autobús del otro lado de la calle, fumando despreocupado.

Echó a andar por la acera a un ritmo deliberadamente pausado y se volvió hacia la parada de autobús. El hombre había desaparecido, a pesar de que no había llegado ningún autobús. El corazón le aporreó el pecho y, sin pensarlo, paró un taxi negro que pasaba en ese momento por su lado. Subió y acertó a pronunciar entre jadeos la dirección de Simon. El taxista pareció enfadarse ante un trayecto de solo tres minutos.

Cuando llegó al edificio de apartamentos, subió las escaleras a toda prisa. Lamentaba que Simon no estuviera en casa. Echó el cerrojo a la puerta antes de poner una silla debajo del pomo. Después, sacó el bate de críquet de Simon del armario del recibidor y se lo llevó al sofá cama.

Al cabo de mucho rato, logró conciliar un sueño agitado con las manos todavía aferradas al bate.

12

Zoe había pasado su primera semana en Norfolk de brazos cruzados, con demasiado tiempo para pensar. Buena parte del rodaje de exteriores se había visto reducido por la presencia de un grueso manto de nieve. Aunque bonita y evocadora, la nieve hacía imposible continuar con la película. En su lugar, habían hecho todo lo posible en la vieja casa de campo que la compañía había alquilado para el rodaje.

William Fielding, el actor que interpretaba el personaje del padre de Zoe, John Durbeyfield, se hallaba en esos momentos representando una pantomima en Birmingham y aún tardaría una semana en unirse al equipo. Zoe se había planteado volver a Londres, pero dado que Art había reservado un coche para que fuera a recogerla el fin de semana, no encontraba mucho sentido a hacer el viaje.

El viernes por la mañana, Zoe se despertó de golpe, bañada en sudor y atenazada por un miedo devastador. Había desaparecido de sus ojos el velo rosa, la maravillosa sensación de que el destino los había unido de nuevo después de tanto tiempo. No podía creer que se hubiera permitido barajar la posibilidad de una nueva relación con Art.

—Dios mío —murmuró, presa del pánico—. ¿Qué hay de Jamie?

Se levantó, se puso los tejanos y las botas y salió a dar un paseo por el pueblo cubierto de nieve. Estaba tan absorta en sus pensamientos que fue incapaz de apreciar su pintoresca belleza. Eso de declararse al fin independiente, libre de los grilletes que la habían mantenido atada, estaba muy bien, pero tenía que ser realista. Lo que se disponía a hacer podría afectar al resto de la vida de su hijo. ¿Cómo iba a ocultarle la verdad a Art? Seguro que cuando charlase con Jamie, cuando lo conociese un poco más, se daría cuenta, si no lo sabía ya. ¿Y dónde los dejaría eso a los tres?

—¡Mierda! ¡Mierda! —Zoe propinó una patada de frustración a un terrón de nieve. Ella llevaba mucho tiempo viviendo con el secreto, pero para Jamie y Art sería un duro golpe.

Si Art y ella comenzaban de nuevo una relación y la verdad sobre Jamie salía a la luz, ¿podría realmente someter a su adorado hijo al escándalo que los rodearía?

«No.»

«Jamás.»

«¿En qué demonios estaba pensando?»

Esa misma tarde, Zoe metió las maletas en el coche y regresó a Londres. Cuando llegó a casa, apagó el móvil y dejó que el contestador recogiera todas las llamadas, fueran del tipo que fueran. Hecho esto, se bebió una botella entera de vino, algo inusitado en ella, y se quedó dormida en el sofá con una película que no era nada en comparación con el drama de su propia vida.

Marcus había alquilado un Volkswagen Golf con su precaria tarjeta de crédito para ir a Dorset. Ahora, con Joanna sentada a su lado mientras conducía por la M3, decidió que los números rojos del mes siguiente merecían la pena. Joanna olía muy bien, a manzanas recién cogidas. Rezó para que la llave de Haycroft House estuviera en el lugar de siempre. El día anterior había telefoneado varias veces a su hermana para preguntarle si podía alojarse en la casa y le había dejado mensajes tanto en el móvil como en el contestador, pero Zoe no le había devuelto la llamada. Al final había decidido que Zoe no podría decir que no lo había intentado, y había seguido adelante con el plan.

Joanna viajaba muy callada. Se había llevado una verdadera sorpresa cuando Marcus la llamó anoche para decirle que se iban a Dorset el fin de semana. Estaba convencida de que Zoe se negaría en redondo a dejar que una periodista hurgara en la vida privada de su abuelo. Observó el perfil perfecto de Marcus y se preguntó si sir James había sido igual de guapo de joven.

Finalmente, Marcus abandonó la autopista y Joanna contempló por la ventanilla los ondulantes campos que se extendían hasta donde alcanzaba la vista. El paisaje no era tan impresionante como los páramos de Yorkshire, pero se alegraba de no estar rodeada de edificios. Las plantas y los animales estaban enterrados en sus madrigueras hibernales, recogidos bajo capas de nieve que reflejaban el sol que resplandecía en un espectacular cielo sin nubes.

Marcus condujo por una serie de carreteras estrechas flanqueadas de altos setos coronados de nieve. Por fin, dobló por un camino protegido por una verja y Haycroft House apareció ante ellos. Era una casa de dos plantas, grande y muy antigua, con el tejado de paja y los muros de ladrillo gris claro. En la paja crecía musgo de un verde vivo entre las placas de nieve blanca, y suaves carámbanos goteaban de los aleros que rematraban las pequeñas ventanas de cristales emplomados, titilando bajo la luz del sol.

—Ya hemos llegado —anunció—. Haycroft House.

—Es preciosa —susurró Joanna.

—Sí. Sir Jim se la dejó a Jamie, el hijo de Zoe. El muy suertudo —añadió Marcus con cierto resquemor, pensó Joanna—. Espera aquí mientras voy a buscar la llave. —Bajó del coche y se encaminó al depósito de agua situado detrás de la casa. Introdujo los dedos por debajo del lado izquierdo y tuvo que romper literalmente una capa de hielo antes de notar la vieja y enorme llave que les permitiría acceder al interior—. Gracias a Dios —farfulló, soplándose los entumecidos dedos y regresando al coche.

Joanna ya había bajado y estaba mirando por las vidrieras.

—La tengo —sonrió Marcus al tiempo que introducía la llave en la sólida puerta de roble.

Pasaron a un recibidor oscuro con un techo de vigas que olía a humo de leña. Marcus encendió la luz y Joanna pegó un brinco al ver una cabeza de oso que la miraba feroz desde lo alto de la pared.

—Lo siento, tendría que haberte hablado del señor West —dijo Marcus, y levantó el brazo para acariciar el pelaje desgreñado del oso.

—¿Señor West? —repitió Joanna, tiritando. Hacía más frío dentro de la casa que fuera.

—Sí. Zo lo bautizó con el nombre de uno de sus aterradores profesores del colegio. No te preocupes, no lo cazaron aquí —puntualizó Marcus con una sonrisa—. Qué frío. Encenderemos la chimenea de la sala de estar. Puede que tengamos que darnos calor el uno al otro para evitar una hipotermia —bromeó.

Joanna ignoró el comentario y lo siguió hasta una acogedora sala de estar llena de viejos sofás repletos de cojines. Había una pared forrada de estanterías que contenían libros encuadernados en piel y fotos de familia. Mientras Marcus buscaba las pastillas para encender el fuego, Joanna estudió las fotografías. Reconoció a Zoe Harrison de niña, riendo en brazos de sir James. Había muchas fotos de ella con diferentes edades, montada sobre un caballo castaño o posando con su uniforme azul marino del colegio, y otras de ella con Jamie, su hijo, sonriendo de oreja a oreja. Joanna buscó alguna foto del joven Marcus, pero no encontró ninguna. Antes de que pudiera darse la vuelta para preguntar, escuchó un grito triunfal.

—¡Que se haga el fuego! —ordenó Marcus cuando las pastillas prendieron y empezaron a proyectar sombras danzarinas en las toscas paredes de madera enlucida. Añadió un puñado de yesca y colocó un par de leños encima—. La sala se calentará enseguida. Ahora, la calefacción.

Joanna siguió a Marcus hasta una cocina con techo de vigas, suelo de losetas grises y una estufa antigua. Abrió una de las pesadas puertas de hierro, introdujo hojas de periódico, echó carbón del cubo y lo encendió.

—Te parecerá un trasto, y te aseguro que lo es —sonrió Marcus—. Donde esté una calefacción a gas… Papá se pasó dos años insistiéndole a sir Jim para que instalara un sistema como es debido, pero mi abuelo no quería ni oír hablar del tema. Creo que le gustaba congelarse las pelotas. Ahora me enfrentaré de nuevo al frío y cogeré los víveres del coche.

Joanna se paseó por la cocina, disfrutando de su encanto rústico. Suspendido sobre la estufa había un tendedero viejo, y del techo pendía un secador de hierbas que todavía contenía hojas cuarteadas de laurel, romero y lavanda. La picada mesa de roble había visto años de uso, y los surtidos armarios, desprovistos de puertas, estaban abarrotados de una mezcla de latas, jarras de cristal y vajilla.

Marcus llegó con una caja de cartón llena de comida. Joanna vio dos botellas de champán y exquisiteces como salmón ahumado, que detestaba, y caviar, que detestaba aún más, y se preguntó si ese fin de semana le iba a tocar morir de hambre o de frío. A juzgar por la cantidad de alcohol que había traído Marcus, al menos podría palmarla borracha. Le ayudó a vaciar la caja y se retiró al calor relativo de la estufa.

—Estás muy callada —observó él mientras guardaba los alimentos frescos en la nevera—. ¿Puedo hacer algo por ti? Supongo que se te hace raro pasar el fin de semana con un hombre al que apenas conoces…

—Estoy bien, simplemente tengo muchas cosas en la cabeza. Temas de trabajo —aclaró—. Te agradezco de veras que dediques tu fin de semana a ayudarme con mi investigación.

—Mis motivos no son del todo altruistas, por mucho que quisiera que lo creyeras así —reconoció él—. Tenía la esperanza de pasarlo bien contigo este fin de semana.

Joanna enarcó una ceja.

—No seas mal pensada —exclamó él, haciéndose el ofendido—. Me refería a conversaciones interesantes, y puede que una visita al pub. Bien, ¿te parece que subamos al desván y cojamos algunas cajas? Lo mejor sería bajarlas y examinarlas delante de la chimenea.

Ascendieron por la chirriante escalera de madera hasta el rellano de la primera planta. Marcus cogió una barra de hierro que descansaba contra la pared y la enganchó al asa que había sobre su cabeza. Al tirar de la barra hacia abajo apareció una escalerilla metálica llena de polvo. Trepó por ella y tiró de un cordel que enseguida inundó de luz el desván.

Ofreció su mano a Joanna.

—¿Quieres subir y ver en lo que hemos decidido meternos?

Joanna se cogió a su mano y subió detrás de él. Cuando puso el primer pie en el suelo de madera del desván, soltó una exclamación ahogada. El espacio en su totalidad, que debía de ir de una punta a otra de la casa, estaba ocupado por cajas de madera y cartón.

—Te dije que lo guardaba todo —le recordó Marcus—. Aquí hay material suficiente para llenar un museo.

—¿Sabes si están dispuestas por orden cronológico?

—Lo ignoro, pero deduzco que las cajas que están más cerca de la escalera, las más accesibles, serán las más recientes.

—Bueno, en realidad necesito empezar por el principio, así que he de buscar las más antiguas.

—Muy bien, *milady*. —Marcus se quitó una gorra imaginaria—. Echa un vistazo y señala las cajas que quieres bajar primero.

Decidió empezar por el recodo más alejado de la escalera, así que se abrió paso entre los bultos. Veinte minutos después había elegido tres cajas cuyos recortes de periódico amarillentos daban fe de su edad, así como una maleta maltrecha.

De regreso en la sala, se sentó delante de la chimenea para absorber el poco calor que desprendía.

—¡Estoy helada! —rio, tiritando sin control.

—¿Y si vamos primero al pub? Me muero por una cerveza espumosa. Podríamos entrar en calor con un plato de sopa.

—No, gracias. —Joanna cogió la maleta—. Quiero empezar ya.

—Vale. Si no te importa, yo sí iré, antes de que se me caigan los dedos por congelación. ¿Seguro que no quieres venir?

—¡Marcus, si ni siquiera hemos empezado aún! Yo me quedo —dijo ella con firmeza.

—De acuerdo, pero no te guardes nada de lo que descubras sobre mi abuelo o tendré que buscarlo más tarde —replicó Marcus antes de partir.

Al cruzar las verjas, Marcus reparó en un coche gris estacionado en el arcén de hierba, a pocos metros de la casa. Miró y vio a dos hombres con Barbours estudiando ostensiblemente un mapa de senderismo. Se preguntó si debía llamar a la policía. Puede que estuvieran vigilando la casa con intención de entrar a robar.

Pese a las llamas que ahora saltaban alegremente en la chimenea, Joanna seguía helada. No podía acercarse mucho al fuego debido a la fragilidad de los papeles que estaba examinando. Hasta el momento no había descubierto nada que no hubiese leído ya en las cuatro biografías.

Repasó las anotaciones que había hecho durante la lectura de las mismas. Nacido en el año 1900, sir James había empezado a hacerse un nombre como actor a finales de los años veinte al protagonizar varias obras de Noël Coward en el West End. En 1929 se casó con Grace y enviudó en 1937, cuando su esposa falleció trágicamente en el extranjero a causa de una neumonía. Según los recortes de los diarios y las entrevistas con amigos que aparecían en las diferentes biografías, James jamás se había repuesto del todo de la muerte de Grace. Ella había sido el amor de su vida y el actor no volvió a casarse.

Joanna había advertido que en las biografías no aparecían fotos de su infancia ni de su juventud. Un biógrafo lo atribuía a un incendio ocurrido en la casa de los padres de James, al parecer situada no lejos de allí, que destruyó todo lo que tenían. La primera fotografía de la que se tenía constancia era de James con su joven esposa el día de su boda, en 1929. A juzgar por la instantánea en blanco y negro hecha durante el banquete, Grace había sido una mujer menuda con un marido que le pasaba más de una cabeza. Le llamó la atención la fuerza con la que se agarraba a su brazo.

Tras la muerte de Grace, James se quedó solo con Charles, su hijo de cinco años. Un biógrafo señalaba que el chiquillo quedó al cuidado de una niñera y que a los siete años fue enviado a un internado. Al parecer, padre e hijo nunca estuvieron muy unidos, algo que James atribuiría más tarde al enorme parecido entre su hijo y su esposa. «El mero hecho de ver a Charles me producía dolor», reconocía James. «Lo mantenía alejado de mí. Sé que fui un padre ausente, algo que he lamentado mucho con los años.»

En la década de los treinta, James hizo varias películas exitosas en Inglaterra para J. Arthur Rank, y eso fue lo que de verdad lo puso en el punto de mira. Tuvo un escarceo con Hollywood y cuando la guerra estalló en Europa viajó como parte de la ENSA, la sección de entretenimiento del movimiento bélico británico, visitando a las tropas para levantarles la moral.

Finalizada la guerra, sir James trabajó en el Old Vic, donde interpretó algunos de los grandes papeles clásicos. Su Hamlet, seguido dos años más tarde de un sublime Enrique V, lo elevó hasta la elite de los grandes. Fue entonces cuando compró la casa de Dorset, deseoso de pasar tiempo a solas en lugar de codearse con las celebridades de la escena teatral londinense.

En 1955 James se fue a vivir a Hollywood. Pasó quince años haciendo algunas películas buenas y otras —según un crítico— «terriblemente malas». Regresó a los escenarios británicos en 1970, y en 1976 interpretó al rey Lear con la Royal Shakespeare Company, su canto de cisne, como anunció a los medios. Después de eso se dedicó a su familia, en especial a su nieta Zoe, que acababa de perder a su madre. Tal vez, sugería un biógrafo, estuviera buscando cumplir su penitencia por lo abandonado que había tenido a su propio hijo.

Joanna suspiró. Tenía el regazo y el suelo cubiertos de diarios, fotografías y cartas, pero nada contenía un solo dato novedoso. No obstante, ya no le cabía duda de que «Siam» era el apodo de sir James, pues aparecía con regularidad en la dilatada correspondencia que había mantenido. Había leído hasta la última palabra de las cartas al principio, sobre gente con apodos como «Bunty» y «Boo», pero después Joanna se había hartado de leer sobre las descripciones de los papeles interpretados por sir James, los cotilleos del mundo del teatro y el tiempo. Nada incriminatorio.

Consultó la hora. Ya eran las tres menos diez y solo llevaba media maleta.

—¿Qué estoy buscando en realidad? —preguntó al aire polvoriento.

Maldiciendo la falta de tiempo, siguió rebuscando hasta llegar al fondo. Se disponía a devolver todos los papeles cuando reparó en una fotografía que sobresalía de un viejo programa. Tiró de ella y vio los rostros familiares de Noël Coward y Gertrude Lawrence, la famosa actriz, y, junto a ellos, un hombre al que también reconoció.

Rescató la fotografía de James Harrison del día de su boda y la colocó al lado de la que acababa de encontrar. Posando junto a su mujer, con su pelo negro y su característico bigote, James Harrison era reconocible al instante. Pero el hombre que aparecía al lado de Noël Coward, pese a ser rubio y llevar la cara afeitada, también era James Harrison. Joanna comparó la nariz, la boca, la sonrisa y —¡sí!— los ojos lo delataban. No había duda, estaba segura de que era él.

Puede que James se hubiera teñido de rubio y afeitado el bigote para un papel en una de las obras de Coward, se dijo Joanna.

Dejó rápidamente la foto a un lado cuando oyó la llave.

—Hola. —Marcus entró en la sala y se inclinó para masajearle los hombros—. ¿Has encontrado algo interesante para el artículo?

—Muchas cosas, gracias. Es fascinante.

—Me alegro. ¿Te apetece un sándwich de salmón ahumado? Debes de estar hambrienta, y la cerveza siempre me abre el apetito. —Marcus se encaminó a la puerta.

—No quiero salmón. Me conformo con un trozo de ese pan tan rico que compraste y una taza de té calentito.

—También tengo caviar. ¿Quieres?

—¡No! Pero gracias.

Joanna regresó a la pila de fotografías y periódicos y al cabo de diez minutos Marcus dejó sobre la mesa de centro una bandeja con un plato de pan generosamente untado de mantequilla y una tetera humeante. Esbozó una sonrisa dulce.

—¿Puedo ayudarte?

—La verdad es que no. Te lo agradezco, pero sé lo que estoy buscando.

—Como quieras. —Marcus bostezó y se tumbó en el sofá—. Despiértame cuando hayas terminado, ¿vale?

Reanimada por el té, Joanna siguió seleccionando hasta que el crepúsculo alargó las sombras de la silenciosa estancia. Estiró las doloridas piernas y soltó un gemido.

—Dios, como me gustaría un baño caliente —murmuró con un escalofrío al ver que el fuego se había apagado.

Marcus levantó la cabeza y se desperezó con languidez.

—Puede que la estufa se haya animado a producir al menos media bañera de agua tibia. Te enseñaré dónde está el cuarto de baño y dónde dormirás esta noche.

Subieron y Marcus la condujo hasta un dormitorio amplio pero destartalado. Una gran cama de bronce envuelta por una colcha de patchwork descansaba en el centro de la estancia de techo bajo. Una alfombra oriental cubría el suelo de madera, salpicado de boquetes del tamaño de una ratonera. Marcus dejó la bolsa en la silla tambaleante que había junto a la puerta y la llevó por el pasillo hasta otra habitación con una impresionante cama de caoba con dosel.

—La habitación de James, donde voy a dormir yo. La cama es muy grande… —le susurró al oído al tiempo que la atraía hacia él.

—¡Para, Marcus! —espetó Joanna, soltándose.

Él le apartó un mechón de pelo del rostro y suspiró.

—Jo, no imaginas cuánto te deseo.

—Apenas me conoces. Además, no me van los rollos de una noche.

—¿Quién dice que lo sería? Por Dios, Jo, ¿de verdad crees que es eso lo que quiero?

—No tengo ni idea de lo que tú quieres, pero sí de lo que yo no quiero.

—Vale —suspiró Marcus—, me rindo. Habrás observado que la paciencia no es una de mis virtudes. Te prometo que no volveré a ponerte un dedo encima.

—Bien. Ahora me daré un baño, si eres tan amable de enseñarme dónde está el cuarto de baño.

Diez minutos después Joanna estaba recostada en la bañera de patas, sintiéndose como una virgen victoriana en su noche de bodas. Gimió al pensar en el ejercicio de autocontrol que había tenido que hacer para soltarse del abrazo de Marcus. ¿Por qué estaba siendo tan chapada a la antigua?

Aparte de que nunca le había atraído la idea de acostarse con cualquiera, Joanna sabía que estaba asustada. Si le daba a Marcus lo que los dos querían, ¿no se cansaría de ella, como le había pasado con todas las demás mujeres? ¿Y cuán estúpida y utilizada se sentiría entonces?

«En fin, no tiene sentido analizarlo demasiado», pensó mientras salía de la bañera. Regresó tiritando a la habitación y se echó encima su jersey más gordo antes de volver a ponerse el tejano.

—¡Joanna!

—¿Sí? —gritó.

—¡Estoy sirviendo el champán! Baja.

—Voy.

Encontró a Marcus sentado en el sofá de piel, delante de un fuego reavivado.

—Toma. —Le tendió una copa cuando ella fue a sentarse a su lado—. Jo, quiero disculparme por haberme comportado como un donjuán. Si no quieres eso de mí, me parece perfecto. Estoy seguro de que soy lo bastante maduro para disfrutar de tu amistad, si eso es cuanto quieres ofrecerme. Lo que quiero decir es que puedes estar tranquila. Te prometo que no entraré a escondidas en tu habitación para saltarte encima. Ahora espero que podamos relajarnos y pasar una velada agradable. He reservado una mesa en el pub del pueblo. Sirven comida inglesa sencilla, no esos platos modernos y sofisticados que sospecho que no te gustan. Bien, salud. —Marcus alzó la copa y sonrió.

—Salud. —Joanna sonrió a su vez, sintiéndose aliviada pero también decepcionada por la ferviente disculpa de Marcus y su aceptación de ser «amigos».

Media hora más tarde estaban en el coche, recorriendo los dos kilómetros de oscuras carreteras llenas de baches que los separaban del pueblo. La vieja taberna era muy acogedora, con sus techos bajos, sus muebles de madera y su enorme chimenea. Un gato dormitaba en la barra mientras Marcus pedía dos gin-tonics y charlaba con el camarero antes de tomar asiento con Joanna en una mesa del comedor.

—Por cierto, invito yo —dijo ella hojeando la carta—, como agradecimiento por haber organizado todo esto.

—Gracias. Y ya que invitas tú, pediré filete.

—Yo también.

La joven camarera llegó para tomar nota y Joanna eligió una botella de burdeos de la sorprendentemente extensa carta de vinos.

—Ahora, cuéntame cosas de tu idílica infancia en Yorkshire —la animó Marcus.

Mientras Joanna hablaba, Marcus escuchaba con envidia sus descripciones de las Navidades en familia, los paseos a caballo en los páramos, la estrecha comunidad que trabajaba hombro con hombro para ayudar a sus vecinos durante los duros y largos inviernos.

—La granja pertenece a mi familia desde hace varias generaciones —explicó Joanna—. Mi abuelo murió hace unos veinte años y Dora, mi abuela, se la cedió a mi padre. Siguió viniendo para ayudar en la época de parto de las ovejas hasta el año pasado, cuando la artritis se cebó con ella.

—¿Qué ocurrirá cuando tu padre se jubile?

—Bueno, él sabe que yo no estoy interesada en llevar la granja, así que mantendrá la casa y arrendará la tierra a los granjeros vecinos. Jamás la venderá. Todavía confía en que yo cambie de opinión, y me siento culpable por ello, pero ese no es mi camino. Puede que algún día tenga un hijo al que le gusten las ovejas, pero…

—Se encogió de hombros—. Las dinastías han de morir un día u otro.

—Pues yo soy el heredero de la dinastía Harrison y por ahora no he hecho más que cagarla —se lamentó Marcus.

—Hablando de familias —Joanna cortó un trozo de filete—, he separado en una pila todos los programas que he encontrado. No deberías dejarlos pudrirse en un desván. Estoy segura de que el Museo del Teatro de Londres estaría interesado en ellos, o podrías organizar una subasta para recaudar dinero para el fondo conmemorativo.

—Buena idea, aunque no sé si Zoe lo aprobaría. Ella es la heredera de esas cajas, después de todo. En cualquier caso, no pierdo nada por proponérselo.

—Perdona que sea tan directa, pero por la manera en que hablas de tu hermana, parece una tía dura de pelar —comentó Joanna.

—¿Zoe? Qué va. —Marcus negó con la cabeza—. Lo siento si te he dado una impresión equivocada de ella, pero ya sabes cómo son los hermanos.

—No lo sé, soy hija única. De niña siempre quise tener un hermano o una hermana a la que contarle mis cosas.

—No es para tanto —aseguró Marcus con pesar—. Yo quiero mucho a Zoe, pero digamos que no tuvimos una infancia ideal. Imagino que ya sabes, por todo lo que has leído sobre la familia, que nuestra madre murió cuando los dos éramos unos niños.

—Sí —reconoció en voz baja, reparando en la expresión de su cara—. Lo siento, debió de ser muy duro.

—Lo fue. —Marcus se aclaró la garganta—. Pero salí adelante. Tuvimos que madurar muy deprisa, sobre todo Zoe, con la llegada de Jamie siendo ella tan joven.

—¿Sabes quién es el padre?

—No. Y si lo supiera, no se lo diría a nadie —repuso con brusquedad.

—Por supuesto. Te prometo que no te lo he preguntado como periodista.

—Te creo. —La expresión de Marcus se suavizó—. Además, me gustas de todas las maneras. En cualquier caso, Zoe es una tía genial, protege con uñas y dientes a la gente que quiere, pero es muy insegura debajo de esa fachada de serenidad.

—¿No lo somos todos? —suspiró Joanna.

—Sí. ¿Y qué me dice de su vida amorosa, señorita Haslam? Detecto una desconfianza profunda en el género masculino rondando por algún rincón de su psique.

—Tuve una relación larga con un hombre que terminó justo después de Navidad. Pensaba que iba a ser para toda la vida, pero estaba equivocada. —Bebió un sorbo de vino—. Me estoy rehaciendo, pero estas cosas llevan su tiempo.

—A riesgo de que me arranques la cabeza por flirtear contigo, ese tío es un completo imbécil.

—Gracias. Lo bueno de todo esto es que he me he dado cuenta de que no estoy dispuesta a cambiar mi manera de ser para darle gusto al otro, no sé si me entiendes.

—Te entiendo. Y haces bien en no permitirlo. Eres adorable tal como eres. —Mientras las palabras salían de su boca, Marcus notó un extraño tirón en el corazón—. Ahora quiero uno de esos enormes postres con un montón de nata, chocolate y guindas que nunca verás adornando las mesas de los llamados restaurantes de moda londinenses. ¿Y tú?

Después del café, Joanna pagó la cuenta y regresaron a Haycroft House. Marcus insistió en que se sentara frente al fuego mientras él iba a la cocina. Regresó minutos después con una bolsa de agua caliente forrada de pelo bajo cada brazo.

—Toma. Ya que yo no puedo darte calor, tendrás que conformarte con esto.

—Gracias, Marcus. Me voy a la cama, si no te importa. Estoy agotada. Buenas noches. —Joanna le dio un beso en la mejilla.

Él le devolvió el beso, bajándolo ligeramente hacia sus labios.

—Buenas noches, Joanna —murmuró.

Tras verla partir, se sentó en el sofá y clavó la mirada en el fuego. Existía una pequeña posibilidad, se reconoció a sí mismo, de que estuviera enamorándose de ella.

Joanna cerró la puerta del dormitorio tras de sí. Tragó saliva, tratando de calmar los latidos de su corazón. Dios, lo había deseado justo hacía un momento…

«No, esto es trabajo», se dijo.

Involucrarse emocionalmente con Marcus era peligroso. Aparte de que podría romperle el corazón, una relación con él podría nublarle el juicio y complicar las cosas.

Se quitó el tejano y se acostó. Se metió la bolsa de agua caliente debajo del jersey, cerró los ojos y trató de conciliar el sueño.

13

El sábado por la noche, Zoe estaba en su habitación doblando la ropa limpia cuando llamaron al timbre. Decidió ignorarlo. Quienquiera que fuera, esta noche no se veía con fuerzas de ver a nadie. Apartó con discreción el visillo que la protegía de la concurrida calle y miró.

—¡Dios mío! —susurró al ver la figura en el umbral. Devolvió rápidamente el visillo a su lugar, pero él ya había levantado la cabeza y la había visto.

El timbre sonó de nuevo.

Zoe se miró el pantalón de chándal y la camiseta vieja. Llevaba el pelo recogido de cualquier manera y ni una gota de maquillaje.

—Vete —murmuró—, por favor, vete.

Al tercer timbrazo, Zoe se apoyó en la pared, sintiendo que su determinación se desmoronaba, y bajó a abrir.

—Hola, Art.

—¿Puedo pasar?

—Claro.

Art entró y cerró la puerta. Hasta vestido como una persona normal, con tejanos y jersey, resultaba arrebatador. Zoe no fue capaz de sostenerle la mirada.

—¿Qué ocurrió ayer? —preguntó él—. ¿Por qué te fuiste de Norfolk sin decirme nada? Mi chófer estuvo esperándote más de dos horas.

—Lo siento, Art… —Zoe se enfrentó por fin a sus amables ojos verdes—. Hui. Estaba… asustada.

—Oh, cariño. —Art la atrajo hacia sí y la abrazó.

—No, por favor, esto es un error, un gran error… —Zoe intentó zafarse, pero él la retuvo con firmeza.

—Casi me vuelvo loco cuando vi que no me cogías el teléfono, cuando comprendí que estabas huyendo otra vez. Zoe, mi Zoe... —le apartó el pelo rubio de la cara—, nunca he dejado de pensar en ti, de desearte, de preguntarme por qué...

—Art...

—Zoe, Jamie es hijo mío, ¿verdad? ¿Verdad? Por mucho que lo niegues, siempre lo he sabido.

—No... ¡No!

—De nada sirvió que me soltaras aquella historia absurda sobre otro hombre. No te creí entonces y no te creo ahora. Después de todo lo que habíamos compartido, pese a ser tan jóvenes, sabía que no podías haberme hecho algo así. Sabía que me amabas demasiado para engañarme de ese modo.

—¡Calla! ¡Calla! —Zoe estaba llorando ahora, tratando todavía de escabullirse, pero él la sujetaba con fuerza.

—Tengo que saberlo, Zoe. ¿Es Jamie hijo mío? ¿Lo es?

—¡Sí! ¡Jamie es hijo tuyo! —gritó. Agotada, se derrumbó en sus brazos—. Es tuyo.

—Dios...

Permanecieron un rato abrazados en el recibidor, sosteniéndose mutuamente en su desesperación. Luego él la beso, primero en la frente, después en las mejillas y la nariz y por fin en la boca.

—¿Tienes idea de cuánto he soñado con este momento, de cuánto lo he anhelado, suplicado...? —Art le acarició las orejas y el cuello y, con un movimiento delicado, la atrajo con suavidad hasta el suelo.

Más tarde, mientras yacían en el recibidor en medio de una maraña de ropa, Art fue el primero en hablar.

—Zoe, perdóname... —Paseó las manos por la suave piel de su espalda, incapaz de dejar de acariciarla, confirmando su presencia física junto a él—. Te quiero, siempre te he querido y siempre te querré. El coche me está esperando fuera, pero te lo ruego, veámonos otra vez. Entiendo lo difícil que esto es para ti, para los dos, pero... por favor —suplicó.

Zoe le tendió los bóxer y los calcetines, disfrutando en secreto de la intimidad de verlo ponerse prendas tan prosaicas.

Cuando Art se hubo vestido, se puso en pie y la ayudó a levantarse.

—Hay una manera, cariño. Por el momento tendremos que vernos en secreto. Sé que no es la situación ideal, pero creo que nos debemos a nosotros mismos probarlo durante un tiempo.

—No sé. —Zoe se recostó en su pecho y suspiró—. Temo por Jamie… No quiero que cambie nada en su vida. Lo nuestro no debe afectarle.

—No lo hará, te lo prometo. Jamie será nuestro secreto. Y me alegro tanto de que me lo hayas contado —murmuró—. Te quiero. —Le sonrió por última vez y se encaminó a la puerta. Lanzándole un beso, la abrió y desapareció.

Zoe entró en la sala de estar tambaleándose y se dejó caer en el sofá. Permaneció un rato mirando al vacío, reviviendo cada segundo de los últimos cuarenta y cinco minutos. Después, los demonios amenazaron con alterar su tranquilidad mental susurrándole sus dudas y advertencias sobre las consecuencias de romper la promesa que había jurado que mantendría siempre.

«No… Esta noche no.»

No permitiría que el pasado o el presente la torturaran. Se quedaría con ese momento y se dejaría envolver por el placer y la paz que le infundían todo el tiempo que pudiera.

El domingo por la mañana, poco acostumbrada ya a la quietud del campo —ni gritos en la calle ni bocinazos, solo silencio—, Joanna se despertó a las ocho. Se dio el gusto de desperezarse en la cómoda y vieja cama antes de levantarse, vestirse y bajar la escalera tiritando. Se puso el abrigo, que colgaba de la barandilla, y entró en la sala para remover los rescoldos del fuego, añadir pastillas, yesca y leños, e intentar desterrar el frío helador.

Disponía de tan poco tiempo, pensó mirando las cajas. Y en el desván quedaba todavía una montaña de documentos imposible. A ese ritmo necesitaría semanas para examinarlos con detenimiento. Retomó la segunda caja y se puso manos a la obra.

A los once, Marcus apareció al fin. Tenía la cara arrugada de tanto dormir y un edredón echado sobre los hombros. Y aun así, seguía estando atractivo.

—Buenos días.

—Buenos días. —Joanna le sonrió.

—¿Llevas mucho tiempo levantada?

—Desde las ocho.

—Caray, desde la madrugada. Veo que sigues con eso. —Marcus señaló la caja medio vacía que descansaba junto a Joanna.

—Sí. Acabo de encontrar unos cupones para ropa de 1943. —Joanna agitó los papelitos—. Me pregunto si Harvey Nicks todavía los aceptaría.

Marcus rio.

—No, pero puede que valgan una pasta. Zoe y yo tendremos que ponernos con esas cajas un día de estos. ¿Té? ¿Café?

—Me encantaría un café.

—Bien.

Marcus arrastró los pies hasta la cocina. Joanna, necesitada de un descanso, lo siguió y se sentó frente a la vieja mesa de roble.

—Creo que tu abuelo no empezó a guardar cosas hasta mediados de los treinta, lo cual es una pena, porque las biografías son muy vagas con respecto a su infancia y juventud. ¿Sabes algo de ellas?

—No, la verdad. —Marcus levantó la tapa de los fogones y puso agua a hervir. Se sentó delante de Joanna y encendió un cigarrillo—. Lo poco que sé es que nació cerca de aquí y se escapó a Londres a los dieciséis años para probar suerte en los escenarios. Por lo menos, eso cuenta la leyenda.

—Me sorprende que no volviera a casarse después de la muerte de Grace. Noventa y cinco años es mucho tiempo para un único matrimonio de ocho.

—Eso demuestra lo que un amor de verdad puede hacerte.

Se quedaron absortos en sus pensamientos hasta que el hervidor pitó y Marcus se levantó para servir el agua en una taza.

—Toma.

Le puso delante una taza de café humeante y Joanna la sostuvo contra su pecho.

—Tu pobre padre perdió a su madre muy pronto.

—Sí. Por lo menos yo disfruté de la mía hasta los catorce. Las mujeres de mi familia parecen propensas a los accidentes, mientras que los hombres son tremendamente longevos.

—No le digas eso a Zoe. —Joanna bebió un sorbo de café.

—Ni a mi futura esposa, de hecho —añadió Marcus—. ¿Piensas tomarte un respiro para el rosbif dominical o tendré que ir solo?

—¡Acabas de levantarte! ¿Cómo puedes estar pensando ya en cerveza y rosbif?

—Estaba pensando en ti, en realidad, y en el hambre que debes de tener.

—¿En serio? —Joanna enarcó una ceja—. Qué considerado. Está bien, de todos modos, ya tengo suficiente para escribir un artículo medio decente. Me estaba preguntando si me dejarías llevarme una foto que he encontrado para incluirla en el artículo. En ella aparece sir James con Noël Coward y Gertrude Lawrence y refleja muy bien la época. He pensado que poner una foto de tu abuelo cuando era un joven actor encajaría con el hecho de que el fondo conmemorativo sea para jóvenes actores de hoy. Te la devolvería enseguida, por supuesto.

—No veo por qué no —respondió Marcus—. Pero necesitaré el visto bueno de Zoe antes de que la publiques.

—Gracias. Y ahora —Joanna se puso en pie—, ¿puedes ayudarme a bajar otra caja?

A la una, ignorando sus protestas, Marcus levantó a Joanna del sofá y la metió en el coche.

—¿Cuántas palabras pretendes que tenga tu artículo? —le preguntó—. ¡Tienes información suficiente para un libro entero! Disfrutemos de lo que queda del fin de semana.

Joanna se reclinó en el asiento y se deleitó con los titilantes campos nevados. Cruzaron el pueblo de Blandford Forum, con sus calles flanqueadas de altas casas georgianas, mientras Marcus señalaba con una sonrisa burlona todos los pubs de los que lo habían echado a patadas de adolescente. Estacionó delante de un pequeño local de ladrillo rojo con una alegre puerta verde.

—Aquí hacen el mejor rosbif en varios kilómetros a la redonda y los budín de Yorkshire más grandes que has visto en tu vida.

—Una promesa muy osada para una chica de Yorkshire —rio Joanna—. Espero que puedas cumplirla.

Después de una comida deliciosa acompañada de los budín de Yorkshire crujientes pero densos que Marcus le había prometido y litros de salsa, Joanna ayudó a su acompañante a ponerse en pie.

—Necesito caminar para bajar la comida —dijo—. ¿Alguna sugerencia?

—Te llevaré a Hambledon Hill. Suba al coche, señorita. —Marcus le abrió la portezuela del copiloto.

Se bajaron pocos kilómetros después, y Joanna contempló el suave ascenso de un monte elevado. Eran las tres de la tarde y el sol empezaba a descender, lanzando rayos dorados sobre la nevada ladera. Le recordó tanto a los páramos de Yorkshire que se le formó un nudo en la garganta.

—Me encanta este lugar —reconoció Marcus, entrelazando su brazo al de ella—. Subía mucho aquí cuando estaba de vacaciones en casa de mi abuelo. Me sentaba en lo alto del monte para pensar y desconectar de todo.

Ascendieron cogidos del brazo y Joanna disfrutó de lo silenciosa y tranquila que sentía su mente aquí, con Marcus, tan lejos de Londres. Se detuvieron a medio camino para sentarse en un tocón y admirar las vistas.

—¿En qué pensabas cuando venías aquí? —le preguntó.

—Buenos, ya sabes… en cosas de chicos —respondió él evasivo.

—No sé. Cuéntame —le instó ella.

—Pensaba en lo que haría cuando fuera mayor —continuó Marcus, con la mirada perdida a lo lejos—. Mi madre amaba la naturaleza y dedicaba mucha energía a protegerla. Era una activista del ecologismo y participaba en las manifestaciones y en los grupos de presión de Greenpeace. Siempre quise hacer algo de lo que ella estuviera orgullosa. —Se volvió para mirarla y Joanna se descubrió cautivada por sus ojos—. Algo importante, algo que valiera la pena… —Se le quebró la voz y dio un puntapié en la nieve—. Pero desde entonces me ha salido todo mal, por lo que creo que estaría decepcionada.

—No estoy de acuerdo —dijo Joanna al fin.

Marcus se volvió hacia ella con una sonrisa triste.

—¿No?

Ella negó con la cabeza.

—No. Las madres aman a sus hijos siempre, independientemente de lo que hagan. Lo más importante de todo es que lo has intentado. Y tu nuevo proyecto cinematográfico suena fantástico.

—Lo es, si consigo financiación. Te confieso que soy un desastre con el dinero. Últimamente me he dado cuenta de que dejo que mi corazón domine sobre mi cabeza. Si una idea me entusiasma, me tiro de cabeza sin tener en cuenta los riesgos. Soy igual con las relaciones… o todo o nada —se sinceró—. He salido a mi madre.

—No tiene nada de malo entusiasmarse por las cosas.

—Lo tiene cuando estás utilizando el dinero de otras personas para financiarlas. He pensado que si consigo arrancar mi nuevo proyecto, seré el asistente de Ben MacIntyre, el director. A lo mejor en el futuro debería concentrarme más en la «visión» y menos en las finanzas.

—A lo mejor —convino Joanna.

—Estoy muerto de frío, ¿qué tal si volvemos?

—Qué mal lleváis el frío los delicados sureños —se burló ella, recurriendo a su más fuerte acento de Yorkshire.

Regresaron al calor relativo de Haycroft House y mientras Marcus devolvía las cajas al desván, Joanna recogió la cocina.

—¿Lo tienes todo? —preguntó desde el recibidor cuando Joanna bajó tras recoger su mochila.

—Sí. Gracias por este fin de semana, Marcus, lo he pasado muy bien. Y no me apetece nada volver a Londres.

Marcus devolvió la llave a su escondrijo antes de sentarse detrás del volante y poner en marcha el motor. Al salir a la carretera, reparó en el coche gris que había visto el día anterior. Joanna siguió la dirección de su mirada.

—¿Quiénes son? ¿Vecinos curiosos? —preguntó.

—Supongo que observadores de aves congelándose el culo por unos cuantos petirrojos —respondió él—. Ayer también estaban. Eso, o tienen previsto desvalijar la casa.

Joanna se puso tensa.

—¿No deberías avisar a la policía?

—¡Era una broma, Jo! —exclamó Marcus cuando pasaban junto al coche gris.

La desenfadada respuesta no la tranquilizó. La paz que había sentido hasta ese momento se evaporó como por arte de magia y se pasó el resto del viaje mirando disimuladamente por el retrovisor y agarrotándose cada vez que veía un coche gris.

Al llegar a Highgate Hill, Marcus detuvo el Golf delante del edificio de Simon.

—No imaginas lo agradecida que estoy.

—Tú asegúrate de conseguirle a nuestra familia al menos una doble página sobre el fondo conmemorativo en tu periodicucho. Oye, Jo. —Marcus se inclinó por encima del cambio de marchas y le cogió la mano antes de que ella pudiera escabullirse—. ¿Puedo volver a verte? ¿Cenamos juntos el jueves?

—Sí —aceptó Joanna sin titubeos. Lo besó fugazmente en los labios—. Hasta el jueves, Marcus. Adiós.

—Adiós, Jo —respondió melancólico cuando Joanna bajó del coche y sacó la mochila del maletero—. Te echaré de menos —susurró mientras ella se despedía con una sonrisa y subía los escalones.

Cuando emprendía el largo ascenso por la escalera, Joanna se dijo que Marcus Harrison era mucho más interesante de lo que había imaginado al principio. No obstante, al girar la llave en la cerradura, el bienestar en su estómago fue reemplazado bruscamente por el miedo a que la hubieran seguido otra vez. ¿Quién? ¿Y qué quería de ella exactamente?

Se quitó el abrigo, agradeciendo una vez más la moderna comodidad de la calefacción con temporizador, y dejó sobre la mesa de centro la fotografía que se había llevado de Haycroft House. Fue a la cocina para prepararse un té y un sándwich y se instaló en la mesa. Cogió las biografías, sacó de la mochila el programa del musical y la fotocopia de la carta de amor que Rose le había enviado, y se lo puso todo delante. Releyó la nota de Rose y la carta de amor y hojeó el programa del Hackney Empire, estudiando las fotografías del elenco. El corazón se le aceleró cuando al fin reconoció una de las caras.

«¡El extraordinario imitador Michael O'Connell!», rezaba el pie de la fotografía.

Joanna colocó al lado la foto que se había traído de Dorset y comparó los rostros de James Harrison y Michael O'Connell. Aunque la fotografía del programa era vieja y granulosa, no existía la menor duda. Con su pelo rubio oscuro y desprovisto de bigote, el joven actor que se hacía llamar Michael O'Connell era idéntico a James Harrison. A menos que fueran gemelos, tenía que tratarse del mismo hombre.

Pero ¿por qué? ¿Por qué querría Michael O'Connell cambiar de nombre? Vale, existía la posibilidad de que hubiese decidido adoptar un nombre artístico que creyera que le quedaba mejor, pero, de ser así, ¿no era de esperar que lo hubiera hecho al inicio de su carrera y no varios años después? Para cuando contrajo matrimonio con Grace en 1929, aparentemente se había teñido el pelo de negro y dejado bigote. Y ninguna de las biografías mencionaba un cambio de nombre. Los primeros detalles sobre su vida solo hacían referencia a la familia «Harrison».

Joanna meneó la cabeza. Quizá fuera mera coincidencia que los dos hombres se parecieran tanto. Sin embargo, eso explicaría la importancia del programa y el motivo de que Rose se lo hubiera enviado.

¿Había sido sir James Harrison otra persona en otros tiempos? ¿Alguien con un pasado que quería que la gente olvidara?

Tablas por ahogado

*Un punto muerto donde no es posible
ningún movimiento*

14

Alec no estaba en su mesa cuando Joanna llegó a la oficina a la mañana siguiente. Cuando por fin apareció, una hora más tarde, saltó de inmediato sobre él.

—He encontrado algo sobre…

El jefe de noticias levantó la mano para hacerla callar.

—Me temo que no hay trato. Te han trasladado a Mascotas y Jardines.

Joanna lo miró atónita.

—¿Qué?

Alec se encogió de hombros.

—Yo no tengo nada que ver. Durante tu primer año debes pasar por todas las diferentes secciones del periódico. Tu tiempo aquí ha terminado. Ya no me perteneces. Lo siento, Jo, pero es lo que hay.

—Pero… solo llevo aquí unas semanas. Además, no puedo dejar escapar esta historia… —Joanna estaba tan perpleja que no podía asimilar lo que Alec le estaba diciendo—. ¿Mascotas y Jardines? ¡Por Dios! ¿Por qué?

—Ni idea, yo solo soy un mandado. Si quieres, ve a ver al director. Fue él quien propuso el cambio.

Joanna se volvió hacía el pasillo y contempló la raída moqueta frente el despacho acristalado, desgastada por nerviosos gacetilleros aguardando a ser demolidos por su jefe. Tragó saliva, dispuesta a no soltar ni una sola lágrima delante de Alec ni de cualquier otra persona de la oficina.

—¿Te explicó por qué?

—No. —Alec se sentó delante de su ordenador.

—¿No le gusta mi trabajo? ¿Yo? ¿Mi perfume? Todo el mundo sabe que «abono y caca de perro» es la cloaca del periódico. ¡Me estáis enterrando viva!

—Cálmate, Jo. Probablemente solo sean unas semanas. Si te sirve de consuelo, peleé por ti, pero fue inútil.

Joanna lo observó teclear algo en la pantalla. Se inclinó sobre él.

—¿Crees que...?

Alec levantó la vista.

—No, no lo creo. Redacta el puto artículo sobre el fondo conmemorativo y después despeja tu mesa. Potente Mike se cambiará contigo.

—¿Potente Mike? ¿En noticias?

Mike O'Driscoll era blanco de numerosas bromas en la oficina. Tenía el físico de un gnomo desnutrido y sufría de un exceso severo de sinceridad. Alec se limitó a encogerse de hombros. Joanna regresó enfurecida a su mesa.

—¿Algún problema? —le preguntó Alice.

—Ya lo creo que sí. Me cambian por Potente Mike a Mascotas y Jardines.

—Caray, ¿le vendiste una exclusiva al *Express*?

—No he hecho absolutamente nada —gimió Joanna, cruzando los brazos y descansando la cabeza en ellos—. No me lo puedo creer.

—¿Llamas un problema a lo tuyo? Yo voy a tener a Potente Mike de vecino —se lamentó Alice—. Por lo menos se te acabó lo de congelarte las tetas vigilando a famosos. Ya solo tendrás que escribir articulitos sobre psicología canina y en qué época del año has de plantar tus begonias. No me importaría un descanso de ese tipo.

—A mí tampoco, cuando tenga sesenta y cinco años y una gran carrera como periodista a mis espaldas. ¡Señor!

Joanna se puso a teclear con furia, demasiado enfadada para concentrarse. Diez minutos después notó un golpecito en el hombro y, al darse la vuelta, Alec le plantó en la mano un gran ramo de rosas rojas.

—Puede que te levanten el ánimo.

—Alec, no sabía que te importara —bromeó Joanna con sarcasmo mientras él regresaba a su mesa.

—¡Caramba! —Alice la miró con envidia—. ¿Quién las manda?

—Un simpatizante, supongo —farfulló Joanna. Arrancó el sobrecito del celofán y lo abrió.

Es mi manera de decirte buenos días. Te llamaré más tarde.
Siempre tuyo, M x

Pese a su mal humor, Joanna no pudo evitar una sonrisa.

—Venga, desembucha. ¿Quién es? —Alice la escrutó con la mirada—. No será… ¿Es?

Joanna se puso colorada.

—¡Es! No lo hiciste, ¿verdad?

—¡No, no lo hice! ¡Y ahora cierra el pico!

Joanna terminó el poco inspirado artículo sobre Marcus y el fondo conmemorativo, sintiéndose culpable por no estar poniendo todo de su parte pese a las flores y a lo bien que Marcus se había portado con ella. Después despejó la mesa y trasladó sus pertenencias a la otra punta de la oficina.

Potente Mike casi daba saltos de alegría, lo que solo sirvió para empeorar las cosas. Resultaba bastante evidente que su alegría no se debía a su traslado a la sección de noticias, sino al hecho de que a partir de ahora se sentaría al lado de Alice, de quien llevaba meses enamorado.

«Por lo menos, así Alice sabrá lo que es bueno», pensó Joanna en un momento malvado mientras se sentaba en la silla que Potente Mike acababa de dejar libre y estudiaba las fotos de perritos que había colgado en el tablón de corcho.

Esa noche, la idea de llegar a un piso vacío se le hacía una montaña, de modo que se fue al pub de la esquina con Alice para ahogar sus penas en unos cuantos gin-tonics.

Cuarenta y cinco minutos después vio entrar a Alec. Dejó a su compañera y fue derecha a la barra. Se sentó en un taburete a su lado mientras él pedía un whisky.

—No empieces siquiera, Jo, he tenido un día de locos.

—Respóndeme solo a una pregunta: ¿soy buena periodista?

—Estabas progresando adecuadamente, sí.

—Vale. —Joanna asintió, tratando de ordenar sus pensamientos y esforzándose por no arrastrar las palabras—. ¿Cuánto tiempo suele quedarse un junior en tu sección antes de pasar a la siguiente?

—Jo... —gruñó Alec.

—¡Por favor! Tengo que saberlo.

—Vale, tres meses como mínimo, a menos que quiera deshacerme rápido de él.

—Yo solo he estado siete semanas. Las he contado. Acabas de decir que progresaba adecuadamente, de modo que no querías deshacerte de mí, ¿cierto?

—Cierto. —Alec se bebió el whisky de un trago.

—Por tanto, deduzco que mi repentina degradación no tiene que ver con mi trabajo, sino con algo con lo que podría haber tropezado, ¿sí?

Alec soltó un suspiro y asintió.

—Sí. Te lo advierto, Haslam, si dices que fui yo quien te dio el chivatazo, no será Mascotas y Jardines, será la cola del paro para ti. ¿Entendido?

—Soy una tumba, te lo juro. —Joanna señaló al camarero su vaso vacío y el de Alec.

—Yo en tu lugar bajaría la cabeza y no me metería en líos; así, con un poco de suerte, se olvidarán pronto del asunto —susurró Alec.

Joanna le tendió el whisky, lo que fuera con tal de retenerlo unos minutos más.

—El caso es que he descubierto algo más durante el fin de semana. No tiene el nivel de un secreto de estado, pero es interesante.

—Oye, Jo, llevó mucho tiempo en este juego —repuso él bajando la voz—, y por la forma en que están actuando los de arriba, lo que tienes entre manos podría tener el nivel de un secreto de estado. No había visto al director tan nervioso desde las cintas de Diana y Gilbey. En serio, Jo, olvídalo.

Joanna dio un sorbo a su gin-tonic y estudió detenidamente a Alec: su grasiento pelo gris apuntando hacia arriba de tanto mesárselo, la barriga colgando por encima del gastado cinturón de piel y los ojos empapados de whisky.

—Dime una cosa —susurró bajito, obligando a Alec a inclinarse para poder oírla—. Si estuvieras justo en los inicios de tu carrera y hubieras tropezado con algo tan explosivo que hasta el director de uno de los diarios más vendidos del país hubiera recibido presiones, ¿lo «olvidarías»?

Alec lo meditó unos instantes. Luego levantó la vista y sonrió.

—Claro que no.

—Eso pensaba. —Joanna le dio unas palmaditas en la mano y se bajó del taburete—. Gracias.

—No digas que no te avisé. ¡Y no confíes en nadie! —añadió mientras Joanna cruzaba el pub para coger el abrigo.

Vio que un fotógrafo le estaba tirando los trastos a Alice.

—¿Te vas? —preguntó esta.

—Sí. Más vale que haga mis deberes sobre cómo impedir que los caracoles se te coman las hortensias.

—No te preocupes, siempre tendrás a Marcus Harrison para consolarte.

—Sí. —Joanna asintió, demasiado cansada para discutir—. Adiós, Alice.

Lamentando haberse pasado con los gin-tonics, detuvo un taxi para ir al piso de Simon. Una vez en casa, se preparó una taza de café bien cargado y escuchó los mensajes del contestador:

«Hola, Jo, soy Simon. No cogías el móvil. Llegaré esta noche a las diez, no cierres la puerta por dentro. Espero que estés bien. Adiós.»

«Hola, Simon, soy Ian. Pensaba que ya estarías de vuelta y no consigo que me cojas el móvil. ¿Puedes llamarme cuando llegues? Ha surgido algo. Adiós.»

Joanna escribió el mensaje en la libreta y al hacerlo reparó en la tarjeta que Simon le había dado con el número de su amigo.

IAN C. SIMPSON

Hurgó en su mochila, sacó la pluma que había encontrado en su casa después del robo y examinó las iniciales grabadas en el costado.

I. C. S.

—¡Joder! —exclamó a la habitación vacía.

«No confíes en nadie…»

Las palabras de Alec resonaron en su cabeza. ¿Era posible que la ginebra y el terrible día que había tenido la estuvieran volviendo paranoica? A fin de cuentas, seguro que había un montón de gente con las iniciales I. C. S. Por otro lado, ¿cuántos ladrones llevaban encima una pluma de oro con unas iniciales grabadas mientras destrozaban una casa?

Y la carta de amor…

En ningún momento se le había pasado por la cabeza que el ofrecimiento de Simon no fuera sincero. Pero había insistido mucho en llevarse la carta, pensó ahora Joanna. ¿Y qué tipo de «funcionario» era exactamente? Estaba hablando de un hombre que había sido el primero de su promoción en Cambridge, dotado de un gran cerebro que era menos que probable que estuviese siendo utilizado para tramitar multas de aparcamiento. Y de un hombre que tenía oportunos «colegas» en el laboratorio forense…

—¡Maldita sea!

Joanna oyó pasos en la escalera. Se guardó la tarjeta y la pluma en la mochila y corrió a tumbarse en el sofá.

—Hola, ¿cómo estás? —Simon entró en casa, dejó la bolsa en el suelo y se acercó para besarla en la frente.

—Bien, muy bien. —Joanna fingió un bostezo y se incorporó—. He debido de dormirme. Estuve tomando unas copas en el pub después del trabajo.

—¿Tan bueno fue el día?

—Sí, tan bueno. ¿Qué tal tu viaje?

—Un montón de ponencias tediosas. —Simon entró en la cocina y encendió el hervidor de agua—. ¿Quieres un té?

—Venga. Por cierto —añadió Joanna con despreocupación—, había un mensaje para ti de un tal Ian en el contestador cuando llegué a casa. Quiere que le llames.

—Vale. —Simon preparó dos tazas y se sentó a su lado—. ¿Qué tal todo?

—Bien. Mi piso ya vuelve a ser el de antes, he rellenado los impresos de la aseguradora y ya han iniciado los trámites. La cama nueva llegará mañana y el informático vendrá a montarme el ordenador. Así que ahora que has vuelto, me iré.

—No hay prisa.

—Lo sé, pero tengo ganas de volver a casa.

—Te entiendo. —Simon bebió un sorbo de té—. ¿Alguna novedad sobre tu extraña ancianita y su correspondencia?

—No. Te dije que si tu amigo forense no descubría nada nuevo me olvidaría del asunto. —Joanna miró a Simon—. ¿Ha descubierto algo?

—Nada en absoluto. Pasé por la oficina de camino aquí y encontré una nota de mi amigo en mi mesa. Por lo visto el papel estaba en demasiado mal estado para poder analizarlo como es debido.

—Vaya —repuso ella lo más tranquila que pudo—. ¿Tienes la carta? Me gustaría conservarla de todas formas.

—Me temo que no. Se desintegró durante el proceso químico. Al menos, mi colega sí me dijo que la carta tenía más de setenta años. Lo siento, Jo.

—No importa, lo más seguro es que no fuera importante. Gracias por intentarlo, Simon.

Joanna estaba muy orgullosa de su capacidad de autocontrol, cuando lo que quería en realidad era aplastar a Simon contra el suelo y molerlo a puñetazos por su traición.

—De nada. —Simon la miraba sorprendido por su aparente serenidad.

—Además, ahora tengo problemas más urgentes que atender y no puedo perder el tiempo con misiones imposibles. Mi querido director ha decidido, por razones que ignoro, trasladarme de la sección de noticias a Mascotas y Jardines. Así que ahora lo principal es concentrarme en conseguir que mi estancia allí sea lo más corta posible.

—Lamento oír eso. ¿No te dio una razón?

—No. Por lo menos, en lugar de vigilar a famosos solo tendré que pasearme por la Exhibición Floral de Chelsea con un vestido vaporoso y guantes blancos. —Joanna se encogió de hombros.

—Te lo has tomado muy bien. Me extraña que no estés furiosa.

—¿Qué ganaría con eso? Y como te dije, esta noche me he bebido unos cuantos gin-tonics para olvidar. Tendrías que haberme oído en el pub. Y ahora, si no te importa, voy a ducharme y a meterme en el sobre. El golpe me ha dejado agotada.

—Pobrecilla. No te preocupes, un día tú serás la directora y podrás vengarte —la reconfortó Simon.

—Puede. —Joanna se levantó para ir al cuarto de baño—. Hasta mañana.

—Buenas noches, Jo.

Simon la besó en la mejilla y cuando escuchó el agua de la ducha, se metió en su cuarto y cerró la puerta. Sacó el móvil y marcó un número.

—Ian, soy Simon. Te dije que no me dejaras mensajes en el contestador de casa. Haslam está pasando unos días aquí.

—Lo siento, lo olvidé. ¿Qué tal el entrenamiento?

—Duro, pero habrá merecido la pena. ¿Qué pasa?

—Llama a Jenkins a su casa, él te explicará.

—De acuerdo. Hasta mañana.

—Buenas noches.

Simon marcó el número de memoria.

—Soy Warburton, señor.

—Gracias por llamar. ¿Le ha dicho a su amiga, tal como quedamos, que la carta se ha desintegrado?

—Sí.

—¿Se lo ha tomado bien?

—Sorprendentemente bien.

—Me alegro. Mañana le quiero en mi despacho a las nueve. Tengo una misión especial para usted.

—De acuerdo, señor. Buenas noches.

Simon colgó y se sentó en la cama para dar un respiro a sus cansados músculos. Había pasado una semana agotadora en la base que la agencia tenía en las Highlands de Escocia, entrenándose para combatir el terrorismo. Para colmo, esta noche sentía que le estaban obligando a adentrarse en aguas pantanosas, como si su vida personal y su vida laboral estuvieran colisionando. Y deseaba mantenerlas separadas a toda costa.

A las ocho menos cuarto del día siguiente, Simon cruzó de puntillas la sala en penumbra para ir a la ducha y vio que Joanna ya se había ido. Cogió la nota que le había dejado en la mesa de la cocina.

He ido a casa a cambiarme de ropa antes del trabajo. Gracias por tu hospitalidad. Hasta pronto. x

No había nada extraño en la nota, pero Simon conocía bien a Joanna y presentía que algo pasaba. La noche anterior se había tomado la desaparición de la carta con excesiva calma.

Simon se apostaría la vida a que Joanna seguía tras el rastro de su ancianita.

15

Mientras el rodaje continuaba en Norfolk, Zoe se sumergió por completo en el personaje de Tess, la mujer que se había convertido en una paria en su pueblo por tener un hijo ilegítimo. Zoe no podía evitar ver el paralelismo entre sus vidas, y solo esperaba no sufrir el trágico final de la protagonista.

—Sigue así, Zoe, y serás nominada para un BAFTA —le aseguró Mike, el director, cuando la llevó al hotel después de ver las primeras pruebas—. Enamoras a la cámara. A la cama pronto esta noche, que mañana te esperaba un día largo.

—Descuida. Gracias, Mike. Buenas noches.

Recogieron sus respectivas llaves en la recepción y Zoe recorrió la chirriante y empinada escalera hasta su habitación. Estaba a punto de entrar cuando le sonó el móvil en el bolso. Rebuscó entre caramelos de menta, barras de labios y demás fruslerías hasta dar con él; acto seguido se aseguró de cerrar la puerta tras de sí antes de contestar.

—Soy yo.

—Hola, «yo», ¿cómo estás? —susurró con una sonrisa.

—Agobiado, como siempre, y echándote de menos.

Zoe se dejó caer en la cama con el teléfono pegado a la oreja mientras se empapaba de su voz.

—Yo también te echo de menos.

—¿Podrías ir a Sandringham este fin de semana?

—Creo que sí. Mike dice que quiere filmar algunos planos con niebla a primera hora, pero creo que para el mediodía ya estaré libre. Lo más seguro es que me quede frita antes de las siete, porque llevaré levantada desde las cuatro.

—Mientras sea en mis brazos, no me importa. —Hubo una pausa—. Ahora mismo me encantaría ser otra persona, Zoe.

—A mí no. Me alegro de que seas tú —lo tranquilizó—. Un par de días más y estaremos juntos. ¿Seguro que no hay peligro?

—Seguro. Quienes han de saberlo son conscientes de lo delicado de la situación. Y recuerda que la discreción es su trabajo. No te preocupes, cariño, por favor.

—No estoy preocupada por mí, Art, sino por Jamie.

—Lo entiendo, pero confía en mí, ¿vale? Mi chófer estará esperándote delante del hotel el viernes a partir de la una. Tendremos York Cottage para nosotros solos el fin de semana. Le dije al resto de la familia que necesitaba intimidad y lo entienden. No nos molestarán.

—Bien.

—Cuento las horas, cariño. Buenas noches.

—Buenas noches.

Zoe colgó y se tumbó en la cama; contempló el agrietado techo de su habitación con una sonrisa en el semblante. Un fin de semana entero con Art era más de lo que había disfrutado nunca.

Y no podía rechazarlo, ni siquiera por Jamie.

Disfrutó de un baño caliente y bajó a cenar. La mayor parte del equipo de rodaje se había ido a Holt, el pueblo vecino, para probar un restaurante indio que al parecer era excelente, de modo que el pequeño comedor, con sus mesas y sillas de madera rústica, estaba por fortuna vacío. Se sentó a una mesa junto al fuego y pidió a la joven camarera el estofado de cerdo. Se había dado cuenta de que estaba hambrienta.

Justo cuando le traían la comida, William Fielding, el viejo actor que hacía de su padre en la película, apareció en la entrada del comedor balanceándose ligeramente.

—Hola, querida, ¿estás sola? —Sonrió y las arrugas surcaron los rabillos de sus bondadosos ojos.

—Sí. —Y a regañadientes, añadió—: ¿Por qué no me acompañas?

—Será un placer. —William se acercó arrastrando los pies, retiró una silla y tomó asiento—. Esta maldita artritis se me está comiendo los huesos y el frío no ayuda. —Se inclinó tanto hacia ella que Zoe pudo oler el alcohol en su aliento—. Aun así, debería alegrarme por estar trabajando, y encima interpretando el papel de un hombre varios años más joven que yo. Me siento como tu abuelo en lugar de tu padre, querida.

—Tonterías. La edad va por dentro, y en el rodaje de hoy subiste esas escaleras como un chaval —le reconfortó Zoe.

—Y casi acaban conmigo —rio él—, pero no puedo dejar que nuestro venerado director crea que estoy para el arrastre.

La camarera se acercó a la mesa con una carta.

—Gracias, querida. —William se puso las gafas y la ojeó—. Veamos qué tenemos aquí. Tomaré la sopa, el rosbif y un whisky doble con hielo para ayudar a bajarlo.

—Muy bien, señor.

—Me tomaría una copa de burdeos, pero el que sirven aquí sabe a vinagre —señaló William quitándose las gafas—. Aunque los almuerzos son deliciosos. El catering siempre es uno de los premios de un rodaje, ¿no crees?

—Ya lo creo. He engordado casi dos kilos desde que empezó el rodaje —confesó Zoe.

—Pues no te sientan nada mal, si no te importa que te lo diga. Imagino que aún estás triste por la muerte de sir James.

—Si te digo la verdad, creo que nunca dejaré de estarlo. Hizo de padre más que mi padre real. Lo añoro todos los días, y la pena no parece que vaya a menos —reconoció Zoe.

—Lo hará, querida. Sé de lo que hablo porque soy viejo. Ah, gracias. —William cogió el whisky que le tendía la camarera y bebió un generoso trago—. Perdí a mi esposa hace diez años por un cáncer. Pensaba que no podría vivir sin ella, y sin embargo aquí sigo. La extraño mucho, pero al menos ya he aceptado que se ha ido. Aunque la de los viejos es una vida solitaria. No sé qué haría si no trabajara.

—Muchos actores parecen vivir hasta edades muy avanzadas. A veces me pregunto si es porque nunca acaban de retirarse y siguen ahí hasta…

—Palmarla. Probablemente. —William apuró el whisky e hizo señas para que le sirvieran otro—. Tu abuelo vivió hasta los noventa y cinco, ¿verdad? No está nada mal. Me anima pensar que aún podría tener otros trece años por delante.

—¿De veras tienes ochenta y dos? —preguntó ella, sinceramente sorprendida.

—Para ti, querida, los cumplo este año, para el resto del mundillo, rondo los sesenta y siete. —William se llevó un dedo a los labios—. Solo me he acordado de la edad que tengo porque sé que sir James me llevaba trece años justos. Cumplíamos el mismo día. En una ocasión, hace muchos, muchos años, lo celebramos juntos. ¡Ajá, la sopa! Qué bien huele. Discúlpame mientras la devoro.

—Toda tuya.

Zoe observó a William sorber la sopa con mano trémula.

—Entonces, ¿conocías bien a mi abuelo? —le preguntó cuando apartó el plato y pidió otro whisky.

—Lo conocí hace muchos, muchísimos años, antes de que se convirtiera, literalmente, en James Harrison.

—¿Qué quieres decir con lo de «literalmente»?

—Imagino que ya sabes que «James Harrison» era su nombre artístico. Cuando lo conocí era un irlandés de pura cepa, natural de algún lugar de West Cork, y se llamaba Michael O'Connell.

Zoe lo miró atónita.

—¿Seguro que estás hablando del mismo actor? Sabía que mi abuelo adoraba Irlanda, decía que era un país precioso, sobre todo hacia el final de sus días, pero no tenía ni idea de que fuera irlandés. Y tampoco se menciona en ninguna de sus biografías. Creía que había nacido en Dorset. Y jamás le escuché el menor acento irlandés.

—¡Ajá! Eso demuestra el excelente actor que era. Tu abuelo tenía un don especial para el mimetismo, podía imitar cualquier acento o cualquier voz que le pidieras. De hecho, así empezó su carrera, como imitador en una revista musical. Me sorprende que no lo supieras, con lo unida que estabas a él, pero ten por seguro que desciendes de irlandeses.

—¡Dios mío! Y dime, ¿dónde conociste a mi abuelo?

—En el Hackney Empire. Yo solo tenía nueve años. Michael tenía veintidós y era su primer trabajo profesional.

—¿Tú tenías nueve años? —preguntó Zoe, maravillada.

—Lo que oyes. Nací en un canasto de atrezo —le aseguró William con una sonrisa—. Mi madre también trabajaba en el teatro de variedades y al parecer había extraviado a mi padre, así que me llevaba al teatro cuando le tocaba actuar y me ponía a dormir en un cajón de su camerino. Cuando crecí, hacía trabajillos para los artistas, les llevaba la comida y les hacía recados por unos chelines. Fue así como conocí a Michael, aunque todos le llamábamos «Siam». Su primer trabajo fue interpretando al genio de la lámpara en una pantomima del Empire. Se afeitó la cabeza y se oscureció la piel, y con los bombachos y el tocado era clavado a algunas fotos que había visto del rey de Siam. Y se le quedó el nombre, como seguro que ya sabes.

—Sí. —Zoe asintió, olvidando su cena mientras escuchaba.

—Como es natural, tu abuelo estaba deseando hacer teatro de verdad, pero todos tenemos que empezar en algún lado. Ya entonces poseía un enorme carisma. Todas las bailarinas hacían cola para salir con él. Debía de ser el encanto irlandés, aunque hablaba como un caballero británico. En aquellos tiempos no te quedaba otra, aunque solía entretenernos a todos con sus baladas irlandesas. —William rio.

Zoe le observó apurar otro vaso. Se había tomado tres whiskies dobles desde el comienzo de la cena y estaba rememorando recuerdos de hacía setenta años. Probablemente confundía a James con otra persona. Picoteó su estofado tibio cuando llegó el rosbif.

—¿Me estás diciendo que era un donjuán?

—Ya lo creo. Pero las plantaba siempre de una forma tan cautivadora que ellas seguían queriéndole. Hasta que de pronto, en mitad de la temporada, desapareció. Pasados dos o tres días, en vista de que no daba señales de vida, me enviaron a la pensión para comprobar si estaba enfermo o simplemente durmiendo la mona. Todas sus cosas estaban allí, pero tu abuelo no.

—¿De veras? ¿Y volvió?

—Seis meses después. Yo solía pasarme por la pensión para ver si había regresado. Siempre había sido generoso con los dulces y los peniques cuando le hacía recados. Y un día me abrió la puerta. Llevaba un corte de pelo nuevo y un traje caro. Recuerdo que me dijo que era de Savile Row. Parecía un auténtico caballero. Siempre fue un tío guapo. —William rio de nuevo.

—Uau, menuda historia. No tenía ni idea. Mi abuelo nunca me contó nada de eso. ¿Le preguntaste dónde había estado?

—Por supuesto, estaba intrigadísimo. Tu abuelo me contó que había hecho algunos trabajos de interpretación lucrativos y no pasó de ahí. Dijo que iba a volver al Empire para proseguir con sus actuaciones. Y cuando lo hizo, la dirección ni siquiera pestañeó. Era como si nunca se hubiese marchado.

—¿Le has contado esta historia a alguien más? —preguntó Zoe con curiosidad.

—A nadie, querida, tu abuelo me pidió que no lo hiciera. Michael era mi amigo. Confió en mí cuando yo era un muchacho y yo en él. Pero aún no he llegado a la parte más interesante. —Los ojos legañosos de William, que estaba feliz de haber atrapado la atención de su público, chispeaban—. ¿Qué tal si pedimos un café y nos instalamos en el bar? Se me ha dormido el trasero en esta silla tan dura.

Encontraron un sofá confortable en un recodo. William dejó escapar un suspiro de satisfacción y encendió un cigarrillo sin boquilla.

—El caso es que un día —continuó—, dos semanas después de su regreso, Michael me pidió que fuera a verlo a su camerino. Me entregó dos chelines y una carta y me pidió que le hiciera un favor. Me dijo que esperara delante de Swan and Edgar, los grandes almacenes de Picadilly Circus, ¿los conoces?, hasta que una joven con un vestido rosa se me acercara y me preguntara si tenía hora.

—¿Y lo hiciste?

—¡Ya lo creo! En aquellos tiempos por dos chelines habría ido caminando a la luna.

—¿Y apareció la mujer?

—Ah, sí. Con ropa elegante y un acento refinado. Enseguida supe que era una señora. Me refiero a una señora de verdad.

—¿La viste solo esa vez?

—No. A lo largo de esos pocos meses la vi unas diez o quince veces. Y siempre le entregaba un sobre.

—¿Y ella te daba algo?

—Paquetes cuadrados envueltos en papel marrón.

—¿En serio? ¿Y qué crees que contenían?

—No tengo ni idea, y mira que intenté adivinarlo. —William soltó la ceniza en el cenicero y esbozó una sonrisa que hundió todavía más sus ojos en el flácido rostro.

Zoe se mordió el labio.

—¿Crees que estaba involucrado en algo ilegal?

—Puede, pero Michael nunca me pareció un hombre que se dedicara a actividades delictivas. Era muy noble.

—Entonces, ¿qué crees que pasaba?

—Supongo que… bueno, siempre pensé que se trataba de una aventura amorosa.

—¿Entre quién? ¿Michael y la mujer con la que te encontrabas?

—Es posible, aunque creo que ella era una emisaria, como yo.

—¿Nunca miraste qué había dentro de los paquetes?

—No, aunque podría haberlo hecho. Siempre fui un tipo leal, y tu abuelo era tan generoso conmigo que no podía traicionar su confianza.

Zoe bebió un sorbo de café. Se sentía exhausta, pero se preguntaba, fascinada, si el relato era cierto, ficticio, o una mezcla de ambas cosas adornadas por el paso del tiempo.

—Entonces, un día Michael me pide que vaya a su pensión y me dice que tiene que marcharse otra vez. Me da dinero suficiente para comer bien durante un año y me aconseja que, por mi propio bien, me olvide de lo sucedido durante los últimos meses. Si alguien me hacía preguntas, sobre todo alguna autoridad, tenía que decir que no le conocía. O, por lo menos, solo de hola y adiós. —William apagó el pitillo—. Y ahí que se fue Michael O'Connell. Desapareció literalmente de la faz de la tierra.

—¿No sabes a dónde se marchó?

—No. Entonces, increíble pero cierto, la siguiente vez que lo veo es dieciocho meses más tarde. Su foto me está mirando desde la fachada de un teatro de la avenida Shaftesbury bajo el nombre de «James Harrison». Se había teñido el pelo de negro y dejado bigote, pero habría reconocido esos ojos azules en cualquier lugar.

Zoe lo miró estupefacta.

—¿Me estás diciendo que volvió a desaparecer y que reapareció con el pelo negro, bigote y otro nombre? William, he de confesar que me está costando mucho creerte.

—Bueno. —El anciano soltó un sonoro eructo—. Juro que todo lo que te he contado es verdad, querida. Como es lógico, después de ver su foto en el teatro y reconocerlo pese al nombre falso, fui hasta la entrada de artistas y pregunté por él. Cuando me vio, me metió rápidamente en su camerino y cerró la puerta. Me dijo que sería mucho, mucho mejor para mi bienestar personal, que me mantuviera alejado de él, que ahora era otra persona y que era peligroso para mí que lo conociera de antes. Así que —William se encogió de hombros— le hice caso.

—¿Volviste a verlo alguna vez?

—Solo desde el patio de butacas, querida. Le escribí un par de veces, pero no me contestó. No obstante, cada año recibía un sobre por mi cumpleaños con un fajo de billetes. No llevaban ninguna nota, pero yo sabía que me los mandaba él. En fin, aquí tienes la extraña historia de tu querido abuelo, nunca contada antes por estos labios. Ahora que ya no está con nosotros, dudo que importe mucho. Y tal vez puedas ahondar en ello, si te apetece. —William se rascó la oreja—. Estoy intentando recordar el nombre de la joven señora con la que me encontraba delante de Swan and Edgar. Me lo dijo una vez. ¿Daisy…? No. ¿Violet…? Estoy seguro de que era un nombre de flor…

—¿Lily? ¿Rose? —intervino Zoe.

El hombre sonrió.

—¡Diantre, eso es! ¡Rose!

—¿Y no tienes la menor idea de quién era?

—No puedo desvelar todos los secretos de tu abuelo, querida. —William se dio unos golpecitos en la nariz—. Tengo mis sospechas, pero es mejor que eso permanezca en la tumba con él.

—Tendré que rebuscar en el desván de su casa de Dorset, que es donde guardaba todos sus recuerdos. Puede que encuentre algo relacionado con lo que me has contado.

—Lo dudo mucho, querida. Si ha permanecido oculto todo este tiempo, me temo que nunca conoceremos la verdad. Aun así, es una historia interesante para amenizar una cena. —William sonrió.

—Sí. —Zoe ahogó un bostezo y miró el reloj—. Es hora de que me vaya a la cama, mañana he de madrugar. Gracias por contarme todo esto. Si descubro algo, te lo haré saber.

—Sí, por favor. —William la vio levantarse. Le cogió la mano y se la estrechó—. Te pareces mucho a él cuando era joven, querida. Esta tarde estuve observándote y tienes el mismo talento. Algún día serás muy famosa y harás que tu abuelo se enorgullezca de ti.

Los ojos de Zoe se llenaron de lágrimas.

—Gracias, William —murmuró antes de abandonar el bar.

16

Joanna había pasado tres días deprimentes en Mascotas y Jardines y dos noches incómodas durmiendo en el suelo de su dormitorio, dentro de una pila improvisada de mantas y cojines, porque la entrega de su cama nueva todavía no se había materializado. Esta noche cenaba con Marcus, y la idea de tener una cama mullida y confortable debajo del cuerpo podría ser lo bastante tentadora como para acceder a pasarla con él.

Sacó su único y desgastado vestido negro y lo combinó con una rebeca entallada y zapatos de salón. Añadió un toque de rímel a las pestañas y un poco de colorete y carmín. Con el pelo todavía húmedo de la ducha, se dirigió a la parada del autobús.

Procuró mantener un paso natural por el camino y resistir el impulso de mirar atrás a cada momento. Llevaba el manojo de llaves en la mano, con los afilados cantos asomando entre los nudillos, por si la atacaban.

Mientras el autobús recorría Shaftesbury Avenue en dirección al Soho, Joanna pensó en la velada de esta noche. Y se odió por tener tantas ganas de volver a ver a Marcus. Había pasado los últimos días sopesando la posibilidad de sincerarse con él y contarle lo que había descubierto sobre su abuelo. Se había visto obligada a tomar la dolorosa decisión de no confiar en Simon y había hecho lo posible por desterrarlo al «campamento enemigo», aun cuando no supiera quién era realmente ese «enemigo». Dada su degradación en el periódico, también había tenido que extraer a Alec de la ecuación.

Cuando el autobús se detuvo en una parada próxima a Lexington Street, se apeó diciéndose que no le iría nada mal un aliado.

Marcus la esperaba dentro de Andrew Edmunds, un restaurante rústico y encantador iluminado con velas.

—¿Cómo estás? —La besó con cariño en los labios.

—Bien. —Joanna se sentó frente a él.

—Estás preciosa, Jo. Me encanta tu vestido. —Marcus la recorrió con la mirada—. ¿Champán?

—Si no hay más remedio —bromeó ella—. ¿Celebramos algo?

—Por supuesto, que vamos a cenar juntos. Para mí eso merece un brindis. ¿Qué tal la semana?

—Terrible, la verdad. Además de degradarme en el trabajo, todavía no me ha llegado la cama nueva.

—Pobre. Pensaba que dormías en casa de un amigo hasta que llegara.

—Así es, pero estábamos un poco… apretados. Simon regresó de su viaje y el piso es demasiado pequeño para los dos.

—¿Te atacó?

—¡Dios, no! —Joanna aplastó una punzada de remordimiento—. Es mi mejor amigo, nos conocemos desde niños. En fin —respiró hondo—, es una larga historia que, de hecho, guarda cierta relación con tu familia. Te lo contaré durante la cena.

Tras pedir el vino y la comida, Marcus la miró intrigado.

—Adelante.

—¿Adelante qué?

—Cuéntamelo.

A Joanna le entraron de repente las dudas.

—No sé si debería.

—¿Tan gordo es?

—Esa es la cuestión, que no lo sé. Podría serlo o no serlo.

Marcus deslizó el brazo por la mesa y le cogió la mano.

—Joanna, te juro que no saldrá de aquí. Tengo la impresión de que necesitas hablar del tema con alguien.

—Tienes razón, pero te lo advierto, es una historia extraña y complicada. Bien. —Bebió un largo sorbo del excelente vino tinto para ganar confianza—. Todo empezó cuando acudí al funeral en honor de tu abuelo…

Joanna tardó el entrante, el plato principal y buena parte del postre en poner a Marcus al día del «caso de la Ancianita», como había apodado a la situación. Decidió no hablarle de los hombres desconocidos que la seguían porque le daba miedo expresar en alto la realidad completa de lo que pensaba que estaba ocurriendo.

Terminado su relato, Marcus encendió un cigarrillo y soltó despacio el humo sin dejar de mirarla.

—Entonces, ¿todo lo del fondo conmemorativo era un rollo para poder obtener información sobre mi abuelo y su sórdido pasado?

—Al principio, sí —admitió ella—. Lo siento, Marcus. Pero el artículo saldrá en el periódico, eso seguro.

—Reconozco que me siento un poco utilizado. Responde con sinceridad, ¿estás cenando conmigo para ver qué más puedes sonsacarme o porque te apetecía verme?

—Porque me apetecía verte, te lo prometo.

—¿En serio?

—En serio.

—Entonces, dejando a un lado lo demás, ¿te gusto?

—Sí, Marcus, claro que me gustas.

—Bien. —Una expresión que incluso Joanna calificó de sincero alivio recorrió el rostro de Marcus—. Repasemos los hechos: extraña anciana en el funeral de sir Jim, carta, programa, te destrozan el piso, le das la carta a tu supuesto amigo para que la analicen y luego te dice que se ha desintegrado en el proceso…

—¿Y sabes qué? —le interrumpió Joanna—. Que no me lo creo. Piensa en las cartas que se escribieron hace siglos y que son sometidas a procesos químicos para determinar su antigüedad. —Meneó la cabeza con frustración—. La cuestión es, ¿por qué me mintió Simon? Es mi mejor amigo.

—Lo siento, Jo, pero creo que haces bien en sospechar de él. Acto seguido —continuó Marcus—, se lo mencionas a tu jefe, que te dice que continúes investigando, pero unos días después da un giro de ciento ochenta grados y te trasladan a una sección inútil del periódico donde no puedas crear problemas. —Marcus se frotó el mentón—. Lo que sea que tienes entre manos, es importante. La cuestión es, ¿qué sabes realmente?

Joanna buscó el sobre en su bolso.

—Esta es la foto que me llevé de la casa de Dorset para acompañar el artículo, y este es el programa que me dio la anciana. —Los puso uno al lado del otro—. ¿Lo ves? Es él.

Marcus estudió ambas fotografías.

—No hay duda de que parece él. Si alguien puede saber más sobre esto es mi hermana Zoe, pero en estos momentos está rodando en Norfolk.

—Me encantaría hablar con ella, aunque a partir de ahora he de ir con mucho cuidado y hacer ver que he abandonado el caso. ¿Podrías organizar un encuentro?

—Puede, pero tiene un precio.

—¿Cuál?

Marcus sonrió.

—Una copa en mi casa.

Joanna estaba sentada en la sala de estar de Marcus, viendo saltar las llamas en la chimenea de gas. Se sentía tranquila, una pizca mareada y contenta de haber compartido su secreto con alguien.

—Toma. —Marcus le tendió una copa de brandy y se sentó a su lado—. Bien, señorita Haslam, ¿cuál es el siguiente paso?

—Me arreglas una cita con Zoe para hablar y…

Marcus le puso un dedo en los labios.

—No me refería a eso, sino a nosotros. —Le deslizó un dedo por la mejilla y atrapó un mechón de pelo—. No quiero limitarme a ser tu Watson. —Le quitó la copa de la mano sin haberle dado tiempo a probarla y se inclinó sobre ella—. Déjame besarte, Joanna, por favor. Puedes pedirme que pare cuando quieras y te prometo que lo haré.

Notó un hormigueo en el estómago cuando Marcus acercó sus labios a los de ella. Cerró los ojos mientras sentía que el tierno beso se tornaba apasionado, su lengua acariciando dulcemente la de ella. La tomó por los hombros y Joanna se entregó a su abrazo, dejando que el sentido de lo correcto y lo incorrecto se desvaneciera en una nube de deseo. De pronto, Marcus se apartó.

—¿Qué? —murmuró ella.

—Compruebo si quieres que pare.

—No.

—Menos mal —susurró, atrayéndola de nuevo hacia sí—. Dios, eres preciosa…

Una hora después, Joanna vio a Marcus a su lado, que la contemplaba fascinado. Y esbozó una sonrisa de satisfacción.

—Joanna, creo que te quiero…

La estrechó con fuerza y ella aspiró el olor de su pelo fresco y limpio y la loción para el afeitado ligeramente almizclada de su cuello.

—¿Estás bien? —susurró él.

—Sí.

Marcus rodó sobre un costado y se apoyó en el codo.

—Lo digo en serio, creo que me estoy enamorando de ti.

—Apuesto a que les dices lo mismo a todas las chicas —respondió enseguida Joanna.

—Antes puede, pero nunca después. —Marcus se incorporó y alcanzó el tejano para coger sus cigarrillos—. ¿Quieres uno?

—Sí.

Encendió dos cigarrillos y se sentaron en el suelo con las piernas cruzadas para fumar.

—Ha estado muy bien. —Joanna le sonrió.

—¿El sexo?

—No, el pitillo. —Apagó el suyo en el cenicero.

—Qué romántica. Ven aquí. —Marcus buscó de nuevo su rostro para besarla—. ¿Sabes? Desde aquella primera comida no he dejado de pensar en ti. Me preguntaba si podríamos vernos con más frecuencia.

—¿Me estás pidiendo para salir? —bromeó ella.

—Supongo que sí, aunque después de esta última hora, no me movería de aquí en cien años.

—No sé, Marcus —suspiró Joanna—. Te he contado que tuve una relación larga que acabó fatal. Todavía me siento muy vulnerable. Además, tu reputación deja mucho que desear y…

—¿A qué te refieres?

—Vamos, Marcus, todo el mundo dice que eres un mujeriego.

—Vale, vale, reconozco que he salido con algunas mujeres, pero te juro que nunca he sentido nada igual. —Marcus le acarició el pelo—. Te prometo que nunca te haría daño. Por favor, Jo, dame una oportunidad. Podemos ir todo lo despacio que quieras.

—¿A esto le llamas ir despacio?

—¿Por qué sales con una broma cada vez que quiero hablar en serio contigo?

—Porque estoy asustada.

Joanna se frotó los ojos, acusando el cansancio.

—Solo deseo formar parte de tu vida. Dame una oportunidad y te juro que no te defraudaré.

—Está bien, lo pensaré. —Bostezó—. Estoy muerta.

—Podrías quedarte a dormir, ya que no tienes cama. —Marcus sonrió.

—No me ha pasado nada por dormir en el suelo estos días.

—Joanna, deja de estar a la defensiva. Era una broma. Nada me gustaría tanto como despertarme a tu lado por la mañana.

—¿En serio?

—En serio.

—Vale, gracias.

Marcus se incorporó y le ofreció la mano para ayudarla a levantarse. La condujo hasta el dormitorio y apartó el edredón.

—Aaah, una cama, qué gusto. —Se acurrucó con cara de placer mientras él se tumbaba a su lado y apagaba la luz.

—¿Jo?

—¿Qué?

—¿Tenemos que dormir ya?

Al día siguiente, Joanna se despertó con la nariz de Marcus frotándole el cuello. Todavía adormilada, fue despabilando conforme Marcus la acariciaba y, lentamente, volvía a hacerle el amor.

—¡Dios mío, mira la hora! ¡Son las nueve y veinte! ¡Voy a llegar tardísimo!

Joanna saltó de la cama y corrió a la sala de estar para recoger su ropa. Marcus la siguió.

—No te vayas, Jo, quédate aquí conmigo. Podríamos pasar el día en la cama.

—Ya me gustaría, pero ahora mismo mi trabajo pende de un hilo —repuso ella mientras daba brincos por la sala intentando ponerse las medias.

—¿Volverás esta noche?

—No. Los de la cama me han prometido traérmela a las cinco y media, por lo que tendré que ir directa a casa para recibirlos. —Joanna se enfundó el vestido por la cabeza.

—Podría ir a tu casa y ayudarte a hacer la cama —propuso Marcus.

—Te llamaré desde el trabajo. —Joanna se puso la rebeca, cogió la mochila y le dio un beso—. Gracias por lo de anoche.

—Y lo de esta mañana —le recordó él abriendo la puerta.

—Sí. Por cierto, ¿te encargarás de llamar a Zoe?

Marcus la besó en la nariz.

—Cuenta con ello, señorita.

La vio partir y se desperezó. Notaba los músculos deliciosamente doloridos por la noche previa. Regresó a la cama y cayó redondo en cuestión de minutos.

El teléfono lo despertó a la una. Confiaba en que fuera Joanna y corrió a contestar.

—¿Marcus Harrison? —preguntó una voz masculina.

—¿Sí?

—Puede que no te acuerdes de mí, pero iba cinco cursos por encima de ti en Wellington College. Me llamo Ian Simpson.

—Sí, creo que sí me acuerdo. Eras delegado de curso, ¿verdad? ¿Qué tal?

—Bien, bien. Oye, ¿te apetece tomar algo y hablar de los viejos tiempos?

—Eh… ¿de cuándo estás hablando?

—De esta noche. ¿Por qué no quedamos en el Saint James Club?

—No puedo, ya he quedado.

Marcus se preguntó por qué diantre querría Ian Simpson tomarse una copa con él así, de repente. No recordaba haber tenido una sola conversación con él en el colegio. Siempre se había mantenido alejado de Ian y de sus conocidas tendencias sádicas con los alumnos más pequeños.

—¿No podrías cambiarlo? Hay algo de lo que me gustaría hablarte, algo que podría beneficiarte económicamente.

—¿Ah, sí? Bueno, supongo que podría quedar sobre las siete.

—Perfecto, aunque luego tendré que irme pitando, espero que no te importe. Hasta luego, entonces.

—Hasta luego.

Marcus colgó y se encogió de hombros, perplejo. Más tarde, antes de salir, llamó a Joanna.

—Hola, cariño, ¿te ha llegado la cama?

—Sí, menos mal. La mujer de arriba los pilló justo cuando estaban a punto de largarse. Y eso que les dije que llamaran a la vecina si yo no había llegado. Bueno, por lo menos ya está aquí.

—¿Quieres que vaya luego y te ayude a probarla? Estoy altamente cualificado para la tarea, te lo aseguro —dijo él con una sonrisa.

—No lo dudo —repuso ella en un tono sarcástico—. ¿Qué tal si vamos poco a poco y en lugar de probar la cama, vemos una película? Ya me han instalado la tele nueva —añadió—. Podrías traer *No Way Out*.

—¿Lo dices en serio? ¿No te mencioné que era una película deprimente? Sé de lo que hablo, la produje yo.

—Lo digo en serio. —Joanna sonrió para sí, consciente del apuro de Marcus—. Quiero ver lo que ayudaste a crear. Yo pongo las palomitas, ¿de acuerdo?

—De acuerdo, pero tendré derecho a decirte «Te lo advertí» cuando quieras pegarte un tiro.

—Eso ya lo veremos. Adiós, Marcus.

—Adiós, cariño.

Cuando entró en el bar del Saint James Club, Marcus enseguida reconoció a Ian Simpson, aun cuando su rostro redondo y su mentón anguloso empezaban a dar muestras de flacidez. «Un bebedor», pensó cuando se acercó a él. La fornida constitución de Ian le recordó que había sido capitán del primer equipo de rugby. Había conducido al equipo a la victoria y no había hecho prisioneros en el proceso.

—Marcus, me alegro de verte. —Ian le dio un brusco apretón de mano—. Sentémonos. ¿Qué quieres beber?

—Una cerveza, gracias.

Marcus se fijó en el whisky que descansaba delante de Ian, pero recordó su promesa.

—Bien. —Ian hizo señas al camarero y pidió una jarra de cerveza y otro whisky. Se inclinó con los codos sobre las rodillas y las manos juntas—. Cuéntame, ¿qué ha sido de tu vida?

—Eh, ¿desde que salí del colegio? ¿No es mucho tiempo? Terminé hace diecisiete años.

—¿Y a qué te has dedicado? —preguntó Ian, ignorando la observación.

—Tengo una productora.

—Qué sofisticado. Yo soy un simple funcionario que gana lo justo para ir tirando. Supongo que con la familia que tienes te vino rodado.

—Más o menos, aunque mi familia ha sido un obstáculo más que otra cosa.

—¿No me digas? Qué extraño.

—Sí, mucha gente lo encuentra extraño. En estos momentos estoy poniendo en marcha un fondo en memoria de mi abuelo, sir James Harrison.

—¿No me digas? —repitió Ian—. Caray, qué coincidencia, porque justo quería hablarte de eso. Gracias. —El camarero dejó las bebidas en la mesa.

Marcus miró receloso a Ian y se preguntó si algún día alguien mostraría interés por conocerlo a él y no a su familia.

—Salud.

—Salud. —Marcus bebió un generoso trago de cerveza mientras observaba a Ian apurar su primer whisky y coger el segundo—. Bien, ¿de qué querías hablarme?

—Se trata de un tema confidencial y quiero que entiendas que al contártelo estamos dándote un voto de confianza. La situación es la siguiente: por lo visto a tu abuelo le gustaban mucho las faldas y tuvo una aventurilla con cierta dama que era un personaje público. La mujer le escribió algunas cartas subidas de tono. Tu abuelo las devolvió todas hace unos años, excepto una. Creíamos que la habíamos recuperado, ya que él siempre prometió que a su muerte legaría la última de las cartas, y digamos la más comprometedora, a la familia de dicha dama. —Ian cogió su vaso y bebió un sorbo—. Por lo visto, era la carta equivocada.

«La carta que la anciana envió a Joanna», dedujo Marcus.

—No recuerdo que hubiera nada de esa naturaleza en el testamento —murmuró Marcus, inocente.

—Ya. El caso es que la… familia afectada se ha puesto en contacto con nosotros para que intentemos recuperar esa última carta. Si cayera en las manos equivocadas podría resultar sumamente embarazoso.

—Entiendo. ¿Pierdo el tiempo si te pregunto de qué familia se trata?

—Sí, pero te diré que es lo bastante rica como para ofrecer una generosa recompensa a quien encuentre la carta. Y cuando digo generosa, quiero decir generosa.

Marcus encendió un cigarrillo y estudió a Ian con detenimiento.

—¿Y hasta dónde has llegado en tus indagaciones?

—No lo bastante lejos. Hemos oído que has entablado amistad con una joven periodista.

—¿Joanna Haslam?

—Sí. ¿Tienes idea de cuánto sabe ella?

—No. Apenas hemos hablado del tema, aunque sí sé que recibió una carta, supongo que la misma que llegó a vuestras manos.

—En efecto. Marcus, seré claro. ¿Crees que la señorita Haslam quiere ser tu amiga porque piensa que podría conseguir información a través de ti?

Marcus suspiró.

—Imagino que es una posibilidad, sobre todo después de lo que me has contado.

—Hombre prevenido vale por dos, y esta conversación, como puedes comprender, ha de quedar entre nosotros. El gobierno británico confía en tu discreción en lo referente a este asunto.

Marcus se hartó de la actitud misteriosa de su antiguo compañero.

—Ian, corta el rollo y dime exactamente qué quieres.

—Tú tienes acceso a las dos casas de tu abuelo, la de Londres y la de Dorset. Puede que lo que necesitamos esté en una de ellas.

«A lo mejor era eso lo que Joanna estaba buscando», pensó Marcus, sobresaltado.

—Puede, sí. El desván de Haycroft House está repleto de cajas con recuerdos de mi abuelo.

—Entonces, quizá sea buena idea que vuelvas allí y les eches otro vistazo.

—Un momento, ¿cómo sabes que ya he buscado en ellas? —preguntó Marcus—. ¿Nos habéis estado espiando a Joanna y a mí?

—Marcus, colega, ya te he dicho que el gobierno británico solo está intentando solucionar el asunto con rapidez y discreción. Por el bien de todos los implicados.

—¡Jesús! —El tono de Ian no había conseguido tranquilizar a Marcus—. ¿Podría esta carta provocar una Tercera Guerra Mundial o algo parecido?

—En absoluto. —Las facciones de Ian se suavizaron con una sonrisa—. Es solo una indiscreción por parte de cierta joven dama que la familia preferiría mantener en secreto. Ahora bien, existe la posibilidad de que tu abuelo entregara la carta a algún amigo para que se la guardara. La situación es tan delicada que hemos de actuar con la máxima precaución. Lo que te he contado esta noche no puede salir de aquí. Así pues, como le cuentes algo a Joanna, se romperá nuestro acuerdo y los dos os encontraréis en una situación… vulnerable. Te hemos elegido porque sabemos que eres un hombre discreto, con libre acceso a lugares y personas a las que nosotros no nos podemos acercar sin levantar sospechas. Y como ya he dicho, serás recompensado por tus molestias.

—¿Aunque no encuentre la carta?

Ian se llevó la mano al bolsillo y sacó un sobre. Lo dejó sobre la mesa.

—Un pequeño anticipo para cubrir gastos. ¿Por qué no te llevas a la encantadora Joanna un fin de semana por ahí, la invitas a buenos restaurantes y averiguas hasta dónde ha llegado en sus pesquisas? Lento pero seguro, como reza el dicho.

—Lo he pillado, Ian —farfulló Marcus, deseando clavarle un puñetazo en la arrogante narizota.

—Me alegro. Y si encuentras lo que buscamos, lo que hay en ese sobre te parecerá calderilla. Ahora he de irme. Mi tarjeta va dentro. Si averiguas algo, llámame a cualquier hora del día o de la noche. —Ian se levantó y le tendió la mano—. Ah, por cierto, sin ánimo de ponerme dramático, debo advertirte que es mucho lo que está en juego. Un solo desliz y las consecuencias podrían ser nefastas. Buenas noches.

Marcus lo observó salir del bar y se derrumbó en su asiento, algo perturbado por las últimas palabras de Ian. Presa del nerviosismo, se dio por vencido y pidió un whisky. No obstante, mientras bebía un largo trago se consoló pensando que en el colegio Ian siempre había utilizado la táctica de la intimidación con los pequeños para someterlos a su voluntad. Los profesores, sin embargo, lo tenían por un chico solícito y encantador. Estaba claro que no había cambiado, pero Marcus ya era un hombre hecho y derecho y no iba a tomarse sus amenazas al pie de la letra.

Sus dedos ansiaban descubrir cuánto había exactamente en el sobre. ¿Y si lograba dar con la carta y entregarla a las manos adecuadas? Ian le había dado a entender que Marcus podría poner el precio. Tal vez obtuviera el dinero suficiente para hacer realidad su película y aportar su grano de arena al mundo.

Se preguntó si, a pesar de lo que Ian había dicho sobre «un solo desliz», debería ser sincero con Joanna y contarle la conversación de la última media hora. De ese modo podrían trabajar juntos, sin secretos desde el principio. Por otro lado, ¿y si Ian se enteraba? No quería poner a Joanna en peligro. Mejor no decirle nada por el momento y esperar a ver cómo se desarrollaban las cosas.

«Ojos que no ven, corazón que no siente», decidió al tiempo que apuraba el whisky. Ian, por lo visto, ya había pagado la cuenta, así que cogió el sobre y bajó al servicio de caballeros. Se encerró en un cubículo y, con el pulso a cien, contó el grueso fajo de billetes. Cinco mil libras en billetes de veinte y cincuenta.

Obviamente, su siguiente paso era quedar con Zoe y averiguar qué sabía de esa carta, ya no solo para complacer a Joanna, sino también por su proyecto cinematográfico…

Cuando, media hora más tarde, llegó en taxi a casa de Joanna, podía sentir el sobre lleno de dinero ardiendo acusador en el bolsillo de su chaqueta. Se la quitó enseguida y dejó que Joanna lo condujera hasta la acogedora sala de estar, donde la chimenea a gas ya estaba encendida y un cuenco de palomitas descansaba sobre la mesa de centro.

—Te he echado de menos —murmuró Marcus antes de inclinarse para darle un largo beso en los labios.

—Me has visto esta mañana —repuso Joanna, separándose a regañadientes.

—Me han parecido siglos —insistió él antes de acercarse para darle otro beso que ella esquivó.

—¡Marcus, la película!

Le entregó la vieja cinta de VHS que había desenterrado de un cajón de su casa.

—Insisto, no es una película para una velada romántica.

Joanna la metió en el reproductor, encendió la tele, se instaló con Marcus en el sofá nuevo y acurrucó la cabeza en su hombro.

Marcus apenas se enteró de la primera media hora de película porque estaba pendiente del rostro de Joanna, que tenía toda su atención puesta en lo que él había producido. Tenía un nudo de angustia en el estómago. ¿Y si le parecía una bazofia? ¿Y si pensaba que él era bazofia? ¿Y si...?

Finalmente, cuando los créditos aparecieron en la pantalla, Joanna se volvió hacia él con la mirada chispeante.

—Marcus, es fantástica —murmuró.

—¿Qué... qué te ha parecido?

—Me ha parecido brillante. Es de esas películas que se te quedan dentro. La fotografía es preciosa y evocadora y consigue meterte realmente en la selva...

Antes de que pudiera continuar, Marcus la besó. La boca de Joanna tenía el sabor salado de las palomitas cuando respondió al beso. Los créditos siguieron pasando por la pantalla del televisor, pero ya no les prestaban atención.

17

El viernes por la tarde, Zoe regresó al hotel después del rodaje y subió corriendo a la habitación para recoger su bolso de viaje. Dejó las llaves en la recepción con el corazón desbocado.

—Su chófer la espera en el bar, señorita Harrison.

—Gracias.

Zoe entró en el pub frecuentado por la gente del pueblo. Antes de que sus ojos tuvieran tiempo de pasearse por la estancia, un hombre apareció a su lado.

—¿Señorita Harrison?

—Sí. —Tuvo que echar la cabeza hacia atrás para poder mirarlo a los ojos. Era alto y corpulento, rubio y con los ojos muy azules. Con su impecable traje gris y su corbata, parecía fuera de lugar—. Hola.

—¿Me permite su equipaje? —El hombre esbozó una sonrisa amable.

—Gracias.

Lo siguió hasta el aparcamiento, donde la aguardaba un Jaguar negro con los cristales ahumados. El chófer le abrió la portezuela de atrás.

—Suba, por favor.

Así lo hizo. El hombre metió la bolsa de viaje en el maletero y se instaló detrás del volante.

—¿Ha tenido que esperar mucho? —le preguntó ella.

—Apenas veinte minutos.

El chófer puso el coche en marcha y salió del aparcamiento marcha atrás. Zoe se recostó en el suave cuero beige mientras el Jaguar recorría las carreteras rurales.

—¿A cuánto estamos?

—A media hora más o menos, señorita Harrison —contestó el chófer.

Zoe se sintió súbitamente incómoda y cohibida en presencia de ese hombre guapo y educado. Seguro que sabía que la estaba llevando a un encuentro clandestino con su jefe. No pudo evitar preguntarse cuántas veces había hecho eso para Art con anterioridad.

—¿Hace mucho que trabaja para… eh… el príncipe Arthur? —preguntó en medio del silencio.

—No, este es mi primer servicio. Tendrá que puntuarme del uno al diez.

Zoe captó su sonrisa en el retrovisor.

—Oh, no, no podría… esta también es mi primer vez… eh… la primera vez que voy a Sandringham.

—Eso significa que ambos somos novatos en el círculo real.

—Sí.

—Ni siquiera sé si debería dirigirle la palabra. Supongo que tengo suerte de que me dejen conservar la lengua y las pel… Bueno, ya me entiende.

Zoe rio al ver que la nuca del chófer se sonrojaba ligeramente.

—No diré nada si usted tampoco dice nada —propuso, sintiéndose mucho más cómoda.

Al rato, el chófer cogió un móvil y marcó un número.

—Llegando a York Cottage dentro de cinco minutos con el paquete de Su Alteza.

Señalizó a la izquierda y cruzó unas pesadas verjas de hierro forjado. Zoe miró atrás cuando se cerraron sigilosamente.

—Ya casi estamos —le informó él avanzando por una carretera ancha y lisa. Mantos de niebla vespertina cubrían los prados y reducían la visibilidad. El coche viró a la derecha y continuó por un sendero estrecho flanqueado de arbustos antes de detenerse.

—Hemos llegado, señorita Harrison. —El chófer bajó del coche y le abrió la portezuela.

Apenas tuvo tiempo de admirar el elegante edificio victoriano enclavado entre altos árboles antes de que Art apareciera en la puerta.

—¡Zoe! Qué alegría verte. —La besó afectuosa pero formalmente en las dos mejillas.

—¿Llevo dentro el equipaje de la señorita Harrison? —preguntó el chófer.

—No, gracias, yo lo haré —respondió Art.

El chófer observó cómo el príncipe pasaba un brazo protector por los hombros de Zoe Harrison y entraba con ella en la casa. Había esperado una celebridad arrogante y vanidosa con aires de grandeza. En lugar de eso, se había encontrado con una joven muy bella, dulce y asustada. Regresó al coche, entró y marcó un número.

—Paquete entregado en York Cottage.

—Bien. Ha insistido en que quiere intimidad y la zona despejada. Vigilaremos desde aquí. Preséntese mañana a las doce. Buenas noches, Warburton.

—Buenas noches, señor.

Cuarenta y ocho dichosas horas después, Art y Zoe estaban en el vestíbulo de York Cottage, ella lista para partir hacia Londres.

—Ha sido un fin de semana maravilloso, Zoe. —Art la besó dulcemente en los labios—. Ha pasado volando. ¿Cuándo vuelves a Norfolk?

—El martes. Estaré en Londres hasta entonces.

—Te llamaré, aunque tal vez pueda pasarme un momento antes de eso. Regreso a la ciudad esta noche.

—Muy bien. Y gracias por un fin de semana fantástico.

Caminaron juntos hasta el Jaguar. El chófer ya había metido la bolsa de viaje de Zoe en el maletero. Le abrió la portezuela.

—Cuídate.

Art se despidió con la mano mientras el chófer ponía el coche en marcha.

Zoe se volvió para verlo desaparecer entre los árboles, hasta que el coche cruzó la verja de la finca.

—Debo llevarla a Welbeck Street, ¿no es así, señorita Harrison?

—Sí, gracias.

Zoe miró distraída por la ventanilla. Las últimas cuarenta y ocho horas la habían dejado agotada física y emocionalmente. La intensidad de la presencia de Art durante tanto tiempo la había extenuado. Cerró los ojos y trató de echar una cabezada. Menos mal que disponía de un par de días libres para recuperarse, para pensar. Art le había mencionado planes y complots que había elaborado para que pudieran pasar más tiempo juntos. Quería hablar de su amor a su familia y luego, quizá, a la nación...

Zoe suspiró hondo. En la teoría todo era muy bonito, pero ¿cómo podía haber un futuro para ellos? El efecto que tendría en Jamie toda la atención a la que debería enfrentarse podría ser catastrófico.

«¿Qué he empezado?»

—¿Tiene calor, señorita Harrison? Si lo desea, puedo bajar la calefacción.

—No, estoy bien, gracias —respondió—. ¿Ha tenido un buen fin de semana?

—Sí, muy agradable, gracias. ¿Y usted?

—También —asintió Zoe en la penumbra del coche.

El chófer guardó silencio el resto del trayecto. Zoe agradecía que se hubiese dado cuenta de que no tenía ganas de charlar.

Llegaron a Welbeck Street pasadas las tres. El chófer le llevó la bolsa de viaje hasta la puerta mientras Zoe abría.

—Gracias. Por cierto, ¿cómo se llama?

—Simon. Simon Warburton.

—Buenas noches, Simon, y gracias.

—Buenas noches, señorita Harrison.

Simon volvió al coche y observó a Zoe cerrar la puerta. Informó por radio de que la había dejado en casa sana y salva y regresó a la flota para entregar el Jag y coger su coche.

Decir que había mentido a Zoe cuando le preguntó por su fin de semana era un eufemismo. Enseguida había reparado en la carta de Nueva Zelanda a su llegada de Norfolk el viernes por la tarde. Mientras la leía había comprendido que en el fondo nunca había esperado que Sarah regresara. Pero no por eso la carta resultaba menos dolorosa. Había conocido a alguien, explicaba. Amaba a ese nuevo hombre, y también Nueva Zelanda; se habían prometido e iba a quedarse a vivir allí. Sarah se sentía fatal, por supuesto, culpable. Los tópicos habituales sonaron huecos en el corazón destrozado de Simon.

Había llorado muy pocas veces en su vida. El viernes por la noche fue una de ellas. Después de esperarla todo ese tiempo, rechazando sin dudar otras proposiciones, le enfurecía que Sarah hubiese esperado a contárselo hasta unos días antes de su supuesto regreso.

La única persona que quería que lo consolara, su mejor amiga, había salido o estaba ignorando sus llamadas. Y como colofón, había tenido que dedicar su domingo a acompañar a Londres a una estrella de cine enamorada.

¿Y qué demonios hacía ejerciendo de chófer después de todos sus años de entrenamiento especial? La semana previa, cuando lo convocaron en Thames House para informarle de su «misión especial», le habían dicho que estaría «echando una mano» al Servicio de Seguridad de la Casa Real porque andaban cortos de personal, pero no se lo había tragado. Si estuviese a cargo de un miembro de la familia real habría sido diferente, pero reclutarlo solo para hacer de chófer de la amante del príncipe, tercero en la línea de sucesión al trono, era absurdo. Además, los protocolos para dirigirse a la familia real eran interminables, como si fueran miembros de otra especie en lugar de simples seres humanos como todos los demás.

Simon entregó el Jaguar, cuya conducción había sido el único placer de los últimos tres días, y se montó de nuevo en su coche. Rezó para que lo «relevaran» de su misión especial y pudiera volver al verdadero meollo de su trabajo.

Reacio a volver a un piso vacío, puso rumbo al norte de Londres. Al llegar al cruce, dobló instintivamente a la derecha y pasó por delante del piso de Joanna. Al ver luces encendidas, aparcó, bajó del coche y llamó al timbre.

Joanna miró por la ventana y, segundos después, abrió la puerta.

—Hola —saludó.

Simon tuvo la impresión de que no se alegraba de verlo.

—¿He venido en mal momento?

—Un poco. Estoy escribiendo un artículo para mañana. —Joanna se quedó en el umbral, visiblemente reacia a invitarlo a pasar.

—Vale. Solo pasaba por aquí.

—Pareces cansado. —Se debatía entre preguntarle por qué tenía tan mala cara y su reticencia a dejarle entrar.

—Lo estoy. He tenido un fin de semana movido.

—Bienvenido al club. ¿Va todo bien?

Simon asintió si mirarla a los ojos.

—Sí. Vente un día a cenar a casa, hace tiempo que no charlamos.

—Vale. —Joanna se quedó mirándolo, sabedora de que algo le pasaba y sintiéndose terriblemente culpable por su negativa a dejarlo entrar. Pero ya no podía confiar en él—. Lo haré.

—Adiós. —Simon se metió las manos en los bolsillos y se marchó.

Zoe estaba disfrutando de un baño relajante cuando oyó el timbre de la puerta.

—Mierda.

Se quedó inmóvil, esperando que quienquiera que fuera se marchara. No podía ser Art; todavía estaba volviendo de Sandringham, y solo hacía un rato que había hablado con Jamie por teléfono.

Llamaron de nuevo. Dándose por vencida, cogió una toalla y bajó goteando agua.

—¿Quién es? —preguntó desde la puerta.

—Tu querido hermano, cielo.

—¡Entra! Voy a por el albornoz y bajo enseguida. —Zoe le abrió la puerta y corrió escaleras arriba. Cinco minutos después entraba en la sala de estar—. Tienes buena cara, Marcus. Además, todavía no te has servido una copa y ya llevas aquí cinco minutos enteros.

—El amor de una buena mujer es la razón.

—Ya. ¿Quién es?

—Luego te explico. ¿Qué tal el rodaje?

—Bien, estoy disfrutando mucho.

—Estás radiante, Zo.

—¿Tú crees?

—¿El amor de un buen hombre, quizá? —tanteó Marcus.

—¡Ja! Ya me conoces, solo tengo tiempo para mi trabajo y mi hijo. —Zoe esbozó una sonrisa inocente—. Dime, ¿quién es esa mujer que te ha puesto en el camino de la abstinencia?

—Yo no diría tanto, pero sí, creo que podría ser la mujer de mi vida. ¿Cenamos mañana en el bistró que hay al lado de mi casa para que la conozcas? Invito yo. Así podrás darle un repaso. Ya sabes que siempre me he fiado de tu opinión.

—¿De veras? —Zoe frunció el ceño—. A mí no me lo parece, pero será un placer conocerla.

En algún lugar de la sala sonó un móvil. Zoe se levantó y empezó a buscar su bolso. Lo encontró junto a la puerta y sacó el teléfono.

—¿Diga?

Marcus vio que el semblante de su hermana se suavizaba con una sonrisa.

—Sí, gracias. ¿Y tú? Yo también. Mi hermano está aquí. ¿Hablamos más tarde? Muy bien, adiós.

—¿Quién era? —Marcus enarcó una ceja—. ¿Papá Noel?

—Solo un amigo.

—Ya. —Marcus la escrutó mientras Zoe intentaba ocultar su expresión soñadora detrás del móvil—. Venga, Zoe, has conocido a alguien, ¿verdad?

—No... sí... ¡Señor! Más o menos.

—¿Quién es? ¿Lo conozco? ¿Quieres traértelo a cenar mañana?

—Ya me gustaría —murmuró ella—. Es un poco complicado.

—¿Está casado?

—Supongo que podría decirse que sí. Oye, Marcus, no puedo contarte nada más. Nos vemos mañana sobre las ocho, si te va bien.

—Vale. —Marcus se puso en pie—. Por cierto, se llama Joanna. —Se encaminó a la puerta—. Sé amable con ella, ¿de acuerdo, hermanita?

—Por supuesto. —Zoe le dio un beso—. Buenas noches.

Marcus regresó a casa después de hacer una parada para comprar productos de limpieza. Estaba decidido a acabar con los últimos resquicios de la mugre de soltero para cuando Joanna fuera otra vez a su piso. Subió las escaleras silbando, pero se detuvo en seco al ver que su puerta estaba abierta. Antes de que pudiera plantar cara al ladrón en potencia, un tipo vestido con un mono de albañil asomó la cabeza por la puerta.

—¿Es usted el inquilino?

—Sí. ¿Quién demonios es usted? ¿Y quién le ha dejado entrar?

—Su casero. Es colega mío. He venido a reparar la humedad.

—¿Qué humedad? —Desconcertado, Marcus pasó junto al albañil y entró en el piso.

—Ahí la tiene, jefe. —El hombre señaló un trozo de pared debajo de la viga maestra, cubierto de yeso fresco—. Sus vecinos informaron de una mancha en su lado. El problema estaba en su pared, me temo.

—¡Es domingo por la noche! Y mi casero no me dijo que usted vendría.

—Lo siento, se le debió de pasar. En cualquier caso, ya está arreglado.

—Bien, gracias —añadió Marcus mientras el obrero guardaba sus herramientas en una caja.

—Me voy.

—Vale. Gracias.

—Buenas noches, jefe.

Con cara de pasmo, Marcus observó al hombre pasar por su lado y abandonar el piso.

18

El lunes por la noche, Joanna se puso su blusa preferida de color verde botella sobre un tejano al que había recortado a toda prisa los hilos sueltos antes de salir de casa, y se sentó al lado de Marcus en el bistró tenuemente iluminado. La idea de conocer a Zoe Harrison la tenía un tanto inquieta.

—¡Por lo que más quieras, Jo, todo irá bien! Pero no le preguntes quién es el padre de Jamie. Está paranoica con ese tema y cuando se entere de que eres periodista, seguro que se pone nerviosa. —Marcus pidió una botella de vino y encendió un cigarrillo.

—Puede que se tranquilice cuando le diga que solo me interesa qué begonias planta en su jardín —replicó, malhumorada—. En serio, no sé cuánto tiempo podré aguantar en este trabajo.

Marcus le pasó un brazo por los hombros.

—Volverás a primera línea antes de lo que imaginas, sobre todo si descubres el gran misterio de sir Jim.

—Lo dudo mucho. El director de mi diario no lo publicaría.

—Ah, pero siempre habrá algún periodicucho interesado, cariño. —Marcus la besó—. Ahí está Zoe.

Joanna reconoció a la mujer que caminaba hacia ellos y comprobó, aliviada, que también vestía de manera informal, con un tejano y un jersey de cachemira a juego con sus ojos. Llevaba el pelo recogido en un rodete y la cara sin maquillar, muy diferente de la estrella glamurosa que Joanna había esperado encontrar.

—Hola, soy Zoe Harrison —saludó con un sonrisa mientras Joanna se ponía en pie—. Me alegro de conocerte.

Las dos mujeres se dieron la mano. Siempre consciente de su estatura, Joanna advirtió que le pasaba un buen trozo a la delicada Zoe.

—¿Tinto o blanco, Zo? —preguntó Marcus cuando el camarero llegó con el vino.

—Lo que toméis vosotros. —Zoe se sentó enfrente de los dos—. ¿Dónde conociste a mi hermano?

—Eh...

—Joanna es periodista del *Morning Mail*. Me hizo una entrevista sobre el fondo conmemorativo. Por cierto, cariño, ¿cuándo saldrá el artículo?

—A lo largo de la semana que viene. —Joanna estaba observando el semblante de Zoe. Había vislumbrado un atisbo de inquietud en él.

Marcus tendió una copa de vino blanco a Joanna y otra a Zoe.

—Salud. Porque tengo para mí solito a las dos mujeres más bellas de Londres.

—Qué zalamero eres, hermanito. —Miró a Joanna con una ceja enarcada y bebió un sorbo de vino—. ¿Sobre qué escribes?

—En estos momentos estoy en Mascotas y Jardines. —Joanna reparó en la cara de alivio de Zoe.

—Pero no por mucho tiempo —intervino Marcus—. Espero que esta mujer triunfe lo suficiente como para mantenerme en la vejez.

—No le quedará más remedio —replicó Zoe—. No eres precisamente candidato a dirigir el Banco de Inglaterra, ¿verdad, Marcus?

—No le hagas caso —le dijo Marcus a Joanna al tiempo que lanzaba una mirada de advertencia a Zoe—. Nos pasamos la vida picándonos.

—Es cierto —convino Zoe—. Pero es mejor que le veas como realmente es. No queremos encontrarnos con sorpresas por el camino, ¿verdad?

—Desde luego que no, hermanita. Y ahora ¿por qué no te callas para que podamos pedir?

Joanna vio que Zoe le sonreía y comprendió que lo pasaba bien metiéndose con su hermano. Le devolvió la sonrisa.

Una vez que el camarero tomó nota, Marcus salió a comprar un paquete de tabaco.

—Marcus me ha contado que estás en Norfolk rodando *Tess* —dijo Joanna.

—Sí.

—¿Te gusta?

—Mucho, es un papel fantástico. —El rostro de Zoe se iluminó—. Confío en hacerle justicia.

—Seguro que sí. Me alegro de ver a una actriz inglesa en ese papel —comentó Joanna—. Siempre me han gustado los libros de Hardy, sobre todo *Lejos del mundanal ruido*. Lo estudié en bachillerato, y cada vez que llovía demasiado para jugar a baloncesto nos ponían la película. ¿No dicen que todos los hombres son un Gabriel Oak o un Capitán Troy? Yo quería desesperadamente ser Julie Christie y poder besar a Terence Stamp con su uniforme de soldado.

—¡Yo también! —rio Zoe—. Los hombres con uniforme tienen su punto.

—Puede que fueran todos esos botones brillantes.

—No, lo que a mí me ponía de verdad eran las patillas —aseguró Zoe con una sonrisita—. Buf, cuando pienso en los hombres que me gustaban entonces, es para echar a correr. Por las noches también soñaba con Simon Le Bon.

—Por lo menos era guapo. El mío era mucho peor.

—¿Quién? —preguntó Zoe—. Vamos.

—Boy George, de Culture Club. —Joanna se ruborizó y bajó la mirada.

—Pero si es…

—¡Lo sé!

Cuando Marcus regresó con sus cigarrillos, las dos mujeres estaban desternillándose.

—¿Te ha contado mi hermana alguna anécdota graciosa de mi infancia?

—¿Por qué los hombres piensan enseguida que estamos hablando de ellos? —contraatacó Zoe.

—Porque tienen un ego que no les entra por la puerta.

—¿Tú crees?

Zoe y Joanna pusieron los ojos en blanco y estallaron en carcajadas.

—¿Podéis controlaros lo suficiente para poder al menos empezar el primer plato? —dijo malhumorado Marcus cuando el camarero llegó con la comida.

Dos botellas de vino más tarde, Marcus se sentía excluido. Aunque le complacía ver que Zoe y Joanna congeniaban, tenía la sensación de haberse colado en una noche de mujeres compartiendo anécdotas de la adolescencia que a él no le hacían la menor gracia. Además, la conversación no los estaba llevando a lo que Marcus necesitaba saber. Zoe estaba contando una gamberrada del internado sobre un profesor al que odiaba y un Durex lleno de agua.

—Gracias, Marcus —sonrió Joanna cuando le sirvió más vino.

—De nada, señorita, estoy aquí para complacerla —farfulló él.

—¡No pongas esa cara! —Zoe se inclinó hacia Joanna y se dio unos golpecitos en la nariz—. Una pequeña pista de una que sabe: si arruga los labios y bizquea un poco, es que está enfurruñado.

Joanna le guiñó un ojo.

—Mensaje recibido.

—Y dime, querido hermano, ¿cómo va el fondo conmemorativo?

—Estoy en ello. Me gustaría presentarlo dentro de un par de semanas en el vestíbulo del Teatro Nacional y reunir allí al jurado. He pensado que debería integrarlo el director de una escuela de arte dramático y un actor y una actriz conocidos. Me preguntaba si querrías ser la actriz, Zo, dado que es el fondo de sir Jim.

—Será un placer. Un montón de guapos jovencitos de dieciocho años con los que tendré que salir para comprobar si dan la talla…

—¿Puedo quedarme con los que no quieras?

—¡Joanna! —exclamó Marcus.

—Será como el concurso de Miss Mundo, pero en masculino —añadió Zoe.

—Tendrán que hacer la audición en bañador —aulló Joanna.

—Mientras recitan un monólogo de *Enrique V*…

Marcus meneó la cabeza exasperado mientras las dos mujeres se partían de risa.

—Lo siento, Marcus —se excusó Zoe, que tuvo que enjugarse las lágrimas con la servilleta—. En serio, será un honor formar parte del jurado. Ah, y hablando de actores, tuve una conversación fascinante con William Fielding, que hace de mi padre en *Tess*. Por lo visto conoció a James cuando eran jóvenes.

—¿En serio? —respondió Marcus, aguzando el oído.

—En serio. —Zoe bebió un sorbo de vino—. Me contó una historia alucinante sobre que James no era «James» cuando él lo conoció. Por lo visto, era un irlandés de Cork y se llamaba Michael… O'Connell, creo que dijo. Actuaba en la revista musical del Hackney Empire y un día desapareció sin más. Ah, y William también mencionó algo de unas cartas y unos encuentros amorosos que James tuvo con una mujer.

Joanna la escuchaba estupefacta. Ahí estaba la confirmación plena de su teoría de que James y Michael eran el mismo hombre. Tuvo un escalofrío de emoción.

—¿Cómo sabía William lo de las cartas? —preguntó Marcus con fingida calma.

—Porque era el mensajero de Michael O'Connell. Tenía que esperar delante del Swan and Edgar a una mujer llamada Rose. —Zoe puso los ojos en blanco—. Te digo que William es un viejo encantador, pero todo esto me parece demasiado rocambolesco.

El corazón de Joanna latía cada vez más fuerte, pero guardó silencio y rezó para que Marcus hiciera las preguntas adecuadas.

—Tal vez sea cierto, Zo.

—Una parte, puede. No hay duda de que William lo conoció hace muchos años, pero creo que el paso del tiempo le ha nublado la memoria y es posible que esté confundiendo a James con otra persona. Aunque he de reconocer que fue muy preciso sobre los detalles.

—¿Nunca oísteis a vuestro abuelo hablar de ello? —intervino Joanna, incapaz de contenerse.

—Nunca. —Zoe negó con la cabeza—. Y a decir verdad, si hubiese una historia que contar, estoy segura de que James me la habría contado antes de morir. Apenas teníamos secretos el uno para el otro. Es cierto que hacia el final de sus días, cuando la morfina le hacía desvariar, hablaba de Irlanda y de una casa en un lugar… —Intentó hacer memoria—. No recuerdo el nombre exacto, pero creo que empezaba por «R».

—He leído algunas biografías de vuestro abuelo. Me sorprende que ninguna mencionara esta historia —señaló Joanna.

—Lo sé, por eso me cuesta tanto creerlo. William me contó que en un momento dado James le dijo que era mejor que sus caminos se separaran y rompió el contacto.

—Uau. ¿No crees que merece la pena investigarlo? —preguntó Marcus.

—Oh, lo haré, cuando tenga tiempo. Además, hay que ordenar de una vez por todas el desván de Haycroft House. Cuando termine la película, pasaré un fin de semana allí, a ver qué encuentro.

—A menos que quieras que lo haga yo.

—Marcus —Zoe enarcó una ceja—, no te imagino hurgando en cajas llenas de cartas viejas y recortes de periódico. Te hartarías después de la primera y lo echarías todo al fuego.

—En eso te doy la razón. —Joanna puso los ojos en blanco—. Se largó al pub y me dejó sola con ello. Creo que necesitarás por lo menos una semana para revisarlo todo. Yo solo pude mirar dos cajas.

—¿Estuviste revolviendo en las cosas de James? —preguntó extrañada Zoe, que arrugó la frente—. ¿Qué esperabas encontrar exactamente?

—Tan solo un par de fotos de sir James cuando era un joven actor para acompañar el artículo sobre el fondo conmemorativo —respondió Joanna con rapidez al darse cuenta de que Zoe no le había dado a Marcus su permiso expreso para la búsqueda del tesoro.

—Escuchad, chicas, el otro día se me ocurrió una idea —intervino Marcus, impaciente por avanzar.

—¿Qué idea? —preguntó su hermana con suspicacia.

—Bueno, en realidad es de Joanna —se corrigió Marcus—. Cuando estuvimos allí hace dos semanas, se le ocurrió que podríamos subastar algunas cosas a fin de recaudar fondos para las becas, o cederlas al Museo del Teatro, pero eso significa que tendríamos que examinarlo y catalogarlo todo.

Zoe dudó.

—No estoy segura de querer deshacerme de los recuerdos de James.

—Esas cajas se están pudriendo en el desván, Zoe, y si no haces algo pronto, no habrá nada que subastar.

—Lo pensaré. Entonces, ¿no encontraste nada interesante en esas cajas?

—Por desgracia, no. Lo máximo que conseguí fue destapar los secretos de la escoria de Dorset —farfulló Joanna.

—Entonces, ¿el actor del que estabas hablando era William Fielding? —quiso confirmar Marcus.

—¿Y la mujer con la que se encontraba se llamaba Rose? —añadió rauda Joanna.

—Sí y sí. —Zoe miró su reloj—. Lamento fastidiaros la fiesta, chicos, pero necesito mi sueño reparador. Mañana me marcho otra vez a Norfolk. —Se levantó—. La comida me ha gustado mucho, y la compañía aún más.

—¿Te apetece acompañarme mañana al Teatro Nacional? —le preguntó Marcus—. He quedado a las dos y media con el organizador de eventos para hablar de la presentación del fondo.

—Me encantaría, pero para entonces estaré rodando en Norfolk. Lo siento, Marcus. —Zoe se volvió hacia Joanna—. Tú y yo tenemos que quedar para ir de compras. Te llevaré a la pequeña boutique de la que te hablé.

—Será un placer, gracias.

—Bien. —Zoe cogió su chaqueta del respaldo de la silla y se la puso—. ¿Qué tal el sábado que viene? Aunque ese fin de semana tendré a Jamie. Se me ocurre una idea, ¿por qué no venís tú y Marcus a mi casa el sábado por la mañana? Mi hermano podría hacer de canguro mientras tú y yo salimos.

—Un momento…

—Me lo debes, Marcus. —Zoe lo besó en la mejilla—. Buenas noches, Joanna. —Se despidió con un gesto de la mano y se marchó.

—Está claro que has triunfado. Pocas veces he visto a mi hermana tan relajada —dijo Marcus, cogiéndole de la mano—. ¿Qué tal si vamos a mi casa? Podemos tomarnos un brandy y hablar de lo que nos ha contado Zoe.

Salieron del bistró y caminaron los cinco minutos hasta al piso. Marcus encendió una elegante vela que había comprado sin reparar en gastos y escoltó a Joanna hasta el sofá. Ella seguía sin poder creer lo que Zoe les había explicado y dejó que Marcus le sirviera un brandy antes de que se sentara a su lado.

—Está visto que tenías razón en lo de que Michael O'Connell y sir Jim eran la misma persona —rumió Marcus.

—Sí.

—William Fielding conoció a James cuando tenía otro nombre y llevaba otra vida, y no dijo nada hasta la muerte de mi abuelo. A eso le llamo yo lealtad.

—Puede que también fuera miedo —añadió Joanna—. Si estaba entregando y recibiendo cartas para James y dichas cartas contenían información delicada, imagino que era fundamental que mantuviera la boca cerrada. A lo mejor le pagaron para que no hablara.

O le chantajearon. —Bostezó—. Caray, estoy agotada de intentar entender qué significa todo esto.

—Entonces dejémoslo aquí y sigamos dándole vueltas por la mañana. ¿Vienes a la cama?

—Sí.

Marcus la besó y la levantó para abrazarla.

—Gracias por la cena —dijo Joanna—. Zoe me ha caído muy bien, por cierto.

—Mmm. No te esforzaste más de la cuenta por razones egoístas, ¿verdad? Sería muy conveniente para tu investigación hacerte colega de Zoe.

—¡Cómo te atreves! —Joanna se soltó de su abrazo, furiosa—. ¡Es increíble! Me esfuerzo por llevarme bien con tu hermana por tu propio bien, descubro que me cae fenomenal, ¡y me acusas de eso! Está visto que no me conoces.

—Cálmate, Jo. —A Marcus le sorprendió su repentino arrebato—. Estaba bromeando. Me ha encantado veros congeniar. Zoe necesita una amiga de verdad. Es muy reservada.

—Espero que estés siendo sincero.

—Por supuesto. Y tienes que reconocer que no tuviste que torturarla para que hablara. Lo hizo sin necesidad de darle pie.

—En efecto.

Joanna se encaminó al recibidor. Marcus la siguió.

—¿A dónde vas?

—A mi casa. Estoy demasiado cabreada para quedarme.

Abrió la puerta y suspiró.

—Marcus, creo que estamos yendo demasiado rápido. Necesito espacio para respirar. Gracias por la cena. Buenas noches.

Apesadumbrado, Marcus cerró la puerta mientras reflexionaba sobre la complejidad de las mujeres y se sentó para pensar en cómo podía interrogar a William Fielding sin despertar las sospechas de su hermana.

19

William Fielding estaba sentado en su sillón favorito, delante de la vieja chimenea de gas. Se sentía cansado y le dolían los huesos. Sabía que sus días como actor estaban contados. Pronto tendría que rendirse e ingresar en una de esas horribles residencias para viejos y alelados. Y una vez que dejara de trabajar, dudaba de que fuera a durar mucho.

Hablar con Zoe Harrison había sido uno de los placeres de hacer *Tess*. Y había conseguido que su mente revisitara el pasado en contra de su voluntad.

William contempló el grueso anillo de sello de oro macizo que sostenía en su mano artrítica. Y el corazón le dio un vuelco también ahora. Después de lo amable que Michael había sido con él, William había cometido la bajeza de robarle. Solo una vez, cuando su madre y él estaban desesperados. Ella había dicho que era un virus estomacal lo que le impedía trabajar. Pero mirando atrás, William sospechaba de un encuentro con un carnicero clandestino y una aguja de tejer para extraer un diminuto ser humano no deseado.

Y casualmente Michael O'Connell le había enviado a su pensión para que le recogiera una muda. William entró y allí, sobre el lavamanos, estaba el anillo. Lo llevó directamente al prestamista y obtuvo dinero suficiente para mantenerlos a su madre y a él durante tres meses enteros. Por desgracia, ella murió de septicemia dos semanas más tarde. Lo más extraño de todo era que Michael jamás le preguntó por el anillo, pese a ser el candidato obvio de haberlo robado. Meses más tarde, después de mucho ahorrar, fue a ver al prestamista y recuperó el anillo, pero para entonces Michael había vuelto a desvanecerse.

William había decidido que le daría el anillo a Zoe cuando la viera en Norfolk. Sabía que lo tenía por un viejo cuentista, ¿y quién podía reprochárselo? Pero era justo que lo tuviera ella. Esa noche, mientras yacía en la cama con el anillo en su propio dedo para no olvidárselo por la mañana, se preguntó si debería contarle también el secreto que había guardado durante setenta años. Había creído ciegamente las advertencias de peligro de James Harrison, porque con el tiempo había descubierto quién era realmente «Rose».

—Hola, Simon. ¿Qué tal tu semana? —Ian le dio una palmada en el hombro.

A falta de algo mejor que hacer, Simon se había unido a los chicos en el pub que había junto a Thames House.

—¿De veras quieres saberlo? Mi novia me ha dejado y sigo de refuerzo como taxista de lujo para el palacio —respondió.

—Mi pésame por lo de la mujer, pero no deberías poner en duda los mecanismos de los de arriba. ¿Qué bebes?

—Cerveza.

—En realidad deberías invitarme a una. Hoy cumplo cuarenta puñeteros años y pienso pillar una cogorza espectacular —le aseguró Ian mientras intentaba en vano llamar la atención del camarero.

Al verle la pinta, Simon pensó que ya había alcanzado su objetivo. Tenía la tez gris y sudorosa, los ojos rojos y la mirada desenfocada.

—¿Estás buscándote ya otra muñequita? —Ian se sentó frente a él.

—Creo que esperaré un tiempo antes de volver a meterme en la boca del lobo. —Simon bebió un trago de cerveza—. Pero lo superaré, estoy seguro.

—Esa es la actitud. —Ian soltó un eructo—. Espero que hayas aprendido la lección. —Le apuntó con el dedo—. Mi lema es: mucho sexo y cero compromiso.

—No es mi estilo, lo siento.

—Hablando de mujeriegos, la otra noche conocí a uno. Él sí que sabe montárselo. ¡Menudo cabrón! Las tías se lo rifan.

—¿Oigo un tono de envidia?

—¿Envidioso de Marcus Harrison? Calla, calla. Ese tío no da un palo al agua. Tal como le dije a Jenkins cuando me pidió que buscara la ayuda de Harrison para un asunto, ofrezcámosle un puñado de billetes y lo tendremos comiendo de nuestra mano. Y, por supuesto, tenía razón. Le hemos pagado para que espíe a su novia, y a juzgar por la conversación que tuvieron anoche, ni siquiera se ha dado cuenta de que le han puesto micrófonos en casa.

—Ian, estás hablando demasiado. —Simon le clavó una mirada de advertencia.

—Casi todos los de este garito trabajan con nosotros. Además, tampoco estoy desvelando secretos de estado. No seas tan puñetero e invita a tu colega a una cerveza por su cumpleaños.

Simon se acercó a la barra. No era la primera vez que veía a Ian así. Fuera su cumpleaños o no, llevaba un par de meses dándole fuerte a la botella. Sospechaba que no tardarían mucho en llamarle la atención. Durante la formación no paraban de taladrarlos con eso. Un simple lapsus, un solo comentario imprudente, podría provocar un desastre.

Simon pagó dos cervezas y las llevó a la mesa.

—Feliz cumpleaños, colega.

—Gracias. ¿Te vienes luego con nosotros? Iremos a un indio y luego a una discoteca del Soho que dice Jack que está llena de adolescentes pechugonas. Es justo lo que necesitas.

—Creo que paso, pero gracias.

—Oye, siento ir un poco pasado esta noche, pero es que esta mañana tuve que hacer un trabajillo especialmente desagradable. —Ian se mesó el pelo—. El pobre tipo estaba tan asustado que se meó en los pantalones. Dios, no nos pagan lo suficiente por hacer esta mierda.

—Ian, no quiero oírlo.

—Lo sé, pero es que… joder, Simon, llevo casi veinte años en esto. Ya verás. Tú aún estás fresco, pero la presión podrá contigo. No poder compartir con tu familia y amigos los detalles de tu existencia diaria…

—Por supuesto que a veces puede conmigo, pero por el momento lo llevo bien. ¿Por qué no hablas de esto con alguien? Puede que necesites unas vacaciones.

—Sabes tan bien como yo que al menor signo de debilidad, ¡bum!, te mandan de chupatintas al ayuntamiento. No. —Ian apuró su cerveza—. Todo irá bien. Tengo algo más en marcha que dará frutos muy pronto. Los contactos lo son todo. —Se dio unos gol-pecitos en la nariz—. Simplemente, no ha sido la mejor manera de pasar un cumpleaños.

Simon le dio una palmada en el hombro y se levantó.

—No dejes que te afecte. Pásalo bien esta noche.

—Sí, claro. —Ian se obligó a sonreír y se despidió con la mano mientras Simon salía del pub.

El teléfono sonó a las siete de la mañana del día siguiente, justo cuando Zoe estaba haciendo la maleta para irse a Norfolk.

—Zoe, soy Mike.

—Hola, Mike. —Sonrió al escuchar la voz grave del direc-tor—. ¿Qué tal por Norfolk?

—Mal, me temo. Ayer por la mañana, William Fielding fue brutalmente atacado por una pandilla de matones. Se encuentra en estado crítico y no están seguros de que salga de esta.

—¡Oh, no! ¡Qué horror!

—Lo sé. Me pregunto adónde vamos a llegar. Por lo visto, irrumpieron en su casa de Londres, le robaron las cuatro baratijas que tenía y lo dieron por muerto.

—Dios mío. —Zoe contuvo un sollozo—. Pobre hombre.

—Y lamento ponerme práctico, pero como puedes imaginar, este asunto ha echado por tierra el plan de rodaje de esta semana. Me temo que aunque William sobreviva, no estará en condiciones de continuar con la película. Estamos visionando las primeras pruebas para ver qué se puede aprovechar. Con un montaje meti-culoso, creemos que podremos salvar la situación. En cualquier caso, hasta que la resolvamos, el rodaje queda en suspenso. No hace falta que vengas a Norfolk.

—Claro. —Zoe se mordió el labio—. ¿Sabes en qué hospital está William? Ya que he de quedarme en Londres, me gustaría ir a verlo.

—Bien pensado. Está en el Saint Thomas. No sé si estará cons-ciente y en posesión de sus facultades mentales. Si es así, envíale recuerdos de todo el equipo.

—Por supuesto. Gracias por llamar, Mike.

Zoe colgó y se reprendió por haber hablado con desdén de Wi-lliam a Joanna y a Marcus el lunes por la noche. Incapaz de concentrarse en nada, y sorprendida de lo afectada que estaba por lo sucedido, se marchó al hospital después de comer.

Compró un poco imaginativo ramo de flores, uvas y zumo de fruta, y se dirigió a cuidados intensivos.

—Vengo a ver a William Fielding —informó a una corpulenta enfermera.

—Está demasiado grave para recibir visitas, salvo de parientes cercanos. ¿Es usted pariente?

—Eh… sí, soy su hija. —«Por lo menos es verdad en el celuloide», pensó Zoe.

La enfermera la condujo hasta una habitación situada en un recodo de la planta, donde vio a William con la cabeza vendada y la cara cubierta de moretones. Estaba enchufado a varias máquinas que pitaban intermitentemente.

Se le saltaron las lágrimas.

—¿Cómo está?

—Muy mal, me temo. A veces pierde el conocimiento —explicó la enfermera—. Aprovechando que está aquí, iré a buscar al doctor para que le explique su estado y le tome algunos datos. No sabíamos que tenía hijos. Los dejo solos un rato.

Zoe asintió y cuando la enfermera se hubo marchado, tomó asiento y cogió la mano de William.

—William, ¿puedes oírme? Soy Zoe Harrison.

El hombre no respondió. Los ojos permanecieron cerrados, inerte la mano. Zoe la acarició con suavidad.

—Todo el equipo de Norfolk te envía recuerdos. Esperan volver a verte muy pronto —susurró—. Oh, William, lo que te ha ocurrido es terrible. Lo siento muchísimo.

La escena le recordó tanto a los días que había pasado junto al lecho de James, viendo cómo se apagaba, que volvieron a rodarle las lágrimas por las mejillas.

—Lamento que no tuviéramos más tiempo para hablar de cuando conociste a mi abuelo. Era fascinante. Algunas cosas que me explicaste… en fin, mi abuelo debía de confiar mucho en ti.

Zoe advirtió que el dedo índice de William se movía dentro de su palma y que le temblaban los párpados.

—William, ¿puedes oírme?

El dedo empezó a temblar con tanta fuerza que Zoe tuvo que

soltarle la mano. Envuelto por un gran anillo de sello, se sacudía violentamente sobre la sábana.

—¿Qué ocurre? ¿Te molesta el anillo? —Zoe se percató de que William tenía los dedos hinchados—. ¿Quieres que te lo quite?

El dedo se agitó de nuevo.

—Está bien. —Demasiado pequeño para el índice, a Zoe le costó retirar el anillo—. Lo guardaré en el armario.

La cabeza de William giró despacio de un lado a otro.

—¿No?

Su dedo índice la estaba señalando.

—¿Quieres que te lo guarde yo?

El anciano alcanzó a levantar débilmente el pulgar.

—De acuerdo. —Zoe se metió el anillo en el bolsillo—. William, ¿sabes quién te hizo esto?

William asintió, despacio pero con firmeza.

—¿Puedes decírmelo?

Volvió a asentir.

Zoe acercó la oreja a sus labios mientras él se esforzaba por formar una palabra.

El primer intento emergió como un susurro áspero e incomprensible.

—William, ¿puedes intentarlo otra vez?

—Pregunta a… Rose.

—¿Has dicho «Rose»?

El anciano le apretó la mano y habló de nuevo.

—La dama…

—¿La dama…? —le instó Zoe, notando que la respiración de William era cada vez más entrecortada.

—Compañía…

—Estoy aquí contigo, William, no pienso irme a ningún lado.

—… Compañía…

—Yo te haré compañía, te lo prometo.

Extenuado, William suspiró, cerró los ojos y perdió el conocimiento. Zoe se quedó un rato acariciándole la mano, a la espera de que volviera en sí, pero no lo hizo. Al final se levantó, salió de la habitación y pasó frente al mostrador de las enfermeras con andar presto para evitar que alguien se le acercara y le preguntara detalles personales de William que desconocía.

Se detuvo en la acera, contemplando el tráfico con la mirada perdida. Tras llegar a la conclusión de no quería ir a casa, telefoneó a Marcus.

—Hola. ¿Sigues en el Nacional?

—Sí, acabo de salir de la reunión —contestó su hermano—. ¿Estás bien? Pareces nerviosa.

—¿Podemos vernos ahora? Es terrible, Marcus. Estoy en el hospital…

—¡Dios mío! ¿Te ha pasado algo?

—No, no te preocupes. Es un amigo…

—¿Y si quedamos en la cafetería del Royal Festival Hall? Te cae más cerca —propuso él—. Llego en diez minutos.

Zoe cruzó la calle y echó a andar por el South Bank mientras el viento le azotaba la cara y secaba sus últimas lágrimas. Marcus la esperaba frente al Festival Hall con semblante preocupado y Zoe se dejó abrazar y conducir hasta la cafetería.

Se sentaron a una mesa y pidieron dos tazas de té.

—Cuéntame qué ha pasado —dijo Marcus.

—¿Te acuerdas de William Fielding, el actor del que te hablé?

—Sí.

—Ayer le dieron una paliza brutal. Vengo de verlo en el hospital y es probable que no pase de esta noche. —Zoe se vino abajo y sus ojos se llenaron otra vez de lágrimas—. Me siento mal.

«No tanto como yo», pensó Marcus torciendo el gesto. Le cogió la mano.

—Vamos, cariño, ni que fuera de la familia.

—Lo sé, pero es un viejo adorable.

—¿Podía hablar?

—No. Cuando le pregunté si sabía quién lo había hecho, susurró algo sobre una tal Rose y una dama. —Zoe se sonó la nariz—. Creo que estaba desvariando. Y pensar que justo anoche te estuve hablando de él.

«Justo anoche… ¿Es una coincidencia? Pero ¿cómo podían saberlo? A menos que…» A Marcus se le heló la sangre y tragó saliva.

—¿Has anotado lo que dijo?

—No. ¿Debería haberlo hecho?

—Sí. Podría ayudar a la policía con la investigación. —Marcus buscó en el bolsillo de su americana un bolígrafo y un recibo viejo—. Escribe exactamente lo que dijo.

—¿Se lo enseño a la policía? —preguntó Zoe cuando hubo terminado de escribir.

—Con lo afectada que estás, ¿prefieres que lo lleve yo?

—Vale. Gracias, Marcus. —Zoe asintió agradecida y le entregó el papel. En ese momento el sonido del móvil les sobresaltó—. ¿Diga? Sí, Michelle, Mike me llamó esta mañana. Lo sé. Fui a verlo al hospital…

Cuando Zoe terminó de hablar, dejó el teléfono sobre la mesa y apuró su taza de té.

—Muchas gracias por escucharme, Marcus. Ahora he de irme.

—No te preocupes, hermanita. Llámame cuando quieras —dijo mientras ella se inclinaba para besarlo.

Marcus se recostó en su asiento y contempló las embarcaciones de turistas que surcaban las aguas plateadas del Támesis.

Había caído en la cuenta de que quizá le habían puesto un micrófono en el piso. Aquel albañil que se había encontrado dentro de casa… Marcus había telefoneado al casero, que le dijo que no sabía nada del tema. En ese caso, habían oído a Joanna y a él hablar de William Fielding.

Si le estaban pagando para conseguir información, ¿no era lógico que quisieran asegurarse de ser los primeros en escucharla? No se le ocurría otra manera de explicar que otra gente se hubiese enterado con tanta rapidez de la existencia de William Fielding y de su relación con James Harrison.

El sonido de un móvil lo sacó de su ensimismamiento. Desconcertado, pues no era el sonido de su teléfono, se dio cuenta de que era el móvil de Zoe, que descansaba sobre la mesa. Lo cogió y respondió.

—¿Zoe? Soy yo.

La voz le sonaba mucho.

—Eh, no soy Zoe. ¿Quiere dejar un mensaje?

La comunicación se cortó, pero no antes de que Marcus hubiera reconocido la voz del día del estreno de la película de Zoe…

Enroque

*Maniobra de la torre para defender al rey.
Es el único momento en que se permite mover
dos piezas a la vez*

20

—Entre, Simpson, y tome asiento.

Ian sentía que le iba a estallar la cabeza. Rezó para no vomitar sobre la elegante mesa de cuero de su jefe.

—¿Puede explicarme por qué no terminó el trabajo?

—¿Cómo dice?

Jenkins se inclinó hacia él.

—El vejestorio sigue respirando. Es probable que la palme pronto, pero Zoe Harrison ya ha conseguido colarse en el hospital para verlo. A saber lo que le habrá contado. ¡Le felicito, Simpson! Esta vez la ha cagado hasta el fondo.

—Lo siento, señor. Le tomé el pulso y me pareció que estaba muerto.

Jenkins martilleó los dedos sobre la superficie de la mesa.

—Se lo advierto, otra metedura de pata y está fuera. ¿Queda claro?

—Sí, señor. —Ian estaba cada vez más mareado. Se preguntó si iba a desmayarse.

—Envíeme a Warburton. Y póngase las pilas de una vez, ¿me ha oído?

—Sí, señor. Lo siento, señor.

Ian se levantó y se encaminó a la puerta con el máximo cuidado posible.

—¿Estás bien, tío? Tienes mala cara. —Simon estaba fuera, sentado en una silla.

—Estoy fatal. Me voy pitando. Entra.

Mientras Ian salía disparado hacia el lavabo, Simon se levantó y llamó a la puerta.

—Adelante.

Jenkins sonrió al verlo.

—Siéntese, Warburton, por favor.

—Gracias, señor.

—En primer lugar, quiero preguntarle, sin poner en riesgo la lealtad y la amistad que pueda haber entre ustedes, si cree que la presión está haciendo mella en Simpson y si le iría bien un... descanso.

—Ayer fue su cuarenta cumpleaños, señor.

—Esa excusa no me sirve. No obstante, le he dicho que se ponga las pilas. Vigílelo, ¿quiere? Es un miembro valioso del equipo, pero he visto a otros seguir el mismo camino. En fin, basta de hablar de Simpson. Le esperan arriba para una reunión dentro de diez minutos.

—¿En serio, señor? ¿Por qué? —Simon sabía que «arriba» en Thames House estaba reservado a los rangos más altos.

—Le he recomendado personalmente para el trabajo. Es un asunto muy delicado, Warburton. No me defraude, ¿de acuerdo?

—Haré cuanto esté en mi mano, señor.

—Bien. —Jenkins asintió—. Eso es todo.

Simon salió del despacho, cogió el ascensor hasta la planta superior y avanzó por el pasillo enmoquetado, al fondo del cual, sentada sola a una mesa, había una recepcionista entrada en años.

—¿El señor Warburton? —preguntó.

—Sí.

La mujer pulsó un botón y se levantó.

—Sígame.

Lo condujo por otro pasillo y finalmente llamó a una gruesa puerta de roble.

—¡Adelante! —ladró una voz.

La mujer abrió la puerta.

—El señor Warburton, señor.

—Gracias.

Simon caminó hacia la mesa. Se fijó en la enorme araña de luces que iluminaba la vasta estancia y las cortinas de pesado terciopelo que pendían a ambos lados de las altas ventanas. La pomposa decoración contrastaba con la vieja y diminuta figura sentada en una silla de ruedas detrás de la mesa. Su presencia, no obstante, dominaba el espacio.

—Tome asiento, Warburton.

Simon se sentó en una butaca de piel.

Los penetrantes ojos lo escrutaron.

—Jenkins me ha hablado muy bien de usted.

—Me alegra oír eso, señor.

—He leído su historial y estoy impresionado. ¿Le gustaría sentarse aquí algún día?

Simon supuso que se refería a la estancia, no a la silla de ruedas.

—Por supuesto, señor.

—Haga un buen trabajo para mí y le garantizo un ascenso inmediato. Formará parte del Servicio de Seguridad de la familia real de manera permanente a partir de mañana.

A Simon se le cayó el alma a los pies. Esperaba un cometido mucho más estimulante.

—¿Puedo preguntar por qué, señor?

—Creemos que es el más adecuado para la tarea. Ya ha conocido a Zoe Harrison. Como seguro que habrá deducido, Su Alteza Real y ella están «saliendo». Será destinado como oficial de seguridad personal a tiempo completo. Esta tarde recibirá instrucciones de uno de los oficiales.

—Entiendo. Señor, ¿puedo preguntar por qué considera necesario poner a un agente del MI5 como yo de guardaespaldas? Sin ánimo de parecer maleducado, no he sido entrenado para ese puesto.

En los labios del anciano se dibujó un amago de sonrisa.

—De hecho, yo diría que sí. —Le tendió una carpeta—. Ahora debo asistir a una reunión. Usted se quedará aquí, leerá el dosier y lo habrá memorizado para cuando regrese. Permanecerá bajo llave mientras lo hace.

—Bien, señor.

—Una vez que lo haya leído, entenderá por qué lo quiero cerca de la señorita Harrison. Nos conviene para nuestros propósitos.

—Sí, señor. —Simon cogió la gruesa carpeta.

—No haga anotaciones. Lo registrarán a la salida. —El anciano rodeó el escritorio con su silla de ruedas y cruzó la estancia—. Seguiremos hablando cuando haya examinado la información.

Simon se encaminó a la puerta y la abrió para dejar pasar la silla de ruedas. Acto seguido la puerta se cerró y oyó que la llave giraba en la cerradura. Regresó a la butaca y examinó la carpeta. El sello rojo estampado en la tapa le indicó que se disponía a leer información extremadamente confidencial. Pocos pares de ojos la habrían visto antes. Abrió el dosier y empezó a leer.

Una hora más tarde la puerta se abrió de nuevo.

—¿Lo ha leído y entendido?

—Sí, señor. —Simon aún estaba impactado.

—¿Comprende ahora por qué creemos que es la persona adecuada para convertirse en el guardaespaldas de Zoe Harrison?

—En efecto, señor.

—Lo he elegido a usted porque Jenkins y sus colegas tienen en gran estima su discreción y aptitudes. Es usted un joven bien parecido y muy capaz de entablar amistad con una mujer como Zoe Harrison. El palacio informará a la señorita Harrison de que a partir del fin de semana usted deberá instalarse en su casa y acompañarla a todas partes.

—Sí, señor.

—Eso debería proporcionarle numerosas oportunidades para descubrir qué sabe. Sus teléfonos fijos de Dorset y Londres ya han sido pinchados. También se le proporcionarán dispositivos para que los coloque por la casa. Ahora ya entiende por qué es tan importante que encontremos la carta que necesitamos. Por desgracia, parece ser que sir James ha decidido jugar con nosotros desde la tumba. La carta que usted nos trajo era una distracción. Su misión es encontrar y recuperar la carta.

—Sí, señor.

—No hace falta que le diga que la misión que le hemos encomendado es en extremo delicada. Otros agentes, entre ellos Simpson, han sido informados tan solo de lo estrictamente necesario. El asunto no debe, bajo ningún concepto, abordarse fuera de este despacho. Si se producen filtraciones, lo culparé a usted. Por otro lado, si la situación tiene un final satisfactorio, le garantizo que será muy bien recompensado.

—Gracias, señor.

—A la salida le entregarán un móvil que contiene un número de teléfono. Lo utilizará solo para informarme directamente a mí cada tarde a las cuatro. Por lo demás, como oficial de seguridad de la señorita Harrison, informará a la oficina de seguridad del palacio. —El anciano señaló un sobre que descansaba sobre la mesa y

Simon lo cogió—. Ahí dentro están sus órdenes. Su Alteza Real desea verlo en sus dependencias del palacio dentro de una hora. Confío en usted. Buena suerte.

Simon se levantó, estrechó la mano que le tendían y se dirigió a la puerta. Entonces se dio la vuelta.

—Una última cosa, señor. Haslam me dijo que el nombre de la anciana que le envió la carta era «Rose».

El hombre de la silla de ruedas esbozó una sonrisa fría y sus ojos brillaron.

—Como bien sabe, ese tema ya está solucionado. Baste decir que «Rose» no era quien parecía.

—Bien, señor. Adiós.

Zoe se asomó a la ventana para admirar, desde un ángulo diferente y privilegiado, el Victoria Memorial que se alzaba delante del palacio.

—Apártate de la ventana, cariño. Podría haber alguien encaramado a un árbol con un teleobjetivo.

Art corrió la gruesa cortina de damasco y condujo a Zoe de nuevo al sofá.

Estaban en la sala de estar de Art, que lindaba con el dormitorio, el cuarto de baño y el estudio. Zoe se acurrucó en sus brazos y Art le tendió una copa de vino.

—Por nosotros, cariño —brindó.

—Por nosotros. —Zoe alzó la copa.

—Por cierto, ¿encontraste tu móvil?

—Sí. Marcus me llamó para decirme que me lo había dejado en la mesa cuando estuvimos tomando té juntos. ¿Por qué? ¿Has hablado con él?

—No, colgué en cuanto me di cuenta de que no eras tú. Te llamaba solo para pedirte que trajeras una foto tuya para ponerla en un marco y contemplarla cuando no estés.

—Vaya, espero que Marcus no reconociera tu voz —susurró Zoe, sintiendo que el pánico se apoderaba de ella.

—Lo dudo mucho. Solo dije tres palabras.

—La verdad es que no me mencionó que habías llamado. Esperemos que lo haya olvidado.

—Zoe, tenemos que hablar. ¿Eres consciente de que si seguimos viéndonos, sería ingenuo creer que nuestras familias no sumarán dos más dos con respecto a Jamie?

—¡No digas eso, Art, por favor! ¡Piensa en el escándalo que estallará si se descubre la verdad y el efecto que tendría en Jamie! —Zoe se deshizo de su abrazo y empezó a caminar nerviosa por la sala—. Quizá deberíamos dejarlo. Quizá…

—No. —Art le cogió la mano cuando pasó por su lado—. Ya hemos desperdiciado demasiado tiempo. Te juro que haré cuanto esté a mi alcance para mantener esto en secreto, pese a lo mucho que me cuesta hacerlo. Te quiero a mi lado allí donde vaya. Me casaría contigo mañana mismo si pudiera.

—Dudo mucho que una madre soltera sea hoy día una pareja aceptable, y aún menos una esposa, para un príncipe de Inglaterra más de lo que lo era hace diez años. —Zoe rio con sarcasmo ante su ingenuidad.

—Si te refieres a la reunión que tuviste hace diez años con los jefecillos cuando me enviaron repentinamente a una gira por Canadá, después de la cual me encontré con tu carta a lo «Querido John», lo sé todo.

—¿En serio? —Zoe estaba sorprendida.

—Siempre sospeché que te habían presionado para que escribieras que lo nuestro había terminado. Ayer por la mañana tuve un careo con los asesores de mis padres. Al final reconocieron que te habían hecho venir para decirte que la relación tenía que acabar.

—Es cierto. —Zoe se llevó las manos a la cabeza—. Pese a los años que han pasado, todavía me duele recordarlo.

—Yo tampoco ayudé al decirle a mi familia que había conocido a la chica con la que me quería casar. Con veintiún años, recién salido de la universidad, y tú con apenas dieciocho, insistí en que quería anunciar nuestro compromiso lo antes posible. —Art meneó la cabeza—. Fui un idiota. Les entró el pánico y tomaron medidas, como habría hecho cualquier padre o madre, con la diferencia de que mi situación era diez veces más complicada.

—No tenía ni idea de que les habías dicho eso —comentó Zoe, atónita por la revelación.

—Y lo he lamentado desde entonces. Me siento responsable de lo que sucedió después. Si no me hubiese precipitado como un toro en una tranquera, si hubiésemos tenido un noviazgo normal durante unos años, probablemente las cosas habrían sido diferentes. Y eso hizo que pasaras por un infierno.

—Sí —convino Zoe, rememorando el dolor que le había causado escribir aquella carta y, después, tener que ignorar las de Art y sus llamadas desesperadas—. No les hablé del bebé, pero aunque lo hubiera hecho, sabía que me habrían sugerido que me deshiciera de él. A menudo me he preguntado si se enteraron del nacimiento de Jamie. Vivía siempre con el miedo de que vinieran y me lo quitaran. Cuando era pequeño no lo dejaba solo ni un minuto. —Suspiró mientras recordaba su pánico y cómo se había aferrado a Haycroft House y al anonimato por el bien de su hijo.

—Cuando volví de Canadá, me enviaron a una academia naval en el extranjero y estuve meses sin enterarme de lo que sucedía en casa. Si lo hubiese sabido…

—No habría cambiado nada. Jamás habrían permitido que nos casáramos.

—Lo sé, pero eso era antes. Ahora ya no somos unos adolescentes, somos personas adultas. Mis padres saben lo que siento por ti y no pueden ignorar los sentimientos de un hombre de treinta y dos años como hicieron cuando tenía veintiuno. Saben que mis intenciones son serias.

—Dios —gimió Zoe—. ¿Y qué te dijeron? ¿Piensan esconderme otra vez debajo de una piedra?

—No. Les dije que si ellos no estaban dispuestos a aceptarte, yo sí estaba dispuesto a renunciar a mi derecho al trono. —Art sonrió con ironía—. Tampoco pasaría nada, ¿no? Soy el tercero en la línea de sucesión, dudo mucho que llegue a reinar.

Zoe lo miró estupefacta.

—¿Harías eso por mí? —susurró.

—Por supuesto. Mi vida es una farsa. No tengo un papel concreto que desempeñar y, como les dije a mis padres, los ciudadanos están indignados porque creen que los miembros jóvenes de la familia real nos pegamos la gran vida. Servir diez años en la marina no les parece un trabajo duro. Están convencidos de que dormía con almohadas y edredones de plumas bordados con el escudo de armas mientras los demás lo hacían en el suelo con una manta. Sin embargo, probablemente fui el que más difícil lo tuvo —suspiró

Art—. En cualquier caso, no pueden tener las dos cosas. Si he de cumplir el deseo de los ciudadanos de ser una persona «normal», tendrán que respetar que me haya enamorado de una mujer que ya tiene un hijo. Lo cual, en los tiempos que vivimos, no es tan extraño.

—La teoría es muy bonita, Art, pero me cuesta creer que vaya a ocurrir. ¿Cómo terminó la reunión?

—Creo que la actitud del palacio se ha suavizado los últimos años con tantos divorcios en la familia. Finalmente acordamos que, por el momento, tú y yo sigamos viéndonos con discreción siempre que queramos, que podrás venir a verme y quedarte a dormir cuando te apetezca y que dentro de la familia y entre sus asesores serás un secreto a voces.

—¿Y si el secreto sale a la luz?

Art se encogió de hombros.

—Es imposible predecir cómo reaccionará la ciudadanía. Sospechamos que habrá de todo, unos encontrarán nuestra relación escandalosa, mientras que otros estarán de acuerdo en que hay que dar un enfoque más moderno a las relaciones reales. Reconozco que tendría consecuencias para Jamie, sobre todo si se descubre que soy su padre.

—Habría una caza de brujas —dijo Zoe con un escalofrío—. Art, tenemos que mantener esto en secreto. Júrame que nadie de tu entorno dirá nada. Al primer rumor, me largo con Jamie a Los Ángeles.

—Zoe. —Art se acercó y le cogió las manos—. Entiendo que estés así. ¿Qué puedo decir? Confía en mí, haré cuanto pueda para protegeros a Jamie y a ti. Lo que me lleva a otro asunto del que tenemos que hablar.

—¿Qué pasa?

—Me temo que las autoridades, y también yo, si te soy franco, insisten en ponerte un agente de seguridad en casa por si acaso.

—¿Por si acaso qué? —espetó, indignada—. ¿En mi casa?

—Cálmate, cariño. Tú eres la que quiere mantener esto en secreto el máximo tiempo posible. Un agente de seguridad, un guardaespaldas a todos los efectos, también es responsable de vigilar el entorno. Se asegurará de que no haya nadie merodeando fuera, colocando micrófonos o escuchando tus llamadas. Sabes muy bien que en cuanto te involucras con la familia real, te conviertes en un blanco.

—Dios, cada vez me lo pones peor… ¿Y qué demonios le digo a Jamie? ¿No crees que le parecerá un poco raro ver a un desconocido durmiendo en el cuarto de invitados cuando llegue del internado?

—Si todavía no estás preparada para hablarle de nosotros, seguro que podremos inventarnos algo. Aun así, en algún momento tendrá que saberlo.

—¿Que eres su padre o que estamos juntos? ¿Sabes lo que más me fastidia de todo esto? —Zoe se retorció las manos—. Que si fueras otra persona, sería la cosa más natural y bonita del mundo que estuviéramos juntos, como una familia.

—Como si no lo supiera. —Art suspiró con tanto pesar que Zoe enseguida se sintió culpable. Después de todo, él no tenía la culpa de ser quien era. Y estaba haciendo todo lo posible por estar con ella.

—Lo siento —susurró—. Es que todo es muy complicado, cuando debería ser muy sencillo.

—Pero no es imposible, ¿no? —Art la miró angustiado.

—No, imposible no —respondió ella.

—Ya conoces al hombre que hemos elegido. Es Simon Warburton, el chófer que te llevó a Sandringham. Esta mañana hablé largo y tendido con él y es un tipo agradable, muy preparado. Te lo ruego, Zoe, probémoslo y veamos qué pasa. Te prometo que si en un momento dado la situación te supera y decides ponerle fin, lo entenderé perfectamente.

Zoe se recostó en su hombro mientras él le acariciaba el pelo.

—Sé lo que estás pensando —dijo Art—. «¿Realmente lo vale?»

—Supongo que sí.

—¿Y lo valgo?

—Que Dios me ayude —gruñó Zoe—. Por supuesto que sí.

21

Joanna miró la pantalla de su ordenador y, después, buscó en el diccionario de sinónimos nuevas y evocadoras maneras de describir el placer reflejado en la cara de un cocker cuando devoraba un cuenco de comida para perros. También le dolía una muela. Después del almuerzo el dolor había empeorado lo suficiente como para pedirle a Alice el número de su dentista y solicitar una cita urgente.

Su extensión sonó y descolgó el auricular.

—Joanna Haslam.

—Soy yo, cariño.

—Ah, hola —saludó a Marcus, bajando la voz para que nadie pudiera oírla.

—¿Estás dispuesta a perdonarme ya? Me estoy arruinando con tantas flores.

Joanna paseó la mirada por los tres jarrones repletos de rosas que habían llegado a lo largo de los dos últimos días y reprimió una sonrisa. Lo cierto era que lo echaba de menos. En realidad, más que eso.

—Puede.

—Bien, porque tengo cierta información para ti, algo que me dijo Zoe.

—¿Qué es?

—Dame tu número de fax. Dadas las circunstancias, no puedo enviártelo por correo ni explicártelo por teléfono. Quiero ver si llegas a la misma conclusión que yo.

—Vale. —Joanna le dio el número—. Envíamelo ahora y esperaré junto al fax.

—Llámame en cuanto lo hayas leído. Tenemos que vernos para hablar.

—De acuerdo. Adiós.

Joanna colgó y corrió hasta la máquina para evitar que alguien pudiera quedarse con su fax. Mientras esperaba, volvió a pensar en sus sentimientos por Marcus. Era muy diferente del serio y comedido Matthew. Y puede que, con todos sus defectos, fuera justo lo que ella necesitara. La noche anterior, mientras estaba tumbada en su cama nueva echando de menos los brazos de Marcus alrededor de su cintura, había tomado la decisión de confiar en él, de creerle cuando decía que la quería y apechugar con las consecuencias. Proteger su corazón de nuevos reveses era lo más prudente, pero ¿podía llamarse a eso vivir?

La máquina pitó y la hoja con el mensaje de Marcus empezó a salir.

Hola, cariño. Te echo de menos. Aquí tienes...

—¿Qué tal el dolor de muelas?

Joanna pegó un brinco y se percató de que Alice estaba detrás de ella, intentando enterarse de lo que ponía en el fax. Tiró del folio y lo dobló.

—Fatal. —Impaciente por deshacerse de Alice para poder leer, Joanna regresó a su mesa.

Alice se sentó en una de las esquinas y cruzó los brazos.

—Señorita Haslam, veo peligro en el horizonte.

—Alice, corremos peligro cada vez que comemos un huevo crudo o nos subimos a un coche. Tendré que arriesgarme.

—Cierto. Ojalá volvieran los días en que las mujeres se casaban con los hijos de sus vecinos y se paseaban preñadas y descalzas por la cocina. Al menos no teníamos que librar guerras psicológicas con los hombres. Nos cortejaban y luego tenían que casarse con nosotras si querían echar un polvo.

—¡Venga ya! —Joanna puso los ojos en blanco—. Yo estoy encantada de que las sufragistas se encadenaran a las rejas.

—Ya lo creo, eso ha permitido que te pases los días convirtiéndote en una experta en comida para perros y las noches sola o en la cama con alguien que no sabes si seguirá ahí al día siguiente.

—Uau, Alice. —Joanna miró a su colega con recelo—. No sabía que fueras tan chapada a la antigua.

—Puede que lo sea, pero ¿cuántas de tus amigas solteras de más de veinticinco son felices?

—Muchas, estoy segura.

—Vale, pero ¿cuándo son más felices? ¿Incluida tú?

—Cuando han tenido un buen día en el trabajo o han conocido a un hom...

—¿Lo ves? —Alice esbozó una sonrisa triunfal—. No hay nada más que decir.

—Por lo menos tenemos libertad de elección.

—Demasiada libertad, en mi opinión. Estamos llenas de manías. Si no nos gusta su marca de loción de afeitar o su irritante costumbre de hacer zapping cuando estamos intentado ver un drama de época de la BBC, lo tiramos a la basura y salimos en busca de carne fresca. Creemos que hemos de buscar la perfección, cuando es evidente que la perfección no existe.

—En ese caso, ¿no debería quedarme con el hombre que está actualmente interesado en mí, aunque no sea perfecto? —contraatacó Joanna.

—*Touché* —aceptó Alice, bajándose de la mesa—. Y si Marcus Harrison se pone de rodillas, no lo duces, agárralo con los dos brazos. Si luego te la pega, por lo menos podrás quedarte con la mitad de lo que tenga, que es más de lo que te llevas cuando rompes con una rata con la que has tenido una relación «moderna» y libre. Bien, me voy a trabajar. Espero que mi dentista te sirva. —Se despidió y cruzó la oficina.

Joanna suspiró y se preguntó qué «rata» acababa de dejar a Alice. Desplegó el fax de Marcus y lo leyó.

Pregunta a Rose. Dama... compañía.

La asaltó una idea. Tal vez Rose hubiera sido dama de compañía. Marcó el número de Marcus.

—¿Lo has descifrado?

—Creo que sí.

—Veámonos esta tarde para hablar.

—Me encantaría, pero no puedo. Me duele mucho una muela y he de ir al dentista.

—¿Después del dentista? Hay algo más que tengo que contarte y no quiero hacerlo por teléfono.

—Vale, aunque es posible que no pueda hablar. Ven a mi casa.

—Genial. ¿Me echas de menos? ¿Un poquito aunque sea?

—Sí. —Joanna sonrió—. Hasta luego.

Se guardó el fax en el bolsillo del tejano, apagó el ordenador, cogió el abrigo y puso rumbo a la puerta. Alec estaba agazapado en su mesa, escondiéndose de ella, como siempre. Joanna hizo un giro de ciento ochenta grados y se plantó detrás de él.

—¿Cuándo saldrá mi reportaje sobre Marcus Harrison y su fondo conmemorativo? No deja de preguntármelo y ya no sé qué decirle.

—Pregunta en Artículos —farfulló—. Es competencia de ellos.

—Vale… —Joanna miró la pantalla de Alec y reconoció el nombre que aparecía en el titular—. William Fielding. ¿Por qué escribes sobre él?

—Porque ha muerto. ¿Alguna pregunta más?

Joanna tragó saliva. Puede que fuera eso lo que Marcus había querido contarle.

—¿Dónde? ¿Cuándo? ¿Cómo?

—Le dieron una paliza hace un par de días y ha muerto esta tarde en el hospital. Aprovechando el suceso, el director va a lanzar una campaña destinada a presionar al gobierno para que proporcione medidas de seguridad gratuitas a los ancianos y enfermos y establezca penas más duras para los vándalos que perpetran los crímenes.

Joanna se sentó bruscamente a su lado.

—¿Qué ocurre? ¿Estás bien?

—Dios mío, Alec.

Él lanzó una mirada nerviosa al despacho del director.

—¿Qué pasa, Jo?

Ella se esforzó por ordenar sus pensamientos.

—Él… William sabía cosas sobre sir James Harrison. ¡No fue un accidente! Fue algo planeado, seguro, igual que la muerte de Rose.

—No digas tonterías, Jo —gruñó Alec—. Ya han arrestado a un hombre.

—Pues te digo yo que él no lo hizo.

—No puedes saberlo.

—Sí puedo. Oye, ¿quieres oírlo o no?

Alec titubeó.

—Vale, pero aligera.

Cuando terminó de exponer su teoría, Alec cruzó pensativo los brazos.

—Vale, digamos que tienes razón y su muerte fue planeada. ¿Cómo se enteraron tan rápido?

—No lo sé. A menos… a menos que hayan puesto micrófonos en el piso de Marcus. Hace unos minutos me envió un fax y me dio a entender que no era seguro hablar por teléfono. —Joanna se sacó el fax del bolsillo y lo desplegó sobre la mesa—. Dijo que William le había dicho estas palabras a Zoe. Tal vez Zoe fue a verlo al hospital antes de que muriera.

Alec leyó el fax y miró a Joanna.

—Imagino que ya has descifrado el significado.

—Sí. William estaba intentado decir que Rose era dama de compañía. Alec… —Joanna se retorció las manos—, esto es cada vez más fuerte. Estoy asustada, muy asustada.

—Primera regla hasta que sepamos a qué te estás enfrentando: vigila lo que dices en casa. He vivido situaciones como esta cuando informaba sobre el IRA. Es muy difícil encontrar un micrófono, pero yo en tu lugar echaría un buen vistazo en tu piso. En el peor de los casos, los pusieron cuando te lo desmantelaron, puede que incluso dentro de las paredes.

—Y probablemente también en casa de Marcus —suspiró Joanna.

—Diantre, Jo, creo que deberías olvidar este asunto.

—Lo he intentado, pero no deja de perseguirme. —Joanna se mesó el pelo con frustración—. No sé qué hacer, en serio. Lo siento, Alec, sé que no quieres saber. —Se levantó y se dirigió a la puerta—. Por cierto, tenías razón. No me devolvieron la carta. Buenas noches.

Alec encendió otro Rothman's y miró la pantalla. Le faltaban menos de dos años para terminar una excelente carrera y empezar a disfrutar de su pensión. No debería tentar a la suerte. Por otro lado, sabía que si dejaba escapar esta historia, lo lamentaría el resto de su vida.

Finalmente, se levantó y bajó en ascensor al archivo para reunir todos los recortes de periódico sobre sir James que pudiera encontrar e intentar extraer algo acerca de una dama de compañía llamada Rose.

Joanna salió del dentista de Harley Street dos horas más tarde, con la cabeza como un taladro a causa del torno y media boca dormida por la novocaína. Bajó los escalones despacio y caminó por la acera sintiéndose totalmente grogui. Una mujer la rozó al pasar por su lado. Joanna se sobresaltó y su corazón empezó a latir con fuerza.

¿Habían estado escuchándoles aquella noche en casa de Marcus? ¿Estaban vigilándola ahora? Joanna empezó a sudar y unas manchas rojas aparecieron frente a sus ojos. Cayó de cuclillas delante de un edificio, enterró la cabeza entre las piernas e hizo varias respiraciones largas y profundas para calmar el corazón. Luego apoyó la espalda en las rejas que rodeaban el edificio y alzó la vista al cielo.

—Mierda —gruñó en voz baja, deseando que apareciera ante ella un taxi y la llevara a casa.

Se levantó tambaleándose y decidió que el autobús y el metro quedaban descartados. Siguió andando por la acera con la esperanza de encontrar un taxi en el laberinto de calles que se extendía detrás de Oxford Street. Caminó por Harley Street, levantando el brazo a cada momento a taxis ocupados, dobló una esquina y desembocó en Welbeck Street. Zoe vivía allí, recordó, en el número diez. Le había anotado la dirección el día que habían cenado juntas.

Joanna se detuvo y vio que estaba casi delante del número diez. Tuvo otro mareo y se preguntó si sería una indiscreción llamar a la puerta de Zoe y pedirle una taza de té azucarado para reanimarla. Dentro había luz, de modo que decidió llamar al timbre.

Justo cuando estaba intentando mover los pies, la puerta de la casa se abrió. Desde donde estaba, Joanna vio que Zoe asomaba la cabeza y que otra figura emergía de un coche que se había detenido delante de la casa y subía rauda los escalones. Ambos desaparecieron en el interior y la puerta se cerró tras ellos.

Joanna sabía que tenía la boca abierta como una idiota. Pero estaba segura de que acababa de ver a Arthur James Henry, duque de York, conocido por su familia y por la prensa como «Art», príncipe y tercero en la línea de sucesión al trono, entrar en casa de Zoe Harrison.

Cuarenta y cinco minutos más tarde, después de haber conseguido por fin un taxi que la llevara a casa, Joanna se recostó en su nuevo y cómodo sofá beige y le dio un sorbo al brandy que se había servido para aliviar el dolor de muelas. Contempló las grietas del techo color magnolia en busca de inspiración. A la porra con las cartas de extrañas ancianitas, las muertes de actores veteranos, las tramas y las conspiraciones… A menos que lo hubiese imaginado, acababa de presenciar un encuentro amoroso entre uno de los solteros de oro del mundo —también para la prensa— y una joven y bella actriz.

Que tenía un hijo.

Un escalofrío de excitación le subió por la espalda. Si hubiese captado ese momento con la cámara, probablemente ya habría podido sacarle cien mil libras a cualquier periódico británico.

—Zoe Harrison y el príncipe Arthur, duque de York. ¡Menuda primicia! —susurró.

Mañana tendría que hacer indagaciones, descubrir si había entre ellos un pasado o si debía descartar lo que había visto como un encuentro entre «dos viejos amigos». Había quedado con Zoe el sábado. Quizá fuera posible sonsacarle información de manera sutil. Sin duda, una exclusiva como esa la sacaría de Mascotas y Jardines antes de que pudiera decir «abono».

Horrorizada por sus desleales pensamientos, Joanna soltó un gemido. ¿Cómo podía siquiera pensar en levantar la liebre? Estaba saliendo con el hermano de Zoe —del que podría, solo podría, estar enamorada— y Zoe y ella habían congeniado lo suficiente como para pensar que era posible forjar una estrecha amistad. También se acordó tristemente de lo que le había dicho a Marcus en su primera cita sobre su defensa de las leyes a favor de la privacidad de las personas.

Por desgracia, en el caso de que el príncipe y Zoe tuvieran realmente una relación, la historia acabaría saliendo a la luz tanto si

Joanna se iba de la lengua como si no. Los cazanoticias podían oler un escándalo antes de que las personas implicadas se hubiesen dado el primer beso.

Llamaron a la puerta y Joanna se levantó del sofá a regañadientes para abrir. Marcus le tendió una botella de brandy con una amplia sonrisa.

—Hola, cielo, ¿cómo va ese dolor de muelas? —murmuró mientras se inclinaba buscando un beso.

—Mejor después de un brandy, gracias. Se me ha terminado, así que este me viene de perlas. Me dijiste por teléfono que querías hablar… —Joanna se interrumpió al ver que Marcus se llevaba un dedo a los labios.

Él sacó un trozo de papel y se lo dio. La nota rezaba:

William Fielding agredido. Creo que hay micrófonos en tu piso y el mío. Extraño albañil vino a reparar una humedad en mi casa. Hay que buscar antes de poder hablar. Pon música a todo volumen.

Confirmadas sus sospechas, Joanna asintió. Subió el volumen del CD al máximo y Marcus y ella realizaron un barrido exhaustivo del piso, palpando las paredes y la madera del suelo en busca de surcos nuevos y mirando debajo de las pantallas de las lámparas y detrás de los armarios.

—¡Esto es absurdo! —suspiró Joanna después de cuarenta minutos de búsqueda infructuosa. Se derrumbó en el sofá nuevo y Marcus hizo lo propio—. Hemos registrado hasta el último rincón, a menos que hayan escondido algo dentro de las paredes —susurró en la oreja de Marcus, tratando de hacerse oír por encima de la música que tronaba en el equipo.

—Piensa. ¿Quién ha estado en tu casa desde que empezó todo esto? —susurró él a su vez.

—Yo, Simon, tú, cuatro agentes de policía como mínimo, tres repartidores… —susurró Joanna contándolos con los dedos antes de interrumpirse bruscamente.

Se levantó de un salto y fue hasta el teléfono fijo que descansaba sobre una mesa auxiliar en un recodo de la sala. Examinó el cable y lo palpó en toda su longitud hasta la pared. Lo señaló y miró a Marcus con los ojos muy abiertos. Se llevó un dedo cauto a los labios, empujó a Marcus hasta el recibidor, cogió los abrigos y lo hizo salir del piso.

Caminaron por la tranquila calle iluminada con farolas. Joanna temblaba. Marcus la rodeó con fuerza con el brazo.

—Oh, Marcus… mi teléfono… ¡En aquel momento me sorprendió que el técnico del teléfono apareciera sin avisar después del robo!

—Tranquila, cariño, todo irá bien.

—¡Lleva ahí desde enero! ¡La de cosas que habrán oído! Alec me previno. ¿Qué hacemos? ¿Arrancamos el cable? ¿Cómo nos deshacemos del micrófono?

Marcus lo meditó y meneó la cabeza.

—Si nos deshacemos del teléfono sabrán que los hemos descubierto y simplemente vendrán y pondrán otro.

—¡No soporto la idea de que vuelvan a entrar en mi casa! ¡Dios!

—Escúchame, Jo, estamos en una buena posición. Vamos un paso por delante de ellos…

—¿Cómo puedes decir eso? No tenemos ni idea de dónde están los micrófonos ni de cuántos hay.

—Simplemente deberemos ser cuidadosos con lo que decimos y dónde lo decimos —repuso él con calma—. No sabemos si pueden escuchar solo tus conversaciones telefónicas o todo lo que se habla en el piso. Pero no podemos dejar que sepan que lo sabemos. Además, deberemos tener cuidado con el uso de nuestros móviles, puede que también estén pinchados.

Joanna asintió y se mordió el labio.

—El asesinato de William Fielding no ha sido fortuito —dijo al fin—. Creo que ya no hay duda de eso.

—Un momento. ¿Fielding ha muerto? Pensaba…

Ella asintió con pesar.

—Mi jefe estaba escribiendo el artículo al respecto cuando me fui de la oficina. Por lo visto, ha muerto en el hospital hoy por la tarde. Esto se está poniendo peligroso. ¿No deberíamos dejar de investigar? ¿Olvidarnos del asunto?

Marcus se detuvo y la atrajo hacia él para abrazarla.

—No, lo resolveremos juntos. Ahora, volvamos y sigamos con la caza de los micrófonos. —La besó y regresaron al piso.

Con renovada determinación, Joanna pensó en las zonas de su casa que habían permanecido intactas tras los destrozos del robo. Palparon zócalos y vigas hasta que los dedos de Joanna tocaron un botoncito de goma colocado sobre el marco de la puerta de la sala de estar. Lo despegó con cuidado y lo sostuvo bajo la luz mientras Marcus se acercaba para examinarlo con ella.

Marcus se dio unos golpecitos en la nariz y devolvió el micrófono a su lugar. Acto seguido, salió a la calle para llamar al timbre, y se pasó la media hora siguiente entrando y saliendo del piso, interpretando personajes estrafalarios con una extensa gama de acentos. Joanna tuvo que mantener conversaciones imaginarias con un importador de ron jamaicano, un descendiente del zar de Rusia y un cazador sudafricano. Finalmente, fue Joanna la que tuvo que salir del piso para intentar controlar sus —para entonces— histéricas carcajadas. Decidió que Marcus había errado su vocación: era un actor y un imitador maravilloso. Terminado el juego, Joanna cogió el micrófono, lo envolvió con varias capas de algodón y lo metió en una caja de Tampax.

Hacía tiempo que no reía tanto, y cuando al fin se metieron en la cama, Marcus le hizo el amor con tanta ternura que a Joanna se le saltaron las lágrimas por segunda vez esa noche.

«Me siento… feliz», pensó.

—Te quiero —murmuró él antes de cerrársele los ojos.

Mientras Marcus dormía profundamente a su lado, Joanna no pudo evitar sentirse satisfecha y protegida pese a la tensión del «caso de la Ancianita» y los descubrimientos recientes. Se acurrucó contra su cuerpo caliente, trató de apartar la espantosa idea de que las paredes oían pensando que tal vez ella también le quisiera, y se durmió.

A las diez de la mañana del día siguiente, Simon llamó al timbre del número diez de Welbeck Street. Le abrió Zoe.

—Hola.

—Hola, señorita Harrison.

—Supongo que es mejor que entre. —Zoe se apartó con renuencia para dejarle pasar.

—Gracias.

Cerró la puerta y se detuvieron en el recibidor.

—Le he preparado una habitación en la última planta. No es muy grande, pero tiene baño propio —explicó.

—Gracias, me esforzaré por molestar lo mínimo. Lamento todo esto.

Zoe comprendió que a Simon le incomodaba la situación tanto como a ella y su antipatía se suavizó. Después de todo, ninguno de los dos tenía elección.

—¿Por qué no sube sus cosas y baja a tomar un café? Última planta, la puerta de la izquierda.

—Gracias.

Simon sonrió agradecido. Zoe lo vio subir las escaleras con su bolsa de viaje y entró en la cocina para encender el hervidor.

—¿Solo o con leche? ¿Azúcar? —preguntó cuando Simon entró en la cocina diez minutos más tarde.

—Solo, un terrón, gracias.

Zoe le puso una taza delante.

—Tiene una casa muy bonita, señorita Harrison.

—Gracias. Y por favor, si vamos a vivir juntos, quiero decir, bajo el mismo techo —añadió rápidamente—, creo que debería llamarme Zoe.

—De acuerdo. Y yo soy Simon. Soy consciente de que lo último que desea es tenerme aquí. Le prometo que seré todo lo discreto que pueda. Imagino que ya le habrán explicado que he de acompañarla a todas partes, ya sea detrás, en otro coche o, si lo prefiere, haciéndole de chófer.

—No, no me lo explicaron —suspiró Zoe—. Esta tarde he de ir a recoger a mi hijo Jamie al colegio. Imagino que no es necesario que me acompañe a eso.

—Me temo que sí, señorita Ha… Zoe.

—¡Por Dios! —La serenidad que Zoe se estaba esforzando tanto por mantener corría el riesgo de convertirse en pánico—. La verdad es que no he pensado en nada. ¿Quién he de decir que es usted?

—Podría decir que soy un viejo amigo de la familia, o un pariente lejano que he venido a Londres y voy a quedarme en su casa hasta que encuentre piso.

—Le advierto que Jamie es un chico muy listo. Le preguntará de qué lado de la familia proviene y querrá saberlo todo sobre usted. —Zoe lo meditó un poco más—. Será mejor que diga que es usted un sobrino nieto de Grace, la difunta esposa de mi abuelo.

—Bien. En ese caso, será más fácil si esta tarde la llevo yo al colegio. Si su hijo se da cuenta de que la estoy siguiendo en otro coche, se extrañará.

—De acuerdo. —Zoe se mordió el labio—. Otra cosa, no quiero que los miembros de mi familia lo sepan. No es que no confíe en ellos, pero…

—No confía en ellos —terminó Simon por ella, e intercambiaron una sonrisa.

—Exacto. Caray, esto no va a ser fácil. Mañana voy a salir de compras con una amiga. ¿Tiene que acompañarnos también?

—Me temo que sí, pero a una distancia discreta, se lo prometo.

Zoe bebió un sorbo de café.

—La verdad es que he empezado a sentir mucha más empatía por la familia real y la gente que está conectada con ella. Debe de ser muy desagradable no tener intimidad ni en tu propia casa.

—Han crecido así, lo aceptan como parte de sus vidas.

—Tampoco debe de ser muy divertido para usted. ¿Qué hay de su vida personal? ¿No tiene una esposa, una familia que lo eche de menos cuando se ausenta?

—No. La mayoría de los hombres en este trabajo son solteros.

—Lamento que le haya tocado un puesto tan aburrido. Le aseguro que mi nombre no aparece en las listas de las agencias de seguridad internacionales. De hecho, nadie sabe lo mío con Art.

—Todavía.

—Sí, bueno, me aseguraré de que siga siendo así todo el tiempo que pueda —respondió Zoe antes de levantarse—. Si me disculpa, he de hacer algunas cosas antes de que irme —de irnos— a buscar a Jamie.

22

Marcus se pasó la tarde del viernes poniendo su piso patas arriba. Había examinado la zona de la pared de la sala donde recordaba haber visto al «albañil» recoger sus herramientas el domingo por la noche y, en efecto, el micro estaba justo al lado del cable de su teléfono fijo.

Al rato también él encontró un botoncito negro escondido en la parte interna del marco de la mesa de centro. Lo extrajo muy despacio, admirando el minúsculo sistema electrónico que había en su interior.

Cuando Joanna llegó después del trabajo, Marcus se llevó el índice a los labios y le señaló un tarro de café instantáneo. Con sumo cuidado, sacó el micrófono que había enterrado en los gránulos marrones.

—Cariño, ¿por qué no te duchas antes de que salgamos a cenar? —dijo en voz muy alta—. Cuando volvamos, te embadurnaré de chocolate y te chuparé entera.

Joanna sacó un bolígrafo y un folio de su mochila y escribió: «Me muero de ganas». Seguidamente, enarcando una ceja, dejó el bolígrafo y la nota en la mesa auxiliar, a la vista de Marcus, antes de dirigirse al cuarto de baño.

A la mañana siguiente, después de tomar un café rápido y unas tostadas que Marcus llevó a la cama, se vistieron y salieron de casa para coger un autobús que les llevara a Welbeck Street. Cuando lograron sentarse, Marcus se volvió hacia ella con semblante grave y dijo:

—Sé que nos hemos reído mucho con el tema de los micrófonos, pero me enferma pensar que han escuchado cada palabra que hemos dicho.

—Lo sé. Seguro que pinchar teléfonos y poner micrófonos es ilegal. ¿No podríamos denunciarlo a las autoridades?

—¡Qué va! Las «autoridades» son las que nos han puesto los micrófonos.

—Marcus, no debí meterte en esto. Todo es culpa mía.

—No lo es, cariño.

Marcus sintió una punzada de remordimiento. Miró la cabeza de Joanna, que descansaba en su hombro, y se preguntó si debería contarle lo de su encuentro con Ian y el dinero que le habían dado. No. Lo había retrasado demasiado. Joanna se pondría furiosa con él, tal vez pusiera fin a la relación…

Y Marcus, sencillamente, no podía soportar esa posibilidad.

—Hola, adelante. —Zoe los invitó a entrar—. ¿Nos vamos ya? Estoy descando ir de tiendas.

—Claro —contestó Joanna mientras Zoe los conducía a la cocina.

—Jamie está en su cuarto jugando con el ordenador. Se puede pasar horas delante de la pantalla. Subo un momento para decirle adiós y coger el abrigo. —Zoe arrugó la frente cuando Marcus encendió un cigarrillo—. Y por favor, no fumes delante de Jamie.

—¡Diantre! Soy yo el que te está haciendo un favor —protestó Marcus—. No tardes mucho, Jo. Se me ocurre una manera mejor de pasar el sábado que cuidando de mi sobrino. —Le guiñó un ojo.

—¡Pues a mí no se me ocurre una manera mejor de pasar el sábado que comprando! —Joanna le dio un beso cariñoso.

—Me debes una.

—Zoe…

Joanna escuchó una voz familiar a su espalda. Se dio la vuelta y descubrió a Simon mirándola desde la puerta de la cocina con la misma cara de pasmo que ella.

Zoe se detuvo detrás de él con el abrigo puesto.

—¿Te dije que Simon iba a quedarse unos días, Marcus?

—¿Simon qué? —preguntó Marcus.

—Warburton. Es un primo lejano nuestro de Nueva Zelanda, concretamente de Auckland, del lado de la abuela Grace. Me escribió para decirme que venía a Reino Unido y preguntarme si podía quedarse unos días en casa. Así que aquí lo tenemos.

Marcus frunció el entrecejo.

—No sabía que tuviéramos primos lejanos.

—Yo tampoco, hasta el funeral de James —improvisó Zoe.

Incapaz de articular palabra, Joanna observó a Marcus estrecharle la mano a Simon.

—Encantado. Entonces, ¿somos parientes lejanos?

—En efecto. —Simon había recuperado la sangre fría.

—¿Te quedarás mucho tiempo?

—Creo que sí.

—Bien. Pues tendremos que quedar un día para ir de copas. Te enseñaré los mejores locales de la ciudad.

—Será un placer.

—En marcha, Jo. ¿Jo? —dijo Zoe.

Joanna seguía con la mirada clavada en Simon. Zoe la miró con nerviosismo.

—Voy. Adiós. —Joanna se dio la vuelta y siguió a Zoe.

Simon se puso la cazadora que llevaba en la mano.

—Yo también me marcho, quiero visitar algunos monumentos. Ha sido un placer conocerte, Marcus.

Zoe y Joanna pasaron una mañana deliciosa en King's Road y, a continuación, tomaron un autobús a Knightsbridge. Se pasearon por Harvey Nichols hasta que les dolieron los pies y se refugiaron en la cafetería de la última planta.

—Por cierto, invito yo —señaló Zoe cogiendo una carta de la barra—. Cualquier mujer dispuesta a aguantar a mi hermano se merece por lo menos una comida gratis.

—Gracias… creo —respondió Joanna con una sonrisa. Zoe pidió dos copas de champán.

—Creo que eres muy buena para Marcus. Necesita una persona estable a su lado y se ha enamorado perdidamente de ti. Si te pide matrimonio, por favor, acepta, así podremos hacer estas cosas a menudo.

A Joanna la conmovió lo deseosa que estaba Zoe de ser su amiga, y una vez más se sintió culpable por haber barajado la posibilidad de vender a Zoe a su periódico. Cuando llegó la comida, Joanna devoró su deliciosa tostada de jamón de Parma y rúcula y reparó en que Zoe apenas tocaba su plato.

—¿No es horrible lo de William Fielding? —comentó antes de beber un sorbo de champán.

—Espantoso. Fui a verlo al hospital el día antes de su muerte.

—Marcus me lo dijo.

—Estaba en un estado terrible. Me afectó mucho, sobre todo porque solo hacía unos días que habíamos tenido aquella charla sobre mi abuelo. Me dio un anillo precioso para que se lo guardara. Mira. —Zoe abrió la cremallera del bolsillo interior de su bolso, sacó la sortija y se la tendió a Joanna.

—Caray, como pesa. —Joanna giró el anillo sobre la palma de su mano y estudió el sello—. ¿Qué vas a hacer con él?

—Supongo que llevarlo al funeral, que tendrá lugar la semana que viene, y ver si aparece algún familiar. —Zoe devolvió el anillo al bolso.

—¿Qué pasa con la película? ¿Sigue adelante?

—Creen que tienen tomas suficientes para sortear la ausencia de William. El miércoles vuelvo a Norfolk.

—¿Y cuánto tiempo se quedará tu… amigo Simon? —preguntó Joanna con fingido desenfado.

—No estoy segura. Quiere pasar una temporada en Londres y le he ofrecido mi casa el tiempo que necesite. Hay sitio de sobra para los dos.

—Ya. —Joanna no supo qué más decir.

—Me fijé en la cara que pusiste cuando lo viste en mi casa. Casi tuve la sensación de que lo conocías. ¿Es así?

—Eh… —Incapaz de mentir, Joanna se puso colorada—. Sí. Zoe se derrumbó en la silla.

—Lo sabía. ¿De qué?

—Conozco a Simon desde que éramos niños. Prácticamente crecimos juntos en Yorkshire. ¡Y no en Auckland, debería añadir!

—Entonces, supongo que sabes que no somos familia —añadió, despacio, Zoe.

—Sí. O si lo sois, nunca lo mencionó.

Zoe miró vacilante a Joanna.

—¿Sabes cómo se gana la vida?

—Siempre ha dicho que trabaja de chupatintas para la administración pública, pero nunca he acabado de creérmelo. Fue el primero de su promoción en Cambridge y es muy, muy inteligente. En serio, Zoe, no tienes que darme explicaciones. Está claro que tienes tus razones para inventarte el pasado de Simon. Imagino que es la ley de Murphy que lo conozca. No diré nada, te lo prometo.

—Oh, Joanna… —Zoe jugueteó con su servilleta— ahora mismo me aterra confiar en alguien, y más aún en ti, siendo periodista. Perdona —se apresuró a añadir—. Por otro lado, siento que quiero contártelo. Si no hablo con alguien me volveré loca.

—Si esto puede ayudarte, creo que lo sé —musitó Joanna en voz baja.

—¿Lo sabes? ¿Cómo? Nadie lo sabe. —Zoe la miró horrorizada—. ¿Se ha filtrado a la prensa?

—No, no te preocupes —la tranquilizó enseguida Joanna—. Una vez más, fue por pura casualidad. Vi… vi a un hombre entrar en tu casa el jueves por la noche.

—¿Cómo? ¿Me estabas espiando?

—No. —Joanna meneó firmemente la cabeza—. Fui al dentista en Harley Street, después me sentí mareada y mientras buscaba un taxi fui a parar a Welbeck Street. Me disponía a llamar al timbre de tu casa para pedirte un té con mucha azúcar cuando la puerta se abrió.

Zoe arrugó la frente.

—Por favor, no me mientas, no lo soportaría. ¿Seguro que no te ha dado el soplo alguien de tu periódico?

—¡Seguro! Si fuera un soplo, no se lo darían a una periodista junior de Mascotas y Jardines como yo.

—Eso es cierto. Dios, Jo. —Zoe la miró fijamente—. ¿Viste quién era el hombre?

—Sí.

—Entonces, supongo que entiendes qué hace Simon viviendo en mi casa.

—Protegerte, imagino.

—Sí. Ellos… él insistió.

—Pues no podrías pedir a nadie mejor para cuidar de ti. Simon es el hombre más bueno que conozco.

Un amago de sonrisa se dibujó en los labios de Zoe.

—¿No me digas? ¿Debería decirle a Marcus que tiene un rival?

—No, por Dios. Simon y yo somos como hermanos. En serio, solo somos buenos amigos.

—Hablando de Marcus, no le habrás contado nada de lo que viste el jueves por la noche, espero —inquirió Zoe, angustiada.

—No. Soy muy buena guardando secretos. Si no quieres hablar de ello, me lo dices, pero lo vuestro… ¿va en serio?

Los ojos azules de Zoe se llenaron de lágrimas.

—Muy en serio, por desgracia.

—¿Por qué «por desgracia»?

—Porque me gustaría que Art fuera un contable de Guildford, incluso un hombre casado, en lugar de… ser quien es.

—Te entiendo perfectamente, pero no elegimos de quién nos enamoramos.

—No, pero si esto sale a la luz, ¿te imaginas cómo le afectará a Jamie? Estoy aterrorizada.

—Sí. Justo la otra noche estaba pensando que la historia se filtrará en algún momento, sobre todo si lo vuestro va en serio.

—Tiemblo solo de pensarlo. Lo peor de todo es que no puedo controlarlo, pese a saber que debería hacerlo por Jamie. Art y yo… en fin, siempre ha sido así entre nosotros.

—¿Hace mucho que os conocéis?

—Años. Te lo juro, Joanna, si alguna vez leo esta conversación en tu periódico, no respondo de mis acciones —le aseguró una enérgica Zoe.

—No voy a negarte que me encantaría ser la persona que entregara esta exclusiva a mi jefe, pero soy una chica de Yorkshire, y allí, cuando alguien da su palabra, la mantiene. No lo haré, ¿de acuerdo?

—De acuerdo. Uf, necesito otra copa. —Zoe hizo señas al camarero y pidió otras dos copas de champán—. En fin, en vista de que ya sabes gran parte de la historia y necesito desesperadamente hablar con alguien, será mejor que te cuente el resto…

Desde su discreta mesa, situada detrás de un pilar, Simon vio que las dos mujeres estaban muy entretenidas hablando. Aprovechó la oportunidad para ir al lavabo y, tras cerrar la puerta, marcó un número en su móvil.

—Soy Warburton, señor.

—Sí.

—Ha surgido un problema. Esta mañana Haslam apareció inesperadamente en casa de la señorita Harrison. Como es lógico, me reconoció. Si me pregunta, ¿qué le digo?

—Que trabaja para el Servicio de Seguridad de la Casa Real, lo cual, a todos los efectos, es cierto. ¿Colocó los micrófonos a su llegada?

—Sí, señor.

—Bien. ¿Algo más?

—No, señor.

—De acuerdo, Warburton. Buena suerte.

Marcus estaba viendo un partido de rugby entre Gales e Irlanda por la tele y menguando las existencias de cerveza de Zoe. Eran las cuatro y cuarto y las chicas no habían vuelto aún. Por fortuna, Jamie estaba recluido en su cuarto, jugando a un complicado juego de ordenador. Marcus había ido a verle, pero cuando Jamie empezó a hablarle de «monedas mágicas», se había largado otra vez. Nadie podía decir que no se hubiera esforzado a lo largo de los años, pensó. Chocolatinas, visitas al zoo... nada parecía dejar huella en su sobrino, de modo que Marcus, con el tiempo, había tirado la toalla. Era como si el amor de Jamie hubiera estado concentrado en Bisa-James y su madre y no hubiese sitio para él.

—Hola, tío Marcus. —Jamie asomó la cabeza por la puerta—. ¿Puedo entrar?

—Claro, es tu casa. —Marcus acertó a esbozar una sonrisa.

Jamie entró en la sala y se plantó frente a la tele con las manos en los bolsillos.

—¿Quién gana?

—Irlanda. Le está dando una paliza a Gales.

—Bisa-James me contó una historia sobre Irlanda.

—¿Ah, sí?

—Sí. Dijo que había vivido allí un tiempo, en un lugar cerca del mar.

—Bueno, una gran parte de Irlanda está cerca del mar.

Jamie se acercó a la ventana y apartó un poco la cortina para ver si regresaba su madre.

—Me contó adónde fue, me lo enseñó en un atlas. Era una casa enorme, dijo, rodeada de agua, como si estuviera en medio del mar. Luego me contó una historia sobre un hombre joven que se enamoró de una hermosa muchacha irlandesa. Recuerdo que la historia tenía un final triste. Le dije a Bisa-James que era un buen argumento para una película.

Marcus enseguida aguzó el oído. Observó a Jamie, que seguía mirando por la ventana.

—¿Cuándo te contó eso?

—Justo antes de morir.

Marcus se levantó y fue hasta la estantería. Paseó la mirada por los títulos hasta posarla en el viejo atlas. Pasó las páginas hasta Irlanda y dejó el libro sobre la mesa de centro antes de hacer señas a Jamie para que se acercara.

—¿Dónde dijo Bisa-James que estaba ese lugar?

El dedo de Jamie fue directamente a la parte inferior del mapa y señaló un punto situado en mitad de la costa atlántica meridional.

—Aquí. La casa está en la bahía. Dijo que me gustaría, que era un lugar mágico.

—Hum. —Marcus cerró el atlas y miró a Jamie—. ¿Te apetece comer algo?

—No, mamá dijo que me prepararía algo cuando volviera. Está tardando mucho.

—Sí. Cómo son las mujeres, ¿eh? —Marcus puso los ojos en blanco.

—Mamá dijo que la mujer con la que se fue de compras es tu novia.

—Es cierto.

—¿Te casarás con ella?

—Puede. —Marcus sonrió—. Me gusta mucho.

—Entonces tendré una tía. Me gusta la idea. Bueno, me vuelvo a mi cuarto.

—Vale.

Cuando Jamie se hubo marchado, Marcus sacó un trozo de papel y anotó el nombre del pueblo que había señalado.

Zoe y Joanna llegaron a las cinco y media cargadas de bolsas.

—¿Lo han pasado bien las señoras este par de horas? —preguntó Marcus en un tono cargado de ironía cuando salió a recibirlas.

—Mucho, gracias —dijo Zoe.

—Tanto que hemos pensado repetir mañana. No hemos comprado todo lo que teníamos previsto —añadió Joanna con una sonrisa.

—¡Mañana es domingo! —Marcus la miró horrorizado.

—Sí, pero estos días todas las tiendas están abiertas, cielo.

—Es broma, querido hermano —lo tranquilizó Zoe—. Además, tendré que darle a mi tarjeta de crédito un descanso de dos semanas en un spa después de lo que la he explotado hoy.

La puerta se abrió de nuevo y apareció Simon.

—Hola, chicos.

—Hola. ¿Has visto muchos monumentos? —le preguntó Marcus.

—Sí.

—¿Cuáles exactamente, Simon? —Joanna no pudo contenerse.

—Bueno, la Torre, Saint Paul, Trafalgar Square. —Simon la estaba mirando fijamente—. Hasta luego. —Asintió y subió a su habitación.

—¿Dónde está Jamie? —preguntó Zoe.

—En su cuarto.

—Marcus, no habrás permitido que se pase el día delante de ese ordenador, ¿verdad? —Zoe frunció el entrecejo.

—Lo siento, hice lo que pude, pero tu hijo no es lo que se dice un niño sociable. Jo, no te molestes en quitarte el abrigo, nos vamos.

Zoe se despidió de ambos con un beso.

—Hasta pronto, chicos. Y gracias por este estupendo día, Jo.

—De nada. Te llamaré durante la semana.

Intercambiaron una sonrisa cómplice mientras Marcus empujaba a Joanna hacia la calle.

Zoe subió para ver a James y preguntarle si para cenar prefería salchichas con puré de patatas o pastel de carne. Jamie se decantó por lo primero y siguió a su madre hasta la cocina para charlar mientras ella cocinaba.

—Creo que a tío Marcus no le caigo muy bien —comentó.

—¡Claro que sí, Jamie! Es solo que no está acostumbrado a tratar con niños. ¿Te dijo algo hoy, cariño?

—No, nada. Solo bebió un montón de cerveza. Puede que su novia nueva le haga sentir mejor. Dijo que a lo mejor le gustaría casarse con ella.

—¿En serio? Eso sería fantástico. Jo es encantadora.

—¿Tú tienes novio, mamá?

—Yo… bueno, me gusta mucho un hombre, sí.

—¿Es Simon?

—¡Dios mío, no!

—Me cae bien Simon, parece simpático. Anoche estuvo jugando un rato conmigo en el ordenador. ¿Bajará a cenar?

—La verdad es que preferiría que cenáramos tú y yo solos, y así charlamos.

—¿No sería de mala educación no decirle que cene con nosotros? Es nuestro invitado.

—Está bien —cedió Zoe—, pregúntale si quiere acompañarnos.

Cinco minutos después, Simon entró, algo cohibido, en la cocina.

—¿Seguro que no te importa, Zoe? Puedo pedirme una pizza.

—Mi hijo insiste en tu presencia —dijo ella con una sonrisa—. Siéntate, por favor.

Durante la cena, Zoe se esforzó por poner cara de póker mientras Simon deleitaba a Jamie con historias sobre la granja de ovejas que tenía en Nueva Zelanda.

—Mamá, ¿iremos algún día a Auckland a ver a Simon? ¡Sería genial!

—Sí, claro.

—¿Quieres ver el juego de ordenador nuevo que mamá me ha comprado hoy? Es fantástico, pero mola mucho más si compites con alguien.

—Jamie, pobre Simon —suspiró Zoe.

—Qué va, me encantaría jugar —se ofreció él.

—Entonces, vamos.

Jamie se levantó e hizo señas a Simon para que lo imitara. Sonriendo a Zoe con resignación, salió de la cocina detrás de Jamie.

Una hora después, Zoe subió guiada por los gritos excitados de su hijo y de Simon.

—No habrás venido para decirme que es hora de irme a la cama, ¿no? Es sábado y casi hemos llegado al nivel tres, ¡y voy ganando! —exclamó Jamie sin apartar los ojos de la pantalla.

—En ese caso, podrás ganar de nuevo mañana. Son más de las nueve y media.

—¡Por favor, mamá!

—Lo siento, Jamie, tu madre tiene razón. Mañana seguimos jugando, te lo prometo. Buenas noches. —Simon dejó su mando y le dio una palmada en el hombro.

—Buenas noches —dijo Jamie.

Zoe ordenó el cuarto mientras esperaba a que su hijo regresara del baño para arroparlo.

—¿Qué te gustaría hacer mañana?

—Terminar el juego.

—Aparte de eso.

—Nada especial. Dormir hasta tarde, ver la tele, beber Coca-Cola, todo lo que no puedo hacer en el colegio. —Jamie sonrió.

—Trato hecho, exceptuando la Coca-Cola. —Zoe lo besó—. Buenas noches.

—Buenas noches, mamá.

Simon estaba sirviéndose un vaso de agua del grifo de la cocina cuando Zoe regresó abajo.

—Lo siento, me ha entrado sed con tanta excitación. Ya me voy.

—Creo que te has ganado una copa después de tu magistral ejercicio de imaginación durante la cena. ¿Seguro que no estudiaste arte dramático? —le preguntó Zoe con fingida suspicacia.

—La verdad es que conozco Nueva Zelanda bastante bien. Mi novia, quiero decir, mi exnovia, lleva un año allí.

—¿Ex?

—Sí. Le gusta tanto aquello que ha decidido quedarse y casarse con un lugareño.

—Lo siento. ¿Te apetece un brandy? ¿Un whisky?

—Eh… no querría molestar.

—No molestas. Quien tú ya sabes está de viaje oficial, así que estoy libre el fin de semana. El minibar está en la sala de estar. Vayamos allí y encenderé la chimenea. Empieza a refrescar.

Simon se sentó en el sillón con una copa de brandy mientras Zoe se acomodaba en el sofá.

—A mi hijo le has caído muy bien.

—Es un chico inteligente. Debes de estar muy orgullosa de él.

—Lo estoy. Marcus dice que lo consiento demasiado.

—A mí me parece un jovencito sumamente equilibrado y normal.

—Hago lo que puedo, pero nunca es fácil criar a un hijo sola, aunque por lo menos tuvo a mi abuelo aquí. Cambiando de tema, tengo un mensaje de Joanna para ti. Dice que la llames. —Zoe estudió la expresión de Simon—. Me contó que os conocéis desde que erais niños y me prometió que no le dirá a Marcus quién eres en realidad. ¿Lo hará?

—En absoluto. Confío ciegamente en Jo. Conoce casi todos mis secretos.

—Excepto uno, al menos hasta hoy —replicó Zoe—. También le hablé de Art. Después de encontrarte aquí y por algo más que había visto, casi se lo imaginaba. ¿Crees que a pesar de ser periodista, no se irá de la lengua?

—Nunca.

—Espero que Marcus y ella sigan juntos. Es una buena influencia para mi hermano.

Simon asintió al tiempo que bebía un sorbo de brandy.

—Imagino que echas de menos a tu abuelo.

—Un montón.

—¿Estabais muy unidos?

—Mucho. Sé que Jamie también lo echa de menos, aunque no lo diga. Mi abuelo era el hombre de la casa, su figura paterna. Eso sí, estoy descubriendo mucha información que desconocía.

—¿En serio? ¿Como qué? Diría que su vida está bastante documentada.

—La semana pasada, antes de morir, William Fielding me dijo que mi abuelo era originario de Irlanda. De hecho, me contó un montón de cosas sobre él. Si son ciertas o no, lo ignoro. Cuando uno se remonta setenta años atrás, es fácil mezclar la realidad con la ficción.

—Sí —convino Simon con fingida despreocupación—. ¿Sir James te contaba cosas de los viejos tiempos? Apuesto a que se codeaba con la flor y nata.

—En efecto. Todas sus cartas están muertas de asco en el desván de la casa de Dorset. Cuando termine el rodaje, iré a poner orden. —Zoe ahogó un bostezo.

—Estás cansada, no te molesto más. —apuró la copa y se levantó—. Gracias por el brandy.

—No hay de qué. Gracias por entretener a mi hijo. Buenas noches.

—Buenas noches, Zoe.

Subió a su habitación convencido de que Zoe Harrison no sabía nada sobre el pasado de su abuelo. Y confió, por el bien de ambos, en que siguiera así.

Aunque los dos pisos parecían poco seguros, esa noche Marcus y Joanna no tuvieron más remedio que optar por el de Crouch End. Como él le hizo ver, al menos Joanna tenía una cerradura nueva.

—¿Qué te parecería ir dentro de dos fines de semana a un hotelito rural de Irlanda? —le preguntó Marcus en la cama, después de taparse hasta la cabeza con el edredón para amortiguar sus voces.

—¿Qué? ¿Por qué? —preguntó Joanna.

—Porque creo que he dado con el lugar del que podría proceder el viejo sir Jim.

—¿En serio?

—Sí. Jamie y yo estuvimos charlando. Me contó que sir Jim le había contado una historia sobre un lugar mágico en Irlanda donde un hombre y una mujer se habían enamorado. Me enseñó el lugar en el mapa.

—¿Dónde está?

—Según Jamie, era un pueblecito de West Cork llamado Rosscarbery. Al parecer, la casa está aislada justo en medio de la bahía. El lunes haré algunas llamadas y pediré a la agencia de viajes que me recomiende un buen hotel. Aunque acabe siendo una pista falsa, es una excusa estupenda para salir de la ciudad y olvidarnos por unos días de nuestros pisos pinchados. Sería fantástico que pudieras cogerte un día libre, así no tendríamos que darnos prisa en volver.

—Lo intentaré —dijo ella—, aunque últimamente mi jefe no destaca por su generosidad.

—Dile que estás destapando un complot del IRA.

—Un complot de jardines, dirás —replicó Joanna con un bufido desdeñoso.

23

—Me han llamado del palacio. He de recoger a Su Alteza esta noche a las ocho —dijo Simon mientras ponía el coche en marcha.

—Sí. —Zoe asintió distraída, con la mirada fija aún en la espalda de Jamie, que se había detenido en los escalones del colegio. Dejando a un lado las formalidades, viajaba en el asiento del copiloto del Jaguar. Le había parecido mejor así—. Creo que a Jamie le ha dado más pena despedirse de ti que de mí.

—No, eso no es cierto, pero reconozco que lo hemos pasado bien juntos. Este trabajo también tiene sus momentos buenos, después de todo. —Simon se dirigió a la autopista que llevaba a Londres—. ¿Zoe?

—¿Sí?

—No es mi intención entrometerme, pero ¿no crees que sería mejor que fueras tú a ver a Su Alteza al palacio en lugar de que venga él a Welbeck Street? Es mucho más seguro.

—Lo sé, pero estoy muy tensa allí. Siempre tengo miedo de que pueda haber alguien escuchando detrás de la puerta.

—De acuerdo. Esta noche, como es lógico, me esfumaré.

—Gracias. Por cierto, Simon, esta semana, cuando vaya a Norfolk para reanudar el rodaje, ¿cómo explicarás tu presencia allí?

—Bueno, me registraré en el hotel y pasaré el tiempo en el bar como un fan del equipo de rodaje… —Simon esbozó una sonrisa—. Puedo pasar bastante desapercibido cuando quiero.

—Te tomo la palabra —respondió Zoe sin demasiada convicción.

Delante del número diez de Welbeck Street, el fotógrafo aguardaba paciente.

Después de haber dejado a Zoe en casa por la tarde, Simon detuvo el coche delante de Welbeck Street por segunda vez ese día. El príncipe había sido un pasajero irritante en comparación con la presencia serena de Zoe. Simon apretó la mandíbula cuando lo vio removerse impaciente en el asiento de atrás y dar golpecitos a su teléfono móvil.

—No se moleste en abrirme la puerta, saldré solo —ladró el príncipe cuando Simon hizo ademán de bajar del coche.

—Bien, señor.

Lo vio subir los escalones, ajenos ambos al destello de un flash infrarrojo procedente del otro lado de la calle. Simon suspiró y miró el reloj. Esos dos tenían para largo, y no le apetecía nada imaginarse cómo iban a pasar el rato. Sacó una novela policíaca de la guantera, encendió la luz del techo y empezó a leer.

El móvil le sonó a las once menos diez.

—Salgo dentro de cinco minutos.

—Bien. Estoy fuera y listo para arrancar, señor.

Simon guardó el libro y puso el coche en marcha. Exactamente cinco minutos después, la puerta de la casa se abrió. Zoe asomó la cabeza, miró a un lado y otro e hizo señas a su compañero. Dentro del recibidor, él le dio un beso fugaz en la mejilla y corrió hasta el coche.

El flash infrarrojo estalló de nuevo.

—A casa, Warburton, por favor.

—Sí, señor.

La primera mañana de vuelta en Norfolk para reanudar el rodaje de *Tess* el ambiente era lúgubre. La muerte de William había sido un duro golpe para todos y había acabado con la atmósfera jovial.

—Gracias a Dios que solo queda un mes —murmuró Miranda, la actriz que hacía de madre de Tess—. Esto parece un velatorio. ¿Ese de ahí es tu novio? —preguntó escudriñando a Simon, que estaba bebiendo una Coca-Cola en el bar.

—No, es un periodista que han enviado para cubrirme durante una semana. Me harán una entrevista y la harán coincidir con el estreno de la película. —Zoe repitió la versión que los dos habían urdido juntos.

Pese a sus afirmaciones de que sería invisible, todo el mundo había reparado en la presencia de Simon durante los últimos dos días. Era demasiado atractivo para «pasar desapercibido», como pretendía, y todos se habían fijado en él mientras se paseaba cerca del rodaje tomando notas en una libreta. Zoe encontraba la presencia de Simon inquietante, pero por fortuna todas las noches, debido al enorme volumen de trabajo, se iba a la cama poco después de regresar del rodaje y podía evitarlo.

El jueves por la mañana le sonó el móvil cuando estaba estudiando el guion para la filmación de ese día.

—Hola, hermanita, soy yo. ¿Cómo va el rodaje?

—Bien, Marcus.

—¿Vienes a casa el fin de semana? Lo digo porque mencionaste que irías a Dorset para empezar con el desván.

—Me temo que no puedo. Me voy fuera.

—¿Ah, sí? ¿A algún lugar agradable?

—Tengo una fiesta en casa de unos amigos.

—¿Qué «amigos»?

—¡Marcus! Dime de una vez qué quieres —espetó Zoe.

—¿Te importaría que Jo y yo fuéramos a Dorset y echáramos otro vistazo a las cajas del desván?

—No veo por qué no. Pero no tires nada hasta que yo lo haya visto, ¿de acuerdo?

—Claro. Haré una pila «para guardar» y otra «para tirar».

—Vale. —Zoe no tenía tiempo para discutir—. Te llamo otro día. Recuerdos a Jo.

Mientras bajaba, se preguntó si era sensato dejar a su hermano suelto en Dorset, pero enseguida apartó esa idea de su mente. Estaba impaciente por disfrutar de un tranquilo fin de semana en brazos de Art.

Marcus colgó y salió de la cabina mirando a un lado y otro para comprobar si alguien lo seguía. Ian no se había puesto todavía en contacto con él, pero tenía la certeza de que lo de los micrófonos era cosa suya.

Compró dos cafés y dos sándwiches de beicon en la panadería y regresó al piso, donde Joanna acababa de salir de la ducha con la melena chorreando sobre un hombro.

—He llamado a Zoe —dijo—. Me ha dado permiso para ir a Dorset y echar otro vistazo a las cosas del desván. ¿Quieres venir?

—Este fin de semana no puedo. Estoy de guardia en el periódico. —Joanna se secó el pelo con la toalla.

—¿En Mascotas y Jardines trabajáis los fines de semana?

—¡Sí! Los fines de semana hay mucha actividad rural, como exhibiciones caninas, descuentos en amapolas y la llegada de las campanillas de invierno.

—Uau, qué interesante.

—Bueno, algunos de nosotros tenemos que trabajar. Si perdiera mi empleo, no tendría piso ni nada que comer.

—Lo siento, Jo. —Marcus se dio cuenta de que la había molestado—. ¿Te importa que vaya a Dorset?

—¿Por qué debería importarme? No soy tu guardiana.

—No, pero me gustaría que lo fueras. —Marcus se acercó a ella y la abrazó—. No te enfades. Te he dicho que lo siento.

—Lo sé, es que…

—Lo entiendo. —Le quitó la toalla y la besó, y Joanna se olvidó de todo lo demás.

Cuando el coche se detuvo en la entrada de la magnífica casa georgiana, Simon ayudó a Zoe y al príncipe a bajar y sacó el equipaje del maletero.

—Gracias, Warburton. ¿Por qué no se toma el fin de semana libre? Mi guardaespaldas está aquí. Le llamaremos si surge algún problema.

—Gracias, señor.

—Hasta el domingo. —Zoe le sonrió dulcemente por encima del hombro mientras el príncipe la conducía dentro.

Dos horas más tarde Simon entraba en su piso de Highgate con un suspiro de alivio. Llevaba más de una semana sin pisar su casa y sin disponer de tiempo para él. Escuchó los mensajes; cuatro eran de Ian, más ebrio e ininteligible cada vez, hablando de la gran «putada» que les había hecho a los de «arriba». Simon no tenía ni idea de a qué se refería y se preguntó si debería tener unas palabras discretas con la persona adecuada sobre el consumo de alcohol y la extraña conducta de Ian.

Marcó el número de Joanna y dejó un mensaje para invitarla a cenar en su casa al día siguiente y así poder charlar. «Probablemente esté en la cama de Marcus Harrison», pensó al colgar. Se dio una ducha, se preparó una tortilla de patatas y una ensalada y se sentó a ver una película. A los pocos minutos sonó el teléfono.

—¿Simon? Veo que estás en casa. —Era Joanna.

—Sí.

—Pensaba que te habías vuelto a Auckland para esquilar tus ovejas.

—Muy graciosa. Te he llamado para saber si estás libre mañana para cenar conmigo.

—No.

—¿Has quedado con Marcus?

—No, he quedado con un evento agrícola en Rotherham. Van a presentar un herbicida revolucionario y, como puedes imaginar, estoy muy ilusionada. No vuelvo hasta mañana por la noche, pero puedo comer el domingo.

—Vale, aunque he de trabajar por la tarde, así que vente pronto y prepararé un *brunch*.

—De acuerdo. ¿Sobre las once?

—Perfecto. Hasta el domingo.

Simon colgó pensando que era muy triste lo mucho que se había enfriado su relación con Joanna. Tuvo que reconocer que todo empezó cuando no le había devuelto la carta. No le cabía duda de que Joanna sospechaba de él, sobre todo ahora que sabía que no era un simple funcionario. Y la culpa era suya. Había puesto en riesgo la confianza y la amistad de Joanna por el bien de su trabajo. Simon se levantó, sacó una cerveza de la nevera y le dio un largo trago para aligerar el peso de su traición.

Como Ian.

Él todavía no había matado a un hombre —o a una mujer—, pero se preguntaba cómo se sentiría después de hacerlo. Suponía que, una vez que le hubiera arrebatado la vida a un ser humano, cualquier cosa sería posible. Después de eso, ya nada parecería moralmente relevante.

«¿Merece la pena?»

Se dijo que eso no había ocurrido aún, se acercó al fregadero y vació el resto de la cerveza en el desagüe. Amaba su trabajo, su vida, pero la situación con Joanna le había hecho replantearse algunas cosas.

Y sabía que algún día tendría que elegir.

Llamaron al timbre. Soltó un gruñido antes de acercarse al interfono.

—¿Diga?

—Soy yo.

«Hablando del papa de Roma...»

—Hola, Ian. Estaba a punto de acostarme.

—¿Puedo subir, por favor?

Simon pulsó el botón a regañadientes. Miró a Ian de arriba abajo cuando entró en su casa tambaleándose. Tenía una pinta horrible, la cara colorada e hinchada y los ojos rojos. Célebre por su colección de trajes de Paul Smith y Armani, esa noche semejaba un vagabundo con su gabardina mugrienta y una bolsa de plástico de la que sacó media botella de whisky.

—Hola, Simon. —Se derrumbó en una silla.

—¿Qué ocurre?

—Los muy cabrones me han obligado a tomarme una excedencia por «motivos personales». De un mes. Tengo que ir al loquero dos veces por semana, como si fuera un puto lunático...

—¿Qué ha pasado? —Simon se sentó en el borde del sofá.

—La semana pasada la cagué. Fui al pub a tomar unas cervezas, perdí la noción del tiempo y se me escapó mi objetivo.

—Ya.

—¿Sabes? Este trabajo no tiene ni puñetera gracia. ¿Por qué me toca hacer siempre la parte sucia?

—Porque confían en ti.

—Confiaban en mí. —Ian eructó y bebió un trago de whisky directamente de la botella.

—Tómatelo como unas vacaciones pagadas. Yo en tu lugar las disfrutaría.

—¿Crees que me dejarán volver? Ni lo sueñes. Se ha terminado, Simon, después de tantos años, de tantos trabajos... —Ian se echó a llorar.

—Para el carro, Ian, eso no lo sabes. Seguro que no quieren perderte. Siempre has estado entre los mejores. Si te repones, si les demuestras que solo ha sido un bache, no me cabe duda de que te darán otra oportunidad.

Ian dejó caer la cabeza.

—No. Van a retirarme, eso con un poco suerte. Estoy asustado, muy asustado. Soy un peligro, ¿no te parece? Un borracho a cargo de todos esos secretos. ¿Y si me…? —La voz se le quebró y el pánico apareció en sus ojos.

—Eso no pasará. —Simon confiaba en que su voz sonara convincente—. Cuidarán de ti, te ayudarán a recuperarte.

—Chorradas. ¿Crees que hay una residencia especial para agentes de inteligencia quemados? —Ian soltó una carcajada—. Fue James Bond quien despertó mi deseo de hacerme agente. Miraba a esas preciosas mujeres y pensaba, si puedo beneficiármelas gratis, este trabajo es para mí.

Simon guardó silencio, consciente de no había nada que decir.

—Ya está —suspiró Ian—, todo ha terminado. ¿Y qué me queda después de todos estos años de leal servicio? Un estudio en Clapham y un hígado hecho polvo. —Se rio entre dientes de su triste resumen.

—Vamos, tío, sé que ahora lo ves todo negro, pero estoy seguro de que si dejas la botella un tiempo, las cosas mejorarán.

—El alcohol es lo único que me permite seguir adelante. Además —su mirada se iluminó de repente, Simon no sabía si de rabia o de remordimiento—, por lo menos tengo algo de dinero ahorrado. Y me he sacado una buena pasta con el último «trabajito». La verdad —Ian se balanceó— es que me sentí un poco culpable. Dijiste que la chica era buena persona, aparentemente, y fue una putada hacerle algo así a una buena persona. —Tuvo un ataque de hipo—. Ahora me alegro de haberlo hecho.

—¿De quién estás hablando, Ian?

—De nadie, de nadie… —Ian se levantó—. Siento haberte molestado. He de irme, no quiero que te relacionen conmigo y salgas escaldado. —Caminó hasta la puerta haciendo eses y apuntó con el dedo a Simon—. Llegarás lejos, viejo amigo. Pero ve con cuidado y dile a esa periodista amiga tuya que salga pitando de la cama de Marcus Harrison. Es peligroso y, por lo que he podido oír a través de los auriculares, no vale un carajo como amante. —Ian esbozó una sonrisa débil antes de desaparecer.

El domingo por la mañana, después de un sábado tranquilo viendo rugby y leyendo, Simon se despertó de su primer sueño profundo en días. El reloj marcaba las 8.32. Había sobrepasado con creces su infalible alarma interna de las siete. Puso Radio Cuatro, preparó la cafetera y, cuando se disponía a bajar para recoger su pila de periódicos dominicales, le sonó el teléfono.

—¿Diga?

—Tenemos problemas. Debe personarse de inmediato en Welbeck Street. Le llamaremos con nuevas instrucciones.

—De acuerdo. ¿A qué se debe el cambio?

—Lea el *Morning Mail* y lo entenderá. Adiós.

Simon blasfemó y bajó corriendo al portal para recoger el *Morning Mail* del montón que descansaba en el felpudo. Al leer el titular se le escapó un gemido.

—¡Joder! Pobre Zoe. —Con un nudo en el estómago de rabia y preocupación, regresó arriba y se puso un traje a toda prisa. «Maldita Joanna», pensó, «así es como me la devuelves, traicionando a Zoe para sacarte una pasta...»

Estaba a punto de irse cuando llamaron al telefonillo. Se acordó entonces de que había invitado a Joanna a un *brunch*. Tratando de controlar su ira, pulsó el botón para dejarla entrar. «Todo el mundo es inocente hasta que se demuestre lo contrario», se recordó mientras se ponía la americana.

—Hola —saludó alegre cuando entró. Lo besó en la mejilla y le entregó un cartón de leche—. Sé que siempre se te acaba, así que pensé que...

Simon le tendió el periódico.

—¿Has visto esto?

—No, sabía que tendrías los diarios del domingo, así que no me he molestado en comprarlos. Es... —Los ojos de Joanna se posaron en el titular—. Dios mío. Pobre Zoe.

—Sí, pobre Zoe —la imitó él.

Joanna examinó la fotografía del duque de York con el brazo sobre los hombros de Zoe, y otra en la que aparecía besándola en la coronilla. Podría haber sido cualquier pareja de enamorados dando un paseo por el campo.

—«El príncipe Arthur y su nuevo amor, Zoe Harrison, disfrutando de un fin de semana juntos en la casa del honorable Richard Bartlett y su esposa Cliona» —leyó Joanna en alto—. ¿No los acompañaste tú?

—Sí, los dejé allí el viernes. Ahora he de irme.

—Entonces, ¿no hay *brunch*?

—No, no hay *brunch*. —Simon la fulminó con la mirada—. ¿Joanna?

—¿Qué?

—¿Has visto qué periódico cubre la noticia?

—Claro que lo he visto. El mío.

—Exacto, el tuyo.

A Joanna se le encendió la bombilla mientras examinaba la expresión iracunda de su amigo.

—Espero que no estés pensando lo que creo que estás pensando.

—Ten por seguro que sí.

Joanna enrojeció, no de remordimiento, sino de indignación.

—¡Por Dios, Simon! ¿Cómo puedes insinuarlo siquiera? ¿Por quién demonios me tomas?

—Por una periodista ambiciosa que vio la oportunidad de hacerse con la exclusiva del año.

—¿Cómo te atreves? Zoe es mi amiga. Además, estás dando por sentado que me lo contó.

—Zoe me dijo que había hablado de ello contigo. He pasado con ella prácticamente las veinticuatro horas del día, y no se me ocurre quién más puede haberse enterado. Quizá no fuera tu intención, pero al final no pudiste resistir la...

—¡No me vengas con paternalismos! Zoe me cae muy bien. Vale, reconozco que lo pensé...

—¿Lo ves?

—¡Pero yo sería incapaz de traicionar a un amiga! —contraatacó ella.

—¡Es tu periódico, Jo! Zoe me preguntó si podía confiar en ti y le dije que tu discreción era absoluta. Ojala no se lo hubiera dicho.

—Simon, por favor, te juro que yo no he filtrado la historia.

—Pobre mujer. Tiene un hijo al que está intentando proteger y que ahora se verá acosado por la prensa. Esto la va a destrozar y…

—Caray. —Joanna meneó la cabeza, sorprendida y dolida—. ¿Estás enamorado de ella o qué? Tú solo eres su guardaespaldas. Le corresponde al príncipe consolarla, no a ti.

—¡No digas tonterías! Y mira quién habla, la que sale con ese capullo de Marcus solo para obtener más información sobre esa carta de amor, como si fueras una especie de Sherlock Holmes justiciero moderno…

—¡Basta! Para que lo sepas, Marcus me gusta. De hecho, puede que incluso esté enamorada de él, aunque tampoco es asunto tuyo con quien paso mi tiempo y…

—¿Cómo has podido engañarla de una manera tan cruel?

—¡No la he engañado! Y si no me conoces lo suficiente como para comprender que jamás podría traicionar a una amiga, me pregunto qué han significado todos nuestros años de amistad. ¡Y tú no eres ningún santo! Me mentiste sobre la carta que te confié. Se «desintegró», dijiste. ¡Sé que me utilizaste para recuperarla y dársela a tu gente del MI5! —Simon enmudeció—. Es cierto, ¿verdad? —continuó ella, sabedora de que había dado en el clavo.

—Me voy. —Temblando de furia, Simon cogió su bolsa de viaje y, al llegar a la puerta, se volvió hacia Joanna—. Supongo que es mi deber informarte de que mi «gente» está pagando a Marcus Harrison para que se acueste contigo. Pregunta a Ian Simpson. Adiós, Joanna. —Se marchó dando un portazo.

Joanna se quedó petrificada. No podía creer lo que había sucedido en los últimos minutos. No recordaba haber cruzado una sola palabra desagradable con él en todos sus años de amistad. Si esa era la reacción de Simon, un hombre que la conocía desde la infancia, difícilmente podía esperar que Zoe la creyera. ¿Y qué era eso de que a Marcus le habían pagado para acostarse con ella? Marcus no sabía nada del «caso de la Ancianita» cuando ella se lo contó.

Sentía que el tejido de su mundo se desintegraba lentamente. Soltó un alarido de frustración, hurgó en el bolso y sacó la tarjeta de Ian Simpson de la cartera. Lo meditó un instante antes de acercarse al teléfono de Simon y descolgar el auricular. No tenía muy claro lo que iba a decir, pero sabía que debía hablar con él, así que marcó el número.

Sonó un montón de veces antes de que descolgaran.

—Hola, Simon —saludó una voz soñolienta.

—¿Hablo con Ian Simpson?

—¿Quién quiere saberlo?

—Soy Joanna Haslam, una amiga de Simon Warburton. Oye, sé que esto puede parecerte absurdo, y no quiero involucrar a Simon, pero me ha dicho que mi... novio, Marcus Harrison... bueno... podría haber sido contratado por alguien para quien trabajas.

Al otro lado del teléfono se hizo el silencio.

—Puedes continuar callado si la respuesta es «sí».

Hubo una larga pausa seguida de un chasquido. Ian Simpson había colgado.

Joanna devolvió el auricular a su lugar. Sabía que Simon había dicho la verdad. Se devanó los sesos intentando recordar cada conversación que había tenido con Marcus. Enfadada y dolida, hizo una inspiración profunda y se sentó para planear su siguiente paso.

Simon se marchó apretando el acelerador hasta que fue consciente de que estaba demasiado disgustado como para conducir sin representar un peligro. Entonces se detuvo en la cuneta y apagó el motor mientras se serenaba.

—¡Maldita sea!

Golpeó el volante con las palmas. Que él recordara, era la primera vez en su vida adulta que perdía el control por completo. Joanna era su mejor amiga. Ni siquiera le había dado la oportunidad de explicarse. La había condenado antes de que abriera la boca.

La pregunta era ¿por qué?

¿Porque la visita de Ian Simpson lo había dejado intranquilo? ¿O porque —como Joanna había insinuado— se estaba encariñando de Zoe Harrison más de lo debido?

—Mierda —susurró mientras trataba de analizar sus sentimientos.

No podía ser amor. ¿Cómo iba a serlo? Solo hacía dos semanas que la conocía, y la mayor parte del tiempo se había mantenido a una distancia prudencial. Por otro lado, había algo en ella que lo conmovía, una vulnerabilidad que le hacía desear protegerla. Y no, se reconoció por fin a sí mismo, en un sentido solo profesional.

Cayó en la cuenta de que eso explicaría su irracional antipatía hacia el amante de Zoe. Era un buen tipo, siempre le había tratado con educación y, sin embargo, le desagradaba. Le sorprendía que la inteligente y cariñosa Zoe se hubiese enamorado de él. Por otro lado... era un «príncipe». Simon suponía que eso compensaba muchas cosas.

Se le escapó un gemido al recordar las últimas palabras que le había dicho a Joanna. Había quebrantado por completo las reglas al desvelarle que habían pagado a Marcus para sonsacarle lo que sabía.

«La chica es buena persona...»

Las palabras ebrias de Ian del viernes por la noche resonaron de repente en su cabeza.

¿Y si...?

—¡Oh, mierda!

Simon clavó el puño en el volante cuando la escena al completo pasó frente a sus ojos. Había dado por hecho que Ian hablaba de Joanna cuando dijo «la chica». Pero también había pinchado el teléfono de Welbeck Street y colocado micrófonos por toda la casa. Sabía que ellos estarían escuchando...

¿Y si Ian se refería a Zoe? Había mencionado que últimamente se había sacado un dinero extra, y Joanna no era, ni mucho menos, un objetivo para la prensa, alguien por la que los periódicos pagarían una fortuna a cambio de información relacionada con ella.

Pero Zoe sí...

Mientras ponía el coche en marcha, comprendió que se había equivocado por completo.

Cuando llegó a Welbeck Street encontró una cuadrilla de fotógrafos, cámaras y periodistas acampada delante de la puerta. Se abrió paso a codazos, ignorando sus gritos y preguntas, entró en la casa y echó todos los cerrojos de la puerta.

—¿Zoe? ¿Zoe? —llamó.

Nadie contestó. Puede que no hubiera llegado aún de Hampshire, aunque le habían informado de lo contrario por teléfono. Cuando entró en la sala de estar, vio el objetivo de una cámara por una rendija abierta en las viejas cortinas de damasco y corrió a cerrarlas. Miró en el comedor, el estudio y la cocina, gritando el nombre de Zoe. Subió y comprobó el dormitorio principal, el cuarto de Jamie, la habitación de invitados y el baño.

—¿Zoe? Soy Simon. ¿Dónde estás? —la llamó de nuevo, cada vez más nervioso.

Subió a las dos habitaciones de la planta superior y comprobó que la suya estaba vacía. Abrió la puerta del cuarto situado al otro lado del estrecho rellano. Estaba abarrotado de muebles descartados y juguetes de cuando Jamie era pequeño. Y acurrucada en un rincón, entre un ropero viejo y un sillón, abrazada a un oso de peluche, estaba Zoe con el rostro enrojecido por el llanto y el pelo recogido en una coleta. Vestida con una camiseta vieja y un pantalón de *jogging*, no parecía mucho mayor que su hijo.

—¡Oh, Simon, menos mal que has venido!

Alargó las manos y Simon se arrodilló a su lado. Zoe descansó la cabeza en su pecho y lloró. Poco podía hacer él salvo rodearla con sus brazos, obligándose a ignorar la maravillosa sensación que eso le producía.

Al rato, ella levantó la vista. Pudo ver el pánico reflejado en sus ojos azules.

—¿Siguen ahí fuera?

—Me temo que sí.

—Cuando llegué, uno de ellos tenía una escalera de mano. Estaba asomándose a la habitación de Jamie, intentando hacer una foto… Dios mío, ¿qué he hecho?

—Nada, Zoe, sencillamente enamorarte de un hombre famoso. Toma. —Simon le ofreció su pañuelo y Zoe se enjugó las lágrimas.

—Siento haberme comportado de forma tan patética. Estaba conmocionada.

—No tienes de qué disculparte. ¿Dónde está Su Alteza?

—En el palacio, supongo. Nos despertaron en Hampshire a las cinco de la mañana y nos dijeron que teníamos que irnos. Art se marchó en un coche y yo en otro. Llegué a las ocho, y los medios ya estaban acampados fuera. Pensé que no ibas a llegar nunca.

—Lo siento, no me llamaron hasta las diez y media. ¿Has sabido algo de Su Alteza desde tu vuelta?

—Ni una palabra, pero además de eso, estoy muy preocupada por Jamie. ¿Y si la prensa ha ido a su colegio para conseguir una foto? Jamie no sabe nada… ¡Qué egoísta he sido, Simon! Nunca debí empezar otra vez esta historia y poner en riesgo la seguridad de mi hijo. Yo…

—Procura tranquilizarte. Estoy seguro de que el príncipe te llamará y de que el palacio se encargará de protegeros.

—¿Tú crees?

—Por supuesto. No te dejarán aquí tirada. Oye, ¿qué tal si les llamo?

—Vale. ¿Y puedes pedir a la persona con la que hables que le diga a Art que me llame? Esta mañana no tuvimos tiempo de hablar.

—Puedes bajar si quieres, he cerrado todas las cortinas. Nadie te verá.

Zoe negó con la cabeza.

—Todavía no, gracias. Cuando me haya calmado un poco.

—Entonces te subiré un té. Con leche y sin azúcar, ¿verdad?

—Sí. —Zoe esbozó un amago de sonrisa—. Gracias.

Simon bajó a la cocina, encendió la tetera y se sintió como el cabrón que era por consolar a una mujer que casi son seguridad había sido vendida por un topo de su organización que escuchaba los micrófonos que él mismo había colocado. Una organización que debía velar no solo por la seguridad de Gran Bretaña, sino de quienes lo necesitaran. Llamó a la oficina de seguridad del palacio.

—Soy Warburton. Estoy en Welbeck Street y la casa está rodeada. ¿Cuáles son las instrucciones?

—Por el momento, ninguna. Quédense donde están.

—¿Habla en serio? Como puede comprender, la señorita Harrison está muy angustiada. ¿Están buscándole un lugar más seguro?

—Que yo sepa, no.

—Tal vez sería mejor para ella estar en el palacio.

—Eso no es posible.

—Ya. ¿Y qué hay de su hijo? Como es lógico, la señorita Harrison está muy preocupada por cómo pueda afectarle esto. Está en un internado de Berkshire.

—En ese caso, será mejor que hable con el director para que extreme las medidas de seguridad. ¿Algo más?

Simon respiró hondo, tratando de controlar su enfado.

—No, gracias.

Llamó al colegio de Jamie y, después, subió con dos tazas de té y un plato de galletas.

—¿Has hablado con ellos? —preguntó, esperanzada, Zoe.

—Sí. —Simon le tendió una taza y se sentó a su lado—. ¿Una Jammie Dodger? —le preguntó, ofreciéndole el plato de galletitas rellenas de frambuesa.

—Gracias. ¿Qué han dicho?

—Que debemos quedarnos aquí. Están organizando algo. Ah, y el príncipe te manda un beso —mintió Simon—. Te llamará más tarde.

El rostro de Zoe se iluminó.

—¿Y Jamie?

—He hablado con el director y ya están al tanto de la situación. Los medios no han hecho aún su aparición, pero tomarán precauciones adicionales. El director dijo que Jamie está bien. Al parecer, ellos no tienen ese «periodicucho», palabras textuales, en el colegio.

—Gracias a Dios. —Zoe dio un pequeño mordisco a la galleta—. ¿Qué demonios voy a decirle? ¿Cómo le explico todo esto?

—Confía un poco más en él. Es un chico inteligente, y recuerda, ha crecido en el punto de mira, con su abuelo y contigo. Lo superará.

—Supongo que tienes razón. ¿Crees que fue Joanna la que filtró la historia? —preguntó, despacio, Zoe.

—No, estoy seguro de que no, aunque cuando vi la noticia ella estaba en mi casa y… me precipité en mis conclusiones.

—Es mucha coincidencia.

—Sí, pero no creo que fuera ella. Y tú tampoco deberías creerlo —recalcó Simon—. La conozco de toda la vida y es una amiga leal. En serio.

—Era la única persona que lo sabía. ¿Quién más podría ser?

—No tengo ni idea —mintió de nuevo Simon—. Por desgracia, con esta clase de cosas hasta las paredes oyen.

«Literalmente», pensó.

—Así que estamos atrapados aquí hasta que nos digan qué hacer.

—Eso parece.

Zoe bebió un sorbo de té, levantó la vista y sonrió.

—¿Simon?

—¿Qué?

—Me alegro mucho de que estés aquí.

24

Al caer la tarde en Welbeck Street, seguían sin tener noticias del príncipe o del palacio. Para cuando Marcus llamó al fin, Zoe se había calmado un poco. Estaba en Haycroft House, examinando las cajas del desván, por lo que no se había enterado de la noticia hasta que fue al pub y los lugareños lo acosaron a preguntas.

—Bien hecho, Zo, eso de pescar a un príncipe —dijo, tratando de animarla—. Llegaré a Londres esta noche, así que si me necesitas ya sabes dónde estoy. Mantén la calma y pasa de lo que digan los capullos de los medios. Pronto lo olvidarán. Te quiero, hermanita.

—Gracias, Marcus.

Zoe colgó, reconfortada por el respaldo de su hermano. Decidió salir de su escondite en el ático y bajó al amortajado comedor todavía abrazada al oso de Jamie.

A falta de algo mejor que hacer, Simon se paseó por la casa buscando metódicamente rendijas en las cortinas y muescas de cinceles debajo de las ventanas de guillotina. También retiró los micrófonos que había colocado y los guardó en una caja de pañuelos de papel en su habitación. No quería que la gente de la oficina se divirtiera con el sufrimiento de Zoe. Solo deseaba que se dieran prisa y decidieran qué iban a hacer con ella, puesto que entretanto los dos se encontraban recluidos dentro de la casa. Salió de puntillas al recibidor y escuchó el murmullo de voces al otro lado de la puerta. Entró en la sala y encontró a Zoe sentada en el sofá, todavía paralizada.

—¿Té? ¿Café? ¿Algo más fuerte? —le propuso.

Zoe levantó la vista y negó con la cabeza.

—No, gracias, estoy un poco indispuesta. ¿Qué hora es?

—Las cinco menos diez.

—He de telefonear a Jamie. Siempre lo llamo los domingos a la hora de la merienda. —Se mordió el labio—. ¿Qué demonios le digo?

—Habla primero con el director, él podrá aconsejarte. Si Jamie no sabe nada aún, tal vez sea mejor que continúe así.

—Tienes razón. Gracias, Simon. —Zoe cogió el móvil del suelo y marcó el número del colegio.

Simon fue a la cocina para preparar su enésima taza de té, preguntándose por qué el príncipe no había llamado todavía a Zoe. Si decía amarla, ¿no debería ser una prioridad para él tener una charla breve pero tranquilizadora con ella? ¿Era posible que el príncipe y el palacio no tuvieran pensado rescatar a Zoe? ¿Iban a dejar que diera la cara sola?

—Jamie está bien, es evidente que no sabe nada. —La voz aliviada de Zoe detuvo sus pensamientos.

Simon se dio la vuelta y sonrió.

—Bien.

—El director me ha dicho que hay un par de periodistas merodeando en las verjas del colegio, pero ha informado a la policía local y están ojo avizor. Jamie quería saber qué tal mi semana y le he dicho que bien. —Soltó una risa débil—. Por supuesto, no soy tan estúpida como para creer que tardará mucho en enterarse… ¿De verdad crees que es mejor que no le diga nada?

—Por el momento, sí. La ignorancia es una bendición, sobre todo si tienes diez años. En el colegio está a salvo, y si no se añade leña al fuego, es posible que el asunto acabe olvidándose pronto.

Zoe se sentó a la mesa de la cocina y apoyó la cabeza en los brazos.

—Llama, Art, por favor, llama.

Simon le dio una palmadita en el hombro.

—Llamará, Zoe, ya lo verás.

A las ocho de la noche, Simon instaló el televisor portátil del cuarto de Jamie en la habitación de Zoe. Había intentado que comiera algo, pero ella se había negado. Estaba tirada en la cama, tan pálida como la luz de la luna que entraba por la ventana. Simon corrió las cortinas por si algún periodista conseguía una escalera.

—Oye, ¿por qué no llamas tú a Art? Tienes su móvil, ¿no?

—¿Crees que no lo he hecho ya? —espetó Zoe—. Unas cien veces. Y siempre salta el buzón de voz.

—Vale, perdona.

—Perdona tú. Nada de esto es culpa tuya y no quiero pagarla contigo.

—No lo haces —le aseguró él—. Y si lo hicieras, lo entendería.

Zoe se levantó y empezó a pasearse por la habitación mientras Simon conectaba la antena y encendía el televisor. La pantalla cobró vida y se oyó una voz.

«... que el príncipe Arthur, duque de York y tercero en la línea de sucesión al trono, tiene un nuevo amor. Zoe Harrison, actriz y nieta del difunto sir James Harrison, fue vista paseando con el príncipe por los jardines de la finca de un amigo en Hampshire.»

Zoe y Simon miraban en silencio la pantalla mientras el reportero de la ITV hablaba delante de la casa de Welbeck Street. Detrás de él, una horda de fotógrafos invadía la acera y la calzada. La policía dirigía los coches por el embudo e intentaba controlar a la multitud.

«La señorita Harrison llegó a su casa de Londres esta mañana temprano y hasta el momento ha evitado hablar con los medios acampados frente a su puerta. Si la señorita Harrison tiene una relación romántica con el duque, al palacio se le plantea un dilema. La señorita Harrison es madre soltera de un niño de diez años y nunca ha desvelado la identidad del padre. Queda por ver si el palacio dará su visto bueno a una relación tan controvertida. Un portavoz del palacio de Buckingham emitió un breve comunicado esta mañana para confirmar que el duque y la señorita Harrison estuvieron juntos en Hampshire, asistiendo a una fiesta de amigos, pero que su relación era solo de amistad.»

Simon buscó una reacción en el semblante de Zoe y no la encontró. Tenía la mirada vidriosa.

—Zoe...

—Tendría que haber sabido que sería así —musitó mientras salía del dormitorio—. Ya he pasado antes por esto.

A la mañana siguiente, a falta de instrucciones, Simon llamó de nuevo a la oficina de seguridad.

—¿Alguna orden?

—Nada por el momento. Quédense donde están.

—La señorita Harrison tiene que ir hoy a un estudio de graba-ción de Londres para una sesión de postproducción. ¿Cómo espe-ra que la saque sin causar un disturbio en una calle tan céntrica de Londres?

Hubo una pausa al otro lado del teléfono.

—Utilice los años de formación pagados por el gobierno britá-nico. Adiós, Warburton.

—¡A la mierda! —maldijo Simon en el auricular, convencido ya de que el palacio no tenía intención de apoyar a Zoe.

—¿Quién era? —Zoe se detuvo en la entrada de la cocina.

—Mi jefe.

—¿Qué te ha dicho?

Simon respiró hondo. No tenía sentido mentirle.

—Nada. Debemos quedarnos aquí.

—O sea, que nos han dejado solos.

—Me temo que sí.

—Bien. —Zoe se dio la vuelta, decidida—. Voy a escribirle una carta a Art.

Entró en el estudio y abrió uno de los cajones del escritorio antiguo de su abuelo para buscar su preciosa pluma. Cuando dio con ella, le quitó el capuchón y escribió un garabato en una vieja factura de electricidad para ver si funcionaba. La pluma estaba va-cía. Revolvió los cajones en busca de un cartucho de tinta, sacando más papeles en el proceso y arrojándolos al suelo. Cuando por fin encontró un cartucho, se arrodilló para recoger las facturas y de-volverlas a los cajones. Al hacerlo, el membrete de una empresa en una de ellas llamó su atención.

Regan Private Investigation Services Ltd.
Cantidad pendiente de pago
Total = 8.600

James había escrito «Pagado» sobre las palabras y, debajo, la fecha «19-10-95». Zoe se mordió el labio, preguntándose por qué demonios necesitaría su abuelo contratar los servicios de una agen-cia de detectives privados, sobre todo tan cerca del final de su vida.

A juzgar por la suma que había pagado, se trataba de una investigación de envergadura.

—¿Estás bien?

Zoe se sobresaltó al oír la voz de Simon. Estaba en el umbral de la puerta con cara de preocupación.

—Sí. —Zoe devolvió a toda prisa la factura al cajón y lo cerró.

—¿A qué hora has de estar en el estudio?

—A las dos.

—En ese caso, deberíamos irnos sobre la una. Voy a salir un momento para colocar el coche de manera que nos permita una huida rápida.

—¿Voy a tener que enfrentarme a ese aluvión de periodistas?

—No si estás dispuesta a ponerte un gorro ridículo y a colarte en casa ajena. —Simon sonrió—. Vuelvo enseguida.

Procuró apartar el miedo y la rabia y se concentró de nuevo en la carta.

«Querido Art —escribió—. En primer lugar, quiero decirte que entiendo la terrible posición en la que te ha puesto toda esta situación. Creo…»

El móvil de Zoe sonó, deteniendo su inspiración.

—¿Diga? Ah, hola, Michelle. —Escuchó lo que su agente tenía que decirle—. ¡No, no quiero ir a GMTV ni conceder una entrevista al *Mail*, al *Express*, al *Times* o al maldito *Toytown Gazette*! Lamento que estén acosándote… ¿Qué puedo decir aparte de que no tengo nada que decir? Sin comentarios… Vale, lo haré. Adiós. —Zoe apretó la mandíbula. El móvil sonó de nuevo—. ¿Qué? —ladró.

—Soy yo.

—¡Art! —sollozó aliviada—. ¡Dios, pensaba que no llamarías nunca!

—Lo siento, cariño. Aquí se ha desatado el infierno, como puedes imaginar.

—Las cosas aquí no son precisamente fáciles.

—Lo siento mucho, Zoe. Oye, tenemos que hablar.

—¿Dónde?

—Eso, dónde. ¿Está Warburton contigo?

—Sí. Bueno, ha salido un momento a mover el coche. Estamos casi sitiados. Me siento como un animal enjaulado. —Zoe se instó a no llorar por teléfono.

—Debes de estar pasándolo fatal, cariño, te entiendo perfectamente. ¿Qué me dices de la casa de tu abuelo en Dorset? ¿Crees
que podrías salir con discreción y llegar allí esta noche?

—Probablemente. ¿Podrías tú?

—Haré todo lo posible. Intentaré llegar sobre las ocho.

—Sí, por favor, inténtalo.

—Por supuesto. Y trata de recordar que te quiero.

—Y yo a ti.

—He de dejarte. Hasta luego, cariño.

—Adiós.

Zoe notó que toda su tensión y su reciente decisión de poner
fin a la relación se desvanecían. El mero hecho de escuchar la voz
de Art le había infundido coraje. Miró la carta que había comenzado
y la rompió. Él todavía la quería. Tal vez hubiera una manera…

La puerta de la calle se abrió y Zoe escuchó un estruendo de
voces lanzando preguntas a Simon. El clamor se apagó cuando cerró la puerta tras de sí con un golpe seco. Zoe asomó la cabeza en
el recibidor.

—Parecen una manada de hienas. Seguro que ahora apareceré
en la portada de algún periodicucho como el posible padre de
Jamie… —masculló Simon.

Zoe se puso seria.

—Espero que no.

—Lo siento, ha sido un comentario desconsiderado.

—Pero acertado —repuso ella con ironía.

—Pareces más animada —dijo él, observándola—. ¿Te has des-
ahogado?

—Me ha llamado Art. Me ha propuesto que vaya esta noche a
la casa de mi abuelo en Dorset. Intentará reunirse allí conmigo. Así
que ahora, con más razón que nunca, hemos de salir de esta casa
sin que nadie nos vea. Voy a darme una ducha.

—Vale. Coge lo justo. Y no te preocupes, he reconocido el terreno y elaborado un plan. —Sonrió y se dio unos golpecitos en la
nariz.

—Bien. —Zoe rio sin ganas y subió a ducharse.

Cuando Simon oyó que la puerta del baño se cerraba, entró en el
estudio y abrió el cajón que había visto cerrar a Zoe hacía un rato.
Rebuscó en su contenido todo lo deprisa que pudo. Tras encontrar

la factura en la que Zoe había estado tan absorta, la dobló y se la guardó en el bolsillo del traje. Cerró el cajón con sigilo, salió del estudio y subió a su cuarto.

Diez minutos más tarde se reunieron en el diminuto patio de atrás. Simon reprimió una sonrisa al ver el atuendo elegido por Zoe: tejano negro, jersey de cuello alto negro y un sombrero de pescador encasquetado hasta las cejas sobre la rubia melena.

—Bien, ahora te ayudaré a saltar este muro —dijo—. Al otro lado, un metro más abajo, hay un saliente en el que puedes poner el pie. Luego saltaremos dos muros más. La tienda de muebles antiguos que está a cuatro puertas de aquí tiene una puerta trasera. Nos colaremos por ella aunque tengamos que forzarla, cruzaremos la tienda y saldremos por el otro lado como si fuéramos clientes.

—¿No saltará la alarma?

—Es posible, pero nos enfrentaremos a ese escollo cuando aparezca. Vamos.

Despacio, fueron salvando los muros de dos metros que separaban los patios traseros de los edificios a lo largo de la calle. Simon se alegraba de que Zoe fuera joven y ágil, y con su ayuda los superaron con facilidad. Finalmente se detuvieron delante de una puerta con rejilla sobre la que parpadeaba una luz roja.

—Mierda. —Simon inspeccionó la puerta—. Tiene la cerradura por dentro. —Caminó hasta el ventanuco que había al lado, que también tenía una rejilla. Sacó unos alicates del bolsillo y trabajó pacientemente hasta que la parte inferior de la rejilla cedió, desvelando una vieja ventana de guillotina. Entre el marco y el cristal había un hueco de un centímetro.

—Ignoro si esta ventana está conectada a la alarma, así que prepárate para volver a saltar el muro si se dispara —la previno.

Zoe permaneció en tensa espera mientras la cara de Simon se ponía colorada por el esfuerzo. Por fin, la ventana soltó un pequeño gruñido de consentimiento y se elevó. La alarma no saltó.

Simon chasqueó la lengua y le hizo señas a Zoe para que se acercara.

—La gente debería ser más precavida. No me extraña que haya tantos robos. Entra.

Le indicó que debía escurrirse por el hueco de medio metro y abrirlo un poco más desde el interior para que pudiera pasar él.

Sesenta segundos después, Simon y Zoe se encontraban en un almacén repleto de sillas antiguas y mesas de caoba.

—Ponte las gafas de sol —le ordenó.

Zoe sacó de su bolsillo unas gafas de sol enormes y se las puso.

—¿Qué tal estoy? —preguntó con una sonrisa.

—Pareces una adorable hormiga ninja —susurró él—. Ahora, sígueme.

Cruzaron el almacén y, con sumo sigilo, abrieron la puerta situada en el otro extremo. Simon asomó la cabeza y señaló un tramo de escaleras.

—Esa debe de llevar a la tienda —susurró—. Ya casi estamos.

Subió seguido de Zoe. Cuando llegó arriba, giró el pomo de la puerta y miró dentro. Asintió, abrió un poco más la puerta, se escurrió por el hueco y le hizo señas a Zoe para que lo imitara. Una vez dentro de la desierta tienda, Simon se dirigió a un recargado diván y Zoe hizo lo propio. Un hombre mayor apareció por otra puerta.

—Lo siento, señor, no oí el timbre.

—No se preocupe. Mi mujer y yo estamos interesados en este diván. ¿Puede hablarnos un poco de él?

Cinco minutos después, tras prometerle que volverían con las medidas del salón, salieron al sol deslumbrante de un día de febrero inusitadamente primaveral.

—Sigue andando, y no mires atrás —murmuró Simon mientras se encaminaba con paso raudo al Jaguar, estacionado a pocos metros de la tienda.

Una vez dentro, Simon se sumó al tráfico en dirección al Soho y el estudio de grabación. Zoe se volvió y vio a los medios a solo cincuenta metros de ella, todavía apiñados delante de su casa. Justo cuando doblaban la esquina, les enseñó el dedo corazón.

—Ha sido divertidísimo —rio—. Y la idea de que todos esos buitres estén esperando frente a una casa vacía me ha puesto de excelente humor. —Buscó la mano de Simon, que descansaba sobre el cambio de marchas, y la estrechó—. Gracias.

La suave caricia de Zoe echó a perder su concentración.

—Estamos aquí para complacerla, señora. Pero no te confíes. Tarde o temprano alguien se dará cuenta de que no estás en casa.

—Lo sé, pero esperemos que no sea hasta esta noche.

Simon la dejó en Dean Street, delante del estudio de grabación, e hizo una llamada.

—Siento telefonear antes de lo habitual, señor, pero puede que luego lo tenga más difícil.

—Entiendo.

—He encontrado algo. Puede que no tenga importancia, pero... —Leyó la información de la factura que había sacado del cajón.

—Yo me ocupo, Warburton. He oído que está muy atareado.

—Sí. Esta noche he de llevar a la señorita Harrison a Dorset.

—No deje de darle conversación. Tarde o temprano se le escapará algo.

—Estoy convencido de que no sabe nada, señor, pero lo haré. Adiós.

Simon colgó y encontró estacionamiento en el parking público de Brewer Street. Escribió un mensaje a Zoe para decirle que lo llamara cuando terminase, que la recogería en la puerta. De repente estaba hambriento. Echó un vistazo al pub del otro lado de la calle, suspirando por una cerveza, pero la patética imagen de Ian borracho y al borde de las lágrimas le hizo cambiar de parecer. Entró en un McDonald's y devoró la hamburguesa y las insípidas patatas fritas mientras trataba de concentrarse en su libro, pero la imagen de Zoe irrumpía en su cerebro cada vez que recordaba el contacto de su mano.

«Contrólate, Warburton —se reprendió—. Primera norma de una operación: no involucrarse emocionalmente.» Aun así, mientras aguardaba impaciente su llamada supo que ya había cruzado la línea. Nada podía hacer, salvo aplicar un programa de limitación de daños y saber que sufriría lo indecible cuando sus servicios ya no fueran requeridos y sus caminos se separaran.

Zoe se subió al coche dos horas más tarde. Simon se fijó en que se había maquillado. La prefería al natural, en su opinión era tan bella que no lo necesitaba.

«¡Basta, Warburton!»

Giró la llave del contacto y puso rumbo a la M3 en dirección a Dorset.

—¿Ha ido bien la postproducción? —le preguntó por hablar de algo.

—Sí. Como era de esperar, la gente estaba más interesada en mi relación con Art que en lo demás. —Zoe se pasó una mano por la larga melena rubia—. Aunque Mike, el director, fue un encanto. Me dijo que tiene un apartamento en el sur de Francia y que puedo ir cuando quiera.

—Detesto decirlo, pero imagino que también está pensando en lo mucho que disparará la venta de entradas en todo el mundo el hecho de tener a la nueva novia de un príncipe de Inglaterra en su película.

—Tu comentario es muy cínico, pero supongo que acertado. —Zoe contempló el río Támesis bajo el puente de Chiswick y suspiró.

—En cualquier caso, te veo mucho más animada.

—Y lo estoy. —Zoe se volvió hacia él con la mirada chispeante—. Dentro de dos horas veré a Art.

Poco después de las seis, Simon doblaba por el camino de entrada de Haycroft House. Dentro de la casa, como siempre, hacía un frío de muerte. Y desparramado por toda la sala estaba el contenido de una docena de cajas procedentes del desván.

—¡Maldito seas, Marcus! —aulló Zoe antes de proceder a devolver las pilas de papeles viejos a las cajas mientras Simon encendía la chimenea—. Sabía que acabaría aburriéndose. Ahora el desorden es aún mayor que antes.

—Bueno, si vas a quedarte aquí unos días, te dará algo que hacer.

—Espero que Art tenga otros planes. Tal vez me proponga hacer un viaje. Por otro lado, ¿qué hago con Jamie? No sé, tendré que esperar a que llegue. Entretanto, ¿puedes ayudarme a amontonar las cajas en un rincón?

Finalmente, con la sala de estar ordenada, la chimenea encendida y la estufa de la cocina en marcha, Zoe procedió a guardar la comida que Simon había comprado mientras ella se ocultaba en el coche.

—Menos mal que aún tengo algo de ropa en mi armario —dijo distraída—. Voy a cambiarme. ¿Crees que Art habrá comido o debería preparar algo? Podría hacer un estofado, así no importará a qué hora llegue.

Simon respondía a las preguntas como mejor podía, percibiendo su tensión. Cuando Zoe subió a cambiarse, salió de la casa con los prismáticos para examinar la configuración del terreno. El alma se le cayó a los pies al divisar dos coches estacionados detrás de la verja y unos tipos que alargaban una escalera de mano y la apoyaban en el seto que rodeaba la casa. «¿Cómo se las ingenian?», se preguntó al tiempo que se armaba de valor para volver dentro e informar a Zoe.

—¡Oh, no! —Zoe se detuvo en la cocina con el rostro desolado.

—Me temo que he de informar a seguridad de que la prensa está aquí.

—¿Por qué no pueden dejarnos en paz? ¿Por qué? ¿Por qué? ¿Por qué? —Golpeó la mesa con el puño, cada vez con más fuerza.

—Lo siento, pero debo llamar ya.

Simon salió de la cocina e informó de la situación. A su regreso, encontró a Zoe sentada a la mesa, fumando un cigarrillo.

—No sabía que fumaras —comentó.

—Marcus debió de dejarse el paquete, y si hubiera Prozac, éxtasis o incluso heroína, esta noche me la tomaría. —Tenía los ojos rojos de puro agotamiento—. No vendrá, ¿verdad?

—No. Oye, ¿y si preparo algo de cena? No te he visto probar bocado desde que llegué a Welbeck Street ayer por la mañana.

—Eres muy amable, pero no me entra nada.

—Está bien. Prepararé algo para mí, entonces.

Zoe se encogió de hombros y se levantó.

—Creo que ya habrá agua caliente suficiente. Voy a darme un baño.

Cuando Zoe se marchó, Simon reunió los ingredientes y empezó a cortar verduras, silbando para romper el silencio sepulcral de las viejas paredes.

Zoe bajó una hora más tarde envuelta en el viejo batín de cachemira de su abuelo y aspiró el olor tentador que salía de la cocina.

—¿Qué es? —Miró por encima del hombro de Simon la cazuela que estaba removiendo.

—¿Acaso importa? No quieres, ¿recuerdas? —Señaló la botella de vino tinto que descansaba sobre la mesa—. Sírvete una copa. Solo la he abierto con fines culinarios, por supuesto.

—Por supuesto. —Zoe sonrió. Se sirvió una copa, tomó asiento y observó trabajar a Simon.

—¿Es parte de tu entrenamiento?

—No, pero me encanta cocinar. ¿Seguro que no quieres?

—Venga, ya que has hecho el esfuerzo.

Simon sirvió dos platos y le puso uno delante.

—Estofado picante de ternera con lentejas. Tendría que haber marinado la carne durante unas horas, pero se podrá comer. —Se sentó frente a ella.

Zoe se llevó un tenedor lleno a la boca.

—Está riquísimo.

—No pongas esa cara de sorpresa —rio él.

—Estás desperdiciando tu talento. Deberías abrir un restaurante.

—Eso me dice siempre Joanna.

—Y tiene razón. —Zoe siguió comiendo—. ¿Joanna y tú habéis sido alguna vez… ya sabes?

—¿Amantes? Nunca. Siempre la he considerado una hermana. Lo habría sentido como un incesto. Aunque…

—¿Sí?

—Bueno, no fue nada en realidad. Hace unas semanas, Joanna estaba en mi casa y nos besamos. —Simon notó que se sonrojaba—. Su novio acababa de dejarla, pero yo todavía creía que mi relación con mi novia seguía intacta, así que lo paré. —Simon detuvo el tenedor entre el plato y su boca—. Me pregunto si habría actuado de otra manera de haber sabido que mi ex iba a dejarme.

—Ahora ya nunca lo sabrás. —Zoe encogió los hombros.

—¿Quieres un poco más? Hay mucho. —Simon señaló el plato vacío de Zoe.

—Sí, por favor, está riquísimo. ¿Piensas hacerlo siempre? —preguntó Zoe mientras él le servía una segunda ración.

—¿El qué?

—Lo de ser guardaespaldas. Supeditar tu vida a la seguridad de otros.

—No lo sé.

—Creo que estás desperdiciando tu potencial. Es un trabajo sin perspectivas.

—Uau, gracias —rio él.

—No me malinterpretes. —Zoe se ruborizó.

—Tranquila. Tienes razón, no quiero pasarme la vida haciendo esto.

—Bien. —Zoe levantó la copa—. Porque los dos encontremos nuestro verdadero camino.

—Por nosotros. —Simon alzó su vaso de agua.

En ese momento sonó el teléfono de Zoe.

—Perdona. —Salió de la cocina para atender la llamada.

Simon quitó la mesa y preparó café. Diez minutos después, Zoe regresó a la cocina con una sonrisa de oreja a oreja.

—¡Oh, Simon, todo va a ir bien!

—¿Ah, sí? Me alegro.

—Era Art. Ha organizado un viaje para los dos. Un industrial amigo suyo nos ha ofrecido su avión privado y su casa de veraneo en España. Por lo visto tiene un sistema de seguridad muy sofisticado, así que podremos relajarnos y hablar del futuro con tranquilidad, sin mirones a la vista.

—Bien, genial. ¿Cuándo te vas?

—Mañana por la mañana. Art dice que te llamarán, pero he de estar en Heathrow a las nueve en punto. Nos encontraremos en la sala VIP de la Terminal 4. Y luego, y esto te gustará, quedarás libre. Art se llevará a su propia gente para que cuide de nosotros mientras estamos allí.

—Vale. ¿Café?

—Me encantaría. Tomémoslo delante de la chimenea —propuso Zoe mientras lo conducía a la sala de estar con el café—. Será fabuloso no tener a nadie espiándonos. Necesitamos desesperadamente tiempo para hablar.

Zoe se sentó frente al fuego con las piernas cruzadas y abrazó la taza con las manos. Simon tomó asiento en el sofá y bebió un sorbo de café.

—Si te lo pide, ¿te casarás con él?

—¿Crees que me lo pedirá? ¿Podría casarse, dada su situación?

—Vale, te lo preguntaré de otra manera. ¿Quieres pasar el resto de tu vida con él?

La mirada de Zoe se iluminó.

—¡Por supuesto! Lo he deseado todos los días desde hace diez años.

—¿Diez años? Caray, entonces me equivocaba, la historia sí ha tardado mucho en filtrarse —bromeó Simon.

—En realidad, no. —Zoe cogió un hilo suelto de la alfombra—. Conocí a Art hace diez años. Era tan joven… acababa de cumplir los dieciocho. No soy tan ingenua como para creer que esta vez será coser y cantar. Puede que su familia me vete, como hizo entonces. Puede que vaya a España para que Art me diga de la manera más suave posible que lo nuestro no puede ser.

Simon no mencionó el debate que había escuchado en Radio Five Live sobre si la familia real estaría dispuesta a que una madre soltera se uniera al clan. Los sondeos de opinión sugerían que no.

—Quería pedirte algo. —Zoe levantó la vista.

—Dispara.

—Verás, no sé cuánto tiempo voy a estar fuera y me preguntaba si…

—Suéltalo, Zoe.

—Si este fin de semana podrías ir a ver a Jamie. Le prometí que iría, pero no va a ser posible. Le caíste muy bien y…

—Claro, cuenta con ello.

—Informaré al colegio de dónde estoy. Quizá les pida que le digan a Jamie que estoy… rodando un anuncio en España o algo así. No quiero mentirle, pero creo que es de vital importancia que Art y yo tengamos unos días para hablar.

—Sí —respondió distraído Simon, pensando en lo preciosa que estaba Zoe a la luz del fuego. Reacio a alargar su sufrimiento un segundo más, se puso en pie—. Me voy a la cama. Mañana hay que madrugar y puede que tenga que inventarme alguna ruta rocambolesca para despistar a esas ratas.

—Claro. —Zoe se levantó, se acercó a él y, poniéndose de puntillas, le plantó un beso en la mejilla—. Gracias, Simon. Nunca olvidaré lo que has hecho por mí estos dos últimos días. Me has mantenido cuerda.

—Gracias. —El corazón de Simon se contrajo—. Buenas noches —murmuró, y salió de la estancia.

A la mañana siguiente, en Heathrow, Zoe dejó solo a Simon y corrió hacia los brazos del príncipe.

—¡Art!

—Hola, Zoe. —Art la besó en la coronilla—. Pronto nos iremos. Gracias por su ayuda, Warburton —añadió, asintiendo con indiferencia.

—Sí, gracias, Simon. Adiós.

Zoe se despidió con la mano mientras Art la conducía a la sala VIP. Una pequeña cuadrilla de guardaespaldas siguió a la pareja.

Simon regresó por el laberinto de pasillos hasta dejar atrás el perímetro de seguridad. En ese momento le sonó el móvil.

—Warburton.

—¿Sí, señor?

—Queda dispensado de su misión hasta que la señorita Harrison regrese. Permanezca disponible por si hay nuevas instrucciones.

—Bien. Gracias, señor.

Simon devolvió el Jaguar a la flota de coches y entregó las llaves. Después se fue al pub, donde pidió una espumosa jarra de Tetley's amarga con la intención de ahogar en ella sus penas.

El peón solitario

*Un peón que no tiene peones amigos
a su alrededor. Puede verse como una debilidad
o utilizarse como una oportunidad
para contraatacar*

25

Joanna estaba sentada a su mesa, escribiendo desanimada un artículo sobre las diez plantas que podrían matar a tu mascota con mayor probabilidad. Se sentía entumecida, vacía, utilizada y confundida, y a punto de abandonarlo todo y regresar a Yorkshire para contar ovejas el resto de su vida.

La noche previa, Marcus la había llamado al móvil e incluso varias veces al fijo pinchado de su casa. Ella no le había devuelto las llamadas. Después de su traición, no quería volver a saber nada de él. Se estremeció al pensar que durante todas las hermosas veladas que habían pasado juntos, él había estado utilizándola para sacarle información.

Contaba los minutos que faltaban para que dieran las cinco y media y pudiera apagar el ordenador. Aunque ignoraba por qué quería irse a un piso vacío, sin novio y sin mejor amigo. Tampoco ayudaba que la noticia de Zoe Harrison y el príncipe tuviera alborotada a toda la oficina. Ni que esa mañana Marian, la jefa de Artículos, la hubiese llamado a su mesa.

—¿Escribió usted el artículo sobre Marcus Harrison, el hermano de Zoe?

—Sí —había contestado, malhumorada, Joanna.

—Corre el rumor de que se está acostando con él. —Marian nunca medía sus palabras.

—Ya no.

—¿Desde cuándo?

—Desde ayer.

—Es una lástima. Iba a pedirle que intentara conseguir una entrevista con Zoe Harrison aprovechando que son casi familia.

—Imposible, me temo.

—Una pena. Eso podría haberla sacado de Mascotas y Jardines. —Marian mordisqueaba su bolígrafo mientras la escudriñaba—. De acuerdo, Jo, es su decisión. Si usted no lo hace, lo hará otro. ¿Está intentando protegerla?

—No.

—Bien, porque si es así, lo mejor que podría hacer es convencerla de que hable con usted. Por lo menos así contaría con un oído empático.

Marian la había despachado con un gesto de la mano y Joanna había vuelto a su mesa.

Por fin, eran las cinco y veintinueve minutos con cincuenta y cinco segundos. Con un gemido de alivio, Joanna apagó el ordenador y se dirigió a la salida. Estaba esperando el ascensor cuando Alec se le acercó.

—Hola, Jo. ¿Estás bien?

—No, no estoy bien.

—Vale. Quiero hablar contigo, pero no aquí. Te espero en el French House dentro de una hora. Por lo visto tenías razón. —Sin darle la oportunidad de negarse, Alec giró sobre sus talones y entró de nuevo en la oficina.

Convencida de que ya que no tenía nada que perder, Joanna pasó una hora deambulando por Leicester Square y Trocadero, cada vez más molesta con los turistas que se interponían en su camino. Alec ya estaba sentado en un taburete cuando llegó al concurrido bar.

—¿Vino?

—Sí —asintió Joanna, ocupando el taburete contiguo.

—He oído que no has tenido un buen día.

—No.

—Marian me ha contado que te negaste a intentar entrevistar a Zoe Harrison. Podrías haberlo utilizado como condición para volver conmigo.

—Habría perdido el tiempo. Es probable que Zoe piense que fui yo la que dio el soplo y prefiera posar semidesnuda para el *News of the Screws* antes que hablar conmigo.

—¡Mierda! —Alec la miró boquiabierto—. ¿Sabías lo de ella y el príncipe?

—Sí, me lo había contado. Gracias. —Joanna bebió un sorbo de vino—. Con todo lujo de detalles, debo añadir.

—Jesús —gimió Alec—. Entonces, ¿podrías haber lanzado la primicia?

—Ya lo creo, y ahora me arrepiento de no haberlo hecho, dado que se me culpa de todos modos.

—¡Joder, Jo! Vas a tener que curtirte. Publicar una exclusiva de ese calibre podría haber supuesto el gran empujón que tu carrera pide a gritos.

—¿Crees que no lo sé? Ayer me tiré toda la noche pensando que a lo mejor este juego no es para mí, porque no tengo la falta de ética necesaria. Por lo visto, poseo la terrible cualidad antiperiodística de saber guardar un secreto. —Joanna apuró la copa—. ¿Puedo tomar otra?

—Al menos estás empezando a beber como una escritorzuela. —Alec hizo señas al camarero—. Vamos, te animarás cuando oigas lo que tengo para ti.

—¿Me reincorporo?

—No.

Joanna se desplomó en la barra y descansó la cabeza en los brazos.

—Entonces, nada de lo que me digas podrá animarme.

—¿Aunque te contara que he encontrado información jugosa sobre tu ancianita? —Encendió un Rothman's.

—No. He tirado la toalla con ese tema. Esa carta me ha destrozado la vida. Ya he tenido suficiente.

—Bien. —Le dio una calada a su cigarrillo—. Entonces tampoco te contaré que estoy casi seguro de quién era tu ancianita. Que antes de llegar a Inglaterra había vivido en Francia los últimos sesenta años.

—Sigo sin querer saber.

—O que James Harrison consiguió comprar su casa de Welbeck Street al contado en 1928. Pertenecía a un político veterano que había formado parte del gabinete de Lloyd George. ¿No te parece extraño que un actor sin blanca pudiera permitirse una casa como esa? A menos, claro está, que se hubiese topado con una gran suma de dinero.

—Lo siento, sigue sin interesarme.

—Entonces, tampoco te contaré que había una tal Rose Alice Fitzgerald trabajando de dama de compañía en cierta casa real en la década de 1920.

Joanna puso ojos como platos.

—¡A la mierda! Coge una botella.

Se trasladaron a una mesa apartada y Alec le contó lo que había descubierto.

—O sea, que lo que me estás diciendo es que mi ancianita, Rose, y James Harrison, alias Michael O'Connell, estaban conchabados y le hacían chantaje a alguien de la familia real —concluyó Joanna.

—Eso es lo que he deducido, sí. Y creo que la carta que te envió era en realidad una carta de amor de Rose a James, alias Michael, o «Siam» en la carta, que no tenía nada que ver con la verdadera trama.

—Entonces, ¿por qué dice Rose en la carta que no puede ver a James?

—Porque la honorable Rose Fitzgerald era dama de compañía y pertenecía a una familia escocesa de alta alcurnia. Dudo que un actor irlandés sin blanca fuera considerado un buen partido. Estoy seguro de que tuvieron que mantener su relación en secreto.

—¡Porras! ¿Por qué he bebido tanto? Tengo la cabeza embotada, no puedo pensar con claridad.

—Entonces yo pensaré por ti. En pocas palabras, creo que Rose y sir James...

—Michael O'Connell en aquellos días —le interrumpió Joanna.

—Que Michael y Rose eran amantes. Rose descubrió algo jugoso mientras realizaba su trabajo en la casa real, se lo contó a Michael, alias James, quien a su vez chantajeó a la persona en cuestión. Los paquetes que dices que William Fielding recogía para Michael/James creo que contenían dinero. A renglón seguido, Michael desaparece, probablemente porque huye a otro país, y deja tirada a la pobre Rose. Meses más tarde regresa, adopta una identidad falsa, se compra la casa de Welbeck Street con el dinero obtenido, se casa con Grace y a vivir que son dos días.

—Vale, partamos de tu premisa —aceptó Joanna—. He de reconocer que es tan buena como todas las que yo he elaborado hasta el momento y parece que todo encaja. ¿Por qué el repentino pánico en masa cuando James Harrison muere?

—Intentemos mirarlo desde otro ángulo. Sabemos a ciencia cierta que Rose regresó a Inglaterra justo después de que sir James estirara la pata, después de pasar muchos años en el extranjero. ¿Es posible que Rose planeara contarlo todo tras la muerte de sir James? ¿Quizá para mancillar su nombre, devolvérsela por haberla plantado?

—De ser así, ¿por qué no lo hizo antes?

—Porque estaba asustada. Puede que James supiera algo de ella y la hubiese amenazado. Cuando Rose descubrió que estaba enferma y se le acababa el tiempo, decidió que ya no tenía nada que perder. No lo sé, Jo, solo estoy conjeturando. —Alec aplastó el cigarrillo en el cenicero y encendió otro.

—Pero ¿es eso motivo suficiente para que los de arriba entren en pánico? Porque el MI5 está metido. Lo único que sé es que se trata de algo gordo, muy gordo —suspiró Joanna—. Lo bastante como para que los altos cargos convencieran a Marcus Harrison de que me sedujera para averiguar qué sabía.

—¿Quién te lo ha dicho?

—Mi amigo Simon.

—¿Estás segura de eso?

—Sí.

Alec maldijo entre dientes.

—Joder, Jo, ¿de qué va todo esto?

—Si nos basamos en tu teoría, está claro que lo que Rose y Michael descubrieron era importante. —Joanna bajó la voz—. Alec, ya han muerto dos personas en circunstancias extrañas, no quiero ser la tercera.

Guardaron silencio. Joanna se esforzaba por despejar la maraña que tenía en la cabeza. Le vino a la mente lo que le recomendó su jefe hacía ya tiempo: «No confíes en nadie».

—¿A qué viene ese repentino interés después de mandarme a la porra?

Alec soltó una carcajada.

—Si crees que me han pagado para espiarte, puedes estar tranquila, cielo. He pensado que necesitabas ayuda, porque este asunto no quedará aquí y parece que los demás te la han jugado. Puede que mi aspecto tenga poco de caballero andante, pero tendrás que conformarte.

—Si decido seguir investigando.

—Claro. Entonces, ¿siguiente paso?

—Marcus y yo pensábamos ir a Irlanda el fin de semana que viene, pero eso fue antes de que descubriera la verdad de por qué estaba saliendo conmigo. William Fielding había señalado una conexión con Irlanda y Marcus consiguió averiguar el lugar exacto del que podría ser originario Michael O'Connell.

—¿Cómo?

—Me contó que el hijo de Zoe mencionó un lugar en Irlanda del que su abuelo le había hablado antes de morir. Puede que lo entendiera mal, pero…

—Nunca subestimes lo que diga un niño, Jo. He obtenido algunas de mis mejores exclusivas de los chiquillos.

—O sea que eres un hombre sin escrúpulos.

—He ahí la clave para ser un buen periodista. —Miró su reloj—. Debo irme. Esta conversación no ha ocurrido. Y no te aconsejaré que vayas a Irlanda y te sientes en el pub del pueblo, donde se oyen todo tipo de chismes, ni te sugeriré que lo hagas antes de que Marcus, o puede que otra persona, se te adelante. Y, por supuesto, no mencionaré que esta noche tienes muy mala cara y que es muy probable que a lo largo de los próximos dos días desarrolles una gripe que te impida venir a trabajar. —Se metió la cajetilla en el bolsillo—. Buenas noches, Jo. Llámame si surgen problemas.

—Buenas noches.

Joanna lo vio salir del bar y, muy a su pesar, sonrió. Por lo menos, el veterano periodista, o el vino, o ambas cosas, habían conseguido levantarle el ánimo.

Paró un taxi y decidió que lo consultaría con la almohada y digeriría la información antes de elaborar un plan.

Cuando llegó a casa tenía ocho mensajes nuevos de Marcus en el contestador. Eso, además de los siete en el móvil y las numerosas llamadas a la redacción que había pedido a la recepcionista que bloqueara.

—Han debido pagarte un pastón, gusano baboso, falso y desleal —gruñó al contestador antes de dirigirse al cuarto de baño para darse una ducha.

El timbre de la puerta estaba sonando cuando emergió del lavabo chorreando y envuelta en una toalla. Miró a través de las cortinas y vio que el gusano baboso estaba delante de su puerta.

—¡Joder! —aulló, y puso la tele, decidida a ignorarlo el tiempo que hiciera falta.

—Joanna, soy yo, Marcus —gritó a través del buzón—. Sé que estás ahí. Te he visto detrás de las cortinas. ¡Déjame entrar! ¿Qué he hecho mal? ¡Joanna!

—¡Mierda! ¡Mierda! ¡Mierda! —gruñó. Se puso el albornoz y se encaminó a la puerta. Marcus despertaría a medio vecindario si no le dejaba entrar. Vio sus ojos mirándola desde la rendija del buzón.

—Hola, Jo. Déjame entrar.

—¡Lárgate!

—Ni lo sueñes. ¿Puedes decirme qué he hecho exactamente?

—Si no lo sabes, yo no pienso decírtelo. Solo quiero que desaparezcas de mi vida para siempre.

—Joanna, te quiero. —A Marcus se le quebró la voz—. Si no me dejas entrar para hablar del crimen que supuestamente he cometido, no me quedará más remedio que pasarme la noche aquí fuera y… gritar a voz en cuello lo mucho que te quiero.

—Marcus, si no te largas en menos de cinco segundos, llamaré a la policía. Te detendrán por acoso.

—Que lo hagan, no me importa. Aunque con mi recién adquirido estatus como hermano de la nueva novia del príncipe Arthur, es probable que salgamos en la portada de los diarios de mañana. Pero estoy seguro de que eso te da igual…

Marcus casi se dio de bruces contra el suelo cuando Joanna abrió la puerta.

—Vale, tú ganas. —Estaba temblando de rabia. Marcus hizo ademán de acariciarla. Joanna se encogió y dio un paso atrás—. Ni te me acerques, hablo en serio.

—Vale, vale. Ahora dime, ¿qué he hecho?

Joanna cruzó los brazos.

—He de confesar que encontraba muy extraño que fueras tan atento y cariñoso. Ya me habían contado la rata asquerosa que eras, e idiota de mí, decidí tomarte en serio y creer que sentías por mí algo que no sentías por el resto de la población femenina de Londres.

—Y así es. Jo…

—Calla, Marcus, estoy hablando. Luego descubro que de sentimientos, pocos, que era tu cartera la que estaba disfrutando de mi compañía.

—Eh…

—Hace un par de días me contaron que te habían pagado para que me sedujeras y me llevaras a la cama. —Joanna vio que las mejillas de Marcus se teñían de un rojo candente. Y le entraron unas ganas enormes de abofetearlo con todas sus fuerzas.

—No, Joanna, quienquiera que te contara eso está muy equivocado. Me dieron dinero, es cierto, pero no para sacarte información, sino para encontrar la carta desaparecida. Te juro que no sabía nada de Rose cuando me hablaste de ella, o la primera noche que nos acostamos. Ocurrió un par de días después. Quería contarte que me habían pedido ayuda, pero pensé que saldrías corriendo. Ahora resulta que no me crees y…

—¿Tú te creerías?

—No, claro que no. Pero… —Marcus parecía al borde del llanto—. Por favor, tienes que creer que nunca he sentido por nadie lo que siento por ti. El dinero no tiene nada que ver, salvo por el hecho de que pensé que si uníamos nuestros recursos y conocimientos, podríamos encontrar las respuestas y… ¡mierda! —Se frotó los párpados con vehemencia.

Joanna estaba francamente sorprendida de su reacción. Había esperado que Marcus se hiciera el tonto, que lo negara todo, o que lo confirmara solo cuando se viera acorralado. En lugar de eso, su pena y su desconcierto parecían sinceros. Pero después de Matthew y Simon, Joanna no iba a tolerar más engaños.

—Cogiste el dinero, Marcus, y no me lo contaste. Tendría que haberme tomado en serio a la gente que me decía que eras un egoísta. ¿Y tu hermana? Apuesto a que fuiste tú quién contó al *Mail* lo suyo con el príncipe. Sabías que todos me culparían a mí, ¡pero a ti solo te importaba ganar dinero rápido!

—¡No! —exclamó Marcus con vehemencia—. ¡Yo jamás traicionaría a Zoe!

—¡A mí me traicionaste! Por tanto, ¿cómo quieres que te crea? —Joanna estaba tan enfadada en aquel momento que hasta le costaba respirar.

—Solo quería protegerte… Sé que puede parecer absurdo, pero… ¿no puedes darme otra oportunidad? —suplicó él.

—Desde luego que no. Aunque ahora estés diciendo la verdad, me mentiste. Por dinero. Eres un cobarde, Marcus.

—Tienes razón. No te lo dije porque pensé que podría perderte. No miento cuando digo que te quiero, Joanna, y que voy a lamentar esto el resto de mi vida.

—Adiós.

Joanna cerró la puerta sin otra palabra, antes de que Marcus pudiera ver las lágrimas en sus ojos. Eran de cansancio, turbación y tensión, nada más, se dijo camino de la cama. Marcus era un hábito adquirido hacía poco del que podía desengancharse con facilidad.

Desesperada por conciliar el sueño, se concentró en lo que Alec le había contado para intentar dejar de pensar en Marcus. La cabeza le iba a toda pastilla, saltando de un hecho a otro. Por fin, se dio por vencida, se levantó y encendió la tetera. Después de prepararse una taza de té cargado, se sentó en la cama con las piernas cruzadas y sacó de su mochila la carpeta con la información de «Rose». Examinó los hechos y trazó un esquema para cotejar toda la información que había reunido hasta el momento.

¿Debería darle una última oportunidad? Decían que Irlanda era muy bonito, y los vuelos y el hotel ya estaban reservados. Al menos podría utilizar el viaje para alejarse de Londres y de todo lo sucedido desde Navidad.

—¡A la mierda! —suspiró. Se debía a sí misma dar un paso más en el asunto. De lo contrario, se pasaría el resto de su vida con la duda. Además, no tenía nada que perder…

—Salvo la vida —murmuró sombría.

Tres días más tarde, después de facturar en el vuelo a Cork, Joanna sacó el móvil camino de la puerta de embarque.

—¿Diga?

—¿Alec?

—¿Sí?

—Soy yo. ¿Puedes decirle al jefe que estoy con una gripe horrible? Tan horrible, de hecho, que es posible que me dure hasta mediados de la semana que viene.

—Buena suerte, Jo. Y ve con ojo. Ya sabes dónde estoy.

—Gracias, Alec. Adiós.

Solo cuando estuvo en el aire, cruzando el mar de Irlanda rumbo a su destino, se permitió suspirar aliviada.

26

Mientras Joanna aterrizaba en el aeropuerto de Cork, Marcus yacía en la cama. Ya era mediodía, pero no le veía sentido a levantarse. Ese había sido más o menos el patrón desde que Joanna lo había echado de su casa de una patada. Estaba destrozado, por la pérdida de Joanna y porque no tenía a nadie a quien echar la culpa salvo a sí mismo.

Tras tomar la decisión de plasmar sus sentimientos hacia ella sobre el papel, se obligó a salir de la cama y entró en la sala. Cogió una pluma dorada de la mesa auxiliar, sintiendo una punzada en el corazón al caer en la cuenta de que debía de ser de Joanna, y procedió a escribirle una carta. Cuando cerró los ojos, la vio aparecer delante de él, como había hecho cien veces desde que se despertara esa mañana. Se había enamorado de verdad por primera vez en su vida. No era lujuria, ni obsesión, ni ninguno de los sentimientos superficiales que había experimentado por otras mujeres. Esto iba mucho más profundo, directo a las entrañas. Su mente y su corazón la echaban muchísimo de menos, como si una enfermedad se hubiese apoderado de él. No podía pensar en otra cosa. Incluso odiaba su querido proyecto cinematográfico, la razón por la que había aceptado el dinero del imbécil de Ian.

Por la tarde, tomó un autobús hasta Crouch End y fue a casa de Joanna. Al ver que no había luz, metió la carta en el buzón y rezó para que la leyera y lo llamara. Hecho esto, regresó a su piso y se metió en la cama abrazado a una botella de whisky.

Al filo de la medianoche llamaron al timbre.

Convencido de que Joanna había reaccionado a su sentida carta, saltó de la cama como un conejo liberado de una trampa. Abrió la puerta esperando verla. En lugar de eso, reconoció la figura alta y corpulenta de Ian Simpson.

—¿Qué quieres a estas horas? —espetó Marcus.

Ian entró sin pedir permiso.

—¿Dónde está Joanna Haslam? —preguntó, lanzando una ojeada rápida a la sala.

—Aquí no, eso seguro.

—¿Dónde, entonces? —Ian se acercó a Marcus con su imponente estatura.

—No lo sé, en serio. Ojalá lo supiera.

Marcus lo tenía tan cerca que podía oír su respiración irregular y oler los vapores de alcohol que emanaban de su boca. O tal vez fuera su propio aliento apestando a whisky, pensó reprimiendo una arcada.

—Te estábamos pagando para que no la perdieras de vista, ¿recuerdas? Y luego va su amigo Simon y se chiva.

—¿Simon?

—¡El guardaespaldas de tu hermana, idiota!

Marcus retrocedió y se pasó una mano por los ojos legañosos.

—Oye, hice lo posible por encontrar esa carta, pero Joanna me ha dejado y…

Ian lo agarró por el cuello de la camisa.

—Tú sabes dónde está. ¿Verdad, cerdo embustero?

—No lo sé, en serio… —Marcus reparó en que Ian tenía los ojos muy rojos. El hombre estaba fuera de sí por la rabia y el alcohol—. ¿Qué tal si me sueltas y hablamos con calma?

Un puñetazo en el estómago lo lanzó contra el sofá. Marcus golpeó la pared con la cabeza y vio las estrellas.

—¡Tranquilízate, tío! Estamos en el mismo bando, ¿recuerdas?

Se levantó trabajosamente y observó a Ian pasearse por toda la sala.

—Se ha ido a algún lugar, ¿verdad? —preguntó Ian—. Está tras la pista.

—¿Qué pista?…

Ian se acercó a Marcus y le clavó una patada en la entrepierna que lo hizo rodar por el suelo y aullar de dolor.

—Harías bien en decírmelo. Sé que estás protegiéndola.

—¡No! En serio…

Un puntapié en los riñones provocó más gritos de dolor. Marcus vomitó.

—¿Qué estabais planeando los dos? ¡Contesta!

—Nada… —Incapaz de soportar más golpes, Marcus buscó desesperado algo que decirle para quitárselo de encima y despistarlo. Entonces se le encendió una luz—. Pensábamos ir a Irlanda este fin de semana. Le dije a Joanna que creía que sir James era de allí.

—¿Dónde de Irlanda?

—El condado de Cork…

—¿Qué parte?

Ian se agachó y lo miró fijamente a los ojos con el puño en alto.

—Habla, tío, o acabo contigo.

—Eh… —Marcus se esforzó por recordar el nombre del pueblo—. Rosscarbery.

—Haré algunas llamadas. Si descubro que me has mentido, volveré, ¿entendido?

—Sí —jadeó Marcus.

Ian soltó un bufido que podría haber sido de risa, lástima o ambas cosas.

—En el colegio siempre fuiste un gallina. No has cambiado, ¿verdad que no? —Ian dirigió la punta de su dedo a la nariz de Marcus, que se encogió cuando el dedo empezó a dar vueltas y aterrizó en su mejilla—. Hasta pronto.

Esperó a que la puerta se cerró detrás de Ian para rodar sobre sus rodillas y mover la mandíbula de lado a lado, blasfemando de dolor. Se incorporó muy despacio y se derrumbó en el sofá mirando al vacío. Le ardían la cara, la entrepierna y el estómago.

—¡Jesús!

Menos mal que se le había ocurrido lo de Irlanda. Suponía que Ian regresaría cuando descubriera que Joanna no estaba allí —sería el último lugar en la tierra al que ella iría si creía que existía la más mínima posibilidad de encontrarse con él—, pero por lo menos esta vez lo pillaría preparado. Tal vez debería quedarse en casa de Zoe hasta que pasara la tormenta…

Entonces el pánico aporreó su magullado pecho. ¿Y si Joanna había ido a Irlanda? Imposible… Además, ¿para qué? Por otro lado, Ian había dicho que aún estaba tras la pista…

—¡Joder!

¿Acababa de lanzar a Joanna a las fauces de un león inestable y borracho? Corrió hasta la cocina, buscó entre los papeles el número de teléfono del hotel que había reservado y descolgó el auricular.

Simon silbaba al ritmo de Ella Fitzgerald mientras se dirigía por la autopista al colegio de Jamie, en Berkshire. Los pocos días que había tenido libres mientras esperaba instrucciones le habían sentado de maravilla. Se notaba descansado y más tranquilo de lo que lo había estado en mucho tiempo, aun cuando el tiempo libre le hubiera dado la oportunidad de pensar en Zoe. La parte positiva era que el fantasma de Sarah se había esfumado. La parte negativa era que sabía que sus sentimientos por ella habían sido transferidos y multiplicados por mil. El mero hecho de saber que iba a ver al hijo de Zoe en menos de media hora le producía un placer ilícito, porque eso lo conectaba indirectamente con ella.

Simon llevó a Jamie a través de las estrechas carreteras rurales hasta un restaurante que afirmaba servir excelentes comidas dominicales. El muchacho, desconcertado por el hecho de que fuera Simon quien lo sacara a comer, se mostró más taciturno que en Londres.

—Creo que tomaré la ternera. —Simon leyó la carta y miró a Jamie—. ¿Tú?

—El pollo, gracias.

Pidió la comida, una cerveza para él y una Coca-Cola para el chico.

—¿Qué tal la semana?

No podía por menos que reparar en lo mucho que se parecía a su madre. Los mismos sorprendentes ojos azules, el mismo abundante pelo rubio, las delicadas facciones.

—Bien —respondió Jamie, titubeante—. ¿Cuánto tiempo estará fuera mi madre?

—No lo sé muy bien. Es probable que esté de vuelta la semana que viene.

—Ya. ¿En qué está trabajando?

—En un anuncio para la televisión, creo. No estoy seguro.

Jamie bebió un sorbo de su refresco.

—¿Estás viviendo en la casa de Londres?

—De hecho, he decidido que mañana haré un poco de turismo. Iré a Escocia y puede que a Irlanda. ¿Qué tal el colegio? —Simon cambió de tema.

—Bien, como siempre.

—Ajá.

Se alegró cuando llegó la comida. Jamie picoteó el pollo mientras respondía con monosílabos a los intentos de Simon de entablar conversación. No quiso postre, a pesar de que había tarta de manzana casera con helado.

—Recuerdo que cuando estaba en el internado y mis padres me sacaban a comer, lo devoraba todo. ¿Seguro que estás bien, colega?

—Sí. ¿Tenéis internados en Nueva Zelanda?

—Eh… sí, claro. Si vives en una granja de ovejas, lejos de todo, has de ir al internado de la ciudad —improvisó Simon—. ¿Seguro que no puedo tentarte con el postre?

—Seguro.

Respiró aliviado cuando llegó la hora de devolver al muchacho al colegio. Jamie viajaba mirando por la ventanilla mientras tarareaba una canción.

—¿Qué estás canturreando?

—Una canción de cuna, «Ring a Ring o' Roses». Bisa-James me la cantaba siempre. Cuando crecí, me contó que la canción hablaba de la gente que murió por culpa de la peste negra.

—¿Lo echas de menos?

—Sí, pero sé que sigue cuidando de mí desde el cielo.

—Seguro que sí.

—Y todavía tengo sus rosas para acordarme de él en la tierra.

—¿Rosas?

—Sí. A Bisa-James le encantaban las rosas. Ahora las tiene en su tumba.

Detuvo el coche delante del colegio y Jamie abrió la puerta para bajarse.

—Gracias por la comida, Simon. Buen viaje hasta Londres.

—De nada. Adiós, Jamie.

Lo observó subir la escalinata a la carrera y entrar en el edificio. Suspirando, retrocedió por el camino de grava y salió a la carretera. Cuando llegó a su casa una hora más tarde, tenía un mensaje en el contestador.

«Preséntese mañana por la mañana a las ocho en punto.»

Comprendió que sus breves vacaciones habían tocado a su fin. Se preparó una ensalada, se dio una ducha y se metió en la cama, tratando de no imaginarse a Zoe con el príncipe en España.

27

A su llegada al aeropuerto de Cork, Joanna se dirigió al mostrador de alquiler de coches y solicitó un Fiesta. Tras proveerse de un mapa y de libras irlandesas, siguió los letreros hasta la N71 y comprobó, sorprendida, que la carretera principal semejaba un camino vecinal de su Yorkshire natal. Lucía el sol, a pesar de ser un día de finales de febrero, y disfrutó de los ondulantes y florecientes prados que la flanqueaban.

Al cabo de una hora, descendió por una colina pronunciada hasta el pueblo de Rosscarbery. A su izquierda, un estuario profundo rodeado de un muro bajo se extendía hasta el mar, a lo lejos. La tierra a ambos lados estaba tachonada de casas, cabañas y chalés. Cuando llegó al pie de la colina, detuvo el coche para admirar el paisaje. La marea estaba baja y una amplia variedad de aves descendía en picado sobre la arena, mientras una bandada de cisnes flotaba con elegancia en una laguna dejada atrás por el descenso del mar.

Bajó del coche, se apoyó en el muro y respiró hondo. El aire, de un olor muy distinto al de Londres, era limpio y fresco, con un toque salobre que anunciaba que el Atlántico estaba a menos de un kilómetro. Fue entonces cuando vislumbró la casa. Construida sobre un lecho de roca rodeado de agua por tres de sus lados, descansaba directamente sobre el estuario al final de una estrecha carretera elevada. Era de un tamaño considerable y estaba recubierta de pizarra gris, con una veleta en lo alto de la chimenea que giraba suavemente con la brisa. Por la descripción que Marcus le había dado de una casa grande frente a la bahía, tenía que ser esa.

Una nube se deslizó bajo el sol, proyectando su sombra sobre la bahía y la casa. Joanna tuvo un escalofrío. Regresó al coche, le dio al contacto y reemprendió la marcha.

Esa noche, en el acogedor bar del hotel donde se hospedaba, disfrutó de un oporto caliente junto a la chimenea. Hacía semanas que no se sentía tan relajada, y aunque Marcus —a cuyo nombre estaba hecha la reserva— acudía constantemente a su cabeza, por la tarde se había quedado dormida en la vieja cama de matrimonio de su habitación. Se había tumbado para estudiar el mapa de Rosscarbery y cuando quiso darse cuenta eran las siete y la habitación estaba a oscuras.

«Es porque aquí me siento segura», pensó.

—¿Desea cenar en el comedor o aquí, junto al fuego?

Era Margaret, la esposa de Willie, el alegre propietario del hotel.

—Preferiría aquí, gracias.

Joanna disfrutó de su beicon con patatas y col mientras observaba el desfile de lugareños que cruzaba la puerta. Jóvenes y viejos, todos se conocían y parecían estar al tanto de las vidas de los demás. Satisfecha con la cena, se acercó a la barra y pidió un último oporto caliente antes de retirarse.

—¿Está de vacaciones? —le preguntó desde su taburete un hombre de mediana edad, vestido con mono y botas de agua.

—En parte —respondió—. También estoy buscando a un familiar.

—No me extraña, mucha gente viene por aquí buscando a algún familiar. Podría decirse que nuestro santo país se las ha apañado para germinar la mitad del hemisferio occidental.

El comentario provocó risas entre los demás bebedores.

—¿Y cómo se llama su pariente? —preguntó el hombre.

—Michael O'Connell. Creo que nació aquí a principios de siglo.

El hombre se frotó el mentón.

—Es un nombre muy común en estos lares, seguro que habrá más de uno.

—¿Sabe dónde podría preguntar?

—En el registro de nacimientos y defunciones, al lado de la farmacia de la plaza. Y en las iglesias, claro. O podría ir a Clonakilty, donde hay un tipo que ha empezado un negocio para localizar herencias patrimoniales en Irlanda. —El hombre apuró su cerveza negra—. Seguro que en su ordenador encuentra un O'Connell emparentado con usted, siempre y cuando le pague la tarifa. —Guiñó un ojo al tipo sentado a su lado—. Hay que ver lo mucho que han cambiado las cosas. Hace sesenta años nos tenían por hombres de las cavernas, nadie quería saber nada de nosotros. Ahora, hasta el presidente de Estados Unidos quiere estar emparentado con alguno de los nuestros.

—Y que lo digas —asintió su vecino.

—¿No sabrá por casualidad de quién es la casa del estuario? La de pizarra gris con la veleta en la chimenea —preguntó, con tiento.

Una mujer mayor con un anorak anticuado y un gorro de lana estudió a Joanna desde su silla del rincón con repentino interés.

—Diantre, ¿esa ruina? —exclamó el hombre—. Ha estado vacía desde que vivo aquí. Tendría que preguntárselo a Fergal Mulcahy, el historiador del pueblo. Creo que hace mucho perteneció a los británicos. La utilizaban como puesto de guardacostas, pero desde entonces… Yo diría que hay muchas propiedades desatendidas por estos lares.

—Gracias de todos modos. —Joanna cogió el oporto caliente de la barra—. Buenas noches.

—Buenas noches, señorita. Espero que encuentre sus raíces.

La mujer sentada en el rincón se levantó en cuanto Joanna se hubo marchado y se dirigió a la puerta.

El hombre de la barra propinó un codazo a su vecino al verla partir.

—Tendría que haberla enviado a la chiflada de Ciara Deasy. Seguro que le colaba más de un cuento sobre los O'Connell de Rosscarbery.

Los dos hombres soltaron una carcajada y pidieron otra ronda de Murphy's para celebrar la ocurrencia.

Al día siguiente, después de un contundente desayuno irlandés, Joanna se preparó para salir. Hacía un tiempo desapacible, frustrada la promesa primaveral del día anterior por una lluvia gris que cubría la bahía con una niebla densa.

Pasó la mañana deambulando por la bella catedral protestante, donde conversó con el agradable rector, que le permitió consultar el registro de bautizos y matrimonios.

—Lo más probable es que encuentre a su pariente registrado en Saint Mary's, la iglesia católica que hay calle abajo. Los protestantes siempre hemos sido una minoría aquí. —El hombre sonrió con pesar.

El sacerdote de Saint Mary's terminó de oír en confesión a un feligrés antes de abrir el armario donde guardaba los registros.

—Si nació en Ross, constará en los libros. En aquellos tiempos, en este pueblo no había un solo recién nacido que no fuera bautizado aquí. Veamos, ¿estamos buscando en 1900?

—Sí.

Joanna pasó la siguiente media hora repasando los nombres de los bautizados. No aparecía un solo niño O'Connell en ese año. Tampoco en los años anteriores o posteriores.

—¿Está segura de que tiene el apellido correcto? Si fuera, digamos, O'Connor, iríamos bien encaminados —propuso el sacerdote.

Joanna no estaba segura de nada. Se encontraba allí por las supuestas palabras de un anciano y el comentario de un niño hecho a la ligera. Aterida, salió de la iglesia, cruzó la plaza y regresó al hotel en busca de un plato de sopa que la ayudara a entrar en calor.

—¿Ha habido suerte? —preguntó Margaret.

—No.

—Debería preguntar a los ancianos del pueblo, puede que ellos recuerden ese nombre. O a Fergal Mulcahy, como le sugirieron anoche. Enseña historia en el colegio masculino.

Joanna le dio las gracias y por la tarde descubrió, irritada, que el Registro de Nacimientos, Matrimonios y Defunciones estaba cerrado. Como había dejado de llover y necesitaba ejercicio y aire fresco, tomó prestada la bicicleta de la hija de Margaret. Pedaleó hacia el estuario con el viento clavándole aguijones en la cara mientras se peleaba con las encasquilladas marchas. La estrecha carretera elevada serpenteó durante casi un kilómetro antes de que la casa guardacostas apareciera ante ella. Se acercó y apoyó la bicicleta en el muro. Pese a la distancia, podía ver que la pizarra del tejado estaba llena de boquetes y las ventanas rotas o tapiadas.

Caminó hasta la verja herrumbrosa y la abrió con un chirrido. Subió los escalones y asió despacio el picaporte de la puerta de entrada. La vieja cerradura estaba oxidada, pero todavía sabía cómo mantener a raya a los intrusos. Retiró con la manga la mugre de la ventana que había a su izquierda. Miró dentro, pero solo vio oscuridad.

Se alejó de la casa y consideró otras maneras de entrar. Reparó en una ventana rota en la parte de atrás, la que daba al estuario. La única manera de llegar a ella era descendiendo hasta el agua y trepando después por el inclinado rompeolas que había detrás de la casa. Por suerte, la marea estaba baja, de modo que Joanna descendió los escalones, resbaladizos y verdosos por las algas, hasta la arena húmeda. Calculó que el rompeolas que protegía la casa del agua que la rodeaba tenía unos tres metros de alto.

Buscó asideros para el pie en el desconchado ladrillo y trepó trabajosamente por el muro hasta un saliente de unos sesenta centímetros de ancho. Justo encima estaba la ventana rota. Se encaramó al saliente y miró dentro. Aunque en el exterior no hacía mucho viento, podía oír su suave lamento en el interior. La estancia al otro lado de la ventana debió ser en sus tiempos la cocina; todavía había un viejo fogón negro, oxidado por falta de uso, arrimado a una pared y, en la otra, un fregadero con una bomba de agua antigua. Joanna bajó la vista y vio una rata muerta en el suelo de pizarra gris.

En algún lugar de la casa una puerta se cerró de golpe. Joanna pegó un brinco y estuvo en un tris de precipitarse muro abajo. Se sentó en el saliente con las piernas colgando, saltó y aterrizó en la arena suave y húmeda. Se sacudió el tejano, regresó corriendo a la bici y se alejó de la casa pedaleando a toda pastilla.

Ciara Deasy observaba a Joanna desde la ventana de su casa. Siempre había sabido que algún día alguien vendría y ella podría al fin contar su historia.

—Aquí tiene a su hombre, Fergal Mulcahy —anunció Margaret al día siguiente, conduciendo a Joanna hasta la barra.

—Hola —Joanna sonrió, en un intento por ocultar su sorpresa.

Esperaba un profesor de aspecto rancio con una gruesa barba gris. En lugar de eso, Fergal Mulcahy parecía poco mayor que ella y vestía con un tejano y un jersey de pescador. De abundante pelo moreno y ojos azules, le recordó dolorosamente a Marcus. Hasta que se levantó y vio que era bastante más alto que su exnovio y mucho más espigado.

—Un placer conocerte, Joanna. He oído que has perdido a un pariente. —Fergal esbozó una sonrisa y sus amables ojos chispearon.

—Así es.

El profesor dio unas palmaditas al taburete que tenía al lado.

—¿Qué tal si tomamos algo mientras me lo cuentas? Margaret, caña y jarra, por favor.

Joanna, que nunca había probado la cerveza negra, encontró muy agradable el sabor cremoso y acerado de la Murphy's.

—Bien, ¿cómo se llama tu pariente?

—Michael O'Connell.

—Imagino que ya has preguntado en las iglesias.

—Sí, y no aparece ni en los libros de bautizos ni en los de matrimonios. Habría probado suerte en la oficina del registro, pero…

—Los fines de semana está cerrada, lo sé. Bueno, eso tiene solución. Casualmente, mi padre es el registrador. —Fergal agitó una llave—. Y vive justo encima de la oficina.

—Gracias.

—También he oído que estás interesada en la residencia guardacostas.

—Sí, aunque no estoy segura de que guarde relación con mi pariente desaparecido.

—En otros tiempos fue una casa magnífica. Mi padre tiene fotos de ella en algún sitio. Una pena que hayan dejado que se pudra de ese modo, pero, como es natural, nadie del pueblo quiere saber nada de ella.

—¿Por qué?

Fergal bebió un sorbo de cerveza.

—Imagino que ya sabes cómo son los pueblos pequeños. Crean mitos y leyendas a partir de un grano de verdad y algún que otro rumor. Y al llevar tanto tiempo vacía, esa casa ha tenido su buena ración de historias. Para mí que al final será un americano el que venga y se quede con ella por muy poco dinero.

—¿Qué historias son esas, señor Mulcahy?

—Llámame Fergal, por favor. —El profesor le sonrió—. Yo soy historiador y trato con hechos reales, no con fantasías, así que nunca me he creído una palabra. —Sus ojos titilaron—. Por otro lado, nunca me encontrará merodeando por allí a medianoche un día de luna llena.

—¿En serio? ¿Por qué?

—Se cuenta que hace unos setenta años una joven del pueblo, Niamh Deasy, se metió en problemas con un hombre que estaba hospedado en la casa. Este dejó a la chica embarazada y regresó a Inglaterra, a su hogar. La muchacha enloqueció de pena, o eso cuentan, y dio a luz allí mismo a un niño muerto antes de fallecer ella también poco después. Hay gente que cree que el fantasma de Niamh ronda por la casa, que sus gritos de miedo y dolor todavía pueden oírse las noches de tempestad. Algunos hasta aseguran haber visto su cara en la ventana y sus manos cubiertas de sangre.

A Joanna se le heló su propia sangre. Bebió apresuradamente un sorbo de Murphy's y casi se atraganta.

—Es solo una historia. —Fergal la miró contrito—. No pretendía asustarte.

—No… no lo has hecho, en serio. Es fascinante. ¿Has dicho setenta años? Todavía debe de quedar gente en el pueblo de aquella época con vida.

—En efecto. La hermana menor de la chica, Ciara, aún vive en la casa familiar, pero ni te molestes en hablar con ella. Siempre le ha faltado un tornillo, desde que era niña. Se cree esa historia a pie juntillas y le añade sus propios toques.

—Entonces, ¿el niño murió?

—Eso cuenta la leyenda, aunque los hay que dicen que el padre de Niamh lo mató. Hasta he oído contar que se lo llevaron los duendes… —Fergal sonrió y meneó la cabeza—. Intenta imaginar un tiempo, no tan lejano, sin electricidad, cuando la única distracción era reunirse para beber, tocar música e intercambiar historias, verdaderas o falsas. Las noticias en Irlanda siempre se tergiversan porque los hombres compiten entre sí por que su historia sea la mejor y más sorprendente. En este caso, no obstante, es cierto que la chica murió. Ahora bien, ¿en esa casa y tras enloquecer por un amor no correspondido? —Fergal se encogió de hombros—. Lo dudo.

—¿Dónde vive Ciara?

—En la casita rosa que hay delante de la bahía, justo enfrente de la guardacostas. No es la mejor de las vistas para ella, imagino. Bien, ¿te gustaría echar un vistazo a los registros que tiene mi padre?

—Solo si no supone un problema para ti.

—En absoluto, no tengo prisa. —Fergal señaló la cerveza de Joanna—. Iremos cuando hayas terminado.

La pequeña oficina que había inscrito cada nacimiento y cada defunción en el pueblo de Rosscarbery durante los últimos ciento cincuenta años no parecía haber cambiado mucho en todo ese tiempo, con excepción del agresivo tubo fluorescente que iluminaba el escritorio de roble fosilizado.

Fergal procedió a buscar los registros de principios de siglo en el cuarto de atrás

—Tú coge los nacimientos y yo cogeré las defunciones.

—Vale.

Se sentaron a uno y otro lado del escritorio y comenzaron a leer en silencio cada entrada. Joanna encontró una Fionnuala y una Kathleen O'Connell, pero ni un solo niño nacido con ese apellido entre 1897 y 1905.

—¿Algo? —preguntó a Fergal.

—Nada, aunque he encontrado a Niamh Deasy, la chica que murió. Aquí consta que falleció el 2 de enero de 1927, pero no se menciona que el bebé muriera con ella. Veamos si alguien registró el nacimiento del pequeño.

Fergal fue a buscar otro libro encuadernado en piel y juntos examinaron las amarillentas hojas de nacimientos.

—Nada. —Cerró el tomo de golpe y de sus hojas salió disparada una nube de polvo que hizo estornudar violentamente a Joanna—. Puede que lo del niño sea un mito, después de todo. ¿Estás segura de que Michael O'Connell nació en Rosscarbery? En aquel entonces cada municipio llevaba su propio registro. Puede que naciera a unos kilómetros de aquí, en Clonakilty, por ejemplo, o en Skibbereen, lo que querría decir que su nacimiento estará registrado allí.

Joanna se frotó la frente.

—Si te soy franca, Fergal, no lo sé.

—Quizá te merezca la pena consultar los registros de esos dos pueblos. Cierro aquí y te acompaño al hotel.

El bar tenía más clientes que la noche anterior. Otra Murphy's apareció delante de Joanna, que se acercó a un grupo de personas con las que Fergal estaba charlando.

—¡Ve a ver a Ciara Deasy, aunque solo sea para divertirte! —rio una joven pelirroja de ojos vivarachos tras conocer la fascinación de Joanna por la casa guardacostas—. De niños nos aterrorizaba a todos con sus historias. Yo diría que es una bruja.

—Para, Eileen. Ya no somos campesinos que creen en semejantes fantasías —le reprendió Fergal.

—¿No tiene cada pueblo sus fábulas? —repuso Eileen, agitando las pestañas—. ¿Y sus excéntricos? Ni siquiera la Unión Europea es capaz de acabar con ellos.

Siguió un acalorado debate entre defensores y detractores de la Unión Europea. Joanna bostezó con disimulo.

—Ha sido un placer conoceros y os agradezco vuestra ayuda. Ahora me voy a la cama.

—¿Una jovencita londinense como tú? Pensaba que trasnochabais hasta el amanecer —dijo uno de los hombres.

—Es por el aire tan limpio que se respira aquí. Mis pulmones todavía están traumatizados. Buenas noches a todos. —Joanna puso rumbo a la escalera, pero se detuvo al notar un golpecito en el hombro.

—Mañana estoy libre hasta las doce —le dijo Fergal—. Podría llevarte al registro civil de Clonakilty. Es más grande que el de aquí y es probable que sepan a quién pertenece la casa guardacostas. Podríamos pasarnos también por la iglesia y ver si tienen algo. Vendré a buscarte a las nueve.

Joanna sonrió.

—Genial, muchas gracias. Buenas noches.

A las nueve en punto del día siguiente Fergal la esperaba en el bar ahora desierto. Veinte minutos más tarde se encontraban en una espaciosa oficina municipal de nueva construcción. Fergal parecía conocer a la mujer que estaba detrás del mostrador e indicó a Joanna que les siguiera hasta un almacén.

—Bien, ahí están todos los planos de Rosscarbery. —La mujer señaló un estante lleno de carpetas y se encaminó a la puerta—. Si necesitas algo más, solo tienes que llamarme.

—Gracias, Ginny.

Mientras seguía a Fergal hasta el estante, Joanna tuvo la impresión de que ese joven era el sueño de todas las chicas de la localidad.

—Bien, tú coge ese montón y yo me encargaré de este. La casa tiene que estar entre estos papeles.

Llevaban una hora examinando carpetas amarillentas cubiertas de polvo cuando Fergal soltó una exclamación triunfal.

—¡Lo tengo! Mira.

Dentro de la carpeta estaba el plano de la casa guardacostas de Rosscarbery.

—Diseñada para el señor H. O. Bentinck, Drumnogue House, Rosscarbery, 1869 —leyó Fergal en alto—. Era un inglés que vivía entonces aquí. Se marchó durante el conflicto de Irlanda del Norte, como muchos otros ingleses.

—Pero eso no significa que todavía sea suya, ¿no? Lo digo porque han pasado más de ciento veinte años.

—Bueno, su tataranieta, Emily Bentinck, todavía vive en Ardfield, que está entre este pueblo y Ross. Ha convertido la finca en un negocio y entrena caballos de carreras. Ve a verla, puede que sepa algo más. —Fergal estaba mirando el reloj—. Tendré que irme dentro de media hora. Fotocopiemos los planos y pasemos un momento por la iglesia, ¿te parece?

Una vez que Fergal hubo saludado al sacerdote y charlado unos instantes con él, este sacó los viejos registros de bautismo de un armario y los abrió para ellos.

Joanna pasó rápidamente el dedo por las hojas.

—¡Mira aquí! —Se le iluminó la mirada—. Michael James O'Connell, bautizado el diez de abril de 1900. ¡Tiene que ser él!

—Felicidades, Joanna —respondió Fergal con una sonrisa de oreja a oreja. Consultó la hora—. Ahora he de volver a Ross. Por el camino te anotaré en un papel cómo llegar a la finca de los Bentinck.

—¿Cuál será tu siguiente paso, ahora que has encontrado a tu hombre? —preguntó Fergal mientras Joanna conducía en dirección a Rosscarbery.

—No lo sé, pero al menos ahora siento que no he perdido el tiempo.

Después de dejar a Fergal en el colegio, Joanna siguió sus indicaciones para llegar a Ardfield y, tras veinte frustrantes minutos de angostas carreteras rurales, dobló hacia la verja de Drumnogue House. Mientras avanzaba dando tumbos por un camino repleto de baches, una enorme casa blanca apareció ante ella. Aparcó el coche al lado de un Land Rover embarrado y bajó. La casa tenía unas vistas espectaculares del Atlántico, que se extendían hasta el horizonte.

Joanna buscó alguna señal de vida, pero no había nadie detrás de las altas ventanas georgianas. Dos columnas jónicas enmarcaban la puerta de entrada, y cuando se acercó a ella descubrió que estaba entreabierta. Primero llamó con los nudillos, pero en vista de que nadie acudía la empujó despacio.

—¿Hola? —gritó, y su voz retumbó en el cavernoso vestíbulo.

Sentía que no debía continuar, así que reculó y rodeó la casa hasta la parte de atrás, donde divisó un establo. Una mujer con un anorak anticuado y pantalones de montar estaba almohazando a un caballo.

—Hola. Siento molestarla, pero estoy buscando a Emily Bentinck.

—Servidora —respondió la mujer con un entrecortado acento británico—. ¿Puedo ayudarla en algo?

—Sí. Me llamo Joanna Haslam y estoy haciendo un trabajo de investigación sobre mi familia. ¿Podría decirme si la suya todavía es dueña de la casa guardacostas de Rosscarbery?

—¿Está interesada en comprarla?

—No, no podría permitírmelo —repuso Joanna con una sonrisa—. Estoy más interesada en su historia.

—Ya. —Emily siguió cepillando al caballo con trazos firmes—. No sé mucho de ella, salvo que mi tatarabuelo encargó su construcción a finales del siglo pasado en nombre del gobierno británico. Querían un puesto vigía en la bahía para detener el contrabando que tenía lugar allí. Yo diría que nunca llegó a pertenecer a mi familia.

—Entiendo. ¿Sabe cómo puedo averiguar de quién era?

—Ya está, Sargeant, buen chico. —Emily le dio unas palmaditas al caballo en la grupa y lo condujo de nuevo a su cuadra. Salió y consultó la hora—. Entre y tómese una taza de té. Iba a prepararlo de todos modos.

Joanna se sentó en una cocina enorme y desordenada mientras Emily ponía la tetera al fuego. Las paredes estaban cubiertas de escarapelas ganadas en competiciones, tanto en Irlanda como en el extranjero.

—Reconozco que no he dedicado mucha energía a estudiar la historia de mi familia. Todo mi tiempo se me va con los caballos y la remodelación de esta casa. —Emily le sirvió una taza de té de una tetera de acero inoxidable—. Mi abuela vivió aquí hasta su muerte y solo utilizaba dos habitaciones de la planta baja. La casa se caía a pedazos cuando me mudé hace diez años. Por desgracia, algunas cosas se perdieron para siempre. La humedad del aire lo pudre todo.

—Es una casa preciosa.

—Sí lo es. En sus buenos tiempos estaba muy bien considerada y era célebre por sus bailes, fiestas y cacerías. Mi bisabuelo recibía en esta casa a la flor y nata de Europa, incluida la realeza inglesa. Por lo visto, incluso tuvimos aquí al príncipe de Gales para que pudiera mantener un encuentro amoroso con su amante. Era un escondite perfecto. Los barcos de algodón viajaban con regularidad entre Inglaterra y Clonakilty y podías subirte a uno de ellos y llegar a la costa sin que nadie se enterara.

—¿Está restaurando la casa?

—Al menos lo intento. Necesito que la semana próxima los caballos vuelvan de Cheltenham con varios trofeos para ayudarme con el proyecto. Esta casa es demasiado grande para mí sola. Cuando tenga más zonas habitables, pretendo cubrir los gastos abriéndola a los turistas como un *Bed and breakfast* de lujo. Aunque puede que hayamos cambiado de milenio antes de que eso ocurra. Dígame —los ojos brillantes de Emily examinaron a Joanna—, ¿a qué se dedica?

—Soy periodista, pero no estoy aquí por trabajo. Estoy buscando a un familiar. Antes de morir mencionó el pueblo de Rosscarbery y una casa que descansaba en medio de la bahía.

—¿Era irlandés?

—Sí. Encontré un registro de su bautismo en la iglesia de Clonakilty.

—¿Cómo se llamaba?

—Michael O'Connell.

—Ajá. ¿Dónde se hospeda?

—En el hotel Ross.

—Luego echaré un vistazo a las viejas escrituras y documentos que hay en la biblioteca para ver si puedo encontrarle algo sobre esa casa. Ahora, me temo que he de volver a las cuadras.

—Gracias, Emily. —Joanna apuró su taza, se levantó y salió de la cocina con la mujer.

—¿Monta a caballo?

—Desde luego. Crecí en Yorkshire y pasé la mayor parte de mi infancia con cuatro patas debajo de mí.

—Si quiere montar mientras está aquí, es usted bienvenida. Adiós. —Emily se despidió con la mano.

Esa misma tarde, Joanna estaba sentada en el bar, en su lugar de siempre junto al fuego, cuando el dueño del hotel la llamó.

—Teléfono, Joanna. Es Emily, de Drumnogue.

—Gracias. —Se levantó y cruzó el bar para coger el auricular—. ¿Hola?

—Joanna, soy Emily. He descubierto algo interesante mientras estaba buscando información para usted. Por lo visto, nuestro vecino se las ingenió para apropiarse de al menos diez acres y vallarlos con árboles mientras mi querida abuela no estaba mirando.

—Lo siento. ¿Puede recuperarlos?

—No. Aquí, si vallas un terreno y nadie lo reclama en siete años, es tuyo. Eso explica por qué mi vecino huye despavorido cada vez que me acerco a él. No importa, aún me quedan algunos cientos de acres, pero debería empezar a pensar en cercarlos.

—Vaya. ¿Ha encontrado algún documento relacionado con la casa guardacostas?

—Me temo que no. Encontré las escrituras de un par de casuchas que probablemente ahora no sean más que un montón de cascotes, pero ninguna relacionada con la casa guardacostas. Debería pedir que la busquen en la Oficina del Registro de la Propiedad de Dublín.

—¿Cuánto tiempo llevaría eso?

—Una semana, puede que dos.

—¿Puedo hacerlo yo?

—Supongo que sí, siempre y cuando lleve el plano consigo. Aunque de aquí a Dublín hay una buena tirada. En coche son cuatro horas como mínimo. Tome el tren expreso desde Cork, es más rápido.

—Entonces, puede que vaya mañana. No conozco Dublín y me gustaría visitarlo. Gracias por su ayuda de todos modos, Emily.

—Pare el carro, Joanna. He dicho que no encontré ninguna escritura, pero sí un par de cosas que podrían interesarle. La primera, y puede que solo sea pura coincidencia, es un libro de contabilidad utilizado para llevar un registro de los salarios del personal de la casa en 1919. En la lista aparece un hombre llamado Michael O'Connell.

—Eso significa que a lo mejor trabajó en su casa hace muchos años.

—Eso parece.

—¿Haciendo qué?

—Me temo que el libro no lo especifica. No obstante, en 1922 su nombre desaparece de la lista, por lo que imagino que se marchó.

—Gracias, Emily, es un dato muy útil.

—La segunda cosa que encontré es una carta. Está dirigida a mi bisabuelo en 1925. ¿Quiere pasarse a verla mañana?

—¿Podría leérmela ahora? Cogeré papel y boli para tomar notas. —Joanna hizo señas a Margaret para que le facilitara ambas cosas.

—Bien, ahí va. Está fechada el 11 de noviembre de 1925:

Querido Stanley —ese es mi bisabuelo— espero que al recibo de la presente te encuentres bien. Lord Ashley me ha pedido que te escriba para informarte de la llegada a tus costas de un caballero invitado por el gobierno de Su Majestad. Será el 2 de enero de 1926 y por el momento se alojará en la casa guardacostas. Si es posible, me gustaría que vayas a recibirlo al barco, el cual atracará en el puerto de Clonakilty aproximadamente a la una de la madrugada, y lo acompañes a su nuevo alojamiento. ¿Puedes buscar a una mujer del pueblo para que limpie la casa antes de su llegada? Quizá esa misma mujer desee trabajar de continuo para el caballero, llevando la casa y cocinando para él.

La situación de este caballero es sumamente delicada. Preferimos que su presencia en la casa guardacostas se mantenga en secreto. Lord Ashley me ha mencionado que se pondrá en contacto contigo para darte más destalles. El gobierno de Su Majestad asumirá todos los gastos, como es natural. Envíame las facturas. Por último, transmite mi cariño a Amelia y los niños.

Atentamente,

TENIENTE JOHN MOORE

—Eso es todo, querida —dijo Emily—. ¿Ha apuntado lo importante?

—Sí. —Joanna repasó las notas taquigráficas que había tomado—. Imagino que no ha encontrado ninguna carta que dé una idea de quién podría ser ese caballero.

—Me temo que no. En cualquier caso, espero que esto le ayude en su búsqueda. Buena suerte en Dublín. Adiós, Joanna.

28

Zoe abrió los postigos y salió a la amplia terraza. El mar Mediterráneo fulguraba a sus pies. Lucía un cielo azul y el sol golpeaba ya con fuerza. Podría haber sido un día de julio en Inglaterra; incluso la sirvienta había comentado que en Menorca no era normal ese calor a finales de febrero.

La casa donde Art y ella se alojaban, propiedad de uno de los hermanos del rey de España, era sencillamente preciosa. Con sus torretas y muros enjalbegados, estaba enclavada en medio de cuarenta acres de frondosos jardines. La cálida brisa entraba con dulzura en el edificio a través de sus ventanales, y manos invisibles se ocupaban de mantener el lustre de los vastos suelos de loseta.

La casa estaba construida en un alto, de cara al mar, de tal manera que a menos que los paparazzi estuvieran dispuestos a escalar veinte metros de pared rocosa o a sortear los rottweilers que patrullaban los elevados muros coronados de letales alambradas eléctricas, Zoe y Art tenían la tranquilidad de saber que podían disfrutar de su mutua compañía sin ser molestados.

Zoe se sentó en una tumbona y miró a lo lejos. Art dormía aún y no quería despertarlo. Esta última semana había sido maravillosa en todos los sentidos. Por primera vez no había nada ni nadie que intentara separarlos. El mundo continuaba su curso en otro lugar, seguía girando sin ellos.

Noche y día, Art le había jurado amor eterno y prometido que no dejaría que nada se interpusiera entre ellos. La amaba, quería estar con ella, y si los demás no lo aceptaban, no dudaría en tomar medidas drásticas.

Era una situación con la que Zoe había soñado durante años. Y no podía entender por qué no estaba pletórica.

Tal vez se debiera, sencillamente, a que el estrés de las últimas semanas había hecho mella en ella; la gente solía decir que las lunas de miel distaban mucho de ser perfectas, que no cumplían las expectativas. O tal vez Zoe se había dado cuenta de que Art y ella apenas se conocían en el día a día. Su breve romance de hacía diez años había tenido lugar cuando eran unos adolescentes, dos personas inmaduras y vulnerables que buscaban ciegamente su camino hacia la edad adulta. Y durante las últimas semanas no habían pasado más de tres o cuatro días juntos, y aún menos noches.

—Momentos robados aquí y allá... —murmuró Zoe.

Pero aquí estaban, y en lugar de sentirse relajada, estaba innegablemente tensa. La noche anterior, el chef había preparado una paella fantástica. En el momento de servirla, Art torció el gesto y sugirió que la próxima vez le consultara el menú antes de presentárselo. Por lo visto, detestaba el marisco en todas sus variedades. Zoe, por su parte, devoró la paella con deleite y elogió al cocinero con efusividad, lo que aumentó el mal humor de Art. Para colmo, él la acusó de ser «demasiado afable» con el personal.

A lo largo de los días otros muchos detalles habían irritado a Zoe. Tenía la sensación de que siempre hacían lo que él quería. No porque Art no le preguntara primero su opinión, sino porque al final la convencía para que cambiara de idea y Zoe terminaba por ceder para tener la fiesta en paz. También había descubierto que tenían muy pocas cosas en común, lo cual no era de sorprender, dado lo diferentes que eran sus mundos.

Pese a la estupenda educación privada recibida en el colegio y la universidad, pese a su cultura y sus conocimientos de política, Art sabía muy poco de las rutinas básicas que llenaban el día del ciudadano medio, como cocinar, ver series en la tele, comprar... Actividades sencillas, normales y placenteras. Zoe se había dado cuenta de lo difícil que era para él relajarse, de la energía nerviosa que lo invadía. Y aunque se hubiese prestado a ver una película con ella, Zoe dudaba de que hubiesen sido capaces de ponerse de acuerdo a la hora de elegir una.

Suspiró. Estaba segura de que todas las parejas descubrían esas diferencias cuando empezaban a convivir las veinticuatro horas del día. Las cosas se solucionarían solas, se dijo, y su relación volvería a recuperar su magia.

Por supuesto, el hecho de estar recluidos en la cárcel más lujosa imaginable exacerbaba el problema. Zoe contempló el mar y pensó en lo mucho que le gustaría salir de la casa y pasear sola por la playa. Pero eso implicaría avisar a Dennis, el guardaespaldas, quien la seguiría en coche y echaría por tierra su intención de estar sola. Sin embargo, por la razón que fuera, Zoe no se había opuesto a tener a Simon cerca. Encontraba su presencia y su compañía tranquilizadoras.

Se levantó y se acodó en la barandilla mientras recordaba las veinticuatro horas que Simon y ella habían pasado juntos en Welbeck Street. El estofado que le había preparado, cómo la había calmado cuando estaba tan angustiada. Había sentido que era ella misma, que era Zoe. Cómoda con su manera de ser.

¿Era ella misma con Art?

Lo ignoraba.

—Buenas días, cariño —le saludó Art desde la cama cuando Zoe cruzó la habitación de puntillas para entrar en el cuarto de baño.

—Buenos días —respondió ella en un tono alegre.

—Ven aquí —la animó con los brazos abiertos.

Zoe se acercó a la cama y dejó que Art la envolviera. Su beso fue largo, sensual, y se perdió en él.

—Otro día en el paraíso —murmuró Art—. Estoy muerto de hambre. ¿Has pedido el desayuno?

—Todavía no.

—¿Por qué no vas a ver a María y le dices que traiga zumo de naranja, cruasanes y arenques ahumados? Ayer me aseguró que podía hacerlos llegar por avión y mis papilas gustativas los están pidiendo a gritos. —Le dio una palmada cariñosa en el trasero—. Entretanto me daré una ducha. Te veo en la terraza de abajo.

—Pero, Art, yo también iba a darme una…

—¿Qué, cariño?

—Nada —suspiró Zoe—. Nos vemos abajo.

Pasaron el resto de la mañana tomando el sol junto a la piscina, Zoe leyendo una novela y Art hojeando la prensa inglesa.

—Escucha esto, cariño. Titular: «¿Debería permitirse al hijo de un monarca casarse con una madre soltera?»

—No quiero oírlo, en serio.

—Yo creo que sí. El periódico realizó un sondeo telefónico y veinticinco mil de sus lectores llamaron para dar su opinión. Dieciocho mil dijeron que sí. Es más de dos tercios. Me pregunto si mis padres lo han leído.

—¿Cambiaría eso las cosas?

—Desde luego. Les afecta mucho la opinión pública, sobre todo en este momento. Mira, *The Times* incluso ha entrevistado a un obispo protestante que ha salido en nuestra defensa. Dice que las madres solteras forman parte de la sociedad moderna y que si la monarquía quiere seguir ahí el mileno que viene, ha de quitarse los grilletes y demostrar que también es capaz de adaptarse.

—Y apuesto a que en el *Telegraph* sale un moralista diciendo que las figuras públicas tienen el deber de dar ejemplo y de no utilizar la conducta sexual disoluta del público corriente como pretexto —farfulló Zoe.

—Claro que sale. Pero escúchame, cariño. —Art se levantó y fue a sentarse en la tumbona de Zoe. Le cogió la mano y la besó—. Te quiero. Jamie es sangre de mi sangre. Lo mires desde el punto de vista moral que lo mires, lo correcto es que nos casemos.

—Pero nadie puede saberlo. He ahí el problema. —Zoe se levantó de la tumbona y empezó a caminar de un lado a otro—. No sé si alguna vez seré capaz de hablarle a Jamie de nosotros.

—Cariño, has renunciado a diez años de tu vida por él. Jamie fue un error que...

Zoe se volvió hacia él con la mirada encendida.

—¡No te atrevas a llamar a Jamie un error!

—No lo decía en ese sentido, cariño. Lo único que digo es que Jamie está haciéndose mayor y forjándose una vida propia. Lo importante aquí somos nosotros y nuestra oportunidad de ser felices antes de que sea demasiado tarde.

—¡No estamos hablando de un adulto, Art! Jamie solo tiene diez años. Y hablas como si para mí hubiese sido un sacrificio criarlo. Nada más lejos de la realidad. Jamie es el centro de mi vida y volvería a hacerlo.

—Lo sé, lo sé. Lo siento. Dios, parece que no doy una esta mañana —murmuró Art—. En cualquier caso, tengo buenas noticias. He pedido un barco para que venga esta tarde a buscarnos. Iremos a Mallorca y recogeremos a mi amigo, el príncipe Antonio, y a su esposa Mariella en el puerto. Luego navegaremos por alta mar durante dos días. Te encantarán, y comprenden perfectamente nuestra situación. —Alargó una mano y le acarició el pelo—. Venga, cariño, alegra esa cara.

Después de comer, mientras la doncella le hacía la maleta para el barco, a Zoe le sonó el móvil. Vio que era el director del colegio de Jamie y respondió al instante.

—¿Diga?

—¿Señorita Harrison? Soy el doctor West.

—Hola, doctor West. ¿Va todo bien?

—Me temo que no. Jamie ha desaparecido. Ha ocurrido esta mañana, justo después del desayuno. Hemos rastreado todo el colegio y los jardines, pero no hay señales de él hasta el momento.

—¡Dios mío! —Zoe podía oír la sangre bombeando en sus venas. Se sentó en la cama para evitar derrumbarse en el suelo—. ¿Se... se ha llevado algo? ¿Ropa? ¿Dinero?

—Ropa no, pero ayer hubo entrega de dinero de bolsillo y puede que cuente con eso. Señorita Harrison, no pretendo asustarla, y estoy seguro de que Jamie está bien, pero me temo que, dadas las circunstancias, exista una pequeña probabilidad de que Jamie haya sido secuestrado.

Zoe se tapó la boca con la mano.

—¡Dios mío, Dios mío! ¿Ha llamado a la policía?

—Primero quería pedirle su autorización.

—¡Sí, sí, llame ahora mismo! Cogeré un vuelo lo antes posible. Por favor, doctor West, lláteme en cuanto sepa algo.

—Por supuesto. Procure mantener la calma, señorita Harrison, solo estoy pecando de precavido. En realidad se trata de algo bastante habitual: una discusión con un amigo, un rapapolvo de un profesor... Y el muchacho regresa a las pocas horas. Puede que solo sea eso. Interrogaré a todos los chicos de su clase para ver si pueden arrojar luz sobre su desaparición.

—Sí, gracias. Adiós, doctor West.

Zoe se levantó de la cama temblando e intentado reunir valor.

—Por... por favor, Señor... lo que sea, les daré lo que sea, pero que no le pase nada, ¡que no le pase nada!

—¿Está bien, señora?

María no obtuvo respuesta.

—Iré a buscar a Su Alteza, ¿de acuerdo?

Art entró en el dormitorio minutos después.

—¿Cariño, qué te pasa?

—¡Es Jamie! —Zoe lo miró presa del pánico—. Ha desaparecido. ¡El director del colegio cree que pueden haberlo secuestrado! —Se apartó las lágrimas a manotazos—. Si le ha ocurrido algo por mi egoísmo…

—Espera un momento, Zoe. Escúchame con atención. Todos los muchachos se escapan del colegio. Incluso yo me escapé una vez y volví locos a mis guardaespaldas…

—¡Sí, pero tú tenías guardaespaldas! ¿No? Te pregunté si Jamie recibiría protección y dijiste que no era necesario, ¡y ahora mira lo que ha ocurrido!

—No hay ninguna razón para pensar que es un secuestro. Estoy seguro de que Jamie está bien y que volverá al colegio a la hora de la cena, así que…

—Si no hay ninguna razón para pensar que es un secuestro, ¿por qué demonios me pusiste un guardaespaldas a mí y no a tu hijo? ¡Tu hijo, que es mucho más vulnerable que yo! ¡Dios!

—¡Cálmate, Zoe, por favor! Estás haciendo una montaña de un grano de arena.

—¿Qué? ¡Mi hijo desaparece y me acusas de melodramática! ¡Ponme en un avión ahora mismo! —Zoe empezó a arrojar cosas sobre la maleta a medio hacer.

—No digas tonterías. Si Jamie no ha aparecido mañana por la mañana, te enviaremos a casa, pero esta noche vendrás al barco y disfrutarás de la cena con Antonio y Mariella. Están deseando conocerte. Te ayudará a distraerte.

Incrédula, Zoe le lanzó un zapato.

—¿Distraerme? ¡Por Dios! ¡Estamos hablando de mi hijo, no de una mascota! ¡Jamie ha desaparecido! No puedo pasearme por el Mediterráneo mientras mi hijo, mi pequeño… —se le escapó un fuerte sollozo— puede estar en peligro.

—Estás sacando las cosas de quicio. —Art apretó los labios, irritado—. Además, dudo mucho que puedas volver a casa esta noche. Tendrás que esperar a mañana.

—No, tú puedes enviarme a casa esta noche, Art. Eres un príncipe, ¿recuerdas? Tus deseos son órdenes. ¡Consígueme un avión ahora mismo o me lo buscaré yo! —Zoe estaba gritando, sin importarle ya lo que Art pudiera pensar de ella.

—Vale, vale. —Art levantó las manos mientras retrocedía hacia la puerta—. Veré qué puedo hacer.

Tres horas más tarde Zoe estaba en la sala VIP del aeropuerto de Mahón. Viajaría en un avión privado hasta Barcelona y de ahí tomaría un vuelo de British Airways a Heathrow.

Art no la acompañó al aeropuerto. En lugar de eso, se había ido con el barco a Mallorca después de despedirse lacónicamente con un educado beso en la mejilla mientras Zoe subía al coche.

Zoe sacó el móvil del bolso. Sería más de medianoche cuando aterrizara en suelo británico para buscar a su hijo. Entretanto, solo había una persona en la que podía confiar para que le ayudara a encontrarlo.

Marcó su número y rezó para que contestara.

—¿Diga?

—¿Simon? Soy Zoe Harrison.

29

Joanna viajaba en el expreso Cork-Dublín contemplando los ríos de agua que descendían por el otro lado del cristal. No había parado de llover desde la noche anterior. El martilleo de la lluvia la había mantenido despierta y, como una especie de tortura hipnótica, el débil sonido había ido aumentando dentro de su cabeza hasta convertirse en piedras de granizo. De todos modos, tampoco habría logrado conciliar el sueño. Estaba demasiado tensa y se había pasado la mayor parte de la noche contemplando las grietas del techo y tratando de imaginar adónde la conduciría la nueva información que poseía.

«La situación de este caballero es sumamente delicada…»

«¿Qué significa eso? ¿Qué significa nada en este momento?», pensó, desalentada. Cruzó los brazos y cerró los ojos para intentar dormitar las horas que le quedaran de viaje.

—¿Está ocupado este asiento?

Una voz masculina y estadounidense. Abrió los ojos y vio a un hombre alto y musculoso vestido con tejanos y una camisa a cuadros.

—No.

—Genial. No es fácil encontrar un vagón de fumadores en un tren. En mi país ya no existen.

A Joanna le sorprendió que ella se hubiese sentado en un vagón de fumadores. Normalmente no lo habría hecho. Pero normalmente no estaba tan cansada o confundida.

El hombre se sentó al otro lado de la mesa y encendió un cigarrillo.

—¿Quiere?

—No, gracias, no fumo —contestó, rezando para que no fuera un fumador insaciable ni pretendiera charlar las dos horas y media que quedaban de trayecto.

—¿Quiere que lo apague?

—No, no se preocupe.

El hombre dio otra calada mientras observaba a Joanna.

—¿Inglesa?

—Sí.

—Estuve en Inglaterra antes de venir aquí. En Londres. Me encantó.

—Me alegro —respondió ella secamente.

—Irlanda también me gusta. ¿Está de vacaciones?

—Más o menos. Vacaciones de trabajo.

—¿Es escritora de viajes?

—No, periodista.

El hombre reparó en el plano de Rosscarbery del servicio de cartografía que descansaba sobre la mesa, delante de Joanna.

—¿Está pensando en comprarse una casa?

La pregunta estaba hecha en un tono relajado, pero Joanna se puso tensa y miró al hombre con cautela.

—No, estoy indagando sobre la historia de una casa en la que estoy interesada.

—¿Por conexiones familiares?

—Sí.

En ese momento pasó junto a ellos el carrito de la cafetería.

—Caray, estoy hambriento, será de tanto aire puro. Tomaré un café y uno de esos pastelitos, señorita, y un sándwich de atún. ¿Quiere algo… eh…?

—Lucy —mintió Joanna—. Un café, por favor —pidió a la joven del carrito. Metió la mano en la mochila para sacar el monedero, pero el hombre la detuvo.

—Permítame invitarla. —Le puso el café delante y sonrió—. Kurt Brosnan. Y antes de que lo pregunte, no tengo nada que ver con «Pierce».

—Gracias por el café, Kurt. —Joanna dobló el plano, aunque de todos modos el americano parecía haber perdido el interés mientras quitaba el plástico al sándwich de atún y le daba un bocado.

—De nada —repuso—. Entonces, ¿cree que tiene una propiedad heredada en Irlanda?

—Es posible. —Joanna se resignó a renunciar a su cabezada mientras ese Kurt estuviera en el tren. Viéndolo masticar ruidosamente el sándwich y llenar la mesa de migas, se reprendió por su paranoia. «No todo el mundo va a por ti», se recordó. Y era estadounidense, así que este asunto le era ajeno.

—Yo también, en un pueblecito costero de West Cork. Parece ser que mi tatarabuelo era de Clonakilty.

—Está al lado de Rosscarbery, el pueblo donde me hospedo.

—¿En serio? —Feliz por la coincidencia, el rostro de Kurt se iluminó como el de un niño—. Anteayer estuve allí, en esa fantástica catedral, y luego me tomé la mejor cerveza negra hasta el momento en el hotel…

—¿Ross? Es el hotel donde me alojo.

—¡Qué casualidad! ¿Así que se dirige a Dublín?

—Sí.

—¿Ha estado antes?

—No. He de hacer unas gestiones y he pensado que luego me daré una vuelta por la ciudad. ¿La conoce?

—No, señorita, también es mi primera vez. Quizá deberíamos unir fuerzas.

—He de ir al Registro de la Propiedad y puede que me lleve horas averiguar lo que necesito saber.

—¿Es ahí donde guardan las escrituras de las casas? —preguntó Kurt, devorando ahora el pastelito.

—Sí.

—¿Está intentando averiguar si ha heredado algo?

—Más o menos. Hay una casa en Rosscarbery que nadie sabe a quién pertenece.

—Aquí la gente es más relajada que en mi país. Por ejemplo —Kurt puso los ojos en blanco—, nadie tiene alarma en el coche ni cierra la casa con llave. Ayer estaba comiendo en un restaurante cuando la dueña me dijo que tenía que salir y que dejara el plato en el fregadero antes de irme. Es evidente que aquí se toman la vida de otra manera. —Señaló el plano—. ¿Me enseña la casa?

Pese a los recelos iniciales de Joanna, el viaje hasta Dublín fue bastante agradable. Kurt resultó ser una compañía amena y la entretuvo con historias sobre su Chicago natal. Cuando el tren hizo su entrada en la estación de Heuston, Kurt sacó una libretita y un bolígrafo de oro de su bolsillo.

—Deme su número de Rosscarbery. Cuando vuelva, podríamos tomar algo.

Joanna anotó su número de móvil en un papel y se lo dio. Kurt se lo guardó en el bolsillo de la cazadora con una sonrisa de satisfacción.

—Caray, el viaje se me ha hecho muy corto hablando con usted, Lucy. ¿Cuándo regresa a West Cork?

—No estoy segura, depende de cómo vayan las cosas. —Joanna se puso en pie cuando el tren se detuvo—. Ha sido un placer, Kurt.

—Lo mismo digo, Lucy. Puede que nos veamos pronto.

—Puede. Adiós. —Joanna le sonrió y se sumó a los pasajeros que abandonaban el vagón.

Tomó un taxi hasta la Oficina del Registro de la Propiedad situada cerca del río, junto al edificio Four Courts. Después de rellenar una pila de formularios, hizo cola frente al mostrador hasta que por fin le entregaron una carpeta.

—Allí tiene una mesa, si quiere examinar las escrituras —dijo la joven.

—Gracias.

Joanna se encaminó a la mesa y tomó asiento. Se llevó una decepción al descubrir que el gobierno de Su Majestad había cedido la casa guardacostas al «Estado Libre Irlandés» el 27 de junio de 1928. Tras hacer una fotocopia de las escrituras y los planos, devolvió la carpeta, le dio las gracias a la funcionaria y salió de la oficina.

Fuera seguía diluviando. Abrió su enclenque paraguas londinense y caminó hasta Grafton Street y la miríada de callejuelas repletas de tentadores pubs. Se metió en el primero que vio y pidió una Guinness. Se quitó la chaqueta, que pese a la etiqueta de «resistente al agua» dejaba mucho que desear, y se pasó una mano por el pelo empapado.

—Un día perfecto para pasear —bromeó el camarero.

—¿Aquí nunca deja de llover?

—Pocas veces —contestó el hombre sin un ápice de ironía—. Luego se preguntan por qué muchos de nosotros acabamos dándonos al alcohol.

Joanna se disponía a pedir un bocadillo de queso cuando una figura que le resultó familiar cruzó la puerta del pub.

Kurt la vio y la saludó efusivamente con la mano.

—¡Lucy, hola!

Se sentó a su lado en la barra. El agua que chorreaba de su cazadora formó un charco en el suelo.

—Una Guinness, por favor, y otra para la señorita —pidió al camarero.

—No, ya tengo una, gracias —rechazó Joanna, procurando disimular su sorpresa por la coincidencia.

Kurt pareció captar el tono de su voz.

—Oye, que no es tan raro. Estás en uno de los pubs más famosos de Dublín. El Bailey aparece en todas las listas de imprescindibles de los turistas. El mismísimo James Joyce solía beber aquí.

—¿En serio? No me fijé en el nombre. Entré para escapar de la lluvia.

—¿Qué tal tus pesquisas?

—Infructuosas. —Joanna cogió su Guinness.

—Yo también he tenido una mañana por el estilo. Llueve tanto que se necesita un limpiaparabrisas para ver algo. He decidido rendirme, pasar la tarde bebiendo y la noche disfrutando del lujo. He cogido una habitación en el Shelbourne, supuestamente el mejor hotel de la ciudad.

—Ya. Póngame un bocadillo de queso, por favor —pidió Joanna al camarero.

—Oye, ¿por qué no cenas conmigo en el hotel? Invito yo, para animarte.

—Gracias, pero…

Kurt levantó las manos.

—No busco nada, señorita, lo juro. Pero si tú estás sola y yo estoy solo, podríamos disfrutar más de la noche si nos hacemos compañía.

—No, gracias.

Joanna se levantó, bastante nerviosa. Kurt daba la impresión de ser sincero, pero ella seguía agitada por su repentina aparición.

—Está bien. —Kurt parecía muy ofendido—. ¿Cuándo regresas a West Cork?

—Eh… todavía no lo sé.

—Bueno, puede que te vea cuando vuelva a pasarme por allí.

—Puede. Adiós, Kurt.

—Firme aquí —indicó Margaret al joven que había en el mostrador de recepción.

—Gracias. —El hombre la miró—. ¿Estos últimos días no se habrá cruzado en su camino una joven inglesa llamada Joanna Haslam, por casualidad?

—¿Quién quiere saberlo?

—Su novio —respondió él con una sonrisa cálida.

—Bueno, hay una chica con ese nombre alojada aquí. Pero hoy mismo se ha ido al norte. Volverá esta noche o mañana —explicó la mujer.

—Genial. No quiero que sepa que estoy aquí. Mañana es su cumpleaños y quiero darle una sorpresa. —El joven se llevó un dedo a los labios—. Así que chitón, ¿eh?

—Chitón.

Margaret le entregó la llave y lo observó subir a su habitación. «Quién fuera joven otra vez», pensó con nostalgia antes de ir a la bodega para cambiar el barril.

Captura

Eliminar del tablero la pieza del adversario

30

A la mañana siguiente, Simon tomó asiento frente a la mesa de cuero.

—Simpson se ha ausentado sin permiso —empezó el anciano al otro lado.

—Ya.

—Y también su amiga, la señorita Haslam.

A Simon le habría gustado bromear diciendo que a lo mejor se habían fugado juntos, pero lo juzgó poco acertado.

—Puede que se trate de una coincidencia, señor.

—Dadas las circunstancias, lo dudo. Acabamos de recibir la evaluación del examen psicológico de Simpson. Es lo bastante preocupante como para que el doctor recomiende que reciba tratamiento urgente. —El anciano rodeó la mesa con su silla de ruedas—. Simpson sabe demasiado, Warburton. Quiero que lo encuentre, y pronto. Tengo el presentimiento de que ha ido tras Haslam.

—Pensaba que Haslam tenía el piso intervenido, igual que Marcus Harrison. ¿Las escuchas no nos han proporcionado una idea de dónde puede estar?

—No. Sospechamos que han encontrado los micrófonos, porque hace días que nuestros hombres no oyen nada interesante. De hecho, la transmisión del dispositivo instalado en el piso de Harrison es defectuosa, pero ya estamos preparando un reemplazo. En el caso de la señorita Haslam, no han oído nada, salvo llamadas iracundas de Marcus Harrison a su teléfono fijo preguntándole dónde está.

—¿Y nadie sabe adónde pueden haber ido?

—Ha leído el dosier, Warburton —repuso el hombre, irritado—. Si usted fuera Haslam y quisiera conseguir más información sobre nuestro hombre, ¿a dónde iría?

—¿A Dorset, quizá? Para seguir buscando en el desván. Yo mismo eché un vistazo la última vez que estuve allí y hay innumerables cajas repletas de material.

—¿Cree que no lo sabemos? He tenido a una docena de hombres trabajando allí día y noche desde que Zoe Harrison se marchó a España con Su Alteza y no han encontrado nada. —El anciano regresó a su lugar detrás de la mesa—. Harrison sigue en su piso de Londres. Quizá debería tener unas palabras con él.

—De acuerdo, señor, le haré una visita.

—Infórmeme del resultado y decidiremos el siguiente paso.

—Sí, señor.

—He oído que ayer fue a ver al joven Jamie Harrison.

—Así es.

—¿Por trabajo o por placer?

—Como un favor a Zoe Harrison, señor.

—Tenga cuidado, Warburton. Ya conoce las normas.

—Desde luego.

—Bien, avíseme si hay novedades.

—Lo haré.

Simon se levantó y salió del despacho. Rezaba para que el anciano no hubiera reparado en el rubor que le abrasaba el rostro. Aunque su mente y su cuerpo estuvieran entrenados y disciplinados, era evidente que no podía decir lo mismo de su corazón.

No encontró a nadie en el piso de Marcus, así que Simon volvió a la oficina y llamó a los padres de Joanna, que tampoco sabían nada de ella. Estaba convencido de que continuaba sobre la pista. «¿Francia, quizá?», pensó, y dedicó dos horas infructuosas a repasar las listas de pasajeros de todos los aviones y ferris que habían salido los últimos días. Su nombre no aparecía en ninguna de ellas.

¿Qué otro lugar estaba conectado con el misterio que ambos ansiaban desentrañar?

Simon se concentró en el contenido de la carpeta que había tenido que memorizar. No le habían permitido tomar notas. Aparecía otro lugar, estaba seguro…

Por fin le vino a la cabeza.

Cuarenta y cinco minutos después encontró el nombre de Joanna en un vuelo a Cork de hacía tres días e inmediatamente reservó un asiento en el vuelo de esa misma tarde. Se dirigía a Heathrow a través del atasco de Hammersmith cuando le sonó el móvil.

—Hola, Zoe. —Le sorprendió tanto oír su voz que tuvo que salir de la calzada y aparcar, una operación nada sencilla en medio del denso tráfico—. ¿Dónde estás?

—En el aeropuerto de Mahón, en Menorca. Oh, Simon.

La oyó contener un sollozo.

—¿Qué ocurre? ¿Qué ha pasado?

—Jamie ha desaparecido. El director del colegio cree que es posible que lo hayan secuestrado. Dios mío, Simon, podría estar muerto. No...

—Un momento, Zoe, cuéntame despacio y con calma qué ha pasado.

Ella hizo lo que pudo.

—¿El director ha llamado a la policía?

—Sí, pero Art quiere que lleven el asunto con la máxima discreción. Dice que no debemos involucrar a los medios a menos que sea absolutamente necesario, para evitar...

—Que él, Jamie y tú volváis a estar en el punto de mira —terminó por ella—. Pues tendrá que aguantarse. Aquí lo más importante es encontrar a tu hijo, y siempre resulta útil alertar a la población de la desaparición de un niño.

—¿Cómo estaba Jamie cuando fuiste a verlo?

—Un poco callado, la verdad, pero bien.

—¿Te comentó si estaba preocupado por algo?

—No, pero tuve la impresión de que lo estaba, y eso significa que es probable que esté bien. Puede que solo necesite estar solo. Es un niño sensato, Zoe. Procura mantener la calma.

—Aún tardaré unas horas en llegar a Londres. ¿Puedo pedirte un favor?

—Claro.

—¿Podrías ir a mi casa? Todavía tienes la llave, ¿verdad? Si Jamie no está allí, prueba en Dorset. Las llaves están debajo del depósito de agua que hay detrás de la casa, a la izquierda.

—Seguro que la policía...

—Simon, Jamie te conoce, confía en ti. Por favor… —A Zoe se le quebró la voz.

—¿Zoe? ¿Zoe? ¿Estás ahí? ¡Mierda!

Estampó las manos contra el volante. Debería ir a Irlanda sin dilación, ayudar a una persona que no era consciente de que corría peligro y que también le necesitaba.

¿A quién le debía lealtad?

La respuesta era más que evidente. Se la debía a su mejor amiga y al gobierno al que servía. No obstante, su corazón desleal latía por una mujer y un niño a los que solo hacía unas semanas que conocía. Se debatió durante un minuto y, acto seguido, puso el intermitente para sumarse al tráfico. En cuanto le fue posible sin provocar un accidente, realizó un giro de ciento ochenta grados y puso rumbo al centro de Londres.

La casa de Welbeck Street estaba a oscuras y no parecía que hubiera gente dentro. Simon esperaba que los medios siguieran allí, aguardando a un fantasma que se había desvanecido hacía tiempo. Abrió con la llave y encendió la luz. Miró en todas las habitaciones de la planta baja a pesar de saber, gracias a su bien entrenado instinto, que era una búsqueda inútil. Notaba la casa vacía.

Aun así, registró el cuarto de Zoe y el de Jamie. Se sentó en la cama del pequeño y paseó la mirada por la habitación, cuya mezcla de ositos de peluche y coches con control remoto daba fe de la fase de cambio en la que se encontraba Jamie. Las paredes estaban forradas de láminas infantiles; detrás de la puerta había un póster de los Power Rangers.

—¿Dónde estás, colega? —preguntó al aire, mirando distraído un intricado tapiz que pendía sobre la cama de Jamie. Ante la falta de repuesta, subió al ático para echar una ojeada.

Regresó a la sala de estar y vio que un Panda se detenía delante de la casa. Un agente de policía bajó del coche y se encaminó a la puerta. Simon le abrió antes de que le diera tiempo de tocar el timbre.

—Hola.

—Hola, señor. ¿Vive usted en esta casa? —preguntó el agente.

—No. —Simon le enseñó con desgana su tarjeta de identificación.

—Bien, señor Warburton. Imagino que está buscando al muchacho que se ha escapado del colegio.

—Sí.

—Al parecer, hasta nueva orden debemos llevar el asunto con discreción. Los de arriba no quieren que la desaparición del chico llegue a la prensa, por lo de su madre y su... novio.

—Así es. He registrado la casa y no está aquí. ¿Se quedará de guardia por si aparece?

—No, solo me han ordenado que registre la casa. Puedo enviar a alguien si su gente lo solicita.

—Creo que sería lo mejor —confirmó Simon—. Es probable que el muchacho, de estar libre para hacerlo, se dirija a su casa. Ahora debo irme, pero asegúrese de poner vigilancia.

—Descuide, señor.

Dos horas más tarde, Simon detenía el coche delante de Haycroft House. Miró el reloj y comprobó que eran poco más de las diez. Sacó la linterna de la guantera, bajó del coche y fue en busca del depósito de agua y la llave oculta. La encontró y sintió un escalofrío de decepción; era evidente que Jamie no había llegado allí antes que él. Rodeó la casa y abrió la pesada puerta de entrada.

Encendió luces a su paso mientras iba de una habitación a otra. Reparó en las cacerolas y sartenes que había utilizado para preparar la cena para Zoe, todavía en el escurreplatos, y en la cama de ella, aún deshecha por culpa de la inesperada partida a altas horas de la madrugada.

Nada. La casa estaba vacía.

Regresó a la planta baja y telefoneó al sargento apostado en Welbeck Street para averiguar si Jamie había aparecido. La respuesta fue negativa. Tras informarle de que el niño tampoco estaba en Haycroft House, Simon fue a la cocina para prepararse un café antes de emprender el regreso a Londres. Se sentó a la mesa y se frotó el pelo con las dos manos, tratando de pensar. Si a la mañana siguiente Jamie seguía sin aparecer, al diablo con el palacio. El asunto tendría que hacerse público. Se levantó, echó una cucharada de café soluble en una taza y añadió agua caliente mientras reproducía una y otra vez en su cabeza la última conversación que había mantenido con el muchacho.

Después de una tercera taza de café que provocó las protestas de su hígado y de su estómago, se levantó y dio un último repaso a la casa. Encendió las luces de fuera y abrió la puerta de la cocina que daba al jardín trasero. Era grande y estaba bien surtido, aunque, dada la estación, su estado actual se acercaba más al de un bosquejo a la espera de ser pintado. Paseó la luz de la linterna por el seto que rodeaba el jardín. En una esquina, probablemente allí enclavada para recibir el máximo de sol, había una pérgola pequeña y, debajo, una banco de piedra. Simon se acercó y tomó asiento. La pérgola estaba cubierta por una planta trepadora. Levantó la mano para acariciarla y gritó al notar el pinchazo de una espina.

«Rosas —pensó—. Se pondrán preciosas en verano.»

Rosas...

«A Bisa-James le encantaban las rosas. Ahora las tiene en su tumba...»

Se levantó de un salto y corrió hasta la cocina para hacer una llamada.

El cementerio estaba a solo cuatrocientos metros de la casa, detrás de la iglesia. Estacionó el coche delante de la verja, que estaba cerrada con candado. Saltó y se paseó entre las tumbas, alumbrando cada nombre con la linterna. No pudo evitar que le recorriera un escalofrío. Detrás de una nube errante asomó la luna creciente, bañando el cementerio con su luz espectral. El reloj de la iglesia anunció la medianoche con campanadas lentas y tristes, como si lo hiciera en recuerdo de las almas fallecidas que yacían a sus pies.

Llegó a la década de 1970 y, después, a la de 1980. Justo al fondo del cementerio vislumbró una lápida con el año 1991 grabado en la piedra. Caminó despacio, comprobando que las fechas de las lápidas aumentaban de año. Había llegado casi al límite del cementerio, donde solo quedaba una tumba solitaria con un pequeño rosal plantado junto a la lápida.

SIR JAMES HARRISON

ACTOR

1900 — 1995

«Buenas noches, dulce príncipe,
bandadas de ángeles acompañarán
con su canto tu descanso.»

Y allí, acurrucado sobre la tumba, estaba Jamie.

Simon se acercó con sigilo y supo, por la manera en que respiraba, que dormía profundamente. Se arrodilló a su lado y dirigió la luz de la linterna hacia su cara, de manera que pudiera verla sin perturbar su sueño. Le tomó el pulso y comprobó que era normal. Luego le tocó la mano; estaba fría, pero no demasiado. Respiró aliviado y acarició con suavidad el pelo rubio del muchacho.

—¿Mamá? —Jamie se removió.

—No, soy Simon. Estás a salvo, colega.

El niño se incorporó de golpe, con pánico en los ojos.

—¿Qué? ¿Dónde estoy? —Miró a su alrededor y empezó a tiritar.

—Jamie, estás bien. Soy Simon. —Instintivamente, atrajo al muchacho hacia sí—. Ahora te levantaré, te meteré en el coche y te llevaré a casa. Encenderemos la chimenea de la sala de estar y me contarás qué ha pasado delante de una taza de té bien caliente, ¿de acuerdo?

El muchacho levantó la vista hacia Simon y sus ojos, antes asustados, le devolvieron una mirada confiada.

—De acuerdo.

Cuando llegaron a casa, Simon cogió el edredón de la cama de Zoe y envolvió al muchacho, que tiritaba en el sofá. Encendió la chimenea mientras Jamie permanecía con la mirada perdida. Después de preparar té y comunicar al sargento de Londres que Jamie estaba bien y dejar un mensaje en el móvil de Zoe, Simon se sentó en la otra punta del sofá.

—Bebe, te ayudará a entrar en calor.

El muchacho abrazó la taza con las manos y bebió un sorbo de té caliente.

—¿Estás enfadado conmigo?

—En absoluto. Estábamos muy preocupados, pero no enfadados.

—Mamá se pondrá furiosa cuando se entere.

—Ya sabe que desapareciste del colegio. Ha cogido un vuelo desde España y ya habrá aterrizado. Estoy seguro de que llamará en cuanto le sea posible. Podrás hablar con ella y decirle que estás bien.

Jamie bebió otro sorbo.

—Mamá no estaba rodando en España, ¿verdad? —preguntó despacio—. Estaba con él.

—¿Él?

—Su novio, el príncipe Arthur.

—Sí. —Simon observó al muchacho—. ¿Cómo lo sabes?

—Uno de los chicos mayores me dejó una hoja de periódico en la casilla.

—Entiendo.

—Luego, Dickie Sisman, que siempre me ha odiado porque yo conseguí entrar en el equipo de rugby y él no, empezó a llamar a mi ma… madre la pu… puta del príncipe.

Simon hizo una mueca, pero no dijo nada.

—Luego me preguntó quién era mi pa… padre. Le dije que Bisa-James, y Dickie y los demás se rieron de mí y dijeron que no podía ser mi padre, porque era mi abuelo, pe… pero lo era, Simon. Bisa-James era mi padre, y ya no está.

Simon observó cómo los hombros de Jamie temblaban por culpa de los sollozos.

—Bisa-James dijo que nunca me dejaría, que estaría siempre ahí cuando lo necesitara, que lo único que tenía que hacer era llamarlo y me respondería… ¡Pero no responde porque está muerto!

Simon le quitó la taza con suavidad, se sentó a su lado y lo abrazó.

—Nunca pensé que se iría —continuó Jamie—. Me… me refiero a que sabía que no estaba en persona, él mismo dijo que no estaría, aunque creía que seguiría para siempre en algún lugar, ¡pero cuando lo necesité, no lo encontré! —Nuevos sollozos sacudieron el pecho de Jamie—. Luego mamá se marchó también y me quedé completamente solo. No podía aguantar más la situación en el colegio, tenía que largarme, así que f… fui a la tumba de Bisa-James.

—Lo entiendo —dijo Simon en voz baja.

—Lo… lo peor de todo es que mamá me mintió.

—No por gusto, Jamie. Lo hizo para protegerte.

—Antes me lo contaba todo, no teníamos secretos. Si lo hubiera sabido, habría podido defenderme cuando los chicos se metieron conmigo.

—A veces los adultos juzgamos mal las situaciones. Creo que eso fue lo que le pasó a tu madre.

—No. —Jamie meneó la cabeza, cansado—. Es porque ya no soy la persona más importante para ella. Ahora lo es el príncipe Arthur. Le quiere más a él que a mí.

—Lo que dices no podría estar más alejado de la verdad. Tu madre te adora. Créeme, estaba muy angustiada cuando se enteró de que habías desaparecido. Removió cielo y tierra para poder subirse a un avión y volver a casa para buscarte.

—¿Eso hizo? —Jamie se secó la nariz—. ¿Simon?

—¿Sí?

—¿Tendré que irme a vivir a una de sus casas?

—No lo sé. Creo que aún falta mucho para tener que tomar una decisión como esa.

—Oí a uno de los profesores reírse en su despacho con el instructor de educación física. Dijo que no sería la primera vez que un bastardo se muda a un pa… palacio.

Simon maldijo entre dientes la crueldad de la naturaleza humana.

—Jamie, tu madre no tardará en llegar. Quiero que me prometas que le dirás todo lo que me has dicho a mí, para que no haya malentendidos en el futuro.

El niño levantó la vista.

—¿Has conocido al príncipe?

—Sí.

—¿Cómo es?

—Es simpático. Estoy seguro de que te caerá bien.

—Lo dudo. ¿Los príncipes juegan a fútbol?

Simon rio.

—Sí.

—¿Y comen pizza y judías con tomate?

—Estoy seguro de que sí.

—¿Se casará mamá con él?

—Creo que eso es algo a lo que solo puede responder tu madre. —El móvil sonó en el bolsillo de Simon—. ¿Diga? ¿Zoe? ¿Recibiste mi mensaje? Sí, Jamie se encuentra perfectamente. Estamos en Dorset. ¿Quieres hablar con él?

Simon le pasó el teléfono a Jamie y se marchó de la sala para proporcionarle un poco de intimidad. Cuando regresó, terminada la llamada, se dio cuenta de que las mejillas del muchacho habían recuperado el color.

—¿Se enfadará mucho conmigo?

—¿Sonaba enfadada?

—No —reconoció Jamie—, parecía muy contenta. Va a venir directamente aquí para verme.

—Pues ya lo tienes.

Simon se sentó a su lado y Jamie descansó la cabeza en su rodilla con un bostezo.

—Me gustaría que tú fueras el príncipe —murmuró con voz soñolienta.

«Y a mí», pensó Simon.

Jamie levantó la cabeza y sonrió.

—Gracias por saber dónde buscar.

—No hay de qué, colega.

Eran las tres de la madrugada cuando Zoe pagó al taxista y abrió la puerta de Haycroft House. La casa estaba en silencio. Primero se dirigió a la cocina y después a la sala. Jamie estaba acurrucado sobre la rodilla de Simon y dormía profundamente. Simon había recostado la cabeza en el respaldo del sofá y también tenía los ojos cerrados. Se le saltaron las lágrimas al ver a su hijo. Y a Simon, que con tanta generosidad los había ayudado a ambos cuando nadie más parecía dispuesto a hacerlo.

Simon abrió los ojos al sentir que Zoe se acercaba. Con sumo cuidado, salió de debajo de Jamie, sustituyendo su regazo por un cojín, y le hizo señas para que saliera de la sala.

Entraron en silencio en la cocina y Simon cerró la puerta.

—¿De verdad que está bien?

—Perfectamente, te lo prometo.

Zoe se sentó en una silla y hundió la cara en las manos.

—Gracias a Dios. No te haces una idea de las cosas que me he imaginado durante el interminable vuelo.

—Lo supongo. —Simon fue hasta el hervidor de agua—. ¿Té?

—Una manzanilla sería perfecto. Está en ese armario. ¿Dónde lo encontraste?

—Dormido sobre la tumba de tu abuelo.

—¡Oh, Simon! —Zoe se tapó la boca, horrorizada.

—No te culpes, en serio. Creo que lo que le pasó a Jamie fue una combinación desafortunada de bromas crueles pero naturales en el colegio, un duelo postergado y…

—El hecho de que yo tampoco estuviera allí.

—Sí. Toma. —Simon le puso la infusión delante.

—Entonces, ¿sabe lo de Art por los demás chicos?

—Eso me temo.

—¡Maldita sea! Tendría que habérselo contado.

—Todos cometemos errores. Yo también, ¿recuerdas? Te aconsejé que no se lo contaras. Pero, por suerte, es una situación que puede rectificarse fácilmente.

—Sabía que Jamie estaba demasiado tranquilo después de morir James. —Zoe bebió un sorbo de manzanilla—. Tendría que haberlo visto venir.

—Creo que cuando se encontró en apuros cayó por primera vez en la cuenta de que el hombre al que adoraba, su figura paterna, se había ido para siempre, sobre todo cuando sus compañeros sugirieron con malicia la llegada de un sustituto. Pero es un buen chico, lo superará. Bien, ahora que ya estás aquí, me temo que he de irme.

Zoe se alarmó.

—¿Irte?

—El deber me llama. —Simon entró de puntillas en la sala para coger su cazadora y se reunió con Zoe en el recibidor—. Jamie sigue durmiendo como un tronco. Creo que la única medicina que necesita es una dosis de amor y cuidados maternales.

—Sí, y también una larga charla. —Zoe lo siguió hasta la puerta—. Simon, nunca podré agradecértelo lo suficiente.

—No pienses en eso, en serio. Cuida de los dos y dale un abrazo a Jamie de mi parte. Dile que siento haber tenido que irme sin despedirme.

—Por supuesto. —Zoe asintió con tristeza—. ¿Simon?

Se volvió hacia ella.

—¿Sí?

Zoe hizo una pausa antes de sacudir la cabeza.

—Nada.

—Adiós. —Simon esbozó una sonrisa tensa, abrió la puerta y se fue.

31

Joanna detuvo el Fiesta de alquiler delante del hotel Ross y apagó agradecida el motor. Estaba agotada después de otra noche en vela en una pensión barata de Dublín, sobresaltándose cada vez que oía un chirrido. La repentina aparición de Kurt en el pub la había dejado sumamente intranquila. La pregunta era, ¿la había estado siguiendo o solo estaba paranoica?

Se quedó un rato dentro del coche, contemplando la lluvia que seguía bombardeando la pintoresca plaza.

—Maldita anciana —farfulló para sí. ¿Dónde estaría ahora si no la hubiera conocido? En su casa de Londres, trabajando todavía en la sección de noticias, y no en un pueblo perdido de Irlanda donde no paraba de llover.

Se acabó. Había decidido volver a Inglaterra en cuanto pudiera. Enterraría las últimas semanas en el pasado y se esforzaría por olvidar el asunto. Le enviaría a Simon toda la información que había reunido, que hiciera con ella lo que quisiera. Sospechaba que había sido destinado a Welbeck Street para descubrir cuánto sabía Zoe Harrison y los secretos que contenía la casa. Pues bien, podía quedarse con todo lo que ella tenía. Tema zanjado.

Abrió la portezuela del coche, sacó la mochila del maletero y entró en el hotel.

—Hola, ¿ha tenido buen viaje? —le preguntó Margaret desde detrás del mostrador.

—Sí. Estuvo bien, gracias.

—Me alegro.

—Voy a dejar la habitación. Me vuelvo a casa, si consigo plaza en algún vuelo que salga de Cork esta tarde.

—Bien. —Margaret enarcó una ceja—. Alguien dejó un sobre para usted mientras estaba fuera. —Se dio la vuelta y lo sacó de la casilla de Joanna—. Tome.

—Gracias.

—¿Será una felicitación de cumpleaños?

—No, mi cumpleaños es en agosto, pero gracias de todos modos.

Margaret la observó subir la escalera. Tras meditarlo unos instantes, telefoneó a Sean, su sobrino, que trabajaba en la comisaría local.

—¿Recuerdas que me preguntaste por el joven que se registró ayer en el hotel? Pues puede que no sea quien dice ser, después de todo. Ha salido, dijo que volvería sobre las seis. Pensé que debías saberlo.

Joanna abrió la puerta de su habitación, soltó la mochila y abrió el sobre. Le echó un vistazo mientras se derrumbaba en la cama. Le llevó un rato descifrar la extraña caligrafía.

Querida señorita:

La oí hablar en el bar sobre la casa guardacostas. Yo sé cosas. Venga a verme y conocerá la verdad. Me encontrará en la casita rosa que está delante de la casa guardacostas.

Señorita Ciara Deasy

Ciara… El nombre le sonaba. Rebuscó en su memoria, tratando de recordar quién lo había mencionado. Había sido Fergal Mulcahy, el historiador. Dijo que Ciara estaba loca.

¿Serviría de algo que fuera a verla? Seguramente la conduciría a otra búsqueda absurda: historias recordadas a medias que apenas guardarían relación con una situación del pasado de la que Joanna ya no quería saber nada.

«Mira los problemas que te han causado las ancianitas medio chifladas», se dijo con firmeza.

Hizo una pelota con la nota y la arrojó a la papelera. Descolgó el teléfono, marcó el nueve para obtener línea con el exterior y habló con el departamento de reservas de Aer Lingus. Quedaban plazas para el vuelo de las 18.40 que salía de Cork. Joanna pagó el billete con su sufrida tarjeta de crédito y empezó meter sus cosas en la mochila. Hecho esto, descolgó de nuevo y llamó a Alec al periódico.

—Soy yo.

—¡Por el amor de Dios, Joanna! No pensaba que tardarías tanto en llamar.

—Lo siento, se me ha pasado el tiempo volando.

—Ya. Oye, el director me ha preguntado cada día por tu certificado médico. Envió a alguien a tu casa y ahora sabe que tampoco estás allí. He hecho lo que he podido, pero me temo que estás despedida.

Joanna se derrumbó sobre la cama con un nudo en la garganta.

—¡No, Alec!

—Lo siento, cielo. Ignoro si le han presionado o no, pero es lo que hay.

Joanna guardó silencio y reprimió las lágrimas.

—Jo, ¿sigues ahí?

—¡Acababa de decidir que dejo este maldito asunto! Regreso a Londres esta noche. Si mañana me presento en el despacho del director, me arrodillo, le pido mil disculpas y me ofrezco a hacerle el té hasta que me perdone, ¿crees que me readmitirá?

—No.

—Eso me temía. —Joanna contempló desconsolada el papel estampado de la pared. Las descoloridas rosas bailaron delante de sus ojos.

—Entonces, por lo que dices, ¿no has averiguado nada?

—Casi nada. Solo que un tal Michael O'Connell nació en la costa, a unos kilómetros de aquí, y que posiblemente pasó sus años de juventud trabajando en una casa enorme para el bisabuelo de una mujer con la que hablé. Ah, y hay una vieja carta de un oficial británico que dice que un caballero llegó en barco para hospedarse en la casa como invitado del gobierno de Su Majestad. En 1926.

—¿Quién era?

—Ni idea.

—¿No crees que deberías averiguarlo?

—No, no lo creo. Estoy harta. Quiero… —Joanna se mordió el labio—. Quiero irme a casa y recuperar mi vida de antes.

—Dado que eso es imposible, no pierdes nada por seguir indagando.

—No puedo más, Alec, en serio.

—Venga, Jo. En mi opinión, la única manera de poder relanzar tu carrera es conseguir una gran historia y vendérsela al mejor postor. Ya no le debes lealtad a este periódico. Y si otros se niegan a publicarla, lo harán en el extranjero. Algo me dice que estás muy cerca de conseguir algunas respuestas. Por lo que más quieras, no tires la toalla justo ahora.

—¿Qué respuestas? Nada de esto tiene sentido.

—Alguien sabrá algo. Siempre hay alguien. Pero ándate con cuidado, no tardarán en localizarte.

—Me largo, Alec. Te llamaré cuando llegue a Londres.

—Está bien, Jo. Sí, llámame. Y cuídate.

Permaneció unos minutos sentada en la cama, pensando que en lo que llevaba de año había perdido a su novio, casi todas sus pertenencias, a su mejor amigo y ahora su trabajo. Y contrariamente a la opinión de Alec, todavía le quedaba mucho que perder.

—La vida, por ejemplo —murmuró para sí.

Cinco minutos más tarde cogió su bolsa de viaje, cerró la puerta y bajó a la recepción.

—¿Se va? —preguntó Margaret desde detrás del mostrador.

—Sí. —Joanna le entregó su tarjeta de crédito—. Gracias por hacer tan agradable mi estancia.

—No hay de qué. Espero que nos pueda hacer otra visita muy pronto.

Joanna firmó el recibo que Margaret le tendía.

—Ya está. Adiós, y gracias. —Cogió la bolsa y se dirigió a la salida.

—Joanna, no esperaba visita, ¿verdad?

—¿Por qué? ¿Me llamó alguien?

—No. —La mujer negó con la cabeza—. Buen viaje, y cuídese mucho.

—Lo haré.

Joanna metió la bolsa en el maletero del Fiesta, dejó atrás la plaza y bajó hacia el estuario. Mientras señalaba a la izquierda y aguardaba a que pasara un coche, reparó en una casita rosa de una planta que descansaba sola al otro lado del estuario, frente a la casa guardacostas. Las dos viviendas estaban separadas por apenas cincuenta metros de bancos de arena. Joanna vaciló, meneó la cabeza con resignación y señaló a la derecha. Si se daba prisa, todavía podría tomar su vuelo. No se dio cuenta de que el coche que tenía detrás también cambiaba el rumbo y la seguía a cierta distancia por la angosta carretera.

—Pase —invitó una voz desde el interior cuando llamó a la puerta.

Joanna obedeció y entró en una estancia pequeña y rústica que parecía de otra época. En el espacioso hogar ardía un fuego vivaz sobre el que pendía, de una cadena, un hervidor de agua negro. El exiguo mobiliario estaba gastado y las paredes tenían como único adorno un crucifijo grande y un póster amarillento de la Virgen con el Niño.

Ciara Deasy estaba sentada en una silla de madera de respaldo alto, a un lado de la chimenea. Su rostro, surcado de suaves arrugas, indicaba que tenía entre setenta y ochenta años. Llevaba el pelo, ya blanco, muy corto por los lados y por detrás, y cuando se levantó para recibir a Joanna, sus piernas no dieron muestras de inestabilidad.

—¿La señorita del hotel? —Ciara le estrechó la mano con firmeza.

—Joanna Haslam.

—Siéntese. —Señaló una silla situada al otro lado del hogar—. Ahora, cuénteme, ¿por qué está tan interesada en la casa guardacostas?

—Señorita Deasy, es una larga historia.

—Son mis favoritas. Y llámeme Ciara, ¿quiere? «Señorita Deasy» suena a vieja solterona. Que lo soy, no lo niego —rio la mujer.

—Verá, soy periodista y estoy investigando a un hombre llamado Michael O'Connell. Es posible que regresara a Inglaterra con una identidad diferente.

Ciara afiló la mirada.

—Yo sabía que se llamaba Michael, pero ignoraba su apellido. Y no se equivoca en lo de que se cambió el nombre.

—¿Sabía que utilizaba una identidad falsa?

—Lo he sabido desde que tenía ocho años. Hace casi setenta que me llaman embustera, cuentista. Desde entonces, todo el pueblo cree que he perdido la cabeza, pero no es cierto. Estoy tan cuerda como usted.

—¿Y sabe por casualidad si «Michael» tiene alguna relación con la casa guardacostas?

—Se alojó allí mientras estuvo enfermo. Querían mantenerlo escondido hasta que se repusiera.

—¿Lo conoció?

—No puedo decir que me lo presentaran formalmente, pero a veces iba a la casa con Niamh, Dios la tenga en su gloria. —La anciana se santiguó.

—¿Niamh?

—Mi hermana mayor. Era guapísima, con su pelo largo y oscuro y sus ojos azules... —Ciara clavó la mirada en el fuego—. Cualquier hombre se habría prendado de ella, y él lo hizo.

—¿Michael?

—Ese era el nombre que usaba, sí, pero las dos sabemos que hay más detrás.

—¿Por qué no me cuenta la historia desde el principio?

—Lo intentaré, aunque hace mucho tiempo que no hablo de ello. —Ciara respiró hondo—. Fue Stanley Bentinck quien se lo propuso. Vivía en la casa grande de Ardfield. Le dijo a Niamh, que en aquellos tiempos era criada de la familia, que esperaban una visita importante. Así que, como mi hermana vivía a un tiro de piedra, la puso al servicio del visitante en la casa guardacostas. Siempre volvía con los ojos brillantes y una sonrisa misteriosa. Me decía que era un caballero inglés, pero no me contaba nada más. Yo solo era una chiquilla y no podía entender lo que estaba pasando entre ellos. A veces cruzaba para ayudar con la limpieza, y un día los pillé abrazados en la cocina, pero yo todavía no sabía nada del amor ni de las cosas físicas. Luego él desapareció, embarcó aquella noche, antes de que vinieran a por él...

—¿Quiénes? —le interrumpió Joanna.

—Los que lo buscaban. Verá, mi hermana le avisó, pese a saber que lo perdería, de que tenía que irse si quería conservar la vida. Pero estaba convencida de que él mandaría a por ella cuando llegara a Londres. Mirando atrás, era una causa perdida, pero ella no lo sabía.

—¿Quiénes lo buscaban, Ciara?

—Se lo contaré al final. Cuando él se marchó, Niamh y mi padre tuvieron una discusión terrible. Ella gritaba como una loca y él respondía en el mismo tono. Y al día siguiente, mi hermana también desapareció.

—Entiendo. ¿Sabe a dónde fue?

—No, al menos los primeros meses. Unos del pueblo dijeron que la habían visto con los gitanos en la feria de Ballybunion, otros que estaba en Bandon.

—¿Por qué se fue?

—A ver, Joanna, si deja de hacer preguntas tendrá las respuestas. Seis meses después de su desaparición, mis padres fueron a misa con mis hermanas y yo me quedé en casa. Estaba muy acatarrada y mamá no quería que me pasara el sermón tosiendo. Estaba en la cama cuando oí un ruido. Un ruido horrible, como el de un animal a las puertas de la muerte. Fui en camisón hasta esa puerta —Ciara la señaló con la mano— y puse la oreja. Supe que venía de la casa guardacostas, así que fui hasta allí mientras ese espantoso sonido resonaba en mis oídos.

—¿No tenía miedo?

—Estaba aterrorizada, pero había algo que me empujaba, como si mi cuerpo no fuera mío. —Ciara contempló la bahía—. La puerta estaba abierta. Entré y la encontré arriba, tumbada en la cama de él, con las piernas cubiertas de sangre… —Se tapó el rostro con sus manos menudas—. Todavía puedo verle la cara, clara como el día. El dolor que se reflejaba en ella me ha perseguido toda la vida.

Un escalofrío trepó por la espalda de Joanna.

—¿Era su hermana Niamh?

—Sí. Y entre sus piernas, todavía unido a ella, había un recién nacido.

Joanna tragó saliva y miró en silencio a Ciara mientras esta se serenaba.

—Cuando vi el bebé pensé… pensé que estaba muerto, porque estaba morado y no lloraba. Lo cogí y corté el cordón con los dientes, como había visto hacer a mi padre con sus vacas. Lo envolví con mis brazos para darle calor, pero seguía inmóvil.

—Dios mío. —Joanna tenía lágrimas en los ojos.

—Así que me acerqué a Niamh, que para entonces había dejado de gritar. Estaba muy quieta, con los ojos cerrados, y vi que todavía sangraba. Intenté moverla, entregarle el niño para ver si ella podía ayudarle, pero no se movía. —La mente de Ciara se había remontado todos esos años atrás y estaba reviviendo la terrible escena. Tenía los ojos muy abiertos, como poseídos—. Me senté en la cama, meciendo al bebé e intentando despertar a mi hermana. Por fin me miró. Le dije: «Niamh, tienes un hijo. ¿Quieres abrazarlo?». Me hizo señas para que me inclinara y acercó sus labios a mi oído para susurrarme algo.

—¿Qué?

—Que en el bolsillo de la falda tenía una carta para el padre del bebé. Que el niño debía ir a Londres con él. Luego levantó la cabeza, besó al pequeño en la frente, suspiró y no volvió a hablar.

Ciara cerró los ojos, pero no dejó de llorar. Las dos mujeres guardaron silencio.

—Qué horror que presenciara algo así siendo tan pequeña —susurró Joanna al fin—. ¿Qué hizo?

—Envolví al niño con una colcha. Estaba empapada de sangre, pero era mejor que nada. Después saqué la carta del bolsillo de Niamh. Sabía que tenía que llevar al bebé al médico enseguida y, como mi camisón no tenía bolsillos y temía perder la carta, levanté un tablón del suelo y la escondí debajo para recogerla más tarde. Me levanté y crucé las manos de Niamh sobre su pecho, como había visto hacer al de la funeraria con mi abuela. Luego cogí a la criatura y corrí en busca de ayuda.

—¿Qué le pasó al pequeño? —preguntó, despacio, Joanna.

—Bueno, de eso no estoy segura. Me han contado que me encontraron en medio del estuario, gritando que Niamh estaba muerta en la casa. Después de eso estuve enferma durante muchos meses. Stanley Bentinck pagó mi traslado al hospital de Cork. Tenía neumonía, y dijeron que deliraba tanto que tuvieron que meterme en el manicomio cuando me puse bien. Mis padres iban a verme y me decían que todo lo que había visto había sido un sueño provocado por la fiebre. Niamh no había vuelto. No había ningún bebé. Todo era fruto de mi imaginación. —Ciara torció el gesto—. Durante semanas intenté decirles que Niamh seguía muerta en la casa y pregunté por el bebé, pero cuanto más hablaba de ello, más meneaban la cabeza y más tiempo me tenía que quedar en ese lugar olvidado de la mano de Dios.

—¿Cómo pudieron? —Joanna se estremeció—. ¡Alguien tuvo que arrebatarle el bebé de los brazos!

—Sí. Y yo sabía que lo que había visto era real, pero empecé a comprender que si seguía repitiéndolo, me pasaría el resto de mi vida rodeada de locos. Así que, transcurrido un tiempo, les dije a los médicos que no había visto nada, y cuando mi padre vino a verme también fingí que se me había pasado la chifladura, aseguré que no había visto nada, que la fiebre me había hecho alucinar. —Ciara esbozó una sonrisa irónica—. Mi padre se empeñó en llevarme a casa ese mismo día. Como es lógico, a partir de ese momento la gente del pueblo me veía como una chiflada. Los demás niños se reían de mí, me insultaban… Al final me acostumbré a sus burlas, les seguía el juego y les asustaba diciendo cosas extrañas para devolvérsela —rio.

—¿Y sus padres no volvieron a mencionar lo que usted vio?

—Jamás. Pero ya sabe lo que hice, ¿verdad?

—Regresó a la casa para ver si la carta seguía allí.

—Exacto, exacto. Tenía que asegurarme de que yo tenía razón y ellos no.

—¿Y estaba?

—Sí.

—¿La leyó?

—Entonces no sabía leer. Pero más tarde, cuando aprendí, ya lo creo que la leí.

Joanna respiró hondo.

—¿Qué decía la carta?

Ciara la miró pensativa.

—Puede que se lo cuente dentro de un rato. Ahora siga escuchando, que no he terminado.

«¿Está diciendo la verdad?», se preguntó Joanna. ¿O estaba alucinando, como parecían pensar los habitantes del pueblo?

—Tardé unos cuantos años en encontrarle sentido a lo ocurrido. Tenía dieciocho cuando entendí por qué. Por qué mis padres habían tapado el asunto, por qué era algo tan importante como para que hubieran estado dispuestos a encerrar a su hija y llamarla loca por decir lo que había visto.

—Siga —le instó Joanna.

—Estaba con mi madre en la ciudad de Cork, comprando tela para unas sábanas, cuando vi un periódico, el *Irish Times*. En la portada salía una cara que yo conocía. Era el hombre que había visto en la casa guardacostas.

—¿Quién era?

Ciara Deasy se lo dijo.

32

El hombre subió las escaleras hasta su habitación del hotel y encontró la puerta entornada. Lo atribuyó a un despiste de la camarera, que habría olvidado cerrarla después de limpiar, y la empujó unos centímetros.

De pie en medio de la habitación había dos agentes uniformados.

—Hola. ¿Puedo ayudarles en algo?

—¿Es usted Ian C. Simpson, por casualidad?

—No, no lo soy —respondió.

—En ese caso, ¿puede decirnos por qué tiene una pluma con sus iniciales junto a la cama? —preguntó el agente de más edad.

—Por supuesto, la explicación es sencilla.

—Excelente. Puede contárnosla en la comisaría, donde estaremos más cómodos.

—¿Qué? ¿Por qué? ¡Yo no soy Ian Simpson y no he hecho nada malo!

—Excelente, señor. En ese caso, si nos acompaña estoy seguro de que podremos aclararlo.

—¡Ni lo sueñen! ¡Esto es ridículo! Soy un invitado en su país. Disculpen, pero me largo. —Giró sobre sus talones y se encaminó a la puerta. Los agentes le dieron alcance y lo agarraron con fuerza por los brazos mientras él se revolvía—. ¡Suéltenme! ¿Qué demonios está pasando aquí? ¡Miren en mi cartera, puedo demostrar que no soy Ian Simpson!

—Todo a su tiempo, señor. Ahora, ¿le importaría dejar de gritar? No nos gustaría molestar a Margaret y al resto de los huéspedes.

Suspiró y dejó de resistirse. Los agentes lo condujeron a lo largo del pasillo.

—Pienso recurrir a la embajada británica. No pueden entrar así como así en la habitación de alguien, acusarle de ser quien no es y meterlo en la cárcel. ¡Quiero un abogado!

Los clientes del bar observaron con interés cómo los agentes sacaban al hombre del hotel y lo metían en el coche que aguardaba fuera.

Simon llegó al aeropuerto de Cork a las cuatro y diez de la tarde. Había recibido un buen rapapolvo en Thames House por haber perdido el vuelo de la noche anterior y el de esa mañana. A decir verdad, se había detenido en una gasolinera cuando regresaba de Dorset al darse cuenta de que se estaba durmiendo al volante, y se había quedado frito durante cuatro horas. Cuando despertó eran más de las nueve y había tenido que coger el vuelo de la una, que para colmo sufrió un retraso de dos horas.

Al salir por la puerta de llegadas, Simon hizo una llamada telefónica.

—Me alegro de que al fin esté allí —dijo Jenkins con sarcasmo.

—Sí. ¿Alguna novedad?

—La policía irlandesa cree que ha localizado a Simpson. Estaba escondido en el mismo hotel que Haslam. Se lo han llevado a la comisaría, tal como les pedimos, y están esperando a que llegue usted para identificarlo.

—Bien.

—Al parecer iba desarmado, y no encontraron ningún arma en su habitación, pero creo que deberíamos enviar a un par de agentes para que le ayuden a escoltarlo hasta Inglaterra.

—De acuerdo. ¿Y Haslam?

—Nuestros colegas irlandeses nos han informado de que ha dejado el hotel. Por lo visto regresa a Londres. Su nombre aparece en la lista del vuelo que sale de Cork a las 18.40. Dado que Simpson ya está entre rejas, quiero que espere a Haslam en el aeropuerto y se entere de qué ha descubierto. Llámeme más tarde para recibir nuevas instrucciones.

—Bien, señor.

Simon suspiró hondo. No le hacía ninguna gracia pasar otras dos horas en un aeropuerto ni la posterior conversación con Joanna. Fue al quiosco, compró un periódico y se instaló en un banco desde donde podía ver a la gente que entraba en la terminal de salidas.

A las seis y media anunciaron por megafonía la última llamada para el vuelo a Heathrow. Después de confirmar en el mostrador de facturación que la señorita Haslam no se había presentado y de registrar exhaustivamente la sala de embarque, Simon tenía la certeza de que Joanna no estaba allí. Vio al último pasajero cruzar la puerta de embarque y bajar como una bala las escaleras hasta el avión que aguardaba en la pista.

—Ya está, señor, cerramos el vuelo —le comunicó la joven irlandesa del mostrador.

Simon se acercó al ventanal y se quedó mirando cómo la escalerilla se alejaba silenciosamente del avión y se clausuraba la puerta. Resignado, tuvo que reconocer que todo le había parecido demasiado fácil.

Veinte minutos después estaba en la N71, al volante de un coche de alquiler a toda velocidad en dirección a Rosscarbery.

El fuego de la chimenea iluminaba la sala de estar y proyectaba sombras espectrales en las paredes. Las dos mujeres se habían quedado calladas, demasiado absortas en sus pensamientos como para reparar en que la noche se les había echado encima.

—Me cree, ¿verdad?

Joanna entendió que, después de tantos años tildándola de loca, no era de extrañar que Ciara Deasy necesitara una reafirmación.

—Sí. —Se frotó las sienes—. Pero ahora mismo no puedo pensar con claridad. Tengo demasiadas preguntas.

—Hay tiempo. Podemos continuar mañana. Descanse, ordene sus ideas y vuelva.

—Ciara, ¿ha conservado la carta?

—No.

Joanna se vino abajo.

—En ese caso, no hay manera de demostrar todo lo que me ha contado.

—La ha conservado la casa.

—¿Perdone?

—La dejé debajo de los tablones. Presentía que era el escondite más seguro.

—¿No cree que la humedad la habrá desintegrado?

—No. Esa casa será vieja, pero es seca. Fue construida para soportar los climas más duros. Además —a Ciara le brillaron los ojos—, la puse dentro de una lata. Está justo debajo de la ventana de la habitación donde murió mi hermana, la misma que puede verse desde esta casa.

—Entonces… ¿le importa que vaya a buscarla? La necesitaré si he de demostrar que ni usted ni yo estamos locas.

—Vaya con cuidado. Esa casa tiene espíritus malos, se lo digo yo. Todavía la oigo llorar, a veces por toda la bahía…

—Lo tendré. —Joanna se negó a dejarse asustar—. ¿Qué le parece si voy mañana, con la luz del día?

Ciara miró ensimismada por la ventana.

—Se acerca una tormenta. El estuario será engullido antes del amanecer…

—Bien. —Incitada por la oscuridad y la conversación sobre tormentas y espíritus, Joanna se puso en pie—. Gracias por contarme todo lo que sabe.

—Cuídese. —La mujer le estrechó la mano—. No confíe en nadie, ¿de acuerdo?

—De acuerdo. Con un poco de suerte, volveré mañana con la carta.

Fuera, el viento soplaba con fuerza en el estuario y caía una lluvia racheada. Joanna no pudo evitar un estremecimiento al ver la mole negra de la casa guardacostas dibujada contra el cielo. Tras pelearse en la oscuridad con la cerradura del coche, se metió en él con gran alivio y cerró la portezuela luchando con el vendaval. Encendió el motor para ahogar el fragor y puso rumbo al pueblo. Decidió que un oporto caliente y el calor del fuego tranquilizarían sus crispados nervios y la ayudarían a ordenar sus pensamientos.

Estaba apagando el coche, lista para entrar en el hotel y decirle a Margaret que se quedaría otra noche, cuando una figura conocida salió por la puerta del hotel, a solo unos metros de ella. Se agachó instintivamente.

«Por favor, Dios, no dejes que me vea…»

Se le cortó la respiración cuando la luz brillante de unos faros envolvieron el vehículo durante unos segundos interminables, hasta que se hizo de nuevo la oscuridad. Joanna se incorporó, recostó la cabeza en el asiento y respiró de nuevo. Estaba claro que iban tras ella, lo que quería decir que le quedaba muy poco tiempo y no podía esperar a mañana. Tenía que ir a la casa guardacostas ahora y recuperar la carta antes de que alguien se le adelantara.

Oyó un golpecito en la ventanilla de atrás y pegó un bote. Se volvió y vio una cara familiar sonriéndole desde el otro lado del cristal. Bajó la ventanilla a regañadientes mientras el hombre rodeaba el vehículo.

—Hola, Lucy.

—Hola, Kurt —saludó despacio—. ¿Cómo estás?

—Bien.

—Me alegro.

—Pensé que ya no te vería. Pasé por el hotel y me dijeron que te habías ido. Me disponía a volver a mi hotel de Clonakilty cuando te vi aquí fuera. —La observó con atención—. Estás muy pálida. ¿Ocurre algo?

—No, nada.

—¿Vas a algún sitio?

—Eh… no, acabo de llegar. Pensaba acostarme.

—Claro. ¿Seguro que estás bien?

—Sí. Adiós, Kurt.

—Adiós.

El hombre le dijo adiós con la mano mientras ella subía la ventanilla, esperaba a que se alejara y corría disparada bajo la lluvia hasta el hotel. Lo observó desde la ventana y esperó a que el automóvil de Kurt se perdió de vista. Entonces regresó corriendo al coche y lo puso en marcha.

Tomó la carretera elevada que conducía a la casa guardacostas sin dejar de mirar por el retrovisor, pero ningún coche apareció detrás de ella.

Simon condujo bajo el chaparrón hasta la comisaría, situada al otro lado de Rosscarbery. Se había pasado un momento por el hotel para echar un vistazo a la habitación que había ocupado Ian antes de ir a identificarlo. Margaret, la encargada, le había contado que hacía media hora que los agentes habían vaciado la habitación y se habían llevado sus pertenencias a la comisaría. En cuanto a Joanna, Margaret no la había visto desde que se había marchado del hotel a las cuatro de la tarde para ir al aeropuerto.

Se detuvo delante de una casita blanca pareada cuyo rótulo luminoso con la palabra «Policía» constituía la única pista de que aquello era una comisaría. En la recepción no había nadie. Tocó el timbre y por fin un hombre joven apareció cruzando una puerta.

—Buenas noches, señor. Vaya tiempecito, ¿eh? ¿En qué puedo ayudarle?

—Me llamo Simon Warburton —se presentó con su placa en la mano—. He venido a identificar a Ian Simpson.

—Yo soy Sean Ryan, y me alegro de verle. Su hombre ha estado dándonos problemas desde que llegó. No le hace ninguna gracia estar aquí. Claro que a nadie se la hace, las cosas como son.

—¿Está sobrio?

—Yo diría que sí. Le hicimos soplar y estaba por debajo del límite.

«Qué novedad», pensó Simon.

—Bien, vamos a verlo.

Siguió a Sean por un pasillo corto y estrecho.

—Tuve que encerrarlo en el despacho de atrás por los gritos que pegaba. Tenga cuidado.

—Lo tendré —respondió Simon al tiempo que Sean abría la puerta y se hacía a un lado para dejarle pasar. Había un hombre derrumbado sobre la mesa, con la cabeza descansando en los brazos y un Marlboro Light consumiéndose en el cenicero. El hombre miró a Simon y soltó un suspiro de alivio.

—¡Gracias a Dios! ¿Te importaría decirle a esta pandilla de celtas ignorantes que no soy el maldito Ian Simpson?

A Simon se le cayó el alma a los pies.

—Hola, Marcus.

Joanna dejó el coche en el arcén de hierba que había justo delante de la casa guardacostas, apagó el motor y buscó la linterna antes de reunir la poca energía que le quedaba para bajar del coche y cruzar la carretera hasta la casa.

Sentía las piernas débiles, pero abrió la portezuela y encendió la linterna. Dirigió la luz a los bancos de arena y vio que la marea había empezado a subir, cubriendo de agua el estuario. Sabía que la única manera de entrar en la casa era rodeándola, trepando el muro y colándose por la ventana de la cocina.

Cuando bajó los escalones y se adentró en el mar, apretó los dientes al sentir el impacto de un agua gélida que le llegaba casi hasta las rodillas al tiempo que la lluvia le empapaba el torso. Vadeó el agua hasta el inclinado rompeolas y levantó la linterna para localizar la ventana de la cocina. Unos metros más y se encontró justo debajo. Alzó los brazos para agarrarse al borde del muro con los dedos y se impulsó hacia arriba, tensando los músculos por el esfuerzo mientras sus pies buscaban un lugar donde apoyarse. Gritó de dolor cuando se le resbaló una mano y estuvo a punto de caer al agua. Necesitó tres intentos más hasta que su pie dio con una hendidura en el ladrillo que le permitió auparse.

Resoplando con fuerza, se tumbó sobre el borde resbaladizo del muro. Acto seguido, se levantó con cuidado y alumbró el vidrio roto con la linterna. El boquete era demasiado estrecho para su cuerpo, así que se bajó la manga de la cazadora para cubrirse el puño y golpeó el ángulo inferior del cristal, que se resquebrajó y cayó al suelo. Derribó los restos de vidrio del marco y entró de cabeza.

La luz de la linterna le mostró que el suelo de la cocina se hallaba un metro por debajo de ella. Con las piernas todavía colgando por fuera, estiró los brazos hasta tocar el suelo húmedo con los dedos. Se precipitó hacia delante con un chillido y aterrizó bruscamente en el duro suelo, donde se quedó tendida unos segundos. Sentía que algo peludo le hacía cosquillas en la cara. Se levantó de un salto, bajó la linterna y vio la rata muerta.

—¡Joder, joder! —aulló, jadeando por el susto y el asco. El hombro le ardía por la caída.

La atmósfera de la casa la envolvió poco a poco mientras permanecía quieta. Cada poro de su ser percibía el peligro, el miedo y la muerte que emanaban de las paredes. El instinto le decía que huyera de allí.

—No, no —murmuró para sí—. Primero coge la carta. Ya casi estás, casi lo tienes.

La luz de la linterna bailaba de un lado a otro por culpa de lo mucho que le temblaban las manos. Por fin encontró la puerta de la cocina, la abrió y descubrió un vestíbulo con una escalera delante. Subió despacio. Fuera, la tormenta alcanzaba su cénit. Los peldaños crujían y gemían bajo su peso. Una vez arriba, paralizado su sentido de la orientación por el miedo, se detuvo sin saber hacia dónde girar.

—Piensa, Joanna, piensa… Ciara dijo que era la habitación que se veía desde su casa.

Reorientándose, dobló a la izquierda, avanzó por el pasillo y abrió la puerta que había al final del mismo.

—¡Maldita sea, Simon! ¿Puedes decirme qué está pasando? —Marcus lo siguió hasta el coche y se derrumbó en el asiento del copiloto.

—Creemos que un personaje desagradable llamado Ian Simpson ha venido aquí buscando a Joanna. Pensábamos que eras tú.

—¡Por Dios, Simon! Conozco a Ian y sabía que iba tras Joanna, ¡por eso vine aquí yo también! Pero no te preocupes, Joanna ha vuelto a casa y está a salvo. Me lo dijo Margaret. Yo mismo estaba a punto de dejar el hotel y regresar a Londres cuando los agentes me detuvieron.

—Joanna no tomó ningún avión en el aeropuerto de Cork. Estuve esperándola, pero no apareció.

—¡Mierda! —El pánico se apoderó del rostro de Marcus—. ¿Sabes dónde está? ¿Y si la tiene ese cabrón? ¡Por Dios, Simon, es un animal!

—No te preocupes, la encontraremos. Voy a llevarte al hotel. Quiero registrar la habitación de Joanna.

—¡Me he tirado horas en esa condenada comisaría cuando podría haber estado buscándola! ¡Esos imbéciles tenían un alijo entero de tarjetas de crédito con mi nombre y seguían sin creer que era yo!

—También tenías la pluma de Ian Simpson con sus iniciales junto a la cama.

—¡Jo se la dejó en mi casa y me limité a cogerla! Menuda chapuza.

—Te pido disculpas por el malentendido, Marcus. Lo más importante ahora es encontrar al auténtico Simpson y a Joanna.

Marcus movió angustiado la cabeza mientras Simon estacionaba delante del hotel.

—A saber dónde estará, pero tenemos que encontrarla antes que él —masculló cuando entraban en el hotel.

Margaret puso cara de susto al ver a Marcus.

—¿No es… peligroso?

—En absoluto —le aseguró Simon—. Un caso de identificación errónea, nada más. ¿Puede dejarme entrar en la habitación de la señorita Haslam? Estamos preocupados por ella. No tomó el vuelo de Cork de esta tarde.

—Claro. He estado tan ocupada que no la hemos tocado. —Margaret le entregó la llave.

—Gracias.

—Te acompaño —dijo Marcus, adelantando a Simon y corriendo escaleras arriba.

Simon abrió la puerta de la habitación de Joanna y procedió a buscar en los lugares acostumbrados mientras Marcus levantaba objetos a voleo. Al no encontrar nada, se sentó en la cama y hundió la cabeza en las manos.

—Vamos, Jo, ¿dónde estás?

La mirada de Simon se posó en la papelera. Volcó el contenido en el suelo y cogió una pelota de papel. La alisó y descifró el texto.

—Ha ido a ver a una mujer a una casita rosa situada delante de la casa de la bahía —anunció Simon.

—¿A quién? ¿Dónde?

—Marcus, deja que yo me ocupe de esto. Tú quédate aquí, lejos de los líos. Te veré luego.

—Espera… —pero antes de que Marcus pudiera terminar la frase, Simon salió por la puerta y desapareció.

Tomó la carretera elevada del estuario, tal como Margaret le había indicado, y encontró la casa de Ciara Deasy, solitaria, frente a los bancos de arena y la silueta amenazante de la casa de la bahía. Bajó raudo del coche y se encaminó a la puerta.

33

Joanna permanecía en medio de la habitación, tan inmóvil como las paredes que la rodeaban. La estancia estaba vacía, arrebatada de todo su contenido por manos desconocidas.

Alumbró el suelo con la linterna y siguió los gruesos tablones de madera hasta la ventana que miraba a la casa de Ciara. Se agachó y tiró de un tablón con las manos. Tras un crujido, este se desgajó suavemente. Joanna tragó saliva al escuchar el repentino correteo de unas patitas que huían.

Se arrodilló en el suelo y, con los dedos entumecidos por el frío, tiró de otro tablón podrido, que apenas se resistió mientras el aire se llenaba de polvo y astillas. Iluminó el boquete con la linterna y vislumbró el destello de una lata oxidada. La sacó y sus dedos temblorosos forcejearon con la tapa.

Entonces oyó pasos al otro lado de la puerta. Eran lentos y calculados, como si el dueño de los pies pretendiera avanzar con el máximo sigilo. Instintivamente, Joanna devolvió la lata al escondrijo, apagó la linterna y se quedó muy quieta. No tenía dónde esconderse, adónde huir. Con la respiración entrecortada, agarró un tablón roto al oír que la puerta se abría con un chirrido.

Simon entró en la casa rosa y encontró la sala de estar vacía. El fuego de la chimenea se había apagado, dejando solo una pila de rescoldos. Abrió la puerta que daba a la cocina. Había un fregadero esmaltado con una bomba de agua encima y una despensa que contenía un amplio surtido de verduras en lata, media hogaza de pan de soda, mantequilla y queso.

La puerta de atrás lo condujo a un lavadero. Simon cruzó de nuevo la sala y se dirigió a la última puerta. Estaba cerrada. Llamó con suavidad para no darle un susto de muerte a la anciana en el caso de que estuviera durmiendo. Tras considerar la posibilidad de que fuera dura de oído, llamó con más fuerza. La mujer seguía sin contestar. Simon levantó el pasador y abrió la puerta. La habitación estaba a oscuras.

—¿Señorita Deasy? —susurró.

Buscó la linterna en su bolsillo y la encendió. Distinguió una figura tendida en la cama, se acercó, se inclinó sobre ella y le alumbró la cara. Tenía la boca abierta y un par de ojos verdes lo miraban sin pestañear.

Aterrado, Simon encontró un interruptor y encendió la luz. Buscó contusiones o heridas en el cuerpo, pero no encontró ninguna. Sin embargo, el miedo grabado para siempre en esos ojos verdes hablaba por sí solo. Esta no era una muerte por causas naturales, sino el trabajo de un experto.

Joanna escuchó unos pies entrar en la habitación. La oscuridad era total, pero por el peso de las pisadas supo que quien se acercaba era un hombre. De repente, un rayo de luz le apuntó a los ojos, deslumbrándola. Joanna levantó el tablón y lo blandió frente a ella.

—¡Uau! ¿Lucy?

Los pies se acercaron mientras la luz de la linterna le quemaba las retinas y enarboló de nuevo el tablón.

—¡Para, Lucy, por favor! Soy yo, Kurt. Tranquila, no voy a hacerte daño, te lo prometo.

Joanna tardó unos instantes en atravesar el miedo cegador y percatarse de que conocía esa voz. Las manos le temblaban violentamente cuando soltó el tablón y levantó su propia linterna para alumbrarle la cara.

—¿Qué… qué haces aquí? —Los dientes le castañeteaban de miedo y frío.

—Siento haberte asustado, cielo. Estaba preocupado por ti, nada más. Parecías un poco nerviosa cuando te vi hace un rato, así que te seguí hasta aquí para asegurarme de que estabas bien.

—¿Me seguiste?

—Caray, Lu, estás empapada. Vas a pillar una pulmonía. Toma. —Kurt dejó la linterna en el suelo, se llevó la mano al bolsillo y sacó una petaca—. Bebe un poco.

Dio un paso al frente, la agarró por sorpresa por la nuca y le apretó la petaca contra los labios. Joanna cerró la boca para evitar que entrara el asqueroso líquido y este se le derramó por la camisa.

—Vamos, Lu —le animó Kurt—, es solo whisky irlandés. Te hará entrar en calor.

Con la linterna de Kurt en el suelo y la suya caída a un lado, los ojos de Joanna se adaptaron a la penumbra y trazaron una ruta hasta la puerta.

—Lo siento, no me gusta el whisky. —Se obligó a sonreír y giró el cuerpo hacia la puerta, pero Kurt la tenía acorralada—. ¿Qué haces aquí?

Él recuperó la linterna y la luz iluminó un instante su cara. Sus dientes le parecieron blancos y afilados.

—Ya te lo he dicho, estaba muy preocupado por ti. Y yo podría hacerte la misma pregunta. ¿Qué haces en una casa abandonada en mitad de la noche?

—Es una larga historia. ¿Por qué no nos vamos y te lo explico cuando lleguemos al hotel?

—Estabas buscando algo que crees que está aquí, ¿a que sí? —Kurt apuntó con la linterna los tablones arrancados del suelo—. ¿Un tesoro enterrado?

—Sí, eso es, pero todavía no lo he encontrado. Podría estar debajo de cualquiera de esos tablones.

—Bien, entonces, ¿por qué no te ayudo? Después nos sentaremos delante del primer fuego que encontremos para que no mueras de una pulmonía.

Joanna se devanó los sesos en busca de una escapatoria. Kurt era demasiado alto y demasiado ancho para poder plantarle cara. Su única opción era el factor sorpresa.

—Vale, yo seguiré por este extremo y tú puedes empezar por allí. —Señaló con la cabeza el otro lado del cuarto, lejos del escondrijo donde descansaba la lata.

—Y nos encontraremos en el jodido centro —rio él.

Cuando Kurt se agachó para empezar a arrancar tablones, Joanna hizo lo propio y empujó con disimulo la lata por debajo de la madera que seguía intacta.

—No he encontrado un carajo por el momento, ¿y tú? —preguntó Kurt.

—No. Dejémoslo y volvamos al hotel —gritó ella para hacerse oír por encima del viento atronador. Daba la impresión de que estuviera sacudiendo los mismísimos cimientos de la casa.

—No, ya que estamos aquí, lleguemos hasta el final. Ya he terminado mi lado, te ayudaré con el tuyo.

—No hace falta, ya casi estoy…

Pero Kurt ya estaba junto a ella, hurgando entre los tablones rotos. Sacó la lata y miró a Joanna con los párpados entornados.

—Mira lo que he encontrado, Jo —se jactó.

Sus grandes manazas estrujaron la lata e hicieron saltar la tapa sin apenas esfuerzo. Un sobre salió volando y cayó al suelo.

—Espera… —dijo Joanna.

—Yo te lo guardo.

—No…

Presa del pánico, Joanna cayó en la cuenta de que Kurt la había llamado por su verdadero nombre. Lo vio meterse la carta en el bolsillo del impermeable y cerrar la cremallera.

—Caray, ha sido más fácil de lo que esperaba. —Kurt sonrió satisfecho y avanzó hacia ella. Joanna reculó, tratando de no tropezar con los boquetes del suelo—. Se acabó el juego, Jo —musitó. En su tono ya no había ni rastro de su anterior calidez americana.

En la penumbra, las facciones de Kurt parecían esculpidas en sombras, su cuerpo sólido e intimidante. Joanna se detuvo. Tenía los músculos tensos y el corazón le latía con fuerza.

—¿De qué juego hablas? —Sonrió con toda la seguridad que fue capaz de fingir—. Yo también he encontrado algo. Mira. —Señaló con su linterna el espacio entre los tablones. Cuando le dio la espalda para seguir la dirección de la luz, Joanna se abalanzó sobre él y lo empujó hacia delante.

Con un gruñido de sorpresa, Kurt se tambaleó y dio un traspié, pero su caída se vio frenada por la pared. Se volvió hacia Joanna, que le clavó un rodillazo en la entrepierna.

—¡Argh! ¡Zorra! —aulló, doblándose por la cintura.

Joanna echó a correr hacia la puerta, pero había soltado la linterna y no podía ver nada. Entonces, él la agarró por el tobillo y la derribó. Mientras ella trataba de orientarse, dos brazos la cogieron por detrás y la rodearon con fuerza por la cintura. Gritó y pataleó al aire, pero no pudo evitar que la arrastrara por el suelo hasta que un potente empujón la lanzó por unas escaleras hasta la oscuridad de abajo.

Simon se detuvo fuera de la casa rosa, todavía mareado por lo que acababa de descubrir. El viento aullaba como una manada de lobos en sus oídos y la lluvia le apedreaba la cara.

—Por lo que más quieras, Joanna, ¿dónde estás? —bramó a la noche.

Por encima de sus gritos llegó otro sonido. Una mujer chillaba de miedo o de dolor, no estaba seguro. Cuando la luna apareció por detrás de una nube veloz, Simon se volvió hacia la casa grande que se alzaba solitaria en el estuario. Las olas, con sus espumosas crestas azotadas por el viento, bailaban a su alrededor. Los alaridos provenían del interior de la casa. El agua era demasiado profunda para vadearla, de modo que corrió hasta el coche y arrancó.

Reanimada por la lluvia que le salpicaba la cara, Joanna volvió en sí con un gemido de dolor. Sentía como si una niebla espesa le envolviera el cerebro, y a través de su vista borrosa, la luna semejaba una isla nevada en medio del cielo. Se levantó y obligó a su cabeza a orientarse. Se percató de que estaba fuera de la casa, tendida junto a la puerta. Respiró hondo, pero al hacerlo sintió una fuerte punzada en el costado izquierdo. Soltó un chillido y se desplomó de nuevo sobre la grava mientras otro mareo amenazaba con hacerle perder de nuevo el conocimiento. En ese momento, unas manos la agarraron por las axilas y empezaron a arrastrarla por la grava.

—¿Qué?... Para... por favor... —Joanna se retorció y pataleó, pero apenas le quedaban fuerzas y las manos la sujetaban como si fueran tenazas.

—¡Niña estúpida! Pensabas que eras muy lista, ¿eh?

Joanna vislumbró más adelante la tosca escalera que descendía hasta el estuario. El agua ya lamía el peldaño superior.

—¿Quién eres? ¡Suéltame!

—Ni lo sueñes, nena —rio Kurt.

La dejó sobre los fríos bloques de piedra que bordeaban el agua. Le sujetó con fuerza los brazos detrás de espalda y la obligó a arrodillarse e inclinarse hacia delante hasta que la cabeza y los hombros colgaban por encima del agua. Los ojos aterrorizados de Joanna se clavaron en las enfurecidas olas. La marea había subido y la fuerte corriente formaba remolinos en el agua.

—¿Tienes idea de los problemas que nos has causado a todos? —La agarró del pelo y le echó la cabeza hacia atrás hasta que Joanna creyó que iba a romperle el cuello.

—¿Para quién trabajas? —jadeó—. ¿Qué…?

Apenas tuvo tiempo de robar una dolorosa inspiración antes de que su cara se hundiera en el agua helada. Luchó por liberar sus brazos, pero ya no tenía aire en los pulmones. Una lluvia de lucecitas brillantes estalló frente a sus ojos cuando se quedó sin energías para pelear.

Justo en el instante en que estaba a punto de perder el conocimiento, la mano que le sujetaba la cabeza se apartó bruscamente. Joanna emergió en busca de aire, jadeando y escupiendo. Rodó por el suelo para alejarse del borde del agua. Mientras aspiraba grandes bocanadas, vio que Kurt se había vuelto hacia la casa y la miraba como si se hallara en trance.

—¿Quién eres? —gritó—. ¿Quién hay ahí?

Además de su respiración entrecortada y los azotes del viento contra el agua, el cerebro de Joanna registró un vago sonido lejano y agudo.

Kurt se tapó los oídos y empezó a sacudir la cabeza.

—¡Para! ¡Para! —Gritando de dolor, cayó sobre un costado con las manos todavía en las orejas.

Era su oportunidad para escapar. «Pero la carta…»

«Déjala —le dijo una voz—, déjala y corre.»

Se incorporó con mucho esfuerzo sobre la piedra resbaladiza. El dolor en el costado la desgarraba por dentro, pero Joanna comprendió que su única escapatoria era el agua. Si pudiera nadar hasta el muro del estuario y trepar por él, tendría una oportunidad de salvarse. Con los pulmones todavía pidiendo oxígeno a gritos y con una punzada insoportable en cada inspiración, se tiró al agua gélida. Se hundió por la impresión y, para su alivio, encontró una base sólida bajo los pies. El agua le llegaba al cuello, pero al menos podía vadearla en lugar de tener que nadar.

«¡Vamos, Jo, vamos! Puedes hacerlo», se dijo al tiempo que una nueva sensación de mareo y náuseas presagiaba otro desvanecimiento. Se volvió para ver si Kurt había reparado en su huida, y fue entonces cuando divisó la figura en la habitación superior de la casa, con los brazos extendidos hacia delante, como si le estuviera haciendo señas a Joanna para que se acercara. Convencida de que era otra mala pasada de su cerebro hambriento de oxígeno, Joanna parpadeó y sacudió la cabeza, pero la figura seguía allí cuando abrió los ojos. La figura asintió, se dio la vuelta y se alejó de la ventana.

Mientras obligaba a sus piernas a avanzar, se dio cuenta de que el feroz temporal había amainado de golpe. El agua a su alrededor se había calmado y en lugar del aullido del viento reinaba un silencio inquietante. Se arrastró a través del agua, alentada al distinguir el muro del estuario cada vez más cerca.

«Vamos, Jo, ya casi estás, ya casi estás…»

Un repentino chapoteo a su espalda le anunció que tenía compañía y obligó a su cuerpo a avanzar más deprisa.

«Unos metros más, solo unos metros más…»

—¡Joanna!

Una voz familiar estaba gritando su nombre. Se detuvo un instante para escucharla. Un cuerpo se abalanzó entonces sobre ella y Joanna volvió a hundirse. Los pulmones se le llenaron de agua salada mientras luchaba por respirar.

«Se me acaba el aire…»

Debajo del agua, su cuerpo sufrió una sacudida y, finalmente, dejó de luchar.

Marcus bajó al bar del hotel quince minutos después de que Simon se marchara. Se tomó un whisky doble y miró el móvil por enésima vez, instándolo a sonar.

Tendría que haberle exigido a Simon que lo llevara con él. Si le pasaba algo a Jo, lo estrangularía con sus propias manos.

La camarera miró con simpatía a Marcus, señalando las ventanas empañadas por el embate de la lluvia.

—Su amigo está loco, mira que salir una noche como esta. No hace ni un mes un hombre acabó en el estuario durante una tormenta. —Meneó la cabeza—. ¿Quiere otro?

—Que sea doble, gracias.

—¿Y qué puede querer su amigo de Ciara la loca? —preguntó una voz desde la mesa que Marcus tenía detrás.

—¿Perdone? —Marcus se volvió hacia un hombre mayor que engullía una cerveza negra por debajo de su poblado bigote.

—Lo vi dirigirse por la carretera elevada a la casa de la chica de los Deasy. ¿Qué se le ha perdido allí? Es mejor no meterse con ella.

—No tengo ni idea, amigo, solo estamos intentando encontrar a mi nov… —A Marcus se le quebró la voz y se le hizo un nudo en la garganta. Joanna había desaparecido y ahí estaba él, con el culo pegado al asiento sin hacer nada—. ¿Quién es esa Deasy? ¿Dónde vive?

—En una casita rosa a poco más de un kilómetro de aquí, delante de la casa grande del estuario. Es imposible no verla —explicó Margaret.

—Bien. —Marcus apuró el whisky y se dirigió a la puerta.

—¿No pensará ir allí? —le previno el viejo—. Es peligroso en noches como esta.

Marcus ignoró el comentario y salió al viento huracanado. Se preparó para caminar contra él, y a los pocos pasos la lluvia ya lo había empapado hasta los huesos. El whisky y la angustia lo abrasaban por dentro, empezó a correr mientras el corazón le aporreaba el pecho. La luz de las farolas se reflejaba en los charcos de la carretera. A su izquierda vislumbró las aguas negras del estuario alzándose y estrellándose contra el rompeolas.

Un grito horadó la noche y Marcus frenó en seco. A lo lejos, sola sobre el estuario, divisó una casa oscura. El alarido parecía venir de allí. Se aproximó un poco más y se detuvo para tomar aliento. El viento había parado de súbito y ahora reinaba el silencio. Reemprendió la carrera. Cuando estaba llegando a la casa oyó un fuerte chapoteo y se volvió hacia el agua cercana. Podía ver dos figuras bajo la luz de la luna. Reconoció el pelo moreno de Joanna, ahora empapado como el de una foca. La segunda figura estaba dándole alcance.

El pánico se apoderó de todo su cuerpo.

—¡Joanna!

Marcus corrió hasta el punto más próximo a ellos desde donde poder saltar y se lanzó al mar. Nadó sin apenas reparar en el agua helada y vio que la segunda figura agarraba a Joanna por detrás y la hundía. Enseguida reconoció a Ian.

—¡Suéltala! —gritó al llegar hasta él.

Ian sujetaba con firmeza el cuerpo de Joanna, que ya no oponía resistencia. Estalló en carcajadas.

—Pensaba que me había ocupado de ti en Londres, colega.

Con un aullido de cólera, Marcus se abalanzó sobre Ian y ambos forcejearon en medio de una maraña de piernas y brazos. Sin poder ver apenas a causa del picor en los ojos por la sal del agua, Marcus intentó agarrar a Ian por la cazadora y darle una patada. Entonces vislumbró un destello acerado y retrocedió. Oyó dos disparos, que retumbaron fuera del agua, y notó un dolor desgarrador en el abdomen.

Marcus instó a sus piernas a pelear, pero ya no le quedaban fuerzas. Parpadeó y levantó la vista hacia la expresión triunfal de Ian antes de hundirse en el agua como una piedra.

Simon detuvo el coche al oír los disparos retumbar en la noche ahora silenciosa y siguió el sonido hasta el borde del agua. Alumbró con la linterna hasta que distinguió dos figuras. Se zambulló y nadó todo lo deprisa que pudo hacia ellas.

—No te acerques más, Warburton. Tengo una pistola y te dejaré tieso de un tiro.

—¡Ian, por lo que más quieras! ¿Qué estás haciendo? ¿A quién has herido?

Simon barrió el agua con la linterna y descubrió un cuerpo tirado sobre los escalones del estuario y otro flotando en el agua boca arriba.

—Tu amiga me llevó directamente hasta ella, como sabía que haría.

—¿Dónde está?

Ian señaló los escalones con la cabeza.

—Qué bien nada, la cabrona —rio—. Pero la tengo. Apuesto a que la semana que viene habré recuperado mi empleo. Esto les enseñará que todavía sé hacer mi trabajo, ¿verdad?

—Claro —asintió Simon mientras vadeaba el agua y veía la pistola en las manos temblorosas de Ian, apuntándole.

—Lo siento, Warburton, no puedo permitir que me robes...

Simon levantó el puño y golpeó a Ian en la nariz. Escuchó un crujido gratificante. El puñetazo lanzó a Ian hacia atrás, contra el agua, y la pistola salió volando de su mano. Simon la agarró al vuelo y dos disparos más retumbaron en el aire de la noche. Segundos después, Ian desaparecía bajo las olas por última vez.

Simon vadeó en dirección a Joanna. La marea la había arrastrado hasta un tramo de escalones semihundidos, que sostenían su cuerpo. La subió hasta un lugar seguro y le tomó el pulso. Era débil, pero podía notarlo.

Su adiestramiento entró automáticamente en acción. Le apretó la nariz con los dedos y le hizo varias inspiraciones boca a boca antes de comenzar la reanimación cardiopulmonar.

—¡Respira, maldita sea, respira! —farfullaba al tiempo que le bombeaba el pecho con las palmas de las manos.

Por fin, la boca de Joanna expulsó un chorro de agua procedente de los pulmones. Se atragantó y empezó a toser, y Simon pensó que nunca había escuchado un sonido tan bello.

—Te pondrás bien, cariño —la tranquilizó cuando Joanna se puso a temblar sin control.

Ella dibujó un «gracias» con los labios y esbozo una sonrisa débil.

—Quédate aquí y descansa. Alguien más necesita ayuda —dijo Simon antes de levantarse y vadear de nuevo un tramo para recuperar el otro cuerpo.

—¡Marcus!

Lo arrastró por los escalones hasta sacarlo del agua. Estaba pálido a la luz de la luna y de su boca brotaba un líquido oscuro y viscoso. Su pulso era más débil que el de Joanna, pero todavía respiraba. Procedió a reanimarlo sin demasiadas esperanzas, pero Marcus se removió al fin y abrió los ojos.

—De modo que esto es lo que se siente cuando te disparan —susurró—. ¿Joanna?

—Estoy bien.

Simon levantó la vista y vio que Joanna había aparecido detrás de ellos. Agotada por los escasos pasos que había dado, cayó de rodillas al lado de Marcus.

—Voy al coche a pedir ayuda. Quédate con él… y no dejes de hablarle. —Simon se perdió en la oscuridad.

—Ya ha pasado todo —le dijo Joanna con dulzura.

—Intenté salvarte… —Marcus tosió y gimió. Un nuevo hilo de sangre resbaló por su boca.

—Lo sé, y me salvaste. Gracias, Marcus, pero ahora procura no hablar.

—Si… siento todo lo que ha pasado. Te… te quiero.

Marcus le sonrió antes de que los párpados se le cerraran de nuevo.

—Y yo a ti —susurró Joanna. Luego lo rodeó con los brazos y sollozó en su hombro.

Jaque

*Cuando el rey está bajo amenaza de captura
en el siguiente movimiento de su adversario*

34

Norte de Yorkshire, abril de 1996

Joanna se sentó despacio y muy rígida en la hierba áspera del páramo. Alzó la mirada al cielo de Yorkshire y supo que tenía como mucho media hora antes de que el azul diera paso a los nubarrones procedentes del oeste. Se movió con cuidado, buscando una postura más cómoda. Todavía le dolía respirar o moverse. Las radiografías revelaron que se había fracturado dos costillas del lado izquierdo al rodar por las escaleras. Además, tenía el cuerpo cubierto de contusiones. El médico le había asegurado que con reposo se recuperaría por completo. Notó una opresión en el estómago. La idea de volver a estar del todo bien algún día se le antojaba inimaginable.

Las imágenes de la noche que había estado tan cerca de perder la vida la asaltaban a todas horas, recuerdos que regresaban sin un orden particular y plagaban sus sueños. Solo hacía dos días que había encontrado la fortaleza mental necesaria para empezar a reflexionar sobre lo sucedido e intentar comprenderlo.

Las primeras horas después de que Simon le salvara la vida seguían borrosas en su mente. Habían llegado los paramédicos y le habían puesto una inyección para mitigar el dolor que la dejó fuera de combate durante el trayecto al hospital. Tenía recuerdos vagos de máquinas de rayos X, de caras desconocidas mirándola desde arriba, preguntándole si le dolía esto o aquello, del pinchazo de una aguja en el brazo cuando le insertaron un gotero. Y cuando la dejaron sola, de sumirse por fin en un sueño delicioso.

Y de despertarse a la mañana siguiente desorientada, incapaz de creer que seguía viva… Y —pese a los dolores— de sentirse eufórica por estarlo, hasta que Simon apareció junto a su cama con el semblante grave. Y comprendió que lo peor aún estaba por llegar.

—Hola, Jo, ¿cómo te encuentras?

—He tenido días mejores —bromeó, buscando en la cara de Simon un atisbo de sonrisa.

—Ya. Oye, con respecto a todo el asunto... ahora no es el momento. Hablaremos cuando hayas recuperado fuerzas. Siento muchísimo que te vieras implicada. Y no haber hecho lo suficiente para protegerte.

Joanna se dio cuenta de que Simon abría y cerraba las manos sin parar, una señal de nerviosismo que conocía muy bien y que solía repetir cuando tenía que dar una mala noticia.

—¿Qué ocurre? —le preguntó—. Suéltalo.

Simon se aclaró la garganta y desvió la mirada.

—Jo, he... he de decirte algo difícil.

Joanna recordaba que en aquel momento se había preguntado si algo podría ser más «difícil».

—Venga, dispara.

—No sé cuánto recuerdas de lo sucedido anoche...

—Yo tampoco. Dilo de una vez, Simon —le instó.

—Vale, vale. ¿Recuerdas que Marcus estaba allí?

—Eh... vagamente —contestó Joanna. Y entonces le vino la imagen de Marcus tendido en el suelo con un hilo de sangre saliendo de su boca—. Dios mío... —Levantó la vista mientras Simon meneaba la cabeza y le cogía la mano.

—Lo siento, Jo, lo siento mucho. Marcus no sobrevivió.

Simon siguió hablándole de las fatales heridas internas que Marcus había sufrido, de que lo habían declarado muerto al llegar al hospital, pero ella ya no escuchaba.

«Te quiero...», le había dicho él antes de cerrar los ojos, quizá por última vez. Una lágrima pequeña se abrió paso hasta el rabillo de sus ojos.

«¡Joanna!»

—Dios mío —murmuró al comprender que la voz que había oído cuando estaba vadeando el estuario era la de Marcus. Había llegado allí antes que Simon, estaba segura de ello. No había visto quién le había quitado de encima a su agresor antes de perder el conocimiento... pero de repente lo entendió.

—Marcus me salvó la vida —murmuró.

—Sí.

Joanna cerró los ojos, pensando que quizá, si se quedaba muy quieta, la pesadilla se esfumaría. Pero no se fue, y tampoco Marcus volvería para irritarla, excitarla y amarla, porque estaba muerto... Y ya no podría darle las gracias por lo que había hecho.

Al día siguiente, Joanna fue trasladada en camilla al aeropuerto de Cork, donde un avión de la RAF la llevó al Guy's Hospital de Londres. Durante el vuelo, Simon se disculpó por tener que prepararla para la versión ficticia de lo que había sucedido en Irlanda, pero ella apenas le prestó atención.

Zoe se presentó en el hospital a la mañana siguiente y colocó su mano menuda sobre la de Joanna. Levantó la vista y posó la mirada en sus ojos azules, tan parecidos a los de Marcus y vidriosos por el dolor.

—No puedo creer que haya muerto —susurró Zoe, tras lo cual Joanna y ella se abrazaron y lloraron juntas—. Simon dijo que estabais de vacaciones cuando sucedió —continuó una vez que se hubo calmado.

—Sí.

Simon había instruido a Joanna para que contara que había sido un accidente —cazadores de patos en el estuario— y que no habían atrapado al que disparó. Joanna había caído al agua y había estado a punto de ahogarse en el traicionero oleaje, pero al final había conseguido llamar a Simon, quien solicitó un avión de las fuerzas aéreas para devolverlos a Inglaterra. A Joanna todavía le costaba entender que alguien pudiera tragarse semejante historia, pero, por otro lado, ¿quién creería la verdad?

—Marcus te quería mucho, Jo —dijo Zoe en voz baja—. Podía ser un enorme egoísta, como bien sabes, pero creo de verdad que estaba intentando cambiar. Y tú le estabas ayudando a hacerlo.

Joanna permaneció en silencio, paralizada por la conmoción y la pena, reacia a contribuir a una telaraña de mentiras cuidadosamente tejida y de la que no podía escapar. La sentía como una opresión en el pecho y dudaba que algún día la dejara ir.

Joanna no asistió al funeral de Marcus, que tuvo lugar unos días después. Simon le había dicho que era mejor que pasara desapercibida. Le dieron el alta en el hospital y la llevaron a Yorkshire, a casa de sus padres. Su madre le hacía interminables sopas caseras, la ayudaba a lavarse y vestirse y, en general, disfrutaba cuidando de ella como cuando era niña.

Zoe la llamó para decirle que el funeral se había celebrado en la intimidad, tan solo la familia y algunos amigos. Habían enterrado a Marcus en la parcela que tenían en Dorset, al lado de James, su abuelo.

Ya había pasado casi un mes desde aquella terrible noche, pero la pesadilla no perdía fuerza en su memoria. Joanna suspiró. Puede que mañana algunas de sus preguntas obtuvieran respuesta. Simon la había telefoneado para decirle que iba a pasar unos días con sus padres y que iría a visitarla. Por lo visto, había pedido un permiso y había estado de viaje, de ahí que no hubiera subido todavía a Yorkshire.

Joanna contempló los centenares de puntos blancos que tachonaban la ladera. Era la época de partos de las ovejas y la colina semejaba una guardería de cuerpecillos lanudos.

—El ciclo de la vida —murmuró con un nudo en la garganta. Últimamente lloraba por cualquier cosa—. Marcus no completó el suyo por mi culpa… —musitó, conteniendo el llanto.

No había sido capaz de empezar siquiera a asimilar su muerte, pues el hecho de que Marcus hubiera realizado el mayor de los sacrificios por ella todavía la perseguía día y noche. Y también lo equivocada que había estado cuando le llamó cobarde la última vez que lo vio. Marcus había demostrado ser todo menos…

—¡Jo! ¿Cómo estás? —Un Simon bronceado y con aspecto saludable entró en la cocina de los Haslam.

—Bien. —Joanna se encogió de hombros mientras Simon la besaba en las dos mejillas.

—Me alegro. ¿Y usted, señora Haslam?

—Como siempre, cielo. Por aquí cambian poco las cosas, como ya sabes. —Laura, la madre de Joanna, le sonrió con la tetera en la mano—. ¿Té? ¿Café? ¿Un trozo de pastel?

—Puede que más tarde, gracias. ¿Te apetece que vayamos a comer al pub, Jo?

—Preferiría quedarme en casa, si no te importa.

—Vamos, cariño —la alentó su madre, lanzando una mirada de preocupación a Simon—. No has salido desde que llegaste.

—Mamá, he salido a pasear todas las tardes.

—Ya sabes a qué me refiero. A salir con gente, no con ovejas. Ahora vete y pásalo bien.

—Así podré tomarme una jarra espumosa de John Smith's. En Londres no sabe igual —afirmó Simon mientras Joanna se levantaba a regañadientes e iba a buscar la cazadora al armario—. ¿Cómo está? —le preguntó a Laura, bajando la voz.

—Su cuerpo va sanando, pero… nunca la he visto tan callada. Lo que le ha pasado a su novio la ha hundido por completo.

—No me extraña. Bueno, haré todo lo que pueda para animarla.

Atravesaron los páramos en coche hasta Haworth y eligieron The Black Bull, un viejo pub que frecuentaban de adolescentes.

Simon plantó una cerveza y un zumo de naranja en la mesa.

—Salud, Jo —brindó—. Me alegro de verte.

—Salud. —Joanna unió su vaso al de su amigo sin excesivo entusiasmo.

Simon posó una mano sobre la de ella.

—Estoy muy orgulloso de ti. Has sobrevivido a una experiencia horrible. Peleaste duro, y lo que le sucedió a Marcus…

—Marcus no habría estado allí si no hubiera sido por mí. Tengo un recuerdo muy borroso de esa noche, pero me acuerdo de su cara cuando estaba allí tendido. Me dijo que me quería… —Joanna se apartó una lágrima con brusquedad—. No soporto pensar que su muerte es culpa mía.

—Jo, nada de esto es culpa tuya. Si hay que culpar a alguien, es a mí. Tendría que haber acudido antes en tu ayuda. Sabía el peligro que corrías. —A Simon también lo había perseguido el momento en que había girado ciento ochenta grados en Hammersmith para ayudar a Zoe a encontrar a Jamie.

—Pero si esa noche no hubiese ido a ver a Ciara y hubiese tomado el avión o, de hecho, si no me hubiese empeñado como una mula en investigar este maldito asunto cuando tú mismo me previniste… Un «Sherlock Holmes justiciero», me llamaste…

Esbozaron una sonrisa débil al recordarlo.

—También lamento haberme puesto como un basilisco contigo en mi casa cuando se filtró la historia del príncipe y Zoe. Tendría que haber confiado en tu integridad.

—Desde luego que sí —respondió ella con firmeza—. Pero eso ya no importa. No es nada comparado con la muerte de Marcus.

—No. Bueno, procura recordar que no fuiste tú quien apretó el gatillo.

—No, fue «Kurt» —dijo sombríamente Joanna—. No he dejado de darle vueltas desde que desperté en el hospital. ¿Quién era?

—Un colega mío. Se llamaba Ian Simpson.

Joanna hizo una pausa.

—Dios mío. ¿El hombre que registró mi casa?

—Estuvo allí, eso seguro. —Simon suspiró—. Oye, entiendo cómo te sientes. Es lógico que quieras saberlo y entenderlo todo, pero a veces, como has descubierto en carne propia, es mejor dejar las cosas como están.

—¡No! —Joanna lo fulminó con la mirada—. Sé que ese tipo estaba trabajando para vuestra gente, intentaba impedir que yo llegara a la verdad. ¡Y cuando ya casi la tenía, me quiso muerta y disparó a Marcus!

—Jo, Ian ya no estaba trabajando para «nuestra gente» entonces. Le habían obligado a tomarse una baja por problemas mentales exacerbados por la bebida. Era un loco peligroso que quería cubrirse de gloria y recuperar su puesto. También fue él quien filtró la noticia de la relación de Zoe y el príncipe al *Morning Mail*. La casa de Welbeck Street tenía micrófonos escondidos, de modo que Ian lo sabía todo. Por lo visto, llevaba años recibiendo sobornos de periodistas. Encontramos más de cuatrocientas mil libras en su cuenta corriente. El último ingreso era de setenta mil y había sido realizado al día siguiente de que la historia saliera en primera página. En otras palabras, había perdido por completo su sentido de la ética.

—¡Oh, Simon! —Joanna se llevó las manos a las mejillas ardientes—. Le dije a Marcus que sospechaba de él…

—Lo siento mucho. —Simon le cogió la mano. Joanna empezó a llorar de nuevo. Él podría haber llorado también por ella.

—¿Dónde está ahora ese cabrón? —preguntó.

—Murió.

Joanna se quedó blanca.

—¿Esa noche?

—Sí.

—¿Cómo?

—Le dispararon.

—¿Quién?

—Yo.

—Dios. —Joanna se tapó la cara con las manos—. ¿Es así como te ganas la vida?

—No, pero esas cosas pueden pasar en acto de servicio, como cuando trabajas para la policía. De hecho, es la primera vez que he tenido que disparar a alguien, pero mejor que muriera él y no tú. Pediré otra copa. ¿Gin-tonic esta vez?

Joanna se encogió de hombros y observó a Simon dirigirse a la barra y regresar con otra ronda. Bebió un sorbo de gin-tonic y lo miró.

—Sé de qué iba todo ese asunto, Simon.

—¿De veras?

—Sí, aunque ya no importa. Es muy probable que la carta que encontré acabara en el fondo del mar con Ian. Y si no es así, estará en algún lugar al que nunca tendré acceso.

—De hecho, rescaté la carta, aunque no sirve para nada. Estaba destrozada por el agua.

—¿Habla Simon, el mejor amigo de Jo, o Simon, el agente del servicio secreto? —Joanna lo miró fijamente a los ojos.

—Ambos. —Simon se llevó la mano al bolsillo y sacó un sobre de plástico—. Sabía que lo preguntarías, así que te he traído los restos para que los veas.

Joanna cogió el sobre y miró los trocitos de papel desintegrado por el agua que había dentro.

—Examínalos bien —le instó Simon—. Es importante que me creas.

—¿Para qué? Sería muy fácil falsificarla. —Joanna agitó el sobre delante de la cara de Simon—. ¿Así que tanto alboroto, la vida de Marcus… por esto?

—No sé qué decir —respondió él en voz baja—. Para ser justos, esto no habría ocurrido si no hubiésemos tenido a un agente renegado enloquecido y fuera de sí. Por lo menos, ha hecho que los de arriba tomen nota. Olvidan el peaje psicológico que puede tener una profesión como esta. No pueden expulsar a un agente sin más y decirle que ya no se requieren sus servicios. Sé que no quieres oírlo, pero cuando entré en el cuerpo, admiraba a Ian. Por entonces era un agente brillante, uno de los mejores.

—Lo sé. Incluso en su estado de locura, en medio de aquel mar bravo, consiguió disparar con puntería. Y acabar con la vida de Marcus —murmuró Joanna—. ¿Terminarás tú como él?

—Dios, espero que no. Todo este episodio me ha hecho reflexionar mucho sobre mi futuro, te lo aseguro.

—Algo bueno ha salido de esto, por lo menos.

—Me alegro de que al menos tú sigas viva y el asunto haya terminado. Voy a pedirte algo de comer. Estás en los huesos.

Simon pidió estofado de cordero para ambos y devoró el suyo mientras Joanna apenas tocaba su plato.

—¿No tienes hambre?

—No. —Joanna se levantó con una mueca por el persistente dolor en las costillas—. Salgamos de aquí. Quiero saber de una vez por todas si iba bien encaminada, y estoy tan paranoica que quiero hacerlo en un lugar donde tenga la certeza de que nadie nos está escuchando. Tal vez entonces pueda empezar a recuperar mi vida.

Subieron despacio por la colina, Joanna apoyándose en Simon, dejaron atrás la iglesia de Haworth y llegaron a los páramos que se extendían detrás del pueblo.

—Necesito sentarme —resopló Joanna, que bajó con cuidado hasta la hierba áspera. Se tumbó e intentó relajarse y calmar la respiración—. Hay muchas cosas que no encajan —comentó al rato—, pero creo que tengo lo fundamental. —Respiró hondo—. Mi ancianita de las cajas de madera trabajaba para la casa real. Era una dama de compañía llamada Rose Fitzgerald que había conocido y se había enamorado de un actor irlandés llamado Michael O'Connell. O, como nosotros lo conocemos, sir James Harrison. Su relación era secreta porque ella era de alta cuna. La carta que me envió se la había escrito ella a él pero, si no me equivoco, se trataba de una pista falsa, porque no era la carta que vosotros estabais buscando, ¿cierto?

—Sí. Continúa.

—¿Y si Michael, cuando fue a ver a sus parientes a Irlanda, se enteró de que había un caballero inglés hospedado en la casa guardacostas y liado con una chica del pueblo y lo reconoció?

—¿Y quién era el caballero, Joanna?

—Ciara Deasy me lo dijo. Vio su foto en la portada del *Irish Times* diez años más tarde, el día de su coronación. —Joanna miró al infinito—. Era el duque de York, el hombre que iba a convertirse, tras la abdicación de su hermano, en rey de Inglaterra.

—Sí. —Simon asintió despacio—. Buen trabajo.

—Michael descubre entonces que la chica está embarazada. Y eso es todo lo lejos que he conseguido llegar. ¿Podrías… te importaría contarme el resto? ¿Por qué sabías lo de la carta que había escrito Niamh Deasy, en la cual probablemente desvelaba su aventura amorosa con el duque y que estaba embazada? Solo se me ocurre que Michael O'Connell conocía la existencia de dicha carta y la utilizó como chantaje para protegerse a sí mismo y a su familia hasta su muerte. Si la carta hubiese salido a la luz, habría causado un escándalo increíble, sobre todo después de que el duque se convirtiera en rey.

—Sí. El trato era que la carta debía sernos devuelta tras la muerte de Michael/James. Como no sucedió así, estalló el pánico.

—¿Por qué no la buscasteis en la casa guardacostas después de la muerte de Niamh? ¿No era el lugar más obvio?

—A veces la gente no ve lo que tiene delante de las narices, Jo. Todo el mundo dio por sentado que estaba en poder de Michael. —Simon la miró orgulloso—. ¡Buen trabajo! ¿Quieres mi puesto?

—Ni en un millón de años. —Joanna esbozó una sonrisa débil—. Ciara me contó que el bebé murió. ¿Te imaginas si hubiese vivido? Después de todo, era el hijo del futuro rey de Inglaterra. ¡Hermanastro de nuestra reina!

—Sí. —Simon hizo una pausa—. Me lo imagino.

—Y todos diciéndole a la pobre Ciara Deasy que estaba loca. He de escribirle, puede que incluso vaya a verla para contarle que la carta ya no existe y que todo ha terminado al fin.

Simón le estrechó la mano.

—Me temo que aquella noche ella también murió. A manos de Ian.

—¡Dios, no! —Joanna meneó la cabeza, preguntándose si podría soportar más horrores—. Es espantoso que algo que sucedió hace más de setenta años haya destrozado tantas vidas.

—Lo sé, y estoy de acuerdo contigo. No obstante, como bien has dicho, si la historia hubiese salido a la luz, habría causado un gran escándalo incluso setenta años después.

—Aun así… —Joanna respiró hondo. Notaba el cansancio de sus pulmones de tanto hablar—. Hay cosas que todavía no entiendo. Por ejemplo, ¿por qué demonios el palacio envió al duque de York a Irlanda justo después de la División? Allí odiaban a los ingleses, y seguro que el hijo del soberano sería un blanco prioritario para el IRA. ¿Por qué no Suiza, o al menos un país cálido?

—No estoy seguro. Probablemente porque era el último lugar donde a la gente se le ocurriría buscarlo. El duque estaba enfermo y necesitaba tiempo para recuperarse en paz. En cualquier caso —suspiró Simon—, es hora de poner el punto y final a esta historia.

—Hay algo que todavía no me cuadra. —Joanna trituró un terrón de hierba con la bota—. Sin embargo, te alegrará saber que tiro oficialmente la toalla. Estoy… demasiado resentida y enfadada.

—Tienes derecho a estarlo. Pero se te pasará, el dolor, la rabia… Un día te despertarás y sentirás que ya no te controlan —la tranquilizó Simon—. Y tengo una buena noticia para ti. —Metió la mano en el bolsillo de su chaqueta y le tendió un sobre—. Vamos, ábrelo.

Joanna obedeció. La carta era del director de su periódico, que le ofrecía de nuevo su puesto en la sección de noticias con Alec en cuanto se sintiera con fuerzas para volver. Miró boquiabierta a Simon.

—¿Cómo ha llegado a tus manos?

—Me lo pasaron para que te lo diera. Como es lógico, se explicó la situación a quienes debían conocerla y estos han rectificado. Personalmente, lamento que no puedas volver blandiendo la primicia del siglo. Después de todo, fuiste tú quien nos llevó hasta el tesoro. ¿Nos vamos? No quiero que cojas frío. —Simon la ayudó a levantarse y le dio un abrazo cuidadoso—. Te he echado de menos. Lo pasé muy mal cuando nos distanciamos.

—Yo también.

Bajaron por la colina cogidos del brazo.

—Simon, hay una última cosa que quiero preguntarte sobre aquella noche.

—¿Qué?

—Te parecerá una estupidez, y ya sabes que no creo en esa clase de cosas, pero... ¿oíste gritar a una mujer desde la casa?

—Sí. La verdad es que pensé que eras tú. Por eso supe dónde estabas.

—Pues no era yo, pero creo que Ian también la oyó. Me tenía sujeta la cabeza bajo el agua y de repente me soltó y se tapó los oídos como si estuviera escuchando algo insoportable. Tú... no viste el rostro de una mujer en la ventana de arriba, ¿verdad?

—No, no la vi. —Simon sonrió—. Creo que estabas alucinando, cariño.

—Puede —aceptó Joanna mientras subía al coche. Suspiró al ver la cara de la mujer clara como el agua en su mente—. Puede.

Una hora más tarde Simon abandonaba en coche la granja, después de despedirse de Joanna y del matrimonio Haslam. Antes de dirigirse a casa de sus padres, situada al otro lado de la carretera, tenía que hacer una llamada.

—¿Señor? Soy Warburton.

—¿Cómo ha ido?

—Estuvo cerca, pero no lo bastante como para entrar en pánico.

—Gracias a Dios. ¿La ha animado a que se olvide del tema?

—No hizo falta —le tranquilizó Simon—. Ha tirado la toalla. Aunque me dijo algo que creo que debería saber. Algo que William Fielding le dijo a Zoe antes de morir.

—¿Qué es?

—El nombre completo de la emisaria de nuestra «dama». Puede que nos hayamos confundido ahí.

—Por teléfono no, Warburton. Utilice el protocolo habitual y lo veré en la oficina mañana a las nueve.

—Bien, señor. Adiós.

35

El día antes de regresar a Londres para recoger los fragmentos de su vida, Joanna fue a ver a Dora, su abuela paterna, que vivía en el vecino Keighley. A sus ochenta años largos, pero con la cabeza clara como el cristal, Dora vivía en un piso agradable de un edificio asistido para gente mayor.

La anciana la abrazó, la invitó a pasar con gran deleite y le ofreció un plato de bollos recién hechos. En ese momento, Joanna se sintió culpable por no ir a verla más a menudo. Dora había sido una constante en su vida, ya que hasta hacía cinco años había vivido a solo seis kilómetros de su hijo y su familia. Para Joanna, la acogedora casita de su abuela era su segundo hogar, y ella, su segunda madre.

—Ahora, jovencita, cuéntame exactamente cómo fuiste a parar al hospital. —Dora sonrió mientras servía té en sendas tazas de porcelana fina—. Y siento mucho lo de tu novio. —Sus cálidos ojos marrones la miraron con compasión—. Ya sabes que tu abuelo murió con solo treinta y dos años, en la guerra. Se me rompió el corazón, te lo aseguro.

Joanna le explicó la versión que le había hecho memorizar Simon para cuando la gente le preguntara.

—Eso me contó tu padre, que casi te ahogaste. —Los ojos inteligentes de Dora la escrutaron—. Pero a mí no puedes engañarme. Aunque tus padres no lo hagan, yo sí me acuerdo de todos los premios de natación que ganaste en el colegio. Dora, pensé cuando me enteré, aquí hay gato encerrado. Así que dime, cariño —bebió un sorbo de té y miró fijamente a su nieta—, ¿quién intentó ahogarte?

Joanna no pudo evitar una débil sonrisa. Su abuela era una anciana muy astuta.

—Es una larga historia —murmuró mientras devoraba el segundo bollo.

—Me encantan las historias, y cuanto más largas, mejor —la animó—. Por desgracia, si algo me sobra en la actualidad es tiempo.

Joanna sopesó la situación. Se dijo que no había nadie en el mundo en quien confiara más, y deseaba con todas sus fuerzas transformar en palabras sus pensamientos aún confusos, así que empezó a hablar. Dora era la oyente perfecta. Solo interrumpía si había algo que su duro oído izquierdo no había pillado.

—Eso es todo —concluyó Joanna—. Mamá y papá no saben nada. No quería preocuparles.

Dora le tomó la mano entre las suyas.

—Ay, cariño… —Meneó la cabeza con una mezcla de rabia y compasión en la mirada—. Estoy muy orgullosa de ti por lo bien que te has recuperado. Lo que te ha ocurrido es horrible. ¡Pero menudo relato. El mejor que he escuchado en años. Me remonta a la guerra y a Bletchley Park. Estuve dos años allí, manejando las máquinas del código morse durante la guerra.

Era una historia que Joanna había escuchado infinidad de veces. Si tenía que creer a su abuela, habían ganado la Segunda Guerra Mundial gracias a sus habilidades descodificadoras.

—Debió de ser una época increíble.

—Las cosas que podría contarte que sucedían de puertas adentro, cariño, pero firmé el Acta de Secretos Oficiales e irán conmigo a la tumba. Sin embargo, eso me hizo creer que todo es posible, y que el común de los mortales jamás llegará a conocer ni la mitad de ellas. ¿Más té?

—Ya lo preparo yo.

—Te ayudaré.

Las dos mujeres entraron en la inmaculada cocina. Joanna puso agua a hervir mientras Dora enjuagaba la tetera bajo el grifo.

—¿Qué piensas hacer? —preguntó a su nieta.

—¿Sobre qué?

—Sobre tu historia. Tú no has firmado ningún acta de secretos. Podrías hacerla pública y ganarte un buen dinero.

—No tengo pruebas suficientes. Además, este es un secreto por el que los de arriba están dispuestos a matar con tal de que no salga a la luz, como he comprobado en carne propia. Ya ha muerto demasiada gente.

—¿Qué pruebas tienes?

—La carta que me envió Rose, una fotocopia de la carta de amor que escribió a Michael O'Connell y un programa del Hackney Empire que parece tener poca relevancia en la historia, aparte de demostrar que James Harrison utilizaba otro nombre.

—¿Las llevas encima?

—Sí. Las tengo en la mochila, y por la noche las meto debajo de la almohada. Todavía me doy la vuelta por la calle para ver si hay alguien acechando entre las sombras. Pero ya no las necesito. ¿Te gustaría añadirlas al resto de tus recuerdos de la realeza?

La familia siempre se burlaba de la colección de viejas fotos y recortes de periódico de Dora, que delataban su condición de ferviente monárquica.

—Echémosles un vistazo.

La anciana regresó a la sala de estar con la tetera, sirvió dos tazas y se instaló en su sillón favorito.

—Me sorprende que estés dispuesta a creer que uno de tus adorados reyes pudo tener una aventura fuera del lecho conyugal, sobre todo uno que estaba casado con tu miembro de la realeza favorito —comentó Joanna mientras buscaba el sobre marrón en su mochila.

—Los hombres siempre serán hombres —replicó Dora—. Además, hasta no hace mucho era normal que los reyes y reinas tuvieran amantes. De todos es sabido que hubo muchos monarcas de origen dudoso. En aquellos tiempos no había medios anticonceptivos, cariño. Yo tenía una amiga en Bletchley Park cuya madre había servido en Windsor y hay que ver las cosas que contaba de Eduardo VII. Tenía una larga colección de amantes y, según la mujer, metió al menos a dos de ellas en la familia. Gracias, cielo. —Cogió el sobre y extrajo el contenido—. A ver qué tenemos aquí.

Joanna la observó examinar las dos cartas y, a continuación, abrir el programa de teatro.

—Vi a sir James varias veces en el teatro. Aquí está diferente, ¿no crees? Pensaba que era moreno, pero en esta foto sale rubio.

—Se tiñó de moreno y se dejó bigote cuando se convirtió en James Harrison y asumió su nueva identidad.

—¿Quiénes son estos? —Dora estaba estudiando ahora la fotografía que Joanna había encontrado en el desván de Haycroft House.

—James Harrison, Noël Coward y Gertrude Lawrence. Por la elegante vestimenta, diría que están en un estreno.

La anciana escrutó la imagen con detenimiento y, a renglón seguido, echó otro vistazo a la foto del programa de teatro donde aparecía James Harrison.

—¡Santo Dios! —Soltó un suspiro y meneó la cabeza, maravillada—. ¡Ah, no, no lo es!

—¿No es qué?

—El hombre que está al lado de Noël Coward no es James Harrison. Espera un momento aquí y te lo demostraré.

Dora se levantó y salió de la sala. Joanna oyó abrirse un cajón y, a continuación, un revuelo de papeles antes de que su abuela regresara con un brillo triunfal en la mirada. Tomó asiento, dejó una pila de recortes de periódico amarillentos en la mesa y le hizo señas a su nieta para que se acercara. Señaló una fotografía gastada y granulosa y luego las demás. Después colocó la foto de Joanna al lado.

—¿Lo ves? Es la misma persona. No hay ninguna duda. Un caso de identificación errónea, cariño.

—Pero… —Joanna sintió que le faltaba el aire mientras su cerebro intentaba encontrar sentido a lo que estaba viendo. Señaló el rostro del programa, el rostro del joven Michael O'Connell—. Este no puede ser también él, ¿no?

Dora se quitó las gafas y miró a Joanna de hito en hito.

—Dudo mucho que el entonces segundo en la línea de sucesión al trono estuviera actuando en el Hackney Empire, ¿no te parece?

—¿Estás diciendo que el hombre que está al lado de Noël Coward es el duque de York?

—Compara esa foto con estos recortes: el día de su boda, con su uniforme de oficial de la marina, el día de su coronación… —Dora clavó el dedo en la cara del duque—. Te lo digo yo, es él.

—Pero la foto de Michael O'Connell en el programa de teatro… Vaya, que parecen la misma persona.

—Se diría que estamos viendo doble, ¿verdad, querida? Ah, y te he traído algo más. —Dora sacó otro recorte—. Me quedé extrañada cuando mencionaste que el «visitante» llegó a Irlanda a principios de enero de 1926. Mira, aquí aparecen el duque y la duquesa de visita en la catedral de York en enero de 1926. Mis padres fueron a recibirlos con todo el gentío. Por lo tanto, dudo mucho que el duque hubiera podido estar en Irlanda entonces, era una travesía larga en aquellos tiempos. Además, la duquesa estaba embarazada de seis meses. Que yo sepa, esos dos no abandonaron las costas de Inglaterra hasta su gira por Australia un año después.

Joanna se llevó las manos a la cabeza al tiempo que su cerebro se esforzaba por asimilar la información.

—Entonces... ¿el hombre que estaba en Irlanda no podía ser el duque de York?

—Verás —dijo, despacio, su abuela—, en aquella época mucha gente famosa utilizaba dobles. Monty era conocido por ello, y también Hitler, claro. Por eso no conseguían pillarlo. Nunca sabían si habían matado al hombre correcto.

—¿Estás diciendo que Michael O'Connell pudo ser utilizado como doble del duque de York? Pero ¿por qué?

—A saber. Aunque la salud del duque nunca fue buena. De niño siempre estaba enfermo, y para colmo tenía aquel terrible tartamudeo. Padeció ataques de bronquitis toda su vida.

—¿Y nadie se dio cuenta? Con todas esas fotografías en los periódicos...

—La calidad no era como la de ahora, cariño. No había esos objetivos modernos apuntándote a la nariz, ni televisión. A la familia real la veías desde lejos, si tenías suerte, o la oías hablar por la radio. Yo diría que si existía alguna razón para necesitar un suplente, por ejemplo, que el duque estuviera enfermo y no querían que el país lo supiera, lo habrían conseguido sin problemas.

—Vale, vale. —Joanna intentó asimilar la nueva información—. Entonces, si ese es el caso, si Michael O'Connell fue utilizado como doble del duque de York, ¿a qué tanto alboroto?

—A mí no me preguntes, cariño. Tú eres la periodista.

—¡Porras! —Joanna meneó la cabeza, frustrada—. Pensaba que lo había cuadrado todo, pero si lo que dices es cierto, estoy otra vez como al principio. ¿Por qué todas esas muertes? ¿Y qué demonios ponía en esa carta que estaban tan desesperados por recuperar? —Miró al vacío mientras el corazón le latía con fuerza—. Si… si tienes razón, significa que Simon ha vuelto a engañarme.

—Tal vez pensó que era lo mejor para ti —apuntó Dora—. Simon es un auténtico caballero de Yorkshire y tú eres como una hermana para él. Lo que haya hecho, habrá sido para protegerte.

—Te equivocas. Puede que Simon se preocupe por mí, pero estas dos últimas semanas he aprendido dónde está realmente su lealtad. Dios mío, abuela, estoy hecha un lío. Pensaba que todo había terminado, que podría olvidarme del asunto y seguir con mi vida por fin.

—Y puedes hacerlo, cielo. Lo único que hemos hecho es descubrir el parecido entre dos hombres…

—¿Parecido? ¡Es prácticamente imposible encontrar la diferencia en esas fotos! Voy a tener que volver a Londres y replanteármelo todo. ¿Me prestas esos recortes?

—Por supuesto, siempre que me los devuelvas.

—Gracias. —Joanna reunió los recortes y se los guardó en la mochila.

—Mantenme al tanto de tus pesquisas, cariño. Presiento que ahora vas por buen camino.

—Dios mío, yo también. —Joanna besó a Dora con cariño—. Aunque te parezca que exagero, te lo ruego, abuela, no digas ni una palabra a nadie de lo que hemos hablado. La gente que se implica en este asunto tiene la espantosa costumbre de salir mal parada.

—No diré ni una palabra, aunque la mitad de los vejestorios que viven aquí chochean tanto que no saben ni qué día es hoy, como para recordar una historia como esta —rio Dora.

—No hace falta que me acompañes a la puerta.

—Cuídate, Joanna, y digas lo que digas, si has de confiar en alguien, hazlo en Simon.

Joanna le dijo adiós desde el recibidor, abrió la puerta y se marchó. Mientras se alejaba con el coche, se dijo que era posible que su abuela la hubiera conducido sin querer hasta el verdadero meollo del asunto, y también que su último consejo con respecto a Simon era del todo erróneo.

36

Cuando regresó a la oficina, Simon reparó en el sutil aroma a perfume caro que flotaba alrededor de la antigua mesa de Ian, y también en que los ceniceros llenos de colillas y las tazas de café a medio beber habían sido reemplazados por una maceta con una orquídea. Del respaldo de la silla pendía la elegante cadena de un bolso Chanel.

—¿Quién es la nueva? —le preguntó a Richard, el administrador de sistemas de la oficina y un cotilla redomado.

—Monica Burrows. —Richard enarcó una ceja—. Trasladada temporalmente desde la CIA.

—Entiendo.

Simon se sentó a su mesa y encendió el ordenador para comprobar su correo. Llevaba casi un mes fuera de la oficina. Echó una ojeada al puesto de Ian. Le asaltó una mezcla de emociones, incluida la culpa devastadora por ser él quien había acabado con su vida…

No tenía palabras para expresar lo que sentía, nada que pudiera decir para explicar lo sucedido. Él era su propio juez y jurado: jamás sería juzgado fuera de allí por su crimen, pero tampoco podría ser absuelto ni condenado, y pasaría en un limbo moral el resto de su vida. Cada día se acrecentaban sus dudas de que estuviera hecho para este trabajo.

Trató de serenarse. Monica no tenía la culpa de que le hubieran asignado la mesa de un hombre que ya no existía.

«La vida es como un cubo de agua. Sacas una taza llena y el cubo se vuelve a llenar», le había dicho alguien en una ocasión.

Se obligó a volver al presente. Consultó la hora y vio que solo faltaban quince minutos para su reunión.

—Hola —saludó detrás de él una voz desconocida.

Cuando se dio la vuelta, Simon encontró a una mujer alta y morena con un traje de chaqueta de corte perfecto. Su aspecto era impecable de los pies a la cabeza. La mujer le tendió la mano.

—Monica Burrows, un placer conocerte.

—Simon Warburton. —Le estrechó la mano. Su sonrisa era cálida, pero sus ojos, verdes y perfectamente maquillados, eran fríos.

—Parece que somos vecinos de mesa —dijo Monica con voz suave antes de sentarse y cruzar sus largas y esbeltas piernas—. Tal vez puedas enseñarme cómo funcionan las cosas aquí.

—Desde luego, pero ahora mismo estaba a punto de irme. —Simon se levantó, se despidió con un gesto de la cabeza y se encaminó hacia la puerta.

—Hasta luego —le oyó decir a Monica mientras la abría.

«La vida sigue…», pensó cuando salió del ascensor en la última planta y tomó el pasillo enmoquetado.

—Incluso cuando no —farfulló para sí al acercarse a la fiel y solitaria recepcionista de la planta superior para anunciar su presencia.

El deslumbrante sol de la mañana entraba a raudales por los ventanales. Cuando pasó al despacho, Simon reflexionó sobre lo frágil que parecía aquel hombre y cómo la fuerte luz acentuaba las profundas arrugas de su cara.

—Buenos días, señor —saludó, avanzando hasta la mesa.

—Siéntese, Warburton. Antes de continuar, ¿logró sonsacar algo a esa agencia de detectives privados que contrató James Harrison?

—El tipo al que interrogué me dijo que Harrison le había pedido que investigara qué le había ocurrido a Niamh Deasy en Irlanda todos estos años atrás.

—La culpa manifestándose en la última etapa de su vida —suspiró el anciano—. Imagino que el detective no averiguó nada.

—Tan solo que Niamh y el niño murieron en el parto, señor.

—Me tranquiliza constatar que el servicio de seguridad británico consiguió borrar las huellas de ese caso. Y entiendo que el asunto de Marcus Harrison ya está resuelto, ¿no es así?

—En efecto. Se ha archivado como accidente de caza, y dudo que alguien se moleste en indagar. El funeral fue el mes pasado.

—Bien. Por cierto, el nombre que le dio la señorita Haslam resulta interesante; de hecho, muy interesante. Siempre me había preguntado quién era la persona en quien había confiado nuestra «dama» para que entregara las malditas cartas. Se me tendría que haber ocurrido hace mucho. Era muy buena amiga de nuestra «dama», aunque, si la memoria no me falla, se marchó para casarse antes de que todo esto ocurriera. Tengo a algunos hombres investigando, pero es muy probable que ya esté muerta.

—Seguramente, señor, aunque a estas alturas deberíamos tener en cuenta todas las posibilidades.

—Hemos mirado hasta el último papel del desván. ¿Se le ocurre otro escondite?

—Me temo que no, aunque estoy empezando a pensar que a lo mejor sir James destruyó la carta. Quizá ya no existe. Está claro que la familia Harrison no sabe nada del pasado de sir James.

—Mire lo cerca que la chica Haslam estuvo de descubrir la verdad. Fue un golpe de suerte que la aventura irlandesa de Harrison proporcionara la cortina de humo perfecta—. El anciano suspiró de nuevo—. Seguro que conservó la maldita carta, y no descansaré hasta que la encuentren y sea destruida. Escúcheme bien, si no damos con ella nosotros, otra persona lo hará.

—Sí, señor.

—Puesto que no parece que haya muchas opciones, volverá a su puesto de guardaespaldas de Zoe Harrison. El palacio no sabe muy bien cómo manejar la situación. Su Alteza sigue negándose a entrar en razón. Por el momento solo les queda seguirle la corriente y confiar en que la relación se vaya apagando.

Simon se miró las manos. Sintió que el alma se le caía a los pies.

—Sí, señor.

—Su Alteza también ha insistido en que él y la señorita Harrison empiecen a ser vistos juntos en público. El palacio ha aceptado que ella lo acompañe a un estreno cinematográfico dentro de dos semanas. Su Alteza, además, está impaciente por que se mude con él, pero la familia se resiste. La señorita Harrison ha pasado una semana de vacaciones con su hijo, pero ya le han comunicado que usted regresará a Welbeck Street el lunes por la mañana.

—Bien, señor. Una última cosa: Jenkins me ha dicho que Monica Burrows, de la CIA, trabajará a partir de ahora con nosotros. Imagino que no sabe nada.

—Nada en absoluto. Personalmente, desapruebo que los agentes de inteligencia establezcan relaciones demasiado estrechas y compartan métodos e ideas. Jenkins le encomendará trabajos de vigilancia ligeros, como pasar tiempo con miembros del departamento, seguirlos... esas cosas. Gracias, Warburton. Hablaremos mañana a la hora de siempre.

Simon salió del despacho pensando en lo cansado que parecía el hombre. Al fin y al cabo, había cargado él solo con el secreto durante muchos, muchos años, un peso que habría debilitado al más fuerte de lo hombres.

No había duda de que a él lo estaba desgastando.

—¡Joanna! —Unos brazos gruesos y peludos la envolvieron en un abrazo de oso.

—Hola, Alec —respondió, sorprendida por su expresiva muestra de afecto.

El jefe de noticias bajó los brazos y dio un paso atrás para observarla.

—¿Cómo estás?

—Bien.

—Tienes muy mal aspecto, muchacha. Estás en los huesos. ¿Seguro que estás bien?

—Sí. En serio, Alec, solo quiero trabajar e intentar olvidar las últimas semanas.

—Vale, te veré en el pub a la una para comer un sándwich. He de ponerte al corriente de unas cuantas cosas. Algunos... cambios que han tenido lugar durante tu ausencia. Ahora, ocupa tu antigua mesa y ponte al día con tus correos. —Alec le guiñó un ojo y regresó a su ordenador.

Joanna se paseó por la oficina aspirando el aire cargado. Por muchos letreros de PROHIBIDO FUMAR que colgara la dirección, una nube de humo flotaba permanentemente sobre las mesas de la sección de noticias. Agradeció que la silla de Alice estuviera vacía, pues necesitaba tiempo para instalarse sin ser bombardeada a preguntas. Se sentó y encendió el ordenador.

Miró distraída la pantalla mientras su cabeza seguía dando vueltas a la nueva información. Desde que estuvo con Dora había comparado otras fotos del joven duque con las de Michael O'Connell que aparecían en el programa. Las diferencias entre ambos eran prácticamente imperceptibles.

Basándose en la idea del «doble» de su abuela, Joanna había elaborado una vaga teoría de lo que pudo haber sucedido. Un actor joven muy parecido al duque de York en físico y edad fue elegido para interpretar el papel de su vida. El duque no podía estar en Irlanda en aquel entonces debido a sus compromisos oficiales y al embarazo de su esposa, de modo que el hombre hospedado en la casa guardacostas tenía que ser Michael O'Connell. Por tanto, fue O'Connell quien tuvo la aventura con Niamh Deasy.

La pobre Ciara había visto la foto de la coronación del duque de York en la portada del *Irish Times* diez años después y, comprensiblemente, había pensado que era él quien se había alojado en la casa frente a la bahía, él quien había tenido una aventura con su hermana muerta. Y, razonó Joanna con tristeza, la carta, oculta durante tantos años debajo de los tablones de la casa, solo contendría las últimas y tristes palabras de una mujer moribunda para Michael, el hombre al que amaba.

De ser así, ¿por qué Michael O'Connell había cambiado de identidad? ¿Qué era eso que sabía y que le había proporcionado una casa del tamaño de la de Welbeck Street, dinero, una esposa aristócrata y un enorme éxito como actor? ¿Y qué pasaba con la carta a «Siam» de la misteriosa dama, la carta que había llevado a Joanna a iniciar sus pesquisas? ¿La había escrito Rose, como creyó al principio, u otra persona?

Joanna suspiró frustrada. La cuestión era que, pese al increíble parecido entre los dos hombres, no tenía pruebas de nada.

Miró a su alrededor y se esforzó por volver a la realidad. Si mostraba el menor indicio de que seguía «interesada» en el caso, irían a por ella. Le habían devuelto su antigua vida solo porque creían que lo que sabía no era peligroso. La gran pregunta era: ¿poseía la fuerza y el coraje necesarios para seguir buscando la verdad? Pese a no tener respuestas concluyentes, Joanna intuía que estaba peligrosamente cerca de descubrirla.

A pesar de sus protestas, Alec estaba impaciente por escuchar toda la historia, así que la arrastró al pub de la esquina a la una en punto.

—Cuéntamelo todo. —La miró por encima de su cerveza.

—No hay nada qué contar —respondió Joanna—. Marcus y yo nos encontramos en medio de una cacería de patos y un cazador disparó a Marcus. Yo hui de los disparos, caí al mar, la corriente me arrastró y estuve a punto de ahogarme —repitió como un mantra.

—¡Cazadores de patos! —bufó Alec—. ¡Por lo que más quieras, Jo, que estás hablando conmigo! ¿Qué fue eso que descubriste que hizo que tuvieras que pelear por tu vida? ¿Y que Marcus perdiera la suya?

—Nada, en serio —le aseguró ella en tono cansino—. Mis pistas no condujeron a nada. Por lo que a mí respecta, el caso está cerrado. He recuperado el trabajo que adoro y mi intención es concentrarme en desenterrar la mierda de las supermodelos y las estrellas de culebrones, en lugar de imaginar complots rocambolescos alimentados por ancianitas.

—Haslam, eres una condenada embustera, pero reconozco que los de arriba han hecho un buen trabajo metiéndote el miedo en el cuerpo. Lo cual es una pena, porque he hecho más indagaciones.

—Yo en tu lugar no me molestaría, no te llevará a ninguna parte.

—Sin intención de resultar arrogante, cariño, llevo en este negocio más tiempo del que tú llevas en este planeta, y sé olfatear un escándalo a un kilómetro de distancia. ¿Quieres oírlo o no?

Joanna se encogió de hombros.

—En realidad no.

—Bueno, te lo contaré de todas formas. Estaba leyendo una de esas biografías de sir James cuando di con algo que me pareció extraño.

Joanna se concentró en poner cara de desinterés mientras Alec continuaba.

—En el libro se habla de lo unido que sir James estaba a su esposa Grace, de lo sólido que era su matrimonio y lo destrozado que se quedó cuando ella murió.

—Sí. ¿Y?

—Parece ser que Grace murió en Francia. Si tu amado muriera en el extranjero, ¿no querrías recuperar su cuerpo y enterrarlo en suelo nacional para un día poder yacer con él eternamente? Sabemos que él está enterrado en Dorset. Solo —añadió Alec.

—Es posible. A Marcus, desde luego, lo trajeron desde Irlanda. —Joanna tragó saliva—. Aunque yo estaba demasiado enferma para asistir al funeral.

—Lo siento mucho, cielo. Pero ahí lo tienes. ¿Por qué sir James no hizo lo mismo con su amada? ¿Podría ser porque Grace en realidad no había muerto?

—No lo sé. ¿Me pides un sándwich? Estoy que me muero de hambre.

—Claro. ¿De queso?

—Vale.

Gritando por encima del barullo, Alec pidió el sándwich y dos bebidas más.

—En cualquier caso, Grace tendría ahora más de noventa años, por lo que las probabilidades de que esté viva o en su sano juicio son escasas —continuó.

—¿De veras crees que podría estar viva? ¿Que ella también estaba metida en todo esto?

—Podría ser, Jo, podría ser. —El jefe de noticias dio un sonoro sorbo a su cerveza.

—Alec, todo esto es muy interesante, pero, como ya te he dicho, para mí este asunto se ha acabado.

—Bueno, si así lo quieres…

—Además, ¿cómo localizas a una persona que supuestamente lleva muerta casi sesenta años?

—Venga, para algo están los trucos del oficio. Existe una manera de atraerla, si lo redactas bien.

—¿Redactar qué?

—Un anuncio colocado en la página de necrológicas. Todas las viejas la leen para enterarse de quién ha estirado la pata. Vamos, cómete el sándwich, no te iría mal ganar unos kilitos.

Esa noche, Joanna se preparó un baño al llegar a casa. Estaba agotada. Después del aire limpio de Yorkshire, sentía Londres, e incluso su propio cuerpo, sucios. Se bañó, se puso la bata y las zapatillas de felpa y se sentó en el sofá de la sala. Se preguntaba si no habría vuelto demasiado pronto; al menos en Yorkshire se había sentido segura y a salvo, y nunca tan sola como ahora.

Cogió la correspondencia acumulada durante su ausencia y comenzó a abrirla. Había una carta muy cariñosa de Zoe Harrison en la que le daba la bienvenida a Londres y le pedía que la llamara para quedar a comer. También había una cantidad escalofriante de facturas por pagar, y Joanna se alegró de haber recuperado su trabajo. Mientras ordenaba las cartas en dos montones, «importantes» y «para tirar», se le cayó al suelo un sobre delgado de color blanco. Lo recogió, y al ver que era una nota escrita a mano con su nombre como única dirección, la abrió.

Querida Jo:

Por favor, no rompas esta carta aún. Me he comportado como un cabrón, lo sé. Cuando vi lo dolida y enfadada que estabas, nunca me he detestado tanto como me detesto ahora.

Me he pasado la vida culpando a los demás de mis problemas, pero ahora me doy cuenta de que soy un cobarde. Soy un cobarde por no decirte la verdad sobre el dinero. Nunca he sido digno de ti.

Desde el instante en que te vi en aquel restaurante supe que te quería, que eras especial y diferente. Eres una mujer increíble, y con tu fuerza y tu coraje haces que me sienta como la criatura patética que soy.

Sé que probablemente estarás meneando la cabeza mientras lees esta carta, si no la has arrojado ya a la papelera. No soy una persona demasiado elocuente o romántica, pero te estoy abriendo mi corazón. Es cierto. Joanna Haslam, te quiero. No puedo hacer nada para cambiar el pasado, pero espero poder cambiar el futuro.

Si eres capaz de encontrar en tu corazón el deseo de perdonarme, quiero ser un hombre mejor para ti. Y demostrarte quién puedo ser.

Una vez más, te quiero.

MARCUS

P.D.: Por cierto, yo no le conté a la prensa lo de Zoe. Es mi hermana, jamás le haría algo así.

—Dios mío, Marcus... —Los ojos de Joanna se llenaron de lágrimas—. ¡Ya me lo demostraste, mi amor!

Siguió llorando mientras releía las últimas palabras, golpeada cruelmente por la terrible irreversibilidad de la muerte, por el hecho de que nunca podría agradecerle a Marcus lo que había hecho por ella. Se dio cuenta de que, pese a sus defectos, nadie la había amado tanto como él. Y ahora ya no estaba.

—No soy fuerte ni valiente —murmuró al tiempo que entraba en el dormitorio y buscaba en la mochila los somníferos que el médico le había dado al abandonar el hospital. Esa noche iba a necesitarlos.

Sacó los viejos recortes de periódico y el sobre que contenía todas sus «pruebas» y se metió en la cama. Mientras los miraba, volvió a sentir el impulso de comparar las fotografías y su mente se puso de nuevo a buscar respuestas.

—Este era tu abuelo, Marcus —susurró a la habitación silenciosa antes de ingerir un comprimido y recostarse sobre su colchón nuevo—. ¿Quién era? —preguntó a la oscuridad.

Se levantó una hora más tarde, incapaz de conciliar el sueño a pesar del somnífero. ¿Acaso no le debía a Marcus, que había perdido la vida en la investigación, averiguarlo?

Decidió seguir el consejo de Alec de insertar un anuncio en la prensa. Encendió el ordenador y empezó a trabajar. Había una lista de más de una docena de periódicos franceses de ámbito nacional, además de numerosos periódicos locales. Decidió empezar por *Le Monde* y *The Times*, diario que, al ser inglés, existía la posibilidad de que Grace lo comprara para mantener el contacto. Si no tenía suerte con esos periódicos, publicaría el anuncio en los dos siguientes, y así sucesivamente. Después de todo, no había garantía alguna de que Grace siguiera viviendo en Francia. Puede que se hubiese marchado poco después de su falsa «muerte».

Pero ¿cómo redactar el anuncio para que Grace supiera que no corría peligro si daba señales de vida? ¿Y, al mismo tiempo, sin alertar a quienquiera que estuviese vigilando y esperando? Joanna permaneció sentada en la cama, con las piernas cruzadas, hasta bien entrada la noche, devanándose los sesos para encontrar las palabras justas mientras el montón de folios descartados —que sabía que debía quemar antes del amanecer— aumentaba.

Al despuntar el día, tecleó el anuncio en el ordenador, lo imprimió y lo borró de inmediato. Cuando llegó al trabajo, utilizó el fax de la oficina para enviarlo a los dos periódicos con una nota en la que pedía que lo insertaran lo antes posible. Ambos tardarían dos días en publicarse. Sabía que la posibilidad era remota, y lo único que podía hacer ahora era esperar.

La hora de la comida la pilló en la biblioteca de Hornton Street, rodeada de libros sobre la historia de la familia real. Examinó otra foto del joven duque de York y su novia, y al bajar la mirada reparó en un anillo que el duque lucía en la mano izquierda. Aunque estaba parcialmente en la sombra, la forma y la insignia le resultaban familiares.

Joanna cerró los ojos y trató de hacer memoria. ¿Dónde había visto antes ese anillo? Maldijo en alto al no encontrar la respuesta, luego miró el reloj y advirtió que se le había terminado el descanso.

A las cuatro, mientras bebía una taza de té, clavó un puño en la mesa con gesto triunfal.

—¡Claro!

Descolgó el teléfono y marcó el número de Zoe.

—¿Cómo estás? —Zoe abrió la puerta de su casa de Welbeck Street esa misma tarde, echó una rápida ojeada a la calle, hizo señas a Joanna para que entrara y la abrazó afectuosamente.

—Bien…

—¿Seguro? Estás muy delgada, Jo.

—Supongo. ¿Cómo estás tú?

—Bueno… igual. ¿Té? ¿Café? ¿Vino? Yo me decanto por lo último, que ya está bajando el sol.

—Te acompaño. —Joanna la siguió hasta la cocina.

Zoe cogió una botella medio llena y sirvió dos copas.

—Tú tampoco tienes muy buen aspecto que digamos —señaló Joanna.

—Estoy hecha polvo, la verdad.

—Ya somos dos.

—Salud. —Brindaron con fingida alegría y se sentaron a la mesa de la cocina.

—¿Qué tal lo de volver a Londres? —le preguntó Zoe.

—Difícil —reconoció Joanna—. Y anoche encontré esto en mi buzón —añadió en voz baja, tendiéndole la carta—. Es de Marcus. Debió de escribirla después de nuestra discusión. Pensé que a lo mejor… te gustaría leerla.

—Gracias. —Zoe abrió el sobre. Joanna la observó mientras leía y vio que sus ojos azules se llenaban de lágrimas—. Gracias por enseñármela. —Le cogió la mano—. Significa mucho para mí saber que Marcus te quería tanto. Yo pensaba que nunca llegaría a conocer el amor, y me hace muy feliz que lo hiciera, aunque fuera por poco tiempo.

—Ojalá le hubiese creído cuando me decía que me amaba, pero con su comportamiento y reputación, me resultaba difícil. Además, tuvimos una fuerte discusión. Me siento fatal. Le acusé de vender a la prensa tu relación con Art. —Al menos era una verdad a medias.

—Ya. Yo creía que habías sido tú, pero Simon me aseguró que no.

—Se lo agradezco. En cualquier caso, al final no fuimos ninguno de los dos.

—Entonces, ¿quién fue?

—Quién sabe. ¿Quizá un vecino que vio a Art entrar y salir de tu casa? Dios, Zoe, estoy tan avergonzada de haber acusado a Marcus.

—Al menos os reconciliasteis en Irlanda.

—Sí —mintió Joanna. Detestaba el hecho de que nunca podría contarle a Zoe que su hermano le había salvado la vida—. Y le echo muchísimo de menos.

—Yo también. Aunque era irritante, autoindulgente y un desastre con el dinero, también era un hombre apasionado y lleno de vida. Cambiemos de tema o acabaremos llorando como una Magdalena. ¿Dijiste que querías ver el anillo de William Fielding?

—Sí.

Zoe introdujo la mano en su bolso, sacó un estuche de piel y se lo tendió. Joanna abrió la cajita y examinó el anillo.

—¿Es el mismo que viste en el catálogo que mencionaste por teléfono? ¿Una reliquia perdida de la Rusia de los zares? ¿Un anillo de valor incalculable arrancado directamente del dedo de un arzobispo asesinado durante la Reforma?

—No estoy del todo segura, pero podría tener un gran valor. ¿Me lo dejarías unos días para comprobar si se trata del mismo? Te prometo que no me separaré de él.

—Claro. Además, ni siquiera me corresponde a mí quedármelo. Al pobre William no le quedaba ningún pariente vivo. Pregunté en el funeral, pero los que asistieron eran viejos amigos actores o gente que lo conocía del mundillo. Si el anillo tiene algún valor, creo que a William le gustaría que el dinero se destinara al Fondo Benéfico para Actores.

—Me parece una gran idea. —Joanna cerró el estuche y se lo guardó en la mochila—. En cuanto sepa algo, te lo digo. Y ahora, háblame de tu príncipe.

—Está bien. —Zoe bebió un generoso trago de vino.

—¿Solo «bien»? Vaya manera de describir al amor de tu vida, la relación de cuento de hadas de la década, la…

—Llevamos días sin vernos. Pasé las vacaciones de Semana Santa con Jamie. Todavía está muy afectado por lo ocurrido y le asusta volver al colegio y que se burlen de él por lo de su madre.

—Pobre muchacho. Lo siento mucho, Zoe. He pasado varias semanas fuera y no estoy al día.

—Bueno, en el colegio empezaron a meterse con él por mi relación con Art. Yo no le había contado nada, y mientras Art y yo estábamos en España, Jamie se escapó del internado. Fue Simon quien lo encontró. Estaba durmiendo sobre la tumba de su bisabuelo. —La expresión de Zoe se suavizó—. Todavía me sorprende que Simon conociera tanto a mi hijo como para saber dónde buscarle. Es un hombre muy bueno, Joanna. Jamie lo adora.

—Pero tú y Art estáis bien, ¿no?

—Para serte sincera, estaba muy enfadada con él cuando me fui de España. Art no entendía que estuviera tan preocupada y, si te soy franca, tampoco le importaba que Jamie hubiera desaparecido. Aunque cuando regresó a Londres me mandó un ramo de flores, se deshizo en disculpas por su insensibilidad y me prometió que se encargaría de que Jamie estuviera mejor protegido en el futuro.

—Entonces, ¿volvéis a estar bien?

—En principio, sí. Art está removiendo cielo y tierra para que sus padres y el resto de la familia me acepten. Pero —Zoe deslizó un dedo por el pie de su copa de vino—, entre tú y yo, estoy empezando a dudar seriamente de mis sentimientos por él. Quiero creer que lo que he sentido por Art todo este tiempo es real. Él es lo único que he deseado durante años, y ahora que lo tengo… no sé. —Zoe meneó la cabeza—. Estoy empezando a encontrarle defectos.

—Creo que eso es comprensible. Nadie podría estar a la altura del príncipe de tus sueños.

—Y no paro de decírmelo, pero lo cierto es que no sé si tenemos mucho en común. Las cosas que a mí me divierten a él no le hacen ninguna gracia. De hecho, en honor a la verdad, apenas se ríe. Y es tan… —Zoe buscó la palabra— rígido. Tiene cero espontaneidad.

—¿No crees que eso tiene que ver más con su posición que con su personalidad?

—Tal vez. Pero ¿sabes esos hombres con los que sientes que no eres tú misma, que estás siempre actuando, que no te puedes relajar de verdad?

—Totalmente. Yo salí cinco años con uno, aunque no me di cuenta hasta que me dejó. Matthew, mi ex, no sacaba lo mejor de mí. Apenas nos reíamos.

—Exacto, Jo. Art y yo nos pasamos la vida teniendo conversaciones serias sobre el futuro y nunca disfrutamos del momento presente. Y todavía no he reunido el valor para presentárselo a Jamie. Tengo el presentimiento de que no le caerá bien. Art es tan… tieso. Por si eso fuera poco —suspiró Zoe—, no dejo de pensar en el escrutinio al que estaré sometida el resto de mi vida, con los medios analizando todos mis movimientos y las cámaras apuntando a mi cara cada vez que me de la vuelta.

—Estoy segura de que si quieres a Art lo suficiente, él podrá ayudarte a sobrellevarlo. Es sobre tus sentimientos por él sobre lo que tienes que aclararte.

—El amor puede con todo, ¿no?

—Exacto.

—Supongo que por ahí va el tema. Me siento como un oso atrapado en una ratonera. Me he metido tanto que ahora me pregunto cómo demonios voy a salir de ella. Dios, es en momentos así cuando me gustaría que mi abuelo estuviera vivo. Seguro que tendría un consejo sabio que darme.

—Estabais muy unidos, ¿verdad?

—Mucho. Ojalá lo hubieras conocido, Jo. Te habría encantado, y tú a él. Adoraba a las mujeres enérgicas.

—¿Tu abuela era una mujer enérgica? —sondeó Joanna.

—No estoy segura. Sé que pertenecía a una familia adinerada de Inglaterra. Los White pertenecían a la nobleza y ella era «lady». Como es lógico, perdió el título cuando se casó con mi abuelo. Mi abuela era un gran partido para un actor, sobre todo para uno de origen irlandés.

A Joanna se le paró un instante el corazón.

«Habla con la Dama del Caballero Blanco...»

—¿El apellido de soltera de Grace era White?

—Sí. Era una mujer preciosa, menuda y delicada.

—Como tú.

—Puede. Quizá por eso James me tenía tanto cariño. Hablando de esposas muertas, hay algo más que quería contarte. Me han pedido que interprete el papel de una.

—¿Perdona? —Joanna se obligó a concentrarse en lo que Zoe le estaba contando.

—La Paramount está trabajando en una nueva superproducción de *Un espíritu burlón*. Quieren que interprete el papel de Elvira.

—Caray, Zoe, ¿estamos hablando de Hollywood?

—Ya lo creo, y si lo quiero, el papel es mío. Vieron el montaje provisional de *Tess*, me convocaron para una lectura y ayer telefonearon a mi agente con una oferta que roza lo obsceno.

—¡Eso es fantástico! Felicidades, te lo mereces.

—Vamos, Jo. —Zoe puso los ojos en blanco—. Probablemente estén pensado en que al ser la novia de un príncipe inglés, el público americano irá a ver la película en masa. No quiero resultar cínica, pero dudo mucho que me hubieran ofrecido el papel si mi cara no hubiese aparecido en todos los periódicos estadounidenses al lado de Art.

—No te subestimes, Zoe —le instó Joanna—. Eres una actriz con mucho talento. Hollywood te habría llamado tarde o temprano, con o sin Arthur.

—Es posible. Pero no puedo hacerla.

—¿Por qué no?

—Seamos realistas. Si me caso con Art, todo lo que haré será comer canapés y estrechar infinitas manos en actos benéficos, eso si no pueden conseguir que otros miembros más preeminentes de la familia lo hagan.

—Los tiempos cambian, y puede que seas justo lo que la familia real necesita para entrar con buen pie en el nuevo milenio. Hoy en día son muchas las mujeres con una profesión. Fin de la historia.

—Puede, pero no una profesión en la que quizá tenga que desnudarse o besar al actor protagonista.

—No recuerdo ningún desnudo en *Un espíritu burlón* —rio Joanna.

—Y no lo hay, pero me has entendido a la perfección. No —suspiró Zoe—, si me caso con Art, ya puedo olvidarme de mi carrera. Mira a Grace Kelly.

—¡Eran los años cincuenta! ¿Lo has hablado con Art?

—No, todavía no.

—Pues te sugiero que lo hagas, y pronto, o alguien lo filtrará a la prensa.

—¡Eso es justo a lo que me refiero! —Los ojos azules de Zoe se encendieron—. Ya no soy dueña de mi vida. Los paparazzi me hacen fotos cuando salgo a la calle a comprar un cartón de leche. De todos modos, tengo dos semanas para decidir si quiero el papel. Este domingo llevaré a Jamie al colegio y luego pasaré dos días en Dorset para aclarar las ideas.

—¿Sola?

—Por supuesto que no. —Zoe enarcó una ceja—. Esos días han pasado a la historia. Simon vendrá conmigo, aunque su presencia no me molesta. De hecho, cocina muy bien. Y también sabe escuchar.

Joanna miró a Zoe a los ojos y advirtió que su mirada se había suavizado de golpe.

—¿Sabes? Creo que la cuestión aquí es si quieres a Art lo suficiente como para renunciar a todo por él, si tu vida carecería de sentido si no estuviera a tu lado.

—Lo sé, y esa es la decisión que he de tomar. Jo, ¿tú querías a Marcus?

—Creo que me estaba enamorando de él, sí. El problema fue que para cuando conseguí confiar en él, no hacer caso de su reputación y creer que de verdad sentía algo por mí, fue demasiado tarde. Ojalá hubiésemos disfrutado de más tiempo juntos, era un hombre muy especial.

—Oh, Jo. —Zoe le tendió una mano—. Es tan triste. Tú conseguías sacar lo mejor de él.

—Marcus me hacía reír, nunca se tomaba nada en serio, excepto sus queridas películas, claro. Con él era yo misma, y lo añoro muchísimo —reconoció Joanna—. En fin, será mejor que me vaya. Tengo… trabajo que hacer en la oficina.

—De acuerdo. Y lamento haber pensado en algún momento que fuiste tú la que desveló mi relación con Art a tu periódico.

—No te preocupes. Si te soy sincera, ¡se me pasó por la cabeza hacerlo durante al menos un minuto! —Joanna sonrió, se levantó y besó a Zoe—. Ya sabes dónde estoy si necesitas hablar.

—Lo mismo digo. ¿Podrás asistir a la presentación del fondo conmemorativo a finales de semana? Hablaré en el lugar de Marcus. —Zoe le tendió una invitación de la pila que descansaba en la encimera.

—Por supuesto.

—¿Y vendrías a cenar aquí el fin de semana que viene, cuando vuelva de Dorset? Creo que ha llegado el momento de que Art conozca a algunos de mis amigos. Así podrás juzgar por ti misma. No me iría mal una segunda opinión.

—De acuerdo. Dame un toque durante la semana. Cuídate.

Al salir, vio que un autobús se detenía en la parada situada al otro lado de la calle. Sorteó el tráfico y se montó. Encontró un asiento en el piso de arriba, al fondo, donde abrió su mochila. Sacó la fotografía que había estado examinando con tanto detalle la noche previa y, con mano temblorosa, abrió el estuche que contenía el anillo.

No había la menor duda. El anillo que tenía en la palma de la mano era idéntico al que el duque de York lucía en su dedo meñique.

Miró por la ventanilla mientras el autobús recorría Oxford Street. ¿Era esta la prueba que necesitaba? ¿Bastaba este anillo para afirmar que lo que su querida e inocente abuela había señalado era verdad? ¿Que Michael O'Connell había sido utilizado como doble cuando el duque de York estaba enfermo?

Y había algo más…

Joanna devolvió el anillo al estuche y lo guardó en la mochila. Hecho esto, sacó la carta de Rose y volvió a leerla.

«Si me he ido, hable con la Dama del Caballero Blanco…»

James había sido nombrado caballero. Grace, su esposa, no solo era «lady», sino también una «White».

El estómago le dio un vuelco. Al parecer Alec había dado en el clavo.

37

Zoe fue a abrir la puerta cuando sonó el timbre. Sonrió al comprobar quién era.

—Hola, Simon. —Cuando entró, se puso de puntillas y le
plantó un beso en la mejilla—. Me alegro de verte. ¿Cómo estás?

—Bien, ¿y tú?

—Tirando —suspiró Zoe mientras él se dirigía a la escalera con
su bolsa de viaje—. Jamie sintió mucho no poder verte —añadió,
siguiéndolo—. Ayer lo dejé en el colegio. El pobre estaba muy
nervioso, pero tuve una charla con el director, que me prometió
que estaría pendiente de él. —Esperó a que Simon dejara la bolsa
sobre la cama para entregarle una cartulina con un dibujo hecho a
rotulador de dos personas jugando con un ordenador—. Es de Jamie, para darte la bienvenida. No le gustó mucho el hombre que te
sustituyó mientras estabas fuera. Dijo que no era tan divertido
como tú.

Simon sonrió al leer la dedicatoria.

—Es todo un detalle.

—Baja a tomar una copa cuando te hayas instalado. He cocinado para los dos, te lo debía.

—Siento ser un aguafiestas, Zoe, pero ya he cenado y tengo un
montón de trabajo. Te lo agradezco mucho, tendremos que dejarlo
para otra ocasión.

Ella lo miró decepcionada.

—Me he pasado la tarde cocinando. He… —Calló al ver el rostro inexpresivo de Simon—. En fin, da igual.

Él no contestó. En lugar de eso, empezó a sacar sus escasas
pertenencias de la bolsa.

—¿Te importa que mañana vayamos a la casa de Dorset? —continuó ella—. Necesito un poco de tiempo para reflexionar sobre algunos temas. El jueves he de estar de vuelta en Londres para la presentación del fondo conmemorativo, pero podríamos pasar el día allí, ¿no?

—Claro, lo que tú quieras.

Zoe tenía la impresión de que su presencia no era bienvenida en absoluto.

—Bueno, te dejo hacer. Baja a tomar un café cuando hayas terminado de trabajar.

—Gracias.

Desalentada, Zoe cerró la puerta y bajó las escaleras en dirección al delicioso aroma que salía de la cocina. Se sirvió una copa del vino que había escogido de la colección añeja de la bodega y se sentó a la mesa.

Llevaba todo el día poseída por una energía frenética, corriendo por toda la casa para poner orden, comprando ingredientes frescos para la cena en el mercado de Berwick Street y llenando la casa de flores para dejar entrar la primavera.

Gimió al comprender el motivo de su conducta. Sus acciones habían sido las de una mujer ilusionada por la perspectiva de ver a un hombre que le gustaba mucho.

Simon no bajó más tarde a por el café. Zoe apenas probó la musaka ni la ensalada griega, y prefirió ahogar sus penas con la excelente botella de vino.

Art la llamó a las diez para decirle que la quería y que la echaba de menos. También le recordó que al cabo de una semana se enfrentaría a su primera aparición en público con él y que tenía que pensar en el vestido —que no debía ser demasiado «sugerente», según sus palabras—, lo que solo consiguió tensarla aún más. Se despidió con sequedad y se fue a la cama.

Incapaz de conciliar el sueño, se reprendió por permitirse dar rienda suelta a su imaginación con respecto a Simon, igual que había hecho con Art durante años. Le había dado la sensación de que Simon la apreciaba, había creído sentir su calidez durante el tiempo que habían pasado juntos. Pero esta noche se había mostrado frío, distante, y había dejado claro que estaba ahí para hacer su trabajo y punto.

Lloró de frustración cuando comprendió que no era el amor de su vida el que deseaba que estuviera a su lado, sino el hombre que dormía a solo unos metros de ella, en la habitación de arriba.

El trayecto hasta Dorset, al día siguiente, transcurrió casi en silencio. Tensa y resacosa, Zoe viajaba en el asiento de atrás, tratando de concentrarse en el guion de *Un espíritu burlón* y en tomar una decisión.

Después de parar en el supermercado de Blandford Forum para comprar provisiones, llegaron a Haycroft House. Cuando metió el equipaje y la compra, Simon le preguntó secamente si necesitaba algo más y subió a su habitación.

A las siete, mientras ella jugueteaba con una chuleta de cerdo cubierta de una salsa grumosa, Simon entró en la cocina.

—¿Te importa que me prepare un café?

—En absoluto —respondió ella—. Hay una chuleta con patatas en el horno, si te apetece.

—Gracias, Zoe, pero no tienes que cocinar para mí. No es tu responsabilidad, así que de verdad, no te molestes en el futuro.

—Vamos, Simon, tú has cocinado para mí. Y tenía que prepararme algo de todos modos.

—Está bien… gracias. Me lo llevaré arriba, si te parece.

Zoe lo vio abrir el horno y sacar el plato.

—¿He hecho algo malo? —le preguntó.

—No.

—¿Estás seguro? Porque tengo la sensación de que estás evitándome.

Simon desvió la mirada.

—En lo más mínimo. Simplemente me hago cargo de que ya es bastante duro tener a un extraño hospedado en tu casa e invadiendo tu intimidad, para que encima te imponga su presencia cuando quieres estar sola.

—Tú no eres un extraño, Simon. Te considero un amigo. Después de lo que hiciste por Jamie, no sé… No podría ser de otro modo.

—Me limité a cumplir con mi deber, Zoe. —Simon colocó el café y el plato en una bandeja y se dirigió a la puerta—. Ya sabes dónde estoy si me necesitas. Buenas noches. —La puerta de la cocina se cerró tras él.

Zoe apartó su plato intacto y descansó la cabeza en los brazos.

—Me limité a cumplir con mi deber —murmuró con tristeza.

—Buenas noticias. Nuestra «mensajera» sigue viva.

—¿La han encontrado? —preguntó Simon por el móvil, paseándose por su habitación.

—No, pero hemos descubierto dónde vivía antes. Se fue de allí hace unos años, cuando murió su marido. Desde entonces la casa ha tenido tres propietarios, y los actuales no tienen su nueva dirección. Sin embargo, calculo que para mañana ya la habremos localizado. Puede que después avancemos en este aspecto. Quiero que vuele a Francia, Warburton. En cuanto conozcamos su paradero, se lo haré saber.

—Bien, señor.

—Le llamaré por la mañana. Buenas noches.

—Te quiero en el South Bank ya. Hoy es la presentación del fondo conmemorativo de James Harrison en el vestíbulo del Teatro Nacional.

—Lo sé, Alec. Pensaba ir de todos modos para apoyar a Zoe —respondió Joanna algo tensa.

—Mañana publicaremos la entrevista que le hiciste a Marcus Harrison. Dado que la escribiste tú, lo lógico es que también cubras la presentación.

—Alec, por favor… Preferiría acudir solo como amiga. De… los dos.

—Vamos, Jo.

—Además, pensaba que mi entrevista con Marcus había sido descartada. ¿Por qué incluirla ahora?

—Porque la familia Harrison vuelve a ser noticia, cielo. Una foto de Zoe hablando en la presentación en lugar de su difunto hermano quedará de miedo en la portada.

—¡Por Dios! ¿Es que no tienes corazón? —Joanna meneó la cabeza con incredulidad.

—Lo siento, sé que estás de luto. —Alec suavizó el tono—. ¿Preferirías que el artículo lo escribiera alguien que no conocía a Marcus Harrison? Steve te acompañará para las fotos. Hasta luego.

El Teatro Nacional estaba hasta arriba de periodistas y fotógrafos, acompañados de alguna que otra cámara de televisión. La asistencia era numerosa para tratarse de un acontecimiento que, en circunstancias normales, habría atraído solo a un puñado de periodistas novatos y poco interesados en el tema.

Joanna cogió una copa de Buck's Fizz de la bandeja de un camarero que pasaba por su lado y bebió un largo trago. Después de vivir un mes en Yorkshire, no estaba acostumbrada a las aglomeraciones de gente ruidosa y efusiva. Divisó a Simon en la otra punta del vestíbulo, que le saludó con un gesto de la cabeza.

—Menos mal que estás aquí —susurró una voz en su oreja.

Joanna se dio la vuelta sobresaltada. Era Zoe, elegante con un vestido turquesa.

—No esperaba tanta gente —reconoció Joanna después de darle un abrazo.

—Yo tampoco, aunque no creo que estén aquí por Marcus o James, sino porque tienen la esperanza de que aparezca quién ya sabes. —Zoe arrugó la nariz con pesar—. En cualquier caso, yo sí lo estoy haciendo por mi hermano y mi abuelo.

—Por supuesto, y por lo menos podré escribir un artículo bonito sobre Marcus y su pasión por el fondo conmemorativo.

—Gracias, Jo, eso sería genial. Espérame luego y nos tomaremos una copa juntas.

Mientras Zoe hablaba con otros miembros de la prensa, Joanna se dedicó a examinar las fotografías de sir James Harrison que habían sido ampliadas y colocadas en tablones por todo el vestíbulo. Allí estaba en el papel de Lear, con las manos elevadas dramáticamente hacia el cielo y una pesada corona dorada en la cabeza.

«¿El arte emulando a la vida o la vida emulando al arte?», se preguntó.

Entre las fotografías había una de Marcus, sir James y Zoe posando juntos en lo que parecía el estreno de una película. Joanna contuvo el impulso de deslizar los dedos por la expresión despreocupada de Marcus, cuya mirada apuntaba con desparpajo a la cámara. Se dio la vuelta y vio a una mujer atractiva, más o menos de su edad, a unos metros de ella. Cuando sus miradas se encontraron, la mujer le sonrió y se alejó.

Ya eran las dos de la tarde para cuando el último periodista dejó tranquila a Zoe. Joanna estaba sentada en un recodo del vestíbulo, ahora vacío, ordenando las notas sobre la presentación del fondo conmemorativo que había tomado a partir del breve y emotivo discurso de Zoe y el comunicado de prensa que le habían entregado.

—¿Qué tal he estado? Me he pasado el discurso aguantando las lágrimas. —Zoe se derrumbó a su lado, en uno de los asientos morados.

—Perfecta. Creo que el fondo y tú recibiréis una amplia cobertura mañana.

Zoe puso los ojos en blanco.

—Al menos es por una buena causa.

Cuando salieron del teatro, Joanna reparó en la mujer que había visto hacía un rato. Leía el programa de los próximos estrenos.

—¿Quién es? —le preguntó a Zoe mientras salían al agradable sol de esa tarde de primavera, con el Támesis fulgurando a sus pies.

Zoe se dio la vuelta.

—Ni idea. Una periodista, supongo.

—Su cara no me suena, y conozco a pocos periodistas que vistan ropa de diseño.

—Que tú solo lleves tejanos y jerséis no significa que para otros la moda no sea una prioridad —bromeó Zoe—. Vamos a tomar una copa.

Cogidas del brazo, pasearon junto al río hasta que se detuvieron en una vinoteca. Zoe se volvió hacia Simon, que las seguía a unos metros de distancia.

—Charla de chicas, me temo. Será solo un rato.

—Estaré allí. —Simon señaló una mesa cuando entraron.

—Buf —exclamó Joanna tras sentarse a una mesa y pedir dos copas de vino—. Yo me volvería loca si alguien me siguiera todo el día, aunque sea Simon.

—¿Entiendes lo que quiero decir? —Zoe cogió una carta y se escondió detrás de ella.

Joanna se percató de que todas las miradas se habían vuelto hacia Zoe. Vio que Simon caminaba hasta el fondo del bar y se metía en la cocina.

—¿A dónde va?

—A buscar una salida alternativa, por si las moscas. Tiene debilidad por las entradas traseras. O sea…

Las dos mujeres rieron mientras dos copas de vino llegaban con el atento camarero.

—En serio, Jo —Zoe se inclinó hacia delante—, no sé si puedo hacer esto. En fin, salud.

—Salud —dijo Joanna.

Eran más de las cuatro cuando Joanna se despidió de Zoe y regresó en autobús a la oficina.

—¿Crees que son horas? —ladró Alec cuando Joanna salió del ascensor.

—He conseguido una exclusiva con Zoe Harrison, ¿vale?

—Esa es mi chica.

Mientras Joanna se sentaba a su mesa y encendía el ordenador, Alec le tendió un paquete pequeño.

—Han dejado esto en recepción para ti.

—Ah, gracias. —Joanna lo cogió y lo dejó junto al teclado.

—¿No piensas abrirlo? —le preguntó Alec.

—Sí, pero primero quiero escribir este artículo. —Joanna dirigió su atención a la pantalla.

—Para mí que es una bomba.

—¿Qué? —Joanna vio que sonreía y, suspirando con resignación, se lo ofreció—. Anda, ábrelo tú.

—¿Seguro?

—Seguro.

Alec abrió el paquete y sacó un estuche pequeño acompañado de una carta.

—¿De quién es? —Joanna siguió tecleando mientras tanto—. ¿Hace tictac?

—Por ahora no. La carta dice: «Querida Joanna, he intentado ponerme en contacto con usted, pero no tenía su dirección ni su teléfono. Entonces, ayer vi su nombre debajo de un artículo en mi periódico. Dentro del estuche encontrará el relicario que su tía Rose me regaló en Navidad. Estaba haciendo limpieza y lo encontré en un cajón. Me dije que le correspondía tenerlo a usted y no a mí, dado que no recibió nada de ella. ¿Podría hacerme saber que le ha llegado sin problemas? Pásese algún día a tomar una taza de té. Me encantaría verla. Espero que haya encontrado a su tía, Dios la tenga en su gloria. Atentamente, Muriel Bateman».

Alec le acercó el estuche.

—¿Quieres que lo abra?

—No, gracias, puedo hacerlo yo.

Joanna levantó la tapa y retiró el algodón protector, desvelando el relicario de oro con su delicada filigrana y su gruesa y pesada cadena de oro rosa. Lo sacó con cuidado y lo sostuvo sobre la palma.

—Es precioso.

—Victoriano, diría yo. —Alec lo examinó—. Debe de valer una millonada, sobre todo la cadena. Así que este relicario pertenecía a la misteriosa Rose.

—Por lo visto. —Joanna jugueteó con el cierre.

—Si hay alguna foto ahí dentro, apuesto a que es la de sir James —señaló Alec cuando los dedos de Joanna consiguieron por fin vencer sus resistencias.

Alec la observó mirar lo que fuera que había dentro. Joanna levantó las cejas al tiempo que sus mejillas perdían el color.

—Jo, ¿estás bien? ¿Qué pasa?

Cuando Joanna alzó la vista, sus ojos de color avellana brillaron sobre la palidez de su rostro.

—Lo… —Carraspeó al sentir que le temblaba la voz—. Lo sé, Alec. Dios mío, lo sé.

38

—Me temo que la he perdido.

Sentada a la mesa de Jenkins, Monica Burrows apretaba el botón de su bolígrafo como si tuviera un tic.

—¿Dónde? ¿A qué hora?

—Anteanoche la seguí hasta su casa cuando salió del trabajo y ayer por la mañana fui detrás de ella hasta Kensington. Entró en el edificio de su periódico y no volvió a salir.

—Puede que se haya pasado la noche trabajando en un artículo.

—Eso pensé yo, pero esta mañana pregunté por ella en la recepción. Me dijeron que no había ido a trabajar, que estaba enferma.

—¿Ha probado en su casa?

—Por supuesto, pero no hay nadie. Ignoro cómo lo ha hecho, señor Jenkins, pero está claro que ha conseguido escabullirse.

—No necesito decirle que esa respuesta no me basta, Burrows. Escriba su informe y bajaré en cuanto haya hablado con mi colega.

—De acuerdo. Lo siento, señor Jenkins.

Monica salió del despacho y Lawrence Jenkins marcó el número del ático.

—Soy Jenkins. La chica Haslam ha vuelo a esfumarse. Ordené a Burrows que la siguiera, pensando que era, como usted dijo, un trabajo de vigilancia fácil, y anoche la perdió. Sí, señor, subo enseguida.

Simon se acercó a la ventana de su dormitorio de Haycroft House y contempló el jardín. Zoe estaba sentada bajo la pérgola del rosal con un sombrero de paja y su preciosa cabeza echada hacia atrás para atrapar el sol. Habían regresado de Londres hacía dos noches y Simon se había ido directo a su cuarto. Suspiró hondo. Atrapado con ella las veinticuatro horas, los últimos días habían sido una tortura. La naturaleza de su trabajo descartaba toda posibilidad de escapar o descansar de la cercanía de la mujer a la que ahora sabía que amaba, pero era intocable. Así pues, hizo lo que consideraba mejor para conservar la cordura: había guardado las distancias, rechazando todos sus gestos amables y detestándose por la confusión y el dolor que veía en sus ojos.

El móvil le vibró en el bolsillo.

—¿Señor?

—¿Sabe algo de Haslam?

—No. ¿Por qué?

—Se ha vuelto a esfumar. Creí que había dicho que Haslam había abandonado el caso.

—Y así es, señor. ¿Está seguro de que ha desaparecido a propósito? Puede que la razón de su ausencia sea del todo inocente.

—Nada sobre esta situación es inocente, Warburton. ¿Cuándo regresa a Londres?

—He de llevar a la señorita Harrison esta tarde.

—Llámeme en cuanto llegue.

—Sí, señor. ¿Se sabe algo de la «mensajera»?

—En la casa donde la localizamos no había nadie. Se ha ido una temporada de viaje, según los vecinos. O es casualidad, o siempre anda de aquí para allá. Estamos haciendo lo posible por encontrarla, pero incluso hoy día el mundo es un lugar grande.

—Entiendo —respondió Simon, incapaz de ocultar su decepción.

—Sé que Haslam está tramando algo, Warburton, lo sé. Y más nos vale averiguar qué es.

—Sí, señor.

Jenkins colgó.

Joanna dejó la carta sobre la mesa y miró el reloj. El cuarteto de cuerda del salón de té Palm Court procedió a tocar el primer baile. En las mesas circundantes, señoras y señores mayores, ataviados con vestimentas que recordaban tiempos más elegantes, se levantaron y tomaron la pista.

—¿La señora desea pedir?

—Sí. Té para dos, por favor.

—Muy bien, señora.

Joanna jugueteó nerviosa con el relicario que colgaba de su cuello. Se sentía incómoda dentro del vestido de tirantes que había comprado en efectivo esa mañana para que la dejaran entrar en el famoso salón de té del Waldorf. Se había colocado de tal manera que pudiera ver la entrada en todo momento. Eran las tres y veinte. Con cada minuto que pasaba su confianza iba menguando y el corazón se le iba acelerando.

Media hora más tarde, el té Earl Grey se había enfriado dentro de la lustrosa tetera de plata. Los bordes de los sándwiches de pepino y crema de queso, intactos en el plato de porcelana fina, empezaban a curvarse hacia arriba. A las cuatro y media, los nervios y las incontables tazas de té que se había bebido habían convertido una visita al lavabo en una necesidad imperiosa. Faltaba media hora para que terminara el baile. Tenía que aguantar hasta entonces, por si acaso.

A las cinco, después de aplaudir con entusiasmo a los músicos, los clientes empezaron a dispersarse. Joanna pagó la cuenta, cogió el bolso y se dirigió al tocador. Se soltó la melena, que se había recogido en un moño con peinetas sin demasiada maña, y se retocó los labios.

Tuvo que reconocer que había sido una posibilidad remota. Lo más seguro era que Grace llevara años muerta y enterrada. Y aunque estuviera viva, las probabilidades de que viera el anuncio o respondiera, eran minúsculas.

De pronto, reparó en un rostro detrás de ella que miraba fijamente el espejo. Un rostro que, pese a la edad, conservaba vestigios de un noble linaje. Un cabello gris perfectamente peinado, un maquillaje aplicado con cuidado.

—He oído que el Caballero se hospedó en una ocasión en el Waldorf —dijo la mujer.

Joanna se volvió despacio, clavó la mirada en los ojos verdes, turbios pero inteligentes, y asintió.

—Y su Dama de Blanco lo acompañaba.

La mujer la condujo a través de varias escaleras y por un pasillo enmoquetado hasta la puerta de su suite. Joanna abrió con la llave que ella le ofreció, entraron y cerró la puerta tras de sí. La mujer se acercó enseguida a la ventana, desde donde se veía la bulliciosa calle londinense llena de turistas y amantes del teatro, y corrió las cortinas.

—Siéntese, por favor —la invitó.

—Gracias… Eh, ¿puedo llamarla Grace?

—Puede, querida, si así lo desea.

La mujer soltó una risita y se instaló en una de las butacas de la recargada sala de estar.

Joanna tomó asiento frente a ella.

—¿Es usted Grace Harrison, de soltera White, esposa de sir James Harrison y fallecida en Francia hace más de sesenta años?

—No.

—Entonces, ¿quién es usted?

La anciana sonrió.

—Si vamos a ser amigas, algo de lo que estoy segura, creo que debería llamarme simplemente Rose.

En cuanto Simon llegó a Londres con Zoe, subió a su habitación, cerró la puerta y miró el móvil. Al ver que tenía cuatro llamadas perdidas, marcó el número.

—Acabo de hablar con el director del periódico de Haslam —espetó Jenkins—. Por lo visto, no solo ha desaparecido ella, sino también el jefe de la sección de noticias, un tal Alec O'Farrell. Le dijo al director del periódico que tenía algo interesante y que necesitaba un par de días para investigarlo. Van a por nosotros, Warburton.

Simon podía oír el pánico mal disimulado en la voz de su jefe.

—Por el momento voy a poner a todos los hombres disponibles en esto —continuó Jenkins—. Si conseguimos dar con O'Farrell, nos aseguraremos de que nos diga dónde está Haslam.

—Espero que no se atrevan a sacar la noticia a la luz, señor. ¿Podrá controlar eso?

—Warburton, hay dos o tres directores de periódico subversivos que darían lo que fuera por hacerse con una historia como esta, por no hablar de la prensa extranjera. Por el amor de Dios, ¡es la noticia del siglo!

—¿Qué quiere que haga, señor?

—Pregunte a la señorita Harrison si sabe algo de Haslam. Se vieron en la presentación del fondo conmemorativo y luego tomaron una copa juntas. Haslam regresó a su oficina antes de que Burrows la perdiera. No se mueva de su puesto. Le llamaré más tarde.

Joanna miró a la mujer de hito en hito.

—Pero usted no puede ser «Rose». Conocí a Rose en el funeral en memoria de James Harrison. Y no era usted. Además, Rose está muerta.

—Rose es un nombre muy común, sobre todo en la época en la que yo nací. Tiene razón, querida, usted conoció a una Rose. Pero ella era Grace Rose Harrison, la esposa largo tiempo fallecida de sir James Harrison.

—¿Aquella ancianita era Grace Harrison? ¿La difunta esposa de James Harrison? —inquirió, atónita, Joanna.

—Sí.

—¿Por qué utilizaba el segundo nombre en lugar del primero?

—Un torpe intento de protegerse. Tras la muerte de James, Grace insistía en que quería ir a Inglaterra. Unas semanas más tarde me escribió desde Londres para decirme que tenía intención de asistir al funeral en su memoria. Estaba muy enferma, le quedaba muy poco tiempo de vida. Pensaba que era la oportunidad perfecta para ver por última vez a su hijo Charles y por primera vez a sus nietos, Marcus y Zoe. Yo sabía que eso traería problemas, que era peligroso, pero Grace estaba decidida. Decía que nadie la reconocería, que a estas alturas todos estarían muertos y enterrados. Obviamente, se equivocaba.

—Yo estaba sentada a su lado cuando vio al hombre en la silla de ruedas. Rose… o sea Grace, sufrió una especie de ataque. No podía respirar y tuve que ayudarla a salir de la iglesia.

—Lo sé. En la última carta que me escribió me hablaba de usted y de las pistas que le había dado. Esperaba tener noticias suyas antes, aunque sabía que podría llevarle un tiempo atar cabos. Verá,

Grace no podía darle demasiada información para no ponerla a usted o a mí en peligro.

—¿Cómo sabía usted que la estaba buscando? Había escrito el anuncio expresamente para Grace.

—Porque estaba al corriente de todo, querida. Lo estuve desde el principio. Cuando vi su anuncio en el periódico pidiendo a la «Dama de Blanco» que se uniera a su «Caballero» en el Waldorf para tomar el té, sabía que iba dirigido a mí.

—Pero ¿qué relación guardaba con usted la pista que aparecía en la carta de Grace, «Hable con la Dama del Caballero Blanco»?

—Porque, querida, yo me casé con un conde francés. Su apellido era Le Blanc y…

—*Blanc* es *white* en inglés. ¡Dios mío! Me equivoqué por completo.

—En absoluto. Estoy aquí, ¿no? —dijo Rose con una sonrisa.

—¿Por qué Grace me eligió a mí para contar la historia?

—Dijo que era usted una joven lista y bondadosa, y que a ella no le quedaba mucho tiempo. Verá, en cuanto él la vio, Grace supo que tenía los días contados. Que la encontraría y la mataría. —Rose suspiró—. Por qué tenía que remover todo este asunto otra vez, lo ignoro. Estaba terriblemente resentida… Supongo que fue un acto de venganza.

—Creo que sé por qué estaba resentida —murmuró Joanna en voz baja.

Rose la miró.

—¿En serio? Ha debido de realizar una investigación muy minuciosa desde que la pobre Grace murió.

—Podría decirse que se ha adueñado de mi vida.

La anciana posó delicadamente sus manos menudas sobre el regazo.

—¿Puedo preguntarle qué piensa hacer con la información que ha reunido?

No era momento de mentir.

—Voy a publicarla.

—Entiendo. —Rose guardó silencio mientras asimilaba la respuesta—. Desde luego, esa es la razón por la que Grace le escribió. Era lo que ella quería, dar su justo castigo a quienes le destrozaron la vida, asestar un fuerte golpe a la clase dirigente. En cuanto a mí, digamos que aún conservo un atisbo de lealtad, aunque solo Dios sabe por qué.

—¿Me está diciendo que no va a ayudarme a encajar las piezas? Nos ofrecerían mucho dinero por esta historia. La haría rica.

—¿Y qué iba a hacer una vieja como yo con el dinero? ¿Comprarse un deportivo? —Rose rio y meneó la cabeza—. Además, ya soy lo bastante rica. Mi difunto marido me dejó muy bien situada. Querida, ¿no se ha preguntado por qué ha muerto tanta gente de mi entorno y sin embargo yo he sobrevivido para contarlo? —Se inclinó hacia delante—. Lo que me ha mantenido con vida es la discreción. Siempre he sabido guardar un secreto. Como es natural, no esperaba albergar el secreto mejor guardado del siglo, pero así es la vida. Lo que quiero decirle con esto es que, por el bien de Grace, puedo mostrarle el camino hasta él, pero por el mío propio, no puedo contárselo todo.

—Comprendo.

—Sin embargo, Grace confiaba en usted y, por tanto, yo también lo haré, pero debo insistir en mi anonimato. Si menciona mi nombre o nuestro encuentro, mi muerte caerá sobre su conciencia. Ambas corremos un gran peligro cada segundo que paso en Inglaterra con usted.

—Entonces, ¿por qué ha venido?

Rose suspiró.

—En parte por James, pero sobre todo por Grace. Puede que yo haya formado parte de la clase dirigente por la familia en la que nací, pero eso no significa que apruebe las cosas que han hecho, las vidas que han destrozado para mantener el silencio. Sé que tendré que encontrarme con mi creador dentro de no muchos años y me gustaría que supiera que hice todo lo que pude por la gente a la que quería aquí en la tierra.

—La entiendo.

—¿Por qué no pide algo de beber? Me apetece una buena taza de té. Después me contará lo que sabe y seguiremos desde ahí.

Cuando el servicio de habitaciones se hubo marchado, Joanna tardó cerca de una hora en contárselo todo a Rose, en parte porque su interlocutora era un poco dura de oído, en parte porque la anciana se empeñaba en aclarar por duplicado cada hecho que Joanna había descubierto.

—Y cuando el relicario llegó a la oficina y vi la foto de la duquesa dentro, todo encajó. —Joanna suspiró. Sentía que le faltaba el aliento por la tensión; bebió un largo trago de vino blanco.

Rose asintió.

—Como es lógico, fue el relicario en su cuello lo que me convenció de que usted era la joven que había puesto el anuncio. Solo podía habérselo dado Grace.

—En realidad se lo regaló a Muriel, su vecina, en pago por su amabilidad.

—Eso quiere decir que ya debía de saber que iban tras ella. Verá, el relicario era mío, me lo había regalado Grace a su vez. A ella siempre le encantó. Cuando se vino a Londres, se lo di a modo de talismán. Por alguna razón, yo siempre había sentido que me protegía. Por desgracia, como ya sabemos, no ejerció la misma magia con ella…

Esa tarde, Simon entró en la cocina. Zoe estaba sentada a la mesa, escribiendo la lista de la compra y bebiendo una copa de vino.

—Hola —saludó.

—Hola —respondió ella sin levantar la vista.

—¿Te importa que me prepare un café?

—Claro que no. Sabes que no necesitas preguntarlo —repuso irritada.

—Perdona. —Simon se acercó al hervidor de agua.

Zoe soltó el bolígrafo y contempló la espalda de Simon.

—No, perdóname tú. Estoy nerviosa, eso es todo.

—Tienes muchas cosas en la cabeza. —Simon echó una cucharada de café soluble y otra de azúcar en una taza—. ¿Has hablado últimamente con Joanna?

—No sé nada de ella desde la presentación del fondo conmemorativo. ¿Debería?

Simon se encogió de hombros.

—No.

—¿Seguro que estás bien? ¿He hecho algo que te haya molestado?

—En absoluto. Me han surgido algunos problemas con los que estoy lidiando, eso es todo.

—¿Problemas de mujeres? —Zoe se esforzó por mantener un tono despreocupado.

—Supongo que algo así, sí.

—Ya. —Desconsolada, Zoe se llenó la copa—. El amor complica mucho la vida, ¿no crees?

—Sí.

—Lo digo porque… —Zoe miró a Simon directamente a los ojos—. ¿Tú qué harías si se esperara de ti que estuvieras enamorado de una persona, pero te dieras cuenta de que en realidad estás enamorado de otra?

—¿Puedo preguntar de quién? —La manera en que ella lo observaba hizo que se le acelerara el corazón.

—Sí. —Zoe se ruborizó y bajó la mirada—. De…

El móvil de Simon sonó en su bolsillo.

—Lo siento, he de contestar la llamada arriba. —Salió raudo de la cocina y cerró la puerta tras de sí.

Zoe estaba a punto de echarse a llorar.

Simon regresó diez minutos más tarde con la cazadora puesta.

—Me temo que he de irme. Mi sustituta temporal llegará enseguida. Monica es una chica de Estados Unidos muy agradable. Seguro que os lleváis bien.

—Vale. —Zoe se encogió de hombros—. Adiós.

—Adiós. —Simon apenas pudo mirarla a los ojos antes de salir de la cocina.

39

Por petición de Rose, Joanna había sacado dos botellines de whisky del minibar, servido el contenido en sendos vasos y añadido hielo.

—Gracias, querida. —Rose bebió un sorbo—. Demasiadas emociones para una vieja como yo. —Se recostó en la butaca, abrazando el whisky con las manos—. Como ya sabe, trabajé un tiempo como dama de compañía de la duquesa de York. Nuestras familias se conocían desde hacía años, por lo que era natural que me viniera de Escocia con ella cuando se casó con el duque. La pareja vivía entre sus casas de Sandringham y Londres y eran muy felices. En un momento dado, la salud del duque empezó a deteriorarse. Tenía una enfermedad en los bronquios, la cual, dado los problemas de salud que había tenido de niño, fue motivo de cierta preocupación. Los médicos le recetaron reposo absoluto y aire puro durante unos meses para ayudarle a reponerse, pero existía el problema de qué contarle al país. Verá, en aquellos tiempos se creía que la familia real era prácticamente inmortal.

—¿Fue entonces cuando surgió la idea de un doble que lo sustituyera durante su ausencia?

—Sí. Como seguro que ya sabe, era una práctica bastante común entre los personajes públicos. Por casualidad, un asesor del palacio fue al teatro una noche y vio a un joven actor que pensó que podría pasar por el duque de York en actos públicos, inauguraciones de fábricas y cosas por el estilo. El joven, un tal Michael O'Connell, fue llevado al palacio, donde recibió «lecciones ducales» durante varias semanas, que la duquesa y yo presenciábamos entre risas. Tras aprobar el «examen», el duque auténtico viajó de inmediato a Suiza para empezar su recuperación.

—Michael era idéntico al duque —comentó Joanna—. Estaba convencida de que eran la misma persona.

—Sí. Michael O'Connell ya era un actor con mucho talento. Siempre había sido bueno como imitador, que era lo que hacía entonces. Perdió por completo el acento irlandés e incluso perfeccionó el ligero tartamudeo. —Rose sonrió—. Y se convirtió literalmente en el duque. Se instaló en la casa real y todo salió a la perfección.

—¿Cuántas personas lo sabían?

—Solo las imprescindibles. Estoy segura de que a los sirvientes les extrañaba oír al «duque» cantar baladas irlandesas mientras se afeitaba por la mañana, pero se les pagaba para ser discretos.

—¿Fue entonces cuando Michael y usted se hicieron amigos?

—Sí. Era un hombre muy agradable, siempre deseoso de complacer, y se tomaba toda la situación con filosofía. Aun así, siempre me dio un poco de pena. Sabía que lo estaban utilizando, y que cuando ya no fuera necesario, le pagarían y lo echarían a la calle sin miramientos.

—Pero las cosas no fueron exactamente así, ¿no?

—No. —Rose suspiró—. El caso es que Michael tenía mucho carisma. Era el duque, pero con una dimensión añadida. Tenía un gran sentido del humor y conseguía que la duquesa se desternillara de risa cuando se disponían a asistir a un acto. Yo siempre he estado convencida de que se la llevó a la cama a través de la risa, si me permite la ruda expresión.

—¿Cuándo se dio usted cuenta de que eran amantes?

—Mucho tiempo después. Yo pensaba, como todos los que la conocían, que la duquesa estaba interpretando su papel como la persona comprometida que era. Unos meses más tarde el duque regresó a casa, recuperado y en forma, y Michael O'Connell fue devuelto a su antigua vida. La cosa habría terminado ahí de no ser por el hecho de que… —Rose contuvo el aliento.

—¿Qué?

—La duquesa creía que se había enamorado de Michael. Por entonces yo ya había dejado el palacio para preparar mi boda con François. Un día fui a verla y me preguntó si estaría dispuesta a ayudarla, a hacerle de «mensajera» para que Michael y ella pudieran comunicarse. Estaba desesperada. ¿Qué otra cosa podía hacer yo, salvo aceptar?

—Así que empezó a quedar con William Fielding delante de los grandes almacenes Swan and Edgar.

—¿Se llamaba así? En cualquier caso, el joven muchacho del teatro —aclaró Rose.

—Él también llegó a ser un actor muy conocido.

—No en Francia —repuso Rose con cierta arrogancia—. Como es lógico, yo estaba locamente enamorada de François, así que el hecho de que la duquesa también estuviera tan enamorada nos unió. Éramos muy jóvenes. —Rose suspiró—. Creíamos en el amor romántico. Y como Michael y la duquesa habían sido unidos y luego separados, sin posibilidad de un futuro juntos, la situación resultaba aún más desgarradora.

—¿Se vieron después de que él dejara de trabajar para la casa real?

—Solo una vez. La duquesa estaba muy preocupada por la seguridad de Michael, sobre todo cuando se descubrió su secreto.

—¿Alguien se enteró del idilio?

Los ojos de Rose chispearon.

—Ya lo creo, querida. Más de uno.

—¿Fue entonces cuando Michael O'Connell fue enviado a Irlanda y recluido en la casa guardacostas?

—Sí. ¿Lo ve? —Rose esbozó una sonrisa de aprobación—. Ya conoce casi toda la historia. Un día, la duquesa acudió a mí llorando y me contó que Michael le había escrito para explicarle que lo enviaban a Irlanda. Él no quería poner en peligro la delicada posición de la duquesa, así que pensó que lo mejor era aceptar y abandonar el país, como ellos querían que hiciera. Por supuesto —enarcó las cejas—, el plan era que nunca volviera.

—¿Qué quiere decir?

—¿No ve que era perfecto para ellos que Michael regresara a Irlanda? Guardaba un extraordinario parecido con el duque de York, y recuerde que acababa de tener lugar la partición del país. Los irlandeses odiaban a los ingleses. Solo tenían que hacer correr la voz de que había un miembro de la familia real británica alojado en la región; lo demás iría solo. Era la «cabellera» perfecta para el Movimiento Republicado Irlandés.

—¿Me está diciendo que la clase dirigente lo quería muerto?

—Por supuesto. Dadas las circunstancias, era de vital importancia deshacerse de Michael para siempre. Pero tenían que hacerlo con discreción y presentárselo a la duquesa de una manera que no levantara sus sospechas. Nadie sabía muy bien cómo iba a reaccionar dado su… —Rose se refrenó— estado de ánimo en aquel momento.

—¿Qué ocurrió entonces?

—La persona que salvó a Michael de una muerte segura fue su amante irlandesa. Niamh, creo que se llamaba. La conoció cuando fue a limpiarle la casa. Por lo visto, una noche la chica oyó a su padre, un republicano acérrimo, elaborar un plan para matar a Michael. Así que entre los dos, Niamh y Michael, organizaron su huida a Inglaterra a bordo de un barco algodonero.

—Sé quién era la chica. Conocí a su hermana Ciara en Rosscarbery. Niamh Deasy murió después de dar a luz. También el bebé —añadió Joanna.

—Señor. —A Rose se le humedecieron los ojos. Se sacó un pañuelo de la manga para enjugarse las lágrimas—. Otra muerte trágica en esta retorcida telaraña de engaños. Michael siempre se preguntó qué habría sido de ella después de que él huyera de Irlanda. Esperaba que la chica lo siguiera a Inglaterra, pero, por razones obvias, no podía escribirle para preguntarle cuándo lo haría, ni contarle por carta dónde estaba. La chica nunca vino y ahora sé por qué. Michael la apreciaba mucho, aunque dudo que fuera amor. Sin embargo, nunca le oí mencionar lo del niño.

—Quizá no lo supiera —caviló Joanna—. Puede que Niamh nunca se lo dijera.

—Y puede que ella tampoco lo supiera hasta que le creció la barriga —suspiró Rose—. En aquellos tiempos éramos mucho más inocentes que ahora. A las chicas no nos enseñaban nada sobre la vida. Y aún menos a las católicas.

—Pobre Niamh, y su bebé. Era tan inocente… No tenía ni idea de lo complejo que era el hombre del que se había enamorado. Continúe, por favor —instó Joanna.

—Bien, el caso es que Michael regresó a Londres y consiguió ponerse en contacto con la duquesa. Se vieron en mi casa londinense. Michael le contó que habían maquinado su muerte. La duquesa, por supuesto, montó en cólera. Después de pasarse la noche en vela pensando en cómo proteger a Michael, vino a verme. Cuando me contó lo que tenía planeado hacer, le dije que si llegaba a descubrirse pondría a su familia, y a ella misma, en una situación sumamente comprometedora, pero no le importaba. Tenía que impedir como fuera que hicieran daño a Michael O'Connell. Después de todo, no había nadie más para protegerlo. Michael había sido utilizado y luego desechado. Y ella quería, ya fuera por amor o por escrúpulos, hacer lo correcto.

—¿Qué fue lo que hizo?

—La duquesa escribió otra carta a Michael, que yo le entregué personalmente en su hostal, escondida de la manera habitual.

—Entiendo. —Joanna se esforzaba por encajar cada hecho a medida que Rose hablaba—. Y Michael O'Connell utilizó lo que fuera que ponía en esa carta para comprar su seguridad. ¿Una nueva identidad, una casa y un futuro brillante?

—Bingo, jovencita. Dudo mucho que Michael hubiera pedido algo si no hubieran intentado deshacerse de él. Nunca fue un hombre codicioso. Pero —Rose suspiró—, pensó que cuanto más célebre fuera, más a salvo estaría. Además, se merecía el éxito que alcanzó. Después de todo, había sacado adelante una de las interpretaciones más difíciles del siglo xx.

—Es cierto. Y supongo que es mucho más fácil asesinar a un don nadie que a un actor rico y famoso. Usted conocía bien a Michael.

—Así es, y creo que le ayudé todo lo que pude. Michael era un buen hombre. En fin, después de eso las cosas parecieron tranquilizarse. La duquesa aceptó que Michael se había ido, que había hecho cuanto estaba en su mano para protegerlo. Y el duque auténtico y ella reanudaron su relación.

—Confieso que eso es lo que más desconcertada me ha tenido estos últimos días —comentó Joanna—. El matrimonio del duque y la duquesa siempre fue visto como uno de los mejor avenidos de la monarquía.

—Y creo que lo fue. Existen diferentes tipos de amor, señorita Haslam. La relación entre Michael y la duquesa fue lo que podría llamarse un idilio breve, pero apasionado. Nunca sabremos qué habría pasado si se hubiese alargado más allá de aquellos pocos meses. Lo que está claro es que una vez que la duquesa supo que Michael estaba a salvo, apoyó al duque de forma incondicional durante los difíciles tiempos que siguieron. Y no volvió a mencionar el nombre de Michael.

—Cuando más tarde se hizo famoso como James Harrison, sus caminos debieron de cruzarse más de una vez, ¿no?

—Sí, pero, por fortuna, para entonces él ya había conocido a Grace. Yo ya la conocía, porque nos presentaron juntas en la corte. Siempre estuvo como una cabra, pero James cayó rendido a sus pies.

—Entonces, ¿fue un matrimonio por amor?

—Por completo. Se adoraban. Grace necesitaba a James para que la protegiera de un mundo en el que nunca se había sentido cómoda.

—¿A qué se refiere?

—Como he dicho, Grace White era emocionalmente inestable. Siempre lo había sido. Si no hubiese pertenecido a la aristocracia, hacía años que la habrían ingresado en un manicomio. Sus padres estuvieron encantados de quitársela de encima. Sin embargo, Grace pareció florecer con James. Su amor suavizó los rasgos de su personalidad algo desequilibrados. Tuvieron un hijo, Charles, y todo les iba bien hasta que… el rey abdicó.

—Claro. El duque se convirtió en rey y la duquesa, en reina. Y supongo que entonces pasó a ser aún más importante que el idilio jamás saliera a la luz.

—En efecto, querida. La confianza en la familia real había tocado fondo. El anterior rey había hecho algo inimaginable al renunciar al trono de Inglaterra para casarse con una americana.

—Lo que quería decir que su hermano, el duque de York, debía sucederle —caviló Joanna.

—Exacto. Aunque para entonces yo estaba casada con François y vivía en Francia, la conmoción se sintió también allí. Ni al duque ni a la duquesa se les había pasado jamás por la cabeza que pudieran ser coronados rey y reina de Inglaterra. Y lo que es más importante, tampoco a los que trabajaban entre bambalinas y sabían qué había pasado diez años atrás.

—¿Qué hicieron entonces?

—¿Recuerda al caballero de la silla de ruedas que asustó tanto a Grace en el funeral en memoria de sir James?

—¿Cómo iba a olvidarlo? —Joanna se acordaba de los ojos gélidos que habían recorrido a Grace cuando salían de la iglesia.

—Era un miembro de alto rango del Servicio Secreto de Inteligencia Británico. Su cometido en aquel entonces era proteger a la familia real. Fue a casa de James y le exigió que, por el bien del futuro de la monarquía, le entregara la carta que le había escrito la duquesa. James, como es lógico, se negó. Sabía que sin la carta quedaría desprotegido. Por desgracia, Grace tenía la oreja pegada detrás de la puerta y escuchó la conversación.

—Dios mío.

—La cosa no habría sido tan grave si ella no hubiera tenido un carácter tan neurótico y dependiente, pero se sintió traicionada por el único ser humano en el que había depositado toda su confianza. Era una prueba irrefutable de que su marido había tenido una aventura amorosa, y sin duda intensa, con otra mujer. Una mujer con la que Grace jamás podría competir. Le acusó de tener secretos, de que seguía enamorado de la duquesa. Tenga en cuenta que no estamos hablando de una mujer juiciosa. Este descubrimiento la trastornó por completo. Siempre le había gustado beber, y empezó a hacer comentarios ebrios en público acerca de un secreto que había que mantener oculto a toda costa. Con el tiempo, Grace se convirtió en un lastre.

—Qué horror. ¿Qué hizo James?

—Más tarde me contó que Grace se había puesto como una fiera después de escuchar la conversación. Se enfrentó a él y le exigió que le enseñara la carta. Cuando James se negó, Grace puso la casa patas arriba buscándola, así que James hizo lo único que podía hacer y sacó una de las cartas que le había enviado la duquesa. Por supuesto, no era la carta que querían recuperar los de arriba.

—Pero Grace creía que sí.

—Exacto.

—¿Esa carta era la que Grace me envió?

—Sí. —Rose suspiró—. La carta no decía nada comprometedor, pero Grace no debía saber eso. Se negó a devolverle la carta a James y dijo que se la quedaría como prueba de su infidelidad. Esa carta permaneció con ella el resto de su vida. Dónde la escondió cuando estaba en el sanatorio sigue siendo un misterio para mí, pero antes de partir a Inglaterra, el pasado noviembre, me la enseñó.

—¡Pero James tuvo esa aventura amorosa años antes de conocer a Grace!

—Lo sé, querida, pero, como he dicho, Grace se había trastornado. James me escribió a Francia para confiarme sus temores, pues sabía que yo era amiga de Grace y una de las pocas personas que conocían la verdad. Él era consciente de que nuestro amigo de la silla de ruedas y sus secuaces no tardarían en enterarse de que Grace estaba al tanto de la historia y de su conducta indiscreta. Para entonces, Grace también había intentado suicidarse y había culpado de ello a James por su aventura con la duquesa. James sabía muy bien hasta dónde podían llegar los de arriba y de que ni siquiera la carta que escondía salvaría a una mujer que podía levantar la liebre, de modo que decidió actuar antes de que lo hicieran ellos.

—¿Cómo consiguió apartar a Grace del peligro?

—Se la llevó a Francia. Se alojaron un tiempo en mi casa y luego James realizó las gestiones necesarias para ingresarla en una institución agradable cerca de Berna, en Suiza. Estoy segura de que hoy día a la pobrecilla le habrían diagnosticado un trastorno bipolar o algo parecido, pero le aseguro que en aquel entonces era la mejor solución para ella. Allí la conocían como «Rose White» porque James la inscribió con su segundo nombre. Unos meses más tarde, comunicó a todo el mundo en Inglaterra que Grace se había quitado la vida cuando estaba de vacaciones conmigo, su mejor amiga. Para entonces, casi todo Londres estaba al tanto de la inestabilidad de Grace, por lo que la historia resultaba verosímil. Celebramos un funeral en París con un ataúd vacío. —Rose dejó la mirada perdida—. Déjeme decirle, querida, que para James fue como si Grace hubiera estado allí. Nunca he visto a un hombre tan abatido. James sabía que, por la seguridad de su esposa, jamás podría volver a verla.

—Dios mío… —Joanna meneó la cabeza con pesar—. No me extraña que James no volviera a casarse. Su esposa seguía viva.

—Cierto, pero nadie más lo sabía. Entonces estalló la guerra. Los alemanes invadieron Francia y mi marido y yo nos trasladamos a nuestra casa de Suiza. Estaba cerca del sanatorio y yo iba a ver a Grace siempre que podía. Ella despotricaba, me preguntaba dónde estaba James y me suplicaba una y otra vez que la llevara a casa. Mi marido y yo confiábamos en que, por su propio bien, le fallara la salud, porque aquello no era vida, pero Grace era fuerte como un toro, al menos físicamente.

—¿Pasó todos esos años en la institución suiza?

—Sí. Y reconozco que dejé de ir a verla tan a menudo como antes porque no parecía que sirviera de nada. Además, las visitas me afectaban mucho. Entonces, hace siete años recibí una carta de uno de los médicos de la institución para pedirme que fuera a verlo. Cuando llegué, me dijo que Grace había mejorado. Mi teoría es que, gracias a todos los avances en sanidad, habían encontrado un medicamento que conseguía estabilizarla. Tal era su mejora que sugirieron que estaba lo bastante bien como para recibir el alta. Confieso que tenía mis dudas, pero cuando fui a verla y hablé con ella comprobé que, en efecto, estaba mejor. Podía hablar con lucidez sobre el pasado y lo que había ocurrido. Me suplicó que la ayudara a disfrutar al menos de los últimos años que le quedaban de vida en un entorno mínimamente normal. —Rose encogió los hombros con elegancia—. ¿Qué podía hacer? Mi querido marido había muerto hacía unos meses y yo vivía sola en un castillo enorme. Así pues, decidí comprar una casa más pequeña y llevarme a Grace a vivir conmigo. Acordamos con el médico que si sufría un retroceso, regresaría de inmediato a la institución.

—¿Cómo pudo enfrentarse al mundo exterior después de tantos años encerrada? —musitó Joanna, más para sí que para Rose.

—Grace estaba encantada con todo. El mero hecho de decidir qué iba a desayunar y cuándo le hacía una tremenda ilusión. La pobrecilla había recuperado la libertad, después de tantos años.

Joanna sonrió.

—Sí.

—Así que emprendimos una vida juntas, dos ancianas que agradecían la compañía de la otra y que compartían un pasado que las unía estrechamente. Entonces, hace un año más o menos, Grace empezó a desarrollar una tos que no había manera de hacer que desapareciera. Tardé meses en convencerla de que fuera al médico, imagínese el miedo que les tenía. Las pruebas revelaron que tenía cáncer de pulmón. El doctor, como es lógico, quería hospitalizarla y operarla, pero puede hacerse una idea de cuál fue la reacción de Grace. Se negó en redondo. Creo que esa fue la parte más trágica de toda la historia. Después de tantos años de reclusión, cuando por fin encuentra un poco de paz y felicidad, le dicen que solo le queda un año de vida. —Rose buscó su pañuelo y se secó los ojos—. Lo siento, querida, todavía la tengo muy presente. La echo mucho de menos.

—Es natural.

Joanna observó cómo Rose recobraba la compostura antes de proseguir.

—Al cabo de unos meses, Grace vio el artículo sobre el fallecimiento de James en el *Times* y se le metió en la cabeza que quería volver a Inglaterra. Sabía que eso la mataría, porque para entonces estaba muy enferma.

—Lo sé, y tendría que haber visto la mugre en la que vivía. ¿Qué demonios había en esas cajas de madera?

El comentario hizo sonreír a Rose.

—Su vida, querida. Le encantaba acumular. Robaba cucharas de los restaurantes, papel higiénico y jabón de los tocadores, incluso escondía comida de nuestra cocina debajo de la cama de su habitación. Quizá se debiera a las privaciones que había padecido en el sanatorio, pero el caso es que lo guardaba todo. Cuando se marchó de Francia, insistió en llevarse consigo las cajas de madera. Cuando me despedí de ella… supe que no volvería a verla. Pero comprendía que sintiera que no tenía nada que perder.

Joanna observó a Rose hundirse un poco más en la butaca conforme la pena la embargaba. Por la manera patente en que su energía estaba menguando, comprendió que era ahora o nunca.

—Rose, ¿sabe dónde está la carta?

—No puedo seguir hablando hasta que haya comido como es debido. Llamaremos al servicio de habitaciones —decretó Rose—. Sea buena y páseme el menú, ¿quiere?

Joanna obedeció, consciente de que aún eran muchas las preguntas que quería hacerle. Se instó a hacer acopio de paciencia mientras Rose buscaba las gafas en el bolso y estudiaba el menú con detenimiento. La anciana se levantó con dificultad y se acercó al teléfono que había junto a la cama.

—Hola. ¿Pueden subir dos solomillos poco hechos con salsa bearnesa y una botella de Côte-Rôtie. Gracias. —Colgó y sonrió a Joanna antes de dar una palmada como una niña con zapatos nuevos—. Ah, adoro la comida de los hoteles, ¿usted no?

Si era posible pasear mentalmente de un lado a otro sin moverse de una silla de ruedas, el anciano estaba haciendo justo eso. No estaba detrás de su mesa; de hecho, rodó hacia Simon cuando este abrió la puerta, reconfortado por la presencia del único ser humano con quién podía compartir su zozobra.

—¿Alguna novedad?

—No, señor. Lo intentaremos de nuevo mañana.

—¡Mañana podría ser demasiado tarde, maldita sea! —estalló.

—¿Tampoco usted tiene noticias de Haslam o de Alec O'Farrell? —le preguntó Simon.

—Tenemos una pista sobre el paradero de O'Farrell que están siguiendo mientras hablamos. Mi apuesta es que deben de estar escondidos en algún hotel, probablemente planeando la venta del siglo para su sórdido culebrón. Al menos no hay duda de que siguen en el país. He tenido a toda mi gente peinando las listas de pasajeros en aeropuertos y terminales de ferris. A no ser, claro está, que hayan salido con pasaporte falso. —El anciano suspiró.

—¿Qué hay de nuestra «mensajera»? ¿Rose Le Blanc, de soltera Fitzgerald?

—Ningún vuelo a Inglaterra ha confirmado la presencia de una pasajera con ese nombre, aunque eso tampoco quiere decir nada, por supuesto. Puede haber entrado en coche o en tren. Si está aquí, la encontraremos, pero si Haslam llega a ella primero… ¡Dios! Estoy seguro de que madame Le Blanc sabe dónde está esa maldita carta.

—Señor, mientras no la tengan materialmente en sus manos, carecen de pruebas.

El anciano no parecía estar escuchando.

—Siempre he sabido que esto acabaría mal, que el muy insensato nunca nos la daría. ¡Ese demonio incluso recibió la orden de caballero basada en su promesa!

—Señor, creo que debería ampliar la red y explicar a otros agentes qué es lo que están buscando.

—¡No! Han de trabajar a ciegas. No podemos arriesgarnos a que se produzcan más filtraciones. Dependo de usted, Warburton. Quiero que siga exactamente donde está. Siempre he tenido la intuición de que si esa carta está en algún lado, es en una de las casas de los Harrison. Si Haslam descubre dónde, irá a por ella. Las dos viviendas se encuentran bajo estricta vigilancia. Si Haslam aparece, habrá que tomar medidas. No permita, bajo ningún concepto, que las emociones le nublen el juicio. Si no se ve capaz de terminar el trabajo, dígamelo ahora.

Simon hizo una pausa antes de contestar.

—No, señor, puedo hacerlo.

—Espero que entienda que si no lo hace usted, lo hará otro.

—Sí, señor.

El anciano se volvió hacia la ventana para contemplar el río. Tras un largo silencio, suspiró hondo.

—Debe comprender que si esto sale a la luz, será el final de la monarquía. Buenas noches, Warburton.

Devorada por el suspense, Joanna observaba a Rose masticar con angustiosa lentitud cada bocado de su plato. Ella había engullido su solomillo sin apreciar siquiera el sabor, pero sabía que necesitaba comer.

Por fin, la anciana se limpió los labios con la servilleta.

—Mucho mejor. ¿Qué tal una taza de café mientras charlamos, querida?

Joanna procuró controlar su frustración y llamó de nuevo al servicio de habitaciones.

Cuando llegó el café, Rose reanudo su narración.

—Todo el mundo sabe que los miembros de la realeza han tenido amantes desde los mismísimos orígenes de la monarquía. El hecho de que la duquesa de York se enamorara del doble de su marido no era lo que el palacio habría deseado, desde luego, pero podían manejarlo. Incluso el hecho de que ella insistiera en escribirle peligrosas cartas de amor, una de las cuales usted misma vio, podía contenerse. Por entonces no se barajaba siquiera la posibilidad de que los duques llegaran a ser reyes. —Rose hizo una pausa y esbozó una sonrisa—. Irónicamente, la historia cambió de la noche a la mañana por la fuerza más simple y sin embargo más poderosa del mundo.

—El amor.

—Sí, querida, el amor.

—Y la duquesa se convirtió en reina.

Rose asintió y bebió un sorbo de café.

—Por tanto, Joanna, pregúntese, ¿qué pudo haber sucedido entre Michael O'Connell y la duquesa de York para que se convirtiera en el secreto mejor guardado del siglo xx? ¿Y qué pasaría si la prueba de ese secreto estuviera en una simple carta? ¿Escrita a propósito por una mujer que, llevada por la pasión, deseaba salvar a su amante? ¿Escondida luego en algún lugar y utilizada por James como su único medio de protección contra el vasto arsenal de quienes lo querían y necesitaban muerto?

Joanna buscó la respuesta en el aire, luego paseó la mirada por la habitación. El murmullo del tráfico procedente de la calle se apagó de golpe cuando al fin comprendió.

—¡Dios mío! ¡No puede ser!

—Sí puede ser. —Esta vez fue Rose quien le sirvió un whisky a una Joanna conmocionada y temblorosa—. Nunca se le ocurra decir que yo se lo conté. Usted lo adivinó. —Meneó la cabeza—. Solo he visto esa expresión de pasmo en otra cara, y fue cuando le confirmé a Grace lo que había escuchado a través de la puerta del estudio de Welbeck Street.

—¿No habría sido mejor mentirle? ¿Hacerle creer que lo había entendido mal? Dios mío. —Joanna bebió un trago de whisky—. Me considero una persona muy cuerda, pero ahora que por fin he descubierto la verdad… no puedo ni hablar.

—Lo entiendo. Y sí, barajé la posibilidad de intentar convencer a Grace de que estaba equivocada, pero sabía que no lo dejaría ahí. Existía una probabilidad de que fuera a ver al hombre con el que había oído hablar a James aquel día en el estudio. Un hombre que más tarde se convertiría en sir Henry Scott-Thomas, jefe del MI5. Un hombre capaz de destruir a Grace y a James si descubría que ella lo sabía. Un hombre que más tarde quedó paralítico de cintura para abajo al caerse de un caballo.

—El hombre de la silla de ruedas… —Joanna sintió que se le helaba el cerebro. Buscó entre la neblina el resto de las preguntas que debía formular.

—¿La carta… confirma eso sobre lo que… acabamos de hablar? —Joanna no fue capaz de pronunciar las palabras.

—Es posible, aunque ya estaba escondida dentro del paquete cuando lo entregué. No obstante, si mantuvo a James vivo todos estos años y le permitió amasar fama y fortuna delante de las narices de quienes lo querían muerto, entonces sí, creo que sí.

—¿Por qué nunca fueron a por usted? Después de todo, era la persona que entregaba las cartas.

—Para entonces ya estaba prometida a mi adorado François y había abandonado el palacio. Justo después de entregar el paquete, me casé y me marché al Loira. Nadie supo nunca que estuve involucrada en el asunto. —Rose rio entre dientes—. La duquesa fue muy astuta, hasta que llegó un momento en que ya no pudo mantener oculto su secreto.

Joanna cayó de pronto en la cuenta de que hacía tan solo dos semanas le había dicho a Simon el nombre de la «mensajera» en Yorkshire.

—¡Rose, corre usted un terrible peligro! Hace poco mencioné su nombre. Dios mío, cuánto lo siento. —Joanna se levantó—. Ha muerto mucha gente ya. Nada los detendrá… ¡tiene que irse ahora mismo!

—Estoy a salvo, querida, al menos por el momento. Después de todo, soy la única persona que sabe dónde está la carta. Además, mis documentos de identidad falsos de la Segunda Guerra Mundial han demostrado ser una bendición después de todos estos años. François pagó una buena suma a un experto para asegurar que se nos conociera como *madame* y *monsieur* Leroy, ciudadanos suizos. Mi marido tenía algo de sangre judía por parte de madre. Siempre he guardado un pasaporte con ese nombre, por si las moscas. François insistía en ello. —Rose esbozó una pequeña sonrisa—. Y así es como entré en el país y como me conocen en este hotel.

Joanna miró con admiración a esa extraordinaria mujer que había guardado el secreto tanto tiempo y que estaba poniendo en peligro su vida por amor a su vieja amiga.

—Antes ha mencionado que entregó un paquete en lugar de una carta.

—Correcto.

—¿Qué había dentro del paquete?

—Caramba. —Rose bostezó—. Me está entrando mucho sueño. Bien, el caso es que el contenido de las cartas era muy delicado, sobre todo de esta en particular. Si hubiesen caído en las manos equivocadas, podría haber sido desastroso. Así que la duquesa ideó una manera muy ingeniosa de ocultarlas.

—¿Cuál?

—Usted vio la carta que le envió Grace. Aunque estaba vieja, ¿no notó nada extraño?

Joanna lo meditó.

—Eh… sí, si no recuerdo mal, tenía unos agujeritos minúsculos alrededor de los márgenes.

Rose asintió con aprobación.

—Me temo que se nos está acabando el tiempo, así que será mejor que la ayude con la última pieza del rompecabezas. Recuerde que solo estoy haciendo esto por la pobre Grace.

—Claro. —Joanna asintió, cansada.

—La duquesa tenía dos pasiones en la vida. Una era el cultivo de las maravillosas rosas que había en sus jardines. La otra, los bordados. —Rose observó a Joanna, que la miró a su vez sin entender—. Bien, hace rato que debería estar en la cama. Tengo previsto marcharme en breve a Estados Unidos para pasar una temporada en casa de unos amigos, hasta que pase la tormenta. He pensado que es mejor que desaparezca unos meses, hasta que las cosas se calmen.

—¡Rose, por favor, no me haga esto! ¡Dígame dónde está la carta! —le suplicó Joanna.

—Querida, acabo de decírselo. Lo único que tiene que hacer ahora es utilizar esa rápida cabeza y esos ojos tan bonitos.

Joanna comprendió que no tenía sentido insistir.

—¿Volveré a verla?

—Lo dudo. —Los ojos de Rose chispearon—. Estoy segura de que la encontrará.

—¡No la encontraré! Rosas, bordados…

—Exacto, querida. Me iré de Inglaterra en cuanto dé con ella. ¿De verdad piensa publicarla y, como dicen, condenarse?

—Esa es mi intención, sí. Mucha gente ha muerto por su causa. Y… se lo debo a alguien. —Los ojos de Joanna se llenaron de lágrimas.

—¿Alguien a quién amaba?

—Eh… sí —suspiró—, pero murió intentando salvarme la vida. Y todo por culpa de esa carta.

—No hay más que hablar, entonces. El amor nos empuja a tomar las decisiones más imprudentes, y a menudo erróneas, como ya ha visto.

—Sí.

Rose se levantó y posó una mano amable en el hombro de Joanna.

—Lo dejo a su conciencia y al destino. Adiós, querida. Si vive para contar esta historia, no hay duda de que dejará su huella en el mundo, sea la que sea. No la acompaño, si no le importa.

Rose se encaminó al dormitorio y cerró la puerta tras de sí.

Final

*Fase de la partida en la que
quedan pocas piezas en el tablero*

40

—Hola, Simon —saludó Zoe cuando su guardaespaldas apareció al día siguiente en la cocina de Welbeck Street.

—Hola. ¿Todo bien?

—Sí. —Zoe pensó que parecía tenso y nervioso—. ¿Se ha ido la señorita Burrows, ahora que has vuelto?

—Sí, se fue en cuanto llegué. Digamos que no me apetecía compartir la habitación con ella.

—Ya. —Zoe hundió el dedo en la salsa que estaba removiendo en el fogón—. Es una chica atractiva.

—No es mi tipo, me temo —respondió lacónico mientras vertía café soluble y agua caliente en una taza—. ¿Qué estás cocinando?

—¿Qué se cocina para un príncipe? —suspiró Zoe—. Me he decantado por mi plato básico de todas las cenas: solomillo Strogonoff. No es langosta Thermidor, pero tendrá que conformarse.

—¡Tu cena de esta noche! Lo había olvidado.

—Art me llamó ayer. Dijo que te esperará en Sandringham a media tarde para que lo traigas. Le dejé un mensaje a Joanna para pedirle que esté aquí a las ocho. Por desgracia, dos amigos han cancelado su asistencia, así que solo seremos nosotros tres.

A Simon se le paró un segundo el corazón.

—¿Viene Joanna?

—Sí, aunque no ha respondido a mi mensaje. Nos hemos hecho muy amigas y me gustaría saber qué piensa de Art.

—¿No crees que deberías llamarla otra vez para asegurarte?

—Supongo que sí. —Zoe se secó las manos en el delantal—. Sigue removiendo, ¿quieres?

Regresó minutos más tarde.

—Me sale el contestador —dijo mientras veía a Simon rebuscar en los armarios.

Simon se volvió hacia ella con una botellita en la mano.

—Añade un poco de tabasco, le dará chispa a la salsa.

Más tarde, ese mismo día, Simon recibió una llamada en el móvil.

—Hemos localizado a O'Farrell. Sabía que no podría pasar mucho tiempo sin su whisky. Firmó una compra con tarjeta en una licorería de los Docklands.

—Bien.

—Hemos investigado a sus conocidos, por lo visto tiene un colega periodista en Estados Unidos que es propietario de un piso que está cerca de la licorería. Mis hombres han comprobado que hay alguien dentro de la vivienda y lo están vigilando. Si O'Farrell se conecta para enviar la historia, podremos detenerlo al instante.

—¿Y Haslam?

—Ni rastro.

—La señorita Harrison ha invitado a Haslam a cenar aquí esta noche, pero no creo que venga. Sería meterse en la boca del lobo. ¿Sigo aquí por el momento?

—Sí. Si no surgen novedades, vaya a recoger a Su Alteza a Norfolk, tal como han acordado. Burrows le sustituirá durante su ausencia. Asegúrese de que tanto ella como usted vayan armados, Warburton. Le llamaré más tarde.

Justo antes de las cinco, Simon detuvo el coche delante de la hermosa y apartada casa situada en la finca de Sandringham. Abrió la portezuela, bajó y vio que el mayordomo ya estaba en la puerta.

—Me temo que Su Alteza Real se retrasará un poco. Ha sugerido que aguarde dentro con una taza de té.

—Gracias. —Simon siguió al mayordomo por un pasillo hasta una sala de estar pequeña pero suntuosa.

—¿Earl Grey o Darjeeling?

—Me da igual.

—Muy bien, señor.

El mayordomo lo dejó solo y Simon se paseó por la estancia preguntándose por qué el duque tenía que retrasarse precisamente hoy. Cada segundo que pasaba fuera de la casa de Welbeck Street aumentaba un poco más su nerviosismo.

El mayordomo le sirvió el té y se marchó de nuevo. Simon se lo bebió sin dejar de pasearse distraído por la estancia. Hasta que algo que colgaba inocentemente de la pared, entre otros muchos cuadros, a buen seguro de gran valor, atrajo su atención. Se parecía a algo que había visto hacía poco. Se acercó para examinarlo y la mano que sostenía su taza empezó a temblar.

Estaba casi convencido de que era idéntico, hasta el último detalle.

Sacó el móvil para hacer una llamada, pero en ese momento llegó el mayordomo.

—Su Alteza Real está listo para partir.

Le retiró la taza con firmeza y lo acompañó a la puerta.

Desde su posición dentro de la cabina telefónica situada al otro lado de Welbeck Street, Joanna marcó un número de móvil.

—¿Steve? Soy Jo. No me preguntes dónde estoy, pero si quieres una buena instantánea, vete pitando a casa de Zoe Harrison. El duque está a punto de llegar. ¡Sí, de verdad! Ah, y hay una puerta trasera, por si quieres una foto del interior, aunque tendrás que saltar algunos muros para llegar a ella. Luego aguarda delante de la casa hasta que te llame. Adiós.

Marcó otro número, y otro más, hasta que hubo informado a la sección gráfica de cada periódico de Londres sobre el paradero del príncipe Arthur, duque de York. Ahora ya solo le quedaba esperar a que llegaran.

Uno de los fotógrafos atisbó el coche en cuanto Simon dobló por Welbeck Street, justo antes de las ocho.

—¡Maldita sea! —farfulló el duque al ver el aluvión de cámaras apostadas frente a la casa de Zoe.

—¿Quiere Su Alteza que pase de largo?

—Un poco tarde para eso, ¿no cree? Vamos allá, acabemos con esto.

Joanna vio que la portezuela del Jaguar se abría y que los fotógrafos se agolpaban alrededor del vehículo. Cruzó corriendo la calle, se metió dentro del gentío y emergió justo delante de Simon y el duque. Tal como esperaba, la puerta se abrió como por arte de magia y Joanna irrumpió en el recibidor.

—¡Jo! ¡Al final has podido venir! —la saludó Zoe distraída, sin dejar de mirar nerviosa a Art mientras Simon cerraba la puerta y corría el pestillo.

—Sí —resopló Joanna, quitándose el sombrero de fieltro y sacudiendo la melena—. Vaya follón se ha montado ahí fuera.

—Qué vestido tan bonito. Hasta ahora solo te había visto con tejanos.

—Porque solo llevo tejanos, pero esta noche me he esmerado por ti.

—Y esas gafas te favorecen. Pareces otra persona.

—Me alegro —respondió Joanna, y lo decía en serio.

Zoe la besó en la mejilla y dirigió su atención a Art, que estaba detrás de Joanna.

—Hola, cariño, ¿cómo estás? —dijo antes de que los cuatro se sobresaltaran cuando el buzón se abrió y el extremo de un objetivo asomó por la rendija. Simon lo cerró con fuerza y se oyó un gratificante crujido de plástico cuando la cámara reculó.

—Sugiero que pasen todos al salón. Deme unos segundos para cerrar las cortinas —le pidió Simon al contrariado príncipe.

—Gracias, Warburton. —Art lo siguió por el pasillo mientras Zoe posaba una mano en el brazo de Joanna.

—Enseguida te presento formalmente a Art —le susurró.

—¿Hago una reverencia? ¿Cómo le llamo?

Zoe contuvo la risa.

—Solo sé tú misma. Y él ya te hará saber cómo has de llamarle. Aunque será mejor que no menciones que eres periodista —añadió con un deje sarcástico.

—Entendido. Esta noche seré cuidadora canina —propuso Joanna mientras ponían rumbo al salón. Al llegar a la puerta se volvió hacia Zoe—. Perdona, he de ir un momento al lavabo. —Y corrió escaleras arriba antes de que su amiga pudiera responder.

—Simon, ¿te importaría traer el champán? —pidió Zoe cuando este salía del salón—. Está en la cocina, dentro de la cubitera.

—Claro.

Simon entró en la cocina, cogió el champán y lo dejó sobre la mesa del salón.

—Les dejaré solos. —Abandonó el salón y subió las escaleras de dos en dos.

Monica Burrows le esperaba en la primera planta.

—Haslam está aquí —susurró—. Acabo de verla en la habitación del chico. Cuando me vio, se metió en el cuarto de baño.

—Bien, déjamela a mí. Baja y haz guardia junto a la puerta de entrada.

—De acuerdo. Grita si me necesitas.

Simon observó a Monica correr escaleras abajo. Acto seguido, se colocó delante de la puerta del cuarto de baño para esperar a Joanna.

Un grito de Zoe retumbó en toda la casa.

—¡Simon! —aulló—. ¡En la cocina!

—¡Warburton! —La voz del duque se sumó a la de Zoe.

Simon bajó como una bala los dos tramos de escalera, cruzó el pasillo e irrumpió en la cocina.

—¡Sácalo de aquí! —gritó Zoe, que miraba horrorizada al hombre que estaba apostado en la puerta de atrás, haciendo fotos incluso mientras Simon lo reducía contra el suelo y le arrebataba la cámara.

—Solo estoy haciendo mi trabajo, tío. —El hombre hizo una mueca de dolor cuando Simon le devolvió la cámara sin el carrete y lo arrastró por la casa hasta la puerta principal. Le sacó la cartera del bolsillo del tejano y anotó el nombre de su permiso de conducir.

—Será acusado de allanamiento de morada. Ahora, largo de aquí. —Simon abrió la puerta, echó al fotógrafo y cerró con un portazo.

El duque estaba en la cocina tratando de tranquilizar a una temblorosa Zoe.

—¿Estás bien? —le preguntó.

—Sí. La culpa es mía. No cerré con llave la puerta de atrás.

—En absoluto. La seguridad es responsabilidad de Warburton. Ha sido lamentable.

—Le pido disculpas, señor.

—Art, no le culpes a él. Simon siempre me está recordando que he de cerrar todas las puertas con llave. Su trabajo es impecable y no sé qué haría sin él —respondió Zoe a la defensiva.

—¡Ya lo creo! Eres un tipo fantástico, Simon, ¿a que sí? —intervino Joanna, que acababa de entrar en la cocina.

Simon se dio la vuelta y supo al instante que Joanna la había encontrado.

—Bien, me gustaría que nos calmáramos y continuáramos con la velada —pidió, irritado, el duque—. Le llamaremos si le necesitamos, Warburton, ¿de acuerdo?

—Sí, señor.

Simon salió de la cocina y subió a la habitación de Jamie. Tal como esperaba, había desaparecido. Entró en el cuarto de baño y vio el marco vacío en la papelera. La canción de cuna exquisitamente bordada que había permanecido dentro del cristal todos esos años, guardando inocente un gran secreto, ya no estaba.

—Nos vamos todos a pique —farfulló. Luego salió del servicio y subió a su habitación.

Sacó rápidamente el móvil y marcó un número.

—Haslam está aquí, señor, y la tiene.

—¿Dónde está?

—Abajo, disfrutando de una agradable velada con el tercero en la sucesión al trono. No podemos tocarla y lo sabe.

—Nos hemos asegurado de que O'Farrell no pueda ayudarla. Encontramos el artículo en su ordenador. Solo estaba esperando la carta. Y tenemos Welbeck Street rodeada. Esta vez no podrá escapar.

—No, pero ahora mismo, con Su Alteza en la casa, poco podemos hacer.

—Entonces hay que sacarlo de ahí cuanto antes.

—Sí, señor. Y si me lo permite, tengo una idea.

—Dispare.

Simon se la contó.

—Esta noche ha quedado demostrado lo que yo ya sabía. Zoe, no puedes seguir viviendo aquí. Te mudarás al palacio de inmediato, al menos allí estarás a salvo. —Art juntó el cuchillo y el tenedor—. Estaba delicioso, por cierto. Ahora, si me disculpan, señoritas, he de ir al baño.

Joanna y Zoe lo observaron salir del salón.

—Bien, ¿qué te parece? —preguntó Zoe.

—¿Qué me parece qué?

—¡Art, por supuesto! Estás muy tensa esta noche, Jo. Apenas has abierto la boca durante la cena. ¿Estás bien?

—Sí, perdona; solo un poco cansada, nada más. Creo que tu príncipe es… muy agradable.

—¿En serio? No pareces muy convencida. —Zoe frunció el ceño.

—Bueno, es un poco… regio y eso, pero no es culpa suya —añadió distraída.

—Sí que es regio, sí. —Zoe soltó una risa nerviosa—. Ya… ya no lo tengo tan claro —susurró.

—¿Por qué?

—No lo sé.

—¿Hay alguien más? —preguntó Joanna, siguiendo una corazonada. Se había fijado en la manera en que Zoe miraba a Simon.

—Sí… creo que sí, pero sospecho que yo no le gusto mucho.

—Bueno, no sé quién estará más decepcionado si pones fin a la relación, Art o tu galante protector —añadió Joanna con desenfado.

—¿A qué te refieres?

Joanna miró intranquila su reloj.

—Eh… a nada. Simon te aprecia mucho.

—¿En serio? —Los ojos de Zoe se iluminaron.

—Sí, y creo que deberías hacer caso a tu corazón —continuó Joanna—. Ojalá yo hubiera pasado más tiempo con Marcus. No pierdas ni un segundo del tuyo —le susurró al oído cuando reapareció Art—. Bien, ahora soy yo la que tiene que ir al baño. Vuelvo enseguida.

Joanna se levantó y, con lágrimas en los ojos, miró por última vez a Zoe antes de abandonar la estancia.

Monica le hizo señas a Simon, que permanecía apostado detrás de la puerta del comedor, cuando Joanna pasó junto a ella y subió las escaleras. Simon asintió y sacó el móvil.

—Ahora, señor.

Joanna se encerró en el cuarto de baño y marcó a toda prisa el número de Steve.

—Soy yo. Salgo dentro de dos minutos. Ten la moto preparada, ¿de acuerdo? Y no te despistes haciendo preguntas.

Acababa de descorrer el pestillo del cuarto de baño cuando escuchó unas sirenas y una voz atronadora a través de un megáfono.

—¡Aquí la policía! Hay una amenaza de bomba en Welbeck Street. Todos los residentes deben abandonar sus casas de inmediato. Repetimos, todos los resi...

Joanna, desesperada, pegó un puñetazo en la pared.

—¡Mierda! ¡Mierda! ¡Mierda!

Simon irrumpió en el comedor.

—Tenemos que irnos, Alteza, señorita Harrison, por favor.

—¿Qué ha ocurrido? —le preguntó Zoe poniéndose en pie.

—¿Qué está pasando ahí fuera? —inquirió el duque, malhumorado.

—Amenaza de bomba, señor. Me temo que tenemos que desalojar el edificio. Síganme, por favor, ya hay un coche esperando fuera.

—¿Dónde está Joanna? —preguntó Zoe, que caminaba con Art detrás de Simon.

—Está arriba, en el cuarto de baño —informó Monica Burrows desde lo alto de la escalera—. Voy a buscarla.

—Deberíamos esperarla —sugirió Zoe.

Joanna notó una presión de acero duro y frío en la espalda.

—Diles que se vayan —le susurró la mujer.

—Id saliendo, ahora voy —gritó Joanna desde arriba, temblando.

—¡Vale! —oyó responder a Zoe.

A renglón seguido, la puerta de la calle se cerró y se hizo el silencio.

—No te muevas. Si lo haces, tengo órdenes de disparar.

La condujo hasta la habitación de Jamie sin apartar el arma de la parte baja de su espalda. Al cabo de unos minutos llegó Simon.

—Aparta, Monica, la tengo a tiro.

Simon levantó el brazo y Joanna vio la pistola. La boca del arma que le presionaba la espalda se alejó y Joanna se derrumbó en la cama. Miró a la mujer y la reconoció de la presentación del fondo conmemorativo.

—Joanna.

Miró a Simon.

—¿Qué?

—¿Por qué no dejaste tranquilo el asunto cuando tuviste la oportunidad?

—¿Por qué me mentiste? ¡Toda esa mierda que me dijiste en Yorkshire! Me... me hiciste creer que estaba en lo cierto.

—Porque estaba intentando salvarte la vida.

—En cualquier caso, llegas tarde —le aseguró con una bravuconería que no sentía—. Alec lo sabe todo. Es muy probable que ya haya enviado el artículo. Y si me ocurre algo, él sabrá por qué.

—Alec está muerto, Joanna. Lo encontraron en el apartamento de su amigo, en los Docklands, y lo detuvieron a tiempo. Me temo que el juego ha terminado.

Una exclamación de horror escapó de la garganta de Joanna.

—¡Cabrón! Pero... yo tengo la carta y tú no —añadió desafiante.

—Regístrala, Burrows.

—¡No me toques!

Mientras Joanna trataba de escabullirse de los brazos de la mujer, el sonido de un disparo salió de la pistola de Simon. Las dos se dieron la vuelta y vieron que la bala había impactado en la pared y se había incrustado en el yeso. El pánico se dibujó en el rostro de Joanna cuando vio la mirada dura y fría de Simon. Y la pistola que sostenía en la mano apuntando directamente hacia ella.

—En lugar de someterte a la humillación de un cacheo, Jo, ¿por qué no nos das lo que queremos? Así nadie saldrá malherido.

Tenía miedo de hablar, se limitó a asentir con movimientos entrecortados. Metió la mano en el bolsillo del vestido, sacó un pequeño recuadro de tela y se lo tendió a Simon.

—Toma, al fin tienes lo que querías. ¿A cuántas personas has tenido que matar para recuperarla?

Simon la ignoró y le indicó a Burrows que apuntara a Joanna con el arma mientras él se concentraba en el retazo de tela que tenía en las manos.

Ring a ring o' Roses...

El título y la letra de la canción de cuna estaban exquisitamente bordados en el tejido. Simon le dio la vuelta a la tela. Pese al miedo que la atenazaba, Joanna estaba fascinada por el hecho de que, des-

449

pués de tantos años, la verdad fuera a ser desvelada al fin. Observó a Simon retirar con cuidado el reverso y allí, cosido a la contracara del bordado, había un trozo de grueso papel vitela beige, idéntico al de la carta que Grace le había enviado.

Simon sacó una navaja y cortó las limpias puntadas que lo sujetaban hasta que el papel se desprendió. Leyó el contenido, miró a Monica y asintió.

—Es lo que buscábamos.

Dobló la carta con cuidado y se la guardó en el bolsillo interior de la americana. Después volvió a apuntar a Joanna con la pistola.

—¿Qué vamos a hacer contigo? Está claro que sabes demasiado.

Joanna no pudo contemplar por más tiempo aquellos ojos que se habían convertido en fríos pedernales de acero.

—Simon, no serás capaz de matarme a sangre fría, ¿verdad? Por Dios, hace un montón de años que nos conocemos, hemos sido íntimos amigos la mayor parte de nuestras vidas. Oye… dame la oportunidad de huir. De… desapareceré. Nunca volverás a verme.

Monica Burrows advirtió que Simon titubeaba.

—Yo lo haré —dijo.

—¡No! Debo hacerlo yo.

Simon dio un paso al frente. Joanna retrocedió. El corazón le latía con fuerza y la cabeza le daba vueltas.

—¡Simon, por lo que más quieras! —gritó, haciéndose un ovillo en un rincón de la habitación.

Él se inclinó hasta tener la cara cerca de la de Joanna y la pistola apuntando a su pecho.

—¡Simon, por favor! —aulló ella.

Él sacudió la cabeza.

—Recuerda, este es mi juego y yo pongo las reglas.

Joanna lo miró fijamente y, con la voz ronca por el pánico, respondió:

—Me rindo.

—¡Bang, bang! ¡Estás muerta!

Simon disparó dos tiros a quemarropa y Joanna apenas tuvo tiempo de gritar antes de caer desplomada al suelo.

Simon se arrodilló a su lado, comprobó el pulso y acercó la oreja al corazón.

—Está muerta. Llama y diles que misión cumplida a todos los niveles. Limpiaré todo esto y la trasladaré al coche.

Burrows examinó el cuerpo tendido boca abajo de Joanna.

—¿Hace mucho que la conocías?

—Sí.

—Buf —resopló—, hay que tener agallas. —Burrows caminó hasta el cuerpo de Joanna y se agachó con intención de volver a comprobar el pulso.

Simon se giró hacia ella.

—Ya conoces las normas, no hay lugar para el sentimentalismo. Voy a asegurarme.

Y disparó de nuevo.

Cuando la puerta de la calle se abrió quince minutos más tarde, Welbeck Street estaba desierta. El equipo de vigilancia, apostado en la acera de enfrente, observó a Warburton y Burrows cargar con un bulto hasta el coche aparcado unos metros más abajo.

—Ya salen —informó uno de ellos por walkie-talkie.

Diez minutos después, seguidos a cierta distancia por un coche de refuerzo, aparcaron en una calle próxima a un polígono industrial. Trasladaron el cuerpo a otro vehículo estacionado unos metros más allá, regresaron al coche y se alejaron a toda velocidad. Transcurridos veinte minutos, el estruendo de una enorme explosión sacudió la paz de las calles circundantes.

41

Simon se llevó la mano al bolsillo, sacó la carta y la dejó sobre la mesa.

—Aquí la tiene, señor. Sana y salva, al fin.

Sir Henry Scott-Thomas la leyó sin el menor atisbo de emoción.

—Gracias, Warburton. ¿Dejaron el cuerpo donde estaba planeado?

—Sí.

Sir Henry observó detenidamente a Warburton.

—Parece agotado.

—Reconozco que fue una misión muy desagradable, señor. Era mi amiga de la infancia.

—Y le aseguro que no lo olvidaremos. Lealtades como la suya no abundan, si le soy franco. Lo recomendaré para un ascenso inmediato. También llegará una generosa bonificación a su cuenta corriente a finales de mes por su duro trabajo.

—Creo que necesito irme a casa y dormir. —Simon tenía el estómago revuelto—. Mañana será otro día difícil cuando descubran quién murió en la explosión.

Sir Henry asintió.

—Después del funeral, le aconsejo que se tome unas vacaciones. Vuele a un lugar donde haga sol y calor.

—Es justo lo que tenía pensado hacer, señor.

—Solo dos preguntas más antes de irse. ¿Qué tal se comportó Burrows?

—Estaba bastante afectada. Tuve la impresión de que nunca había visto morir a alguien de un disparo a bocajarro.

—Tales situaciones demuestran quién sirve para esto y quién no. ¿Burrows vio el contenido de la carta?

—No, señor. Puedo asegurarle que no tenía la menor idea de qué estaba pasando.

—Buen muchacho. Ha hecho un trabajo excelente, Warburton, excelente. Buenas noches.

—Buenas noches, señor. —Simon se levantó y se encaminó a la puerta. A medio camino, se dio la vuelta—. Solo una cosa más, señor.

—¿Sí?

—Es posible que me tome por un sentimental, pero ¿no sabrá por casualidad dónde descansan los restos de Grace? He pensado que después de todo lo ocurrido, sería un detalle reunirla con su querido esposo.

El anciano tardó en responder.

—Cierto. Déjemelo a mí. Buenas noches, Warburton.

Simon consiguió aguantar hasta llegar al servicio de caballeros situado al final del pasillo. Una vez allí, vomitó copiosamente y se derrumbó en el suelo. Se limpió la boca con la manga. Ya no le costaba entender lo que había llevado a Ian Simpson a perder la cordura.

Jamás olvidaría el miedo en sus ojos, la mirada de decepción cuando apretó el gatillo. Hundió la cabeza en las manos y lloró.

Al amanecer del día siguiente, durante el trayecto a Dorset, sir Henry Scott-Thomas leyó el breve artículo publicado en la tercera página del diario *The Times*.

PERIODISTAS MUERTOS EN UNA EXPLOSIÓN

Anoche estalló una bomba en un coche cerca del polígono industrial de Bermondsey. La conductora, una periodista de veintisiete años, y su jefe murieron en el acto. La explosión tuvo lugar después de una noche de llamadas falsas que provocaron el cierre al tráfico de una parte del West End durante dos horas por amenaza de bomba. Se cree que las víctimas son Joanna Haslam, que trabajaba para el *Morning Mail*, y

453

Alec O'Farrell, el redactor jefe de la sección de noticias del mismo periódico. La policía sospecha que estaban a punto de destapar un complot del IRA. Después del ataque con bomba en Canary Wharf del pasado febrero, la policía se halla en alerta máxima...

Leyó por encima los demás artículos hasta que sus ojos se posaron en un breve reseña insertada en el ángulo inferior de la página catorce.

LOS CUERVOS REGRESAN A LA TORRE

Los Beefeaters de la Torre de Londres anunciaron esta mañana que los cuervos más célebres del mundo han vuelto a casa. Los cuervos, que llevan novecientos años vigilando la Torre, desaparecieron misteriosamente hace seis meses. A esto siguió una búsqueda a nivel nacional, pero sin resultado. Si bien durante la Segunda Guerra Mundial el alboroto causado por los bombardeos de la Luftwaffe redujo el número de aves a una sola, la Torre jamás había estado sin al menos un cuervo que velara por ella. Protegidos por el Decreto Real del rey Carlos II, dice la leyenda que si algún día esos pájaros abandonaran la Torre para siempre, sería el fin de la monarquía.

Muy aliviado, el cuidador encontró a Cedric, Gwylum, Hardey y el resto de los cuervos de vuelta en sus dependencias próximas a la Torre Verde. Les preparó una buena comida y declaró que se hallaban en excelente estado de salud, pero que no encontraba explicación a su temporal desaparición.

—Hemos llegado, señor.
—Gracias.
El chófer realizó las maniobras necesarias para sacar del coche a sir Henry y su silla de ruedas.
—¿A dónde, señor?
Sir Henry señaló el lugar.
—Puede dejarme aquí y recogerme dentro de diez minutos.
—Muy bien, señor.

Cuando el chófer se hubo marchado, sir Henry contempló la tumba que tenía delante.

—Volvemos a vernos, Michael.

Necesitó toda su energía para girar la tapa del frasco que tenía en la mano.

—Descansa en paz —murmuró, al tiempo que lanzaba el contenido sobre la tumba.

Las partículas parecieron bailar en el resplandor de los primeros rayos de sol, posándose muchas de ellas en el rosal que crecía junto a la tumba.

Sir Henry vio que le temblaban las manos. Un dolor cada vez más fuerte se apoderó de su pecho.

No le importó. Por fin, todo había terminado.

42

Zoe observó cómo el féretro se sumergía en la tierra mientras intentaba contener las lágrimas. Miró los rostros demacrados y ojerosos de los padres de Joanna, situados en la cabecera de la tumba, y a Simon, cuyo semblante era una máscara de profunda tristeza.

Terminada la ceremonia, la gente empezó a dispersarse, unos en dirección al té que se ofrecía en casa de los Haslam, otros de vuelta a Londres y sus periódicos. Zoe caminó despacio hacia la verja de la iglesia, pensando en lo tranquilo y bello que era ese lugar enclavado en las afueras del pequeño pueblo de los páramos.

—Hola, Zoe, ¿cómo estás? —saludó Simon cuando le dio alcance.

—Todavía no me lo creo —suspiró—. No puedo aceptarlo. La recuerdo abrazándome en la cocina, y ahora… Ahora ya no está. Tampoco James, ni Marcus… He empezado a preguntarme si mi familia está maldita.

—Por mucho que te flageles, nada resucitará a Joanna, ni a tu abuelo, ni a Marcus.

—Sé que la prensa decía que Joanna estaba siguiendo con su jefe la pista de un complot terrorista, pero a mí jamás me mencionó una palabra.

—Eso no debería sorprenderte.

—No. Y dime. —Zoe tragó saliva. Tenía la boca seca por las emociones encontradas—. ¿Cómo estás tú?

—Bastante deprimido también, si te soy sincero. No dejo de reproducir una y otra vez en mi cabeza aquella noche y de lamentarme por no haberla esperado, como tú propusiste. —Simon se detuvo en la verja y se volvió hacia la tumba. El sol radiante de

Yorkshire brillaba sobre la tierra fresca que la cubría—. He pedido un permiso sabático. Quiero tomarme un tiempo para reflexionar.

—¿Y qué harás?

—No lo sé, puede que viaje un poco. —Simon le sonrió débilmente—. No siento que haya nada que me retenga en Inglaterra.

—¿Cuándo te vas?

—Dentro de un par de días.

—Te echaré de menos. —Las palabras salieron de los labios de Zoe antes de que pudiera detenerlas.

—Yo también te echaré de menos. —Simon se aclaró la garganta—. ¿Qué tal el príncipe y lo de vivir en el palacio?

—Bien —respondió Zoe—. Supongo que después de lo ocurrido, mudarme allí era lo más sensato. Para serte franca, todavía no me siento del todo cómoda, pero aún es pronto. Mañana tengo mi primer acto público con él. El estreno de una película, precisamente —sonrió.

—Qué irónica es la vida. —Simon encogió los hombros.

—Y que lo digas.

—¿Vienes a tomar un té a casa de los padres de Joanna? —le preguntó Simon—. Te presentaré a mis padres. No se creen que te conozca.

—Me temo que no puedo. Le prometí a Art que volvería de inmediato a Londres. Mi nuevo chófer me espera. —Zoe señaló el Jaguar estacionado en el pequeño aparcamiento—. En fin, supongo que esto es una despedida. Muchas gracias por todo. —Le dio un beso en la mejilla.

Simon le estrechó la mano con fuerza.

—Gracias. Adiós, Zoe, ha sido un absoluto placer cuidar de ti.

Se alejó con paso raudo para evitar que Simon reparara en sus lágrimas. Lo oyó murmurar algo y se volvió hacia él con la esperanza dibujada en el rostro.

—¿Has dicho algo?

—No. Solo… buena suerte.

—Ya. Gracias. —Zoe le sonrió con tristeza—. Adiós.

Simon la vio subir al Jaguar.

—Amor mío —añadió mientras el coche se alejaba.

Al día siguiente por la tarde, Simon recorrió el pasillo enmoquetado del último piso de Thames House en dirección a la recepcionista.

—Hola, tengo cita con sir Henry a las tres —anunció, pero ella no respondió. En lugar de eso, los ojos de la mujer se llenaron de lágrimas.

—¡Oh, señor Warburton!

—¿Qué ocurre?

—Es sir Henry. Murió anoche en su casa, al parecer de un ataque al corazón. Nadie pudo hacer nada. —El rostro de la recepcionista desapareció tras el empapado pañuelo con puntillas.

—Vaya. Qué… tragedia. —Simon logró por poco evitar que la palabra «ironía» escapara de sus labios—. Lamento que no se me informara.

—No se ha informado a nadie. Lo anunciarán en las noticias de las seis. Pero —sollozó la mujer— nos han dicho que sigamos como si no hubiera pasado nada. El señor Jenkins le espera en el despacho de sir Henry. Puede pasar.

—Gracias.

Caminó hasta la pesada puerta de roble y llamó.

—¡Warburton, muchacho, entre!

—Hola, señor. —A Simon no le extrañó que Jenkins sonriera como un niño desde detrás del enorme escritorio—. Qué sorpresa encontrarlo aquí.

—¿Le apetece una copa? Ha sido un día de locos, como puede imaginar. Lamento que el viejo ya no esté, pero he de reconocer que abajo estamos todos un poco aliviados. Sir Henry se negaba a soltar este despacho. Todos se lo consentíamos, por supuesto, pero en realidad llevo años haciendo su trabajo. Que no salga de aquí, por favor. Tome. —Jenkins le tendió una copa de brandy—. Salud.

—¿Por su nuevo ascenso? —Simon enarcó una ceja inquisitiva mientras brindaban.

Jenkins se dio unos golpecitos en la nariz.

—Tendrá que esperar al anuncio oficial.

—Felicidades. —Simon miró su reloj—. Siento meterle prisa, señor, pero me marcho esta noche y todavía he de pasar por casa para hacer la maleta. ¿Para qué quería verme?

—Sentémonos. —Jenkins señaló las butacas de piel que había en un recodo del despacho—. Verá, no hay duda de que se merece unas buenas vacaciones después del... pequeño disgusto. Pero resulta que podríamos tener un trabajo para usted mientras está en el extranjero. No quiero que nadie más esté al corriente de la delicada situación.

—Señor, yo...

—Monica Burrows ha desaparecido. Sabemos que regresó a Estados Unidos al día siguiente del asunto de Welbeck Street porque el control de pasaportes de Washington tiene registrada su entrada. Pero todavía no se ha presentado en su oficina.

—Señor, si ha regresado a Estados Unidos ya no es nuestra responsabilidad, ¿no cree? No es culpa nuestra que haya decidido volver a casa.

—Cierto, pero ¿está del todo seguro de que Burrows no tenía ni idea de qué iba todo esto?

—Lo estoy —respondió Simon con firmeza.

—Aun así, dadas las circunstancias, me preocupa que una información tan delicada llegue al otro lado del Atlántico. Lo último que necesitamos después de todo lo ocurrido son cabos sueltos.

—Lo entiendo, pero le garantizo que no los hay.

—Aparte de eso, la CIA quiere saber qué le ha pasado a Monica. Como gesto de buena voluntad, les he prometido que les hará una visita. Y dado que su destino es Estados Unidos, no veo que sea un problema.

—¿Cómo lo sabe? ¡Reservé el vuelo a Nueva York esta misma mañana!

—Ni siquiera me molestaré en responder a eso. —Jenkins enarcó una ceja—. Bien, Washington está a un tiro de piedra en avión de Nueva York. Por el bien de la CIA, con quien espero mantener una relación mucho más estrecha que mi predecesor, y por la desafortunada situación que usted manejó con tanta destreza para nosotros aquí, he de enviar a alguien. Y la persona idónea, en todos los aspectos, es usted. Querrán un informe completo de lo que ocurrió aquella noche, del estado anímico de Burrows, etcétera. La buena noticia es que tendrá todas las vacaciones pagadas, y en primera clase. Ya hemos cambiado la categoría de su billete, solo necesitará dos o tres días para calmar las cosas.

—Ya. —Simon tragó saliva—. Para serle franco, señor, quería un tiempo para mí. Lejos del trabajo —añadió con firmeza.

—Y lo tendrá. Pero un agente siempre es un agente. Ya conoce las reglas del juego, Warburton.

—Sí, señor.

—Bien. Recoja la tarjeta de crédito al salir. Y no se pase demasiado.

—Lo intentaré, señor. —Simon dejó el vaso en la mesa y se puso en pie.

—A su regreso le espera un buen ascenso. —Jenkins se levantó a su vez y le estrechó la mano—. Adiós, Warburton. Permanezca en contacto.

Jenkins vio a Warburton salir de la habitación. Era un agente con mucho talento, y tanto sir Henry como él tenían grandes planes para Simon. Había demostrado su temple durante todo el caso Haslam. Quizá unas vacaciones con todos los gastos pagados aliviarían el dolor. Se regaló a sí mismo un trago de la licorera de sir Henry y contempló sus nuevos dominios con placer.

Zoe observó su reflejo en el espejo. Se aflojó el pelo, recogido en un tirante moño francés por la peluquera que había acudido a sus dependencias del palacio.

—Demasiado apretado —farfulló con irritación mientras intentaba aligerar el peinado.

También el maquillaje se le antojaba excesivo, así que se lavó la cara y empezó de nuevo. Al menos el vestido, un Givenchy de raso azul oscuro, era despampanante, aunque no fuera el que ella habría elegido.

—Me siento como una muñeca, tan emperifollada —susurró con tristeza a su imagen reflejada.

Para colmo, Art había telefoneado hacía una hora para decirle que estaba en otro acto y que se retrasaría. Eso significaba que tendrían que encontrarse dentro del cine. Lo que a su vez quería decir que cuando ella bajara del coche, tendría que enfrentarse sola a la prensa. Y lo peor de todo era que Jamie le había llamado muy desanimado. No conseguía adaptarse de nuevo al colegio, le molestaban las burlas de sus compañeros.

Y por si eso fuera poco, tenía veinticuatro horas para despedirse de Hollywood y todavía no se lo había explicado a Art…

—¡James, Joanna y Marcus han muerto, y Simon se ha ido!
—gritó antes de desplomarse en el suelo pensando en el día anterior, cuando vio a Simon…

«Yo también te echaré de menos», le había dicho.

—¡Dios mío, le quiero! —gimió.

Sabía que se estaba revolcando en la autocompasión a pesar de
ser la envidia de mucha gente, pero en esos momentos se sentía la
persona más sola de la tierra…

Le sonó el móvil. Se levantó y comprobó que era Jamie.

—Hola, cariño —saludó con toda la jovialidad que pudo—.
¿Cómo estás?

—Bien. Me estaba preguntando qué vamos a hacer la semana
que viene. Tengo vacaciones.

—Eh… ¿qué te gustaría hacer?

—No sé. Salir del colegio. Y de Inglaterra.

—Muy bien, cariño. Reservaremos algo.

—¿Puedes hacer eso ahora que vives en el palacio?

—Eh… —Era una buena pregunta—. Lo averiguaré.

—Vale. Por lo menos Simon podrá venir a buscarme, ¿no?

—Jamie, Simon ya no está aquí.

—Ah. —Zoe notó que a su hijo le quebraba la voz—. Le echaré de menos.

—Yo también. Oye, hablaré con Art y veremos qué podemos
hacer.

—Vale —repitió Jamie, que sonaba tan abatido como ella se
sentía—. Te quiero, mamá.

—Yo también te quiero. Hasta el viernes.

—Adiós.

Zoe colgó y se acercó a los ventanales que daban a los magníficos
jardines del palacio. Le entraron ganas de abrir la puerta, bajar corriendo las interminables escaleras, cruzar los incontables pasillos cubiertos de alfombras de incalculable valor y perderse en ellos. Los últimos diez días habían sido claustrofóbicos, lo cual sonaba ridículo
dada la enormidad del recinto. Era la misma sensación que la asaltó el
día que estuvo atrapada en su casa de Welbeck Street. Con la diferencia de que entonces Simon estaba a su lado y la ayudó a sobrellevarlo.

Cuánto ansiaba estar al otro lado de esos muros altos, poder
salir y caminar sola hasta el supermercado para comprar un cartón

de leche. Aquí dentro, todos sus deseos eran órdenes para el personal, todo lo que quisiera era suyo. Excepto la libertad para entrar y salir a su antojo.

—No puedo hacerlo —susurró, conmocionada por haber sido capaz de expresar en voz alta por primera vez lo que sentía—. Voy a volverme loca. Dios mío, voy a volverme loca…

Se alejó de la ventana y paseó por el enorme dormitorio pensando en lo que debía hacer.

¿Amaba a Art lo suficiente como para sacrificar todo lo que ella era? Por no hablar de la felicidad de su hijo. ¿Qué vida le esperaría a él? Después de diez días en el palacio le había quedado claro que la opinión de la «familia» era que Jamie debía permanecer en segundo plano. Zoe le preguntó a Art qué significaba eso exactamente.

—En cualquier caso, aún le quedan ocho años de internado, cariño. Y las vacaciones podemos solucionarlas sobre la marcha.

—Es tu hijo —le contestó Zoe entre dientes.

Llamaron a la puerta.

—Voy —dijo Zoe.

Respiró hondo, guardó el móvil en el diminuto bolso que la estilista le había elegido a juego con el vestido y salió.

Simon llegó a la puerta de embarque por los pelos.

—¿Puede subir ya, señor Warburton? El vuelo está a punto de cerrar.

—Sí, sí.

Simon estaba entregando la tarjeta y el pasaporte cuando le sonó el móvil. Miró el número y vio que era Zoe. Respondió al instante. No pudo evitarlo.

—Zoe, ¿cómo estás?

—Fatal —la oyó sollozar—. He huido.

—¿Huido de dónde?

—Del palacio.

—¿Por qué? ¿Cómo…? ¿Dónde estás?

—Escondida en el baño de un café del Soho.

—¿Escondida en un baño? —Simon casi no podía oírla.

—Iba camino de un estreno y le dije al chófer que necesitaba ir al lavabo con urgencia antes de llegar. No puedo hacerlo. Sencillamente... no puedo. Simon, ¿qué hago?

Él ignoró las señas impacientes del personal de la puerta de embarque mientras escuchaba los sollozos de Zoe al otro lado del teléfono.

—No lo sé, Zoe. ¿Qué quieres hacer?

—Quiero...

Hubo una pausa y la azafata hizo el gesto de cortarse el cuello mientras señalaba la puerta que conducía al avión.

—¿Sí? —insistió Simon.

—¡Oh, Simon, quiero estar contigo!

—Eh... —Tragó saliva—. ¿Estás segura?

—¡Sí! ¿Por qué otra razón iba a estar en un baño pestilente con un vestido de mil libras? ¡Te... te quiero!

La azafata meneó la cabeza, se encogió de hombros y cerró la puerta de embarque. Simon le sonrió.

—¿Y de dónde necesitas que te rescate esta vez? —prosiguió. Zoe se lo dijo.

—Vale. —Simon volvió atrás por los pasillos que conducían al vestíbulo del aeropuerto—. Busca una puerta trasera. Suelen estar en la cocina. Luego, vuelve a llamarme.

—Lo sé y lo haré. Gracias. —Zoe sonrió.

—Me reuniré contigo en menos de una hora. Ah, por cierto...

—¿Qué?

—Yo también te quiero.

De peón a reina

Promoción de un peón que alcanza
la octava fila para convertirse en la pieza
más poderosa del tablero: la reina

43

La Paz, México, junio de 1996

Simon entró en el Cabana Café, cuyo exótico nombre contrastaba con su aspecto destartalado. El taxi había dejado atrás el espectacular paseo marítimo y las zonas turísticas y se había detenido en una parte más sórdida de la, por lo demás, hermosa ciudad. Enfrente, un grupo de muchachos apoyados en un muro cubierto de grafitis parecían buscar acción. La playa que se extendía ante sus ojos, sin embargo, era imponente, un Pacífico turquesa que refulgía detrás de una extensión de arena blanca salpicada de un puñado de turistas bronceándose al sol.

Simon pidió un expreso doble al mexicano sudoroso que estaba detrás de la barra y se instaló en una mesa junto a la ventana abierta.

Miró a su alrededor, pero la única mujer que había en el café era una rubia alta sentada en la barra, con el cuerpo esbelto y dorado de una típica californiana. La observó levantarse del taburete. Acto seguido se acercó despacio a su mesa.

—¿Tienes compañía? —le preguntó con acento americano.

—No, pero estoy esperando a alguien.

La mujer tomó asiento y, con un marcado deje de Yorkshire, añadió:

—Simon, pedazo de zoquete, ¡me estás esperando a mí!

La miró de hito en hito. No podía dar crédito a su transformación. Él, que la conocía desde que era una cría, no la habría reconocido ni en un millón de años. Lo único que quedaba de su pasado eran los ojos color avellana.

Salieron del café, caminaron hasta la playa y se sentaron en la arena. Ella, como siempre, quería saberlo todo, hasta el último detalle.

—¿Qué tal mi funeral?

—Muy emotivo. Todo el mundo lloró a mares. Incluido yo.

—Me alegra saber que me querían —bromeó ella—. Si te soy franca, necesito reírme para no llorar.

—Te querían, te lo prometo.

—¿Cómo estaban mis padres?

—¿La verdad?

—Por supuesto.

—Destrozados.

—Dios, Simon… —Se le quebró la voz. Se quitó las sandalias y enterró los dedos en la arena—. Ojalá… —Meneó la cabeza—. Ojalá pudiera contarles la verdad.

—Joanna, era el único camino.

—Lo sé.

Se quedaron callados, mirando el mar.

—¿Cómo lo llevas? —preguntó él.

—Me las apaño, aunque es duro ser una persona sin nombre. Hice lo que me dijiste y tiré el pasaporte y las tarjetas de crédito de Monica Burrows en cuanto llegué a Washington. Después bajé a California y pagué una pasta al contacto que me diste para que me ayudara a cruzar la frontera en coche. Llevo dos semanas trabajando en un bar cerca de aquí, pero se me está acabando el dinero.

—Al menos saliste de Reino Unido con vida.

—Sí, aunque una parte de mí ha empezado a preguntarse si no estaría mejor muerta. Esto es muy duro. Estoy intentando no venirme abajo, pero…

—Ven aquí. —Simon la abrazó y Joanna lloró en su hombro, volcando toda su angustia mientras él le acariciaba el pelo con dulzura, pensando que daría lo que fuera por que las cosas hubiesen ido de otro modo.

—Lo siento… —Joanna se incorporó y se secó las lágrimas con los nudillos—. Me he derrumbado al verte, pero se me pasará, te lo prometo.

—Por Dios, Jo, no te disculpes. Estás siendo muy valiente, en serio. Tengo algo para ti. —Se llevó la mano al bolsillo y sacó un sobre—. Lo prometido.

—Gracias. —Joanna sacó una partida de nacimiento y un pasaporte estadounidenses, además de una tarjeta con un número—. Margaret Jane Cunningham —leyó—. Nacida en Michigan en 1967... ¡Oye, me has puesto un año de más! Qué detalle.

—Lo siento, es el kit de identidad más parecido a ti que estaba a la venta. Tienes un número de la seguridad social, lo que debería resolver tus problemas para conseguir trabajo.

—¿Estás seguro de que es todo legal?

—Lo es, confía en mí. Pero tienes que poner una foto. He dejado el plástico abierto para que puedas hacerlo. Y me alegro, porque ahora pareces una actriz de *Los vigilantes de la playa*. Me gusta tu nuevo look.

—Ahora solo me queda comprobar si las rubias se divierten más —bufó Joanna—. Hablando de rubias, ¿cómo está Zoe?

—Felizmente instalada en una casa estupenda de Bel Air por cortesía de la Paramount.

—¿Qué? ¿Dejó a Art?

—Sí. ¿No lo leíste en la prensa?

—Qué va. Estas últimas semanas he estado demasiado asustada como para abrir siquiera un periódico. Temía ver mi foto en primera plana con el titular «Se busca» —rio—. Pero ya sabía que Zoe tenía sus dudas con respecto a Art. ¿Fue la oferta de la película lo que la hizo decidirse?

—Bueno, eso y algo más.

Joanna vio que el rubor se extendía por el cuello de Simon. Siempre le pasaba lo mismo cuando se ponía nervioso.

—¿Me estás diciendo...?

Simon sonrió.

—Sí, y somos increíblemente felices.

—Me alegro muchísimo por vosotros. ¿Podrá tu vieja colega Margaret Cunningham ir a la boda? —le preguntó Joanna—. Por favor. Nadie me reconocerá, ni siquiera tú me reconociste...

—Jo, ya conoces la respuesta. Además, no sería justo para Zoe, o incluso para Jamie. Los dos hemos aprendido lo mucho que puede pesar guardar un secreto. Perdóname si te parezco duro, pero es imposible.

—Lo sé. Es solo que... echo de menos a Zoe. Y a todas las personas que quiero. —Joanna se tumbó en la arena y miró el cielo—.

Por suerte, este espantoso folletín ha tenido al menos un final feliz. Tantas muertes por su causa. Pobre Alec.

—¿Sabes? Por extraño que parezca, creo que él lo habría visto como un buen final para su vida. Después de todo, se fue a la tumba habiendo destapado el mayor escándalo del siglo XX. Fue un gran reportero hasta el final.

—Lo siento, pero que alguien muera por ese asunto no tiene justificación para mí.

—No, claro que no.

—Todavía tengo pesadillas sobre la noche que «fallecí». —Joanna se estremeció—. Estuve convencida hasta el último segundo de que ibas a matarme.

—Tenía que hacer que pareciera real para convencer a Monica Burrows. Necesitaba un testigo que declarara que había hecho el trabajo sucio.

—Todos esos juegos tontos de indios y vaqueros a los que jugábamos en los páramos cuando éramos niños —caviló ella—. «Este es mi juego y yo pongo las reglas», a lo que yo tenía que responder «Me rindo», y entonces tú decías...

—«Bang, bang, estás muerta» —terminó Simon por ella—. Sea como sea, demos las gracias a esos juegos. Me proporcionaron la manera perfecta de comunicarte que «te murieras».

—Esa bala que disparaste en la pared de la habitación de Jamie era real, ¿verdad?

—Ya lo creo. —Simon asintió—. Y aunque las otras dos eran de fogueo, estaba sudando a mares porque no había tenido tiempo de hacer las comprobaciones de rigor. Tuve que cargar la pistola mientras subía a la habitación de Jamie. Si no hubiese actuado deprisa, Monica te habría matado, y no podía correr ese riesgo.

—Entonces, ¿cómo conseguiste acabar con ella?

—Monica no estaba atenta a su pistola cuando se acercó a comprobar tu pulso. Se la arrebaté y le disparé antes de que se diera cuenta de lo que estaba pasando.

—Dios, Simon, era más joven que yo...

—Su inexperiencia te salvó la vida, Jo.

Joanna se apoyó en los codos y miró a su amigo.

—Y pensar que llegué a dudar de ti. Lo que hiciste por mí esa noche... nunca podré agradecértelo lo suficiente.

—Solo espero que cuando me llegue el día del juicio, Él me perdone. Básicamente, era ella o tú.

—¿Se alegró tu jefe de hacerse con el tesoro después de tanto tiempo? —preguntó Joanna.

—Mucho. Te parecerá absurdo, pero acabé sintiendo lástima por él. En realidad solo estaba haciendo su trabajo, intentando proteger aquello en lo que creía.

—Yo jamás podría derramar una lágrima por ese tipo. Piensa en todos los que murieron: Grace, William, Ciara, Ian Simpson, Alec, el pobre Marcus…

—Pero no fue él quien provocó todo eso, ¿no?

—No, supongo que no.

—El caso es que el viejo murió de un ataque al corazón al día siguiente de que le entregara la carta.

—No esperes que lo lamente.

—No lo espero. Lo más curioso es que solo dos horas antes de que tú llegaras a Welbeck Street, caí en la cuenta de dónde estaba escondida la carta.

—¿Cómo?

—Estaba esperando al duque de York para llevarlo a Londres cuando en la pared vi un bordado enmarcado. Era casi idéntico al que había visto colgado en la habitación de Jamie unas semanas antes. Si hubiese llegado allí antes que tú, todo esto podría haberse evitado. —Simon se recostó en la arena—. Sé cómo averiguaste dónde estaba.

—¿Ah, sí?

—Sí. Por una ancianita muy astuta, sin duda. —Los ojos de Simon chispearon.

—¿Está bien?

—Creo que sí. Sana y salva en Estados Unidos, he oído.

—Me alegro. Es una mujer increíble —afirmó Joanna en voz baja—. Imagino que ya has pensado en la ironía de todo esto. Me refiero a que el exnovio de Zoe sea también duque de York.

—Sí, muy curioso. Por lo visto, se quedó hecho polvo cuando Zoe lo dejó… Podría decirse que la historia se repite.

—Ya lo creo —convino Joanna—. Supongo que también habrás deducido por qué el palacio se oponía con tanta ferocidad a la relación de Zoe con el duque. Están emparentados a través de James. Son primos, lo que quiere decir que Jamie es…

—No sigas, Jo. —Simon se estremeció—. Todo lo que puedo decir es que dentro de la aristocracia no son inusuales los matrimonios entre parientes. La mayor parte de la realeza europea está emparentada entre sí.

—Qué desmadre —suspiró Joanna.

—Sí. Bueno, cambiando de tema, ¿has decidido a dónde irás ahora?

—No, lo único que he decidido es que me haré llamar «Maggie». Siempre he detestado el nombre de Margaret. —Joanna sonrió débilmente—. Por lo menos, ahora que soy una ciudadana estadounidense de pleno derecho podré empezar a pensar en ello. Puede que te rías, pero siempre me ha atraído la idea de escribir una novela de espías.

—Jo…

—Lo digo en serio. Reconócelo, nadie se creería la historia, así que ¿por qué no? Por supuesto, cambiaría los nombres.

—Te lo advierto, no lo hagas.

—Ya veremos. ¿Y qué piensas hacer tú?

—Zoe y yo hemos decidido quedarnos por ahora en Los Ángeles. Hemos pensado que estaría bien empezar de cero, y todo apunta a que le lloverán las ofertas de trabajo cuando se estrene *Un espíritu burlón*. Hace un par de días fuimos a ver un colegio para Jamie. Era muy infeliz en el internado, pero como allí las madres y los padres de todos los niños son famosos, se siente uno más.

—¿Qué hay de tu trabajo?

Simon se encogió de hombros.

—Todavía no he tomado una decisión. El servicio me ha ofrecido trasladarme a Estados Unidos, pero a Zoe se le ha ocurrido la descabellada idea de que abra un restaurante. Quiere financiarme.

Joanna se echó a reír.

—Bueno, tú y yo lo hemos comentado muchas veces. ¿Crees que podrías dejar atrás tu antigua vida?

—La verdad es que no tengo espíritu de asesino. El hecho de haber arrebatado vidas durante todo este asunto me perseguirá siempre. —Simon meneó la cabeza—. Que Dios me ayude si Zoe descubre alguna vez lo que hice, o Jamie.

Joanna posó su mano en la suya.

—Me salvaste la vida, eso hiciste.

—Sí. —Él le cogió la mano y la estrechó—. Joanna, sabes que por tu propia seguridad no puedo volver a verte.

—Lo sé —respondió, encogiendo los hombros con tristeza.

—Por cierto, tengo algo más para ti. —Simon sacó del bolsillo de sus shorts un sobre y se lo entregó.

—¿Qué es?

—Veinte mil libras en dólares, la bonificación que me dieron por encontrar la carta. Te pertenece por derecho y te ayudará a empezar de nuevo.

A Joanna se le saltaron las lágrimas.

—No puedo aceptarlo.

—Claro que puedes. Zoe está ganando una fortuna y mi jefe insistió en pagarme todos los gastos mientras estuviera en Estados Unidos investigando la desaparición de Monica.

—Gracias. Te prometo que le daré un buen uso.

—No lo dudo. —La observó doblar el sobre y guardárselo en la mochila—. Dentro hay algo más, algo que pensé que, al menos, deberías tener la satisfacción de leer —añadió—. Bien… —Ayudó a Joanna a levantarse—. Me temo que esto es una despedida. —La estrechó con fuerza.

—Dios mío… —Joanna lloró en su hombro—. No soporto la idea de no volver a verte.

—Lo sé. —Simon le retiró las lágrimas con un dedo suave—. Hasta luego, Butch.

—Cuídate, Sundance —susurró ella.

Con un leve gesto de la mano, Simon se dio la vuelta. Cuando hubo abandonado la playa, Joanna cogió la mochila y caminó hasta la orilla del mar.

Se arrodilló en la arena y sacó un pañuelo de papel para sonarse la nariz. Después, introdujo la mano en el sobre que le había dado Simon, extrajo la hoja y la desplegó.

York Cottage
Sandringham,
10 de mayo de 1926

Mi querido Siam:

Has de saber que es solo mi amor por ti lo que me empuja a escribir esto, pues el miedo a que otros puedan desear hacerte daño pasa por delante de mi propio bien o del sentido común. Dios quiera que esta carta te sea entregada sin incidentes por las manos leales que la portan.

Debo comunicarte la feliz noticia de la llegada al mundo de nuestra hija. Ya tiene tus ojos, y quizá tu nariz. Aunque la sangre que corre por sus venas no es real, tu hija es una auténtica princesa. Cuánto me gustaría que su verdadero padre pudiera verla, sostenerla en sus brazos, pero eso, por supuesto, es imposible, un tremendo pesar con el que tendré que vivir el resto de mi vida.

Mi amor, te suplico que guardes esta carta en un lugar seguro. La amenaza de su existencia para los pocos que conocen la verdad debería bastar para que vivas seguro a lo largo de tu vida. Confío en que te desharás de ella cuando te llegue el momento de abandonar este mundo, por el bien de nuestra hija y para que nunca quede registrado en la historia.

No puedo volver a escribirte, amor mío.

Tuya siempre.

La carta estaba firmada con la célebre rúbrica, y la fotocopia no menguaba la magnitud de lo que Joanna acababa de leer.

Una princesa nacida en el seno de la realeza, engendrada por un plebeyo en unas circunstancias de lo más extraordinarias. Una princesa que en aquel entonces era la tercera en la línea de sucesión, con escasas probabilidades de ascender al trono, pero que, por un giro del destino, había visto a otros anteponer también el amor al deber, se había convertido en reina.

Joanna se levantó, aferrándose con fuerza a la carta, tentada de vengarse por la destrucción de tantas vidas, incluida la suya. La rabia la abandonó con la misma rapidez con la que había llegado.

—Todo ha terminado —susurró a los fantasmas que pudieran estar escuchando.

Se acercó a la orilla, rompió la hoja y lanzó los pedazos al viento. Hecho esto, se dio la vuelta y regresó al Cabana Café para ahogar sus penas en tequila.

Mientras se tomaba una copa en la barra, supo que ese día empezaba su nueva vida. Tenía que encontrar la fuerza necesaria para abrazarla, seguir adelante y dejar atrás el pasado.

Normalmente, la gente hacía eso con el apoyo de familiares y amigos. Ella estaba sola.

—¿Cómo voy a hacerlo? —murmuró antes de pedir otro cóctel y comprender que había estado utilizando la visita inminente de Simon como una cuerda salvavidas. Ahora que se había ido, el hilo que la unía a todo lo que conocía se había roto para siempre—. Dios mío —susurró cuando la enormidad de la situación la golpeó.

—Hola, ¿tienes fuego?

—No fumo, lo siento. —Joanna ignoró la voz masculina de fuerte acento americano. En México, los hombres se sentían atraídos hacia ella como las abejas a la miel.

—Vale. Tomaré un mechero y un zumo de naranja, por favor —le oyó pedir al camarero al tiempo que, por el rabillo del ojo, veía a un hombre sentarse en el taburete de al lado—. *Want a top-up?* ¿Otra?

—Eh…

La expresión inglesa por excelencia la hizo volverse hacia su vecino. Estaba bronceado y vestía unos shorts de vivos colores, una camiseta y un sombrero de paja sobre un pelo largo y moreno. Solo cuando vio sus ojos, de un azul realzado por el intenso moreno, lo reconoció.

—¿No nos conocemos? —El hombre sonrió—. ¿No eres Maggie Cunningham? Creo que estudiamos un curso juntos en la Universidad de Nueva York, hace un montón de años.

—Eh… —Joanna tartamudeó mientras se le disparaba el corazón en el pecho. ¿Estaba teniendo una extraña alucinación provocada por el tequila? ¿O era una prueba de Simon para ver si metía la pata? Pero la había llamado «Maggie»…

Joanna sabía que lo estaba mirando con la boca abierta de par en par, ansiando absorber todo lo que sus ojos le estaban diciendo que estaba viendo, pero…

—Te la pido de todos modos. —El hombre hizo señas al camarero para que le llenara la copa—. ¿Qué te parece si nos sentamos fuera y nos ponemos al día?

Joanna lo siguió. Decidió que lo mejor era mantener la boca cerrada, porque esto no podía… no podía ser real.

Él la condujo hasta una mesa apartada en la desvencijada terraza de madera. Entonces reparó en que caminaba con una pronunciada cojera. Se dejó caer en la silla.

—¿Quién eres? —murmuró, amenazadora.

—Ya sabes quién soy, Maggie —respondió él con su familiar acento inglés entrecortado—. Salud. —Alzó su vaso.

—Yo… ¿Cómo has llegado hasta aquí?

—De la misma manera que tú, creo. Por cierto, me llamo Casper, tu fantasma bueno particular. —La miró y sonrió—. No bromeo.

—Dios mío —susurró ella, y alargó inconscientemente una mano para tocarle y confirmar que era real.

—Y mi apellido es James. Me pareció apropiado. Tengo suerte, pude elegir mi nombre, no como tú.

—¿Cómo? ¿Dónde? ¿Por qué…? Marcus, yo pensaba que estabas…

—Muerto, lo sé. Y por favor, llámame Casper —murmuró—. Ya sabes que las paredes oyen. La verdad es que pensaban que iba a palmarla. Sufrí un fallo multiorgánico y estuve un tiempo en coma después de la operación. Para cuando recuperé la consciencia ya habían comunicado mi muerte a la familia y los medios.

—¿Por qué hicieron eso?

—Con el tiempo he llegado a la conclusión de que lo hicieron porque no estaban seguros de lo que sabía, así que me enviaron a un hospital privado y me pusieron bajo vigilancia las veinticuatro horas del día. No podían arriesgarse a que despertara y se lo soltara todo al primer médico o enfermera que pasara por allí. Como querían que pareciera un accidente de caza sobre el que nadie hiciera preguntas y estaban convencidos de que, en cualquier caso, iba a morir, se adelantaron a mi fallecimiento. De modo que cuando desperté y mi cuerpo empezó a funcionar de nuevo, se encontraron con un pequeño problema.

—Me sorprende que no te mataran allí mismo —murmuró Joanna—. Es lo que suelen hacer.

—Creo que tu amigo Simon, o debería decir mi primo lejano —Marcus enarcó una ceja—, tuvo bastante que ver. Más tarde me contó que les había explicado a sus superiores que yo le había arrebatado la carta a Ian Simpson y la había escondido en algún lugar antes de caer al agua, y que por eso el cabrón me disparó. Así pues, cuando desperté se vieron obligados a mantenerme con vida un tiempo para ver si era verdad.

—Simon te cubrió…

—Así es, y luego me dio la carta, o lo que quedaba de ella, para que la devolviera. Me ordenó que dijera que no sabía nada, que Ian Simpson se había limitado a darme dinero para que encontrara la carta. Y poco después, Simon va y me cuenta que estoy oficialmente muerto y me pregunta cómo me gustaría llamarme en mi nueva vida.

—¿Te negaste?

—Maggie —suspiró Marcus—, es posible que vuelvas a llamarme cobarde, pero esa gente no se detiene ante nada. Acababa de volver a nacer y no me apetecía palmarla otra vez, al menos durante un tiempo.

—No eres un cobarde, Marcus… digo, Casper. —Joanna alargó tímidamente la mano y la posó sobre la suya—. Aquella noche me salvaste la vida.

—Y estoy seguro de que Simon salvó la mía. Es un gran tipo, aunque sigo sin saber de qué demonios iba toda esa historia. Puede que algún día me la cuentes.

Marcus encendió un cigarrillo y Joanna vio que la mano izquierda le temblaba sin parar.

—Puede.

—En fin —sonrió él—, aquí me tienes.

—¿Dónde has estado viviendo?

—En un centro de rehabilitación de Miami. Por lo visto, las balas que recibí en el abdomen me rozaron la columna y me desperté con la mitad inferior del cuerpo paralizada. Ahora estoy mejor, aunque tardé mucho en aprender a caminar de nuevo. Y se acabaron los whiskies para mí, por desgracia. —Marcus señaló el zumo que tenía delante—. Simon, no obstante, me consiguió una plaza en un lugar impresionante, y con todos los gastos pagados… —sonrió.

—Me alegro.

Se quedaron un rato callados, mirándose.

—Esto es surrealista —dijo Marcus al fin.

—Y que lo digas —contestó Joanna.

—Pensaba que Simon me estaba tomando el pelo cuando me dijo que iba a traerme a México para que viera a un conocido… No puedo creer que estés aquí. —Marcus meneó la cabeza, maravillado.

—No… sobre todo porque los dos estamos «muertos».

—Puede que esto sea el más allá. Si es así —Marcus barrió la playa con el brazo— me gusta mucho. Y ya sabes que siempre he tenido debilidad por las rubias…

—¡Mar… Casper, compórtate, por favor!

—Hay cosas que no cambian nunca. —Marcus sonrió y le estrechó la mano—. Te he echado de menos, Jo —susurró—. Muchísimo.

—Y yo a ti.

—¿A dónde iremos desde aquí? —preguntó él.

—Adonde queramos, supongo. El mundo, excepto Inglaterra, por supuesto, es nuestro.

—¿Qué me dices de Brasil? —propuso Marcus—. Me han hablado de un gran proyecto cinematográfico.

Joanna rio.

—Creo que hasta el MI5 tendría problemas para encontrarnos en la Amazonia. Me gusta la idea.

—Genial. Vamos —dijo él, levantándose—. Antes de que planeemos el resto de nuestro futuro juntos, ¿por qué no ayudas a lo que queda de mí a bajar a la playa? Siento una necesidad imperiosa de tumbarme en la arena y besar hasta el último rincón de tu cuerpo. Incluso sin la salsa de chocolate.

—De acuerdo. —Joanna sonrió y se levantó también.

Desde su posición sobre la playa, Simon observó a la joven pareja abrazarse por la cintura y caminar despacio hacia la arena y su nueva vida.

Epílogo

Los Ángeles, septiembre de 2017

Simon encontró a Zoe tendida en una tumbona junto a la piscina. Contempló su cuerpo todavía firme y su piel ligeramente bronceada. Después de veinte años y dos embarazos, no había envejecido ni un ápice.

La besó en la coronilla.

—¿Dónde están los chicos?

—Joanna se ha ido a la fiesta de los dieciocho de una amiga, con la minifalda más corta que he visto en mi vida, debería añadir, y Tom está en un partido de béisbol. Llegas pronto. ¿Había poca gente en el restaurante?

—No, estaba a reventar, pero he venido para hacer un poco de papeleo. No puedo concentrarme allí. Aunque esté en el despacho, la gente no para de interrumpirme. ¿Qué estás leyendo? —preguntó Simon, mirando por encima del hombro de Zoe.

—Ah, una novela de misterio que salió la semana pasada y de la que todo el mundo habla. Va sobre secretos ocultos de la familia real británica, así que he decidido darle una oportunidad —respondió Zoe con una sonrisa.

Con el corazón latiéndole como no lo había hecho desde que dejara su antiguo trabajo, Simon echó un vistazo a la tapa.

La carta olvidada
de
M. Cunningham

«¡Joanna, no!»

—Genial —dijo, sin embargo.

—La verdad es que te atrapa, pero es del todo inverosímil, claro. Porque esas cosas no ocurren, ¿verdad, Simon? ¿Verdad? —insistió Zoe.

—No, claro que no. Voy dentro a servirme un refresco. ¿Quieres algo?

—Un té helado, gracias.

Simon subió hasta la casa sudando a mares. Entró en su despacho, dejó sobre la mesa las carpetas que contenían las cuentas del restaurante y miró los correos en su iPhone.

l.jenkins@thameshouse.gov.uk
Asunto: Urgente

Llámeme. Ha ocurrido algo.

Las siete hermanas
Lucinda Riley

Primer capítulo

Siempre recordaré con exactitud dónde me encontraba y qué estaba haciendo cuando me enteré de que mi padre había muerto.

Estaba en Londres, sentada en el hermoso jardín de la casa de mi vieja amiga del colegio, con un ejemplar de *Penélope y las doce criadas* abierto pero sin leer sobre el regazo y disfrutando del sol de junio mientras Jenny recogía a su pequeño de la guardería.

Me sentía tranquila y agradecida por la excelente idea que había sido disfrutar de unas vacaciones.

Estaba observando las clemátides en flor, alentadas por su soleada comadrona a dar a luz un torrente de color, cuando me sonó el móvil. Miré la pantalla y vi que era Marina.

—Hola, Ma, ¿cómo estás? —dije con la esperanza de que también ella pudiera percibir el calor en mi voz.

—Maia…

Se quedó callada y enseguida supe que algo iba terriblemente mal.

—¿Qué ocurre?

—Maia, no hay una manera fácil de decirte esto. Ayer por la tarde tu padre sufrió un ataque al corazón en casa y… ha fallecido esta madrugada.

Guardé silencio mientras un millón de pensamientos absurdos me daban vueltas en la cabeza. El primero fue que Marina, por la razón que fuera, había decidido gastarme una broma de mal gusto.

—Eres la primera de las hermanas a la que se lo digo, Maia, porque eres la mayor. Quería preguntarte si prefieres contárselo tú a las demás o que lo haga yo.

—Yo...

Continuaba sin poder articular palabras coherentes, ya que empezaba a comprender que Marina, mi querida y amada Marina, la mujer que había sido lo más parecido que había tenido a una madre, jamás me diría algo como aquello si no fuera verdad. De modo que tenía que ser cierto. Y de repente todo mi mundo se tambaleó.

—Maia, por favor, dime que estás bien. Es la llamada más difícil que he tenido que hacer en toda mi vida, pero ¿qué otra opción tenía? No quiero ni imaginarme cómo van a tomárselo las demás chicas.

Fue entonces cuando oí el sufrimiento en su voz y comprendí que Marina había necesitado contármelo no solo por mí, sino también por ella. Así que volví a mi papel de siempre, que consistía en consolar a los demás.

—Por supuesto que yo misma se lo diré a mis hermanas si así lo prefieres, Ma, aunque no estoy segura de saber dónde están todas. ¿No está Ally entrenando para una regata?

Mientras hablábamos del paradero de cada una de mis hermanas pequeñas, como si necesitáramos reunirlas para una fiesta de cumpleaños y no para llorar la muerte de nuestro padre, la conversación se tornó un tanto surrealista.

—¿Para cuándo crees que deberíamos programar el funeral? Con Electra en Los Ángeles y Ally en alta mar, lo más seguro es que no podamos celebrarlo hasta la próxima semana como muy pronto —dije.

—Bueno... —La voz de Marina era vacilante—. Creo que lo mejor será que lo hablemos cuando llegues a casa. En realidad ya no hay prisa, Maia. Si prefieres pasar los dos días de vacaciones que te quedan en Londres, adelante. Aquí ya no podemos hacer nada más por él...

La tristeza le apagó la voz.

—Ma, tomaré el primer vuelo disponible a Ginebra. Voy a llamar a la compañía aérea ahora mismo y luego intentaré hablar con mis hermanas.

—Lo siento muchísimo, *chérie* —dijo Marina con pesar—. Sé lo mucho que lo querías.

—Sí —contesté, y la extraña serenidad que había experimentado mientras discutíamos los preparativos me abandonó bruscamente, como la calma antes de la tormenta—. Te llamaré más tarde, cuando sepa a qué hora llego.

—Cuídate mucho, Maia, por favor. Has sufrido un golpe terrible.

Pulsé el botón para terminar la llamada y, antes de que los nubarrones de mi corazón se abrieran y me ahogaran, subí a mi cuarto para buscar mi billete de avión y telefonear a la compañía aérea. Me pusieron en espera y, entretanto, miré la cama donde aquella misma mañana había despertado para disfrutar de otro día tranquilo. Y agradecí a Dios que los seres humanos no tuviéramos el poder de predecir el futuro.

La mujer que al cabo de un rato me atendió no destacaba por su amabilidad y, mientras me hablaba de vuelos llenos, recargos y detalles de la tarjeta de crédito, supe que mi dique emocional estaba a punto de romperse. Cuando al fin me asignó de mala gana un asiento en el vuelo de las cuatro a Ginebra, lo cual significaba hacer la maleta de inmediato y tomar un taxi a Heathrow, me senté en la cama y me quedé mirando el papel de ramitas de la pared durante tanto rato que el dibujo empezó a bailar ante mis ojos.

—Se ha ido —susurré—. Se ha ido para siempre. Nunca volveré a verlo.

Esperaba que pronunciar aquellas palabras desatara un torrente de lágrimas, así que me sorprendió que en realidad no ocurriera nada. Me quedé allí sentada, aturdida, con la cabeza todavía llena de detalles prácticos. La idea de darles la noticia a mis hermanas —a las cinco— me espantaba, y repasé mi archivo emocional para decidir a cuál de ellas llamaría primero. Inevitablemente, a Tiggy, la penúltima de las seis chicas y a la que siempre me había sentido más unida.

Con dedos temblorosos, busqué su número en el móvil y lo marqué. Cuando me salió el buzón de voz no supe qué decir, salvo algunas palabras embrolladas pidiéndole que me llamara de inmediato. En aquel momento se hallaba en algún lugar de las Highlands de Escocia trabajando en un centro para ciervos salvajes huérfanos y enfermos.

En cuanto al resto de mis hermanas... sabía que sus reacciones irían, al menos en apariencia, desde la indiferencia hasta el melodrama más espectacular.

Dado que en aquel instante no estaba segura del grado que alcanzaría mi propia pena cuando hablara con ellas, opté por la vía cobarde y les envié un mensaje de texto en el que les pedía que me telefonearan lo antes posible. Después hice la maleta a toda prisa y bajé por la angosta escalera hasta la cocina para escribirle a Jenny una nota explicándole el motivo por el que había tenido que marcharme así.

Decidida a correr el riesgo de intentar parar un taxi en las calles de Londres, salí de la casa y eché a andar a buen ritmo por la arbolada calle curva de Chelsea, tal como haría una persona normal en un día normal. Creo que hasta saludé a alguien que paseaba a su perro cuando me lo crucé en la acera y que alcancé a esbozar una sonrisa.

«Nadie podría imaginar lo que acaba de sucederme», pensé mientras conseguía un taxi en la concurrida King's Road y, tras subirme, le pedía al conductor que me llevase a Heathrow.

Nadie podría imaginarlo.

Cinco horas después, cuando el sol descendía lentamente sobre el lago de Ginebra, llegué a nuestro muelle privado, donde emprendería la última etapa de mi regreso a casa.

Christian ya estaba esperándome en nuestra elegante lancha Riva. Y por la expresión de su cara, supe que estaba al tanto de lo sucedido.

—¿Cómo está, señorita Maia? —preguntó con una empática mirada azul al tiempo que me ayudaba a subir.

—Bueno... contenta de estar aquí —respondí en tono neutro mientras me dirigía al fondo de la lancha y tomaba asiento en el acolchado banco tapizado en piel de color crema que seguía la forma curva de la popa.

Normalmente me habría acomodado con Christian en el sitio del copiloto para surcar a gran velocidad las tranquilas aguas durante el trayecto de veinte minutos hasta casa. Pero aquel día necesitaba intimidad. Cuando encendió el potente motor, el sol ya se reflejaba en los ventanales de las magníficas casas que bordeaban las orillas del lago de Ginebra. Muchas veces, al realizar aquel trayecto había sentido que era la puerta de entrada a un mundo etéreo desconectado de la realidad.

El mundo de Pa Salt.

Sentí el primer escozor de las lágrimas en los ojos al pensar en el apodo de niña que había puesto a mi padre. Siempre le había encantado navegar, y cuando después de hacerlo regresaba a nuestra casa del lago, olía a aire fresco y a mar. El sobrenombre, por algún motivo, se le quedó, y mis hermanas también lo adoptaron a medida que fueron llegando.

Cuando la lancha aceleró y el viento cálido me acarició el pelo, pensé en los cientos de trayectos que había hecho hasta entonces a Atlantis, el castillo de cuento de hadas de Pa Salt. Inaccesible por tierra debido a que estaba ubicado sobre un promontorio privado con un escarpado terreno montañoso detrás, solo se podía llegar hasta él en barco. Los vecinos más cercanos se hallaban a varios kilómetros de distancia a lo largo del lago, de modo que Atlantis era nuestro reino particular, separado del resto del mundo. Todo cuanto contenía era mágico... como si Pa Salt y nosotras —sus hijas— hubiéramos vivido allí bajo un encantamiento.

Pa Salt nos había escogido y adoptado de bebés, procedentes de todos los rincones del planeta, y nos había llevado a casa para vivir bajo su protección. Y cada una de nosotras, como le gustaba decir a Pa, era especial, diferente... éramos sus niñas. Nos había puesto los nombres de Las Siete Hermanas, su cúmulo de estrellas favorito, de las que Maia era la primera y la más antigua.

De niña Pa Salt me llevaba a su observatorio de cristal, construido en lo alto de la casa, me aupaba con sus manos grandes y fuertes y me hacía mirar el cielo nocturno a través de su telescopio.

—Ahí está —decía al tiempo que ajustaba el objetivo—. Mira, Maia, tú llevas el nombre de esa estrella tan bonita y brillante.

Y yo la veía. Mientras él explicaba las leyendas que constituían el origen de mi nombre y los de mis hermanas, apenas le prestaba atención, me limitaba a disfrutar de la fuerza con que me estrechaban sus brazos, plenamente consciente de ese momento raro y especial en que lo tenía para mí sola.

Yo al fin había comprendido que Marina, a quien durante mi infancia había tomado por mi madre —incluso le había reducido el nombre a «Ma»—, era una niñera contratada por Pa para que cuidara de mí durante sus largas ausencias. Pero, sin duda, Marina era mucho más que una niñera para todas nosotras. Era la persona que nos había secado las lágrimas, reprendido por descuidar nuestros modales a la mesa y dirigido con serenidad en la difícil transición de la infancia a la adultez.

Siempre había estado ahí, y no podría haberla querido más si me hubiese traído a este mundo.

Durante los tres primeros años de mi niñez, Marina y yo vivimos solas en nuestro castillo mágico a orillas del lago de Ginebra mientras Pa Salt viajaba por los siete mares gestionando su negocio. Luego, una a una, empezaron a llegar mis hermanas.

Normalmente, Pa me traía un detalle cuando regresaba a casa. Yo oía que la lancha se acercaba y echaba a correr por el césped, entre los árboles, para recibirlo en el muelle. Como cualquier niño, quería ver lo que escondía en sus bolsillos mágicos para mi deleite. En una ocasión en particular, no obstante, después de regalarme un reno tallado en madera con exquisitez, que me aseguró provenía del taller del mismísimo Papá Noel en el Polo Norte, detrás de él asomó una mujer uniformada que llevaba en los brazos un bulto envuelto en un chal. Y el bulto se movía.

—Esta vez, Maia, te he traído un regalo muy especial. Tienes una hermana. —Pa Salt me sonrió y me cogió en brazos—. A partir de ahora ya no estarás sola cuando tenga que ausentarme.

A partir de ese día mi vida cambió. La enfermera que había acompañado a Pa desapareció al cabo de unas semanas y Marina asumió el cuidado de mi hermana. Yo no conseguía entender que aquella cosa pelirroja y berreona que a menudo apestaba y me robaba protagonismo fuera un regalo. Hasta una mañana en que Alción —llamada como la segunda estrella de Las

Siete Hermanas— me sonrió desde lo alto de su trona en el desayuno.

—Sabe quién soy —le dije maravillada a Marina, que le estaba dando de comer.

—Pues claro, mi querida Maia. Eres su hermana mayor, la persona a la que tomará como ejemplo. Tendrás la responsabilidad de enseñarle muchas cosas que tú sabes y ella no.

Y cuando creció se convirtió en mi sombra. Me seguía a todas partes, algo que me gustaba e irritaba en igual medida.

—¡Maia, espera! —gritaba mientras trataba de alcanzarme con pasitos tambaleantes.

A pesar de que al principio Ally —que fue como la apodé— había sido una incorporación indeseada a mi existencia de ensueño en Atlantis, no podría haber pedido una compañera más dulce y adorable. Raras veces lloraba, y tampoco tenía los berrinches propios de los niños de su edad. Con sus alborotados rizos pelirrojos y sus grandes ojos azules, Ally poseía un encanto natural que atraía a la gente, incluido nuestro padre. Cuando Pa Salt estaba en casa entre un viaje y otro, me daba cuenta de que al verla los ojos se le iluminaban con un brillo que yo no despertaba. Y mientras que yo era tímida y reservada con los desconocidos, Ally era tan extravertida y confiada que enseguida se ganaba el cariño de la gente.

También era una de esas niñas que destacaban en todo, especialmente en la música y en cualquier deporte relacionado con el agua. Recuerdo a Pa enseñándole a nadar en nuestra enorme piscina y, mientras que a mí me había costado ser capaz de permanecer a flote y superar el miedo a bucear, mi hermana pequeña parecía una sirena. Yo era incapaz de mantener el equilibrio incluso en el *Titán*, el enorme y precioso yate de Pa, pero Ally siempre le suplicaba que la llevara en el pequeño Laser que tenía amarrado en nuestro embarcadero privado. Yo me acuclillaba en la estrecha popa mientras Pa y Ally tomaban las riendas de la embarcación y surcábamos las aguas cristalinas a toda velocidad. La pasión de ambos por la navegación los unía de una manera que yo sabía que nunca podría igualar.

A pesar de que Ally había estudiado música en el Conservatoire de Musique de Genève y era una talentosa flautista que habría podido forjarse una carrera en una orquesta profesional, tras dejar la escuela de música eligió dedicarse por completo a la navegación. Ahora competía regularmente en regatas y había representado a Suiza en varias ocasiones.

Cuando Ally tenía casi tres años, Pa llegó a casa con nuestra siguiente hermana, a la que llamó Astérope, como la tercera de Las Siete Hermanas.

—Pero la llamaremos Star —dijo sonriéndonos a Marina, a Ally y a mí mientras examinábamos a la nueva incorporación a la familia, que descansaba en el moisés.

Para entonces yo ya asistía todas las mañanas a clases con un profesor particular, de modo que la llegada de la nueva hermana me afectó menos de lo que lo había hecho la de Ally. Transcurridos apenas seis meses, otro bebé se sumó a nosotras, una niña de doce semanas llamada Celeno, nombre que Ally enseguida redujo a CeCe.

Solo había tres meses de diferencia entre Star y CeCe y, desde donde me alcanza la memoria, siempre estuvieron muy unidas. Parecían casi gemelas y compartían un particular lenguaje de bebés que, en parte, todavía empleaban hoy día para comunicarse. Vivían en un mundo privado que excluía a las demás hermanas. E incluso ahora, a sus veintitantos años, todo seguía igual. CeCe, la menor de las dos, era la que mandaba, y su cuerpo moreno y robusto contrastaba sobremanera con la figura blanca y delgada de Star.

Al año siguiente llegó otro bebé, Taygeta, a quien apodé «Tiggy», porque su pelo corto y oscuro salía disparado en todas direcciones desde su diminuta cabeza y me recordaba al erizo del célebre cuento de Beatrix Potter.

Para entonces yo tenía siete años, y sentí una conexión especial con Tiggy en cuanto la vi. Era la más delicada de todas nosotras y contraía una enfermedad infantil tras otra, pero incluso de bebé era estoica y poco exigente. Cuando unos meses después Pa llevó a casa a otra niña, llamada Electra, Marina, exhausta, empezó a pedirme que hiciera compañía a Tiggy, que siempre tenía fiebre o anginas. Al final le diagnosticaron asma y raras veces la sacaban de casa para pasear en el cochecito por miedo a que el aire frío y la espesa niebla del invierno de Ginebra le afectasen al pecho.

Electra era la menor de mis hermanas y el nombre le iba que ni pintado. Para entonces yo ya estaba acostumbrada a los bebés y sus exigencias, pero mi hermana menor era, sin la menor duda, la más difícil de todas. En ella todo era eléctrico; su habilidad innata para pasar en un segundo de la oscuridad a la luz y viceversa hizo que nuestra casa, tranquila hasta ese momento, temblara cada día con sus agudos chillidos. Las rabietas de Electra resonaron a lo largo de mi infancia, y con los años su fuerte temperamento no se aplacó.

En privado, Ally, Tiggy y yo teníamos un apodo para ella: las tres la conocíamos como «Polvorín». Todas andábamos con pies de plomo en su presencia por temor a hacer algo que pudiera provocar un repentino cambio de humor. Reconozco que había momentos en que la detestaba por alterar la vida en Atlantis.

Y sin embargo, si Electra sabía que alguna de las hermanas estaba en apuros, era la primera en ofrecer su ayuda y apoyo. Igual que era capaz de mostrar un gran egoísmo, en otras ocasiones su generosidad no le iba a la zaga.

Después de Electra, todo Atlantis esperaba la llegada de la Séptima Hermana. A fin de cuentas, llevábamos los nombres del cúmulo de estrellas favorito de Pa Salt y no estaríamos completas sin ella. Hasta conocíamos su nombre —Mérope— y nos preguntábamos cómo sería. Pero pasó un año, y luego otro, y otro, y ningún bebé más llegó a casa con nuestro padre.

Recuerdo como si fuera hoy un día que estaba con él en su observatorio. Yo tenía catorce años y me faltaba poco para convertirme en mujer. Estábamos esperando un eclipse, los cuales, según Pa, eran momentos trascendentales para la humanidad y normalmente producían cambios.

—Pa —dije—, ¿traerás algún día a casa a nuestra séptima hermana?

Su cuerpo, fuerte y protector, pareció quedarse petrificado unos segundos. De repente dio la sensación de cargar con todo el peso del mundo sobre los hombros. Aunque no me miró, pues seguía concentrado en ajustar el telescopio para el inminente eclipse, supe al instante que lo que había dicho le había afectado.

—No, Maia, no la traeré. Porque no la he encontrado.

Cuando el familiar seto de píceas que protegía nuestra casa del lago de las miradas ajenas asomó a lo lejos, divisé a Marina esperando en el embarcadero y al fin empecé a asumir la terrible verdad de la pérdida de Pa.

Y comprendí que el hombre que había creado el reino en el que todas habíamos sido sus princesas ya no estaba para mantener vivo el encantamiento.

LUCINDA RILEY